所向無前

蓝氏三杰传

◎西月 著

上海古籍出版社

图书在版编目(CIP)数据

所向无前:蓝氏三杰传/西月著.—上海:上海古籍出
版社,2008.7
ISBN 978 - 7 - 5325 - 5056 - 2

Ⅰ.所… Ⅱ.西… Ⅲ.长篇小说—中国—当代 Ⅳ.
I247.5

中国版本图书馆 CIP 数据核字(2008)第 107739 号

所向无前
——蓝氏三杰传
西 月 著

上海世纪出版股份有限公司
上 海 古 籍 出 版 社 出版、发行
(上海瑞金二路 272 号 邮政编码 200020)
(1) 网址:www.guji.com.cn
(2) E - mail:gujil@guji.com.cn
(3) 易文网网址:www.ewen.cc
新华书店上海发行所发行经销 上海展强印刷有限公司印刷
开本787×1092 1/16 印张20.75 插页2 字数395,000
2008 年 7 月第 1 版 2008 年 7 月第 1 次印刷
印数:1 - 5,300
ISBN 978 - 7 - 5325 - 5056 - 2
K · 1131 定价:35.00 元

如有质量问题,请与承印公司联系 T:66511611

目录

【第一章】
生长于乱世的孟浪少年

1

豪雨如注,江河涨溢。

清顺治四年(1647)丁亥初夏,闽南漳州、泉州、厦门一带连降大雨,百姓愁眉不展,望空祷告,只盼早日放晴。

这天一场急雨过后,居然云开见日,不久地上就蒸腾起氤氲水汽,飞升空中,化为一条绸缎般绚丽的彩虹。

蔚蓝的天空深邃明净。

自由的海风惬意轻拂。

漳州府漳浦县沿海,有一个叫苌坑的畲家山寨。

山寨又称苌溪、长卿里、张坑保,今属漳浦县赤岭畲族乡。

寨子正中地势宛如一把太师椅,附近山上又有两块形似椅子的巨石,当地人遂将此处称为石椅社。

社中有一座畲族蓝氏祖祠,建于明嘉靖二年(1523),堂号"种玉堂",语出"蓝田种(生)玉",寓示着蓝氏祖宗积德衍庆,钟灵毓秀。

祖祠为土木抬梁宫殿式结构,占地五百多平方米,坐东北向西南,两进两庑一天井,三仙双坡悬山屋顶。上下两进堂上,挂有"进士"、"文魁"、"大巡案"等牌匾。祖祠正前方有一广场,面积约八百平方米。广场前有古井和七星潭各一口。祖祠大门有楹联曰:

> 由镇海而发枝,木本水源思先德,
> 卜苌溪以衍派,文经武纬振后昆。

祠堂边有一座砖瓦土木结构、两进的畲家屋子,屋内摆设虽然陈旧,但仍不掩主人家祖上家道的殷实。

此刻,屋里屋外,到处洋溢着喜气。

屋外,淡宕的海风裹挟着清新的海的气息,轻柔地掠过畲家山寨房前屋后枝繁叶茂的果树,发出富有韵律的悦耳声响。屋里,传来阵阵初生婴儿的啼哭声。在这个雨后放晴的日子里,主人家喜得贵子了。

男主人蓝怀紫走进内室。他看看怀中的儿子,虎头虎脑,又圆又大的眼睛;又看看妻子苏清红,激动不已:头一胎就是儿子,祖宗血脉又可以延续了,这在当地可是件头等的大喜事。

蓝怀紫读过几年私塾,他清秀的脸上,洋溢着因世事多变而多日不见的笑容,嘴中一个劲儿念叨:"阿红,你看我们的儿子多威武,虎头虎脑的,日后必定是一员虎将。今天可真是我们家的好日子啊!"

闽南人说话,还保留着唐朝中原河洛人说话的古风流韵,亲近的人之间叫名时,经常喜欢在各自名儿的末字前加一个"阿"字。

苏清红撑着虚弱的身子,从床上坐起来,微微拢了拢额上几缕秀发,又抻了抻身上薄薄的细花格衬衫,对丈夫嫣然一笑,柔声道:"还是不要威武的好,打打杀杀的,不是太平盛世,咱们老百姓可得遭殃。咱们指望他好好读书,将来能做个秀才,有个安稳日子过就行了。"

男人这当儿也依兴说道:"说得也是,乱世才出虎将,还是让我们平头百姓能过上安心日子好。这古话也说,古今许多世家,无非积德;天地第一人品,还是读书。"他腾出右手,用食指轻轻逗了一下儿子红扑扑的小脸颊,对儿子说:"不过,我们的小蓝子,光做个秀才可不行,起码也得中个举人,最好取个进士的功名,光宗耀祖,日子过得大一点,好一点。"

这时,蓝怀紫的母亲张氏端了一碗龙眼红糖水走进来,见媳妇坐靠在床上跟儿子说话,连声说:"你看你看,阿红,坐月子也不好好休息,说什么闲话,身子骨要紧啊!"

苏清红红着脸,低声说:"没事,我这样坐靠着反倒觉得舒服。娘,您不用担心。"

"阿红,你说什么呐,坐月子还叫人不用担心。"张氏叹道:"这年成越来越不好,我们家屋后的龙眼树去年又是小年,龙眼干晒得少。现在红糖也吃紧,前几天托人去县城也没买着。听说外头一直还在打仗,这仗也不知要打到什么时候! 阿红,你将就吃点吧。这碗龙眼红糖水,还是你们二嫂娘家人送来的。"

张氏的话,一下子将儿子媳妇望子成龙的诸多理想,拉回到现实。

清朝初年,各地农民起义不断,明王朝的宗室子弟在江南各自为政,称孤道寡,举起反清复明的旗号。清军几经征战,虽先后消灭了农民起义军、南明各小王

朝,但抗清力量较强,自称反清复明"招讨大将军"的郑成功,仍退守福建厦门、鼓浪屿、金门及广东南澳等岛屿,并以闽南为中心战场,不时北上进犯清朝统治,战争波及福建、浙江、广东、江苏等地。

漳浦苌坑石椅社一带虽说位于闽南沿海,却因梁山北阻、燕山东隔等地理因素,相对比较闭塞,战争未直接殃及,村民们过着还算平静的生活,只是受一些流离失所而路过的外乡人的影响,多少不免也有些惶惶,不时亦哀叹世之艰辛。

张氏将碗放在床前的椅子上,慈爱地瞅了瞅熟睡中的小孙子一眼,又叮嘱了媳妇几句,这才出去。

苏清红说:"你看宝贝儿子叫什么好呢?"

"对啊,叫什么好呢?"蓝怀紫想了想说,"名字可要对得起种玉堂崇文重学的好堂风啊!"说着,他眉头不由得皱了起来。

一个"理"字,似谋划已久又似初识般忽然闪现在脑海里。

蓝怀紫双目放光说:"就叫蓝理吧,道理的理。什么事都要讲道理。有了道理,事就好做了。希望理儿长大后,不要辜负了我们心愿。"

苏清红喝罢龙眼红糖水,用粗布巾擦了擦嘴唇,欣喜地说:"蓝理,好,你说好就好,我相信他一定能为我们蓝家争气的。"

这时,儿子在父亲的怀里不安分起来,苏清红知道儿子一定是饿了,她解开花格衬衫的布纽扣,露出饱满的乳房:"阿紫,把理儿给我,他饿了。"

她从丈夫手中接过儿子,将左边圆润的乳峰凑近儿子的小嘴。

闻到乳香的蓝理,稚嫩的小手指小树枝般扎煞着,紧紧抓住母亲的衣襟,迫不及待咬住母亲的乳头,拼命吸吮起来。

蓝怀紫在屋里走了几个来回,瞅着儿子,想了又想,觉得一个理字,似乎还缺点什么。他也想效仿别人给儿子取个字号,可该叫什么呢?

过了许久,蓝怀紫一字一顿说:"我们给蓝理取一字一号,字义甫,号义山。义气的义,高山的山。至于甫字,是男人名字下面的美称。"

苏清红心里高兴,却又感到有些意外:"阿紫,你什么时候也变得这么有学问了,以前怎么不觉得。"

蓝怀紫不由得笑出声来,声音乍一出腔又恐吓着孩子,赶紧压了压调门儿,得意地说:"我几年私塾岂是白读的! 以前是真人不露相,现在儿子都出来了,关键时候就得显山露水。"

苏清红听罢,眼睛一亮,也笑说:"瞧把你美的!"

苏清红想了想,有些迟疑:"理儿的名字,要不再问问村里哪位老先生?"

"就这几个字好,好歹我也读过书,晓得些圣贤之道,这几个字定然不差。"蓝怀紫找到了感觉,语气肯定、自信,仿佛成了那独步学林的大才子了。

苏清红见丈夫美气样,正欲再说些什么时,却听客厅有人在喊:"阿紫,阿紫,里屋有人在吗?"

蓝怀紫听出是二哥蓝怀智来了,转身卷起门帘就出客厅去了。

小小客厅挤满了人,大哥大嫂、二哥二嫂,还有大大小小的侄儿侄女等一干至亲都来祝贺热闹了。他招呼大哥、二哥坐下,大嫂、二嫂及侄儿侄女却蜂拥着进了内房去看蓝理。

里屋,几个女人敞亮的声音传来,里屋又是一个热闹世界。

苏清红说:"谢谢大嫂、二嫂你们来看我。"

大嫂不急不慢地说:"一家嫂子不说二家话。来,让我们看一看宝贝侄儿。对了,阿红,名字取了吗?"

苏清红说:"取了,叫蓝理,道理的理,阿紫取的。"

二嫂快人快语,嗓子亮说:"好,名字响亮。"然后,关爱看着蓝理说,"理儿,你看看,谁来看你啦。你看,大伯母、二伯母,还有哥哥姐姐都来啦。"

客厅里,蓝怀紫沏了一壶茶,给二位兄长的杯子满上。

闽南是一个产茶的地方。当地人,无论穷也好,富也好,有客人到家,都会沏上一壶茶香,奉上一片热情。石椅社前的小溪,唤作赤蓝溪。溪水潺潺,水清如许,经年不息地流向大海。小溪西边的丘陵是蓝氏族人开辟的茶园,一到了采茶季节,家家户户都做起茶来,茶香随风飘荡,好不沁人心脾。农家闲来无事,或忙里偷闲,沏一壶自家做的清茶,亦可聊以冲淡清贫日子压在门楣上的窝心气。

大哥蓝怀迥呷了一口杯中的茶水,看了一眼壶中的茶叶,汤色清澈,叶形舒展,先自出声说:"自家做的乌龙茶就是好。"

漳州是乌龙茶发祥地,无论哪家哪户,制作乌龙茶的手艺都很精到。宋茶道卿张睿轩对漳州乌龙茶工艺赞不绝口,遣其三个儿子落户山清水秀的华安仙都,种植经营乌龙茶。仙都有一口月亮泉,甘美清冷,以其水浇育、沏制出来的茶为佳茗上品。

蓝怀迥听到里屋说话声,问说:"孩子叫蓝理吗。"

蓝怀紫答道:"对。大哥,你们觉得好吗?"

蓝怀迥叹道:"我们老百姓爱讲理,可问题是没人跟我们老百姓讲理。"

蓝怀智堵住大哥的话,说:"大哥,蓝理刚出世,我们这些做大人的要多讲吉利话。没人跟我们老百姓讲理,我们老百姓自个儿讲就行了。我们势不如人没错,但弱者不要老是一副弱者心态。"

蓝怀迥拍了拍额头,微笑道:"对,瞧我这做大伯的,老了还该掌嘴。"

蓝怀智也笑了:"阿紫,我们兄弟仨就属你识字多,是个大才子,阿紫你说好就好。"

蓝怀紫说:"我这样的也是大才子,那漫山遍野的人不都是大才子吗。"

他这么一说,兄弟仨乐了。茶香亦随着那悠然乐意,飘出了蓝家窗棂子,飘荡在瓦蓝深邃的天空中。

2

　　蓝理出生不久,清廷与郑成功之间的战火延至漳浦。

　　顺治四年(1647)秋天,郑成功派郑军攻陷漳浦、云霄,进驻诏安。冬天,南明桂王朱由榔在广东肇庆称帝,年号肇庆。郑派光禄卿陈士京前去朝见桂王,桂王封郑为延平公。郑开始改用桂王永历年号。

　　顺治七年(1650),郑进攻潮州,清总兵王邦俊率部抵御。郑军失利后转而进攻碣石寨,仍攻不克。是年,郑将厦门改称思明州,以明其志。翌年,桂王下诏,令郑救援广州,带兵南进驻扎在平海。出师不利,郑军返回厦门。此时,清军已完全占领福建沿海地区,郑数万兵马只得据守金门、厦门、铜山等岛屿。

　　顺治九年(1652),郑发兵攻克海澄,清总督陈锦领兵前往救援,在漳州东郊交战,清军溃败。郑向东进军在泉州停留,再回军取下诏安、南靖、平和,后围攻漳州。

　　顺治见福建局势反复,不能底定,遂以招抚之策劝谕郑归顺。郑无意受招抚,反而更加积极备战。顺治十一年(1654),郑一面出兵北上攻打崇明,声威及长江上游;一面又出兵攻打漳州,清千总刘国轩以漳州城来向郑进献,郑军继续前进,又攻陷同安,郑部将甘辉攻克仙游,福建告急。

　　翌年,清朝调整战略,顺治命郑亲王世子济度为定远大将军,率领大军征讨郑成功。济度入闽,从汀州一路打来,收复漳州。

　　顺治十三年(1656),郑大将黄梧因不满郑成功的猜忌,献海澄城投降清军,向清廷献策迁界。济度收复漳州及沿海几县后,就在漳州主持剿海军事。鉴于黄梧为清廷献策纳降的功劳,济度奏报顺治帝,封黄梧为海澄公,一等公爵,世袭十二次,并令其镇守漳州。清军进驻漳州一带,形势对郑军不利,郑成功只得收兵退回厦门、金门、浯屿三岛。海面作战是郑军强项,济度率部再次进攻郑军,结果久攻不克。

　　顺治十七年(1660),顺治又命令靖南王耿继茂移兵镇闽,并任罗托为安南将军,继续征讨郑军。

　　光阴荏苒,蓝理在纷乱的年月里,长成了懵懂少年。蓝理下面陆陆续续添了五个弟弟、两个妹妹。孩子一多,加上经年不断的战乱,蓝家的生活越发艰难了。蓝理也只得早早结束了私塾生涯,四处拜师习武。他天生一副健壮的体魄,虎背熊腰,膂力超人,只是一直不遇良师,武艺进展缓慢。

　　这年冬天的一个早晨,东方微微泛出白光,星星若隐若现,村子里仅剩的几只公鸡稀疏的打鸣声,打破了黎明的宁静。

蓝理往肚里随便塞点东西,就赶去给寨子另一头的富贵人家打零工。穿行在寨子中的田地间,晨风吹拂,格外清爽。

鱼肚白的天空染上了一层橘红,渐次扩大;星星渐渐隐去,细碎铅色的云块,好像在红绸子上镶上了黑色花纹。蓝理刚刚还清爽的心情,忽如那云块般黯淡下来:人穷,心情也跟着穷。胡思乱想着,就到了富人家。

一进门,管家就吩咐他清洗磨房里的用具。他干活利索,不一会儿,就把该洗的东西都洗完了。出了磨房,他主动到大厅里帮忙干活,不料仆役故意作弄,害他失手将东家的雕花瓷瓶给摔碎了。东家找上门索赔,蓝理有口难辩。

蓝怀紫赔不起,一上火,大骂儿子:"三岁看大,八岁看老。你都这么大了,难道还不懂事!整天舞刀弄枪的,就会闯祸!"

他随手抄起一根儿子练功用的白蜡杆劈头盖脸打下,妻子怎么拦也拦不住。

蓝理蒙冤受气,既不格挡,也不答话,拔脚就走。

母亲心疼儿子,见状喊道:"理儿,你去哪?"

蓝怀紫怒气更盛:"让他走,看他能走到天边去!"

苏清红急得带了哭腔:"这怎么行,孩子可是我们的心头肉啊!"

母亲的话,蓝理都听到了,可他还是头也不回地走出了大门。

刚开始,蓝理漫无目的地走着,不想却往漳州城走了。差不多在中午时分,他过了长桥,到了官浔。时值冬盛,冷风扑鼻,路上走路好生艰难。

到了官浔,蓝理来到了一条小溪边,口有些渴,见溪水清澈见底,阳光下,水面还泛起缕缕雾气。他伏下身子,掬了几口溪水,心情好了起来。

这条小溪叫策士溪。蓝理以前听老人讲过,漳浦东面有一条策士溪,宋朝皇帝因元兵追赶南逃时,在这儿册封进士,故名策士溪。

蓝理看着从面前静静流淌的溪水,不禁有些出神,他忽觉自己好似也在逃难,宋朝皇帝南逃,是往西走的,自己再往东就不对了。他往前头望去,巍峨的九龙岭横亘在眼前。

他踌躇了,想要回家,可又不甘心。中午已过,他肚中饥饿,想向就近的村民讨些食物充饥,又不好意思。走走停停,不知不觉中,他来到了官浔灵慈宫。此时,红日西沉,天色逐渐暗了下来。

蓝理看里面没人,准备进去。闽南人信佛崇道,宋朝有佛国之称,大大小小的庙宇,一般都会摆放些供品。蓝理想:"进去拿点供品填填肚子也好,晚上也就在里面对付算了,总比睡外面强。"

蓝理脚一抬,径直进了灵慈宫。只见慈祥庄严的妈祖,端坐在香烟缭绕的正堂上,案上摆着一盏长明灯和一些茶料果品。蓝理实在是饿了,看到食物更是饥饿难耐。当下,他不管三七二十一,右手一伸就抓起东西吃。待肚饱身暖,人也越发犯困了。打了几个哈欠，纳头便倒在殿前，呼呼入睡了。

夜，越来越深，小星星也越来越多。它们好似不约而同，都要出来陪伴蓝理，仿佛要让人感觉这人世间，即使在黑夜，光明仍然是无处不在。

话说官浔有一乡绅，为人好善乐施，人称连稳爹。这天，他睡至半夜，梦见妈祖自天而降，说："本宫脚下躺着一位大人，望能得到你的帮助。"

连稳爹醒来，心觉蹊跷，急忙披衣下床，也不惊动家人，打起灯笼，直奔灵慈宫。进了宫门，放眼殿堂，哪有什么大人，只有一个衣衫褴褛的少年，蜷睡在殿前。

连稳爹心想，眼下正是数九严冬，这少年衣着单薄，冻坏了就糟了。他忙叫醒少年，带回家中安顿下来。

次日一早，蓝理见了连稳爹，扑通跪在地上，一边叩头，一边连称"恩人"。连稳爹问明情况，十分同情蓝理，便收他为义子。

连稳爹见蓝理一副好身架，是块练武得材料，刚好自己也结识几位武术师父，便从中挑选一位武艺高强、人品方正者做了蓝理的师父，让他好生点拨蓝理。蓝理在师父的精心教导下，武艺精进，刀盾枪石，无所不精，且神力异常，可飞步追上惊马，拽住马尾，让奔马嘶鸣倒退。

这样过了半年，蓝理想家了。连稳爹也劝他回去看看，说反正官浔离苌坑也近，想来就可以来住上一段时间。

3

蓝理回家，母亲既高兴又心疼，父亲也没再说什么。

他一回来，整日都得下地干活。他们一家人虽说农活干得比谁都勤快，可这世道就爱捉弄人，穷人的日子不是靠勤快就能好过的。家境不见好转，反倒越发贫寒，那些趋炎附势的族人也更加轻视他们了。

蓝理看到家境困难，经常断炊，弟妹们经常饿肚子，便时常偷些瓜果，给弟妹们充饥。再后来，他跟族中那些不务正业的子弟厮混在一起，开始干些偷鸡摸狗的勾当。蓝理性格刚烈，桀骜不驯，又喜欢舞刀弄枪，在这帮混混当中比较显眼。族亲对他的闲言碎语不断，族中绅士对他更是恨之入骨，骂他有辱堂风，是个不肖子孙。

蓝怀紫人虽是一个极好面子的人，可知道儿子这些劣迹时，也无力挽回局面。闽南有句俗话，自己要做卢鳗，天公也没法。蓝理似这纷乱世事般，让蓝怀紫越来越没信心。

顺治十八年(1661)夏至后，苌坑出现了几十年来少见的好年景，畲家宗亲决定要将今年的分龙节搞得热热闹闹的。

分龙节,又叫盘龙节,是畲族传统节日,节日这天要举办盛大的歌会,叫盘诗会。已时开始,茭坑及四周山寨的畲族男女老幼,穿着节日盛装,汇聚到石椅社一个比较大的空地里,一时人声鼎沸。午时一到,盘诗会正式开始,庆祝丰收、表达爱情的山歌声,此起彼伏,一浪高过一浪。

　　蓝理跟蓝溪、蓝海、蓝昌等堂兄弟,也到盘诗会凑热闹,听着咿咿呀呀的山歌觉得没趣,便一同转悠到种玉堂。

　　蓝溪比蓝理大两岁,个头却矮了许多。快到祖祠时,他望了望大门口两尊石狮子,又瞅了瞅蓝理,说:"楚霸王能拔山举鼎,蓝理你号称膂力千斤,能举起祠堂门前的石狮子吗?"

　　蓝溪话音方落,蓝海制止道:"使不得,万一有人知道我们搬动祖祠前的石狮子,可不得了!"蓝海比较规矩,生怕遭族人责骂。

　　这时走在后面的蓝昌,进步前来道:"胆小鬼,怕什么! 蓝溪说得对,我们来打赌,看蓝理是名副其实,还是徒有虚名。"

　　蓝昌与蓝理同庚,个头与蓝理也差不离,一向不太服蓝理,也想借这个机会看看蓝理的气力到底有多大。

　　蓝理没想太多,反正也是闲着无聊,便拍拍肚皮,大声应道:"当然可以!"

　　于是,一伙人簇拥着蓝理来到祖祠大门口。

　　蓝理走到一座石狮子跟前,觑了觑这庞然大物,勒紧腰带,盘起辫子,弯下腰来,扎好桩势,双手把持着石狮子的基座,深吸一口气,暗中运劲,猛喝一声"起",硬生生将石狮子举过头顶,绕场走了一圈,才将石狮子放在旗杆前。

　　大家看得痛快过瘾,不由得欢呼鼓噪。

　　蓝溪、蓝海由衷赞叹道:"蓝理你果然是好气力!"

　　蓝昌也竖起大拇指:"蓝理,你能把石狮子搬圈儿,果真是好样的! 我原来对你还有些不服气,这下可服了!"

　　蓝理立在那里,脸不改色,气不喘,正自得意。

　　偏在这时,有几个没参加盘诗会的族老闻声从种玉堂里出来,想看看是谁在吵嚷,一见是蓝理这群歹仔们,再一见石狮子移位了,气得胡子乱颤:要知道祠堂前这对石狮子是不能随意挪动的,一挪动风水可就要变了。

　　族老大声呵斥:"反了,你们这些孽子,竟敢在祖祠前胡闹撒野! 我们要告诉族长,看你们怎么收这个场子!"

　　蓝理他们没料到祠堂里还有人,遭了一顿痛骂后,赶紧溜了。

　　盘诗会尚未落幕,蓝理一伙人搬动石狮子的事就传开了。

　　族长一直想找机会整治蓝理,这次可如愿了,他连夜召集族老在祠堂里商议怎么处置蓝理。议毕,他立即派人去抓蓝理。

　　蓝理还蒙在鼓里,不知大祸将至,跟三朋四友在小庙里喝酒,到深夜才醉醺醺回家。刚进家门，就被早已埋伏的族丁反扣在地，绑了个结结实实，然后押解到种玉堂，等候第二天发落。

4

蓝怀紫无奈，人穷势弱，也只得听之任之了。当初给儿子取名，他绝对没想到会是这种结局。当初二哥蓝怀智讲"弱者不要老是一副弱者心态"，可说来容易做来难。碰到事情，弱者就是弱者。蓝怀紫徒有唉声叹气的份了。

那边厢，蓝怀智却不认命：以前有人偷摘荔枝，就被族长依照族法打断了腿。如今蓝理搬动镇祠之宝石狮子，那还不得送了小命！得想法子救救蓝理。

他这么想着，就见苏清红和一位叫阿玉的少妇一块找来了。

苏清红先自哭出声来："二哥，理儿被族长抓走了，现关在祖祠内。"

蓝怀智安慰说："怎么回事，慢慢说。"

苏清红止住泣声："我们家势弱，只好眼睁睁地由他们把理儿绑了去，心想让族长教育教育理儿也好，让他以后不再孟浪了。不料方才阿玉来告诉我，说族长决定明天中午要将理儿沉塘。阿紫还不知道这事，不过知道也没用，他面子薄，胆子小。我只好来找二哥您了，二哥您有主见，我求您想个法子，救救理儿吧！"

阿玉说："阿智叔，我刚才从族长家院子经过，隐约听到说明天中午要将蓝理当作我们寨子里的祸根除掉，永绝后患。我急了，赶紧给苏婶通气。族长也太小题大做了，小孩子家就算犯再大的错，也不至于受罚沉塘嘛。"

阿玉是蓝理的堂嫂，丈夫早逝，落下一个孤儿，常被人欺负。蓝理虽说孟浪，但最见不得人恃强凌弱，平时也常出些力气，尽量帮助阿玉这对孤儿寡母。

苏清红、阿玉的话，证实了蓝怀智的担忧。

怎么办？直接去找族长族老要求放人？他不敢。他知道那样做，不但救不了人，反而会因此与族长族老树敌，今后日子更不好过了。

思前思后，他觉得只有先逃到外地暂一避风头。

他将想法告诉了弟媳妇和阿玉："理儿去过漳州，就让他先躲到他姑姑那里，反正他姑姑对他也挺好的。"

苏清红就势把带来的包裹塞给了蓝怀智："对了，这是理儿的衣服，本想让理儿夜晚添穿的，就让他带上吧。只是没带钱来，怎么办？"

蓝怀智说："没关系，我这里有些钱先给他用。"

阿玉见此情形，从头上拔下一只银簪："我也匆匆忙忙的，没带什么值钱东西，就将这只银簪给蓝理兄弟当盘缠吧。"

苏清红哪里肯收，推辞道："东西这么贵重，理儿承受不了，阿玉你的心意我心领了。"

阿玉说："苏婶,您这是说哪里话,现在这个时候人命要紧!何况平日里,寨子里的大小伙子就属蓝理兄弟最关照我了,别人欺负我们孤儿寡母的,就他敢站出来为我们说话。"

蓝怀智见阿玉态度坚决,对弟媳妇说："阿红,阿玉心意已决,就替理儿收下吧。"看夜已深,又说道,"这样吧,你们先回去,谁也不要提起今晚的事。我准备一下,但愿会有个好结果。"

苏清红想见儿子,说："我们跟您一块去,在旁也可以帮帮忙。"

蓝怀智说："这种事人多反而不好办,你们先回去吧。"

阿玉说："阿智叔,那您可要当心。"

蓝怀智下半夜潜入种玉堂,还好,没有人看守。

这时蓝理酒劲早已过了,无奈被绑在柱子上,嘴里又塞了布条,动也动不得,叫也叫不得。他见二伯前来,脸上立现喜色。

蓝怀智快步上前,将蓝理口中布条抽掉,把绳子解开："理儿,族长中午要把你沉塘,你赶快离开石椅,到漳州投靠姑姑家。家里的事,我会处理。"说完将衣服、银簪,还有几十文钱递给他。

蓝理一脸不解："这是怎么回事,二伯。"

蓝怀智只得把情况讲给蓝理听。蓝理乍听还有些怯意,可怯意一过,无明业火就蹿了上来,怒道："他们凭什么要这样对付我,不就是搬动石狮子吗!一不做,二不休,我索性将他们一干人结果掉!"

蓝怀智见蓝理嘴硬,不禁责骂了几句,复又好言安慰。

蓝理只得噙着泪水,屈膝伏地,向蓝怀智纳头一拜,乘着夜色向漳州逃去。刚到村口,遇上早起的堂姊婆。堂姊婆见蓝理慌不择路,似乎知道怎么回事,叫住蓝理,转身进屋,拿出两个七八成熟的大番薯塞给他。

5

蓝理谢过后,沿着蜿蜒的山路和逼仄的石砭路,一路踉踉跄跄,总算在天亮前逃到了九龙岭。这时,两腿已不听他使唤了。一团乌云飘来,顿时下起瓢泼大雨,他慌忙躲进路旁的土地庙。

土地庙正中供着一尊慈眉白发的塑像,庙里的香烛全都泯灭了,只剩下一截截短短的竹签,如被割过的稻茬立在香炉里。庙也比较小,风挟着雨不时飘忽进来,打湿了庙门处的地面。

蓝理进到里面,朝土地公恭恭敬敬地鞠了几个躬："土地公,借光避雨,蓝理这边有礼了。"然后找一个干燥地方坐下来。

庙门外的雨水仍然在可着劲下，一个倦意接着一个倦意袭来，不一会儿，蓝理便睡着了。

朦胧中，一位仙风道骨的老者对蓝理说："这位兄弟，小庙今日有幸庇护贵体，他日兄弟必成大器，切勿忘记今日之恩呐！"

蓝理刚准备接话，却醒了，原来是南柯一梦。

他觉得梦中的老者好像在哪见过，当目光移到庙正中时，才明白梦中的老者就是跟前的土地公！

蓝理不觉一笑，摇摇头，自己一个海边农家的穷孩子，还正在逃难，怎么可能有锦绣前程！兴许是自己跑得太累而在胡思乱想罢了。

外面已没有雨声了，庙里也亮堂起来。他一个骨碌起身，向土地公合掌拜别，出庙沿隋唐古道朝漳州城方向走。

此时的九龙岭，雨过天晴，阳光灿烂，满山青翠。睡过一觉，蓝理精神也恢复了许多，心情欢快起来。

【第二章】

初 入 江 湖

1

漳州州治,始初于唐垂拱二年(686),归德将军陈元光获准在云霄漳江北岸筑城。开元四年(716)因漳江北岸瘴气甚重,故移设漳浦李澳川,至贞元二年(786)又因州治面积扩大,为便于治理,再从李澳川迁到今址九龙江畔唐化里。现在的芗城、龙文、龙海、漳浦、云霄、诏安、东山、南靖、平和、长泰、华安等县(市、区)时即归其管辖。

陈元光,祖上山西河东人,后迁河南光州固始。唐总章二年(669),陈元光随父陈政奉旨入闽平蛮獠啸乱,进驻云霄火田。火田江水貌似陈政老家上党之清漳,陈政为安抚将士思乡之情,取名漳江。陈政殁后,陈元光代父统领唐军继续平复战乱,发展经济,兴办学校,奏设郡治,和睦民族,恩泽广布闽南。及后,漳州民间奉其为"开漳圣王",于漳江畔立庙祀之,号威惠庙,闽南中原河洛文化即以其为始祖。庙里有石刻楹联:

漳水云山,开万世衣冠文物;
馨香俎豆,报千秋伟绩丰功。

漳州城自迁至唐化里,历代皆有不同程度的建筑,至宋初开始在外围筑起土城,南宋又将土城翻建为周长差不多有八公里的石城。城垣绕西北隅的芝山、保福山及日华山东麓蜿蜒而过,穿越西校场边,向西延伸,经大安门,在肃清宫直街附近,顺三湘江转向南,将龙文、虎文二山围在城内。再折东向,沿城背顶经西闸口、南门头至江边。再转身向北,从八卦楼沿至文昌门、马道底,转西折向北至太初门。城垣绕城一周,最后又回至芝山东麓。城内设有九街十三巷,如府前街、雨伞街、探花街、丝线街、草花街,给事巷、尚书巷、山顶巷、乌衣巷等,皆富历史人文特色。延至顺治初期,清军进入漳州,又在原来基础上重新修建石城,并在东西南北四城门高筑城楼。

蓝理早些年虽说跟父亲来过一趟姑姑家,可是当时还小,又好多年没来了,加上漳州城内连遭清军和郑军战争的侵袭,有些街道、房子都变样了,原本不清的印象更模糊了。东拐西拐,蓝理走了九街十三巷,费了半天时辰,连午饭都顾不得吃,还是找不着。

这当儿又到了下午,来的路上只吃了堂婶婆给的两个番薯,现在肚子早已饿得前后肚皮粘在一块了。蓝理想就近找个铺子先解决肚皮问题,等吃饱了再找姑姑家。可伸手去摸放在包裹里的那些钱,却摸空了。再摸银簪,也没了。只听他嘴里念来:"糟糕,可能是在路上丢了。"

他抬头望天,这下可好了,吃又没得吃,姑姑家却还是人海茫茫,更要命的是漳州人生地不熟的,再过几个时辰那天色要是暗下来咋办。

有道是,在家千般好,出门万事难。他在漳州城里漫无目的转悠了一个下午,最后实在是饿得没一丝儿力气了。他站在街上,用手摸摸那不识趣的肚皮,抬头望望街道两边热气腾腾的小吃铺子,使劲咽口水。

"玩在苏杭,吃在漳泉"。在家时,蓝理就知道漳州城里的小吃是很有名气的,可现在身无分文了,乞讨又伸不出手。

蓝理捂了捂肚皮,拽开脚步,投城外走去,竟转到了漳州东门外的浦头港。

浦头港是漳州城外的避风深水港,地势平坦,水道直通九龙江西溪。明成化至弘治年间(1465—1505),漳州月港对外贸易兴盛,漳州成为汀州、漳州、龙岩一带客货集散地,浦头也成为过往船舶喜欢停泊的口岸。当时,民间客货外出台湾、南洋等地都从这里换海船,一度出现"浦头日集千帆,随潮水涨落而行"的景象。

2

码头上有一座始建于宋淳熙十四年(1187)的崇福宫,祭祀三国名将关羽和周仓,系山西解州崇宁殿分镇,明代将其修成城门楼,名叫定潮楼,仍祀关羽和周仓,俗称浦头关帝庙、浦头大庙。庙殿系砖木结构,坐北朝南,悬山琉璃顶,前廊正中楣悬挂"乃圣乃神"匾额,在明朝香火一度极为鼎盛。明清易代之际战乱频繁,年久失修,此时已极为破败,大庙也无人看管。

庙里阒然无声,却有一股烤烧鸡肉的香味溢出,天色也渐渐黑下来,蓝理心念道,这没主儿的美味正好充饥,吃饱了,不妨就在此庙中过夜。

蓝理入得庙中主殿,见殿中有两尊神像———一尊是关帝,一尊是周仓。神像前摆放着一张供桌,桌上有一盏长明油灯,闪烁着如豆的光芒;旁边还有一只碗,里面竟装着一只烤熟的鸡,上面还冒着热气!

蓝理寻思这鸡肉肯定是供品,那就借关帝、周仓的东西填填肚子吧。他朝神像拜了两拜,抓过鸡来,两手一撕,狼吞虎咽起来。不多工夫,一只鸡就剩地上的几根骨头了。

肚子一饱,睡意就上来了。看到一堆散乱的稻草和破棉絮,蓝理跨步过去,席地一躺,眼一合便进入睡乡了。

几只蟋蟀,不知什么时候也在一边瞿瞿地叫了起来。

不久庙外进来了两个人,蟋蟀听到动静,叫音戛然而止。

那二人,一人名叫柯彩,一人名叫陈龙,都是漳州的市井无赖。

平日里饿了,两人不是去偷,就是到小摊贩那里强"赊";困了就住在这关帝庙里。两人什么东西都敢偷,日子久了,"名声"大了起来,漳州人骂他们:"王爷公的火油也敢偷倒"。

这天下午,他们俩偷了一只鸡,在野地里烧烤后带回关帝庙,准备美美吃上一顿,突然想去寻些酒来喝喝,就又一起出去了。

这会儿进来,定睛一看,破碗倒在,香喷喷的鸡却不翼而飞了。两人可是恼了,谁人敢这么大胆?

借着庙里微弱的灯光,他们看到吃剩的几根鸡骨头和酣睡的蓝理。

柯彩朝陈龙使了个眼神,陈龙抄起地上的木棍。柯彩走到蓝理前面,猛踢了一脚,厉声喝道:"哪里来的野小子,敢在太岁头上撒野!"

蓝理正睡得香,骤然腰间一痛,又听到呵斥,以为关帝、周爷显灵发威了,立马来个鲤鱼打挺,正准备告饶,可睁眼一看却是两个年龄相仿的后生仔,前面的长得白净俊秀,后面那个却生得粗黑丑陋。

陈龙也走上前来:"说,那只鸡是不是你偷吃了!"

蓝理看到陈龙手中的木棍,明白了怎么回事,正要解释,柯彩叫将起来:"肯定是这小子吃了! 陈龙给我狠狠打,也让他知道知道,世上哪有只占便宜不吃亏的事!"

陈龙抢起木棍朝蓝理劈头打来。

蓝理见不是事,说时迟,那时快,一个闪身,倏地躲过陈龙的锋芒。

柯彩见陈龙失手,腾地挥起拳头直望蓝理的鼻梁骨打来,嘴里还喊着:"偷吃贼,看打!"

蓝理刚刚吃饱,又睡了一会儿,力气大增,正觉得逃亡的气没得撒,想找人出出晦气呢。只两三招,蓝理就看出了柯彩、陈龙的套路,他立稳脚跟,侧身接过柯彩的拳头,左手一格,右手一个勾拳急风暴雨般挂过去,狠狠地击中了柯彩的下

巴。只听一声闷哼,柯彩一个趔趄,倒了下去。

几次扑空的陈龙兜身回来,见同伴倒在地上,不由大惊。他挥舞木棍,又朝蓝理劈头盖脸打来,棍头呼呼带风——这下他可是豁上了十二分的气力。

蓝理赤手空拳,只得先闪过几招,然后觑个破绽,出其不意横扫一腿,大喝一声:"着!"

陈龙被蓝理一绊,身子失控,木棍重重打在后壁上,嘭得一声响,感觉整个庙都嗡嗡直抖,虽说人没倒地,可感觉双手已经不听使呼了。

柯彩这时已从地上爬起,见蓝理武功着实了得,有心结识。他摸摸剧痛的下巴,咧着嘴说道:"英雄,恕我等有眼不识泰山,多有冒犯,还望英雄告知姓名。"柯彩读过一些书,此刻说话倒也斯文。

蓝理气也出了,见柯彩问话中也不见原先的火药味,就大方回道:"大丈夫行不更名,坐不改姓,我乃漳浦蓝理!"

蓝理也学精了,他本想将苌坑畲寨的名字也说出来,可一想出门在外,话不能太多,更不能太细,于是话到嘴边,又咽了回去。他留一手,生怕有人知道他的详情回苌坑告事去。

陈龙与蓝理交手几个回合,寻思自己不是蓝理的对手,见柯彩气馁,便也弃棍于地,大笑道:"哈哈,我们也算不打不相识啊!"

蓝理一看二人性情如此豪爽,毕竟自己理亏,反而谦虚起来:"方才不知那只鸡是你们的,真是得罪了。"

柯彩说:"没事,蓝兄弟如果不嫌弃,我倒希望那只鸡能吃出咱们三兄弟的缘分来,那就合算了。"

蓝理说:"好,我就交定你们二位兄弟了。"

陈龙道:"不如我们三人结为兄弟吧!"

柯彩、蓝理同声叫好。

陈龙将酒取来,不知又从哪摸出三只小碗,三人边喝边谈:柯彩年长为大哥,陈龙次之,蓝理最幼。

翌日一睁开眼睛,蓝理就为生计问题发起愁来。

他问陈龙:"二哥,平日你们以何营生?"

陈龙说:"这世道能有什么好营生!饿了,我们就上街向零食摊子赊些食物过日。"

蓝理又问:"那赊的东西怎么还?"

陈龙头一摆,手一挥说:"还什么,强赊呗!"

柯彩也走过来,笑道:"我们赊账不还钱,弄得那些小贩子,看到我们俩便赶快收摊走避,跟见到老虎似的。"

蓝理说:"这样怎么行!"蓝理在家尽管孟浪,但整天这样无来由地强取豪夺,他骨子里并不乐意,他觉得应该另外找出路,可是又能干些什么呢?

寻思片刻,蓝理眼睛一亮,有主意了:"大哥、二哥,我们还是找个正经事做做吧。你们是城里人,地头熟悉。浦头港就是一个码头,我们搬搬东西,总可以谋生吧!你们看怎么样?"

柯彩、陈龙虽说心里并不乐意,也勉强点头赞同。

没几日,三人就在漳浦码头干起了搬运工,虽然累了些,倒也过得踏实。

3

这天下午,三人干完活,闲着无事在城里逛荡起来。他们到了东门康乐道,见街面招牌花花绿绿的,再看店门前女人,三三两两也是花枝招展。蓝理毕竟刚从乡下来,不解地问柯彩:"这条街女人这么多,是咋啦?"

陈龙说是这是花街柳巷,风月场所。蓝理听罢,不敢往前走,说:"既然如此,我们绕道过去,到马道底逛逛如何。"

他们避开康乐道,穿过东门,往西走去了。走了几步,柯彩说:"我们去公爷街逛逛,那边可热闹呀。"

蓝理问:"公爷街在哪?"

陈龙笑说:"就是以前的探花街。"

明朝时,漳州龙溪人谢琏于宣德二年(1427)殿试高中探花,后建探花府于此,此街故以探花为名。平和人黄梧被清朝廷封为海澄公,占得探花府后,将其改名公爷府。照说街名也得改,可是人们还是习惯叫探花街,这让黄梧不是滋味。有一年,从正月初一起,他就在街中心搭台演戏,吸引人们来看戏、做买卖。他派兵在街的两头把守,问过往的人都去哪里。若答去探花街,便用藤条鞭打;若答去公爷街,便叫他从瓮中自己抓一把铜钱。到正月十五,黄梧见老百姓都改口叫公爷街了,这才停止演戏。以后每年正月初一至十五都演戏半个月,成为民间一大乐事。平常时节,这里的人气也很旺。

到了公爷街,货物琳琅满目,大人小孩,人头攒动,煞是热闹。

陈龙问蓝理道:"蓝兄弟,怎么样?"

蓝理笑道:"热闹是热闹,可是口袋里没钱,也只能白凑热闹了。"

柯彩也笑道:"就是,钱是好东西啊!"

三人看了一会儿,折身往回走,见远处走来两个年轻女子,一个看打扮是富裕人家的小姐,另一个像是婢女。小姐生得十分美好,杏脸桃腮,蛾眉凤眼,香娇玉嫩,体态婀娜,婢女也眉清目秀,惹人喜爱。两人各提着一大篮供品,走上一段就停下来歇息。

陈龙见如此花容月貌的佳人，忍不住嬉笑说："你们瞧那两位美人，长得水灵，有前有后，那才叫女人，我们近前去瞧瞧！"

蓝理止住道："不得无理。"见她们确实走不动了，又说，"对了，反正我们也是闲着，不如去帮帮她们吧。"

可不待三人援手，一个拿着长棍的红脸汉子抢上去，跟那小姐、婢女搭讪："小姐，你们这是去玄天上帝庙还愿吧。"

婢女答道："是的。"

汉子笑笑说："我正闲着没着落，就替你们挑供品吧，工价三文钱就好。"

小姐说："这位大哥，你认得路吗？"

汉子依旧笑道："当然！这一带我很熟，你们放心吧。"

婢女看那汉子笑得不怀好意，多了一个心眼："小姐，我看我们还是自己慢慢提着走吧，不用麻烦他了。"

汉子一听，连忙摇摇手说："不麻烦，不麻烦。"

小姐涉世未深，见汉子着急，想来工钱也便宜，就依允道："那就有劳这位大哥了。"

汉子挑起两大篮供品，快步直奔东门，一会儿就到了街口。小姐、婢女在后面怎么赶也跟不上。

蓝理仁见此情形，知道那汉子必有猫腻，就跟了上去。

却见汉子右转弯向柑仔市奔去，小姐、婢女连忙喊话："走错啦，左转才是巷下庙！"

那汉子继续往前奔，一连拐了几个弯，就不见了。

婢女急得哭了起来，小姐也不知如何是好。

蓝理忙上前安慰她们："二位姑娘，不用急。我们把东西追回来，你们就在这等着。"

婢女将信将疑，止住哭声，心里念道："该不会是走了歹人，又来强人吧。"

小姐毕竟是大家闺秀，落落大方地说："那有劳各位壮士了。"

"不碍事。"蓝理边说边招呼柯彩、陈龙追去。

那汉子躲到一个旮旯里，正翻看篮中供品。

只听一声怒喝，脖子就被一只大手给钳住了。

汉子被钳得透不过气来，歇斯底里大叫："暗箭伤人，不是好汉所为！"

蓝理见汉子硬气，手松了松，嘴上却说："难道你做的事就是好汉所为吗？"

汉子直着脖颈："你们是谁，多管闲事，竟敢管起许爷的事来！"

陈龙黑着脸，露出一副赵元帅黑虎投胎样，说："你听好了，我们可是你柯彩大爷、陈龙大爷、蓝理大爷。"边说边一脚朝那汉子踹去。

不想那汉子早有防备，扳着蓝理的手尽力一躲，算是躲开了。

估计他听说过柯彩、陈龙的名号,赶紧说道:"久仰柯兄和陈兄大名,今日相见,幸会幸会。只是这位蓝兄不知是什么来历?"

柯彩说:"他是我们三弟蓝理,漳浦人。"

汉子说:"蓝兄好膂力,佩服佩服。"

蓝理这时也放开了手。

四人交谈起来,甚是投契,大有相见恨晚之意。

原来这汉子名叫许凤,父亲是江西人,来漳州当武官,家暂住南门外蜈蚣山范爱亭。许凤自幼得其父亲传授武艺,练就一身飞檐走壁的本领。父母死后,他就靠入户盗窃为生。

许凤知道蓝理他们要替那小姐、婢女抢回供品,就爽快地答应挑还给她们。

看到供品失而复得,主婢二人大喜过望,现出一片灿烂的笑颜,连声道谢。

然后,大家互通了姓名。接着,蓝理替人圆场,说许凤是外乡人,不知道地方,所以走错了。

"原来是这样。"小姐潘柳欣听蓝理这么说,情知是蓝理在替许凤说暖人面的话,但也装作不知说:"许大哥,都怪我没交代清楚,有劳你了。"

婢女徐云还在生气,更不知潘柳欣用意,当下嘴一撇,话不饶人:"外乡人?小姐,他明明说这一带很熟,能怪我们没交代清楚?他肯定没安好心!"

潘柳欣朝徐云使了个眼神:"云儿,别乱说,可别错怪许大哥了!"

见时辰不早,潘柳欣说:"我们还要赶路,敢问几位大哥,你们家住哪里,改天我们再致谢。"

陈龙抢言道:"我们都住在浦头庙里。"

潘柳欣一愣,有些迟疑道:"浦头庙?"

柯彩见潘柳欣疑惑的表情,赶紧解释说:"陈兄弟的话说快了点,我们不是住在浦头庙里,是住在浦头庙边。"

柯彩话音未净,徐云禁不住笑起来:"陈大哥说住在浦头庙里,我就说不像嘛。住在庙里的人都是和尚来着,陈大哥可要当心,说得太快了,稍不留神就得当和尚了。"

潘柳欣略带生气地说:"云儿,不能在几位大哥面前如此无礼。"

蓝理笑道:"不碍事,即使在庙里当和尚也无妨。"

柯彩说:"今天两位小姐不把咱们兄弟几个当生人,干脆,咱们就好人做到底,帮两位小姐把东西送到玄天上帝庙吧。"

陈龙响应道:"行呀!许凤,我看还是你来挑比较好。"

潘柳欣连声说:"使不得,使不得,怎敢再劳烦许大哥呢。"

蓝理看大家热心,说:"潘小姐,既然兄弟几个有此热心,你就别介意了。"

潘柳欣见盛情难却，只好答应了。

路上，几人不知不觉交谈起来。

原来小姐潘柳欣是浦头码头附近富商潘报的千金，婢女徐云是她的贴身丫鬟。今天两人一同去玄天上帝庙，替父母还愿。

徐云耳细，听出蓝理口音，问道："蓝大哥是漳浦人吧?"蓝理回说是，徐云马上叫起来："蓝大哥跟我家小姐还是同乡呢!"

蓝理很觉意外道："潘小姐是漳浦人，怎么口音一点也不像呢?"

徐云是见面熟的女孩，嘴一撇，幽默起来："我家小姐可是雅得很，哪像你蓝大哥，嘴巴一张就是漳腔浦调的。"

蓝理憨然一笑："那是。"

潘柳欣浅眉含笑："我祖父是漳浦人，后到漳州做生意，就在漳州住下来，我是在漳州出生长大的。"

说话间，玄天上帝庙就到了。蓝理说："人多嘈杂，我们就不进庙门了。"

潘柳欣说："那好吧。许大哥，东西放下来就行了，谢谢啦。"

许凤将东西放下。潘柳欣、徐云再次向众人道谢，就提起篮子进庙去了。

4

潘柳欣、徐云主仆二人走后，陈龙说："想不到今天我们兄弟几个竟做起护花使者来了! 这下好了，任务完成了，也就可以自由活动了。去哪?"

柯彩说："就你陈龙话多，今天我们闲逛，是逛到哪算哪。"

四人一路说笑，继续南行，到了九龙江边。

夏日午后酷热的阳光下，九龙江水显得更加秀丽纯净。两岸是青草翠竹，江面上有不少孩子在戏水，三五成群，时而顺流而下，时而逆水而上，欢笑声、打闹声不时传来。

四人忽见不远处一群庄稼汉手拿扁担，围攻一名大汉。那大汉身形强健，高大威猛，可却靠在一截旧墙上，只是用手格挡，并不还手，旁边一位老者似乎在劝阻，让人觉得甚是蹊跷。

打了一阵，那些庄稼汉大概解了气，骂骂咧咧一齐离开。

蓝理四人上前，正待搀扶，不想那大汉竟然无恙，那老者倒瘫坐在地了。

四人有心想与大汉结识，忙问明原委。

原来大汉名叫吴田，古县人，幼年失去双亲，靠叔父吴安抚养长大。古县吴姓是小姓，郑姓是大姓。郑姓有些人仗着人多势众，蛮不讲理，经常欺负吴姓，吴田自然也不能幸免。吴田立志报仇。听说凤阳拳术名声大，他就流落到安徽凤阳，找了一家武馆,练就了一身好武艺。

回到漳州,他在古县人入城所必经的桥头,故意找茬激怒那些欺负过他的人。众人被激怒,商量好围攻他,当他正要狠狠教训那些人时,叔父气喘喘地赶来,连喊住手,一个劲儿劝道:"田仔啊,你这样一来,我在古县就不能容身了!"吴田恐怕叔父受连累,就只得任那些人拿扁担打自己了。

听罢吴田的诉说,蓝理等四人啧啧称奇,世上竟有如此硬汉!

五人回到关帝庙,在关帝面前结为异姓兄弟:柯彩、陈龙仍居老大、老二,许凤、吴田分居三、四,蓝理最幼。

五人结拜以后,日子却未见改变。为了生存,他们除了在浦头港干点码头活,有时也不免做些偷鸡摸狗、强赊什物的勾当。捞不到东西时,就一同挨饿。

日子就这么过着。

一个雨天,云游老和尚到关帝庙,见着蓝理五人,吃惊不小:"善哉,善哉,阿弥陀佛,这可是周处再世也。"见他双手一合,念了一句偈语,"悟到真如头头是道,参来妙谛色色皆空。"

也不管人家接受与否,他给五人算了一个易卦,算了许久,却只说一句话:"你们日后无论在哪投军,都是漳州的后五员虎将!"说完,就在雨中飘身而走。

当时漳州虽已被清军占领,但一水之隔的厦门,却还是被郑军占领。漳州人有的投清军,有的投郑军。郑成功麾下的海澄人甘辉、郭义,平和人万礼、漳浦人蔡禄、汀州人刘国轩,人称"漳州五虎将"。这五人以战功升至镇将、提督,都参加过郑成功围攻南京城的战役,漳州民间说这是五虎闹南京。

和尚走罢,蓝理问柯彩:"大哥,我们五人就你读书多,你说方才那师父话中的周处是谁?"

柯彩说:"周处是西晋人,少时膂力绝人,不修细行,横行乡里,家乡父老把他和蛟、虎合称为乡里三害,后来他斩蛟射虎,悔过自励,终成名臣,封建威将军。"

蓝理若有所思:"周处,乡里三害,悔过自励,忠臣孝子,建威将军。"

屋外雨水的针脚,这时越来越稠密了,吧嗒吧嗒落在硬硬的泥地上,溅起了一朵朵雾蒙蒙的水花,门外的世界仿佛就这样全浸在雨雾中而模糊了。

一日,潘柳欣、徐云忽然在浦头庙里找到他们,这才知道五人的实情。

潘柳欣回去后告诉了父亲。父亲潘报是个大善人,不时关照他们。浦头庙里哥们日子,因此有所好转起来,他们五人干的坏事也逐渐少了下来。即使不得已做些小地痞般不名誉的事,他们也尽量避开潘柳欣、徐云,不让她们知道。

他们也时常到潘家帮忙干些活。接触中,潘柳欣对蓝理也增添了几分感情:蓝理虽说不是什么富家子弟,但她欣赏他的耿直无畏、急公好义。

5

不知不觉,蓝理在漳州城住了三个月。他觉得老在关帝庙里这样混下去,也不是个事。他对漳州街市也熟悉了,便抱着碰运气的心思,根据模糊的记忆,终于在城东岳口街头找到了姑姑家。

这天正是中午,姑姑一家人正围着桌子吃午饭,见到蓝理进来,都很吃惊。姑姑放下碗筷,不见身后有人,便问说:"理儿,就你一人来漳州吗,你父亲呢?"

蓝理心里一热,鼻子一酸,眼泪差点夺眶而出。他知道姑姑跟二伯一样,很疼自己。他哽咽说:"前些时候,族长叫人将我绑在祖祠里,想把我沉塘,我是逃出来的。"

"这个族长,就会欺负穷人。"姑姑也知道娘家的家运已经一日不如一日了,"理儿,有姑姑在,不要怕。对了,你到底做了什么事,让族长生这么大的气?"

蓝理说:"分龙节那天,我搬动了祖祠前的石狮子,有人告诉了族长,他就派人来抓我,准备将我沉塘。"

姑姑拢着垂下来的头发,嘀咕了一句:"不就小孩子搬石狮子吗,也犯不着小题大做。"接着,又稍微扬起声调,"不过,姑姑也得告诉你,今后可千万不要孩子气强出头。咦!你被抓了,怎么逃出来的?"

蓝理的低了头:"是二伯深夜悄悄将我放走的,要我来找您。我来漳州后,一时找不到姑姑家,就先在城里找个地方住了一段时间。"

蓝理没敢将结识五虎兄弟干了些不光彩的事告诉姑姑。

姑姑没多想什么:"那就先在姑姑这儿躲过这阵风再说吧。"

这时一直沉默的姑父说道:"对,蓝理,你就先住下,我们给你找一份工作。等族长气消了,说不定就没事了,到那时再回去吧。来,蓝理,先吃饭。"

姑父家姓周,在漳州南山寺边上开了一个染坊,虽说世道年景不好,一时容它三五个亲戚还是可以的。

南山寺,位于九龙江南岸,始建于唐开元年间(713—741),初为唐太傅陈邕私宅,因建得富丽堂皇,被密告私造宫殿,意在谋反,朝廷派人入闽查办,危急时刻,其女金花提议献宅为寺,自愿持守寺院。延至明朝,禅宗临济僧人在寺里成立喝云派,后传灯厦门、泉州、台湾以及海外的新加坡、菲律宾等地,南山寺遂为喝云祖庭,光耀至今。

几天后,姑姑叫蓝理到染坊里去帮忙。

蓝理跟换了人似的,干活特别卖力。得空时,常到南山寺看棍僧们练武,武艺更加精湛了。晚上,他还承担起巡查染坊的责任。

6

初冬一天夜里，月色朦胧。

蓝理照例到染坊巡查，发现三个黑影手持长刀，潜入染坊内间。这几天染坊进了几批比上好的布料，蓝理估计这几个窃贼是冲着这布料来的。

艺高人胆大，蓝理大喝一声："住手！"

三个黑影猛地里听到后面有人声，慌张起来，想夺门而走。

蓝理借着月光，拾起一条大棍，往门两边一横，喝道："蟊贼，哪里走！"

三个贼人看清对方只一人，而且还是一个毛头小伙子，胆子又壮了起来。他们互相使个眼色，晃动手中长刀，一齐向蓝理逼近。

其中一人恶狠狠说："活腻了，叫你死无葬身之地！"

蓝理怒道："你们这些勾当，爷爷我早就干过，今天饶不了你们这些鼠辈！"

站在最左边的贼人一摆手，三人挥舞着明晃晃的长刀，分别朝蓝理的上中下三路或劈或刺，用的都是一击致命的凶险招数。

蓝理见情势凶险，翻身急撤，左手随即将木棍猛然横扫，趁贼人闪避，看准虚实，抢身上前，右拳就势直击一名照贼人的面门，打得那贼人一声惨叫，直飞出去。

剩下两个贼人知道遇见高手了，无心恋战，使刀护住门户，待倒地的同伙挣扎起来，一声呼啸，夺门而逃。蓝理奋力追赶，不意一贼人回头掷出飞镖，正中蓝理肩膀。

蓝理只得停步，忍着剧痛趔回染坊，一一检查房间，看看有什么损失，查到一半，实在撑不住了，坐地喘息。

恰在此时，姑姑和姑丈见蓝理去染坊的时间长了，担心出事，就掌着灯过来。见蓝理受伤，他们赶紧把他扶回家，立刻请人疗治。

医生替蓝理清理伤口，然后告诉姑姑、姑丈："你们侄儿伤势不轻，我先把伤口处理好，但恐有炎症，你们最好给他弄点片仔癀。"

片仔癀是漳州民间用于治疗刀枪伤口、无名肿毒、镇痛消炎的名贵药品。其配方原是明朝宫廷秘方。嘉靖年间(1522—1566)，一位宫廷御医因不满朝廷暴政，隐姓埋名，在漳州东门外璞山岩寺出家，法名廷侯。为救当地民众疾苦，老御医悬壶济世，用宫廷秘方及独特工艺，选用天然牛黄、麝香等名贵药材，精制出一种消炎药锭。闽南话把一切炎症统称为癀，当地人吃了老御医研制的一片药，或将药敷在肿痛处，即可消炎退癀，故名片仔癀。当年，老御医为了保护秘方，定下寺规，片仔癀其药可以济天下苍生，其秘方却密不外泄，只传授贴身弟子，代代相因，作为镇寺之宝。后来因为历史变迁，闽南人开始闯荡南洋，皆将片仔癀带在身边,做护身良药,片仔癀从此名扬海外。

姑姑没用过片仔癀,只听人说过,见蓝理伤势严重,迟疑说:"片仔癀真的那么管用吗?"

医生点了点头。姑丈说:"片仔癀是好药,可这时璞山岩寺的门怕是关上了,我去找朋友想想办法,弄点儿片仔癀来。"

没多久,姑丈果然将片仔癀弄来了,医生给蓝理口服并敷好,这才回去。

片仔癀也真是神奇,过没几日,蓝理伤口果然痊愈了。

此后,姑姑对片仔癀深信不疑,见着熟人说起此事,直夸片仔癀好,遇到有热毒肿痛情况,常劝人用片仔癀,屡试不爽。姑丈更是托朋友,从璞山岩寺里求来片仔癀,作为镇宅之宝。

7

又是半年过去,蓝理越来越深得姑姑、姑丈的疼爱,不料却引起周荣的嫉妒。周荣是姑丈家的大儿子,比蓝理长一岁,长相单薄,心眼也小。

一天晚上,蓝理拖着疲惫的身子从染坊回来,见姑姑家几个孩子正在吃饭。姑父在染坊里还没回来,姑姑在厨房里忙活。蓝理肚子饿得直叫,也没多想,走到桌前,端起碗筷吃将起来。

周荣瞧见,没头没脑骂起蓝理说:"乡下人就是乡下人,没教养,连吃饭也不知道要洗手!"

蓝理一听,怔住了,放下碗筷,闷声进去厨房洗手。

姑姑从厨房出来,见情形不对,问明白了,责骂周荣说:"谁的祖上不是乡下人,你骂人家就是在骂自己。理儿,不要理他,我们吃饭。"

周荣见母亲袒护蓝理,嘴一撇,饭不吃就走出去了。

姑姑望着儿子的背影,摇头叹气。

蓝理见姑姑伤心,愧疚地说:"姑姑,都是我不好,让您为难。我明天就到别处去闯闯市面。"

姑姑说:"我伤心的是你表哥周荣,这么大了,一点长进都没有!"想到蓝理说明天要走,又说,"你现在能到哪去!这样吧,你姑父在平和县城开了一个布店,那边也正缺人手,你去正好。待会儿你姑父回来,我跟他说说。"

晚饭吃毕,姑父才回来,进里屋不见周荣,随口问道:"荣儿呢,怎么老不见影子?"

姑姑在外面回道:"又赌气出去了。"

姑父刚将外衣脱下,听罢一愣,又问:"怎么啦?"

姑姑说:"还不是跟蓝理耍小心眼。"

姑父"哦"得一声,便不再做声了。姑姑也进了里屋,里面就响起了一阵嘀咕声。

一会儿,姑姑从里屋出来,对蓝理说:"我跟你姑父商量好了,他明天正要去平和,带你一块去。你晚上准备一下,明天一早动身。"

蓝理知道姑姑的良苦用心,一口应承下来。

8

蓝理呆在漳州城里的这段时间,清朝廷为孤立郑成功,继续将沿海居民迁入内地,并向海边增加守卫兵力。南明桂王亦逃向缅甸,声援断绝。形势对郑成功越来越不利,再北上进取更不啻为以卵击石。

这时,荷兰翻译何斌潜逃出台湾,向郑成功献上台湾海图,痛说台湾为外人所据,实为国人之耻,收复台湾不能再等了,希望早日图成。郑成功亦早有收复台湾心志,无奈北伐事频,无暇顾及,今闻何斌所云,形格势禁,正合心意。

台湾乃福建海中一岛屿,自古以来就是中国领土。台湾与大陆的历史渊源,可追溯到远古时代。大约在距今一万年以前,生活在闽南一带的古人类就开始过台湾了。只不过那时不用舟楫,而是靠步行过去的。

当时是早更新世前期,由于地壳上升和气候变冷,沿海地区发生海退,海平面下降,陆地扩大,台湾海峡海底露出水面,构成广阔的大陆架平原,台湾岛与福建沿海岛屿成平原上的山丘。其中东山岛与台湾岛南部之间,形成一个便于古人类通行的陆桥,史称东山陆桥。

生活在闽南,尤其是漳州的古人类沿着东山陆桥,手持石器,携儿带女,成群结队进入台湾。当他们找到宽敞的洞穴、美妙的野味,便在那里定居繁衍了。这就是台湾最早的居民——台湾原著民,现在亦称高山族等少数民族,属于华夏古越族之后裔。

后来台湾海峡海底平原、陆桥因气候变暖,海平面上升而消失,再后来又因气候变冷,海平面下降而再次凸现。如此现象反复交替出现。

台湾海峡最后出现陆桥,是在迄今四千年至五千年期间。陆桥上面有浅滩、沼泽及河流,这时候台湾海峡上的人群活动颇为频繁,台湾与福建、广东沿海一带的居民之间经常有交易往来,大陆的稻作农业文明亦随移民传入台湾。稻作农业的兴起,使台湾人口大增,台湾中部等地出现许多台湾早期农业文明聚落。后又因气候变暖,海平面上升,台湾海峡复成茫茫海面,且自那以后,台湾海峡再也没出现陆地或陆桥。

台湾岛及附属八十五大小岛屿的总面积,有三万六千平方公里。台湾岛南北长约四百公里,东西最大宽度约一百五十公里,环岛周长一千一百三十九公里,平原比山地面积多占百分之十,平原多在西部,山地多在东中部,而河流也多数发源于东中部山岭,流短湍急。全岛气候高温、多雨、多风,是个四季如春,农林渔牧矿藏极为丰富的宝岛。

秦汉时期,台湾及其附近岛屿名为夷洲,隋叫琉球,元为琉求,元至元二十九年(1292),在台湾设置巡检司,隶属于福建省泉州府同安县。明唤流球。

台湾名字的由来,说起来,还与郑成功父亲郑芝龙有关,或者说郑成功的父亲是台湾名字生起的历史见证人。

而这段历史又得从漳州海澄月港人颜思齐说起。

颜思齐,生于明万历十七年(1589),万历四十年(1612)因遭宦官欺凌,愤杀恶仆,逃往日本平户为缝纫工。数年后,他家渐富裕,仗义疏财,结识许多流寓日本的故国志士。日本当时处于德川幕府统治时期,全国土地几乎都被大小封建领主占据,农民生活十分贫穷,导致大规模的农民起义。

天启四年(1624)七月,颜思齐与杨天生、陈衷纪、郑芝龙等二十八人结为盟兄弟。众人推颜思齐为盟主,决定参与日本农民及町人反对德川幕府的政治斗争。后因事泄露,颜等人被幕府追捕,不得不驾船离开日本。他们在浩瀚的大海漂泊八天八夜,最后船泊洲仔尾岛。在洲仔尾岛上,他们商量何去何从问题。

陈衷纪说:"吾闻流球乃吾大明朝辖内岛屿,现抛荒海上,而其势控东南,地肥饶可霸也。"颜思齐遂率众直抵台湾,在海湾登陆。登陆后,颜思齐以诸罗山为根据地,辟土伐木,构筑寮寨。

颜思齐甫达台湾时,原著民认为外敌来犯,聚众出御。颜思齐遣人与其谈判,彼此划分疆界,和平相处,互不侵犯。众人安定后,拥戴颜思齐为"开台王"。

台湾地阔人稀,颜思齐便派杨天生等人分乘十艘船到漳州、泉州招收贫民来台开拓,连续运了三批,共有三千多人,分居成十寨。颜思齐拥有这支生力军,行使地方治权,致力于开发山海,发展经济。颜思齐还在当初海湾登陆处的东南一片,建成井字形街道,分九区成首都,中区筑大高台,为开台王府,东区设读书堂,西区建天祀祠,南区是大军营,北区为大仓库。因湾内有台,台外有湾,颜思齐将流球岛改名为台湾,将当初登陆的海湾命名为北港。

天启五年(1625)九月,颜思齐往诸罗山打围,不幸患上霍乱,过了几天不治身亡。临终时,他对其盟兄弟说:"吾不佞与公等共事两载,本期建立功业,扬中国名声,今壮志未酬,中道夭折,公等宜继起。"

台民为缅怀其开拓台湾功绩,在北港天妃祠前兴建思齐阁。颜思齐殁后,郑芝龙代替他统领这支队伍。崇祯初年(1628),因明朝巡抚熊文灿招抚,郑芝龙率队归顺朝廷,被授予游击将军。

这时荷兰人乘机占据台湾,实行殖民统治,在台湾筑建赤嵌城、王城,其港口叫鹿耳门。顺治十五年(1658),荷兰人的殖民统治引发郭怀一的台民起义,荷兰人出兵镇压,屠杀八千名台湾人。郑成功得悉荷兰人屠杀台湾同胞的暴行后,下令对台湾实行经济封锁。台湾有大陆母体的支持,荷兰人无奈,派出代表到厦门与郑成功谈判通商事宜。郑成功为复明大业,暂时与荷兰人签订通商约定。

而今,郑成功采纳何斌建议,开始筹划攻取台湾事宜。他细阅地图,获悉荷兰人在台湾的驻兵情况,更加胸有成竹,志在必得。次日,他召集诸侯伯、提镇、参军等文武议事,下达收复台湾计划道:从金厦进兵,先取澎湖列岛,最后夺取台湾。

澎湖列岛由六十四个小岛组成,面积共一百二十六平方公里,其中最大岛屿叫马公岛,又名澎湖岛。其西南方有两个海湾相连,风平浪静时,看上去一如平静大湖,故叫平湖。闽南话平与"彭"音近,平湖读成"彭湖",后来再演变成澎湖。它是漳泉门户,日本、吕宋、东南洋诸国皆所必经,从明朝起就被葡萄牙人、西班牙人称为"远东海上走廊之咽喉"。《台湾府志》记:"海中岛屿最险要而迂回则莫如澎湖,盖其山周回数百里,险口不得方舟,内溪可容十艘。海中旧有三山之目,澎湖其一耳。东则海坛(平潭),西则南澳,诚天设之险,何可弃以资敌。"

澎湖治所设于澎湖之滨的马公城。马公是妈宫讹音,福建人拓台,早先移居澎湖之滨者多为渔民,因妈祖是福建渔民的保护神,故从福建移居到此的渔民在岛上建天妃宫奉祀,俗称妈祖宫、娘妈宫,简称妈宫。妈祖宫附近人烟渐稠后,拓台先民又建起城堡,称妈宫城,后讹音为马公城。

顺治十八年(1661)二月,郑成功留兵官洪旭、前提督黄廷守厦门,族兄郑泰守金门,郭义、蔡禄守铜山,亲率十一镇官兵,从厦门出发,集合于金门料罗澳,令游击洪喧为引港官,配合何斌引导郑军克日出征渡台。三月初,郑成功以"南明王朝招讨大将军"名义,率战船四百多艘,将士二万五千人,自料罗澳出发,攻下澎湖列岛,留杨广、杨祖守护澎湖。三月中旬,郑军继续进发台湾,猝遇大风浪。荷兰人见郑军遇上大风浪,仗着鹿耳门水浅,暗礁多,无法渡船,不作防备。大风浪稍缓,郑军先头部队于三月十一日由陈泽率领,算好时辰,出其不意向台湾进发,并在台南学甲一带登陆。陈泽,海澄县霞寮乡人,任郑军宣毅镇提督、虎卫将军。陈泽指挥铳船队四千余将士,在北线尾全歼荷兰精锐部队,与后援水师汇合后,协同击沉击伤荷军所有舰船。

四月初三,郑军主力驶近鹿耳门海域,船一到那儿海水迅速涨到一丈多高,大小船只首尾相衔,鱼贯直驶入港,荷兰人放弃赤嵌城,逃往王城。郑成功派人向荷兰人说,台湾本来就是我中国领土,其民皆系我华夏子民,台湾必须归还中国。起初荷兰人不肯就范,妄图坚守城池,等待援兵。郑军在台湾经过几个月的激战,在台湾民众的支持下,击溃荷兰从巴达维亚开来的援军,荷兰总督府台湾王城岌岌可危。十二月,郑成功挥师围攻王城,围攻数日,荷兰人幸存者只有一百多人,总

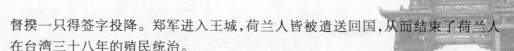

督揆一只得签字投降。郑军进入王城,荷兰人皆被遣送回国,从而结束了荷兰人在台湾三十八年的殖民统治。

郑成功收复台湾后,将台湾改为东宁,号称为东都,表示一旦有桂王音讯即刻迎接桂王前去狩猎,并以陈永华为主谋人,规制法律,确定官职,兴办学校。台湾千里疆土,肥沃富饶,人员依旧稀缺,郑成功遂招徕漳州、泉州、惠州、潮州四府百姓入台,引导百姓铲除野草,兴积屯聚,并令众将将家眷迁来台湾,带头扎根台湾,安居台湾,开发台湾。从此,郑氏政权直辖台湾、金门、厦门等岛屿,与清暂时休战。后郑成功病故,其子郑经接掌郑氏政权。

同年,顺治病逝,爱新觉罗氏玄烨即位,改元康熙。随后,康熙在对郑氏集团用兵方面取得了厦门、金门两役胜利,清廷与郑氏隔海对峙。

9

蓝理跟姑父到了平和,姑父将布店里的活交接完毕,就返回漳州。蓝理留下来协助布店原来的掌柜蓝河管理布匹的进出。

蓝河是平和县南胜河仓人,河仓也居住着许多蓝氏居民,若溯祖追宗,这里的蓝氏居民都是漳浦种玉堂开基祖胞弟的后裔。蓝理与蓝河天生有一份亲情,蓝河亦处处关照蓝理,布店生意清淡时也会带蓝理到河仓村走走亲戚。

蓝理在平和一呆就是两年多。时局变化,生意越发不好做,姑父将布店撤回漳州,蓝理随之回来。屋漏偏逢连夜雨,姑父家的染坊又被一把火给烧了。

蓝理听说族长已经亡故,追究自己的事不了了之,便决定回家。他想带点钱回去孝敬父母,可身上没钱,姑姑家已经变成这个样子了,不好开口要。

他想到柯彩几兄弟。这几年,蓝理跟他们仍时常联系。他们有时也会去平和看他,偶尔还带上潘柳欣跟徐云一同前往,蓝理倒是少回漳州。这会儿,蓝理要到浦头庙去找他们,让他们想法子解决盘缠。

走在好汉街上,蓝理发现前头一个官府差役口袋鼓鼓囊囊的,边走边叮当作响,寻思里面肯定装满银两,遂动了念头:这些差役平日里欺压百姓,赚的都是昧心钱,不拿白不拿。

蓝理正待找个僻静处再动手,不意却被差役察觉。差役一声喝叫,引来一群同伙,要抓蓝理。

蓝理见势不妙,嗖地腾空,飞身跃上好汉街屋顶。

好汉街有两排背靠背矮房,一排向新行街,一排对浦头港,后楼窗户洞开。江湖人士常在此出没,倘若官差来抓,人只要越过后窗,便可从另一头逃走。

蓝理蹿房越脊,沿屋脊奔跑了一阵子,尔后从后窗跃下平地,向浦头港奔去。

蓝理忽然瞥见周荣，周荣也看见他。

众差役熟悉地形，一面吆喝"抓住他重重有赏"，一面使劲追赶。

蓝理跑到水边，眼见无路可走，回身笑嘻嘻招呼道："来吧，到水里玩玩。"说罢，一个猛子扎进水中，再露头时，已经在数丈开外，奋力劈波斩浪，游过了浦头港。

众差役奈何不得，只有望水兴叹了。

10

蓝理折身回姑姑家欲再作计议，周荣已经先到了。见蓝理回来，周荣附在母亲耳根上嘀咕了几声，就出去了。

蓝理也没在意，只想与姑姑、姑丈道别，再让姑姑弄点吃的，吃完好回漳浦。

姑姑叫蓝理等一会儿，她到街上给蓝理弄点吃的。

蓝理等了小半个时辰，不免生疑："姑姑和周荣会不会去报官了？方才那些差役不是面吆喝抓住重重有赏吗？你不仁就休怪我不义！"

疑心起暗鬼，蓝理蓦然生起无明火，见姑姑家能值几个钱的也就一床棉被了，遂将棉被卷走。

出得街来，不意遇上好久没见的潘柳欣，蓝理赶紧转身避开，正以为她没发觉自己而庆幸时，却听见她在后面叫自己。他不想让她见到自己这副贼模样，只当没听见，低头紧步走了。穿越几条街，蓝理找了一个当铺，换得几个钱，便到客店吃饭了。

饭吃饱，蓝理却突然想去见潘柳欣，刚才在那种尴尬的情况下是不敢见，这会儿心里却非常迫切想见她，跟她照个面说声再见也好。

可一会儿，他又打消念头，人家毕竟是富家千金小姐，真会在意自己吗？至后，他漳州谁也没告知，就悄悄回漳浦苌坑了。

路上，蓝理想到姑姑平日对自己的恩情，寻思姑姑怎么会去叫人来抓自己呢，一定是表兄周荣干的！这么想来，蓝理心中十分难受，但棉被也已被当掉了，回去更说不清楚，不由得苦笑，大行不拘小节，大礼不辞小让，就当是英雄落难时犯的过错吧，姑姑的恩情只有容日后再报了！

第三章

从含冤入狱到发奋投军

1

　　蓝怀紫夫妇见儿子回来，又喜又愁：喜的是儿子渡尽劫难，总算安然无恙返家了；愁的是家里还是老样子，窘困异常，生怕蓝理忍受不了又要生事。

　　蓝理在外头折腾过，回来之后为人也非往日了。

　　他要改变自己在家乡人眼里的形象。

　　看到别人家的儿子在蓝理这个年纪都娶妻生子了，蓝怀紫、苏清红急了，穷归穷，这男婚女嫁的事还得办！

　　蓝理不是不急，只是他的心里早有了人。他人是回了漳浦苌坑，可心还在漳州城里潘柳欣的身上。他心里想，这辈子若要娶女人的话，就非得潘柳欣不可。但这可能吗？搁着人家是富家小姐不说，现在隔得这么远，时间也长了，人家恐怕早已名花有主了。他很想知道潘柳欣的音信，可心里头总是犹豫着。

　　蓝理这心一搁，无论父母怎样催促，他也不见动静。对潘柳欣，他似乎也死了心。最后，他索性将自己整个人埋在苌坑那想改变又改变不了，贫乏无趣的日子堆里了。

　　一日，蓝理听说漳浦县城染布生意好，便找个时间到县城看看。他仔细对比县城的染布，觉得自己在漳州姑姑家染坊里做过的布匹，无论手艺色泽都比县城好。他想，染布这行当自己内行，自己何不也来做做这生意呢。

　　蓝理返回苌坑，遂办了一个染布小作坊，开始为人染布度日了。

　　生意这事看别人好做，一旦轮上自己就不是轻巧事了。

　　没多久，蓝理的小作坊并不见得跟当初想像得一样好，进出款货勉强维系账目的平衡，家里的人没得到便宜，反而要连轴跟着累。

蓝理正左右为难之际,蓝怀智看在眼里,急在心上。

是日,蓝怀智抽着一杆长旱烟袋,来到蓝理小作坊前,吞云吐雾,悠闲地看着蓝理在干活:蓝理在那又染布又晾布的,双手靛蓝,一身熊虎劲却使不上来,十分窝囊。

蓝怀智忍不住骂道:"理儿,你过去没出息,没想到现在还是没出息。你天生一副铜筋铁肋,练得一身好本事,不为国效力,却做这等营生!"边说边大声叹气。

蓝理领会二伯用意,想到自己也确实窝囊,遂应声跳将起来:"二伯说得很对,我蓝理若不封侯拜将,就不是男子汉大丈夫!"

蓝怀智听得此言,夸道:"这就对了,大丈夫就应该有这番志向。如今国势还不太稳定,我们种玉堂不能只知道出过明朝大巡按敕授大臣蓝紫涛,还应该知道也出过明朝招勇大将军蓝登立呀。"

蓝理拿起斧头,击破靛缸,"哗"得一声,缸破水流。望着一片汪洋的小作坊,蓝理的心情似那破缸而出的水流,反倒轻松自在了。

2

当晚,蓝理找来族中十几个情投意合的青年兄弟,聚在一起商量道:"我们活着,不能光是为了混一口饭吃。大丈夫在世,要建立一番功业,才不至于白活一场。"

这些兄弟见蓝理说得激动振奋,问道:"怎么个建功立业法呀?"

蓝理说:"我们去投军报国。"

"为国出力当然是件好事,可是没人认识我们,我们也没有什么可以用来荐身的,官府肯定不会要我们的。"

"不怕。"蓝理年轻气盛,说:"咱们先立个功,官府知晓我们有本领,就会录用我们了。"

"那么,我们到哪里去立功呢?"

蓝理反问道:"你们听说过近日海边有股海盗吗?"

众人回答:"听说过,他们经常在岱嵩与井尾之间打家劫舍,荼毒生灵,干尽坏事,为首的叫卢质,他武功甚是了得,人称闹海龙。官府想抓他们,可就是没那本事,压根儿就抓不到他们。"

蓝理说:"对,我们将那卢质杀了,其余的送给官府办罪,这样我们就立功了,官府自然就会用我们了。"

大家对蓝理有信心,也认为他说得在理,遂开始准备,打听情况,待机而动。蓝理也有模有样找一些兵书研读起来。

书读了些日子,可却不见海盗有什么动静,蓝理有些着急了。他挑了个日子,亲自到海边探看情况。

路上,蓝理遇上一个十岁出头的小男孩,吵着要跟他去海边。

这男孩名叫蓝廷珍,字荆璞,生于康熙二年(1663)癸卯十月,家在苌坑邻近的官塘顶坛畲寨,现属湖西畲族乡。他小蓝理十六岁,按辈分他得叫蓝理为叔公。因家里穷,他小小年纪就得长年帮人放牛牧羊。这天,他正好在苌坑通往海边的路上放牧。

苌坑这条往海边的路,丘陵多,树木葱茏,平地的青草也长得丰美。蓝廷珍赶来的牛羊埋头于草丛里,吃得甚是欢畅。

蓝廷珍长得也似蓝理般有几分虎气。他见到蓝理,大声喊起来:"蓝理叔公,蓝理叔公!"

蓝理听到叫声,很自然停下脚步。看到蓝廷珍蹦蹦跳跳来到跟前,他便用大人对小孩子说话的语气说:"廷珍,有什么事吗?"

蓝廷珍拉住蓝理的手说:"没什么事,你去哪?"

"没去哪儿,只是想到海边看看。"蓝理说。

蓝廷珍看了看牛羊,又望了望天色,说:"时间还早,我也跟你去。"

蓝理盯着蓝廷珍的眼睛说:"不行,你还得在这看着牛羊。"蓝廷珍一脸稚气,突然说道:"我知道你要到海边去干什么,是去抓卢质。"蓝理很吃惊,他看了看蓝廷珍,心想:"他怎么会知道。"便问:"谁告诉你的?"

"我听人说,你们最近要到海边去抓卢质。我也都很讨厌他,能不能让我一块去?"蓝廷珍说着,把拳头猛地举了举。

卢质在闽南,特别是在漳浦沿海一带声名狼藉,无论大人小孩都痛恨他。

蓝廷珍年纪太小了,就是拳头举得再高,蓝理也不会让他去抓海盗。即使今天只是去海边看看,他也不放心。蓝理说:"你年纪还小,等你长大再说。"

蓝廷珍是一个懂事的孩子,他见蓝理确实没有带自己一块去的意思,也就不坚持了。他还得把牛羊看好,否则东家怪罪下来,自己吃不了兜着走。

蓝理朝蓝廷珍挥挥手,向海边走去。

茫茫的大海边,甚是空荡寂寥。

蓝理呆立了一会儿,闷闷不乐地返家了。

此后一连几天,蓝理都没有闲着,终于摸清了闹海龙卢质的行踪。

3

这一天,准备妥当,蓝理领着大家出发了。到了洋尾桥,又有一些人加入队伍。一行人到了岱嵩,驻扎下来。

卢质一伙住在井尾,与蓝理仅隔一条江。

蓝理派人约卢质过江角斗。

卢质声势气焰正旺,不惧蓝理有诈,带了二百多人飞奔岱嵩来会蓝理。

江面风浪甚大,巨浪不时拍打堤岸。

蓝理、卢质两方摆开了阵势。

卢质长得彪悍,留着浓密的络腮胡子,远远地就大声喝道:"来者何人!"

蓝理大声应毕,然后就晓以大义,劝卢质率众投诚,否则就要将他们一干人逮捕归案。

卢质见蓝理带来的人大都是二十岁上下的青年人,人少自不必说,如果说自己是乌合之众,那蓝理这帮人连乌合之众的名分都摊不上了,不由哈哈大笑,指着蓝理不屑地说:"就凭你们这几个不知天高地厚的小毛孩,也敢来招降我们? 你们真是吃了豹子胆,还不知你等死到临头了!"

卢质话音落下,众喽啰便挥动手里的家伙,大声鼓噪起来。

卢质把长剑一举,叫声:"上!"

蓝理见贼势凶猛,心里直犯嘀咕:"小觑卢质了,如果真的这么混斗起来,他们人多势众,自己这方人员少定要吃亏的,怎么办?"他心中不由顿生怯意,可临到这份上,没退路了。他稳住阵脚,佯作面无惧色,手里的朴刀一挥,大喝道:"慢! 你们听说过,来者不善,善者不来吗?"

卢质心想倒要看看蓝理耍什么花样,便喝住已然蠢蠢欲动的众喽卒。

蓝理说:"我们既然敢身入虎穴,手中家伙决非吃素的,只是效法流氓打斗,胜之不武。我们俩单打独斗。要是我蓝理获胜,你们就得听我的,若是你闹海龙卢质得胜,我们凭你处置,你看如何? 先前听说你很英雄,该不会只是恃靠你那手下两三百号人一齐上阵,以多欺少,徒有虚名吧。"

卢质令众人靠边站立,将剑交给身旁的小头目,傲气十足地说道:"也好,我就空手与你过几招玩玩吧。"

蓝理见卢质中计,心里暗喜。他也把朴刀插在地上。

"你敢赤拳,我蓝理更敢赤拳奉陪。"蓝理将从小到大练就的硬汉精神使出,当下边说边脱了衣服,显露一身短打,把辫子绕在脖子上,摆定架势,盯住对方。

卢质这时可就不讲什么打斗礼数了,一上来就挥拳直击,意欲先声夺人。

蓝理小心谨慎,沉着应战,施展小巧腾挪功夫,连拆三十余招。

一对高手比武,身手不分上下,斗得滴水不漏,异常紧凑,围观的人瞧得更是兴高采烈,不由得连声喝彩,几乎忘了谁是敌,谁是友了。

卢质没料到拳逢对手,打得眼红。他急于求成,骄愤之极使出怪招,只见他左手划个圆圈,右手将掌变拳从那圈子里直击出去。

蓝理见此怪招,一时不明拆法,横着拳使了个门户,先自退了一步,然后觑得虚实,右足在地下一蹬,身子向左弹开,突然飞起,双脚在半空中急速连环而出,将卢质踢得翻倒在地。

蓝理趁势跳出圈外,抱拳故意致歉道:"承让,承让。"

卢质恼羞成怒,爬将起来,从喽卒手中夺过一对双钩,阴森森说道:"姓蓝的,爷我跟你拼了,不是你死,就是我活,来吧!"话音未落,左钩一起,一招手到擒来,疾向蓝理左肩钩去。

蓝理脸色微变,随即朝右略闪,卢质左钩落空,左腕倏地转为内勾,钢钩回锋,右钩又向蓝理后心钩去。

蓝理蹲身避开,纵身跃到方才替卢质持剑的小头目面前,厉声喝道:"把剑拿来!"小头目不怀好意道:"好,给你!"说着,剑起中锋,嗤的一声,向蓝理小腹直刺过来。

蓝理眼疾手快,左手避开锋芒,绕侧扣住小头目的右腕,轻轻一扭,"着"得一声,便将长剑夺了过来。小头目被蓝理那一扭,脸色煞白,右腕已然脱臼了。蓝理一个飞脚,将他踢个够呛。

这厢,卢质双钩使得如同一团雪花,滚杀过来。蓝理亦杀得性起,跃起半空,长剑从空中劈将下来,只听当的声响,火光四射。

蓝理与卢质厮杀了百余回合,到底还是蓝理内力雄厚,技高一筹,已把卢质罩在剑光之下,逼迫卢质只有招架之功,无还手之力了。

蓝理越战越勇,瞅个破绽,长剑荡开双钩,顺势斜劈,将卢质的右臂卸落,再一剑突刺,贯胸而出。

这一场恶战,直看得众喽啰心惊胆战,面如土色。树倒猢狲散,主将已亡,众喽啰见大势已去,大都四处逃走了。剩下二十几个小头目,却跪下来,请求蓝理做他们的海大王。

蓝理不依,且叫他们起身,好言劝告,让他们跟自己到漳浦县衙去投案自首,并保证他们的生命安全。众海盗见蓝理如此大义,都应允了。蓝理与众位兄弟于是欢欢喜喜押着海盗到县衙报功。

这一年,正是康熙十二年(1673)夏天,蓝理时年二十五岁。

4

谁知漳浦这任知县是一个作威作福,鱼肉百姓的主儿。

平日,他奈何不了闹海龙卢质这伙海盗,今日见蓝理一伙人提着卢质的首级,押了二十几个海盗小头目来投案自首,他怎么也不相信名不见经传的蓝理能有这等能耐。表面上，他与人说唯恐蓝理跟海盗串通好了假投降，要攻占县城，而私下里却另有算盘。

他假意把蓝理众人，包括要悔过自新的海盗着实褒奖了一番，然后将众人引入衙内，设宴款待，派差役们竭力劝酒，把蓝理他们饮得烂醉。然后再令差役将蓝理一干人铐上百斤重的脚镣和手铐，计五十有三人，全打入死牢，听候处置。

翌日酒醒，蓝理他们才知道上当。无论蓝理众人怎样申诉，指天誓日，知县就是不作理会。他上表进奏，吹嘘自己一网打尽海盗闹海龙卢质，沿海已呈升平之景。不日，上面批复下来，着令漳浦羁押余贼，届期一律处斩。

消息下到死牢，蓝理破口大骂，可是嗓门儿骂哑了也没用。

蓝理仰天一叹："罢了，我等命运如此乖蹇，若之奈何！"

临近问斩之日，知县作了一个奇怪的梦，一位神仙谕示他："众人中有一人当缓死，是生是死，以签定之，不可违命；如遇狂风，都杀不得，如若不然，汝命休矣。"这奇怪的梦把知县后半夜的觉给搅没了，也害得睡在他边上的小妾醒来，睡眼惺忪问他怎么啦。

知县没好气将梦里的情形说了一遍。小妾更是害怕，连说菩萨保佑，阿弥陀佛，老爷你就按照神仙说的做吧。

临刑之日，知县嘱衙役将蓝理等人押至刑场，然后捧出生死签，命令众人抽签，其中一人可得暂且不死。

蓝理哈哈一笑，无畏道："死则死耳，何掣焉！"

众人闻有生机，竞相抓签，蓝理却没动作。

人缝中掉下一签，无人敢拣，蓝理说："地上那签给我。"

衙役拾起一看，乃生字，蓝理独得暂且不死，余下五十二人皆要问斩。

待要行刑时，天公忽然变色，狂风大作。知县想起梦中警语，忙令将蓝理一干人押回牢狱。

既然杀不得，知县动念起生财之道了。他放出风声，有赎金来的人即可担保出狱。蓝理的众兄弟陆续被赎出狱，只有蓝理和那些海盗没人赎身。

这期间，又有一些人被抓进监狱，与蓝理同关一处。

有几人秘密谋划越狱之事，不想事情败露。按照清律，同在一个牢房里的人都要立即问斩，蓝理自难幸免。

行刑之日，天气又现异常，迅雷忽作，昼昏似夜，知县联想梦境和上次监斩情形，深觉骇然，于是又暂且生押着蓝理。

如此两次，蓝理虽留得性命，但也无望出狱，索性放弃了出狱念头。就在这时，他拾到原先那几个密谋越狱的人留下来的几本兵书，其中还有一本手抄的《福建攻略图解》。蓝理原本对兵书就感兴趣，这下更是如获至宝。苦役之余，他偷偷地研读起来。

康熙十三年(1674)三月,继承父亲耿继茂爵位的靖南王耿精忠在福州起兵,响应平西王吴三桂叛乱。他自称"总统兵马大将军",以曾养性、白显忠、江元勋为将军,刘秉政为兵曹尚书,萧震为布政使,文武官员各加一级。

耿军举事,声势夺人,克日福建全省皆归降耿军。为笼络人心,耿军招降纳叛,陆续将各县狱中的死囚尽行释放,收归己用。在狱中已关押大半年的蓝理也因此获释。

蓝理出狱后,有人劝他投靠耿精忠,说你一身好本事,却因为朝廷知县昏庸,落得这般晦气,差点将性命都丢了,不如跟着耿精忠反了算了。蓝理不愿附逆,决定回家。

路上,蓝理遇上一个同狱者。这人佩服蓝理为人,在狱中蓝理也仗义帮过他。他从包裹里拿出一包碎银子给蓝理,说:"这些银子是我入狱前藏起来的,今番出狱我就把它取出来了。蓝兄弟你甭管它的来路怎么样,我景仰你的为人,更感谢你对我的仗义相助,你就先拿去,回家也好做个垫资干点什么事。"

蓝理推却不得,只得收下了。

5

回家后,蓝理发现苌坑没人理会自己了,包括原先那些小兄弟,都把自己当灾星。父亲也不大理他,由着他独来独往。只是母亲还给他一些温暖,让他有一丝家的感觉。

他想出外干点事,一时又不知干什么好。那些路上带回来的银子,他想花销,又怕别人说来历不明而不敢动。于是,他将银子藏起来,等以后再用。他的心思在外,他一方面千方百计打听外面的消息,一方面仍琢磨着带兵打战的事。

蓝理在家,不觉三个月就过去了。

这几个月,正是吴三桂、耿精忠作乱初期,吴、耿藩军势头越来越猛。吴三桂兵威四川、湖南、陕西、甘肃,耿精忠以福建为根据地,发兵进攻浙江、江西亦十分顺利。史称,闽军北上,一时兵锋所指,守兵或降或遁,攻城略地,所向皆捷。于是,南部中国几个省份战火越燃越烈,东南沿海尤甚,一些土寇亦乘机蜂起,更助长藩乱气焰。

清军军事上陷于被动,疲于应付。吴、耿藩军叛乱,给清朝廷以重大压力和巨大危害,康熙一面将重兵指向吴三桂,一面分兵征剿耿精忠。

针对耿军动向,康熙命定南将军希尔根、平南将军赖塔、平寇将军根特巴鲁,分别从江西、浙江、广东三面进军,遣扬威将军阿密达、镇西将军席卜臣、安南将军华善、镇东将军剌哈达等各统领大兵驻扎在江南京口等处,以备调征,并敕杭州、镇江水师分防海疆。为充分发挥前线统帅"指挥调遣,无至牵制,守御征剿,足增威重"的作用,康熙特遣亲王、贝勒、公、贝子前往统帅征剿。他授予和硕康亲王杰书为奉命大将军,固山贝子傅剌塔为宁海将军,调驻守江南的喀喇心、土默特兵征浙江,又命安亲王岳乐统帅驻南昌,简亲王喇布驻江宁。

耿精忠得悉清军压境,为巩固后方,传檄福建郡县,割发除辫,以表明反清决心。不按檄文剪发辫者,以通敌论处。漳浦苌坑一带的乡人恐惧,不知如何是好,赶紧请教蓝继善。

蓝继善,生于明天启元年(1621),博通经史及天文地理诸书。童年应试,屡不得志。及长将北游,取道南粤,见时政日非,急走还,既然有高隐之志,有大儒之称。其家原居住在官塘湖土乾里,见天下将乱,情知彼处非避兵之所,而苌坑山母顶,先世故居,左右数十里,皆蓝氏宗族,且深邃在万山中,遂举家迁往。结庐甫就,中原大乱,乡人皆云有先见之明。

蓝理与蓝继善同辈,向来敬重他。见乡人都去找蓝继善,蓝理也想跟去。乡人知道他要跟去,竟不让跟,说他是煞星,有他在乡人肯定倒大霉。蓝理才不管三七二十一,硬是跟在后面,说你们去你们的,我去我的,谁碍着谁了,谁再放肆我蓝理就对谁急了。乡人见蓝理不是由头,不敢太强惹他,只好由着他。

却说蓝继善隐居于苌坑山母顶,命家人辟地开山,种竹木花果数千树,每当桃红李白,涉趣行吟。是日,蓝继善三个儿子蓝宗明、蓝斌、蓝宗哲在屋外读书。蓝斌眼快,忽见乡人来访,赶紧回屋告诉父亲。

蓝继善出屋一看来人架势,似乎知道所来何事。他吩咐蓝斌招呼大家入屋,说:"大家来意,继善明白。耿氏作乱,要吾人剪发去辫,不可听也。今国朝王气方盛,虽十藩亦如何!况耿氏倒行逆施,国朝大兵压境,耿氏亡时不远,安能以兵加害我等乡民。"

乡人听罢,放心了。蓝理心里也有自己的想法了。

这时,蓝理听说康亲王杰书带领平藩大军驻扎在江南一带,又听说康亲王如何英明,心想:皇天不负有心人,这下我蓝理又有正路可走了,可为朝廷效力,牢里闲着无事看来的兵书也不会白看了!想当初擒杀闹海龙卢质,就是想为朝廷出力,没料到却碰上了昏官,让自己下了狱,还连累了一帮弟兄,闹得他们都不理自己了。他不甘心,认准的路,他一定要走到底。

6

这一天,他趁家里人都出去了,把藏起来的那包银子取出来,放了一些在父母的枕头下,余下就藏在包袱里,从小道朝东北方向走。

蓝理走得快,下午就到了漳州城外。他想念柯彩他们,遂朝浦头关帝庙走去。

经过公爷街时,他觉察公爷府有些异常,没有往日的声势了,问及身边行人,方知耿精忠起兵叛乱,派都督陈豹率兵传檄文到漳州,封海澄公黄梧为平和公。黄梧此时正患毒疮,看罢檄文,又惊又愁,毒疮暴发而亡。黄梧独子黄芳度年方二十三岁,只得接受耿精忠对其父封号,袭爵为平和公。现在的公爷府就由黄芳度当家了。

蓝理听罢,心里骂了一句:"这些人都是有奶便是娘的货色。"

穿过公爷街,再拐几条街巷就到关帝庙。庙已越发破败,庙中也不见柯彩几个。看那迹象,定是很久没人住了。

蓝理想起潘柳欣、徐云,准备找她们打听柯彩他们的行踪。走过好汉街,来到了潘府门前,却见府门紧闭,大门上的油漆斑驳脱落。

蓝理想打听些情况,可行人都只管摇头。

蓝理轻轻推了下门,门咣当一声就开了。

里面的家什都空了,只有大堂上有一个神龛,还供着潘报夫妻的遗像。

蓝理心一惊:"坏了,潘伯夫妇已经作古了!那潘柳欣到哪里去了呢?"他满腹疑虑,望四周细细打量一番,发现神龛和整间屋都很干净,心想:"这房子虽没人住,但一定时常有人来整理,这个人会是谁呢?"

正这么想着,却见一年轻女子走了过来。

蓝理欣喜叫到:"徐云妹,是你吗?"

徐云见着蓝理,更是喜不自禁,大声应道:"蓝大哥,是我!"又似有几分不信,"我该不会在做梦吧,真的是你吗,蓝理大哥!"话没说完,眼泪就夺眶而出。

蓝理心里酸酸的:"徐云妹,到底发生了什么事?"

徐云抽噎着将事情原委说了一遍:蓝理回漳浦不久,潘家就一直境遇不佳,先是潘老爷一病不起,接着潘家生意滑坡,再接着老夫人又卧病在床。请医看病抓药花了许多银两,潘家入不敷出。这样拖了几年,家产都变卖光了。三个月前,老爷老夫人还是相继去世,潘家也落了一笔债。潘柳欣为了还债,只得屈身到卖艺不卖身的青楼去了。徐云还告诉蓝理,这几年潘柳欣一直念叨着蓝理,可又不知道怎么找到他。去蓝理姑姑家找,不意她家也搬走。

蓝理听到徐云说他姑姑家搬走,心里不由得暗自惊讶起来,但他没出声,仍是静静听着。

徐云说毕,又问蓝理这几年的日子是怎么过来的,今天怎么会到这里来。

蓝理将自己的情况简单说了一下。他知道潘柳欣今日情景,往日萦绕在心头的那缕缕情分又涌上心尖,这当儿更是急欲见到潘柳欣,便关切问说那青楼在哪。徐云回说在百里弦歌巷。蓝理要徐云带他去时,徐云却说小姐吩咐不能让任何熟人去那见她。

蓝理不管,非得让徐云带他去不可。

徐云心里也想让蓝理去找小姐,让两人能离而复见。徐云与潘柳欣虽说主仆关系,实则亲似姐妹,她了解自己小姐心思。

离开潘家之际,蓝理先给潘报夫妇遗像烧了炷香,合掌致拜,便跟着徐云朝门外走。

刚及大门,徐云闻到蓝理身上的汗酸味,她止步,叫他先去洗换一下,说门边有澡室,缸里还有水。

蓝理不耐烦,回说没有换的衣服。

徐云微笑说:"这你不用操心,由我想办法就行了,你随我来。"

蓝理见徐云如此说来,亦觉身脏,不如洗换一下也好。这方面,他倒是个干爽人。当下,他随徐云安排,去了澡室。须臾间,徐云不知从哪儿弄了一套干净的衣服给他穿。他草草洗换,穿着整齐就跟徐云出门,直往百里弦歌巷奔去。这时,他发觉自己对潘柳欣的感情,依旧是那样热烈。

7

一路无话,两人来到百里弦歌巷。

百里弦歌巷位于城西,两边街道挂满灯笼招牌,上面写的"倚翠"、"怡红"、"香雅"、"雨情"、"诗茗"等字样,不一而足,是漳州一处雅俗共赏又鱼龙混杂的娱乐场所。达官贵人在这寻找风月,文人墨客在这抒解情怀,市井贩夫闲着没事也爱往这找乐。

芸芸众生,可谓各安生理,各有活法。

蓝理、徐云到时,已是街巷掌灯时分,只见沿街游女窈窕带香偎伴笑,行客竞折花枝弃浮名,煞是热闹。徐云领着蓝理进了一个名叫"丝竹轩"的三层独院楼。里头有人认得徐云,遇着打招呼说:"徐姑娘,来找你家小姐啊,潘小姐在三楼怡然阁。"徐云浅笑答了谢。

蓝理进得门来,发现里面虽是香雾氤氲,乐音缭绕,但还有几分静雅和气,不似想像中充满着风月味。

上了三楼,人还未至怡然阁,阁里就传出了一女子圆润清纯的声音:

> 碧桃天上栽和露,不是凡花数。乱山深处水萦回,可惜一枝如画为谁开。
> 轻寒细雨情何限,不道春难管。为君沉醉又何妨,又怕酒醒时候断人肠。

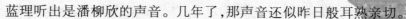

蓝理听出是潘柳欣的声音。几年了,那声音还似昨日般耳熟亲切。

徐云与蓝理正待进怡然阁,却被门边的人挡道,客气地对他俩说,里面包场,客官稍等。说话间,怡然阁又响起潘柳欣丝细婉转的声音,只听她幽约空灵,款款唱道:

> 妙手写徽真,水剪双眸点绛唇。疑是昔年窥宋玉,东邻,只露墙头一半身。　　往事已酸辛,谁记当年翠黛颦?尽管有些堪恨处,无情,任是无情也动人!

好不容易等到包场时间过了,一个个书生模样的人从怡然阁里陆续出来。

有的赞叹道:"潘小姐声色艺俱佳,不愧是丝竹轩第一仕女呀。"

有的则轻佻说:"你瞧潘小姐她那人儿多水灵,见了真让男人血往上涌,心跳急促,只可惜她心性高清,卖艺不卖身呀!"

有的对同伴说:"你平常一副正人君子样,今天怎么也来这个地方凑热闹了,是不是与你家娘子闹气了,在自家娘子身上找不到感觉,便来这里找感觉啦。"

同伴说:"别提了,最近我家那口子动辄使性子,怄气,两人在一起就是无趣,无奈,只好只身出来透个清气来着。"

……

徐云等不及,兀自进去了。

潘柳欣见徐云在这个时候来,颇觉意外。

徐云拉着她的手微微一笑:"小姐,你看我带谁来啦?"

潘柳欣双鬟滴翠,高髻盘云,身段优美,转过头来,却见蓝理正朝自己走来,是又惊喜,又羞愧,话还没说,泪就先流了下来:"云儿,我不是嘱咐你不得带人来吗。"

徐云解释道:"蓝大哥他得知小姐你的下落,一定要我带他来见小姐你。我看他一片真心,就领他来了。"她嘴儿一转,用酷似红娘的语气说,"小姐,俗话说无价宝易得,有情郎难求,我这可是在替你们着想啊,还望小姐莫怪。"

潘柳欣见徐云神情,也忍俊不禁,转嗔为笑:"就你做了事都有理。"

徐云吐吐舌头,笑说:"没理的事,小女子哪敢做呀。"眼睛一转,再笑道,"小姐,你看,这下不是来了位理大哥吗!"

蓝理在边上不及说话,只是默默注视着潘柳欣:潘柳欣依旧是那样美好,笑靥荡漾在她那清秀的脸盘,依旧甜美迷人。她方才唱的词曲儿,蓝理虽然不太明白里面的意思,但他亦感觉出她心中的那份伤感之情。

他见边上没外人,便将来意和去向给她说了。他说他要投军,他要让她跟自己离开这个是非之地,他身上有些钱,可以将她安置好。

潘柳欣听罢，一时倒没说什么。她估摸着时辰，这时候蓝理和徐云还没吃饭，便对徐云说："你们还没吃饭吧？"

徐云颔首："我们都没吃饭，就往这儿来了。"

潘柳欣说："云儿，那你先带蓝大哥到我房间，我到柜房告假交代一下就来。"然后看着蓝理说，"蓝大哥，你跟云儿先过去，我们先吃完饭再说吧。"

蓝理憨憨一笑，忙说："饭就不用在这吃了，我这就带你们走，我身上这包银两，够我们用。"

潘柳欣看蓝理一副赶路行头，秀气的脸儿先自笑开了："蓝大哥，不急。我等会儿就来，你们先过去吧。"

徐云亦催促道："蓝大哥，你就别在那一个劲儿别扭来着。就让我们小姐替你接风洗尘吧。"

蓝理一个大男人到底执拗不过姑娘家，只得定下心来，跟徐云走了。

8

两人沿着三楼的画廊，拐个角儿，徐云朝前一指说："到了，前面那间就是小姐的房间。"

及至房门，便有一股细细的甜香袭人而来。进得门内，看到宝镜、檀榻、珠帐、纱衾、鸳枕、雅桌、绣椅等一应俱全。蓝理这时才回味起方才几个书生的话，说潘柳欣是丝竹轩第一仕女。这样的地方，蓝理可是头回见，他觉得自己是乡下人进了大观园。原先想救潘柳欣离开这个地方，现在这想法却变得有些暧昧了：离开丝竹轩，这纷纭紊乱的社会，哪里还有更适合似潘柳欣这样无依无靠的青春女子生存的地方呢！

过了片刻，潘柳欣来了，身后还有几位姑娘跟着，一个个端着东西，张罗着就在雅桌上摆满了菜肴。

待几位姑娘退去，潘柳欣、蓝理、徐云依次入座。三人情况彼此皆明，故而入席伊始，大家谁也不提伤心事，跟约好一般，非常默契，吃得十分尽兴。

宴及一半，徐云见潘柳欣与蓝理你有情我有意的，便知趣说有事先走。

潘柳欣、蓝理知其好意，不觉一笑，也不挽留。

徐云出门，临了还转身致意，将门合得紧紧的。

徐云走后，两人又对饮几盅，静静的，不意这种气氛却将潘柳欣的伤感给激发出来。潘柳欣忍了许久，夜深人静，面对着自己喜爱可又将远去江南投军的男人，她此时实在是忍不住了，身子轻偎过来，伏在他怀里。她把这几年对他的衷肠全诉出来。

末了,她说道:"来丝竹轩只是权宜之计,等债全清了,有点积蓄后,我准备跟徐云一块到漳浦去寻你,纵使踏遍千山万水,我也要找到你。"

蓝理怀倚温软,感动万分:合该这世间男女都是月下老人早已注定的前缘。红袖青衫相偎依,佳人名士两倾心,许就是说这般光景吧!只是遗憾自己够不上那名士的雅号。蓝理这般想来,心猿意马起来。

潘柳欣明白蓝理的心思。她也从他方才说到要去投军时的眼神中看出了他一种不同往日的激情。古语虽说好铁不打钉,好汉不当兵,可如今的世道,军队却是男儿投身建功立业的好地方。

潘柳欣止住自己的伤感,起身牵起蓝理,脸上泛着红晕,带几分羞涩说:"蓝大哥,你要投军,我没什么好送给你,丝萝托乔木,我并非水性杨花之人,但今日我就把我这还算干净的身子送给你吧。"

蓝理虽是粗人,心里也想着潘柳欣,可真要如此唐突行事,还是不习惯。他连忙摇头,说其他地方可以粗蛮唐突,而这男女之事却不行。

潘柳欣脸上依旧泛着红晕说:"蓝大哥,你的心意我明白。明天你就要去投军,我又不能跟你去,今日一别不知可否还有来日,我在这虽说守身如玉,但在这龙蛇混杂之地难保今后命运如何。我今天给了你,也慰平日相思之情,也不负你我的高唐之梦。"

蓝理听潘柳欣这么善解人意说来,禁不住也依了她,跟着她到了床沿。

潘柳欣嫣然一笑:"你先等着。"转身弯腰展开了那似西子浣过的纱衾,移了红娘抱过般的鸳枕,再轻解罗裳敞开领口,袅袅婷婷移步上床,琼瑶作骨似的轻缓躺下。

此刻的潘柳欣,浑身上下透着成熟女子的魅力。

蓝理哪见过这般景致,他看到潘柳欣修长的双腿,丰润的身躯,柔滑的曲线,安闲的表情,如云的黑发散落在她那柔嫩的肩上,构成一副能给人宁静轻松享受的美丽画面。

尚是童子之身的蓝理,愈加眼饧骨软,心如鹿撞,恨不得就前去一亲芳泽,他真想自己从此永远躲在玉人美丽的温柔乡里,握雨携云,尽情缠绵。可他心情又十分矛盾:他生怕春风一度,万一将来倒在战场上,潘柳欣怎么办?

他说了一句可让天下痴情女子感动的话:"潘姑娘,你等我投军回来。我一定不会辜负你,到时我用八抬大轿迎娶你。"

潘柳欣从床上起来,从床头取一个粉红色香帕,递给蓝理,脸上泛起酡红说:"这是我贴身香帕,今送蓝大哥作个纪念,我等你回来,千年万年都不变心。"

蓝理听罢,明白潘柳欣情意。

他没再说话,只是将她紧紧拥在怀里。

当夜话尽,两人就和衣而卧。

9

比及天明，潘柳欣与蓝理一同回到潘家。

徐云也早将柯彩几兄弟叫来了。

久别重逢，大家自然要互诉一番。

蓝理便将自己到江南投军的想法告诉大家，正好众人也有这份心思。他将身上的银两分作两份，一份还留在自己身上，供路上几兄弟使用，一份留给潘柳欣和徐云，约定明天早上出发。

晌午吃过饭后，潘柳欣、徐云出去给蓝理他们准备点路上要带的东西。

她们出门后，吴田看下午还有时间，想回古县跟他叔父告别。

蓝理说："好，我们还有时间，就一块陪吴田到古县去看看他叔叔吧。"

他们一行到了吴安家。

吴田将投军的事告诉叔父，吴安先是一愣，后一想：年轻人待在家里也没啥出路，就让他到军营里搏一搏吧。他同意了，可又不太放心，说："你们去参军，我都同意，但我觉得我还是带你们去古县大庙里抽一个签看看。"

陈龙觉得没必要，蓝理说，这是长辈的心意，我们还是去看看吧。

古县大庙位于村子中央，建于唐朝，供奉的主神晋中书令谢安，称护国尊王，又称谢元帅、广惠圣王、显济灵王。

到了庙里，吴安先叫他们上香，然后抽了一支签，是上签。

吴安大喜道："吴叔给你们抽的签是上签，可见护国尊王谢安元帅会保佑你们旗开得胜，马到成功。"

晚上，蓝理他们回到漳州城，见潘柳欣、徐云正急着找他们吃饭。

潘柳欣催促道："赶紧吃饭，早点歇息，明天还得赶路呢。"

第二天早上，潘柳欣、徐云依依不舍地将五兄弟送出城。

临别之际，潘柳欣深情嘱咐道："蓝理，你们五兄弟出门在外，可都得学好做好，千万别受坏人引诱去做不良事。我跟云儿在漳州等着你们凯旋。"

蓝理他们别过潘柳欣、徐云，走到一程，发现城区东郊有耿精忠的军队在把守盘查，赶紧折身往城西方向走了。他们只得取道闽西北往仙霞岭的线路。

待走到上坂村时，陈龙望着前山村的方向说："前面西渡头双路口，有一座罗国公陵园，听说原先凡新到漳州上任的官员都要去参拜。我们不妨也就便去参拜一下，求得罗国公的保佑吧。"

罗国公是当地人对元朝晋国公、漳州路总管罗良将军的尊称。

柯彩说："对，我们此行要投军，应该参拜参拜罗国公罗良将军，他可是一员受

人敬仰的猛将啊。"

蓝理因住在漳浦乡下，一时觉得罗国公名字陌生，只是待听到柯彩说罗国公罗良将军时，便有些许印象。他回忆起来了，小时候隐约听老人家说过漳州城内有一剧目叫"罗良巷战"。他想，这罗国公罗良会不会就是这人呢，若是，那可是自己小时候早已慕名的少年英雄、抗倭名将、忠烈将军啊。

蓝理将自己的猜想问及柯彩，柯彩说是。

蓝理显得高兴，微笑说："应该去拜拜他。昨天我们参拜护国尊王，现在又参拜忠烈将军，好兆头，说不定在他们的保佑下，我们也能当个将军什么的为朝廷效力。"这话刚说完，他不经意想起在九龙岭土地庙里做的将军梦，眼神不由得水色荡漾起来。

柯彩看到蓝理眼神，问说："怎么啦？"

蓝理掩饰神情说："没什么，咱们走吧。"

于是，五人朝罗国公陵园走去。一路上，柯彩也介绍了罗国公的情况：罗良，汀州府连城冠豸山下亨子堡人，少负俊才，善谋略，善罗家枪，年方十七岁以征寇有功，摄长汀县尉。元漳州为海边，海船可沿江直达漳州府，时常有倭寇侵扰，朝议非罗良不能平寇，乃升罗良为漳州路总管，子安宾袭万户。罗良出镇漳州，战倭寇每战必胜，大增元兵士气，朝廷大喜，封罗良为福建行省参知政事，兼守漳州。漳州在罗良治理下，百废俱兴，农业连年丰收。

至正二十三年(1363)，北方歉收，朝廷告急勤王，罗良从漳州港亲自押送五十艘船的稻米运往渤海湾辽东元大都。元顺帝嘉其忠，解衣赐之，赐封罗良光禄大夫兼管内勤农防御事、湖广行省平章政事、世袭漳州路总管，进封晋国公，疏封其三代，祖父罗天麟敕封正国公，父亲罗员峰敕封参知政事。

至正二十六年(1366)，福建行省参政、福州路总管陈友定居功自傲，欲邀罗良合伙谋反自立朝廷，言事成之后让罗良做宰相。罗良书信痛斥陈友定，陈友定大怒，尽发强兵攻打漳州。罗良下令死守，陈友定奈何不了，后出内奸，夜开城门，让陈军蜂拥而入。罗良得报，急忙披挂迎战。陈军人数众多，罗良从夜里战到晌午，疲惫不堪，加上漳州多巷道，长枪挥戈不利，导致困局不展。陈友定见罗良受困，仍劝他合兵反元，可罗良视死如归，坚决不从，体力不济便愤然拔剑自刎，随从将士亦然，场面悲壮惨烈！

罗良故后，身首异处，陈友定用黄金为其铸就金头，在西渡头双路口建造晋国公陵园。陵园竣工，陈友定不敢再造反了，向朝廷谎报倭寇杀了罗良，是他带兵漳州平了倭寇。陈撤兵后，漳州兵民自发募捐，在北门外塔口庵经幢边上，为罗良建造规模宏大的北庙，朝廷随后敕封其为"晋国公庙"。

罗良因此成为历代漳州地方首长中第一个，也是唯一被朝廷敕封为"国公"的人。民间亦开始流传"罗良巷战"地方剧目。

蓝理一行人说着就到了西渡头双路口罗国公陵园。

陵园内侧路口,屹立一尊高大威武、腰挎长剑的守护将军。守护将军的全身是用墨绿色花岗石雕琢而成的,重达数吨。只见石像将军立阵迎客,边上有一座石碑,镌刻着"文官下轿,武官下马"的金字。再进去几步,放眼陵园,只觉占地面积相当大,单铺砌石板块的部分就有三亩多地。墓场正前面摆放着一只精美硕大的石制香炉,两侧排列着石制人形十二生肖坐像。

战乱时分,陵园空寂无人,蓝理五人想烧几炷香不得,只好合掌对着罗国公的墓地拜了三拜。拜毕,五人继续上路。

山一程,水一程,走了一天,觉得累了,他们便合计弄几匹军马来骑。

次日,恰好一队路过的兵马在歇息,看旗号是耿军。他们潜入耿军,觑个机会,悄悄牵出五匹马,飞身上马,腿一夹马肚子,就往江南赶。一路上尽是耿军人马,他们尽量避开。他们走走停停,还记下了沿途地形地貌。

这一日,五人终于到了仙霞关。

仙霞关在闽浙赣三省分界处。

晚上,没有月光。夜空里,四面陡立着黝黑的大山。那山挡住了天,遮住了地,似乎要吞没一切,黑森森地向人压来,让人感到压迫、渺小与恐惧。仙霞岭山脉深处,有一个古镇。那是汉武帝平定闽越王叛乱、唐黄巢率军攻取福建诸州在仙霞岭开山辟路留下来的古道险关,也是闽浙赣三省交界处的重要驿站。

蓝理他们沿着古道险关,继续往北赶路。过了仙霞关,他们听说康亲王带兵已从杭州打过来,现在兵马就驻扎在衢州,于是他们就直往衢州驰去。

是夜三更,蓝理一行五人抵达衢州清军营地。

这是康亲王杰书的先头部队,康亲王本人不在。康亲王部将见蓝理等人来路不明,不分青红皂白将蓝理几人当作耿军奸细,要将他们推出军帐外斩首。

蓝理众兄弟来时没想到会是这种结果,当下性起,奋而反抗,夺过旁边军士刀枪,杀开一条道,乘着浓浓夜色往大路奔去。

第四章

血与火中升起的将星

1

　　蓝理五兄弟逃出清军营地,正沿大路急奔,不意跑没多远,迎面遇上一队打着火把的人马。借着火把的光芒,柯彩看到帅旗上的字号——正是康亲王的兵马。

　　是夜,康亲王杰书带领大军往衢州清军先头部队的营地赶来。

　　陈龙性急,问蓝理怎么办。

　　蓝理抱着不妨再一试的心情,招呼众兄弟向前迎上去。

　　清军见有人挡道,大喝一声:"何人胆大,胆敢阻拦康亲王的兵马!"喝声乍落,一群人马就包围上来。

　　蓝理回说:"军爷,我等乃福建漳州府人氏,有要事见康亲王,恳请引见。"

　　先锋官大声喝道:"康亲王军务在身,此刻不见尔等闲人。"

　　康亲王听到喝声,问是何人挡道。

　　先锋官口禀告说:"康亲王,有人说有要事求见。"

　　康亲王点头道:"宣。"

　　蓝理他们随先锋官晋见康亲王。

　　康亲王见蓝理几人气宇不凡,有心留用,遂问有何要事禀告。

　　蓝理将投军反遭误会、逃出清军大营的事禀告康亲王。

　　康亲王倒有大将风度,听罢大笑道:"好,好样的。能闯出本王营地的人不多。你们能跑出来,说明本事不小啊。我们大清正是用人之际,你们就到本王帐下效力如何?"

　　蓝理五人见康亲王比想像得还快人快语,便齐声应诺。

　　回到衢州营地,康亲王将蓝理兄弟请入大帐中,细问详情。

蓝理将众兄弟的情况作了详细介绍,然后主动陈述平闽策略。

康亲王想不到蓝理竟有如此见解,不禁由衷赞许道:"蓝壮士,你这些策略从何而来?"

蓝理反倒有些不好意思了,他也实话实说:"回亲王,草民被漳浦知县关押期间,得了几部兵书,其中有一部手抄的《福建攻略图解》。我闲着没事就读起来,倒有一些心得。草民不揣浅陋,还望亲王不要见笑。"

康亲王微笑着说:"蓝壮士,看来你不光有武才,还有谋略呀。你们就编入本王军中。希望你们誓将腰下剑,直为斩乱藩。"

蓝理五人被编入汉兵绿旗。同营有一个漳浦同乡杨世懋。他比蓝理他们早入清军,是步兵旗手。蓝理与他一见如故,甚是投缘。

2

衢州是战略要地,古有"衢居上游,无衢,是无浙也"之说。耿军北出仙霞关,攻陷浙江江山,占据金华后,窥伺衢州。

康熙十三年(1674)七月初,探马来报,耿军东路先锋左军都督曾养性率兵十万,汇合耿军中路先锋骁骑将军马九玉正向衢州杀来。

康亲王即刻升帐,有人主张力战,有人主张暂避敌锋,争执不下。康亲王不由得眉头一皱,有些不快。

这时帐外有人高声叫喊:"蓝理兄弟五人前来请战,请康亲王恩允。"

康亲王传令五人进帐。

五人进得大帐,就有人表示不屑:"蜀中无大将,廖化充先锋。泱泱大清,还轮不到尔等无名小辈!"

话音方落,众将就哈哈大笑起来。

康亲王一声严肃,众将只得噤声了。

蓝理义无反顾地说:"康亲王,就让我们兄弟几人去打前阵吧。当兵不怕死,怕死不当兵。我们几人冲在前面,即使倒下了,也能为弟兄们杀开血路。"

蓝理身材高大,穿上军装,更显威武。康亲王见其勇气可嘉,赞许到:"好,众将听令!今蓝理等兄弟请战,谁敢随往?"

"卑职愿往!"

"末将愿往!"

浙江总督李之芳、将军赖塔应声出列。

"李之芳、赖塔听令,令尔等率总兵官李荣、副都统胡图出营正面迎敌。"

"是。"

"蓝理听令,令尔当前军骑兵旗手,随浙江总督李之芳、将军赖塔出战,柯彩四人随蓝理一同前往,本王率大军殿后。"

蓝理一听只当个旗手,嘴上虽应承下来,心里却不是滋味。

康亲王看出蓝理的心思,便说:"蓝理,你刚来军营,带兵打仗的事还不熟悉,你先跟李大人、赖将军出战,先见识一下两军交战场面。今番出战,你虽说只是一个旗手,但千万不能小看旗手,全军的进退都在你手上,你听主帅号令往前挥,大军就往前冲,你往后挥,大军就往退,你说重要不重要?"

"康亲王,我一定掌好旗帜。"说完,蓝理后退与杨世懋站在了一起。

杨世懋碰了碰蓝理,嘿嘿一笑:"兄弟,别耷拉脑袋,当旗手可不是你想的那么容易啊,一是要听号令,二是要敢拼敢冲。军营里的兄弟都叫我杨大脚,我的脚板子利索,扛着旗,旗到哪,大家就跟着旗打到哪,你说我们多神气。我当步兵旗手,你当骑兵旗手,说起来你比我更神气呢。"

蓝理说:"你是老兵,你说好就好,我听你的。"

清军走出营地二十几里,便在衢州河西岸一个峪岭遭到耿军伏击。清军进一入埋伏圈,左右两路耿军冲出掩体,飞矢如雨,杀将过来。

清军没有防备,阵脚不稳,顿时大乱。李之芳亲冒矢石,执刀督阵。清军众将奋力向前拼杀,奈何耿军有备而来,清军死伤无数,耿军却越围越多,李之芳见状,只好先令清军撤退。

蓝理兄弟们头遭上阵,就遇到如此大战,正想大展身手,无奈大军后撤,只得随军后退。

杨世懋突然喊了一声,"糟糕,我的鞋子掉了一只!"

蓝理心里也没来由地一紧,伸手一摸,发现香帕不见了,那可是潘柳欣送的。他心里一急,大声喊道:"我的香帕也没了,我们杀回去找!"

杨世懋见身后黑压压的追兵,迟疑一下,说:"这样行吗?"

蓝理说:"战场上管不了那么多了,杀回去,大不了一死!"

杨世懋见蓝理态度坚决,遂也说了一声"好",两人呼啦啦高擎大旗便往回冲杀。蓝理在马上,杨世懋在地下,两人都是旗手,他俩这么一冲,清军士气大振,也跟着杀了回去。

蓝理马快,冲在前面。他左手控马持旗,右手持刀,遇上耿军就砍。杨世懋后头紧跟着,也甩开臂膀大砍大杀。柯彩、陈龙、许凤、吴田四人飞身跟进,猛冲敌群,兄弟几人合力,在杀开了一条血路。

李之芳见势,重整旗鼓,策马督军杀回。

耿军见了就觉奇怪,仗就没这么打的,明明是清军败退了,怎么撤了一半复杀将回来了,就算那回马枪也没这么个杀法。耿军委实弄不明白清军葫芦里究竟卖的是什么药,心一慌,都愣住了。

这战争的胜负,有时就在那么一瞬间。

趁耿军发愣之际,清军却一鼓作气,借势觅得转败为胜的契机,不消片刻即将耿军杀退了。蓝理、杨世懋分别在人堆里拣回香帕和鞋子,清军也就胜利了。

康亲王率兵正好赶来增援,闻悉清军回旗大败敌兵,冲在前面的旗手就是原先名不见经传的蓝理,禁不住喜形于色,赞道:"如此猛将,可当大用也!"

这一战打出了清军的士气,康亲王高兴,马上召见蓝理,当面夸奖一番,并升蓝理为绿营把总,官阶正六品,杨世懋、柯彩等人也一并有所封赏。

3

康熙十三年(1674)七月十二日至十八日,清军与耿军曾养性部五次会战,耿军皆败,清军顺势收复被耿军占领的义乌、汤溪、寿昌、淳安。

九月,曾养性令结巢于金华郑店的耿军都督陈重、总兵朱老四联络土寇,不时攻击衢州附近的清军。康亲王派副将陈世凯、副都统马哈达率蓝理众兄弟击溃耿军,随即分兵三路,连夜穷追,斩敌五千余人,焚毁郑店耿军营地与蓬厂二百余处。

十月,清军在金华城外又打败耿军都督徐尚朝等马步兵五万人的进攻,斩敌三万余人。紧接着,清军又在积道山、竹园村、马涧等地连续击退耿军,大破木城,杀敌万余人。

蓝理此时由把总升至千总又升至守备,官阶正五品。

康熙十四年(1675)夏,康亲王遣都统马哈达由金华攻击处州曾养性部,蓝理五人随军前往。马哈达轻率冒进,受挫撤兵。后撤中,马哈达采纳蓝理妙计,将耿军诱至桃花岭,一举击溃了耿军沙有群部,乘势占据处州。

曾养性率部退守仙居,在城外扎立十三营盘。穆哈林率蓝理等分兵三路攻打仙居,蓝理率先头部队攻入第一营,穆哈林后续部队迅速挺进,耿军退回城内。清军架上云梯,三面攻城,耿军不能抵挡,打开西门遁逃,清军收复仙居。

曾养性率军退据黄岩,贝子傅喇塔奉命攻打黄岩。黄岩凭山带江,地势险要。傅喇塔探得从土岭翻过茂平山,可以到达县境,便组织兵士悄悄伐木运石,开通栈道,出其不意,出现在黄岩城下。

曾养性惊慌失措,乘夜突围,从水路逃到温州。

傅喇塔率军抵达温州城外。蓝理、柯彩带人察看地形,发现在绿嶂宝胜寺可埋伏甲兵出击。回营后,蓝理将此一发现禀报傅喇塔。傅喇塔深为赏识,采纳此计。他令蓝理带兵担当诱敌之任。蓝理衔令出战,未几佯败,耿军尾追,退至绿嶂,清军号炮一响,伏兵俱出。蓝理策马杀回。耿军慌乱,首尾不能相顾,溺死及被杀伤者无算。

曾养性下令众将加强防御工事,严防死守。他吩咐众将将温州西南城外的房屋尽行拆毁,把屋柱运到西城,从陡门头至三角门一带抓紧构筑木城;又命运粗石墙到陡门头,在隔河一带筑造石城,并从陡门头起至三角门止,离石城掘河数丈,将泥运入竹屯中,筑起泥竹屯城。

傅喇塔屯营君子峰上。

傅喇塔常与夸兰达丹母布、总兵陈世凯及蓝理等人登上峰顶,相度形势,俯视温州城。

康熙十五年(1676)二月七日夜,曾养性二更时分亲率大兵潜出三角门,水陆并进,投枪火烧清军各营盘。

傅喇塔命令夸兰达丹母布、陈世凯等人迎战,用大炮打沉了不少耿军船只,耿军也用大炮还击,战争十分激烈。傅喇塔故意将下营烧毁,移居上营,令蓝理等人埋伏于要隘。他亲督大军,下山杀敌,耿军溃败。

曾养性逃至蓝理把守的关隘,蓝理令旗一挥,清军杀出。

蓝理骑在马上,大吼一声:"蓝理在此,反贼快快下马受降!"

曾养性心一慌,掉头策马就走,不想却堕下马来。幸好右边就是温州护城河,曾养性就势下水,浮水逃回温州城中。

逃入城中的曾养性,连忙下令耿军浚壕增陴固守,清军久围不能下之。

4

康熙十五年(1676)五月,耿精忠因郑经夺取漳州、泉州、汀州、惠州、潮州诸府,撤走江西建昌的耿继祚部。康熙获悉,传旨康亲王杰书:"耿精忠撤建昌诸贼,其为海寇所逼无疑,我兵宜乘机前进,暂先撤除温州围军,移师攻取福建,酌量招抚,勿坐失良机。"

康亲王接旨后,召集贝子傅喇塔、浙江总督李之芳、蓝理等人商议进军福建路线。蓝理此时已擢升为绿营军官都司,官阶正四品。

傅喇塔说:"曾养性死守温州,我军一时难以攻克。从温州沿海进发福建,肯定行不通。如果从沿海直接进取福州,又恐耿军退往闽西北。我军势必还得从仙霞关入闽。"

李之芳道:"贝子爷说得极是。我军进取之路,不在温州、处州,而在衢州。我军清扫完衢州之敌,即可长驱直入仙霞关。"

康亲王点头称是,想到蓝理从闽北出仙霞关而来,想必更清楚那边情况,就问问他的意见。

蓝理说:"贝子爷、李大人所言甚是。我军清扫完衢州之敌,可将大兵屯仙霞岭，先攻打蒲城，蒲城乃闽财赋要地，咽喉既失，粮运不通，建宁、延平旦夕可下，进而顺势可直逼福州。汉武帝平定闽越王叛乱、唐黄巢率军攻取福建诸州，都是取道仙霞岭的。"

康亲王遂决定先扫清衢州外围之敌，然后率兵直捣仙霞关。

清军率先击溃衢州大溪滩耿军副将林福部，切断耿军饷道，乘胜收复江山县。

康亲王密谕福建左总镇兵刘显芳、满洲副都统胡图、绿营都司蓝理等人乘夜出兵，向九龙山挺进。刚巧，马九玉亦遣军来劫寨，两军相遇江上，彼此莫辨，清军连发大炮攻击，耿军仓皇溃退，却回不了营地。原来马九玉立营在九龙山顶，山下密布梅花桩，用来阻挡清军，出兵时，仅开一径，兵士鱼贯而行，兵一出，随即闭关。耿军败卒散处山下，进退不得。清军奋力进杀，连发大炮攻击，耿军精锐尽数被歼灭。

次日天明，清军火焚九龙山的耿军营垒，马九玉仅以三十骑逃遁。

收复常山，清军长驱奔向仙霞关，分路夹击，耿军参将金应虎献关迎接清军。清军在仙霞岭稍事休整，就向福建急行军。此时，蓝理被授为建宁游击，官阶从三品，兼任前军向导，柯彩、陈龙、许凤、吴田等人也各有升迁。

进入福建，清军在蒲城石塘受阻。蒲城石塘系由浙入闽的要塞，由耿军都尉连登云重兵盘踞。傅喇塔令副都统倭申巴图鲁、总兵陈世凯、温处道姚启圣、建宁游击蓝理等分几路进剿，自晨至晚，连破九营，直抵石塘，焚毁木城，攻拔蒲城县。

耿精忠军事上节节失败，政治上又陷入内外交困的境地：因军饷匮乏，军士逃亡、部队不听指挥的事件屡屡发生；郑经乘机占据了大半个福建。

康熙鉴于百姓遭罹战乱，困苦已极，在大兵压境、敌人内部分崩瓦解的有利条件下，传旨康亲王对耿精忠采取招抚政策。

濒临绝境的耿精忠，几经反复，最后率文武官员出城归降。康熙仍保留耿精忠靖南王爵，命其随大军征剿郑经，图功赎罪。

清军随后又平定广西孙延龄、广东尚之信、陕西王辅臣的叛乱，西北及东南两翼的反清势力已尽行解除，剿灭吴三桂已指日可待。

康熙开始谋划进剿郑经、收复台湾的统一大业了。

【第五章】
激烈的人生注定没有坦途

1

康熙初年,取得厦门、金门两岛的胜利后,康熙派人以"遵制削发登岸,自当厚爵加封"为条件,前往台湾招抚郑氏集团。但郑经对清廷的招抚政策顾虑重重,故以"欲效朝鲜事例,不削发,称臣纳贡"为条件回应清廷。一来二去,和谈不了了之。

郑经从其父郑成功手中接掌台湾以来,悉心开发:委派陈永华到南北二路各社劝导诸镇开垦,栽种五谷,蓄积粮食,插蔗煮糖;大力吸引漳州、泉州、惠州、潮州等地大批流离失所的无业穷民,到台湾开荒造田,一批新的村镇,如郎娇、彰化、云林、新竹,陆续出现;在濑口地方修筑丘埕,泼海水为卤,曝晒作盐;教民众种植棉花,从事纺织;教民众取土烧瓦,往深山伐木斩竹,起盖庐舍;设立围栅,严禁民众赌博。

郑经还不断扩大海外贸易:在海上每隔六十里设一站,自漳州府南行海路,共设有十二站,从台湾到吕宋设二十四站,以澎湖为门户,同日本、吕宋、交趾、暹罗、六昆、柬埔寨、噶喇巴、东西洋等进行通商贸易。日本的金银、药材、珍珠、翠羽,吕宋等地的苏木、胡椒、檀香、降香、苏合香、象牙、丁香,都经由台湾运到全球各地,台湾也因此获利甚巨,除了从日本、吕宋和西洋各国进口粮食外,还有大量盈余。

为打破清朝的经济封锁,郑经还采纳陈永华的建议,收降镇海太武山江胜及其部众数百人,派他们偷偷驻在厦门,建立据点,开展海上贸易,接济台湾。

郑经还积极发展军事力量:继承父辈耕战结合的政策,各镇营凡农隙时,教习武艺弓矢,春秋两季则操演阵法;令南北路各镇入深山穷谷中,采伐木材或遣商船前往岛外各港购买船料,教工匠修葺烦船或成造诸种战舰船只,装载白鹿皮、蔗糖等物运往日本,购买物料,制造铜烦、倭刀、盔甲,强化军事力量。

清廷想专用招抚政策来统一台湾,是不可能实现的,只得在东南沿海施行海禁迁界,在沿岸部署重兵,坚壁清野,郑军也不敢贸然登陆进犯。

2

清郑之间的和平局面,一直维持到三藩之乱才被打破。

康熙十三年(1674)四月,郑军借耿精忠约请出师之名发兵厦门,攻取同安、海澄,连下泉州、漳州、汀州、兴化、惠州、潮州,把耿精忠的后院给烧个够呛,加速了耿军灭亡。

康熙十五年(1676)八月,清军平定耿军,当即与耿精忠归降部队联军进攻郑军。九月,康亲王从福州发兵,一路攻打到泉州。

泉州亦为闽南人文古城,山明水秀,四季如春,土壤肥沃,物产丰富,地处晋江下游,曾有子城、罗城、翼城、温陵、刺桐城等别称,唐以前与漳州一样,曾先后隶属于闽中郡、闽越国、会稽郡、扬州、江州,唐景云二年(711)置州,亦为闽南沿海重镇。

当时泉州驻有郑经的重兵,清军一时难以攻克,驻扎在惠安涂岭。蓝理兄弟五人请战,康亲王立命蓝理领兵五千先发,都统赉塔领兵一万在后策应。泉州城墙上的郑军早已准备停当,一俟清军挨近,万箭齐发,火炮跟进,箭如密雨,炮似霹雳,清军顿时死伤无数。

蓝理命令后军炮火还击,将城池轰开一个缺口,号令士兵往缺口冲。清军快要接近缺口时,郑军弓箭、火炮齐向缺口倾泻而下,清军冲锋顿时受阻。

蓝理看在眼里,急在心里。他策马冒着猛烈的箭矢炮火,冲在最前头。清军见蓝理一马当先,也个个奋力拼杀前冲,几番拉锯,终于占据缺口。都统赉塔领兵赶到,两军合并一处,蜂拥入城。郑军见大势已去,只得弃城而走。

吴田杀得性起,带领所部骑兵猛追,蓝理阻止不及。吴田带领人马追至晋江,不料中了郑军伏击。吴田孤身奋战,身乏被擒。

郑军俘获吴田后,加以礼遇,吴田感动归降,拜将军。

从此兄弟五人,分属两个敌对阵营。

清军在泉州稍事休整,挥师向漳州进发。

广东方向的清军也从广州出兵,征剿驻扎在惠州、潮州的郑军。康熙传旨黄芳世,封海澄公,让他回福建到康亲王杰书军中效力,俟漳州、泉州收复,收集海澄公旧部失散官兵,仍镇守漳州。此时,原海澄公黄芳度已在漳州城内战死,而黄芳世与之为堂兄弟,康熙故而将黄芳度爵位封给他。

康熙十六年(1677)六月,郑经在两面清军强大的攻击下,连失漳州、惠州、潮州等六府之地,不得不退逋金门、厦门。黄芳世镇守漳州,黄蓝任总兵守海澄。

3

清军攻入漳州后,蓝理怀揣香帕,到浦头港潘家、弦歌巷丝竹轩找潘柳欣、徐云,都没找到,周围也无人知晓二人行踪。清军准备进攻厦门,军务繁忙,蓝理一想,只得过些时日,再四处慢慢打听潘、徐二人的下落。

却说潘柳欣、徐云自从与蓝理他们分别之后,就用剩下的银两在漳州城西门开了一间清粥小菜馆,卖些地瓜稀饭、白米饭和闽南各式小菜,生意倒也不错,从早到晚,食客不绝。

漳州是闽南战略要地,清军、耿军、郑军,走马灯地似换个不停。

城中百姓都有经验了:每次军队前来攻打漳州城前,城里百姓大多都避到乡下,待城破复归安定后,他们又回到城里。

这次清军攻城,潘柳欣、徐云也早早关了店门,到乡下避乱。待清军占领漳州城后,这才回到城里。进城后,听说清军有一个叫蓝理的将军,两人心喜,没回到店里,她们就四处访问起蓝理来。

她们来到城东文昌门时,恰巧碰上了巡城的柯彩。因一门心思找蓝理,柯彩又是一身戎装骑在马上,她们一时没能认出来。倒是柯彩眼尖,觉得刚才擦肩而去的两女子,怎么这么面熟?莫不是潘柳欣与徐云?他赶紧掉转马头回追,边追边喊:"两位莫非就是潘柳欣小姐、徐云姑娘?"

徐云听到叫唤,回过身来:"你是?"

柯彩飞身下马,摘下头盔,徐云马上认出来了,连忙高声喊道:"你是柯彩,你也当将军了?"

柯彩兴奋说:"对,我就是柯彩!"

潘柳欣也高兴万分地说:"太好了,柯大哥,我们终于找到你了。"边说边四处观察。徐云知道小姐想看看蓝理在不在附近,便问道:"柯大哥,蓝大哥呢?"

柯彩笑道:"徐姑娘,你的心怎么这么偏心来着,一见面就问蓝大哥他人呢,也不问问我们其他人怎么样。"

徐云说:"我是替小姐问的,我们小姐可急了。"

"你这丫头,自己急了,偏说我急了。"

"待会儿我一个人去找蓝大哥了。我倒要看看,到底是谁急来着。"

"不跟你说了,柯大哥,你带我们去见蓝大哥他们吧。"

"好,我带你们去见他们。"柯彩说完,转身吩咐随行的校尉继续巡城。

蓝理见到潘柳二人,百感交集。

柯彩抽身出去了,过了一会儿,带着陈龙、许凤一起回来。

潘柳欣没见着吴田,禁不住问说:"吴田兄弟呢?"

大家一时沉默,过了半晌儿,陈龙才出声:"吴田投降郑军了。"许凤附言:"吴田真不是一条汉子。他日遇上了,我许凤一定要给他好果子吃。"

蓝理见大家情绪激动,就自责未能及时制止吴田追击逃寇。

潘柳欣安慰道:"同人不同命,吴田兄弟归降郑军,定有他的苦衷。"

柯彩欲岔开话题,便说:"今天我们故人相见,是一件大喜事。不开心的事今不要提了。我倒有个喜上加喜的提议。"

陈龙沉不住气了:"柯彩兄,你就别折腾人了,什么喜事你就赶紧说吧。"

柯彩笑了笑,他左看看蓝理,右瞧瞧潘柳欣,就是不说话。

徐云早就猜出个所以然,不觉也笑道:"我知道柯大哥想说什么了。"

许凤也猜出来了,却故意用猜测的语气说:"该不会是男婚女嫁的好事吧。潘小姐,我们蓝兄弟一回到漳州城,就千方百计打听你和徐云的下落。"

潘柳欣被几人这么一说,脸唰得红了起来。

蓝理这会儿却还沉浸在没能阻止吴田的自责中。徐云拉了拉蓝理胳膊:"蓝大哥,我们家小姐都不好意思了,你怎么还在发愣。"

蓝理回过神来,刚要说点什么,可看到潘柳欣亮丽的双眸,看到双眸里潘柳欣对自己的嫣然笑容,闻到她身上发出的缕缕体香,却也害羞起来,一时不知说什么好。

柯彩笑着说:"蓝兄弟与潘小姐早就你情我意了,不如就借此重逢良机,替他们将喜事办了,你们说好不好?"

"好!"大家异口同声赞成。

蓝理满心欢喜,嘴上却说:"你们就知道瞎起哄,还不知人家潘姑娘肯不肯呢。"说毕,用充满期待眼神看着潘柳欣。

潘柳欣嗔道:"你明知故问,说什么肯不肯的。"

蓝理想到什么:"我父母不在漳州咋办。"

许凤说:"我们行伍出身,还要那么婆婆妈妈的干啥!等办完婚事,再回去通报也不迟。"

柯彩也说:"战争年月,结婚之事还是早办为妥。非常时期,也只有采取非常之法了。我们兄弟几个当蓝家人,徐云姑娘当潘家人,就把婚事办了吧。"

徐云鼓掌赞成。

蓝理、潘柳欣也默认了众人的提议。

陈龙说:"嘿,好像有一出戏词这么唱来着,袅袅情丝吹来闲庭院,蓝理将军涉江采芙蓉。"

潘柳欣忍不住笑了起来:"陈大哥真会胡诌!"

许凤唱道:"帽儿光光,蓝理今夜做个新郎;衣衫窄窄,柳欣今夜做个娇娘。"

蓝理也忍不住笑道:"你们当我是山大王娶压寨夫人呀。"

在众兄弟与徐云的操办下,蓝理与潘柳欣的婚事倒也热闹。

4

过了数日,军中事务少了些许,战事相对平稳。

蓝理与潘柳欣商量后,决定一起回家见见父母。两口子选了一个日子,早晨就到亲王行署告假。

康亲王一听,高兴允诺:"百善孝为先。蓝将军,你们夫妇回乡省亲,以慰望云之情,本王理应成全。"

"谢王爷抬爱。"

康亲王赐了些银锭,还派了支人马,鸣锣开道,护送蓝理夫妇返乡。

蓝理夫妇回府邸稍事收拾,便带了随从护卫,直奔漳浦芟坑畲家寨子去了。经过九龙岭土地庙,蓝理想起当初借庙避雨的情景,便吩咐随从取来香烛,恭恭敬敬地祭拜了一番。拜毕,他交代人修缮土地庙。

快到中午时分,蓝理一行来到芟坑,队伍前面旗面上绣着个硕大的"蓝"字,异常威武雄壮。芟坑人没见过这等阵势,不知这位蓝姓将军是何人。

蓝理策马走在队伍前头,想找出一些熟悉的面孔。

人群中一个老人高呼:"是我们家理儿,蓝理回来了!"

蓝理寻声一看,正是二伯蓝怀智!

他立刻跳下马,来走到蓝怀智跟前一跪:"二伯!"

蓝怀智摸着蓝理的戎装,激动说道:"我们家理儿出息了,当将军了!"

蓝理也激动起来,饱含深情说:"侄儿能有今日,全赖二伯教诲。"他回身招呼潘柳欣前来参拜蓝怀智,"二伯,这是侄儿媳妇柳欣。柳欣,这是我二伯。"

潘柳欣道了个万福:"侄媳拜见二伯。"

蓝怀智有些不知所措,连忙还礼:"好,好。"

附近的乡亲一听说蓝理回来,围将过来,周围一下子挤满了人。

蓝怀智夹在人群中,脱不开身。他看到人群外蓝理的二弟蓝瑶,大声喊道:"瑶儿,赶快回家告诉你爹娘,就说你大哥蓝理回来了。"

蓝瑶埋头就往家跑去,他气喘吁吁地跑进门,大声喊道:"我哥回来啦。爹,娘,我哥回来啦!"声音都有些变调了。

蓝怀紫、苏清红这当儿正在家忙活，听到二儿子的喊声，吃惊不小。蓝怀紫问:"谁回来了?"

蓝瑶稍稍平静下来:"我哥回来了。"

"你哥蓝理回来了?"想到儿子蓝理当年不辞而别，这么多年又不给家里来信，他那孟浪不逊的性格，指不定又闹出什么事，回家躲难来，蓝怀紫说:"他回来干什么，不把祖宗的脸丢尽，他就是不甘心。他这会回来，肯定又是在外面惹事了。"

苏清红劝道:"阿紫，理儿回来就好。你不是也时常念叨他吗?"

蓝怀紫嘴巴上还是硬气:"谁念叨他了，我是担心他在外生事，别人找上家门来。"侧耳一听，官府鸣锣开道的声音越来越近了，"你看，我说得没错吧，他这不是又把官府的人引来了吗!"

蓝瑶还没来得及解释，锣鼓声就到了门前。

紧接着，鞭炮就噼噼啪啪地响了起来。

"大清国御封游击蓝理蓝将军到!"

话音未落，蓝怀智等人就簇拥一身威武戎装的蓝理和美丽端庄的潘柳欣进得门来。蓝怀智高声叫唤:"三弟，你看谁回来了! 理儿当上了大清的将军了，还带回个漂亮贤惠的媳妇，蓝家今天可是双喜临门。"

忽然见到神采奕奕的儿子和水灵秀气的媳妇，方才还在担心儿子在外生事的蓝怀紫、苏清红，一时还回不过神来。

苏清红先缓过神儿，忙不迭地招呼大家坐下。

来的人越来越多，蓝理家屋子小，容纳不下。有人说了句:"今天可是我们茈坑畲家人大喜的日子，为什么不到种玉堂去庆祝庆祝。"

大家簇拥着蓝理、潘柳欣到了种玉堂。堂上有十几把太师椅，呈半月形摆放。蓝理留了几个座位，吩咐村人将族老和蓝继善请来。

蓝继善不在家，族老们倒一脸惶恐地来了。其实他们已经知道蓝理回来，可一想自己当初跟已故的老族长一起，准备把蓝理沉塘，心里正忐忑着呢! 如今蓝理派人来请，他们不知蓝理葫芦里卖的究竟是什么药，可又不敢不来。

蓝理热情招呼几位族老坐下，然后吩咐随从抬上两大箱银锭，将一个个银锭摆在供案上。他说:"众位乡亲，蓝理今日偕夫人回乡，给大家带点银两，聊表心意，大家可按序上前领取。"

众乡亲见有银子可拿，喜出望外。

蓝理还特地重谢二伯蓝怀智、堂嫂阿玉和当年在村口送番薯给自己吃的老阿婆。做完这些，蓝理心里还是有些空落落的——可惜姑姑不在。

5

这世上偏有这么巧的事,姑姑这天刚好从漳州回茇坑串亲戚,一到寨子就听说蓝理回家探亲的,直奔种玉堂来。

蓝理不禁热泪盈眶,跪在姑姑面前请罪:"不肖侄儿蓝理,不念姑姑好心,反起歹意,让姑姑受苦了。"

姑姑倒是一脸慈祥:"这不能怪你,都怪你那不争气的表兄周荣,想带人来抓你。事情都过去了,我们都别再提了吧。看到你有出息了,我这当姑姑的,心里比什么都高兴。听说你带了媳妇回来,让我瞧瞧。"

蓝理朝潘柳欣招手:"夫人,快过来见过姑姑。"

潘柳欣忙向姑姑致意。

姑姑一看是她,更是满心欢喜说道:"原来是潘姑娘。当了我们蓝家的媳妇,越发漂亮了。能娶到潘姑娘做媳妇,不单是理儿的福分,也是三哥三嫂的福分啊。"姑姑认得潘柳欣,当年蓝理在她家时,潘柳欣有来过。

蓝理抓了几个银锭,要给姑姑。

姑姑却不肯收,说:"自己家还要这么见外吗?"

蓝理说:"我知道姑姑已经将房子卖了。您老拿这些银子把房子赎回来,再添置些东西,也算侄儿一点补偿吧。"

姑姑见蓝理态度坚决,也只得收下。

次日一早,蓝理与妻子一起到官浔探望义父连稳爹。蓝理给义父造了一个七层石椅。当问及往日师父,连稳爹说,已于十年前云游出外了。蓝理听罢,不胜感念。回到茇坑,又小住数日。这时,战事吃紧,蓝理只得赶回漳州。

是年七月,康熙传旨康亲王,对郑经还是实行"剿抚兼施,着重于抚"的政策。康亲王遣使至厦门劝降,令郑经让回东南沿海各岛,拥兵东归台湾,并许诺向清廷提请"以朝鲜事例,称臣纳贡,通商贸易",双方即可罢战言和。郑经有几分动心,但手下大将冯锡范等人一再执意照先藩之四府裕饷例,要清廷资给粮饷,各守岛屿,并将厦门之门户海澄作为来往公所,方可以罢兵息民。康亲王断然拒绝:"寸土属王,安敢将版图封疆议为公所。"

和议复不成,清军再行海禁迁界政策。上自福宁,下至诏安,赶逐百姓,重入内地,并筑界墙守望。或十里,或二十里,凡近水险要,清军都添设炮台,星罗棋布,稽查防范,严密封锁,千方百计断绝郑军粮饷来源。

6

康熙十七年(1678)九月初,郑经与刘国轩等几位近臣正在商议攻打漳州城之事,忽报吴田请缨出战。郑经听闻,十分高兴:"吴田是一员猛将,此战必能大挫清军锐气。"

吴田一进王府,跪于玉墀前:"王爷,昨夜得悉叔父吴安被漳州古县贼人所害。末将亲人只余叔父一人,请王爷借末将兵士一百,血洗古县,报仇雪恨。"

原来,得知吴田投降郑军后,古县的几个泼皮避开官差,将吴安偷偷监禁起来。吴田昨夜派人潜入古县,本想接叔父到身边,不料被监禁起来的吴安因缺衣少食,备受折磨,已于前几日病故。吴田气得咬牙切齿,恨不得连夜血洗古县。只是碍于王命,不敢造次。今日一早,吴田就赶来王府请兵。

郑经安抚道:"吴将军,本王闻悉噩耗,深表哀悼。人死不能复生,还望将军节哀顺变。至于请战一事,本王看暂且搁议。将军先行回府,安排好尊叔后事,以尽孝道。"

吴田坚持道:"末将知道王爷欲攻打漳州城,末将不才,愿为先锋,只率百骑,先血洗古县,再掉头攻打漳州城。"

郑经不紧不慢地说:"吴将军欲效仿三国甘宁百骑劫魏营,斗志可嘉。然古县与漳州太过接近,古县一有动静,漳州城里的清兵就会驰援,太过冒险。"

吴田不服:"末将今夜只带一百人马攻城,若折了一人一骑,甘受军法处置。"

刘国轩一旁替他求情:"王爷,吴将军忠勇堪比云天,臣愿举荐吴将军攻打古县。"

郑经转念一想,吴田去劫古县,给漳州城内的清军一个下马威,亦无不可,遂应允道:"我拨帐下一百精锐兵马与你,并赐酒五十瓶,牛肉一百斤,以壮军士。你回营安置妥当,明晚起兵。本王还有一句话要送与你,行军打仗,个人恩怨事小,国家社稷为重,切记。"

吴田领命回营,将酒肉分给众军士开怀畅饮,然后吩咐众人好生安歇,明晚攻打古县。

郑军要血洗古县的消息,不知怎的传到了古县。

古县人不知吴田究竟要带多少军马,非常害怕。他们派人去城里搬救兵,可城里的清兵风闻郑军要攻打漳州城,害怕城池不保,不敢轻举妄动。蓝理他们虽然也在城内,但因与吴田的特殊关系,守城将领不让他们知道吴田要血洗古县的事。别无选择的古县人,只得想出一个不是办法的办法:他们选出几位德高望重的郑姓老人到郑军营中说情,让郑经看在古县郑姓与郑经同宗的分上,不要让吴田攻打古县。

原来,郑氏先世自河南荥阳入闽,由莆田迁居漳州,先居龙海洋西,后居鄱山,即颜厝古县,又迁广东潮州,元朝再入闽迁到南安杨子山下石井,遂世为南安人。郑经祖父郑芝龙、父亲郑成功生前也常提起祖居地的事,当年郑成功驻军漳州,曾到古县认祖,古县也成郑军招兵买马、屯军驻训的营垒。

翌日一大早,这几位郑姓老人带人带着美酒美食和族谱到厦门慰劳郑军,并与郑经认了同宗,几位郑姓老人这才说明了来意:恳求郑经不要让吴田来攻打古县,古县人会给吴田一个满意的交代。

郑经感到很为难,思来想去,最后提出了一个折中的办法:他既已答应吴田,军中无戏言,就不能不派兵,他让古县人做好防御;不过他可以尽量缩短吴田攻城的时间,他让吴田傍晚才从厦门出兵,半夜鸡一叫就必须撤兵回厦门缴令。

当日傍晚,吴田令人取白鹅翎一百根,吩咐众人插于盔上为号,披甲上马,从厦门飞奔古县而来。不到一时辰,百名铁骑杀至古县。古县人早有准备,用粗硬湿漉的荆棘伏路穿连围在县城四周,将古县县城围得铁桶相似。

吴田只得令军士下马排障,等到排除荆棘障碍,时间已是下半夜了。进入城里,古县人都已躲到城阁大楼内。城阁大楼墙体又高又厚,吴田一时攻打不下来。局面正胶着之际,公鸡却叫起来了。吴田虽说报仇心切,但一听到鸡鸣,还是立即下令收兵回厦门,古县也得以保全。几天后,加害吴安的几个地痞也得到了应有的惩处,吴田叔父的仇总算报了。

7

九月中旬,郑军大举攻打漳州城,郑经令刘国轩、吴淑、吴田等率大军由厦门直接取道江东桥,进兵漳州。

江东桥,亦称柳营江桥,在漳州城以东,横卧在九龙江北溪上。北溪源自连城,再从新罗、漳平、华安、芗城、龙文山岭中奔腾而下,出龙潭口,水面始平缓舒展,可一到蓬莱峡、柳营江,河道忽而变窄,两山夹峙,川流湍急。早年被称为漳州"东偏要道"的江东古渡口,枕山襟海,坐落于此。

南宋绍熙元年(1190),郡守赵伯逖始作浮桥。嘉定七年(1214),知州庄夏易以板桥,垒石为址,上架木梁,全长三千尺,取名通济桥。时人记载,昔欲为桥,商度未宁,有虎负子渡江,息于中流,探之有碛如阜,循其脉沉石绝江,隐然鱼梁,乃因垒址为桥,再者因桥在寅方,寅属虎,双而合之,又名虎渡。嘉熙元年(1237),桥毁于火。知州李韶捐私帑,请僧人廷睿师徒多方化缘筹资修建,淳祐元年(1241)石梁桥告成,从此天堑变通途。可未几,桥毁于兵。明洪武三十一年(1398),仍于旧址,以木为梁,构亭其上,至嘉靖十九年(1540)重修石梁桥,石梁长八十尺,宽厚各五尺,重约二百吨,酾水十五道,一道三梁,疏之以广其道,以板石横弥其缝,广二十尺,长二千尺。嘉靖四十四年(1565),加砌石栏,竖二关,东曰三省通衢,西曰八闽重镇,宏伟壮丽更胜当年,世遂有"江南石桥,虎渡第一"之说。

江东桥地势险要,扼漳厦泉交通之枢纽,历来为兵家必争之地。而要取道江东桥,必先夺取万松关。万松关,坐落于岐山与鹤鸣山之间,东邻江东桥,与瑞竹岩毗邻,面临九龙江西北两溪合流处,自六朝以来,历经战火。清初,清军与郑军多次在此进行争夺战。

今番郑军集结优势兵力,有备而来,强行攻关,守关清军不敌,只得退回漳州城。郑军攻占了江东桥、石码、海澄后,吴淑领十一镇兵众万余人马扎营于松洲、浦南等处,离漳州仅十余里,刘国轩、吴田率十七镇一万三千人马,安营龙虎山、蜈蚣岭,直逼漳州北门,其锋甚锐。

海澄公黄芳世向康亲王请令,率清军出城应战,却被刘国轩打得大败,自己险些被俘,逃回漳州后惊悸而死。临终以儿子才九岁,疏请胞弟黄芳泰袭爵。

郑军乘势将漳州城团团围困。城内清军不多,康亲王一面令将士坚守城池,一面令蓝理突围到泉州搬救兵。

次日黎明,泉州驰援漳州的清军在都统赉塔的率领下,与前来堵截的郑军在蜈蚣山相遇,双方激战正酣,漳州城内的清军闻讯乘势杀出。康亲王亲自督战,自寅至午,战况惨烈,最后清军东西夹击,大败郑军。郑军遁逃至云英渡,却无舟可渡,溺死者不计其数,丢弃的旗帜、盔甲、布幔、辎重,满山遍野。刘国轩、吴淑率部败退至石码、海澄。

解了漳州之围,清军乘胜包围了吴田镇守的长泰。

8

长泰郑军在吴田的指挥下,勇拒清军,清军屡次进攻,都被打退。

都统赉塔令蓝理率部驰援。

蓝理率兵到了长泰,以众兄弟的名义给吴田写了封信。收到蓝理的信,吴田也十分动情,可一想郑经对自己的厚恩,只得将牙关一咬,下令死战。

蓝理不见吴田回音,却听到探马来报,长泰郑军已加强防守。蓝理理解吴田的做法,眼下兄弟间也只有决一死战了。

蓝理了解到郑军在长泰县城近郊几处都驻有重兵,与县城郑军形成拱卫之势,决定先清除近郊几处郑军,然后再合围县城。清军逐一扫除长泰外围天柱山、蜈蚣山、东棣、塔潭等地的郑军,最后合兵进攻县城。

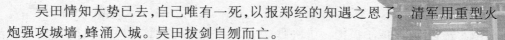

吴田情知大势已去,自己唯有一死,以报郑经的知遇之恩了。清军用重型火炮强攻城墙,蜂涌入城。吴田拔剑自刎而亡。

蓝理、柯彩、陈龙、许凤等人见到吴田的尸首,都禁不住潸然泪下。他们在当地找了一个堪舆先生,欲选一个风水宝地安葬吴田。

堪舆先生推荐长泰葛山,说葛山是闽南沿海一带的最高山峰。翘首东望,云岚雾霭之间,峰峦巍峨雄峙。传说八仙中的吕洞宾等三位仙人,赴东海途中曾留驻葛山,前人于是在葛山神仙驻足处修建葛山殿,亦称山庙。其殿堂石梁、石柱分别刻有"天衢云路"、"万载千秋九霄客,五龙二虎三祠宾"等联语。葛山因自然景观迷人,人文内涵深厚,而被人冠以"第一名山"美誉。

蓝理几人听了,点头称是,遂在葛山找一个合适场所厚葬吴田。自此,葛山多了一个将军名,唤吴田山。漳州后五虎将,却因此只剩四虎了。

回到漳州,蓝理将吴田战死沙场的消息告诉潘柳欣、徐云。

潘柳欣闻后,要去墓前祭拜。蓝理想长泰刚定,人心还不太稳,生怕起意外,劝她过后再去不迟。可她不落兄弟之情,执意要去。

蓝理几兄弟和徐云只得陪她去了。

一路还算顺利,没遇上什么枝节。

祭拜回来,路过浦头关帝庙,几人入庙,触景生情,忆起当年事,禁不住欷嘘不已。蓝理想,当初在泉州打仗,吴田如果不去追赶郑军,也许就不会有此结局,过早结束自己灿烂的生命。他想着,心里叹了一口气,唉,想法心愿是好,可是人生根本就没有如果,人生之路漫长,唯一没有的路就是回头路。

收复长泰后,清军又陆续夺回了石码、海澄等地,郑军退回到厦门,福建局势基本稳定。

9

康熙十八年(1679),蓝理升任灌口营参将,官阶正三品,掌管本营军务。

灌口的南边是集美。集美再向南就是厦门岛了,厦门岛上盘踞着郑军重兵。灌口因此就成了清军最前沿的阵地。

蓝理上任后,不敢有丝毫懈怠。

驻扎在厦门的郑军仗着水上功夫比清军强,时不时地派出一小拨士兵偷袭沿海的清军驻地。

时间久了,蓝理还真些烦了,他真恨不得尽起本营将士杀到厦门岛去,那才叫痛快!然军人得以服从命令为天职,蓝理没有命令又不敢僭越。

镇守灌口,蓝理还有件烦恼事。

灌口是闽南交通要道,时不时有清军过境。过境的清军,大多要向灌口军营索取军需,这几乎成了惯例。可给吧,自己就没了;不给吧,就要得罪人。

时任福建总督姚启圣长期驻在漳州,筹划沿海军务。

这一日,姚启圣也派几个亲兵向蓝理索取军需。姚启圣是浙江人,在浙江与蓝理共过事,知道蓝理为人,故而交代亲兵:"蓝理将军脾性直,你们见到他,可得好生说话。"

亲兵嘴上答应下来,可一转身到了蓝理军营,仗着是总督派来的差员,对蓝理呼来喝去。蓝理见亲兵无理,怒火中烧,不但不给军需,反将这几个亲兵绑起来,狠狠地鞭打了一顿。

蓝理身边一个叫刘木的尉官,一向对蓝理不满,见亲兵被打,心里高兴,认为挤兑蓝理的机会来了。

刘木避开众人,在亲兵面前胡说些蓝理对姚启圣不敬的话。

亲兵回漳州,向姚启圣哭诉:"制府大人,我们遵照您的命令,到蓝理军营领取军需。他不但不给,还破口大骂制府大人。我们据理力争,他却让士兵把我们绑起来鞭打。大人,你看,我们都皮开肉绽的。打狗还要看主人,大人可要我们做主呀。"他们还把刘木说的话也一并讲给姚启圣听。

身边有宵小,不死也得脱层皮,此话不假。姚启圣虽是个明白人,也清楚蓝理为人,可亲兵那句打狗还要看主人的话却刺痛了他,心里也对蓝理产生了不满。且当上总督后,趋炎附势者如过江之鲫,可蓝理从不来参拜自己,这多少也让他耿耿于怀。

姚启圣心生怨气,但没在亲兵面前露出来。战时当用人际,他要暂时将就来着,淡淡地说:"你们早去将息,蓝理将军的事,本制自会处理。"

过了些时日,姚启圣驻军漳浦,命令蓝理随同分守高浦,蓝理却坚持灌口重要,没康亲王命令不得擅自离开,故而没听从姚启圣的调遣。姚启圣大怒,他不能再迁就一个一而再不听自己节制的人了。他立即上疏弹劾蓝理"虚报兵额,冒领军饷",将蓝理革职,永不叙用。

恰在此时,帐下一步卒因殴斗失手杀人,怕被判处死刑,到蓝理面前哭诉。

蓝理知道被杀的不是好人,可这人有靠山,估计步卒难逃一死。步卒没有兄弟,家里还有个寡母。蓝理人虽硬朗,心肠却软,见不得别人的日子不好过。他心想:"不如代他认罪,自己虽然已被革职,但好歹也当过将军,还不至于被判处死刑吧。"于是,他到官府投案。

地方官府见是蓝理,赶忙飞马禀报姚启圣。

姚启圣见报,嘀咕道:"泥菩萨过河,自身都难保了,还要替人强出头。"他给来人回话说,蓝理已是革职之人,所犯命案但凭地方官府审讯处理。

堂审时,蓝理对所受指控悉数承认,地方官便将蓝理杖打之后,投入大牢。

潘柳欣、徐云、柯彩、陈龙、许凤等人得悉蓝理入狱,急得不得了。

柯彩说:"我们还是到福州找康亲王,让他帮蓝兄弟说几句话吧。"

兄弟几个一起到了福州,求见康亲王。

康亲王被他们兄弟之情感动,可命案属地方事务,他不便插手。他想了想,就写了一封信函,让他们带给姚启圣:"地方重务责任全在总督,本王未可轻为定议,但蓝理是忠义之将,今令柯彩等晋见总督,建议宽释。"

姚启圣得康亲王信函,只得交代地方官府对蓝理从轻发落,判处监禁三年,关押在漳州。

【第六章】
慷慨请缨，直面台海风云

1

康熙十七年(1678)八月，吴三桂病死，吴兵遁入云贵，清军席卷湖南，消灭吴军指日可待。清廷开始集结兵力，准备收复台湾。

康熙十九年(1680)二月，清军从郑军手里相继收回厦门、金门，郑将朱天贵率领铜山、南澳诸镇将及二万郑军向清投降，郑军全部兵马只得撤回台湾。

是年庚申八月，蓝继善孙子、蓝斌儿子蓝鼎元出生。

蓝鼎元，字玉霖，别字任庵，号鹿洲。鼎元是状元别称，玉霖则喻玉似甘霖。蓝斌亦如父，有大儒之称，给儿子取名，无疑寄托了自己的希望，他希望儿子凡事皆能学圣人之道而成鼎之元。

且说郑氏集团退守台湾后，郑经不复有往日雄风。他在洲仔尾择地筑造园亭，将爱妾移居于内，每日与文士武将骑射酣乐，纵情花酒，将政事全部交与长子郑克臧。

郑克臧是嬖妾所生，刚断果决，很有其祖父郑成功遗风。他代理政事之后，上至国太、诸叔和郑经的亲信权幸，下至镇将兵民，有犯事者，一律绳以礼法，不肯阿容徇纵，自然为国太、诸叔和郑经的亲信权幸们所忌恨。

郑经侍卫冯锡范返台后，见政事把持在陈永华、郑克臧翁婿手里，心有不甘。他图谋立郑经的少子、他的女婿郑克塽。他争取到手握兵权的刘国轩的支持。

冯锡范依照刘国轩的策划，去拜访陈永华。他装作一副异常自愧的样子对陈永华说道："我扈驾西征，寸功俱无，欲辞职解权，杜门优游，以终余年。"

陈永华信以为真："冯锡范系武臣，尚且懂得谦退，自己是文臣，岂可久恋重权。况且郑经已经退居台湾，自己理应退位下来。"于是，他呈请郑经解除自己的职权。

郑经同冯锡范商量,冯心中暗喜,大加赞许。郑经就轻率地将陈永华执掌的军政大权及其所部将士全部交给刘国轩掌管。

陈永华从此退居无事,而冯锡范却仍任侍卫如故,寸权未交。陈永华方知自己中了奸计,懊悔不及,抑郁而死。

担任监国的郑克臧一旦失去了陈永华这一强力的依靠,也就无所作为了,冯锡范等人就此实现了谋夺最高权力的关键性一步。

郑经病危,临终前将刘国轩叫到床前,当面将王印传给了郑克臧,并指着郑克臧对刘国轩说:"此子颇有才干,望君善辅之。"

刘国轩答道:"翼赞公子,自当竭力以佐,岂有二心。"

郑经又把冯锡范叫进去,叮嘱他与刘国轩合力辅佐郑克臧。

郑经哪里料到眼前这两位顾命大臣,早就与自己不一条心了。

康熙二十年(1681)正月,郑经病故。

冯锡范串通刘国轩,勾结郑经诸弟郑聪、郑明、郑智、郑柔等发动政变,杀害郑克臧,立郑经次子十二岁的郑克塽继位。郑克塽在众强臣的挟持下,命郑聪为辅国公,刘国轩为武平侯,专主征伐,冯锡范为忠诚伯,仍管侍卫兼参赞军机,其余文武各加一级。郑克塽凡事都取决于刘国轩、冯锡范等人。

冯刘发动的政变,既加剧郑氏集团内部矛盾,又大大削弱自身力量。刘国轩执掌兵权后,竟以杀戮立威,导致人心不安,郑军内多有思叛之心。郑氏政权已现摇摇欲坠之象。

2

康熙二十年(1681)四月,姚启圣获悉台湾内乱的消息后,认识到收复台湾的大好时机已到,他与喇哈达等会商后,联衔向康熙上疏:"会合水陆官兵,审机乘便,直捣巢穴,只是台湾孤悬海外,处处皆险,统师远剿,时地难测,非臣等所敢擅定也。"

蓝理在狱中得悉姚启圣向朝廷上奏举兵台海,一高兴便跳将起来:"国家一统大业,华夏儿女皆当有此心志!可惜自己身陷囹圄,不能参与。"

当时清廷上下在台湾问题上存在着"弃"与"守"之争:一是主张先行放弃,台湾孤悬海外,地荒人稀,加上惯于陆战的满洲骑兵一时要战胜以水为家、以船为命的郑氏集团,难度极大;一是主张立即收回,一国不立两疆,台湾为大陆门户,大陆为台湾依托,不能弃之不顾。

康熙认为,台湾与大陆血脉相连,台湾与大陆的统一,只是迟早的事情。而要战胜郑军，统一台湾，就必须有一支训练有素的水师劲旅。早在康熙十八年（1679）四月，康熙就甄选岳州水师总兵万正色为福建水师总兵官，不久，又升其为福建水师提督。

康熙二十年（1681）五月，康熙接到姚启圣等人的奏疏后，传旨姚启圣等人，令其待时机适宜，即可进剿澎湖、台湾，并训谕总督、巡抚、提督、将军等大小官员务必齐心协力底定海疆，毋误良机。

谁知万正色却竭力主张防守海疆，反对出兵台湾。康熙深知水师提督是台海战事的关键人物，当务之急，就是遴选一位敢当重任、才略优长、谙熟军事、善于海战的杰出人才去替换万正色。

康熙二十年（1681）七月，康熙经过慎重考虑，并经姚启圣及文渊阁大学士李光地等人的推荐，封施琅为福建水师提督，加封太子太保，授靖海将军衔，赐建福建水师提督府，统帅征台之师。

康熙召施琅御前，亲赐御食和鞍马一匹，语重心长地说："卿至地方，当与文武各官同心协力，以靖海疆。海氛一日不靖，则民生一日不宁，卿须相机进取，以副朕委任之意。"

离京前，内廷侍卫吴启爵来官邸造访，想随施琅一同征讨台湾。

施琅不觉一笑——原来他早有此意——内廷侍卫是皇帝亲信，有其随军，对加强前线与京城的联系，及时获得皇上的指示与理解，协调自己与福建地方大员之间的关系，都能起到重要作用。他慨然允诺了吴启爵的要求，隔日就到兵部提请，未获准。最后，还是康熙亲下圣谕，施琅与吴启爵方得遂愿。

3

施琅一到厦门，立即整船练兵，制备军器，大量招募善水战的漳州、泉州人入伍。施琅深知千军易得，一将难求。他早就听闻蓝理英勇，想起用其为先锋。一打听，才知道蓝理正在漳州大牢里。他详细了解了蓝理入狱的经过，深为感动，便同副将何义一同到漳州总督行营面见姚启圣。

施琅向姚启圣说明了蓝理的入狱经过，告知自己想拜蓝理为先锋。

姚启圣也早有悔意，便说："我错怪蓝理了，就按施军门的意思办。"

施琅与何义带了几个随从，直奔关押蓝理的监狱。

到了监狱，士兵要通报，施琅止住，一声不吭，径直走到关押蓝理的牢房前，叫人打开牢门。蓝理不识施琅，见一大将军模样的人走到跟前，他不知就里，静静看着来者。

施琅比蓝理年长了二十一岁，一见蓝理，果然是个好小伙子，虽在牢狱里还是

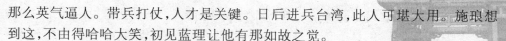

那么英气逼人。带兵打仗，人才是关键。日后进兵台湾，此人可堪大用。施琅想到这，不由得哈哈大笑，初见蓝理让他有那如故之觉。

施琅见蓝理还是一副不解之情，先解释道："蓝将军，你不知道我是谁吧。我是施琅，从京城回来任福建水师提督，今特地来请你一同率兵征伐台湾。"

施琅在闽南一带很富声望，蓝理一听到眼前的就是施琅，顿现敬仰之情，他立马抱拳，一个立正："在押之人蓝理拜见施军门。"

施琅依旧笑道："蓝将军，你的情况我了解过。我准备保你出狱，一同进兵台湾，以报效朝廷。方才，我去找过姚总督大人，他也爱才，只是误会了你。我跟他解释后，他也同意放你出狱。你出狱后，先在漳州将家眷安置好，具体军职等我上报朝廷后再定。"

蓝理大喜："蓝理不才，愿肝脑涂地，以报朝廷和施军门的知遇之恩。"

施琅赞道："好，蓝将军志义可嘉。"然后指着何义说，"对了，蓝将军，你看我跟谁来看你了。"

何义走向前来，冲蓝理抱拳道："久仰蓝将军大名，同乡何义这厢有礼了。"

蓝理赶紧抱拳回道："蓝理不才，还是有罪之身，岂敢受何将军如此大礼。"

施琅解释说："何义将军是云霄人，蓝将军是漳浦人，都是漳州同乡。"说着，痛快一笑，"嗨，你们看我们哪能这么见外，同乡其实没必要分得那么细，你们漳州也好，我们泉州也好，乃至厦门也好，说到底儿也都是闽南同乡。同乡见同乡，两眼泪汪汪。对了，我的祖上也是从漳州迁居泉州晋江的。唐高宗时，河南固始人施光缵随陈政、陈元光父子入闽开漳，后裔衍居闽南各县。施光缵亦成闽南开基施姓始祖了。当然，福建人祖上基本都是来自中原河南，如果这么追溯起来，我们更是同乡的同乡了。"

何义接过话茬："军门说得有理。我到过平和南胜蓝氏祖祠，那里有一块牌匾，写到'蓝何同宗'，具体情况如何，我没细究，但从字面上说起来，我们不单同乡，还是亲戚呢。"

"我知道这段渊源。据说在明洪武年间，你们何家有一位叫添河者，为避兵役改名信哥，移居南胜，与蓝家养女盘氏结婚，生子京保、彦保。京保姓蓝，传衍蓝氏后裔。这便是'蓝何同宗'的渊源。平和南胜蓝氏祖祠，跟我们漳浦苌坑蓝氏祖祠种玉堂，也是一脉相承呢。"

何义说："这就对了，怪不得它也叫种玉堂。刚才，我说我们是亲戚，没说错吧。"

施琅说："你们是亲戚，那我们是什么？天下的华夏儿女、炎黄子孙可都是一家人呐。老话说得好，万派同流，岂非一本，千枝一树，总是同源。"

言讫，三人都开怀大笑。

蓝理再次谢过之后，就按施琅吩咐，先回漳州家里。

回到提督府，施琅上疏奏请任命蓝理为右营游击，领前队先锋。

吏部接到奏疏后，认为蓝理是革职之人，不应授予右营游击之职。决断不下，便将施琅的奏疏与吏部的意见上报康熙。康熙传旨吏部："目前进取台湾正在用人之际，福建总督姚启圣、提督施琅、巡抚吴兴祚凡有所请，俱着允行。"

圣旨传到漳州，蓝理高兴接旨。

听到消息，已是蓝理小妾的徐云，忍不住说："老爷原来是参将，正三品的官，现在只是一个游击，从三品的官，哪值得这般高兴！"

蓝理笑道："大丈夫但求能有功于朝廷，不在乎官阶大小！"

上任那天，蓝理出漳州北门，再向东行，经龙溪县二十六都时，发现"济津桥"改名"响水桥"了，桥墩加固了，桥面拓宽了，桥下的河道也疏浚过，过往更方便。蓝理问过旁边住户，才知道是姚启圣派出人修的，桥名也是他改的。

蓝理此番到厦门赴任，二弟蓝瑶、四弟蓝瑗、五弟蓝珠也加入了他的军中。他一到厦门，便日夜指挥营中士兵操练水战。

4

这一天，蓝理营中两个伙夫兵出去采购，回来途中遇到两个噶叭什。噶叭什是满旗人亲兵别称，亦称内标。士兵一见是施琅的噶叭什，正想绕道避开，偏巧被他们瞧见了。

一个噶叭什直着脖子喊道："别走！你们是蓝理营中的伙夫兵吧。来得正好，把爷们的酒钱结了。"

两个伙夫兵装着没听见，挑着东西继续往前走。两个噶叭什便起身追来。伙夫兵挑着东西，走不快，不一会就被两个噶叭什追上。两个噶叭什抽出皮鞭，狠劲地抽打两个伙夫兵。

"你们凭什么打人！"一个伙夫兵生气地问道。

一个噶叭什当街大声说："谁让你们是蓝理营里的人，蓝理一个革职之人，哪配当游击将军！只要是他手下的人，就得挨打！"

另一个噶叭什应和道："我们打蓝理营中的人，还需要理由吗！"

两噶叭什边打边哈哈大笑。

两个伙夫兵只得弃了采购的柴火、蔬菜，跑回营房，禀报蓝理。

蓝理听罢，大怒，他下令停止操练，径直前往中军帐篷，要求施琅将两个噶叭什交由自己发落。施琅不肯，蓝理就据理力争："军门应对士兵一视同仁。两个噶叭什平日作恶多端，今天又无故鞭挞士卒，且当众扬言我是革职之员，不堪为将。像他们这样当众损坏先锋威信，军门如不将这二人交由我发落，恐怕军士人人自危,难以为国效力。"

施琅不得已,把这两个噶叭什交给了蓝理。

蓝理将两个噶叭什带回营中,一边派遣士兵飞书施琅:"今日上吉,先锋启行祭海誓师去了。"一边将那两个噶叭什带到海边,斩首祭海。

施琅得知此消息,为时已晚,心里甚是不悦。他叫上几个副将,满脸怒色地直奔蓝理军营而来,不待守门军士通报,径直来到校场。

校场在后山背后的海湾边。

上到后山,施琅就远远望见蓝理正指挥水兵操练:演练阵形的,阵形严密,颇有章法;练习格斗的,枪来刀去,虎虎生威。

看着看着,施琅的脸色好转起来,不时地频频点头,满是赞许之情,掉头就往回走。随行的一位将弁有些不解,半彪子地问:"军门,两个噶叭什的事就这样算了?"

施琅没吭声,转身狠狠瞪了这人一眼。

回到提督府,施琅立即号令身边将校士卒再不可仗势生事,违者格杀勿论。

5

正当施琅、蓝理在厦门加紧水师备战的同时,姚启圣在漳州也加大招抚郑军力度,只是招抚效果不是太显著,姚启圣苦思不得良策。得悉郑军增兵一万余人,加强了对澎湖列岛的海防,原先主张积极备战的姚启圣觉得招抚工作更重要了。姚启圣与施琅约了一个时间,准备过几日到厦门与施琅商量招抚事宜。

可就在此时,有人上告朝廷,说姚启圣在漳州造一座小小的木桥响水桥,竟浮报造价七十二万两银子。朝廷立马派钦差来查。

姚启圣只得先应付钦差大人。

施琅等了几日,不见姚启圣人来,颇觉奇怪——姚启圣轻易不会与人爽约。他派人去问。才知姚启圣这几日正应付钦差调查响水桥的事。

施琅感到蹊跷,蓝理刚好在身边。蓝理虽与姚启圣有过矛盾,但也知姚启圣的为人,因此说道:"姚大人应该不是那种人。也许是有人借题发挥,想达到什么不可告人的目的。军门可帮姚大人说说话。"

施琅点头说:"蓝将军所言甚是。现在正是非常时期,我们得想个法子,帮助姚大人摆脱困境。"

他复用赞许的目光看着蓝理说:"蓝将军,姚大人让你受牢狱之苦。他今日有难,你不但不落井下石,反而是不计前嫌,以德报怨,为他说话,心胸可谓大矣!古人云,不责人小过,不发人阴私,不念人旧恶,三者可养德,亦可以远害。蓝将军可当之也！"

蓝理谦虚道："军门说的，末将不甚知晓。末将只知得饶人处且饶人，何必计较过去的恩怨呢。"

钦差在漳州查无实据，加上施琅、蓝理帮忙说话，姚启圣无罪自清了。

一波刚平，一波又起。

钦差走后不久，左都御史徐元文又弹劾姚启圣："启圣疏请借司库银十二万，经营取息，侵占民利。题报军前捐银十五万，皆克扣军饷脧民膏而得。闽民极困，启圣不能存抚，拆毁民居，筑园亭水阁，日役千人，舞女歌儿充牣房闼，又强取长泰戴氏女为妻……"

康熙令姚启圣复奏。

姚启圣回奏，称借用库银用于贸易，经营所得之利用于犒赏，招致郑军来降；自愿捐献军饷十五万两银，是任香山知县时，因擅开海禁被撤职后经商七年所得，并非克扣军饷和剥削民膏；修建总督衙门，一日不过征用十班兵，衙门外员役私舍，系令自行拆除，不是拆毁民房；至于强娶长泰乡绅戴玑孙女，不是事实；自己年迈，并无舞女歌儿。

康熙见姚启圣所奏，不再深究。

事情总算平息下去了，姚启圣心里却颇有感慨，更觉蓝理大度。

6

一日时近中午，忽传郑经集中兵力一早从海澄海面攻来，来势甚是凶猛。姚启圣一掐算，大叫不好："海澄驻兵不多，现郑军大兵来攻，恐施、蓝二人一时难以防备，速传令，尽起漳州官兵赶往海澄接应。"

说话间，又有人来报，海澄已被郑军攻陷，施琅、蓝理正率本部兵马驰援。途中，姚启圣又接报，郑军见施琅、蓝理率兵救援，带上战利品，自行退却。

姚启圣只得摇摇头，自言自语："郑军近来频频袭扰我漳厦泉潮海防，可待我军援军一到，他们又主动撤出。他们这打的是海防骚扰战，目的是要搅我军心民心。直接出击海面，又恐我海军力量不济，如之奈何！"

姚启圣视察完海澄沿海一线，傍晚时分赶到厦门，与施琅、蓝理等众将士商议防范郑军频频袭扰的对策。

施琅比较乐观，对姚启圣说："制府大人，本部军马现已加强海防，不让其再有一丝可乘之机。蓝理将军正积极备战，克日即可挥师跨海进剿。"

姚启圣头摇了摇，说："施军门所言不差，但我军万不可轻敌，厦门、海澄海防就委托施军门了，本制回漳州再思良策。"

翌日清晨，姚启圣用膳方毕，门外来报："禀报制府大人，一位自称本埠黄性震者求见。"

姚启圣一听，欢喜异常："好，他来得正是时候。漳州向来人杰地灵，名士众多，人们多称其为'海滨邹鲁'。"

姚启圣自出任福建总督，就一直坐镇漳州。忙于政务、积极筹划收复台湾之暇，他对漳州情况也多有了解：漳州自唐开化，经历宋元，人文荟萃，渐有"海滨邹鲁"之称。南宋大理学家朱熹任知州期间，重视文化教育。他一生用力最精的著述《四书章句集注》，即在漳州完成。受其影响，郡民崇儒习礼，社俗民风趋向严整。及至明末，漳州学者，或置书院聚徒讲学，或隐读于山林，蔚为风气。明王祎在《清漳十咏》中赞曰："文物如邹鲁，斯言信不虚。"

黄性震才智，姚启圣早有耳闻，只是一直不得晤面，今日听到他来访，姚启圣可谓是喜出望外，忙出门迎接。

黄性震，漳浦官塘人，素有大志。康熙初年，他投奔郑军，任千夫长。郑氏退踞台湾，政治腐败，民生不振，失望之下，黄性震毅然弃郑从道，后又离开台湾回漳浦。由于事郑多年，他对台湾军政局势了如指掌。今番得悉姚启圣正在为平台之事思良策，并被其招抚政策感染，遂来拜见。

黄性震当下见姚启圣出门相迎，忙趋前作揖道："小民参见制府大人。"

姚启圣依礼还毕，一见如故牵起黄性震的手进了总督行营。

宾主落座，姚启圣吩咐看茶，然后拉起家常说道："若我没记错，漳浦官塘黄氏应为南宋内阁侍郎黄材后裔吧。"

据族谱记载，南宋祥兴二年（1279），南宋末代皇帝赵昺在广东崖山投海自尽后，内阁侍郎黄材与闽冲郡王赵若和率部北上，图谋复兴，不幸途中遇飓风强袭，被迫在漳浦登陆，定居官塘一带。从黄材传至黄性震已历十四代。

黄性震一听姚启圣见面就能说出上祖，心想总督大人可真是有心人，忙回道："南宋内阁侍郎黄材，正是我官塘黄氏族人的开基祖。"

姚启圣点头道："先生深明大义，真不愧名宦之后也，今日还请先生赐告姚某平台良策。"

黄性震也不再客气，直入主题道："夫定天下者，在德不在势也。台湾天险诚难为力，然今郑克塽幼弱，将不一心，民生凋敝，其势必亡。倘能不吝官爵、金帛，协式其党，披其腹心，抚而怀之，其心乃离，其势乃蹙，则孤岛难持，澎台可一战下也。"然后，他向姚启圣详细陈述了配合军事压力，以攻心为上的"平台十策"，亦称"平海十策"。

姚启圣听罢，称善道："此乃汉高祖刘邦重臣陈平所以毙项籍之良策也，亦正合吾朝招抚策略！吾以此委先生，不知先生以为然否？"

姚启圣真诚相邀，黄性震自然一口应承了。

姚启圣大喜,任命黄性震为行营董理,负责招抚事宜,并以总督名义,以"平台十策"为蓝本,颁发招抚赏格十款,凡不同形式的投诚官兵与出面招抚人员,以其贡献大小,一一给予不等的奖励。

7

　　却说施琅知道姚启圣重用黄性震,实施招抚政策,便问蓝理:"蓝将军,黄性震是你漳浦同乡,你认为他的招抚计谋如何?"
　　蓝理说:"黄性震长末将十岁,虽未谋面,但久闻其胸有韬略,平台十策定然不差,时机很好,只是还得需要我们予以配合,才能成功。"
　　施琅问说:"此话怎讲?"
　　蓝理说:"郑军袭我海防,屡屡得逞,虽未占地,不过也算是打了胜仗,此时提出招抚,好是好,但难免会被认为是软弱之举。招抚之策,应在强兵压境下方能起到奇效。虽说目下我军海面作战能力不如郑军,但为配合招抚之策,我军可等待时机,出奇兵大挫其锋芒,收复沿海各个要地,使其师丧地窄。软硬兼施,其效可见。"
　　施琅赞道:"蓝将军所言甚是。"
　　黄性震的招抚之策,有了施琅、蓝理军事上的配合,效果越发明显,投诚者络绎不绝,有时日达数百人。
　　黄性震又建议姚启圣在漳州设立修来馆,专门招待来降海上文武兵将,并规定:文官投诚,以原衔题请,准照职推补;武官投诚也一律保题现任。兵民如果头发全长者,每人赏银五十两;如头发短者,每人赏银二十两。愿入伍者,立拨在营,给以战饷;愿归农者,立送回籍,饬府县安置。对屡次逃走复来者,照赏不问,借其口宣传清朝招降优待政策,动摇郑方军心民心。
　　他们又开展反间,或派间谍潜入澎湖、台湾,在郑军内部进行离间,散步谣言,或建馆舍,上书"某镇某公馆",或声言"某月某日某将当来降",或令人带信送礼给郑军某将,却又故意泄之于外,以引起内讧猜疑。
　　对郑方间谍,他们不仅不追究,反而密饬诸营好好款待,收为己用。
　　过了些时日,蓝理在海澄抓到一郑军密探,说要见黄性震。蓝理报施琅后,直接将密探送漳州修来馆。黄性震亲自审问,密探报说郑军宾客司傅为霖、续顺公沈瑞有归顺之心。黄性震感觉事体重大,上报姚启圣。
　　姚启圣密送绫札,给傅为霖、沈瑞以重赏,命二人策动所部十一镇兵力以谋内应。不意事败,谋叛将士大都惨遭杀害。姚启圣上疏朝廷,请求正常赏格之外,给反正将士量加抚恤,以感召更多的郑军官兵。

以"平台十策"为核心的招抚活动进展顺利,效果明显。

短时间内,归顺的郑方官兵百姓达十几万人,走散者不计其数,甚至连台湾使臣也被招抚,暗中为姚启圣传递消息。

康熙为此授予姚启圣兵部尚书衔,以示嘉奖,并重赏黄性震。

8

大好形势之下,姚启圣不免对于招抚政策过于迷信。郑军整兵严守澎湖后,他更是强调用招抚与离间活动来瓦解郑军,等待时机,再行征剿。

这样一来,主抚的姚启圣与主战的施琅自然产生了较大分歧。

康熙二十一年(1682)初春,施琅认为姚启圣的招抚效果已经出来,军事战备也已充分,故主张该是寓抚于剿,应是把重点放在进剿的时候了。三月,他在奏疏中提出:"五月先取澎湖,扼其吭,拊其背,逼其巢穴,使其不战自溃,内谋自应。不然,候至十月,乘小阳春时,发动大军进剿,立时荡平。"

姚启圣也针锋相对,上奏疏说:"施琅将军密疏五月进兵,仅出之于报国心急,灭贼心坚,冀血战破贼而已。澎湖战守之防业已具备,实在是无机可乘矣。果有可破可剿者也,则宜再以寓剿于抚之策续之。"

康熙倾向于寓抚于剿,接到施琅、姚启圣的奏疏,着令兵部商议进兵事宜。

五月一日,姚启圣接到兵部关于酌行剿抚的密旨,便令与刘国轩交好的福州副将黄朝用写信给刘国轩,并派员前往澎湖招抚。

郑克塽、刘国轩遣黄学等人到福州谈判。

黄学向姚启圣提出:"请照琉球、高丽之例称臣奉贡,举朝廷正朔,受朝廷封爵,接诏者削发过海,在台湾者求免削发登岸,何处通商请道府正员过海订议。"

姚启圣不敢擅自做主,将台湾所请上奏给康熙。

康熙答复说:"台湾皆闽人,不得与琉球、高丽比,如果悔罪,剃发归诚,该督抚等遴选贤能官前往招抚。"并明示说,"台湾郑氏闻大兵进剿,计图缓兵,亦未可料,其审察确实,倘机可乘,可令提督遵前旨进兵。"

姚启圣得旨,瞒过施琅,再派黄朝用过海谈判。

但冯锡范、陈绳武等人恃波涛天险,无意投诚,郑克塽遣林良瑞、黄学再往福州,仍坚持"照琉球、高丽例,称臣纳贡,不削发登岸"。

和谈最终破裂。

【第七章】

破肚将军，救帅先锋

1

和谈的破裂，更让施琅坚信，在没有摧毁敌人的军事力量前，企图通过善言抚谕的办法，期望郑氏就抚，是办不到的。当前，清军已完成战备，进剿时机已到，应立即进剿。

可姚启圣则认为，征剿时机未到，还是应以"招抚"与"策反"，以及经济封锁的政策为主。

施琅感到，出征台湾，若有总督牵制，难以成功，加上总督并不熟悉海战，他更是担心在指挥战事过程中，处处受掣，影响作战意图的贯彻。可怎样让皇上知道这些情况呢？他思考了几日，不得要领，就找蓝理来商议。

蓝理说："末将不才，但亦以为军门所说极是，龙头多了不好把方向，只有依军门一人决断战争时机和策略，才能有效收复台湾。姚大人的方法固然有其道理，但效果太缓慢。如果是陆战，一时攻取不了敌人，可以四面围困之，敌军孤立无援，待其耗散精气，再一举歼灭，可获全胜。海战不同，台湾孤悬于外海，我军只能围其一面，无法四围困之。使用安抚政策，就会让郑军赢得喘息时间，一来可以在岛内发展生产，休养生息；二来可以从台湾东南面的外海出帆，与荷兰及南洋人做贸易，乃至不断购进荷兰人的海战武器，以壮大实力。末将以为，只有充分备战，果断出征才是良策。战争给朝廷和台湾都会带来巨大的消耗，但朝廷疆土广大，财力人员充足，而台湾说到底不过一岛屿而已。一旦开战，初期郑军虽可抵挡一阵，但其军力、财力会很快耗尽，无力支撑，终会束手就擒，即使有外力干预，亦难改大局。"

施琅听了蓝理所言，更加坚定了自己的想法。

他亲笔写一份密奏,向康熙奏明想法。可让谁去送这份密奏呢?他脑海中随即跳出了吴启爵的名字。这位内廷侍卫,是送密奏最合适的人选。皇上看完密奏,若有什么疑义,他也可当面解释。

果然,康熙读罢施琅的密奏,有些生气:提督理应受督抚节制,可施琅这份密奏却要僭越督抚,是何道理!康熙向吴启爵询问福建情况,可又想到吴启爵现在是施琅部将,因而听了吴启爵的陈述后,并未表态就让他离开了。

吴启爵走后,康熙陷入沉思:施琅的意见显然不符合朝廷为官常例,亦不符合为人常理。这施琅也真是,姚启圣可是你的举荐人啊。康熙再琢磨:施琅提出自行征剿台湾的请求,实质上已经表明总督、提督之间存在严重分歧,需要尽快妥善处理,否则后果不堪设想。

康熙先让议政王大臣会议讨论,后征求大学士们的意见。虽然在吴启爵的活动之下,两边都支持施琅所请,但康熙还是有些疑虑。

康熙又把吴启爵传来问话。吴启爵就把事先想好的说辞和盘托出:台湾海宽浪急,征台难度确实很大。施琅不但熟悉台情水路,且整训水师的成效显著,是一位难得的水师战将。他手下有蓝理、何义等虎将,攻台计划是可行的。

康熙此时才算彻底同意施琅的军事计划,授以专征大权。

康熙二十一年(1682)十月二十日,康熙颁下圣旨:"进剿海寇,关系紧要,著该督抚同心协力,催趱粮饷,勿致延误。前姚启圣具题功罪定例,交与施琅遵行。今郑经已死,首寇既除,余党彼此稽疑,各不相让,众皆离心,加之招抚功效彰显,乘此扑灭甚易。施琅相机自行征剿,极为合宜。"

吴启爵带着康熙亲颁的圣旨,高高兴兴回到福建施琅提督府。施琅、蓝理、何义看到圣旨,大喜过望,纷纷摩拳擦掌。

姚启圣到底是一个有气度的总督,虽不免有些想法,可圣旨已下,他还是以大局为重,主动承担趱粮策应之职,驻守厦门,居中节制。

康熙也倾全国之力,支持福建备战。

当初荷兰退出台湾后,贼心不死,一直在暗中破坏清廷和郑经的和谈,时不时造成两边矛盾,又两边讨好,牟取利益。可如今见清廷在台湾问题的坚定立场,朝野上下一心,也只得声明支持清廷统一台湾。

2

康熙二十二年(1683年)初,台湾郑氏集团内部危机加深。

从澎湖、台湾前来归降的郑军官兵越来越多。

正月初二,郑军副将刘秉坐双帆船一只,带家眷八十二口,从澎湖逃往福建;

正月二十六日，郑军总理李瑞夺民船一只，带兵二十名自澎湖逃往福建；

三月十八日，士兵许福等十四人驾一只小船，自台湾猴树港逃往福建；

四月初，郑才等十八人，从台湾淡水港夺民船一只前逃往福建，许六、吴阿三等人夺渔船一只，从澎湖带家眷十九名逃往福建；

……

为了加紧强化澎湖、台湾的军事防御，郑军征用大量民夫，引起乡民不满。如为了防守鸡笼山，郑氏政权强征沿途土番，不论老幼男妇，多被抓去搬运粮食。土番一向不能肩挑，全靠背负头顶，搬运十分劳累，他们稍一懈怠，就会惨遭督运军士的鞭挞。尤其是劳力全被征去供役，弄得耕稼失时，颗粒无收，米价每担贵至价银五六两，以致土番受饥挨饿。由是，各社土番相继杀害通事，抢夺粮饷，郑氏政权派军队镇压，各社各党一闻郑军进剿，白天逃入深山躲藏起来，夜里却神不知鬼不觉地出来偷袭军营，弄得郑氏手足无措。

郑氏集团内外交困，政局不稳。

四月，施琅上疏康熙："海逆有日蹙之势，航剿有可破之机。"

康熙下旨同意施琅择机发兵攻台。

于是，施琅统率官兵二万一千余名，配置大鸟船七十只，赶缯船一百零三只，齐集铜山、古雷，等待信风，顺风攻台。

3

蓝理所部人马驻扎在铜山岛平海。

平海是一个小渔村，离被誉为"天下第一奇石"的风动石不远，是一个淡水极缺的地方。蓝理这一彪人马有万余人，官兵饮水成了大问题。

正在发愁之际，有几位当地渔民在士兵的带领下，找上门来称有要事禀报。蓝理闻报，赶紧将这几位渔民请进帐内。

一位老渔民说："将军是在为饮水发愁吧?"见蓝理点点头，他接着说，"我们今天来，正是想告知将军哪儿有水。"

蓝理顿现喜色："那就有劳诸位乡亲了。"

老渔民说："为将军效力是应该的。这水就在平海妈祖庙前的古井内，我们这就带将军前去察看。"

路上，老渔民给蓝理他们讲了段传说："多年前，有个渔民从深海里网起一段枯木，弃置在沙滩上。此后渔民们发现，沙滩礁石间夜夜有七彩宝光出现，光焰一晚比一晚明亮。几个胆大的渔民跑去偷看，原来是枯木发光。他们觉得神奇，就把这段枯木抬回村里，放在现在庙址那里。当晚，村里人都做梦，梦见神尊告诉大家：原来这是一株神树,分成七段,妈祖附神在神木上,分镇七处港澳,庇护渔民,保佑航海安全,是为'七姐妹'。大姊镇守湄州湾,我排行第六,你们若祭祀我,我当保佑你们平安。第二天,全村渔民集资募工建庙,以神木雕塑神像,并尊称平海妈祖为'六妈'。平海有了妈祖庇护,渔民出入大海就平安多了。我们这地方从此也叫宫前了——妈祖庙宫殿前的村子。"

很快,一行人到了妈祖庙。蓝理到古井前一看,有些失望：古井里的水不多,顶多也就够百余人饮用。他尝了一口打上来的水,眉头不由皱了起来——想不到这井水还是半咸淡的苦水!

倒是老渔民不急不缓："听老一辈人讲,这古井原先井水盈框,喝起来特别甘甜。不知怎么,有一天突然变成这样了,我们不知淘挖清理多少次,还是这样子。前几天,妈祖托梦给村里人,近日会有一位将军进驻平海,让我们把他领到古井来,自然有意外之喜。"

蓝理一听,即刻吩咐军士备上香烛,进庙烧香,向妈祖祷告祈水,然后命军士淘井。没挖多久,泉水汩汩涌出,水形状若龙凤飞翔,水味清冽甘甜,万余军民饮水问题即告解决。

蓝理也兴奋异常,即刻派人报与施琅。

施琅得知,欣然命笔,写下《师泉井记》,刻石立碑,树立井畔。

台湾方面,季节入四月以来,获悉施琅将乘南风进征澎湖,郑氏集团上下人心惶惶,郑克塽更是不知所措。还好,刘国轩毕竟是一员老将,看郑克塽左右不得,连忙宽慰："主上勿惊,老臣亲率精兵两万,战舰两百艘,镇守澎湖,清军插翅难过海峡天险,台湾便固若金汤了。"

于是,郑克塽着令众将进一步加强澎湖军事防御。

他们选拔精壮士兵做骨干,抽调草地佃丁、民兵参加军伍,将洋船改为炮船,要文武官员将所有私船尽行修整,先后调集大小炮船、鸟船、赶缯船、洋船、双帆船共二百艘,军兵二万余众,由刘国轩统率奔赴澎湖。同时,在澎湖的娘妈宫屿头、凤柜尾、四角山和鸡笼山等地,添筑炮城,并在东西峙内、西面内外堑、西屿头以及牛心湾山头顶各处,构筑炮台。凡是小船可以登岸的沿海二十余里的地方,尽筑短墙,安置腰铳,分遣兵丁死守,旨在构筑一个无懈可击的铜墙铁壁。

郑氏集团决心在澎湖同清军决一死战。

4

六月初,信风将临,施琅在铜山大会各镇、协营守备、千把总等随征将官,部署出征事宜。为鼓舞士气,施琅将先锋银锭排列在案上,然后传令道："郑克塽派刘国轩率郑军二万余人,战船二百余艘到澎湖镇守。刘国轩是一员老谋深算的劲敌,他在澎湖构筑十多座炮台,在可登陆的海岸处筑造短墙二十余里,分派重兵把守,自谓铜墙铁壁,固若金汤。但我军将士众志成城,势在破敌,收复台湾。今番征剿澎湖,谁敢为先锋,上前领取先锋银锭。"

诸将相互观望,一时无人响应。

沉闷之际,一人挺身而出,高声叫道:"提标署右营游击蓝理愿领先锋银锭!"

复有一人高声和道:"提标署左营游击何义愿与蓝理将军同往!"

施琅见是蓝理、何义,正合其意,自然欢喜:"好,养兵千日,用兵一时,蓝将军、何将军能果敢担此大任,吾军之幸也。"

说毕,亲手将先锋银锭交到蓝理、何义手中,并令蓝理、何义各率一营兵力驻扎在铜山对面古雷半岛的古雷港,待信风一来,即在前头开路。蓝理、何义依计行事。末了,施琅令十六岁的儿子施世骠随蓝理、何义出征。

古雷半岛位于漳浦西南部,是我国最大的连岛砂坝。

蓝理、何义分别带了一营兵力驻扎在古雷港。

5

六月十日,蓝理带了几位弟弟和随从,回了趟苌坑畲家山寨。拜见父母和各位乡亲后,蓝理到雨霁顶庙去祭拜。

雨霁顶庙位于苌坑三平村,供奉三官大帝,即天官、地官、水官,故又称三界公。当下,蓝理向三官大帝烧毕香火,有一乡亲对蓝理提醒说:"马王爷的香火袋很灵验,将军将要出征台湾,何不也去请一副来随身携带。"

马王爷,名马仁,是开漳圣王陈元光部将,岳山一战,他为掩护主帅突围,苦战身亡,当地群众为其建祀庙,称其为"马王爷"或"马公爷"。雨霁顶奉祀的马王爷神像,原先是安奉在漳浦潘庵马王爷庙里。因年久失修,庙宇坍毁,乡人信仰马王爷,就把神像请到雨霁顶来,与三官大帝同祀。

蓝理见乡亲提议,特地到马王爷神像前烧香,祈求保佑,其母苏清红则在边上替儿子请了一副神木伽楠香让他随身佩带。

回到驻地,一日吃完晚饭,蓝理来到海边。

夜色迷茫,海风轻拂,海涛拍岸。

蓝理向对岸望去,想到几日后要发兵台湾了,台湾终归一统,心情就随那海涛海风一样激动起来。这么想来,他再往台湾方向的深处望去。他仿佛看到台湾上空,一个令人憧憬的光明前景已隐然浮现。

蓝理虽说没去过台湾,但他此刻也能感受到台湾的空气里,弥漫着一股按捺

不住的兴奋情绪。

六月十四日，信风终于来了，施琅一早召集随征将官及帅府精兵，在铜山平海妈祖庙前誓师，一时鼓乐喧天，鞭炮齐鸣。他们在妈祖神像前献上三牲和美酒，施琅执香祷告："本帅奉旨东征，统一台澎，愿天妃助战，平定风险，凯旋之日，必奏圣上褒崇，以答谢灵赐。"话音未落，东南风骤烈，帅旗飘飘，旌旗猎猎，众将士齐欢呼万岁。

过后，施琅与蓝理带几位将领又飞马到关帝庙参拜。

关帝庙是铜山一个标志性建筑物，明洪武二十年(1387)，江夏侯周德兴率兵来铜山设水寨，以防倭寇，为安抚官兵情绪，在水寨边建关公祠，刻像祀之，以护官兵。时间长了，祭拜关公成了当地人的一个信仰，一个民间文化现象，关公祠的规模也不断扩大，最后也就成关帝庙了。

礼毕，施琅统率舟师从铜山起航东征，蓝理率部从古雷出海开路，何义所部从侧翼出兵。次日下午，蓝理、何义所率清军前队水师到达澎湖猫屿、花屿，随即施琅后队水师也抵达。时已天晚，施琅令船队泊于八罩、水垵澳，告诫诸将万不可轻敌。

6

时有守汛的郑军哨兵急忙飞报刘国轩。

刘国轩闻报，忙差部下持令箭与右先锋镇陈谅，着其严督陆路诸将谨守，并传遍狮屿头、凤柜尾、鸡笼山、四角山、内堑、外堑、东埘等处镇将，速移火炮火烦罗列海岸，横截攻打，勿使清军船只湾泊寄靠；又传水师总提调右武卫林升率各镇营速驾大烦船、鸟船、赶缯船，环泊娘妈宫前口子与内外堑东西埘等各要口守候。

郑将邱辉向刘国轩建议，待晚上潮落，速遣船队袭击，清军必定自然溃散。刘国轩自视防守无懈可击，不以为然，笑道："施琅徒有虚名耳，今当此日日飓风之期，敢统舟师越海征战，如夜风起，彼无噍类矣！此乃以逸待劳，不战而可收功也，诸公勿虑。"

十六日，施琅率舟师二万多名官兵，朝澎湖开去，刘国轩尽发船舰迎战。

一时间，目光所及，皆是战舰。

蓝理及其副将曾成、副锋右营千总邓高等领着本部将士，左冲右杀，击沉敌船七八只。施琅见蓝理率将士勇猛杀敌，占得上风，传令后援舰队急速跟进。

不想时值南潮正发，蓝理所率前锋数船和施琅旗舰忽然被激流冲击，一下子暴露在郑军炮城下，进退不得。刘国轩趁机大结船舰，将烦船、战船、赶缯船排成一列，猛攻旗舰。

情势危急，施琅站在旗舰尾楼上督兵御敌。

忽然，斜对面敌舰一支鹿铳直指施琅，部将冯苓一个箭步推倒施琅："施军门，当心！"

话音未落，火铳已发，只听一声呼啸，冯苓已被炮弹洞穿胸膛，鲜血喷涌。尾楼也燃起了熊熊大火。

施琅紧抱冯苓，大呼："冯将军，冯将军！"

冯苓未几即闭目而去。

施琅吩咐两名士兵安置冯苓尸体，带领其他将士将大火扑灭。

又一发流炮打来，不偏不倚又击中了尾楼，燃起熊熊烈焰，差点就将施琅的右半脸给烤焦了，右眼也被灼伤。施琅疼得跌倒在船板上，众将赶来救护。

施琅挣扎站起来，推开众将："不要担心，一点火气而已。"说毕，继续指挥作战。

蓝理见施琅旗舰陷入重围，腹背受敌，赶紧督率自己所乘战船冲进敌舰群中，高声叫道："蓝理在此，主帅勿忧！"

郑军副将陈侃正欲率舰拦阻，蓝理号令炮手急发斗头烦，其中一炮正中陈侃舰只，随即沉没。

施琅旗舰趁机冲出重围。

刘国轩见蓝理战船上高挂的"蓝"字，禁不住问起左右："清军那只船的主将是谁？"

左右回答说："清军提标署右营游击蓝理，原先为清廷康亲王杰书征讨耿军的先锋官，现为福建水师提督施琅的先锋官，方才我军七八只战舰就是被他指挥击沉的。"

刘国轩若有所思："真一员虎将也！"顿了顿，又扬起声调传令，"着令提督前锋营陈升、戎旗镇陈时、统辖前锋镇姚朝玉、水师总提调右武卫林升率所部船只围截蓝理船只，务必击沉。"

陈升、陈时、姚朝玉、林升四人得令，率所部船只径向蓝理包围过来，陈升船只冲在最前。

蓝理瞅准时机，指挥左侧横炮点发，击中了陈升船只。

这时，陈时乘蓝理只顾陈升船只的机会，急速冲到了蓝理船只跟前。

蓝理急命士兵向敌舰猛掷火罐，陈时的船立时燃起大火，船上的士兵纷纷跳入海中，多遭溺毙。

7

稍稍挫败郑军的进攻后，蓝理率舰与施琅旗舰合兵一处，整顿舰只，朝郑军中军船只扑来。

刘国轩见蓝理英勇善战，此刻又打散了郑军前锋，朝自己所在的旗舰冲来，急令手下大将曾遂前往迎敌。

两强相遇，战斗格外激烈。

打了两个时辰，双方将士不见疲劳，反而愈战愈勇。酣战中，猛地里，郑军一发流炮击中蓝理身边的甲板，烈火冲起，烧透蓝理护身甲，伤及腹部。

蓝理跌倒，曾遂见势大声呼叫："蓝理死了，蓝理死了！"

蓝理次弟蓝瑶，看见哥哥扑倒在地，连忙近前从背后扶起蓝理。

扶起时，蓝理腹部破裂，肚肠流出，可蓝理不管这些，只见他紧握拳头大声吼叫："蓝理还在，曾遂死了！"然后，硬撑着身子，推开蓝瑶，高声说，"拿剑来。"族人蓝法见势，赶紧将手里利剑递过来。

蓝理接剑，连呼"杀贼，杀贼，杀贼"，那声音如巨雷般响亮，且是一浪高过一浪，越发激励将士英勇奋战。

施世骠跟在蓝理身后，奋勇杀向敌人。

没多久，蓝理终因重伤不支，身子一歪，蓝瑶看见，大叫道，"大哥，当心！"可已经来不及了，蓝理还是再次重重跌倒在船板上。

身旁裨将看见蓝理倒地，亦舍战来救。

蓝理在船板上疼得额上沁出大朵汗珠，但他仍咬紧牙关向将士们摇手，声音放低说："没事，不妨！"然后指着蓝瑶说，"督战速进，不要因为顾及我一人而延误战机！"

蓝瑶听令，速去督战。蓝法伏过身来，让蓝理斜着枕靠，蓝理四弟蓝瑗、五弟蓝珠这时也都过来帮忙，仔细将流肠纳回腹中，然后吩咐贴身将校取药给蓝理敷腹。

蓝理沉声说："别慌，我身上带着灵药，娘给我请来的。"

他让蓝珠从自己胸前取出那日在雨霁顶庙由母亲替他请来的马王爷香灰袋，吩咐把神木伽楠香粉末倒在腹部伤口上，然后交代蓝瑗用白布包扎腹背，裹紧。

稍事停顿片刻，蓝理腾地站起来，整顿盔甲，在炮火中坚持督战，激发士气。

恰在此时，对方战船迫近，有几个号称飞天鼠的郑军杀手从那边桅杆跳到这边桅杆，眨眼间滑到甲板上，呼啸着要杀蓝理。

蓝家兄弟合力杀了飞天鼠，并一举击退了那艘越来越迫近的敌船。后面几艘敌船见飞天鼠船没得手，一艘艘船也从斜刺里赶来支援，突击蓝理船只，来势甚是汹汹锋芒。

蓝理见势，仍勇猛挥舞着利剑，捧腹奋身高呼："今日一战，诸君勿怯，誓与贼死战到底！"

旁边的将校都被蓝理的精神所感动,个个以一当百,奋勇作战,加上何义率部从旁驰援,清军接连又击沉了四艘敌船,烧死无数敌人,使敌人败退了数十海里,漂尸和弃械浮满海面。

破肚将军,从此名扬天下。

郑军大将林升不服,率领援军从后掩杀过来,海战重新炽烈起来。

林升身上连中三箭,也始终不肯退下。

两军主帅施琅、刘国轩这时也都打红了眼,各自驱动大队人马继续投入战斗。

恰在双方正处于胶着状态之际,清军金门镇千总游观光、兴化镇总兵吴英率舰及时增援,多炮齐发,打死郑军多人,林升大腿也被炸断,郑扬威将军援剿左镇沈诚等被焚杀,郑军船舰才无奈散开。

施琅乘势挥船追赶,不意郑将江胜、邱辉等复督烦船率领援军反击,清军见郑军援军锋芒正盛,只得先行撤退,停泊在垵屿。江胜、邱辉等驱船尾追,刘国轩恐二将遭清军暗算,加上今天海战清军出现一个破肚将军蓝理,己方士气受损,形势明确处于下风,连忙鸣金,打旗收兵。

8

施琅安顿好舟师,即刻上疏嘉奖蓝理,延请医生给蓝理治伤。

当晚,医生来了,施琅亲自带他到蓝理帐中。

医生是一位西医师,见了蓝理的伤势,极是佩服蓝理的毅力。至于伤口敷的马王爷神木伽楠香粉末,好在有消炎镇痛功能,算是能凑合着用,多少可缓解伤势。医生重新给蓝理清创上药,特别交代,蓝理至少安卧七日,伤口方能平复。施琅听医生如此道来,心安下来。

见时候不早,施琅正欲离开,却见蓝理眉头紧蹙。

施琅心知蓝理所忧何事,不觉笑道:"蓝将军,无忧也。"

蓝理屏退左右,方才说到:"明后三天澎湖一带会兴起观音暴、洗蒸笼暴,如果郑军再来偷袭,我军必然损失甚大。"

施琅还是笑道:"我军对风暴已有准备。至于偷袭,我谅刘国轩不敢。他现在是作壁上观,希望风暴尽倾我军,他再来拾便宜。可惜他的算盘打错了。你听医生嘱咐,安心把伤养好。"

蓝理见施琅胸有成竹,也将心放了下来。

回到主帅行营,施琅眉头不由得蹙起来。他担心不是风暴,而是风暴过后,如何抓往战机进攻郑军。白天郑军的表现,确实堪称海上劲旅,三日后再攻澎湖,胜算依旧不大。

海风虽说不大,但也将行营的帐篷吹得呼呼作响。

听起风声,施琅朝窗口看了看,夜色在军营的篝火下越发显得迷茫。他不由轻声吟道:

折戟沉沙铁未销,自将磨洗认前朝。
东风不与周郎便,铜雀春深锁二乔。

施琅在京赋闲时,常看些唐诗宋词,对杜牧这首《赤壁》所体现出来的识见极为欣赏,当下就是不知自己是否也能如周瑜般幸运,借得"东风之便"。

夜更深了,施琅帐中灯火依旧通明。

9

正忧虑间,帐外亲兵来报,总兵吴英求见。施琅一听暗喜——自己正想找你商量,你就来了。这不会是老天爷赐给我的"东风"吧! 他忙请吴英入帐。

施琅直入正题:"先生深夜来访,定有破敌良策!"吴英是一位先生式将军,所以施琅称吴英为先生。

吴英谦虚说:"不敢说是良策,还请主帅定夺。目前,郑军船只数目不及我军,我军正可利用此优势,采用五梅花战术。"

施琅问道:"何为五梅花战术,该不会是将船只用锁链连接在一起吧?"施琅联想到赤壁之战,神色有些迟疑。

吴英解释道:"我军以五船结成一队,攻彼一只,其余不结队的为游兵,或为奇兵,或为援兵。悉远驾观望,相机而应,就能各尽其能,奋勇破敌,而不至于挤在一处,互相冲撞,抵消战斗力量。"见施琅听得入神,吴英微笑道:"此计如何? 我这可不是庞统献给曹操的连环计!"

施琅大喜,称赞道:"妙计,你这五梅花战术就是我的东风!"

吴英倒谦虚说:"三分靠计,七分靠行,再妙的计谋还得靠主帅定夺。"

施琅兴致勃勃说:"先生过谦了! 我立刻传令执行,大清江山一统定矣!"

兴奋异常的施琅,连夜传召诸将进帐,将三日后全面出击的事情一一部署下去。他还不忘吩咐诸将,不要让蓝理知道此事,让他好生静养。

翌日开始,风暴果然如约而来,排山倒海的声势令人好生生畏,好在清军早有准备,一一避过三日风暴之害。

清军虽有些损失,但不是太大。

是夜,施琅吩咐水师做好来日战斗的准备。

10

第四日天明，施琅命陈蟒、魏明领赶缯船五十只，从东畔坶内直入鸡笼屿、四角山，为奇兵夹攻；命董义、康玉领赶缯、双帆艍船五十艘，从西畔内堑直入牛心湾作疑兵牵制；又将大鸟船五十六只居中，分为八队，每队驾船七只，各作三叠，施琅自率一队居中，以便调度，其他七队，分列左右，各由总兵官率领；尚有八十艘船分为两大队，以为后援。

分拨已定，施琅亲率舟师，浩浩荡荡朝澎湖驶去。

刘国轩见清军阵容齐整，颇为意外，清军居然安然躲过风暴！可他毕竟是久经沙场的老将，立即传令各处炮船、赶缯船以及其他大小船只起帆拔碇，疾出迎战，西屿两岸铳炮齐发。

炮火矢石交攻，如雨点般落下。

两军酣战之际，施琅所乘旗舰却触礁搁浅了。

刘国轩大喜，急令将施琅主舰团团围困，炮火齐攻。

清军总兵朱天贵冒险来救，被炮击中，穿肠而亡。清将林贤遥见主帅被围，又见朱天贵人亡船溃，忙指挥船队冲破郑军舰队围堵，入援施琅。

刘国轩急督邱辉、江胜率十余只船，环围攻击。

一时火箭、药罐、矢石、炮火浑如雨点，林贤率众力战，不料左臂连中三箭，将士死伤大半，矢石药炮使用殆尽。

施琅主舰的情况更加危急。

就在这时，施琅船上有的将士在恍惚间，忽然看见云端有旌旗出现，天妃的凤辇若隐若现，海面又有两员神将，足踏波浪，指挥神兵助战。

11

却说在垵屿静卧养病的蓝理，梦寐中忽听一女声在急呼："主帅有难，蓝将军速速救援！"

蓝理霍然捧腹站起，起来一看，却见是谍报传信，主帅旗舰触礁搁浅，敌船环环围住，情况万分紧急。

蓝理不顾左右苦劝，率领舰队前去救助施琅。

就在施琅的主舰最危急的关头，蓝理率领六只船赶到，从外围攻入。蓝理所在的轻舟上，大书"蓝理"两字，每字两丈见方，远处观来异常醒目。

四天前的海战,蓝理的勇猛善战震慑了郑军。郑军士兵惊呼道:

"不好了,蓝理杀来了!"

"破肚将军杀来了!"

被围的清军士气大振,奋起抗击,内外夹攻,接连击沉郑船多艘,围攻施琅旗舰的郑军船队只得纷纷退却。

蓝理、林贤乘势追杀,夺得敌舰,请施琅换船。

施琅见到蓝理,自是万分高兴,可又想到蓝理的伤情,半是心疼,半是责怪:"医生嘱咐你安卧七日,才能康复,今方三日,你怎么就急忙上阵参战了!"

蓝理笑说:"主帅被围,末将焉能袖手旁观。救得主帅,即令我金疮迸裂而亡,我亦心甘。"

蓝理说得豪情万丈,施琅也不由哽咽道:"多谢蓝将军、林将军舍命相救!待破敌之后,再行重谢!"

蓝理心潮静下来,说:"主帅言重了。蓝理一介武夫之躯,多蒙主帅不弃,若说图报,亦唯有义耳。"话语停顿一下,又说,"说来神奇,就在我养伤的恍惚间,有一女声在对我说,主帅有难,蓝将军速速救援!起来一看,虽说是谍报传言,但不管怎么说,这许是天意吧。"

施琅想了想,也高兴起来:"对,适才也是幸亏天妃显灵,指挥天兵天将助战,才能化险为夷。"

12

施琅与蓝理说话的当儿,郑军在刘国轩的督率下,纠合各镇船只,重新杀将过来。清军舰只依旧摆开五梅花阵势,奋力进杀。

清总兵吴英命令领旗黄登、副领旗汤明在船头,自己在尾楼督战。不料汤明身中数箭,吴英右耳也被鹿铳的火气伤裂。战船忽遇险流,黄登飞速跃前矫正航向,慌乱中,船只不幸搁浅。

郑将邱辉、江胜见吴英船只被困,率众船袭击,锋势甚锐。

施琅情知最后决战的时刻已到。他令旗一挥,左右各股战船,一齐拼上。顿时,炮如雨下,烟焰熊熊。

施琅利用兵力优势,命令舟师以五船合围敌方一船的办法,把郑船各个分割。

郑军船只全面陷入挨打的困境,有的被火罐所烧,有的被炮击沉,伤亡惨重。

郑将江胜被清军团团围住,部属死伤过半。江胜眼见势危,难以脱遁,恐遭擒辱,毅然令斗头烦两边齐发(水军击发斗头烦,只能单边发炮,若左右两边齐发,船即沉没),船只随炮声立时沉入海中。

郑将邱辉率领舰只,冒死前进,放炮乱击,并督率左右抛掷火桶、火箭、矢石,拼死抵抗。邱辉左右足皆被击伤了,却毫不退缩,忍痛拼搏。最终势穷力竭,他决然命令带火的舰只朝最近的清军舰只撞去,药桶齐发,自己亦被火焚死。

郑军节节败退,施琅督率大军飞速追敌。

刘国轩见清军攻势逼人,己方舟师伤亡十之七八,如果继续死拼,必将全军覆灭。他见吼门港无船堵截,急令黄良骥、洪邦柱率残存战船,飞速驶去,顺流撤退。

将至吼门,刘国轩方知吼门港礁线甚多,从来没有船只驶过。刘国轩自度已临绝境,再无别路可行,他脱下头盔,双膝下跪,向天祷告。祝毕,便令朝吼门港进发。倒也凑巧,此时浪潮突然涌涨,风顺无碍,刘国轩坐船领先,余船尾随,顺着风潮,朝台湾脱逃。

施琅见刘国轩逃遁,传令快哨追擒,然因港路不熟,追赶不及。

施琅只好鸣金收军,并拨小艄救起跳水逃生的郑军将士。

翌日,镇守娘妈宫炮城的郑军将士,见刘国轩已逃回台湾,孤立无援,卸甲投戈,出城请降。

施琅又分遣官员,前往澎湖诸岛受降。不日,澎湖八八六十四岛一一归顺。凡归降者,镇将赏以袍帽,兵士给以粮米,并出示安民。

澎湖决战,郑军阵亡者,将领四十七员,协营以下大小头目三百余员,兵士一万二千余人;投降者,镇将、游击、守备及下属各官一百六十五员,士兵四千八百五十三名;清军击沉、焚毁、收降各类大小敌船一百九十四只。郑军仅小炮船、小鸟船等各类小型船三十一只脱走。郑军精锐以及巨舰尽丧。

13

接到澎湖捷报,康熙谕令户部、兵部:"不拘何项钱粮,尽见在者,准其动用,毋致贻误。"为鼓励将士,优恤兵丁,康熙令按进剿云贵旧例,给进征台湾的官兵从优加级赏赉。

澎湖海战后,闽浙总督姚启圣彻底改变了原先的招抚态度,他奏请康熙,即刻攻台:"澎湖一战,郑军惨败,所有精锐,尽行斩溺,所有船只,尽行焚毁,郑军几成全军覆没,故应乘胜直捣台湾,事不宜迟。倘若让海贼将台湾隘口收拾坚固,使日后骤难攻克也。"

而施琅此时的想法,却又与姚启圣的想法相反。他认为,攻克澎湖后,清军战舰破坏甚多,须要修理制造;清军兵员严重不足,新附投诚兵众未便遽用,须选调精壮官兵前来补充;台湾港道迂回,南风狂涌,深浅莫辨,应待八月或十月乘顺风进剿,方为万全。

蓝理也向施琅建议说,澎湖为台湾咽喉,既得澎湖,应当即分拨船兵在八罩、将军澳、南大屿、龙门港、吼门与吉贝屿等岛,倍加巡望,以抑其吭。这样,残孽败遁之余,眼见清军逼临门庭,就会不战自溃,内谋自应,乘敌危亡之际,着令招徕,实现和平方式解决台湾问题。不成,继之以军事征剿。

　　考虑到以兵力攻取台湾,将士劳瘁,人民伤残,康熙同意施琅意见,特发诏令招降郑克塽。

　　施琅大力推行优待俘虏和恤民政策:严禁乱杀战俘,下令戮一降卒抵死;对受伤降卒,给以米粥酒肉,另派医生为他们敷药包扎。

　　施琅遣返了部分战俘,让他们回台湾同父母、妻子团聚。他还特地召见这些遣返的战俘,告诉他们:"朝廷是不得已用兵的,你们既已投诚,所有罪行都统统赦免。你们回去后,要告诉台湾百姓,务必速速来降。少缓,则为澎湖之续也!"

　　攻下澎湖,打开了攻台门户。绥靖优抚政策的实施,也为清军攻台赢得台湾民众的拥护。清军进攻台湾的时机已经成熟。

　　蓝理向施琅提议:"台湾目今虽说危机四伏,但要让其主动来降,时机未到。依末将之见,择日可乘胜进攻鹿耳门,给郑军造成大军压境,其不降亦由不得他了。此为宽以济猛,猛以济宽之法耳。"

　　施琅然之。待清军将士稍事休整,他下令乘胜进攻鹿耳门。

　　鹿耳门外滩浅,清军舰队游弋海面二十多天不得靠岸。焦急之间,突然大雾弥漫,狂风刮起,浪涌潮涨,施琅乘机指挥舰队冲过海滩,开进鹿耳门。

　　台湾回归,至此已成不可逆转之势。

14

　　郑氏集团内部就降与守,展开一场激烈的论争。

　　作为台湾最高军事指挥员,并左右着台湾政局的关键人物刘国轩,自澎湖败衄,心胆俱裂,更鉴于清军逼临门庭,台湾兵民群情汹汹,魂魄俱夺,众心摇动,处此危亡之际,他认为台湾唯有投诚归顺才是唯一出路。他力排异论,首创降议。

　　可是,建威中镇黄良骥认为澎湖失守,台湾势危,主张取吕宋为基业。中书舍人郑德潇当即呈上吕宋地图,也陈述吕宋可取事宜,他们的建议深得郑克塽、冯锡范两人的赞同。

　　刘国轩竭力反对说:"今澎湖已失,人心怀疑,苟辎重在船,一旦兵弁利其所有而反目,后果不堪设想。"

　　郑克塽、冯锡范只好放弃前议。

　　冯锡范提出分兵死守。

刘国轩又给予驳斥，他明确指出："众志瓦解，守亦实难，不如举全地版图以降，量清朝恩宽，必先赦宥。"他又竭诚劝导郑克塽，"人心风鹤，守则有变，士卒疮痍，战则难料，且战事时间拖得越长，台湾地窄人少，亦消耗不起，为保全台湾，我意当请降。"

郑克塽犹豫未决之际，施琅派蓝理携原刘国轩部属曾蜚连夜上岛招抚。

翌日，郑克塽召集众位大臣到宫殿商议。

刘国轩说："曾蜚原属臣部下，昨夜密访臣，所言之事可信也，何况施琅又将其先锋蓝理派来台湾招降，蓝理猛将也，足见清朝廷重视我等要求。依臣之见，可差礼官郑平英等随蓝理、曾蜚到澎湖军前请降。"

冯锡范复又阻挠："刘国轩卖国，我主不可听之。"

刘国轩这下火了，严厉抨击道："昔者张、卞二使至岛议抚，则议不称臣，以致厦门、金门两岛流离；后黄朝用至台再抚，则议不削发，又致澎湖丧师。此二者，皆系公之操持不定也。当此之际，尚且狐疑，倘一朝变起萧墙，将奈何？从来识时务者为俊杰，大势已去，速当顺天。"

冯锡范默然，无言以对。

整个大殿也一时安静下来。

这时蓝理、曾蜚等人一身戎装进殿。

郑克塽起身相迎，吩咐看座。

蓝理见郑克塽一脸摇摆不定神情，扬声说："天朝圣上英明，国泰民安，而台湾民心已散，难与死守，浮海而逃，又无生路，台湾本属天朝疆界，又何必自立于外而以卵击石呢。"

言罢，殿中又是一片沉默。

蓝理复郑重说："天朝观德不耀兵，恭顺则爱育之，鸱张则剿灭之。国需一统，民需安居，望王爷为国之大局为台之百姓虑而三思之。"

郑克塽思前思后，觉得当下唯有归顺一路了。

15

康熙二十二年(1683)八月十一日，清军主力离开澎湖向台湾进发。

郑克塽遣礼官郑斌率领父老，乘坐小船，出鹿耳门迎接，自己亲率刘国轩、冯锡范等文武官员齐集海埏恭迎。

八月十八日，郑克塽、刘国轩、冯锡范等文武官员奉前明"延平郡王"和"招讨大将军"金印两颗，以及台湾、浙江、福建的地图、户籍、府库军粮册簿呈献施琅，并于当日全部剃发。

清方按清制逐一分发给他们不同等级的袍、褂、外套、靴帽等。

随后，施琅命人广贴《谕台湾安民告示》，劝谕台湾地方官员、百姓、土番人等"各宜乐业，无事惊心，收成在迩，务农毋荒，贸易如常，垄登有禁，官兵违犯，法在必行，人民安生，事勿自缓"，并遣吴启爵驰京奏报。

康熙接报，复遣吴启爵回福建及台湾传达圣谕，授施琅为靖海将军，晋封靖海侯，世袭罔替，赏三眼花翎顶戴，所属官员各再加一级，兵丁再赏一次，以示特加优渥至意。康熙以蓝理血战破敌，两次救帅，入岛招降，是平台首功之臣，破格擢升，以军功授昂帮章京内大臣兼摄左都督，世袭骑都尉，封一等伯，夫人潘柳欣诰赠一品夫人，其余妻妾皆有封赏。提标署左营游击何义也被破格封为内大臣，一等伯。黄性震因"平海十策"亦被授往湖南做官。

16

台湾回归后，摆在康熙面前一个突出问题：台湾或弃或留，亟须作出决断。

不少朝廷官员、封疆大吏不主张将台湾划入中国版图，认为台湾孤悬海外，易薮贼，不若内迁台民，放弃台湾，专守澎湖诸岛。个别大臣甚至认为荷兰人曾帮助攻击东南沿海郑氏势力有功，后又在道义上支持朝廷收复台湾，主张将台湾赏赐给荷兰，令其世守输贡，以示天朝恩威。

闽浙总督姚启圣、靖海将军施琅、都察院左都御史赵士麟、侍郎苏拜、大学士李蔚、内大臣左都督蓝理等人挺身而出，坚决反对弃台的荒谬主张，尤其是施琅、蓝理的真知灼见，给予康熙的决策以重大影响。

一日，施琅请蓝理到中军议事。议事罢，施琅蹙眉自语："台湾孤悬海外，游子无归。"他又对蓝理说，"蓝将军，你知道最近朝廷对台湾有什么声音吗？"

蓝理知道施琅所忧何事，便说："军门，我也耳闻一些情况。我虽为粗人，但我也知道，不谋全局者，不足谋一域。主张放弃台湾者，乃短视之为。台湾虽悬于海外，但民众皆为我大清子民及其后裔，朝廷不可弃之不理。居住在台湾的内地子民，也不会自忘其祖，自断其根。朝廷若欲弃其地而迁其人，亦是碍难成之，以有限之船，渡无限之民，非阅数年，难以报竣。另，台湾地理位置特殊，是朝廷天然战略屏障，据守台湾等于守住了朝廷出海的南大门，等于控制了天国朝南面的海洋。再退一步言，若放弃台湾，那澎湖又岂能守住。总之，台湾只有并入大清版图，隶属福建，才能确保家国无忧矣。这无论之于台湾，还是之于内地，都只有好处而无弊端。"

施琅听罢，笑着赞道："蓝将军时常自称粗人，坦率和易，其实不粗耳，方才这番话甚是有理。盖筹天下之形势，必求万全。台湾虽属外岛，实关四省之要害，断不可弃。我准备启奏皇上，务必将台湾留守好。有蓝将军支持，我更有信心了。"

这时，台民知道朝廷要放弃台湾，自发组织起来，推荐代表去提督署见施琅和蓝理。他们一见到施琅、蓝理，迫不及待地说："听说朝廷要放弃台湾，将军，这可不行啊！树高千丈，不离根基。我们的根在内地，我们身上流淌的血源于内地祖宗，台湾离开大陆，就等于一叶无根无基的浮萍孤岛。"

蓝理说："众位乡亲放心，朝廷不会放弃台湾，台湾是大清疆域，朝廷也没理由放弃台湾。现在施军门正与朝廷力争，要永固海疆，你们放心吧。"

施琅说："蓝将军说得对。天道无私，圣人有作。台湾乃大清王土，两岸唇齿相依，血脉相连，谁都没理由放弃。"

施琅亲自调查，并吸纳了蓝理观点，慷慨陈词，向康熙上《恭陈台湾弃留疏》，具体深入地剖析台湾情势，阐明"弃之必酿成大祸，留之诚永固边围"的富有远见卓识的意见。奏疏还是由吴启爵送达京城。

赵士麟、苏拜、李尉等也奏称："据施琅奏折内称，台湾有地数千里，人民十万，则其地甚为重要。弃之，必为外国所踞，奸宄之徒，窜匿其中，亦未可料。臣等以为宜固守之。"

姚启圣也快马飞书奏道："施琅曾任郑氏水师职官，有过郑氏骚扰东南沿海的经历，任我大清水师提督率军征台，深知台湾取之不易，及台湾对东南海疆的重大国防战略价值，其所断言，弃之必贻大患，守则永固边隅，臣以为施琅所言极是，望皇上定夺。"

康熙特别问到吴启爵，说："卿从台湾回来，平台先锋蓝理拖肠血战，功在首先，卿可知他对台湾去留有何想法？"

吴启爵说："蓝将军的想法与施军门一致。"

康熙笑道："那就好，这样看来蓝理不单作战勇敢，且有远见。当然，朝中一些大臣怀有放弃台湾之心，是因为没亲浴台海血战，他们不知台湾复归神州的艰难，不知珍惜疆土，不知疆土一统关乎神州万世昌盛。"

最后，康熙明确谕示："台湾弃取所关甚大，镇守之官三年一易，亦非至当之策；若徙人民，又恐失所，弃而不守，尤为不可。"

不久，施琅、蓝理等联名上奏，请朝廷及早在台湾设立政治，便于管理发展民生。

17

康熙二十三年(1684)五月，清廷在台湾设立一府三县，置巡道一员分辖，隶属福建省，府曰台湾，附郭为台湾县，南为凤山县，北为诸罗县，由台厦兵备道分辖，从而将台湾正式划入清朝版图,大量引入闽粤移民开垦经营台湾。与此同时,清朝在台湾和澎湖加强守备力量。台湾设总兵官一员,副将二员,兵八千,分为水陆八营。澎湖设副将一员,兵二千,分为二营,每营各设游守千把等官。

康熙任命参领杨文魁为第一任福建台湾总兵官。

杨文魁上任陛辞时,康熙面谕:"台湾远在海隅,新经底定,彼处新附兵丁,以及土人黑人种类不一,卿到任之后,务期抚辑有方,宜用威者慑之以威,宜用恩者怀之以恩,总在兵民两便,使海外晏安。"并告戒道,"台湾以海洋为利薮,海舶商贩必多,卿须严饬不得因以为利,致生事端。"

文武各官陆续就任,编户籍,定赋税,通商贾,兴学校,台湾正式隶属于清朝中央政权的行政管辖之下。

【第八章】
"平台首功"，"所向无前"

1

康熙二十三年（1684）七月，施琅、蓝理与杨文魁将台湾、澎湖军政之务交割完毕，回到厦门候任。

不久，朝廷任命下来了，令蓝理进京为官，蓝理其他几个弟弟也都有封赏。蓝理却以双亲年迈，自己身为长子，要求回乡。

蓝理将想法告诉施琅，施琅不敢做主，说："蓝将军，今日你可是皇上御封的平台首功大臣，你的请求要让皇上御准才行。"

施琅将蓝理的请求报朝廷，康熙嘉其孝顺，特恩准蓝理还乡，日后遇缺先用，并赏赐黄金数百两，御赐"平台首功"、"所向无前"匾文各一块。

此番回漳浦，蓝理本想轻装简从，施琅却说蓝理是朝廷功臣，出行得有合乎身份礼仪的行头。蓝理不得已，领着一彪人马，仪仗鲜明，从厦门朝漳州开拔。蓝理披甲执兵，行于军前。

到了漳州，蓝理先至岳口街姑姑家。

姑姑看见蓝理人马来了，满心欢喜，一家人忙出来迎接。

蓝理说："今番我随施琅大将军平台有功，承蒙皇上恩典，御赐'平台首功'、'所向无前'匾文各一块，着令回乡省亲，修缮祖祠。我想，漳州城里就姑姑您一个长辈，若不嫌弃，我就将这御赐匾文放在您家保管，不知姑姑意下如何？"

姑姑哪会不同意，只是同在漳州城里的侄儿媳潘柳欣会怎么想？姑姑说："好是好，但你在漳州城里也有家室，不如就放在那吧。"

蓝理说："我跟柳欣在漳州城里容身，也只是一权宜之计。我一个行伍之人，居无定所，明日在哪落户还难说。我准备在姑姑家隔壁买间空房子改造一下，这样两家连在一起,就成一家了,这匾文放在姑姑家也就没什么不合适了。"

姑姑不再说什么。

不日,姑姑家隔壁空房子修缮一新,蓝理夫妇都搬过来了。

过了几天,蓝理回乡探望父母。这一次,蓝理只带了潘柳欣、徐云以及几个贴身侍卫回苌坑。

回乡不久,蓝理之父蓝怀紫却不幸病逝。立在父亲棺椁边,蓝理颇觉愧疚:"早年自己不懂事,经常惹祸,让父亲操了不少心;后来又长年在外行军打仗。父亲生前自己没能尽孝,这次也只能给父亲找一个好地方下葬。可匆忙间找谁相地比较好呢? 对,继善兄,他纵读堪舆,逍遥山水,是个风水大师,请他给父亲寻个好阴宅,定然不差!"

临近午时,蓝理午饭也顾不上吃,就赶到蓝继善家。

蓝继善家在苌坑村外的山母顶,离蓝理家还有一段距离。

已是闽南深秋时分,天气依旧炎热。出了村子,蓝理遇上蓝鼎元在放牧。蓝鼎元二三岁时,蓝理曾见过,此时已经五岁了,他早已不记得了。他见蓝鼎元面相好,便问是谁家孩子。

蓝鼎元脆声道:"蓝理叔公,家父是蓝斌。"

蓝理想起来了,情不自禁说:"哦,你就是继善的孙子鼎元?"

"是。"蓝鼎元回道。

"你爷爷你父亲都是本地有名望的读书人啊。鼎元,你爷爷在家吗?"

"在。"

"在就好,我去找他。"说完,蓝理和蔼向他挥挥手。

见到蓝继善,蓝理说明来意。

蓝继善十分意外,说:"真是天有不测风云,还望节哀顺变。怀紫叔仙逝,作为自家人,理应效劳。"

蓝理报上父亲和家人的生辰八字。

蓝继善掐指一算:"葬者,乘生气也。藏风聚气,得水为上,故葬者以左为青龙,右为白虎,前为朱雀,后为玄武。依愚兄之见,吾乡莲花山形势奇特,来山去水,青白朱玄,四象皆具,乃万年吉壤。"

蓝理听罢,大叹蓝继善果然名不虚传。

一行人到了莲花山,蓝继善审天象,观地气,选了一块风水宝地。蓝理遂按其所言安葬了父亲。按清朝例制,蓝怀紫因子而贵,逝后被诰赠荣禄大夫。

2

办毕丧事,已是十天过后的事了。

蓝理吩咐家人一一答谢左邻右舍。蓝继善那边,他要亲自登门拜谢。

一个月圆之夜,蓝理只身一人,信步走到山母顶蓝继善家门外。外面静静的,却听院子里一个大人跟一个小孩在说话。

"元儿,你五岁就能成诵四书五经。为父问你,你长大准备做什么?"

"读书。"

"你读书,是为了做官呢,还是想做个圣贤呢?"

"都想。"

"古人云,奢官弗可必也,得不得其权在人。圣贤可必也,为不为其权在己。就是说,能不能做大官,由不得自己。可想做个圣贤,自己却能做得了主。"

"我还是两个都想。"

"好吧!"

"人一做了官,就做不成圣贤吗?"

"古人去,居官正,好为圣贤。致君泽民,皆圣贤事。像伊尹、周公,他们都做过大官,却也都是圣贤,孔子也做过官。但做官不是想做就能做的。颜子、闵子就没有做过官,可都是圣贤。"

这时蓝理走进去,拊掌道:"好一对父子步月中庭图也。看到你们父子高论圣贤之道,连我这个粗人也来了诗意。"

蓝斌见是蓝理,连忙上前:"不知叔叔驾到,未能出门相迎,还望恕罪。"

蓝理故意板上脸:"你这做父亲的,跟儿子说话怎么也这般酸溜溜的。你给你儿子尽说些什么圣贤之道,难道这世上除了圣贤之道,就没有别的可教吗?读书可不能太酸腐,更不能自己已经酸腐了,还要让子孙跟着自己一样酸腐。"

蓝理这番话,让蓝斌颇为尴尬,一时愣在一旁。

蓝斌妻子许氏过来,替丈夫解了围:"叔叔,侄媳这厢有礼! 叔叔莫怪我家相公,读书人皆如此。"

蓝理笑说:"我没怪你家相公蓝斌呀,只是开个玩笑。蓝斌说,奢官弗可必也,得不得其权在人,圣贤可必也,为不为其权在己。虽然我不是读书人,但也赞成这说法。鼎元,你可要谨记。"

蓝鼎元有模有样答道:"叔公教诲,侄孙定当牢记。"

蓝继善夫妇寻声亦出来。

众人在月下摆开桌子,沏上一壶好茶,拉开了家常。

离别时,蓝理对蓝鼎元说:"鼎元,你们家是我们苌坑的书香门第,你一定要将圣贤之道发扬光大呀!"

蓝继善说:"鼎元,你叔公可是受皇上御封的平台大将军,被皇上御赐'所向无前'的牌匾,你学业上也要学习叔公所向无前的精神。"

蓝鼎元一口答应下来,一脸坚毅的神情。从此,他更加刻苦读书。漳浦远近的畲家山寨,都知道赤岭苌坑有一位神童蓝鼎元。

3

康熙二十七年(1688),在湖南做官的黄性震已经官居布政使。是年春,武昌标兵夏逢龙叛乱,不日已攻陷四府。

战报飞至京城,大臣廷议欲派京军镇压,康熙却说:"湖南有黄性震在,彼能佐平数十年海氛,何愁幺麼跳梁辈。且襄阳有总兵官蔡元,蔡元有勇有谋,号称蔡老虎,黄、蔡合手,必能了之。对了,黄性震、蔡元,还有那平台首功者蓝理,他们仨可都是漳浦同乡,这可真奇呀,足谓奇地出奇人!"

不久,果如康熙预料,贼势渐衰,黄性震、蔡元合谋,出兵猛击,夏逢龙战败而亡。康熙闻捷报,龙颜大悦,一日三见黄性震,下旨让他衣锦还乡,建造府第。康熙挂念蓝理,也让黄性震回乡时,帮忙督促蓝理上京。

黄性震回漳浦,直接到苌坑找蓝理。见面后,他将皇上的旨意传给蓝理。

蓝理谢毕皇恩说:"上京城的事先不急,我会复文一份让人带到京城解释,倒是黄大人建造府第的事比较急,我看能帮上什么忙,黄大人尽管吩咐。"

蓝理在苌坑时间呆久了,颇有一股功成而不居,名成身退的意思,只是没明说而已。

黄性震说:"不敢劳动蓝大人。"

蓝理笑道:"都是自家人,黄大人不要客气。我别的没有,力气倒是不小,只要黄大人需要,尽管吩咐好了。"

黄性震说:"建筑之事不急,我已委托人了,让他们做就可以了。"

蓝理说:"那好,有人做就好。建筑乃百年大计,须徐图之。不过,还是那句话,自家人不说两家话,只要用得着我蓝理,黄大人就吩咐一声。"

"好的,先谢了。"黄性震表示谢意后,就告辞回去了。

回到官塘,黄性震先到黄氏学堂看望师生。他向来重视族人子弟教育,黄氏学堂是他在漳州协助姚启圣招抚郑军期间办的学校,并请诸如蓝斌等当地有名望的读书人授课。他又到族人聚居地,看到族人住的房子依旧破败,决定出资建城,开四城门,城内置大宗祠、小宗祠,帮助族人在城内建屋居住,并借"平台十策"之意取名诒安堡,即用语言平台,当地人亦称湖西堡。诒安堡与坐落在硕高山上的宋朝赵氏皇城赵家堡,共称为漳浦双堡。

诒安堡竣工,蓝理带上贺礼。黄性震陪蓝理参观,在北门内的小宗祠,蓝理见了一对楹联,禁不住读出声来,读毕连声说好,说:"这既是黄大人的荣耀,更是我们漳浦人的荣耀。"但见那楹联写道:

平台陈十策诚善也，
得君日三觐其荣乎！

黄性震回湖南不久，京城又派人来催蓝理上京封赏，并在漳州府城近郊东面划出一块田地给蓝理，作为朝廷给蓝理在漳州府城附近的赏地。蓝理召集一些漳浦苌坑蓝氏乡亲经营这块田地，过后这块田地被称为"蓝田"。

4

朝廷一直不见蓝理晋京，过不久又派人来催促。

蓝理见康熙对自己实在是厚爱有加，不便再推辞，于是择日进京。蓝理带着家人随从离开漳浦，穿过漳州，往东北方向走。

出福建，到了杭州赵北口。蓝理马快，遇到康熙乘舆出围。正要回避，不想坐骑不听使唤，蓝理只好下马，只身走进高粱园里，却把坐骑留在路中。

康熙驾至，遣侍卫问谁家坐骑挡驾。

蓝理出来回答说："臣蓝理，从福建至此。"

康熙没见过蓝理，心想这位福建蓝理该不会是自己几次催他上京晋封的破肚将军吧，便问道："你是不是征澎湖拖肠血战、救过施琅的破肚将军蓝理？"

蓝理说："回皇上，正是臣蓝理。"

康熙故意脸一沉："朕问你，为何几次下旨，你都不来，是何道理？"

蓝理见皇上生气，一下子不知该如何回话，想了想说："臣是粗人，想到要去京城觐见皇上，心理准备不足，故而拖延些时间做准备，还请皇上恕罪。"

康熙见蓝理说的话与别人不太一样，见自己还要做心理准备，连官都不想做了，心里不觉一乐，笑道："朕恕你无罪。"

蓝理说："谢主隆恩。"

"蓝爱卿，如果朕没记错，你号为义山吧，朕常听施琅提起你。"

"回皇上，义山正是臣贱号。"

"朕当初听到卿字号时，就琢磨：这蓝理是什么样的人物，是猛将吗？可怎么又跟唐朝大诗人李商隐的字号一样，难道是儒将不成？今番见到卿家，明白怎么回事了。"

蓝理不知皇上此话何意，他想说点什么，可又不知从何说起。

康熙说："朕看卿就是猛将，像张飞，又似关羽，忠义重如山。"

蓝理忙谢道："谢皇上夸奖。"

"蓝爱卿，今天你知道朕为什么会提起你跟李商隐的名号吗？"

"臣不知。"

"朕今天见着你,记起李商隐的《夜雨寄北》。蓝爱卿,你知道这首诗吗?"

"臣读书少,不敢说知。"

康熙吟诵道:"君问归期未有期,巴山夜雨涨秋池。何当共剪西窗烛,却话巴山夜雨时。"然后,幽默地说,"蓝爱卿,李商隐这诗可是一首语言平实,但感情深远的情诗。你再不赴京,你可成了朕的心念之人了。"

蓝理赶紧回说:"微臣不敢。"

康熙又笑道:"你是朝廷社稷的有功之臣。你一直不来,朕就一直心念着。所有对朝廷社稷的有功之人,都是朕的心念之人。"

康熙见天色不早,就吩咐唤蓝理一同回行宫。

5

康熙想起台海战事的激烈,来了兴致,便召蓝理到帐前,询问状况。看到蓝理的伤痕,康熙忍不住伸手抚摸。当下,君臣俩双双动容。康熙长声一叹,当面又称赞道:"蓝爱卿血战破敌,援救主帅,不愧为平台首功之臣!"康熙又从蓝理身上,感叹起清朝水师将士的英勇来。

近臣立即跪拜山呼:"皇上万岁,皇上圣明!"

康熙颔首道:"众位卿家平身。"随即又对蓝理说,"曹操说过,生子当如孙仲谋。江南多虎将也,今从蓝爱卿身上,可以看出闽南亦多虎将也。"

"谢皇上褒奖。"

"卿征战台湾,听说还带了兄弟及闽南子弟兵一同征战,个个都英勇善战。"

"一切端赖皇上神勇。"

"施爱卿跟蓝爱卿一样,也是闽南人啊。"

"是,泉州府人。"

康熙龙颜大悦,他吩咐太监展开大清国地图,微笑道:"众位爱卿,你们看看我大清国疆图,有人说像绵羊,也有人说像雄鹰,朕看更像神龙。你们看,闽南尤其是漳州就像龙爪,紧紧钩住台湾海峡。朝廷与台湾唇齿相依,合则互利,散则两败。前番蓝爱卿率兄弟及闽南子弟兵随施琅收澎平台,是从漳州铜山、古雷出战,说明龙爪锋利无比,作用巨大,影响深远。现在台湾、澎湖与闽南之间的人员往来更加密切了。当然,平台是一回事,治理、开发台湾更为重要。朕希望未来治理、开发台湾,漳州乃至整个闽南也要发挥更为重要的作用。"

近臣跪拜山呼道:"皇上万岁,皇上圣明。"

康熙问蓝理:"蓝爱卿是畲族人吧?"

"是。"

"蓝爱卿,那你应该熟悉畲族的历史吧!"

这下皇上可把蓝理给问住了。蓝理虽说是畲族人,但对本族历史却不甚了解,一时还真说不上个子丑寅卯来。当下,他一急,额头上沁出汗珠:"回皇上,这……,臣委实不知。"

好在大学士明珠在旁,帮蓝理解围了:"回皇上,臣略知一二。"

"好,你就说说。"

明珠说:"畲族,自称山客,古称山哈、畲民,分布在闽、浙、赣、粤、皖五省部分山区,以闽浙两省为最多。因长期与客家人、闽南人杂居共处,现都有不同程度的汉化,多通用汉文,主要从事农耕、狩猎。畲族一名,直到宋朝才出现。畲字本义,是指采用刀耕火种的田地,即在播种之前烧去草木,以灰作肥料,这种田俗称畲田。杜甫《戏作俳谐体遣闷二首》说:'瓦卜传神话,畲田费火耕。'"

"朕记得范成大也讲到畲田事。他在《劳畲耕》诗序中说,畲田,峡中刀耕火种之地也。春初斫山,众木尽蹶。至当种时,伺有雨候,则前一夕火之,借其灰以粪。明日雨作,乘热土下种,即苗盛倍收。"

"皇上好记性。"

康熙笑笑:"你先别夸朕。"

明珠接着说:"由于畲族先民长期耕作畲田,后来便称为畲族。畲族有四大姓,蓝、钟、雷、盘,蓝姓居多,钟姓次之。畲族与苗族、瑶族、黎族,同属古代南蛮族的一支。他们敬奉高辛帝的驸马盘瓠为本民族的始祖,以凤凰为吉祥物,喜欢用红纸写上凤凰在此,贴在厅堂上,用以镇妖避邪。妇女的五彩服饰称为凤凰衣,发式也叫凤凰髻。畲民善唱山歌,每逢节日或迎亲喜庆,都要举行对歌活动,未婚男女通过对歌来择偶定情。每年正月十三为祭祖日,全村人集合到祖祠举行祭祖仪式,由长辈把珍藏的盘瓠祖图张挂起来让族人瞻仰,一边祭拜,一边唱起畲族民间口头流传的民族史诗《高皇歌》。各种祭祖活动,一概谢绝外人参观。畲民大多信仰奉祀五郎神的道教观宇。"

康熙听着,想起满族起源。满族起源,自己当然知道,可与自己同样为少数民族的畲族,就不太明白了。也难怪,人不可能啥都懂,可偏偏啥都想知道。康熙来了好奇心:"畲族确切来源是怎么回事?"

明珠说:"畲族来源,民间有两种观点:土著说,认为是本地土生土长的;外来说,认为是湖南武陵蛮迁来的。现在尚无统一结论,但有一点可以确定,畲族是一个古老民族,历史上经过长期迁徙,子孙流布在闽、粤、赣、浙、皖五省。畲族先民千百年来,披荆斩棘,开基立业,繁衍后代,历尽艰辛,为我国南疆发展立下了功勋,史称畲族是我国东南地区杰出的拓荒者,这一点确实是当之无愧。"

6

康熙转向蓝理问道："蓝爱卿，明珠说了这么多，你现在说说你们蓝氏畲族的情况吧。"

蓝理说："回皇上，这方面情况，臣倒是略知几分。据臣祖祠种玉堂族谱记载，漳州府畲族是在明朝以后才从外地迁入的，蓝氏入漳一世祖蓝琛及长子蓝元晦，系于元末明初从江西迁居漳浦县辖镇海蓝教社（今属龙海市隆教畲族乡），而后其子孙才逐步分居苌坑、官塘、华安、平和一带。臣属于苌坑蓝氏。"

康熙兴趣勃勃："蓝爱卿，你能说得再详细些吗?"

蓝理回说一声"喳"之后，细细道来："据臣祖祠种玉堂族谱记载，漳州府苌坑一带的蓝姓属于炎帝世系，炎帝传到第十世榆冈，赐给儿子昌奇绣蓝一支，封于汝南郡，乃以蓝为姓，蓝氏奉昌奇为始祖，尊号为火旺公。至唐天授元年（690），蓝昌奇的一百八世后裔蓝明德被起用为扬州节度使，是为蓝氏一世祖，二世采和，三世仁，四世元隆，五世棣。"

康熙说："八仙之一的蓝采和，说起来竟是蓝氏畲民的二世祖。"

蓝理接着说："六世成，于唐开成四年（840）在江南教北方人种棉作絮。七世安，唐乾符三年（877）遇黄巢起义，鸠众建寨自固。八世宗训，于朱温称帝为后梁时（907），迁居安徽濠州定远县东山洞安锄乐业。九世昭，十世一俊，十一世备，十二世时用，经历五代至北宋。臣苌坑蓝氏畲族这一世系从十二世开始，传到十三世章，已是宋徽宗受逼于金兵之时。十四世万福，宋政和七年（1117），为避金兵迁江苏句容。十五世吉甫，宋宝庆元年（1225）遭金兵之乱，弃家入闽，开基福清五福，为开闽始祖。"

康熙端起茶杯，啜了一小口茶水，谓蓝理说："看来卿家始祖，要从这开闽始祖算起才更直接了。"

蓝理回道："对。"

说到这时，蓝理嗓子也干了，见皇上喝茶，就势也想喝，可一想在皇上面前站着，哪有你臣子喝茶就水的份儿，止住念头。

康熙似乎察觉蓝理口渴，吩咐看茶。

蓝理接过茶杯道："谢皇上隆恩。"将茶水一饮而尽，清清嗓子，继续说道，"十六世常新，于宋淳祐七年（1247）又由福清迁徙建宁，潜身而隐。十七世万二郎，迁汀州府宁化石壁开基。十八世熙三郎，生三子，和一郎、和二郎、和三郎。十九世和二郎，于元泰定三年（1326），由宁化迁长汀城下里平巅水口。二十世太一郎，生七子，念一郎至七郎。廿一世念七郎，名炯，迁居建宁府，后仕元，提举江西学政。

廿二世邦献,讳琛,任江西抚州临川县令,生三子,元晦、仲晦、季晦。次子仲晦在元末入闽,任福州行省都事,明军克闽,隐居元涉寺,后定居福州城西门外侯官县界内草市头。三子季晦,居兴化城外。廿三世元晦,讳兆,号廷瑞,与其父蓝琛于元亡明兴之际,从江西迁居前亭霞美后迁居隆教,又名蓝教。元晦生三子,长庆福,分居苌坑,为漳浦蓝氏种玉堂始祖;次子庆禄,居龙海港尾隆教;三子庆寿,从前亭霞美迁居广东大埔河廖。臣即为漳浦苌坑种玉堂第十二世孙。"

康熙赞到:"想不到蓝爱卿对自己族系历史沿承,还是了如指掌。"

蓝理说:"谢皇上夸奖,这全是得益于族谱之功。"

康熙说:"蓝爱卿说得对,看来这族谱之事,还得更加重视,溯本追源,一脉相承,祖宗之本不能忘。每个人不论离开故土祖地距离多远,时间多长,纵使隔了十代二十代,百年千年,你的根永远就是你的根。"

蓝理说:"是,臣谨记皇上教诲。"

康熙说:"从蓝爱卿讲的族谱中,亦可看出,无论是何姓何族先民,开基创业何其艰难万苦,而开创我大清基业又更甚之也。"

近臣异口同声:"皇上圣明,臣等谨记。"

7

明珠见皇上借题发挥,兴致勃发,继而将自己关于对漳州蓝氏畲族起源的观点说出来:"回皇上,据臣所知,唐总章二年(669),陈政、陈元光父子率军入闽平定'蛮獠啸乱',而后才建立漳州。当时,与唐军作战的'蛮獠'首领有蓝奉高、雷万兴等,同是畲族姓氏。据此可分析,畲族入漳定居可能会更为早远。以此观之,蓝将军的祖上可能就如蓝将军所言,与漳州原先畲民有异,是属于比较后期迁居漳州的畲民。"

康熙说:"明爱卿,你说到雷万兴,让朕想起畲族节日三月三。朕记得此节日原是唐朝的桃花节,亦唤女儿节,最近朕听说福建畲族也有过此节习俗,且为的就是纪念雷万兴。"

明珠回说:"福建有些地方的畲族确实有此习俗,亦称乌饭节。其来历,畲族中有多种传说,其一确实是为了纪念雷万兴。当年,雷万兴率领畲军抗击唐朝官兵,他们被围困在大山里,粮食断绝,以乌稔果充饥,为畲军度过春荒,并反败为胜。雷万兴回军营吃尽鱼肉酒菜都感到乏味,时值三月初三,他想吃乌稔果,吩咐兵卒出营采撷。可是,这些乌稔尚未开花,那些兵卒只好采些乌稔叶子回来。有人出主意,将乌稔叶和糯米一起炊煮,结果糯米饭呈现乌黑色,且味道特佳。给雷万兴送去,雷万兴吃了食欲大振,下令大量制作乌饭,以纪念胜利,从而衍成风俗,世代相袭。节日里,畲族家家户户蒸乌米饭,阖家共餐,办歌会山歌盘唱,通宵达旦,沉醉在一片欢乐、淳朴的乡情之中。三月三同时也是他们交友、购物,情人相见的日子。"

听罢,康熙有感而发说:"节日起源都很有意义,当节日成为习俗之后,醉翁之意就不在酒了。"然后,问蓝理道,"蓝爱卿,你们也过三月三吗?"

蓝理赶紧说:"回皇上,臣那儿也有过这样的节日,只是臣那儿的节日叫分龙节,也叫盘龙节,举办盘诗会。还有,就是臣那儿过的时间晚了点,是在四月。"

康熙很是高兴,说找个机会,也要到福建去过过畲族节日,一边又大加慰劳蓝理,令朝廷商议授予蓝理官职。不意部臣说蓝理曾经是革职闲员,拟议给他当守备,正五品。

康熙说:"平台之后,朕不是早已封蓝爱卿为昂帮章京内大臣兼摄左都督,世袭骑都尉,封一等伯吗?"

部臣说:"回皇上,因其人未到位,原先封赏官职只是虚衔,后又因其拖延晋京,早已按规制予以取消。"

康熙说:"既然如此,朕意重授官职,但守备职位太低。"

部臣再三商议,最后授蓝理为陕西神木副将,从二品,赐予帑金三百两。尚未起行,朝廷又改授蓝理为宣化府总兵官,挂镇朔将军印,正二品。

8

过了一段时间,康熙心里甚是眷顾这位"破肚将军",便命人为蓝理在京城置办了一处府邸。蓝理接到圣旨,带上幕僚进京谢恩。到了京城,蓝理看看天色,离皇上召见的时辰还早,便与幕僚在天安门前稍事等待。

天安门前有一对汉白玉雕刻的华表,十几米高的大石柱上,从下到上雕刻着精美的蟠龙流云纹饰,形态逼真,栩栩如生。柱上部横插着一块云彩长石片,一头大,一头小,远远望去,柱身直插云间。

蓝理望着华表,一副若有所思的表情。

幕僚问说:"总镇大人是对华表产生兴趣吧?"

蓝理说:"对,本镇近看了些书,有介绍华表。以前,从它们前面经过时,没什么特别感觉,今知其功能,才觉意义不凡。先生,你见多识广,你说说看,其意义所在。"

幕僚说:"总镇大人如今亦成夫子了,小可不敢在夫子面前卖弄学问。"

蓝理微笑道:"夫子应该是你,但说无妨。"

幕僚说:"华表,说起来有着十分悠久的历史,远在中华文字还未健全时,其前身已经出现了。相传在尧舜时代,就有类似标志。尧曾把刮去皮的一根大木柱立于自己的住处外,让人们在上面刻写意见,指责其过失,以为鉴,故此木柱也叫诽谤木,后来木柱逐渐演变成石柱,雕上精美图案,老百姓有什么意见就站在上面,将意见表述出来,其作用类似今天大清朝的谏议奏折。"

蓝理听罢,禁不住出声说:"此乃民声也。"

幕僚继续说:"《尚书》有云,天视自我民视,天听自我民听。其表达了君轻民贵,官府要重视民视民听民意的思想。说到华表,小可还想起以前朝代设立在朝廷门外的肺石。据《周礼》记载,以肺石达穷民。凡远近孤独老幼之欲有复于上而其弗达者,立于肺石三日,士听其辞,以告于上而罪其长。可如今这华表也像石狮子,成了中看不中用的装饰品,其最初功能完全被世人忽略了,至于那肺石更是不复存在了。"

蓝理颔首点头道:"先生说得好,在朝为官,以民为重,万事好办。"

不觉时辰到了,康熙召见。

离宫之后,蓝理就到新府邸安歇。安顿好后,蓝理便派人将潘柳欣、徐云,以及后来纳娶的范氏、陈氏、杨氏、水氏、胡氏、吴氏等一干妻妾接来京城同住。

9

来京之后,康熙与蓝理君臣之间过从甚密。康熙经常让他随行护驾。蓝理每有陈奏,总是手舞足蹈,康熙不但不责其无礼,反而赏识他爽直率真的性格。康熙还时常在诸王、大臣前称蓝理为"破肚总兵"。

六月初的一天,蓝理受召见驾。君臣相谈甚欢,康熙龙颜大悦,要带蓝理去见孝庄太后。太后也早就听闻蓝理血战台湾的英勇事迹,看到蓝理也十分高兴,见时已近午,便说:"皇上,哀家久闻蓝理威名,今天既然来了,中午就在这儿一块用膳吧,也让哀家多听一听蓝理的故事。"

康熙见太后高兴,也破例答应。

蓝理却有些诚惶诚恐,一时不知如何是好。

太后说:"蓝爱卿,你就别客气了,皇上都答应了。"

然后吩咐太监、宫女摆上酒宴。

为缓解紧张氛围,太后随口问蓝理一些闽南风俗:"听说蓝爱卿家乡,还有泉州、厦门、潮州、惠州、海南等地,说的都是闽南话,台湾也是说闽南话。闽南话究竟是何种方言?"

蓝理自上次回答不出康熙问题后,便有意多看书,日积月累也增长了不少学识,今见太后问及,胸有成竹般回答说:"回太后,闽南话又称河洛话,其源头在中原河洛地区。漳州、泉州、厦门同属闽南,闽南话的形成是古代中原汉人入闽带来的中原话与当地闽越族语言交汇融合的结果,它保留古音的一些特点。古代中原汉人迁移入闽,始于秦汉,以后大规模移民有三批。"

太后懿容欢悦问:"哪三批?"

蓝理说:"第一批是在西晋末年(304—439),因永嘉之乱及五胡乱华,中原大批汉人几次避乱,背井离乡,相率播迁于大江东西、五岭南北,时汉人入闽,闽中人口增加一倍。"

"那第二批呢?"

"第二批是在唐总章二年(669),由陈政、陈元光父子率领的中原征蛮军士。"

"哦,那第三批呢?"

"第三批是在唐光启年间(885—887),由王潮、王审知兄弟率领入闽的中原农民。"

"那么,这三批移民与闽南话的形成必然有联系了。"

"对,尤其是后二批移民对闽南方言的形成,影响最大,最直接。"

"怎么影响法?"

"这两支移民约有两万人,战事平息之后,先后在闽南定居下来,他们带来的中原话与当地少数民族及周边地区方言交汇融合,逐渐演化成闽南话。由于福建山高路险,交通闭塞,中原历次战乱,福建都能偏安一隅,没有发生大的人口流动,因而融入闽南话的古汉语词汇语音,都比较完整地保留至今,从而形成又有别于中原的语言。"

"那怎么会出现不是闽南的地方也叫闽南话呢?"

"闽南有九龙江、晋江,属鱼米之乡的平原地区,经过唐宋两代发展,人口增多,开始外迁,有的从海上迁移,有的从陆路迁移,加之闽南人与外界交往也多,故而出现不是闽南也讲闽南话的现象。台湾人大都是闽南移民,而潮州、惠州离闽南近,受闽南影响大,潮州、惠州进而又影响海南,所以也都讲闽南话。还有浙江、江苏、江西、四川等地也出现闽南话地带。"

太后说:"原来如此。"

康熙赞许说:"士别三日,当刮目相看。上次朕问你畲族的历史,你答不出来,还是明珠代为作答!"说罢,哈哈大笑。

10

说话间,太监、宫女将酒宴摆放好。

太后、康熙、蓝理依次入席。

太后端起杯子,微微一嗅说:"蓝爱卿,你看这酒香吗?"

蓝理亦端起杯子,微微一嗅,说:"回太后,这酒非常清香。"

"蓝爱卿,知道这叫什么酒吗?"

"这等好酒,臣实不敢擅自猜想。"

"蓝爱卿,你就猜猜看。"

"回太后,如果臣没猜错的话,应该是花雕酒。"

康熙点头说:"对,这酒是宫中最好的花雕酒。"

太后说:"蓝爱卿,你知道花雕酒的来历吗?"

蓝理说:"回太后,臣虽说爱喝点酒,可对酒研究不多,只知酒好,却不知酒的来历。"

太后听罢蓝理之言,说:"对呀,好喝就行了。这世上的东西,不是每样都能弄清来历的。英雄不问出身,或许也就是这个意思吧。"说到后面,太后话题一转,"蓝爱卿,哀家听闻那次出征澎湖台湾,炮弹把你的肠子都打出来了,居然无碍,是真的吗?"

蓝理一时不知如何回答,迟疑道:"这……"

康熙帮蓝理回答说:"蓝爱卿生得虎头燕颔,眼圆耳大,非常福相,寻常刀枪炮弹当然不会伤到他!"

蓝理哪敢申辩,连连叩头:"谢太后和皇上金口玉言。"

没料到康熙和太后一时兴起,命蓝理次日在校场上演试肚挡炮弹的神功。

是夜,蓝理在京师官邸没有合一下眼。君无戏言,他哪能违抗,也只能尽早向妻妾子女们交代后事了。

11

翌日,晴空万里,校场上人山人海,都争着看蓝理挡炮弹的表演。校场一头摆着一只紫檀靠背椅,对面二百米处架着一门铿铿发亮的大炮,校杨边侧的台上则坐着康熙、太后和诸位王公大臣。

蓝理坐在靠背椅上,强作镇静。

演试开始,指挥官摇响铜铃,炮手猛推炮弹入膛。

"预备,放!"

哑弹。

"预备,放!"

又是哑弹。

"预备,放!"

还是哑弹。

一连三次都是哑弹。

蓝理早已做好了必死的准备,所以神情始终如一。

康熙见状,欣然下旨道:"天生万物,唯人为贵。看来这炮弹确实惧怕蓝爱卿。朕赐蓝爱卿'平台首功'、'所向无前'牌匾,蓝爱卿受之无愧!赐蓝爱卿一旁就座。"

蓝理刚到一旁坐好,忽然传来一声巨响,方才蓝理坐的那只靠背椅噌地被掀向天空。蓝理此时方才明白,原来这都是康熙为试试蓝理胆量而有意安排的。

众人不知就里,都为蓝理齐声喝彩,蓝理名声就此大噪京城。

12

蓝理这次在京城多住了些时日,刚好家乡正在大修"种玉堂",乡里的族亲们修书来,希望能有御笔题书的"福"字,光耀祖祠,造福子孙。

乡里族亲们的请求,可让蓝理伤脑筋。蓝理知道,康熙虽然酷爱书法,书法极佳,却很少题字。只在每年春节,他才会御书大"福"字,赏赐给有功的王公大臣。

思来想去,蓝理终于想出一个办法。

他在书房备好笔墨纸砚,自己预先写好许多"福"字,故意掷落满地,并派两个小童在大门口伺候,一见皇帝来访,立刻悄悄通报。

等了几日,康熙果真微服来访。蓝府家人来迎,康熙问蓝理在干什么,家人回说在书房写字。康熙心想:"蓝理写字,倒还真是稀罕事。"家人正在要通报蓝理前来接驾,康熙制止说:"不必,朕倒想看看蓝爱卿写字的样子。"康熙不知,早已有人通报蓝理了。

康熙来到蓝理书屋,蓝理佯装不知,全神贯注地奋笔疾书,满地都是"福"字。康熙走到跟前,见蓝理正大写一个大大的"福"字,歪歪斜斜的,倒也有趣,蓝理的手上、脸上、嘴角都是墨迹,就更有趣了,康熙不由哈哈大笑。

听到笑声,蓝理佯装惊觉,伏地接驾。

康熙问:"蓝爱卿怎么有此雅致,闭门练习书法了!"

蓝理忙说:"圣上有所不知,臣是被逼上梁山。"

康熙一听,觉得奇怪:"何人有如此本领,竟能将我大清的破肚将军逼上梁山?"见蓝理仍伏地跪着,说:"平身说话吧。"

蓝理起身说:"家乡修祖祠,长辈吩咐我写个'福'字。我一个粗人,为了不辱使命,只好整天练字。可这挥动毛笔,比舞刀弄枪还费劲。不知为啥,练了这些日子,老不见长进。"

一阵穿堂风吹来，将那满地的"福"字吹得哗哗作响。

康熙倒是体谅蓝理的苦衷，点头叹道："这也真难为了蓝爱卿。不过，学书法，得临摹法书，才能循序渐进，像蓝爱卿这样的练法，是断难有所长进的。也罢，朕就写个'福'字给蓝爱卿临摹吧。"说罢，康熙提笔蘸墨，凝神运笔，一挥而就，一个龙飞凤舞偌大的"福"字呈现在蓝理眼前。

蓝理一看御书到手了，连忙跪下磕头谢恩："谢陛下御赐'福'字，让种玉堂永沐皇恩！"

康熙方知上了蓝理的当，佯装生气道："怎么，你骗了朕的字，就不想练习书法了？"

蓝理伏地不起，仍旧磕谢说："臣愿为陛下冲锋陷阵，效命沙场，百死不辞。只是这练字一事……"

康熙哈哈一笑："蓝爱卿忠勇可嘉，今日这个'福'字，朕就赐给种玉堂吧。"

蓝理欢喜异常："谢主隆恩！"

穿堂风又来了，轻轻吹动那张"福"字宣纸。

蓝理见纸动，顺势用镇纸将纸压好。康熙今天心情好，想了想，启口道："蓝爱卿，你刚才说到逼上梁山。这梁山地名，倒让朕想起蓝爱卿家乡也有一座山叫梁山，又称梁岳。《古记》说，梁岳，闽中之望，民谚'一梁二灶三太武四大帽'，讲的是漳州滨海四座大山，以梁山为最，最高最长，在梁山上可以监视海上外来的侵犯。"

蓝理听罢康熙此言，甚觉意外。虽说皇上是一位博识君主，可家乡漳浦小县那么一座在大清国里并不起眼的山，他这位当皇帝的竟也知其名，这不能不说令人感到意外。要知道一般的知县都做不到这一点，而那"知县知县，却不知县事"的谚语，故而也就常常成知县的绝妙讽刺。蓝理小时候虽去过梁山，但也是近段时间刚好看了一些关于家乡文史地理方面的书，才知其详。蓝理说："皇上真是圣明，竟能记下臣家乡村野之地的山名，且知道得如此详细。"

康熙不觉一笑："四宇之内，莫非王土。朕还记得《尔雅》有说，南方之美者，唯梁山之犀、象。据说宋朝那儿还有野象出没，可现在这些野兽都绝迹了。听说梁山的风景非常漂亮，前朝邑人黄道周有作梁山赋，说梁山九十九峰高峭遐邈，一一与九华相似，或有过之，当无不及。"

蓝理称道："皇上好记性。梁山风景确实漂亮，小时候臣去过。梁山中峰叫莲花峰，整座顶峰由巨石构成，壮如莲花，甚是惟妙惟肖。其中有一个齐帝石，据传南北朝的南齐武帝萧赜未登帝位时，曾在那里聚兵，故而得名。莲花东北边有个天然大石洞，可容纳二百多人。有瀑布泻入莲花峰东北处的合水潭，冲成奇渊数丈深。在丰水期，瀑布能激起潭中浪花一丈高，响声闻于千米之外。"

蓝理说得津津有味，康熙听得入迷。

良久，康熙方才回过神来，大笑道："今天朕与蓝爱卿在这探赜索隐梁山的胜景了,煞是有趣。"

蓝理忙说:"皇上,臣言语多有冒失,还望皇上恕罪。"

这时,又一阵穿堂风吹来。这一次风还来得特别大,将康熙御书的"福"字吹得山响,几乎要把镇纸搬动了。

【第九章】

重修普陀的"菩萨将军"

1

康熙二十九年(1690)，因海盗日滋，康熙调蓝理为浙江定海任总兵官，临别前，康熙送蓝理四字"上善若水"，寓意深刻。蓝理一直琢磨着，最后弄通了。这四字，是老子《道德经》中的精华。那是康熙希望他，不仅要有金刚般的勇猛，且还要有似水般的谋略。

定海向南海域有座山，人称"南海普陀山"。五代时，相传日本僧人慧蕚，曾在五台山请得一尊观音菩萨，准备请往日本。途经舟山群岛中的一个小岛时，因大风所阻，船只得在靠岸。慧蕚上了小岛，发现岛上林木郁茂，地草柔美，处处流泉浴池，风景绝佳。慧蕚心想："难怪观音菩萨不肯东渡日本！"于是，他与当地居民在岛上潮音洞前紫竹林边建了一座寺院，供奉此尊观音像，寺院则命名为"不肯去观音院"。信众后来以此岛为观音道场，称之为普陀山。普陀山也成为与五台山、峨眉山、九华山并称的中国佛教四大名山。

蓝理是一位信佛之人，当初与施琅重建厦门南普陀寺，他就出了很多力，南普陀寺一名也是他建议起的，而且还一同与施琅在厦门东隅狮子山上重建万石岩寺，并在寺庙不远的古松峭壁上建立将军亭，以悼念东进台湾在澎湖阵亡的将士。可来了定海，一直忙于公务，没空到普陀山朝圣，心里多少总有不安。

这一日，蓝理总算得便，便与定海知县缪燧一块来到普陀山朝圣。

两人到了普陀山，不意却见到寺庙倾圮，树木倒伏。

蓝理不禁大怒，喝问众僧："为何这般光景！"

僧人哭诉说，前段时间，红毛番荷兰人到此抢劫，他们见人就开枪，见佛就破肚。佛肚中灵宝，历代皇帝敕赐的金佛、银器、玉环、珊瑚、玛瑙如意、锦绣幡幢，以及御赐藏经都抢去了。带不走的，就抛到海里。山上大寺小庵四百余座，无一幸免。荷兰人临走时，扬言我们不得声张，所以我们不敢报官。

蓝理听罢，恨得咬牙切齿。

当晚，蓝理住宿在普济禅寺残破的大殿里。时至半夜，蓝理方才迷迷糊糊地睡着。忽见海天祥云霭霭，云际间一位大士，头戴宝冠，身佩璎珞，左手托净瓶，右手执杨柳枝叶。蓝理见是观音菩萨显圣，赶紧匍匐于地，磕头膜拜不已。

观音菩萨对蓝理说："今普陀残破，当今皇上将有旨意修复。将军敬信我佛，还请勉力为之！"话音落净，观音菩萨缓缓离去，云霭也徐徐褪去。

蓝理从梦中醒来，更加坚定了修整普陀山寺庙的决心。

蓝理加强守备，严防海盗滋扰。普陀山一带海域，渐渐平静下来。

不久，圣旨下到定海，赐黄金千两，令蓝理负责监修普陀山佛殿。原来康熙南巡到杭州，观音菩萨显灵化缘。皇太后年事已高，康熙是个孝子，也想借观音显灵之机缘，为皇太后祝福添寿，遂答应观音所请，重修普陀山殿宇。

蓝理遍寻普陀，却找不出一位能主事的和尚来。恰在此时，天童寺主持潮音和尚正好从浙东渡海来普陀山省祖。潮音深得佛法三昧，持戒严谨。蓝理一见大喜，敦请潮音主持山事。潮音也痛心寺院被毁，立志重兴观音道场，遂慨然允诺。

2

潮音受蓝理重托，十分讲究用材的坚固耐久，不求浮饰。他从福建购来大批良材巨木，还亲自带领僧众抬石伐木，修残补漏，僧众无不信服。最先修缮完毕的是普济、法雨两寺，这是普陀山上最大的两座寺院，都坐落在金山风光最佳处。寺院重新开放之日，前来朝山进香的信众，挤满了山头。高兴之下，蓝理亲撰《重修普济、法雨寺圆通殿疏》，着人快马上呈康熙。此后，蓝理又集资，先后修复了积善庵、智度庵、报本堂、清凉庵、大乘庵等许多庵庙。

工程竣工那天，潮音一早到总兵府，请蓝理题写额匾。

蓝理说："我一个行伍之人，胸无墨水，还是法师您来写比较好。"

潮音笑道："总镇大人，您是地方长官，这寺院又是大人您倡议捐修的，信众都称您是菩萨将军，您来题字最合适。再说，您的字也很漂亮，您就别推辞了。"

原来，蓝理到任定海，忙里偷闲，更加刻苦学文习字。蓝理因是武将，爱写大字，那大字一个个写得铁骨铮铮，遒劲有力，个个都像那将军武士架势。时间长了，他的大字在定海也算是出了名。今要为菩萨写字，他生怕写不好，有失庄重而不敢率尔答应，可潮音一番话说得有道理，蓝理也就不再推却，一一为庵庙题字。

他为积善庵题写匾额。在智度庵，他为方丈室题"寄静"二字。在报本堂，他

题额"四世中兴"。在清凉庵,他题额"木石居"。在南天门,他勒石刻了四个大字"山海大观",并题五律一首:

> 东西门既列,午阙可无开。
> 海不扬波地,山偏尽日斜。
> 钟鸣刁斗静,帆动象龟来。
> 何必燕然石,始称汉将才。

普陀山自此留下蓝理的墨宝。

蓝理镇守定海期间,有鉴于常有信徒在普陀山潮音洞烧指舍身,在洞顶立一石碣,勒字"禁止在此烧指舍身",署名"定海总兵蓝理"。

3

这一天,办完公务,蓝理带上大儿子国英、三子国庭到街上走走,顺便看看定海的风土人情。出总兵府不远,他们就看到一大拨人围在一起,不时传来"打得好"、"打得妙"叫喊声,不由得停住了脚步。

国英拨开人群,瞧了个真切:人群中央,一个小伙子手使乌铁扁担,力敌六个人,却将那六个人打得招架之力。六人中,国英认得其中两个是当地恶少,仗着父辈祖上在当地有些钱势,又会些拳脚,经常恃强欺弱。

国英问了旁边的人,才知道怎么回事:那六个地痞看上一个姑娘,想调戏人家,被小伙子碰到。小伙子路见不平,拔刀相助,就打起来了。国英这才注意到一旁站着的清秀女子。

围观的人啧啧称赞:"这小伙子哪来的,功夫如此了得。"

说话间,小伙子把六个人全打趴下了。

小伙子抽得身来,让姑娘先走,告诉姑娘以后出门要多加小心。

姑娘道了个万福,告诉自己姓唐名如琴,然后离开了。

这时蓝理、国庭也过来了,知道了事情经过。蓝理看着小伙子,露出嘉许的眼神。蓝理觉得小伙子面熟,好像在哪儿见过。想了片刻,蓝理才明白,小伙子有可能是堂侄孙蓝廷珍。

蓝理喊道:"廷珍!"

小伙子听到有人叫自己,心里一惊,寻声一看,喜上眉梢——原来叫自己的正是要找的堂叔公蓝理。他连忙上前拜见,告知了自己的来意。

蓝理自然问起了蓝廷珍的情况。

4

原来,自从蓝理投军后传来好消息后,蓝廷珍就暗自起了大志向。闲时他苦练武艺,希望有朝一日,能像蓝理一样投军作战。蓝理平台还乡时,他仍谋生在外,待回到芟坑,蓝理早已赴京面圣。

蓝廷珍家徒四壁,只得给人家当长工。由于身强力壮,财主家多雇他干拖砻春米的粗活。

一日,财主要蓝廷珍将春好的米送到盘陀岭后的亲戚家。蓝廷珍二话没说,一早就将米挑上一担米,沿着山路往盘陀岭走去。

盘陀岭是福建通往广东的必经之路,地势虽高,倒是不时遇到行人。进入盘陀岭,走了不一会儿,忽听前面有人惊叫:"老虎来了,赶快逃命呀!"

听见叫声,蓝廷珍连忙放下米担子,抽出乌铁打造的扁担,噔噔往前赶,迎面一拨拨人儿尽往后退,那脸面早已吓成土色了。

蓝廷珍边走说:"各位莫慌,老虎在哪?"

一人指着远处说:"我们在那听到虎哮声,可能马上就到了。"

另一人边跑边好心劝他赶快逃命。

须臾间,丛林中发起一阵狂风。风过之后,只闻得乱树背后扑地一声响,跳出一只吊睛白额老虎来。许是因为山路窄,老虎跳出来,并没有马上攻人,只是站在原地,动了动身子,像是在调整姿势。

蓝廷珍见了,不由得叫声:"好大的老虎呀!"

老虎退了两步,侧过身子,伺机而动。老虎调整好姿势,把两只爪略略一按,和身朝蓝廷珍头顶扑来。

蓝廷珍见老虎从半空里窜将下来,一个闪躲,闪到老虎背后。他不待老虎回身,就势抢起乌铁扁担,使尽气力,狠狠地劈在老虎后腿关节处。

老虎摇晃了一下,稳住身子,将前爪搭在地上,腰胯一掀,大吼了一声,又朝蓝廷珍扑来。

这回蓝廷珍没躲闪,他看准老虎牙齿,身手疾快地将乌铁扁担戳进老虎的嘴里。老虎立即咬住它,嘴里随之也渗出血来。蓝廷珍手把着乌铁扁担,紧接着在老虎嘴里用力一搅,老虎口中一下子飞出了两颗门牙。

这几下折腾,够老虎受的,它的气性先自没了一半,明显有了怯意。老虎一个晃招,觑得机会,一溜烟跑了。

蓝廷珍此时也无力追赶,瘫倒在地。

这时盘陀岭山下的打虎队拿着钢叉、踏弩、刀枪,从对面赶来。他们见蓝廷珍只身一人就将老虎打跑,不由得敬佩万分,都说蓝廷珍是武松再世。

一个队长模样的人接过乌铁扁担看了看,然后将上面粘到的老虎血擦拭干净,吩咐腾出二人帮蓝廷珍轮流挑米担子。

蓝廷珍赶忙推辞。打虎队见蓝廷珍坚持,也不再说什么,告别之后,就继续追寻老虎去了。

5

蓝廷珍挑起米担子,继续赶路。过了大半时辰,到了盘陀岭忠勇祠。蓝廷珍放下担子,准备在忠勇祠歇歇脚。

忠勇祠堂柱子上有一副对联:

维神捐躯报国血战疆场鱼门落胄名扬;
丹心贯日浩气凌霜雄垂奕代卫此一方。

蓝廷珍对这副柱联颇感兴趣,不由得多看一会儿。

这时,一位长须老人走近来,对蓝廷珍说:"年轻人,老夫看你有将军之相,日后定为朝廷栋梁,不妨多了解些忠勇祠的情况。"

一个田舍郎有将军之相,这话从何说起?蓝廷珍仔细看了看老人,觉得不大像那种爱见人拣着话儿说的算命先生。

老人看出了蓝廷珍心思:"老夫已是古稀之人了,何必跟一个陌生年轻人走江湖打秋风。想来老夫是与你有缘,看你虽处逆境,却是一个有志之人。"

蓝廷珍赶紧回说:"老先生如此高看蓝某,蓝某心里不免空虚异常,但关于忠勇祠的事倒是愿闻其详。"

老人将了将胡须,笑道:"这事还得从明朝中后期说起,当时倭寇猖獗劫掠福建沿海,朝廷抵御不济,实行海禁,倭寇乘机盘踞沿海荒岛,不断侵扰内地。十数年间,漳州沿海县城无一幸免,倭寇所到之处,烧杀奸抢,无恶不作,他们甚至可以集结数千上万人围攻县城。朝廷看到倭患严重,不加以根除,江山不牢,遂起用俞大猷、戚继光。"

蓝廷珍禁不住插话道:"俞大猷、戚继光可都是抗倭英雄,这两人我有听人说过,俞龙戚虎,杀贼如土。"

老人说:"对。"

蓝廷珍说:"照您这么说,他们与盘陀岭忠勇祠肯定有关系。"

老人不急不慢地说:"为彻底打败倭寇,俞大猷、戚继光分别在漳州月港、浯屿和浙江义乌招募新兵。嘉靖四十三年(1564)初,戚继光挥师南下,进入漳州。二月十六日,戚继光率戚家军追击倭寇,在盘陀岭展开激战,俞大猷率部打援。倭寇有数千人,拼死反扑。戚继光了解对手擅长短兵相接,早已有所准备,他组织起鸳鸯阵和小三才阵与倭寇厮杀。"

蓝廷珍对阵法感兴趣,忙问:"什么叫鸳鸯阵和小三才阵?"

老人说:"鸳鸯阵就是将士兵编成十二个人一小队,列成阵式,前面的执长牌和藤牌,遮挡箭矢和长枪,藤牌手还带标枪和腰刀;后面紧跟的士兵手持狼筅照应牌手,然后又有四个长枪手相随,长枪手的长枪比倭寇的长枪还长,可以先发制人,最后两人手持短兵器叉、钯、棍等,同长枪手互成掎角救应。一个鸳鸯阵可以变成两个小三才阵。这两个阵式戚继光指挥着交替使用。"

蓝廷珍说:"原来是这样。"

老人说:"倭寇没遇过这种劲旅,尽管凶残,却吃尽苦头。倭寇开始抵挡不住,渐渐溃退。后来退到盘陀岭蔡陂,这里四面悬崖,如同锅底,附近有一片甘蔗林,倭寇在甘蔗林设伏。戚家军将这一片甘蔗林团团围住,戚继光决定用火攻。大火燃烧蔗林,很快就向深处烧去,倭寇被烧得鬼哭狼嚎,上千人葬身火海。小部分倭寇拼死杀出,沿途又遭俞大猷的士兵斩杀。这一大股倭寇被歼灭,闽南沿海横行无忌的倭寇大伤元气。盘陀岭大捷后,戚继光在盘陀岭上盖了这座忠勇祠,并写了这副柱联,以纪念英勇杀敌的将士。"

老人说得头头是道,言语间充满激情,蓝廷珍不由再次端详老人来,见老人鹤发童颜,一脸睿智。

这时,一中年汉子过来请老人:"老先生,有客人来访,这会儿他人在祠堂后面的客厅里。"说罢,对蓝廷珍说,"年轻人,你知道我们这位老先生是谁吗?"

蓝廷珍摇摇头:"晚辈愚钝,还望赐教。"

中年汉子说:"老先生可是位大学问家,今天跟你说这么多,想来是与你来缘分了。"

蓝廷珍赶忙向老人致谢:"谢谢老先生。"

老人微笑道:"不必客气,你日后用得着鸳鸯阵与小三才阵。我们漳浦出了一位平台大将军蓝理,年轻人,依老夫看,你身上也有他那种所向无前的精神。"说完,跟中年汉子走了。

6

这会儿,蓝廷珍感觉也歇得差不多了,就蹲身挑起担子,顺着山路疾步走去。一不留神,被一块石头绊了一下,人摔了,担子里的米也撒了一地。他只得快快地回到财主家。财主自然要他赔,可他哪来的米。这时,埔园的黄员外给他解了围,并答应他到自己家当长工。黄员外看他肯出力,为人老实,便对他说:"廷珍,你在我家好好干活,我不会亏待你的。"

蓝廷珍很感动说:"谢谢员外关照。"

黄员外有个独生女,名叫黄韵,生得如花似玉,对蓝廷珍情有独钟,时常避开家人,暗自到土砻间帮蓝廷珍干些力所能及的活儿。蓝廷珍怎么说她,她就是不走,总是干到她认为该走了才走。

黄员外是一个明白人,时间一长,他发现了女儿心思。黄员外肚里做事,没明说出来,而是另有主意。

一天中午,烈日炎炎,知了在树上疯叫。黄员外本想睡个午觉,忽而来了想法。他打开铁箱子,取出一锭银子,藏在袖里,然后摇着蒲扇,往土砻间走去。

黄韵发现父亲,赶紧小声对蓝廷珍说:"廷珍哥,我父亲来了,我先走了。"说完,她撩起裙摆,一溜小跑从边门走了。

黄韵前脚走,黄员外后脚到。

蓝廷珍一如往常略几分腼腆的神态对黄员外说:"员外,您来了。"

黄员外点点头,"嗯—"的一声,算是回应了蓝廷珍。

"员外,您有什么吩咐吗?"

"没事,我只是顺道过来看看。"

"员外,那我先做事了。"

"好,你忙去吧。"

蓝廷珍站在两个大箩筐之间,动作连贯地将箩筐绳子扎成扁担环儿,然后乌铁扁担一穿,俯身蹲下,扁担靠肩,腰身发劲,起身挑起了两个大箩筐——大箩筐是装着舂好的白米,蓝廷珍要挑回仓库。

黄员外站的位置恰好在蓝廷珍挑箩筐的身后,他左手顺势抓住一个箩筐,嘴上说慢点,右手乘蓝廷珍没注意,悄悄将那锭藏于袖子里的银子藏入米中,然后双手离开箩筐。

蓝廷珍顾着要走路,根本没察觉,回头说声"好的"就走了。

隔几天,黄员外又到土砻间,再次把二锭银子放入米中。

几天后,不见蓝廷珍有任何动静,黄员外心想:"这个人怎么这样,得了银子也都没哼一声。"

黄员外心不甘,他还想再试试。过几天,他又放了三锭银子……

这样,接连放了三次,仍不见蓝廷珍有任何表示。

黄员外心中不免气恼:"这人小事老实,大事不老实,靠不住。这人徒有个好外表,却没个好品德,真是可惜!"

至此,黄员外再也不到土砻间,也不准女儿去找蓝廷珍。黄韵问原因,黄员外不答,只是说句你听我的没错。

半个月后,黄员外把蓝廷珍叫到账房,冷冷地说:"廷珍,你来我家已有日子了,你做工认真,我也没亏待过你,本想长期让你在我家住一辈子,但最近我想节约些开支,辞退一些帮工。现在给你五两银子,你去做点生意吧。"

蓝廷珍见黄员外说话不冷不热,态度与平时大不一样,想问何因,可转念一想:"人穷志不穷,我蓝廷珍靠力气吃饭,既然你瞧不起我,我又何必低三下四呢。"便取了银子,拿了乌铁扁担,走人了。黄家其他人,他谁也没告诉。

7

离开黄家的路上,蓝廷珍想起盘陀岭忠勇祠那老人的话,心里一亮——当兵去! 那去投谁? 对了,听说蓝理叔公在浙江定海当总兵,就投他处吧。

蓝廷珍就带着乌铁扁担,用那五两银子作盘缠,不远千里,一路跋涉,直奔浙江定海。

蓝理知道蓝廷珍这些情况,满心欢喜说:"廷珍,你来得正是时候,我正需要个帮手!"看了乌铁扁担,又说,"好兵器,你就使这个兵器,再配一把宝剑,你就可以指挥千军万马当将军了。"说罢,引见国英、国庭,及后回总兵府也见过几位夫人与其他家人。

蓝理带蓝廷珍来到营房,问:"廷珍,鼎元现在情况怎样了?"

听到蓝理问及蓝鼎元,蓝廷珍神情骤然复杂起来,用一种低沉和缓的语气将蓝鼎元的情况一一说来。

8

康熙二十八年(1689),蓝鼎元十岁,以教书为生的父亲蓝斌病故。

蓝斌遵从父训,人生何必科名,学圣贤焉足矣,而专攻理学经济,并以程朱之学教授学生,时人皆称文庵先生,卒年才三十二岁。

世人皆叹,天生此才,不予之寿,惜哉!

蓝鼎元家境,虽说比一般人会好一点,然家中梁断,祖父母已年老,弟弟鼎光、妹妹鼎秀年更幼,家无宿粮,家境就此转入贫寒了。

平生不习农事的母亲许氏,只得挑起了上有七旬翁姑、下有子女的六口之家生活和教育子女的双重担子。许氏以女红经营家计,卖番薯给餐食,种蔬菜为糜以佐,一家人节腹度日。对子女,她亲自讲授诗书,反复开导,终日不厌。

翌年,蓝鼎元得力母教,顺利考进灶山学堂。

此时,家况也日见窘迫。穷人孩子早当家,蓝鼎元懂事,不想到学堂读书,准备待在家里帮母亲维持生计。

去学堂的第一天早上,堂兄蓝唐民来找他一同去读书。

蓝鼎元说:"我不去学堂读书了。"

蓝唐民很是吃惊:"鼎元,你不去学堂读书,那你要干什么!"

"汉高祖刘项不也没读过书吗。"蓝鼎元强装笑容,"再说不去学堂读书,照样可以另辟蹊径学圣贤道嘛。"

"你娘会同意吗?"

"我这就去跟我娘说,你先去学堂吧。"

蓝唐民没走,说:"你娘肯定不同意的。不信,你就去给你娘说说。对了,我刚才来时看到你娘在溪边洗衣服。你去那跟她说说,我在你家等你。"

蓝鼎元来到溪边,对母亲说:"娘,我不去读书了。"

许氏听了儿子的话,心急道:"考进灶山学堂可不是件容易事,元儿,你咋有这种想法,难道你忘了你爹是怎么教你的?"

蓝鼎元说:"娘,孩儿当然没敢忘,可现在家里困难,我不上学堂,一来可以为家里省下学费,二来帮家里干点杂活,添点家用。"

许氏说:"元儿,家里再穷,你也要完成学业。娘不求你今后怎么样,但求你今后能知书达理,生活得好一点。何况你年纪还小,在家干活,也干不了多少活。至于学费,你就不用担心,娘会想办法,你放心去读书吧。我们穷人家的孩子,一定要争气。"

这时,蓝继善来到溪边,见媳孙皆在,对媳妇说:"我回家看到唐民,听他说鼎元不想去学堂读书,这哪成。"然后,对孙子说,"鼎元,爷爷明白你的心思,但爷爷还是要告诉你,官可以不做,书却不能不读。书乃圣人之学,你只有读书才能继承你父亲的志向。"

蓝鼎元听母亲、爷爷这么说来,只得跟蓝唐民一块到灶山学堂。

9

灶山学堂设在山上,学生多数寄宿在学堂,平均十天回家一次,这就需要学生带足米菜。蓝鼎元为腾出更多时间读书,一般是一个月回家一次,每月只带一小罐盐巴做菜。一些有钱人家子弟看他用盐巴下饭,常嘲笑他。蓝鼎元却不馁不恼,苦读诸子百家经书,礼乐、名物、韬略、行阵,究心综核不辍,并写了一篇《白盐赋》自勉,以表"宁可清饥,不可浊饱"的励志思想。

一个夏日,午饭时间,学堂安排就餐。蓝鼎元带上盐罐,从厨房里端走了自己的份饭。

学堂四周树木多,枝繁叶茂,同学们喜欢攒三聚五地挤在树阴下,边吃饭边聊天。因为碗里无菜,蓝鼎元不喜欢跟同学挤在一块。他见稍远的树下没人,就径直往那走去。树下有一个大石头,刚好可以坐一个人。他在石头上坐了下来,取出盐罐,用自己做的木汤匙舀一小勺盐巴,均匀地撒在盒里的饭上,津津有味地吃起来。

这时,有几个同学先吃完饭,见蓝鼎元一个人在远处吃饭,就特意走过来。蓝鼎元一看,这几个同学都是有钱人家子弟。

一人说:"鼎元学兄,怎么又是一人在吃白盐饭?"

一人说:"你别吵人家,他这可是在一边吃白盐饭,一边作白盐赋,堪比颜回也。"

一人说:"什么白盐赋,应该是白糖赋,你看他鼎元学兄吃得多香,这哪像是在吃白盐啊!"

其话甫落,在场的这几个不怀好意的同学哄堂大笑。

蓝鼎元面子薄,被这笑声弄得有些尴尬,心里有些恼怒,想发作出来,但又忍住了。他想起圣人道,觉人之诈不形于言,受人之侮不动于色,便让自己容忍下来。

笑声引来了一位老先生的关注。他见那几个学生又在讥笑蓝鼎元,远远厉声喊道:"不得无礼!"走到跟前,认真说,"君子忧道不忧贫,君子不分人贵贱。你们都是读圣贤书的人,怎么能这样呢!殊不知幼年讥笑人,长大没出息的古训!还不赶快给鼎元同学赔不是!"

奚落蓝鼎元的这几个同学扮个鬼脸,作鸟兽散了。

时间一天一天过去,蓝鼎元一如既往用功苦读。他既学经济之学,时文之理,又习古文辞赋,请业论难,循序以进,成绩斐然。

10

待蓝廷珍将蓝鼎元情况说罢,蓝理不胜唏嘘:"世事无常,蓝斌英年早逝,甚为可惜,还好蓝鼎元能继承祖与父之志,甚为可嘉。"顿了顿,又说,"鼎元喜欢读书,悟性好,为人处世亦能坚韧不拔,敢于吃苦,日后定有作为。"

蓝廷珍到了军营,如虎添翼,日习骑射,身手更为敏捷,尤其是那根乌铁扁担,舞得滴水不漏,又善火器,枪炮几无虚发,深得蓝理赏识。

康熙三十四年(1695),蓝廷珍升任定海营把总,官阶正六品。

蓝廷珍升职不久,蓝理与蓝廷珍说事叙话。蓝理想起蓝鼎元,说:"廷珍,你年轻,日后如有机会,你得帮帮鼎元。"

　　蓝廷珍一口允诺下来。

　　蓝理拍拍他的肩膀:"廷珍,好好干,希望我们苌坑又能出一位大将军。日后有机会,也要会帮助人!"联想到自己入伍以来,得到康亲王、施琅等人的帮助,有感而发,"这人有人帮和无人帮的差别是很大的,尤其是对于那些有才干的人,有人给他帮一把,推一把,他发挥的作用就更大了。为将者要善于发现人才。退而言之,人无完人,人才用好,亦可以补己之拙也。"

　　蓝廷珍神情庄重地点了点头。

11

　　夏日的一天,蓝理带兵巡视海边,忽然刮起了狂风。海中的一艘渔船被风刮沉,幸亏旁边的渔船赶来相救,沉船上渔民方能安然无恙。

　　蓝理想起福建、台湾都有供奉妈祖的习俗。妈祖是海上的保护神,当年自己随施琅出征台湾时,就曾受到妈祖的多方护佑。台湾回归后,自己与施琅联名上奏朝廷加封妈祖。当朝皇帝康熙也因此将妈祖从"天妃娘娘"晋封为"天后娘娘",即"护国庇民昭灵显应仁慈天后"。定海人多靠海为生,也应修建一座天后宫。有了天后宫,渔民出海前去进进香,求得妈祖庇护,不说迷信,至少可以在心里获得一份寄托,一份信心。这寄托、信心都是一种善念,而一点善念足以改善世界许多许多。

　　蓝理决定在定海城内修建一座天后宫。他带头捐献,发动众人捐赠,募集了一大笔资金,然后派蓝廷珍回福建,从莆田、闽南请了一批修建妈祖庙的能工巧匠来定海。四五个月后,定海也矗立起了一座天后宫。

　　蓝理发现来定海做生意、到普陀山朝拜的福建人很多。这些人来到定海,却没有一个专门的接待场所,很是不便,便出资在定海街头建了一座八闽会馆。

　　看到当地的明末殉难者没有祭祀,蓝理又捐薪俸一百零八两购买民田三十八亩七分地,让人耕种,所得租金作为明末殉难者岁岁祭祀之费。

　　为弘扬佛国灵观,蓝理聘方志大家裘琏到普陀山重修《南海普陀山志》,并为之作序。蓝理还授意缪燧主持纂修《增修普陀山旧志例》,并亲撰《恭送新锲御书金刚法宝入普陀山记》、《舍身戒》、《潮音洞》等诗文碑记。

　　蓝廷珍对蓝理做这些善事不太理解,认为这些善事皆是佛门之事,堂堂一个总兵去管这些事务未免不成体统了。自己老家闽南一带,虽有佛国之称,信佛盛行,但那也只限于善男信女耳。

蓝理佛经看多了,遂耐心解释说:"以前我天不怕地不怕,好事坏事都敢做,到这岁数,我才明白,人要有所畏忌才行。佛教能使人不断去自我审视,自我修炼,它能使人慈悲为怀,普度众生。社会如果有善念信仰做基础,问题矛盾就会少多了。

12

　　康熙三十六年(1697)秋,蓝理、蓝廷珍两人在总兵府议事,忽报蓝鼎元来访,此时正在总兵府门外等候。

　　蓝理大喜:"快快有请。"

　　蓝廷珍赶紧到门外相迎。

　　蓝理拍了拍蓝鼎元的肩膀:"好,都成长大小伙子了。"

　　蓝廷珍说:"鼎元弟,不对,读书人应该称字号才雅,应该称玉霖弟!玉霖弟,你这是出门游学吧。"

　　蓝鼎元笑笑说:"是的。"说完就将这几年的游历讲给蓝理、蓝廷珍听。蓝鼎元早年就立志做个圣贤之士,漳州府只有两个人让蓝鼎元颇为敬佩:一个是林震,长泰人,宣德五年(1430)状元及第,授翰林院修撰兼国史编修;一个是林士章,漳浦人,嘉靖三十八年(1559)探花及第,授翰林院编修,累官至南京礼部尚书、国史副总裁,历事嘉靖、隆庆、万历三朝。蓝鼎元曾到他们故里的读书处凭吊过。这两人都在福建以外闯出了一片天地,蓝鼎元也准备走出福建,开阔眼界。他从厦门出港,沿着金门北上,过南日、平潭、白犬、马祖、台山,并游历了澎湖、台湾等,对这些岛屿的面积、地形、动植物生长等自然概况,渔民生活生产情况,当地风土人情等,作了详细的考察。游历完福建沿海主要岛屿后,蓝鼎元就泛舟北上,来到了定海,顺便拜访在此任职的蓝理、蓝廷珍。

　　蓝理听完蓝鼎元的介绍,夸他有志气,今后一定能为朝廷干大事。蓝鼎元在定海住了几日,继续北上。

13

　　蓝理在浙江一晃十余年过去了。他四次兼掌提督大权。他在定海还组织开荒垦芜,建筑码头,修筑要道,便利洋船停靠,发展海上贸易,使百姓安居乐业。他还重文礼贤,修理定海文庙,祭祀忠烈,对于贫寒的读书人,给予周恤培植,对于参加乡试、会试、殿试等考生都资助旅费。定海在蓝理的治理下,民淳物阜,社会安定。

乡绅、僧民赞曰:"蓝理不愧为菩萨将军,他为治理布防定海,为修复普陀山观音道场,可谓呕心沥血,功德圆满,其之德行理应受民敬颂,永录定海(舟山)史志。"

蓝理调离定海时,定海与普陀乡绅、僧民皆焚香相送,依依不舍。僧人们在法雨寺建留衣堂,陈列蓝理用过的盔甲和钢刀,并在普济禅寺和法雨寺建立蓝公生祠,后改为蓝公祠。普济禅寺的护法,从此不供韦驮而供蓝理塑像。

蓝理的部分子孙后也繁衍于此。

这期间,蓝廷珍升任磐石守备,官阶正五品,并与当初救助的姑娘唐如琴相遇,姻缘巧合,两人在蓝理的主持下,结为夫妻。

【第十章】

一座牌坊，一种精神

1

康熙四十年(1701)秋,蓝鼎元参加县学生考试,考取五经第一名。漳浦知县陈汝咸招其为门生,入读西湖学馆。

陈汝咸,浙江鄞县人,康熙三十年(1691)中进士,授翰林院庶吉士,散馆后,出任漳浦知县,史称翰林县令。陈汝咸到漳浦后,崇尚儒术,重视教育。他修文庙,设公馆,搜集整理邑人高登、黄道周等先儒著作,修缮黄道周东郊讲学处明诚书院。

黄道周,漳浦铜山人,明末官至武英殿大学士,吏兵两部尚书,同时也是一位集学者、诗人、书画家于一身世间罕见的英才。徐霞客赞曰:"字画为馆阁第一,文章为国朝第一,人品为海内第一,学问直接周孔,为今古第一。"后因抗清失败,在江西婺源被俘,清廷对其人品学识极为敬佩,说"得一忠义之人,胜得土地数州",劝降不从,临刑前留下血书:"纲常万古,节义千秋,天地知我,家人无忧。"后人将其"三比古人":刻苦严谨的治学精神与精湛渊博的学问可比邵雍,忠贞为国直言敢谏可比李纲,慷慨赴难从容就义可比文天祥。漳州东山面海一座石山上那"海滨邹鲁"四字,就是他题写的墨宝。

陈汝咸还在浦邑四门及杜浔开设义学,修建云霄朱文公祠、东山南溟书院,延请学行兼优的学者担任教师。在他的大力提倡下,漳浦文风大振。

蓝鼎元母亲许氏高兴之余,告诫儿子:"你要戒骄戒躁,乡试第一,算不得什么。为娘高兴的是,陈公有知人之鉴,在他的教导下,你将来定会学有所成的。你一定要努力呀!"

与蓝鼎元同在陈汝咸门下的,尚有陈梦林、蔡世远、阮蔡文、庄亨阳、林锡龄、王道、李松龄等人。陈汝咸不光在学业上指导他们,还在为人、为官之道上教导他们。断案时,他经常带上蓝鼎元。案子听多了,蓝鼎元对断案也颇有心得。

这一天,陈汝咸与蓝鼎元正在谈论经史要旨,忽闻县衙前的大鼓响了三声。陈汝咸只得放下手中的经史之书,对蓝鼎元说:"走,跟我去大堂看看。"

告状者是一对秀才兄弟:哥哥是文秀才,弟弟是武秀才。兄弟俩正闹分家,分到最后,为一株古树互不相让:哥哥认为这是千年古树,应该保留,弟弟则坚决要把树砍倒分掉。兄弟俩争拟不下,遂都县衙,请知县定夺。

陈汝咸审阅完诉状,蹙眉叹道:"可惜,可惜,可惜兄弟是文武秀才!"说罢正欲提笔批上训词,却看到蓝鼎元胸有成竹的样子,遂将笔搁下,对蓝鼎元说:"玉霖,今天这训词就你来写吧。"

蓝鼎元也不推让,从接过纸笔,刷刷几下,就将训词写好了:

> 丹凤呼儿,乌鸦反哺;鹿得草而成群,蚁得食而共聚;蜂有君臣之义,雁有列行之序;鹊巢低而多风,蛙声闹而致雨;鸡未晓而不啼,燕非时而弗至。山禽鸟虫尚知如此,何况人乎!今汝兄弟失爱,不顾手足之情,沈仲仁很不仁,沈仲义真不义。兄通经史,无教弟之心;弟精武略,有害兄之意。兄不兄,弟不弟,损害日月之风光,不仁不义,灭天地之元气,劝汝兄弟莫伤和气。

陈汝咸看了,连声说好:"玉霖小小年纪,就能有这般见识,好,实在是太好了。"然后对沈家兄弟说,"你们好好看看训词。"

兄弟俩还没读几句,就脸红耳赤了,于是撤诉回家,和好如初。

2

过了些日子,天气凉快下来。

中午时分,陈汝咸烫了一壶酒,准备了几个小菜,叫了几个得意学生上县衙府内聚餐。师生们谈经论道,赋诗作文,其乐融融。散宴之后,陈汝咸将蓝鼎元、蔡世远两人留下来。蔡世远,生于书香门第,字闻之,号梁村,漳浦下布人。

陈汝咸说:"玉霖、闻之,经史子集,你们已经读了不少。宫坊督学沈心斋先生视学闽中,今天到了漳浦,我向他举荐了你们。你们可要好好跟他学习,将来必有裨益。"

沈心斋,进士及第,是位理学大师。蓝鼎元久仰其名,一心想拜见,只是无缘,今听罢陈汝咸所言,觉来正合己意。在陈汝咸引荐下,蓝鼎元、蔡世远俱受知于沈心斋门下,两人用心攻读,蓝鼎元复拔第一,蔡世远第二,一并招入使院,于是开始

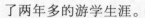

了两年多的游学生涯。

是年为康熙四十二年(1703)。这一次是蓝鼎元平生第二次游学。这两年中，蓝鼎元游历了大江南北，所过名山怪石，巨涛湍流，尤其是台湾各地的山川人文，他都详细记下来。沈心斋称他是"国士无双，人伦冰鉴"。

康熙四十四年(1705)，沈心斋携蓝鼎元、蔡世远参加乡试，蔡世远中举，蓝鼎元不意却未举秋闱。蔡世远于是公车北上，准备参加会试，蓝鼎元只得别师回漳浦了。陈汝咸安慰他一番，聘他在丹霞书馆授课，以补衣食。蓝鼎元授课之余，陈汝咸还请他参与政务，陈汝咸一些牍牒文书的抄写、撰写，很多都是由蓝鼎元完成的。

康熙四十六年(1707)春，福建有司改调陈汝咸为南靖治理。漳浦民众得此消息，相率赴省请留，未获准。陈汝咸离开漳浦到南靖上任，民众塞满街巷，环跪哭叫："老爷莫去，活我百姓！"陈汝咸下轿步行，与众辞别，漳浦民众相送十多里路，才挥泪而归。

陈汝咸任漳浦知县计十三年，身无余财，家无蓄产。任内，陈汝咸还竭尽数年精力，带领蓝鼎元、蔡世远、陈梦林等人撰成《漳浦县志》二十卷。漳浦民众自发捐款在北门外为陈汝咸修筑祠堂，名"月湖书院"，中间还供奉着陈汝咸的塑像。

陈汝咸离开漳浦后，蓝鼎元在家中住了一段时间，又出门游学。这回，他沿海路往南走，到了东山、南澳等岛屿，然后向西到广东、海南、广西、云南、贵州、四川、湖南等地。蓝鼎元对政治、经济、文化教育等了解更深，识见更高，其名气也在八闽内外流流传开来。

康熙四十六年(1707)秋，被康熙称为"江南第一清官"的张伯行到福建任巡抚，沈心斋向张伯行举荐蓝鼎元的才识。张伯行到漳浦见了蓝鼎元，看了他的文章，称赞他是"经世之良才"。这时，蔡世远参加春闱未第，从京城返乡，准备三年之后再去应试。

3

康熙四十二年(1703)冬天，朝廷以天津是京东重地，调蓝理前往镇守，蓝廷珍留守定海。康熙赐给蓝理花翎、冠服，以及御书匾文"勇壮简易"。

翌年初春，蓝理旧伤发作，乞求解职，康熙下旨安慰挽留，遣派御医为他诊视。在御医精心治理下，蓝理身子恢复得很快，不日痊愈。

病愈之后，蓝理巡视治所，他发现畿辅地多荒芜、产粮不多，而整个天津一望平川，尽是沃土，是一个开垦种植粮食的好地方。他率兵疏凿河渠，亲自负土筑堤，开得水田数百倾。他捐资购来耕牛、种子、农具，招募人员种上稻谷。这招募人员中,包括住在漳州城郊蓝田和漳浦苌坑的蓝氏乡亲,其中漳州城郊蓝田的蓝氏乡亲是尽数皆来。公务之余,他躬耕于田。收割季节,金灿灿的谷子堆成了一座座小山。这片水田也被后人称为"蓝田"。

康熙非常重视农业发展,曾不断摸索在北方种植水稻的经验。蓝理第一个将南方水稻成功引种北方京畿地区,深得康熙赞赏。夏收夏种结束后,康熙为此招蓝理进宫,亲自犒赏他。

宫人将蓝理的酒杯满上时,蓝理闻到酒香,禁不住赞道:"好酒,好酒!"

康熙微笑问道:"蓝爱卿,你知道这是什么酒吗?"

"回皇上,臣不知。"

"这是三国时期曹操赞过的杜康酒。"

"谢皇上厚爱。"

"蓝爱卿,你知道今天朕为何用此酒饮你吗?"

"恕臣愚钝,猜不出来。"

"曹操鼓励百姓广种粮食,为魏国的强盛打下了扎实基础。"

蓝理恍然大悟,一拍脑门说:"难怪曹操的马受惊吓践踏了禾苗,他要割发代首呢!"

康熙点头赞许:"管子说过,地之守在城,城之守在兵,兵之守在人,人之守在粟,可见稻粱五谷是多么重要啊。社稷江山,无粮不稳。卿在天津率领士兵试种水稻,不失为一项固我大清根本之举,并成就我大清国'寓兵于农'的军屯典范。今天,朕请卿喝这杜康酒,希望卿继续开垦好良田,造福好百姓,永固我大清基业。"

"臣蓝理谨记皇上圣谕!"

4

夏日,天气炎热,知了在树上一个劲儿叫不停。

是日,蓝理少时的朋友蓝溪、蓝海、蓝昌千里迢迢来到天津,想找蓝理办事。他们来到总兵府,自报家门称要见蓝理兄弟。门卫见他们衣着褴褛,竟敢与总镇大人称兄道弟,便拦住他们。

蓝溪性急,上前有些气愤地对门卫说:"三十年前,我们与蓝理兄弟同在家乡山上避难时,常常是有上顿没下顿,但我们兄弟几人都能同甘共苦,你们说我们是不是好兄弟?"

门卫说:"我们才不管你们兄呀弟的,你们有没有通行帖?没有,你们就不准入内,这是总兵府的规定。"

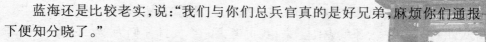

蓝海还是比较老实，说："我们与你们总兵官真的是好兄弟，麻烦你们通报一下便知分晓了。"

门卫依然不肯说："不行就是不行，你们别在这费口舌了。"

蓝昌忍不住说："你们不信，我讲一个故事给你们听，你们去问问蓝理有没有这么回事。"蓝昌也不管门卫爱听不爱听，就自顾说将开，"记得有一个晚上，我们四人在山上玩，肚子饿了，拾豆荚回来在瓦片上炒。当豆荚炒熟时，忽然一阵风刮来，插在火堆边的柴钎担，被吹倒敲破了炒豆的瓦片，我当时急中生智，忙摘旁边的一片香蕉叶，包住了那些豆子，要不然全吃不了。没承想蓝理使上霸气，把我包住的那些豆子抢去全吃了，害得我们还是饿肚子。然后，我们一合计，又全都去偷鸡了。鸡偷来，这回蓝理就没全吃了，总算给我们兄弟留了一些。"

未等蓝昌说完，门卫火了，斥责道："无耻小人，你们竟敢胡扯侮辱我们总镇大人！来呀，给他们各打五十大板！"

左右兵士蜂拥而上，蓝溪胆子比较小，见这架势，脸青身抖，险些尿淌裤底。蓝海、蓝昌一时也不知如何是好，心里免不了发起毛来。人一阔，脸就变。是不是这人一阔，官一当，就真可以压根儿不认人吗？富贵不忘前兄弟，那可都是戏里痴人说梦般的唱词呀。

好在蓝理在里面闻讯，派人传讯接见，三人才战战兢兢步入府内。

蓝理前几次返乡时，蓝溪三人都在外谋生，没见上面。一晃三十几年，小时的印象早已模糊了。

蓝问道："来者何人？"

蓝溪三人忙叩头："小人是蓝溪、蓝海、蓝昌。"

蓝理问："你们与本镇是何关系？"

蓝海比较机灵，立口编排说道："小弟几个原与蓝总镇大人是儿时朋友，想当初我们兄弟四人擒拿豆将军，金枪攻破瓦州城，若不是蕉将军到，豆将军性命难保了，可最后还是往后要当真将军的蓝理兄给全歼灭了。"

几句话勾起蓝理的回忆，他赶紧离座，扶起三人："三位兄弟不远千里而来，蓝理不知，请谅恕罪。"说着，吩咐人摆开宴席，为三人接风洗尘。

宴席上，蓝溪埋怨蓝昌说："蓝昌也真是，今日蓝理兄弟红袍加身，顶戴花翎，你怎能在门卫前拉扯那些昔日不光彩的事呢？"

蓝理笑说："没关系，富贵不忘前事，前事不忘后事之师啊！"

蓝昌嘴快道："蓝理兄弟是大人大量，不会计较的。说不定，还能给我们封个什么，也享受骑马乘轿使唤吆喝人的感觉呢。"

蓝海说："瞧你美的。"

蓝理道："骑马乘轿使唤吆喝人的感觉不一定美，我想什么时候我们再用破瓦片煮豆子，把火烧得更旺一点，那味道肯定更美。"说毕，按捺不住，笑了起来，"这样吧，你们既然来了，那就先住下来，我再考虑怎样安排你们为妥。你们来了，与早先时来天津的吾族乡亲也有个伴，好。"

过后，总兵府里正缺人手，蓝理就把他们留在府中做事。

5

康熙四十五年(1706)六月，蓝理升任福建陆路提督，官阶从一品。

康熙感念蓝理所向无前精神可嘉，再次御书匾文"所向无前"赐之。

蓝理放心不下营田事，生怕心血人一走就白花掉了。朝廷得悉，调独石路参将蓝珠赴天津接管这片营田。蓝珠是蓝理的五弟，英勇不让诸兄，且好学聪敏，能背诵朱子纲目，始终不遗一字，文人畏之。

蓝珠到任天津，蓝理就放心到福建上任了。

清朝地方军事长官常兼管些民事。蓝理疾恶如仇，对那些欺压百姓的地方豪强，不问亲疏，毫不留情；对胥吏之流犯事，则转交地方官，责其严惩。对老百姓，他则千方百计为其谋利。他带头捐金数万，在福建各地倡议修桥筑路，如资金不足，则从不义之财的罚金中抽补。

蓝理常说："尔俸尔禄，民脂民膏，为官者就得为百姓担当，要想法子为百姓谋福祉。以地方不义之财为地方万民之利，可以劝孝弟，抑豪强，转移风化莫善于此。"

蓝理这些扶弱惩恶，济贫抑富，发展民生的做法，深受百姓欢迎和拥戴。可有人却说："此有司事，非所宜。"

蓝理怒道："天下官，管天下百姓，腐儒何足以知之！"

蓝理的事迹传到京城，康熙甚是高兴，下旨褒奖道："为官者当如此。"

6

漳州是福建乃至东南沿海的军事重镇，清廷一直驻有重兵。

蓝理到任后，也经常要在漳州提督行署料理军务。

一日上午，蓝理看望姑姑后回漳州提督行署，路过公爷街，见路口立了块"文官下轿，武官下马"的石碑。蓝理问了随从，才知道这是海澄公黄芳泰立的。原来黄芳泰官做大了，就爱处处显摆。为了让漳州百姓知道公爷地位有多高，他特地在这里立了这块碑，害得不甘受辱的地方官员绕道而走。

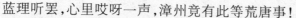

蓝理听罢,心里哎呀一声,漳州竟有此等荒唐事!

他想起西渡头双路口罗国公陵园也有这么一块石碑,可那是别人敬立的,而你黄芳泰却是自封的,这么飞扬跋扈成何体统!

随从见蓝理忽然沉默起来,以为眼前的提督大人也想进去参拜黄芳泰,便问说要不要顺道拐进公爷府去。

蓝理气得大骂:"直娘贼,什么爷呀仔的,我看狗屎一堆! 不去,回府,要去你们去!"

随从不敢做声,知道惹毛了蓝理。

要知道,蓝理生平躁急,性发如震霆,尤善骂,凡权势赫赫,位在其上者,若遇之无理,多倨侮挫之。而若遇才人杰士,虽寒贱彻骨,亦必折节礼下。

这就是蓝理的性格。

恰巧黄芳泰从外面回来,远远见蓝理一行人从公爷府门前走过去。黄芳泰离得远,没听到蓝理说什么,但感觉蓝理是在生谁的气。

过了几天,黄芳泰派家丁请蓝理到公爷府做客。蓝理自那天后,便对黄芳泰的印象不太好了,便推说有事,将来人打发了。

没请到蓝理,黄芳泰觉得大跌面子,偏这时有人说蓝理的官比他大,他就更不舒服了。他不敢找蓝理的麻烦,便准备拿漳州知府开刀,想来个敲山震虎。

黄芳泰放出一道"王令",叫知府在规定的时间内来见,不得骑马,也不得坐轿。知府只得徒步前来,因此耽搁了。黄芳泰又放出第二道"王令",持令人路上佯装没见到知府,径直到府衙找人。

待知府来见,黄芳泰责以迟到之罪,知府稍有申辩,黄芳泰便令人将知府羁押在公爷府,听候处置。知府夫人闻讯,无奈之下,来找蓝理帮忙。

蓝理听明情况,知道黄芳泰此举无非要让人明白他有御赐十三支王令,有先斩后奏的特权而已。他本不想见黄芳泰,这下也只得出面去会会他了。

到了公爷府,蓝理要黄芳泰放人。

黄芳泰冷笑道:"我凭什么听你的! 我是世袭一等公爵,有御赐十三支王令,要处置一个知府,就像捻死只蚂蚁,甚至杀你也可以不看日子。告诉你,我今天就是不依你所请,看你能把我怎样!"

蓝理一听,拔剑大怒:"你可知我是福建提督,是你的父母官。我有御赐尚方宝剑,可以先斩后奏,要把你杀了,更可以不等时辰。"

两人争执不下,连夜乘船到厦门找康亲王评理。

康亲王从睡梦中被叫醒,以为有什么重要军情,问明来意,才知两人只是意气之争,又好气又好笑。康亲王敷衍打发他们俩:"你们俩人一样大,不用争了。黄大人,你回去把知府放了。"

黄芳泰心里还是不服,但康亲王发了话,他不依也得依。

7

过了几日,唐朝彝从京城告老归休。

唐朝彝,漳浦铜山人,因清初迁界,寓居南靖南华岩攻读,康熙六年(1667)中进士,累官至宗人府府丞。宗人府系皇室宗族事务机构,事务长称府丞,位入九卿之列。

百姓称他唐大人,说唐大人比黄公爷大。

这真是哪壶不开提哪壶,黄芳泰更加气愤了! 他不知唐朝彝底细,故伎重演,准备召见唐朝彝,让老百姓瞧瞧唐朝彝在自己面前下跪的场面,而唐朝彝就是不奉召。黄芳泰便亲自带着旗牌官,骑马直奔唐朝彝的住处兴师问罪。

一进大厅,黄芳泰亮开十三支王令。

哪知唐朝彝早有准备,香案上供着"敕书铁券",上面撑起一把"曲脚凉伞",边上还放着一把"天官锁"。

黄芳泰看得目瞪口呆,双腿跪在厅前的天井里了。

十三个旗牌官因为身负王令,才得以免跪。

敕书铁券、曲脚凉伞、天官锁,都是康熙赏赐给唐朝彝的护身法宝。

敕书铁券,一旦打开,无论何人都要摆案烧香,跪听宣读;曲脚凉伞,为皇帝御用,无论什么官员,见到这把凉伞如见皇上,必须跪请圣安;天官锁,锁着圣旨,无论官有多大,要办持锁人的罪,必须打开这把锁,而锁匙放在皇帝身边。

那时刚好下过一场雨,天井里没铺砖块,满地泥泞,弄得黄芳泰一身泥污,狼狈不堪。黄芳泰起身时,冤家路窄,见蓝理也在唐朝彝家。

看到黄芳泰的狼狈样,蓝理忍不住哈哈大笑:"黄公爷怎么也要下跪呀!"

唐朝彝反而大度开了,他微着说:"黄公爷,老夫自京城告老回乡之后,一直想邀请你到蔽府叙叙乡谊,没想到你不请自来,倒替老夫省了帖子。老夫就请黄公爷与蓝提督两位大人屈就,来一个煮酒论乡情吧。"

黄芳泰不好再说什么,挥挥手,让十三支王令官打道回府,然后说:"恭敬不如从命,本府谢唐大人美意。"

蓝理见唐朝彝不计前嫌,也抱拳冲黄芳泰一笑:"黄公爷请。"

席间,蓝理故意问黄芳泰说:"黄公爷,你知道唐大人这三件宝贝是怎么来的吗?"

"愿闻其详。"

"唐大人此番告老归休前,京城一贝勒爷趁着元宵闹花灯,唆使恶奴将十多位美貌民女抢入府中肆意奸淫,不从者尽遭残害,一时民怨沸腾。此案告到宗人府,唐大人发誓为民做主,用计把贝勒爷请至公堂开审问罪。那贝勒爷有恃无恐,供认不讳,结果被判个处死偿命。"

"那后来呢?"

"皇上意欲开脱贝勒爷,但碍于国法难容,便在奏本上批下个六不杀:即单日不杀,双日不杀;见天不杀,着地不杀;城内不杀,城外不杀。唐大人接到圣谕,决意舍身抗命、锄恶安邦,便派府差在城门中搭一木台隔着地,盖上芦席遮住天,待夜半亥子相交之时,将贝勒爷押上棚台斩了。"

"那皇上不急了吗?"

"皇上闻讯,本想拿唐大人问个抗命擅杀皇亲之罪,但转念一想,唐大人是秉公执法,无可厚非,且亦无把柄可抓,只得召见唐大人,嘉许一番,并将敕书铁券、曲脚凉伞,以及自己随身佩带的天官锁一同赏赐给唐大人,并说,你杀了贝勒,亲王欲杀你。你以前为朕断案,也得罪了一些皇亲权贵,朕特准许你提早告老归休,你可借此三件宝物,火速离京,免遭不测。唐大人领命,带着这三件宝物,一路避开那些皇亲权贵设置的重重机关暗算,总算平安抵家。"

黄芳泰听罢,直冒冷汗,心想:"唐大人连贝勒爷都敢杀,还遑论本府我一个身处边远且与皇亲不沾边的公爷!"忙下跪请罪。

唐朝彝将他扶起:"过去的事就不要再提了,不过今后切不可再恃威凌人!"

黄芳泰忙作揖说:"芳泰今后一定要改,千万不再为那身外物而自寻烦恼了。"

自此,蓝理与黄芳泰相安无事。

老百姓知悉此事,欢庆之余,仿制天官锁戴于胸前,以镇邪驱恶,护命纳祥。闽南民间至今犹传此俗,民谣道:"天官锁,天官锁,团仔戴,去邪魔;大人戴,免灾厄;老人戴,岁寿高。"

8

过了些日子,黄芳泰想请唐朝彝、蓝理到府上做客。唐朝彝收到帖子,估计黄芳泰也给蓝理去了帖子了。这种应酬,他估计蓝理不会去,自己也不想去。可黄芳泰好歹也是个公爷,如果两人都不去,情面上说不过去。那怎么办?有了,那就叫夫人代表两家去吧,礼尚往来,也算是给面子了。

是夜,唐朝彝在灯下正捋着胡须把手看书。

唐夫人说:"老爷,你叫我明天代表唐蓝两家到公爷府赴宴,好是好,可我们家没件像样衣服,怕是对付不了公爷府那大场子。"

唐朝彝想了想说:"蓝夫人前些时间不是给你送来一套衣服吗?"

唐夫人说:"那是蓝夫人特意给我做的居家衣服,在家穿是蛮好的,可出门就不妥了。”

唐朝彝笑了笑：“那有什么不妥的，只要不破不烂就行了。我看在家里也只有这套衣服漂亮了，蓝夫人真是心灵手巧。”

唐夫人听丈夫这么说，假意板脸嗔道：“蓝夫人心灵手巧，见识非凡，难道本夫人就心愚手拙，见识庸俗。”

唐朝彝笑道：“你看你，我们老大不小了，额头上都长出了苦瓜，还摇那醋坛子干啥。”

唐夫人扑哧笑出声来：“醋坛子越老越酸，亏老爷还在朝为官过，连这点常识都不懂。”

唐朝彝说：“不跟你争酸了。你明天就请蓝夫人一块去吧。”

唐夫人点头应允：“那好吧，我明儿去提督行署邀蓝夫人一块去。”又犹豫起来，“可蓝夫人会去吗？”

夫人神色，唐朝彝淡定自若说：“蓝夫人是一位知书识礼之人，你去请她时，就说我说的就行了。”

第二天，唐夫人坐了小轿子到提督行署，蓝理正巧有事出去，门子通报，潘柳欣出来迎接。

潘柳欣说：“唐夫人，您要来怎么不事先通知小妹，这样也好让小妹到您府上接您去。”

唐夫人说：“蓝夫人，没碍事，你别介意，咱们也别见外。今天我来，是因为我家老爷叫我邀你一块到公爷府做客，代表他们男人家做客去。”

潘柳欣微笑说：“昨天公爷府也送帖子过来，我家老爷说他不去，他估计唐大人也不会去。他一早是就出去军务了。”

唐夫人笑道：“这公爷府请客的事都让他们爷儿们给算准了。他们不去，又要情面，只得由我们俩娘儿们出席了。蓝夫人，走，我们这就去公爷府赴宴了。”

潘柳欣事先没准备要去，见唐夫人这般说话，也答应下来。

看到唐夫人穿着自己送的衣服，潘柳欣说：“唐夫人，没想到您这身打扮出门，也这样美气养眼。”

唐夫人说：“还不你的手艺巧，穿在什么场合都好。”这时她注意到跟自己穿的一样，“瞧，你说我穿好看，你自己穿更是好看。得，我们俩就穿着同样款式色料的衣服去公爷府。”

潘柳欣稍事收拾，便坐上轿子，往公爷府去了。

轿到公爷府前，一报门“唐夫人、蓝夫人驾到”，公爷府里的内眷们都忙乱起来：有的对镜梳妆，有的整理衣裾。大家没见过唐夫人、蓝夫人，心里想这两位官家夫人一定是绫罗绸缎，容光焕发而来。

一会儿，大家都一齐拥出大门，挤到轿前迎接二位夫人。

丫鬟掀开轿帘,蓝夫人、唐夫人先后从轿里欠身出来,笑吟吟看着前来迎接的内眷们。

内眷们一看两位夫人都是同样打扮,不由得都惊呆住了:两位夫人不涂胭脂,不抹粉,身着蓝布衫、乌热裙、春仔石榴,一身居家装束,清爽大方。回头看看自己这一身绫罗绸缎,满头金银珠宝。相比之下,自己倒显得粗俗了。

以后,她们个个都效仿唐夫人、蓝夫人的风范,也是蓝布衫、乌热裙、春仔石榴。再以后,漳州府所属各县妇女大礼服饰,也都是这么穿戴,并逐渐在闽南民间形成朴素的风气。

9

闽南一带,屡经战火,商业凋敝,蓝理下令在漳州、浦头、石码、泉州、新桥、安海、沙溪、涂岭等地建行铺千间,大开街衢,便民贸易。

翌年初春,漳州大雨绵延,九龙江水发涨,江东桥受损。蓝理接到报告,与漳州新任知府魏荔彤带人马到江东桥察看。察看之后,两人决定组织款目重修。

知府魏荔彤主持重修事宜,蓝理军政之暇,也时常到工地察看。一个月后,几经辛苦,江东石桥重焕光彩,百姓欢呼。

是夜,潘柳欣在江东桥的工棚里,准备了江东鲈鱼招待魏荔彤等人。

江东鲈鱼生长在海水与淡水之间,味道非常鲜美。

魏荔彤说:"蓝大人,今天尊夫人亲自展示鲈鱼厨艺,该不会有什么寓意吧。"

蓝理不解道:"鲈鱼味道鲜美,加上你嫂子的手艺,味道更佳,仅此而已,就你魏大人多事,吃个鲈鱼还问寓意!"

这时,衙役来报海坛总兵杨世懋大人来见。

蓝理脸泛喜色:"今天真是好日子,当年在浙江一块当兵的好兄弟来了。"

这次杨世懋回漳浦官塘修建永安楼,知道蓝理在漳州,就便来看望。谁知到漳州城,蓝理不在提督行府,说是在江东桥,杨世懋性急,就直奔过来了。

蓝理见杨世懋抱拳说:"杨兄,今天是什么风将你吹来了。"

杨世懋也抱拳,嘿嘿一笑说:"蓝兄,你说是什么风,海风,还是山风?"

蓝理说:"不管什么风,杨兄你来了,就是好风。"说着,拉起杨世懋的手,一一见过魏荔彤、潘柳欣等人。

这时,修桥总管过来禀报说,江东桥修桥工程大,工程算是竣工了,但其款目出缺甚巨。

蓝理想了想,问杨世懋:"杨兄,你那边还有余饷可征用吗?"

杨世懋点头道:"蓝兄为的是造福桑梓百姓,再没有也得想法子。杨兄说多少就多少，世懋即刻照办。”

蓝理大笑道：“关键时还是兄弟爽快。”

当晚宾主在江东桥可谓尽兴而归。

10

不久，蓝理姑姑、姑父双双病故，临终前将周荣托付给蓝理。蓝理不计前嫌，让周荣帮自己打理家务。

是年四月，康熙南巡，专旨蓝理到扬州迎驾。君臣相见，甚是欢欣。康熙在扬州一呆就是半个多月，当着诸王、大臣，称赞当年蓝理拖肠血战的英勇事迹。君臣分别之际，康熙再次手书“勇壮简易，所向无前”和“画锦荣萱”两块匾额，分别赐给蓝理及其母苏氏。

蓝理承旨还乡，先在漳州岳口建了座规制宏伟、雕刻精美的的牌坊。这座牌坊宽十点六三米，高十二点五米，十二根坊柱分为四组隔成三间，每组三柱纵向排列，中间大方柱边长零点五八米，前后小方柱边长零点二七米。正楼四坡底，顶部檐下正中置镂雕一龙衔顶、双龙盘边、祥云托底的竖匾，匾上直书“御书”二字。其下是两面分勒康熙帝所赐御书“勇壮简易”和“所向无前”正匾。正匾以下，用梁枋隔为三层：中层两边各雕一站立人物，中间阴刻楷书诰布；上下层各嵌三块雕有抚琴、游园、出行等图的镂空双面雕花版。再下是大阑额，其上浮雕张口双龙和云纹。正楼两侧是各为两层的边楼，各楼均设四根小柱支撑三面出檐的楼盖，柱间俱嵌有镂雕花版。

从此以后，“勇壮简易”、“所向无前”成为蓝氏精神的象征。

修完牌坊后，蓝理又回漳州老家，把“画锦荣萱”的圣匾挂在种玉堂，又建造了提督府和“太妈衙”：提督府自然是为自己建的，“太妈衙”则是为母亲建的。苌坑提督府为三进七开间，两进之间各有附属建筑，两旁各有一列护厝。前门有卷书青石门盾，陡阶倒吊莲，石雕麒麟墙肚等。府前一片石埕，用石条纵向分成十三格，中间主屋分七格，两旁各分三格。这种石埕结构的格数，后来成为迁衍外地者回乡寻根认祖的标志之一。

在家期间，蓝理还造福乡里：他见乡人过河不方便，便捐资建了座石板桥，这座石桥后被称“洪陂”；他见来往的马匹没有合适的地方饮水，便专门建了马陂；他还专程到和平县河仓村建祖厝一座，亦号“种玉堂”，亲书“黄岭保障”牌匾，并将苌坑种玉堂康熙帝题写的“福”字拓印过去，挂在正堂上。

【第十一章】
大起大落之后的感悟

1

康熙四十七年(1708),张伯行在福州创建鳌峰书院,延请九州俊秀之士,纂订先儒诸书,讲学教授儒生。蓝鼎元、蔡世远、陈梦林皆被聘请,世称"漳浦文化三杰"。

是日,蓝鼎元带上聘书,离开漳浦。路过漳州,蓝鼎元先到提督行署拜访蓝理。得悉蓝鼎元被聘,蓝理很是高兴,当晚留他在府里住下。

第二天,蓝鼎元拜别蓝理,便往福州方向走。走到江东桥时,却见万松关突兀于前,显得那样雄伟坚实,威镇隘塞,岩景峻秀。

蓝鼎元见时间尚早,不觉来了兴致。他下得马来,上了万松关,见上城门正额上镶嵌一青石横匾,镌有"天保维垣"四个雄浑有力的楷书大字。站在城楼上,正前方一条古道顺着两峰夹谷,穿过城门,蜿蜒伸展于群峰万松丛林之中。回瞰关内,尽览漳州平原稻海铺盖,海江交融,开阔无际。登上山峰,关城两边山岩怪石嶙峋,岩壁峭立,峰峦叠翠,挺拔险幽,景致壮丽,真不愧为前人所称"麟蹲凤翔,襟带川原"。四处还有险峰奇石、古洞深穴、石砌古堡、摩崖石刻。

东面是瑞竹岩。相传瑞竹岩为五代僧人楚熙所辟,因劈竹引泉,故名。岩上建有寺庙,有石洞、石刻、清泉,以及唐、宋种植的铁树。当地历代士人,如明大学士林釬、吏部郎中陈天定等曾在此读书。林釬还筑有"介石云巢",为八角凉亭。悬岩之上,镌有"海日江春"四个大字。岩上大殿的石柱上"凤根有慧皆森发,上善无声自广长"、"风静潮初满,山空月正中"等题刻,分别是林釬、陈天定留下的墨宝。

江边是黄道周讲学的邺山讲堂。当时黄道周道德文章已经名扬天下,全国来此处听学的书生众多。邺山讲堂的前面还座松洲书院,创办于唐景龙二年(708),是中国最早创办的书院之一,由开漳圣王陈元光之子陈珦执教。陈珦把孔子四教"文、行、忠、信"融为一体,以身教言传,导士民于礼乐,开士子之茅塞。

蓝鼎元登高望远,不觉大为感慨。

下了万松关,蓝鼎元上马继续赶路。不日就到了福州。

福州位于闽江入海口,唐开元十三年(725)改闽州置州,因西北福山而得名,是一方物华天宝、人才荟萃之地。康熙盛世,皇帝儒雅,几下江南叙风流,福州城内似乎也受其感染,不少名士官绅亦喜附庸风雅,以文会友,吟诗作画,而那些歌妓才女,环游其中,几成风尚。才子佳人,红袖添香夜读书,成了福州城内一道时髦的人文景观。

在鳌峰书院,蓝鼎元勤勉有加。没过多久,他授课纂订的成效斐然。业余时间,他研读儒家理学,深得濂洛理学真传。张伯行对他也优加礼焉,赞曰:"确然有守,毅然有为,经世之良才,吾道之羽翼也。"蓝鼎元母亲许氏因教子有方,受旌表"节孝流芳"、"清操苦节"、"霜贞衍庆"等牌匾。

2

几个月后,李成、余友等十几位福州才子仰慕蓝鼎元的才学,一日在西湖迎宾馆设宴款待蓝鼎元。酒席上,尽管歌妓满堂,脂香扑鼻,但蓝鼎元毫无轻佻之举。

来者大多是风流才子,想看看蓝鼎元到底是真君子,还是伪君子。听说漳浦出了一个黄道周,是个在金陵美女前不动心的人,蓝鼎元该不会又是这样的人吧。李成、余友在众人的怂恿下,定下美人计,来考验蓝鼎元的定力与毅力。时近八月中秋,李成将福州城中名妓颜如玉请来。颜如玉起初不答应——自己虽身陷青楼,可青楼亦有青楼规矩——可待李成将蓝鼎元的为人学识讲了一遍,她怀着好奇心,就含笑点头了。

几日后的傍晚,众文友在西湖迎宾馆再摆酒席宴请蓝鼎元。蓝鼎元初时婉拒,可禁不住李成的一再相邀,只得一同来到西湖迎宾馆。

众人入席后,颜如玉轻移莲步,款蹙湘裙,走至桌旁,先敛衽朝大家行个万福,才浅身坐在蓝鼎元边上。颜如玉今天略施粉黛,却更显天生丽质,别有风韵,座中几为倾倒。颜如玉借佯作不经意地看了看蓝鼎元,见其体态颀长,品相飘逸,一表人才,顿生好感。

酒席上,众人说文解史,酬诗论酒。颜如玉频频为蓝鼎元劝酒,偶尔也会得体地应上几句。她的文雅谈吐,敏捷才思,颇让蓝鼎元称奇。

酒到一半,店家送上一个大月饼。李成说:"蓝兄,你博学多才,天文地理无所不晓，小弟愚钝，想知道这月饼的由来，不知蓝兄可否赐教。"

席中的另一个妓女顾玉秋抢过话题："月饼的由来，你李公子都不知道，那还叫读书人吗？不就是面粉、砂糖、花生、芝麻什么的做起来的吗。"

顾玉秋这番话差点儿让众人喷饭。李成佯作不耐烦状："你说的是月饼的做法，我想请教的是由来。"

顾玉秋有点不服气："如玉姐姐，你说说看。"

颜如玉忍俊不禁："玉秋，你怎么将火引到我身上了。"

其他姑娘一起帮腔："如玉，你就说说看，让他们见识见识我们才女的学识。"

"你们别起哄了，李公子问的是蓝公子。"

余友微笑道："如玉姑娘，但说无妨。说出来，再请蓝兄指正。"

蓝鼎元微微一笑："指正不敢，蓝某愿洗耳恭听。"

"那小女子就抛砖引玉了。若我没记错，月饼一词，最早见于南宋吴自牧撰写的《梦粱录》。唐代虽盛行中秋赏月，但还没有月饼，大诗人白居易有'胡麻饼样学京都，面脆油香新出炉'的诗句，但诗句中的胡麻饼不是月饼。北宋时，出现象征月亮的食品——圆饼，苏东坡有诗曰'小饼如嚼月，中有酥和饴'。从形状、原料来看，当时的圆饼跟今天的月饼差不多，中间只差一个馅心。到南宋，糖饼几经改革，成为含有馅心的圆饼，因形如满月，又专为中秋赏月之用，月饼的名称就逐渐流传开了。"

话音方落，众人齐声喝彩，蓝鼎元也不由点头称许。

李成问："蓝兄，如玉姑娘说得怎样？"

蓝鼎元点点头说："如玉姑娘真不愧为女中奇才。"

众人把酒言欢，席散时，个个都步履蹒跚。蓝鼎元今日一时高兴，酒喝多了，走起来一晃一晃的。颜如玉和贴身丫鬟红红搀扶着醉眼惺忪的蓝鼎元来到寝室。丫鬟红红把蓝鼎元扶上床铺，脱下衣服靴袜，就出去了。房间里安静下来，圆润的明月驻足天际，柔柔的月光透过窗子，倾泻在床前。颜如玉关好门窗，卸裙解衣，躺在蓝鼎元身边。看到蓝鼎元已然酣睡过去，颜如玉也沉沉睡去。

蓝鼎元酒醒，睁开朦胧双眼，看到自己睡在一间华丽的房里，衣衫不整，刚翻个身，鼻子里却吸进了一缕异香，这才发现颜如玉紧偎在身边，不禁失声叫道："槽糕！"急忙找衣服，可衣服也不知放在哪了。蓝鼎元不禁自责："如玉姑娘，很是对不住！晚上酒喝多了，错进了你的房间。本该离开这里，可一时找不到衣服，只能等天亮再作理会了。还请姑娘暂且委屈一下，找个女伴的房间睡下吧。"

颜如玉听蓝鼎元这么说来，越发对眼前这男人有了好感。她含羞道："蓝公子，夜已深了，大家都各自安歇了，你叫小女子我上哪儿借宿去呢。"

蓝鼎元看了看房间，只有一张灯床，他犯难了。

颜如玉嫣然一笑："公子，你不用犯愁。你睡你的，我睡我的，两不相犯。"

颜如玉有心试试蓝鼎元。她如小鸟依人般地紧贴着蓝鼎元。蓝鼎元感觉有些异样,温和地说:"如玉姑娘,我非风流才子,更非逢场作戏之徒,还请姑娘原谅。"

颜如玉真心实意地说:"小女子我敬慕相公才学性品,倾心相许。"

蓝鼎元这时一脸严肃道:"如玉姑娘,我非追逐风月的浪荡子,还望姑娘自重。"

颜如玉更加敬佩蓝鼎元的君子之风了:"多谢蓝公子教诲。"

两人就此安然睡去。

天亮后,蓝鼎元穿上红红送还的衣服,没与众人打招呼,就走了。颜如玉却将李成他们狠狠数落了一番:"蓝鼎元是我平生第一次见到的真正的正人君子,心虚理明,心实志坚。你们枉为名士,只会吟诗饮酒、寻欢作乐。八闽君子雅士,独蓝鼎元一人而已。"颜如玉民就此告别青楼从良。

3

不久,陈梦林参加设在省城的恩科乡试,无奈又落第。陈梦林一看自己老大不小了,秋闱无望,直接当幕僚又不愿意。恰在这时,他接到台湾诸罗县令周钟瑄邀请,渡海赴台主持编纂《诸罗县志》。送别陈梦林,蓝鼎元、蔡世远依旧在鳌峰书院讲学著书。

过了些日子,蔡世远准备将近作《扪斋初集》刻印出来,请蓝鼎元作序。见蔡世远诚心相邀,蓝鼎元也不谦虚,慨然允诺。

是日傍晚,蓝鼎元拿着写好的序,正准备送给蔡世远,却见颜如玉单身来访。蓝鼎元问:"如玉姑娘,好久不见,今来有何事见教?"

颜如玉笑道:"蓝公子,我今日来,是想请你到舍下一叙。"

蓝鼎元本想婉言谢绝,颜如玉说道:"蓝公子,今日相请,别无他意,只因家中来了几位漳浦亲戚,想请你一叙。蔡世远、李成、余友也在寒舍相候。"

蓝鼎元不再推辞了。到了颜家,他看到蔡世远、李成、余友之外,还有不认识的一男一女。几个人相互寒暄后,颜如玉拊掌说:"我来介绍一下,这是我的表哥许荣秋,这是我的表妹许荣丽。"又对那兄妹说:"荣秋、荣丽,这位就是鼎鼎有名的闽南才子蓝鼎元蓝公子,你们的漳浦同乡。"

许荣秋说:"蓝兄,在下与舍妹久仰大名了。"

许荣丽没说话,只是点头微笑致意。

许荣秋、许荣丽兄妹大名与才貌,蓝鼎元在漳浦时亦有耳闻,却无缘相识,今日亲见,兄妹二人果然不凡!蓝鼎元回说:"蓝某久仰令兄妹大名,今承如玉姑娘安排,在他乡相识,备感荣幸。"

许荣丽浅浅一笑:"蓝公子过谦了。"

见二人如此,颜如玉满心欢喜。

这时,李成说道:"颜姑娘自从中秋之夜后,对你十分敬仰。这几天许兄和许姑娘来访,颜姑娘便将你的为人、学养说与两人听,许姑娘对蓝兄也是心仪已久,有心结识。今日你与许姑娘一见倾心,你二人尚未婚配,何不就此结下一段姻缘。"

蔡世远一旁附和:"蓝兄与许姑娘可真是天生地设一对。"

蓝鼎元经他们一说,不禁怦然心动,许荣丽也含羞低头。

当晚,大家相谈甚欢,夜深方散。

次日天明,许氏兄妹要回漳浦,蓝鼎元、颜如玉、李成、余友等人送出福州城外。临别之际,许荣丽悄悄送上一把折扇给蓝鼎元。不意李成眼尖看到了,遂打趣道:"两人送起定情物来了! 好,这扇子一扇就会扇来千般风情了。"

颜如玉也打趣地说:"李公子这话咋说的! 我家表妹送扇子是送善意,送好意。这扇子一扇,蓝公子的才情就更光芒万丈了。"

李成、颜如玉这么一说,许荣丽更不好意思了。

4

康熙四十九年(1710)夏日,蓝鼎元致信向张伯行提出辞归之意:

游子在外,乡梦不休。某幼丧父,赖祖父母及寡母辛苦提携,以至今日。祖父今年八十有九,祖母八十有二,日薄西山,此境岂能多得。又某有弟已长而未婚,有妹已长而未嫁。加以先君之柩,历年既多,未归于土,每当苦雨凄风,肝肠寸裂。自侍执事以来,细观先儒之书,窃闻圣贤之道,其最切者,父慈子孝,兄友弟恭。今弃家于不顾,自逃于八百里之外,以博丰食鲜衣,纵使学问才力推倒一世,执事亦何取于此等人而欲进之于道耶? 某虽不肖,颇知义利之辩,岂肯妄受人怜,有所希冀,笔耕舌耨,得稍供菽水,朝夕承颜膝下,于愿足矣,岂可复以远游贻老亲之倚闾哉? 曩侍执事一年,不敢稍露毫末者,恐形迹之间,似乎有所希冀。今征召再三,恐执事不知所以违命之故,将责以自暴自弃之罪,故取竭其愚衷,惟执事鉴谅焉。

张伯行看了信札,只好同意所请。

回到漳浦,母亲许氏见儿子年岁不小,便想给儿子张罗亲事。蓝鼎元将自己

137

在福州结识许荣丽的事告诉母亲。许氏没有反对,只问了一句"姑娘人品怎么样",得到蓝理肯定的回答后,便催蓝鼎元早点把婚事办了,蓝鼎元说家里这么穷,怎么能就让人家姑娘一来蓝家就受苦呢!再说了,大丈夫功名不取,何以为家!许氏不再说什么。

许荣丽得知蓝鼎元回到漳浦,便找到蓝家来。蓝鼎元不在家,家中只有祖父母及母亲、弟妹。许氏见一个十分美貌的姑娘走进家里,不免有些奇怪,忙招呼说:"姑娘,你找谁?"

许荣丽笑说:"大妈,您好,您是玉霖兄的母亲吧。"

许氏热情说:"对,我就是鼎元的娘。"

"玉霖兄在家吗?"

"你先坐坐,鼎元在种玉堂授课,我叫鼎元的弟弟去叫他回来。"说着,许氏朝厨房里喊道,"鼎光,你去种玉堂把你哥哥喊回来。"

过了片刻,蓝鼎元、蓝鼎光兄弟俩回来了。

许氏说:"鼎元,有个姑娘找你。"

蓝鼎元见是许荣丽,很是吃惊:"许姑娘,怎么会是你?"

许荣丽见蓝鼎元手里拿得正是自己赠送的那把扇子,心里甚是温馨。见蓝鼎元有些吃惊,她落落大方地说:"你回来怎么不跟我说一下,要不是如玉表姐告诉我,我还不知道你回来了呢。"

蓝鼎元有些嗫嚅:"本想去找你,可是家里日子艰难,事情又多,就耽搁了。"

许荣丽倒是看得开:"家贫不要紧,只要肯努力,就一定会好起来。"

许荣丽回家后,将自己与蓝鼎元的事说了。除了哥哥许荣秋,家里人都不同意她与蓝鼎元的婚事。许荣丽铁了心要嫁给蓝鼎元,家里人无奈,最后只得同意了这门亲事。

有情人终成眷属。日子虽然过得艰苦,但蓝鼎元与许荣丽却甚是恩爱。

5

蓝理在福建的施政做法,得到百姓欢迎,却引起了豪绅不满。

偏在这时,左右亲信又在挖他墙角:

蓝理在福建为民大兴土木建筑,所耗不菲,其资金大多数来源于当地豪绅为富不仁的罚金。差弁中狐假虎威者趁机敲诈勒索,蓝理身边的一些亲信,更是暗中勾结漳泉土宄恶棍,借侦访素封之名,诡称奉蓝理之令恐吓之,获利无算。若遇豪强不听从,这些亲信往往恶人先告状,以抗拒为大辱,伺机向蓝理诬告。蓝理被这些人所蒙蔽,严惩了那些不从的豪强。那些豪强富户只好请托蓝理左右,纳赂请求宽解。凡出入蓝理家门者皆致富，而恶名尽蓝理一人承受。

时间一长，那些对蓝理恨之入骨的势豪，忍无可忍。他们心怀怨恨，刻匿名帖，绘一虎以比蓝理，多列条款，传播京师，蓝理声名大坏。这些人势豪还暗通督抚，伺机报复。

形势对蓝理越来越不利。经过枪林弹雨洗礼过的蓝理，万没想到自己身边的人会挖坑让自己跳。

康熙五十年(1711)秋，闽南东北部的泉州、漳平等地受灾，豪门富户乘机囤积粮米，米价暴涨，民不聊生。漳平陈五显率众二千余人起义，骚乱泉州、永春、德化等州县，声势之大，京师震动。

蓝理出兵，迅速将起义镇压。有人借机大做文章，说蓝理治军无方，剿抚不力。闽浙总督范时崇、巡抚满保也参劾蓝理"贪婪酷虐，流毒士民"。康熙震怒，怒责蓝理，将其革职，并派侍郎觉和托、廖腾奎，偕范时崇、满保一起展开调查，蓝理也被收押在漳州大牢。

6

是年冬天，饥荒波及整个闽南，漳浦尤甚。山上树皮，地里野菜，能吃的连根都挖光了。蓝鼎元看到四邻都饿得面黄肌瘦，非常着急。他本找堂叔公蓝理想办法，不想蓝理已被撤职查办了。他又想到好友阮察文，听说他有个挚友吴郡，现任定海总兵官。蓝鼎元想，定海是鱼米之乡，请阮察文到定海去找吴郡，给挚友知会一下闽南闹饥荒的情况，说不定会得到点救济。

蓝鼎元连夜赶往下魏阮家，把自己的想法告诉了阮察文。

阮察文大喜："我怎么没想到，我这挚友慷慨，堪比三国鲁肃！"

阮察文邀蓝鼎元一块去定海。见了吴郡，阮察文先介绍蓝鼎元，然后通报闽南灾情。吴郡说："蓝理在定海任过总兵，为定海的发展做出了巨大贡献，现在他的家乡出现灾情，定海理应支援。"吴郡于是紧急上报督抚，取得朝廷同意后，将江浙漕米三十万石由海道运入闽南赈灾。闽南人也由此安然度过这场饥荒。

在蓝鼎元、许荣丽两人的苦心经营下，家境渐渐好了起来。蓝鼎元所著《女学》也完稿，凡六卷，这是蓝鼎元完成的第一部书。

蓝鼎元在序中开宗明义说，"天下之治在风俗，风俗之正在齐家，齐家之道当自妇人始"，"妇人善恶不同，性习各异，比而齐之，宜莫如学"，"古者男女皆有学，周礼，九嫔掌妇学之法以教九御，妇德、妇言、妇容、妇功，各帅其属，而以时御叙于王所"，"程子曰，'天下之家，正则天下治矣！'愿天下人各正其家，以默赞九重肃雍之化，风俗醇美，家室和平"。世人称赞《女学》一书依周礼妇学编次，德言容功，至当不易,有裨世道,可垂为经,文亦切实大雅,足继朱子大学序。

蓝鼎元将书呈给祖父。蓝继善看完后大喜:"五百年无此矣,不意吾孙能如是!此有关风教,为世道人心不可少之书,确乎可传也!"

没过多久,蓝继善病故,临终前对蓝鼎元说:"听说你蓝理叔公还关在漳州,元儿有机会一定要去看看他,我相信他是被冤枉的。"

7

康熙五十一年(1712)春,蓝鼎元托人疏通关系,到漳州牢狱看望蓝理。蓝理身陷囹圄,却心平气和地对蓝鼎元说:"鼎元,你最近可有什么新作?"
蓝鼎元便将新作《临漳台赋》递给蓝理:

> 试登漳城,万象纵横。停骖四望,百虑环生。地辖扬州之域,野分牛女之星。群峰绕翠,一水澄清。雉堞岪蕞,烟井喧轰。门因贡珠著,堂以尊道名。楼有喜雨之颂,阁有齐云之称。郡判曾为留珮,君子于焉建亭。凡皆错落郡屋之间,共藏风而听月,未如雄踞高山之顶,独结瑶而构琼。
>
> 繁惟临漳之台,实擅丹霞之胜。基跨龙首,形开鹤颈。规天矩地,竦峙方正。嵬峨岌嶪,莫之与竞。遂偃蹇而上跻,过云霞于膝胫。可以望气祲,察灾详,顺时敷政,时观游,节劳逸,省风布令,睹兹下土之有干有年,何妨眈乐而以觞以咏。
>
> 尔乃东望分岐,竹节清泉。万松鸣鹤,崭岩蜿蜒。铁甲之崖方峭壁,鸳鸯之数欲参天。赤屿流丹来海峤,白云舞练于日边。至如南望郊关,清溪横滞,双桥卧波似龙,两大霞山环水云之馆,洲荷张刺史之盖。绿杨垂柳,恍忽章台,虎洞狮岩,备极一方胜概。又如眺望西北,冈峦腾複,湖光潋滟,山际流瀑,天宝珠飞,龙江渔罝。圆山康叟之祠,北溪安卿之屋,瞻天柱如培塿,俯欧寮若寸木,皆回环于台下,使我临风而踟蹰。
>
> 于是,思今吊古,设想噫嘻。紫阳沿漳之日,吾道南来之期,则斯台也,为讲学明礼之区,固与灵台重壁,互相等夷,而非一柱九层敢共驰驱。若夫登斯台而恤民隐,则有柯判感鹊之精诚;登斯台而谈兵事,则有姚侯平海之战征。刘表呼鹰,未足方其意趣;项王戏马,讵足比其英声。亦有倒悬之士,羡黄金于易水;爱花之客,慕避风以徙倚。岁时士女,遥逍容与。管弦啸歌,杂沓罗绮。汝酒既清,汝肴既美,我呼得卢,子呼得雉。绝类桂宫走狗之风,依稀广阳斗鸡之鄙。余独立台上兮,忽超然而倘佯。视千峰之俯伏兮,神欣欣而乐康。疑日月之可接兮,羌举首以昂藏。望鹏鲲于北海兮,振凤凰于高岗。睹

万家之烟火兮,喜桑麻之青苍。但觉耕食凿饮,群黎之喣喣兮,孰辨夫尧台与临漳。

蓝理读罢,忍不住赞道:"好文章。以此文观之,今后东南海域若再有事端,欲彻底平复之,非廷珍与你莫属。"

一老一少,相谈甚欢。蓝理说:"叔公活到这个年纪,才明白性躁心粗者一事无成,心和气平者百福来集。叔公性躁心粗一辈子,但不后悔,只是希望鼎元你不能似叔公这般。"

蓝鼎元说:"叔公高义,勇壮简易,所向无前,成就大名,虽陷囹圄,世人感念,此非常人可比。"

这年秋天,蓝理被送往京师会审,诸臣奏请立斩,追回赃银八万两,家产全部造册入官。康熙念其台海之功,命从宽免死,来京入旗。是年蓝理母亲苏清红逝世,康熙诰封苏清红为一品夫人,并特许蓝理回乡送终。

8

这期间,准噶尔部噶尔丹的侄子策妄阿拉布坦多次作乱,骚扰西北边陲,袭据西藏拉萨。镇远将军富能指挥不当,清军大败。

康熙五十四年(1715),清军拟三路重新进剿,蓝理请求随军出征。康熙深知蓝理骁勇善战,赐总兵衔,命其随都统穆尔赛出征,协理北路军务。康熙亲嘱穆尔赛:"蓝理谙练行间,汝宜亲信,大有裨益。"

蓝理带领国英、国庭、国定、国柱四个儿子,自备军资,随从穆尔赛北伐。一路上,蓝理结合自己多年的作战经验,考察地势,分析军情,进战、退守、移营、就粮数事皆合机宜。与敌人短兵相接时,蓝理也宝刀未老,重现当年台海骁勇善战英姿。穆尔赛甚为钦佩,上报康熙为蓝理请功。

康熙闻报,赐蓝理提督衔,加封左都督,禄享官阶一品。蓝理正欲在战场上冲锋陷阵,重振雄威,不意旧伤复发,被康熙招回京城治疗。

第十二章

廷珍头角峥嵘,鼎元九试不售

1

康熙四十四年(1705),东南沿海海贼劫掠频仍,百姓人心惶惶。

驻扎定海的蓝廷珍奉命巡逻外洋,多次在南麂海面捕获贼船。一次,他巡逻凤凰海面,发现贼船,日夜追赶,一直追到青水大洋,最终击沉和捕获贼船各一只,斩杀海贼十五人,生擒海贼二十七人,有效遏制了海贼的嚣张气焰。上司因此提调他为温州镇标中营游击,官阶从三品。

康熙五十三年(1714),蓝廷珍从官山外洋追捕贼船到青山大洋,夺得两艘巨舰,斩首二十一级,擒获六十四人。凡汪洋绝岛、险远僻深,官兵历来不到之处,蓝廷珍皆穷搜无遗。海贼闻风破胆,相互告诫要"谨避老蓝"。

蓝廷珍威名日盛,自然引起了同僚妒忌。有人就在已官至闽浙总督的满保面前说蓝廷珍居功自傲,滥杀无辜,以民充贼。

满保听信谗言,正思弹劾蓝廷珍。

好在提督吴升了解蓝廷珍为人,极力斡旋:"蓝廷珍威望素著,搜捕贼船,如探囊取物,海岛亡命之徒,望风远遁,堪称闽浙第一良将也。"

满保方暂且作罢。

康熙五十六年(1717)四月,关东大盗孙森盗窃辽阳巨炮和战舰,潜逃下海。康熙大为震怒,责成沿海官员严加缉拿。满保沿海滨巡行南下,与吴升来到温州。温州大小官员一齐出迎,唯独不见蓝廷珍。

满保便话中带话,询问道:"温州镇官兵是否贤能?"

这帮官员知道满保不满蓝廷珍,乘机谎称道:"温州镇官兵飞扬跋扈,欺压百姓。"

一个叫高君好更是上前说："禀报制府大人，蓝廷珍治军无方，军纪极差。他这温州镇标右营游击职位，靠的是他亲戚蓝理庇佑得来的，本人并无多大本领。"

满保看了高君好一眼说："本制问你，你对蓝理大人了解多少？蓝理大人可是我大清朝一员猛将，急公好义，勇壮简易，所向无前，岂容你诋毁！"又问道，"蓝廷珍现在何处，做何事？"

高君好还是恶语中伤："蓝廷珍明知制府大人今日来巡，可这会儿却还在家里看戏呢。"

其他人也应和道："闽南人爱看戏，依我们看就别扰他的雅兴了。"

这些话貌似轻巧，实藏杀机。

果然，满保听了异常恼怒，当场写下参劾蓝廷珍的奏疏，准备翌晨寄京。这回，任吴升如何相劝，也无济于事。

2

满保的船只接着到瑞安巡视停靠，不料蓝廷珍一身戎装，配剑，手持乌铁扁担，早已跪迎江边。

满保胡须一翘，厉声责问蓝廷珍："你不是在家看戏吗，来这里做什么！"

蓝廷珍一听，知道怎么回事，从容答道："下官方从海面缉贼回来，擒拿到逸贼孙森等九十余人，尽获其战舰、赃物和炮械。"

满保愕然惊叹："果有这等奇事！吴大人一再相劝，让我弄清楚才下结论，我就是没听进去。唉，我险失一员良将！都说蓝理大人是我大清虎将，我看你将来定能青出于蓝而胜于蓝也。"

他当即将蓝廷珍召到船中，亲加优抚，详细询问破贼情形。当蓝廷珍说到借鉴戚继光的鸳鸯阵和小三才阵痛杀凶残的海盗时，他啧啧称奇，称蓝廷珍是"两省将才，无出其右"。

事后，满保对蓝廷珍改参劾为荐举，朝廷允诺，遇缺即补。

3

同年夏，蔡世远因丁忧赋闲在家，复被福建巡抚吕犹龙聘到福州主持鳌峰书院。

蓝鼎元仍在家中过着耕读讲学的日子。这几年来，祖母、母亲又相继过世，哀毁瘠立，年景又不好，时常面临饔飧不继、箪瓢屡空的窘境，让蓝鼎元有点喘不过

气来。然而他仍一如既往读书著述,并作《饿乡记》一文,自广其志:

> 醉乡睡乡之境稍进焉,则有饿乡。
>
> 其土、其俗、其人与二乡大同而小异。但其节尚介、行尚高、气尚清。磨砺圣贤,排斥庸俗,则又醉乡睡乡之所未能逮也。
>
> 昔者伯夷、叔齐,尝造是乡,爱其境,婆娑不忍去。乡之人留之,群奉为主。吾友黄越甫,尝游是乡,归为余言此中佳胜,非俗人所知。
>
> 余初未以为然,年来偕越甫,联袂而征。未半途,觉道路险峻,苦不可耐。复勉强前行,忽尔气象顿宽,别有天地。其山茫茫,其水淼淼,其民浑浑恶恶,忘贫富贵贱。三光如飞弹,大块如转园,俯视王侯卿相,不啻蝼蚁之尊,持粱齿肥,醉饱欲死,殊觉可怜莫甚焉!
>
> 伯夷、叔齐皆为余言是乡来历及君子之至于斯者。且言彼未入时,虞帝、大舜及商臣傅说、胶鬲,皆尝流连是乡。后又有管夷吾、孙叔敖、百里奚诸公,谒吾徒而来请。盖天将有意于是人,必先使阅历是乡,以增益之乎?
>
> 余笑而不信,但乐其乡人之不余拒也。辄数日一往,往则与夷、齐上下议论,盘桓尽兴而归,深以为独得饿乡之秘。士之不自菲薄,有志是乡者,自行束脩,吾将诲之。

4

康熙五十八年(1719)春,蓝廷珍被朝廷提升为澎湖副将,官阶从二品。夏秋间,蒙康熙眷顾,又将其改授为南澳总兵官,官阶正二品。南澳为闽粤要冲,海上船只必经之地,世称“天南第一重地”。

赴任前,蓝廷珍轻车简从回漳浦官塘省亲。他知道蓝鼎元多次参加乡试不第,便到蓝鼎元家看望他,并劝蓝鼎元跟自己一块到南澳,辅助他镇守南澳。

蓝鼎元明白蓝廷珍一番好意,可还是婉言谢绝,准备再考一次。

蓝廷珍见蓝鼎元主意已决,不好再强求什么,只是好言勉励蓝鼎元能遂所愿。离开时,蓝廷珍硬是留下了些银两。

小住几天后,蓝廷珍取道诏安从陆路出潮州,过海到了南澳。下了官船,上得岸来,没走多远,蓝廷珍就听到有人大喊救命。蓝廷珍寻声一看,几个面相凶残之人正持刀抢夺百姓财物。他怒不可遏,拔出剑来,欲与左右将贼人拿下。那几个歹徒见有官兵来救,不但不跑,反而撇下东西,直奔官兵而来。

双方短兵相接,官兵渐渐占得上风,歹徒忙向大海逃去,官兵追到海边时,那群歹徒早已经登船出洋遁逃了。

这番遭遇,让蓝廷珍真正见识了南澳海盗的猖獗——光天化日之下,居然敢到岛上来抢劫。

5

蓝廷珍到任后,遍访南澳各地。他仔细分析了南澳海盗形成原因与活动特点:南澳为闽粤两省海上门户,龙蛇混杂;朝廷升平已久,驻南澳官兵,养尊处优,偷安怠惰,营伍废弛,将帅素尸,捕贼不力,贼势日盛。每年三四月,东南风盛,盗贼哨聚,从南澳入闽,纵横洋面,截劫商船,由外浯屿、料罗、乌纱而上,出烽火、流江而入于浙。八九月,西北风起,卷帆顺溜,剽掠而下,由南澳入粤。劫获金钱货物多者,各回家营运卒岁,谓之散斗。劫少无所利者,则泛舟顺流,避风于高州海南等处。来岁二三月,土婆涌起,南方不能容,仍驾驶北上,由南澳入闽。

针对这一情况,蓝廷珍勤劳哨缉,一洗向来镇弁积玩逡巡畏缩之习,搜贼船而歼之,南澳海域一时平静下来。可没多久,海盗又多了起来。蓝廷珍想到蓝鼎元早年考察过沿海防务,熟悉海疆利弊,想请他出谋划策治治海盗,便派人把蓝鼎元请到了南澳。

蓝鼎元胸有成竹地说:"升平小丑,有何难治? 海面虽宽,得其要如一室耳。去接贼之人,贼势自然穷蹙。练兵丁,精器械,慎机密,搜丑类而歼之,治其标也。平日恩威并济,必有大服军士之心,虽使赴汤蹈火,亦无所避,又当知弭盗之源,在乎民风。士习课农桑,修学校,以养以教,自然不为盗贼,治其本也。鼎元不敏,敢抒管见,略陈数事。先民有言,询于刍荛,惟吾兄察之。"

蓝廷珍大喜,正待问具体内容,忽然探马来报南澳东部海面上出现五艘海盗船只。蓝廷珍让蓝鼎元先在南澳住下,待其回来后再细谈。

蓝廷珍走后,蓝鼎元让人拿来纸笔,就着刚才的话题,刷刷地写了起来。写完后,让亲兵转交蓝廷珍,他便回漳浦去了。

蓝廷珍回来后,接信展读:

与荆璞家兄论镇守南澳事宜

其一,哨船之接济宜察也。匪类逃躲外洋,其粮米物食、火药军器,皆由内地奸人接济之也。论者多归咎渔船,然南澳地方向来皆由守港哨船接济,以获其利。是在镇主留心稽察,无使复蹈前辙,海孽之肃清,思过半矣。

其二,兵丁之老弱宜换也。国家糜费金钱,养一兵必得一兵之用,而将官荫空粮,老弱充军数,可用者几何? 兵皆须精兵,勤行操演,使兵识将意,将识兵情,屹然为一方雄镇,知所向之无敌也。

其三，亲随之精锐宜选也。虽有猛虎，无爪牙不威；虽有名将，无左右不雄。况杀敌重事，可无心腹亲军，死生不离者哉？鄙意镇兵中巡哨亲军、心腹亲兵，皆宜选武勇超群、敢死不二心之精壮，每出洋与之俱。凡随行出哨之人，有临阵尽力，功在众上者，倍加优赏，遇缺先补，则敢死之军，勇气无敌。

其四，哨船之军器宜审也。北人乘马，专以弓矢见长。南人乘舟，角逐于烟波浩荡之际，莫若炮火之为功大也。鄙意哨船军器，专用鸟铳、鹿铳、连环子母西瓜炮、喷天筒、火罐、火箭，佐以单刀、藤牌、长枪、大钩，而其余可一概不用。贼虽有艨艟巨舰，不能当官军炮火重叠，惟俯首就擒耳。

其五，巡哨之踪迹宜密也。兵法有奇正，贼势有大小，出其不意，敌乃可致。贼船见商船则趋，见哨船则避。鄙意哨船之出，当如商船行径，勿张旗帜，勿挂牌刀，多运小石压载，以疑货物，有急可当军器。行莫连舟，但度策应所可及，若断若续，遇贼船对敌，然后举大炮为号。众哨齐集，堵截环攻，擒贼获船，百无失一。

其六，驭下之恩威宜兼济也。体恤不周，则军心怨望；号命不严，则将权不振。御兵之法，莫大乎体贴人情，为之设身处地，饥寒疾苦，痛痒相关，婚姻死丧，酌量周恤，上下相亲，如手足腹心之不可离。至于法令一出，泰山不移，敢有犯者，虽亲无赦。故令无不行，禁无不止，三军之士怀德畏威，此服心之上计也。

其七，岛屿之苍黎宜恤也。用兵之道，安民为先，弭盗之源，抚民为本。南澳僻处海中，居民鲜少，兼地界两省，有司政教之所不及，则镇主管弁，实民父母也，兵丁恃党骄恣，未免欺制小民。故约兵贵严，待民贵宽，不使强凌弱，众暴寡，是则兵民一体之意也。凡举动必顺民情，不则去之。

其八，澳城之学校宜兴也。虽在海外，不废诗书，虽有戈矛，必兴礼乐。孟子曰："壮者以暇日，修其孝弟忠信。"则知教化之兴，亦武备根本也。鄙意以为义学宜兴，学舍宜扩，祭祀之费，膏火之资，宜续捐增益。春秋丁祭，宜亲临释奠，萃闽澳诸生及兵民子弟之秀者，咸令入学，延漳潮间名士之学行兼优，才品出众者一人为师表，以教育之。开府忘其尊，庶民兴于学，甚盛事也。宏功盛业，千载不朽，尚于暇日加之意乎！

蓝廷珍连看了几遍，大为叹服。蓝廷珍依照蓝鼎元的策略行事，不久南澳海面果然安定下来。

不久，蓝廷珍又兼管碣石、潮州二镇军务。南澳、碣石、潮州三地形成了一个相对独立的军事单位，直接受制于朝廷，因其地理位置特殊，又直接受闽浙总督统辖。

6

康熙五十九年(1720)秋,蓝鼎元第九次参加乡试,可还是未第。这次落第,让他心情格外沉重。

他打开妻子送给自己的定情折扇,轻声吟道:"道理原无玄妙,只在日用人事间,但循序用功,便自有见。朱门高弟,漳上真儒,北溪先生此言不差矣,吾当效仿之。"

北溪先生,真名陈淳,南宋龙溪游仙人,因世居九龙江北溪之滨,故名。初,陈淳习举子业,专心功名准备应试。林宗臣对他研习科举之文不以为然,说此非圣贤事业,赠他朱熹理学著作《近思录》。林宗臣,以儒学登科,官主簿,素享有善于品评鉴别的盛誉。陈淳得到林宗臣指点,转攻理学。朱熹任漳州知府时,他又拜朱熹为师,成为与黄干齐名的朱门高徒。陈淳一生虽未任职,但影响深远,门生众多,世人称之为"朱门高弟"、"漳上真儒",《宋史》为之立传,配祀朱子庙。

蓝鼎元合起扇子,欣然提笔:"天下无不可为之事,唯心坚力勤,精诚所感,可以动天地。"

许荣丽笑道:"相公能有此心力,何愁天地不佑!蓝理叔公勇壮简易的性格,所向无前的精神,值得我们记之学之。"

蓝鼎元有感而发:"勇壮简易是一种激情,所向无前是一种信念,生活越艰难如许,我们越须努力为之,真可谓知夫莫如妻也。"他又打开扇子,在扇面上写下了"勇壮简易,所向无前"八个大字。

7

夫妻俩正说着话间,忽传云锦在屋外昏迷过去。

云锦是蓝鼎元的长子,从小就聪颖好学,不意长到十五六岁时,经常生病。蓝鼎元夫妻虽说一直想方设法给他医治,但云锦身体还是时好时坏。

蓝鼎元夫妻赶紧跑出屋来一看,云锦半躺在地上,一个邻居将他的头枕在腿上。蓝鼎元把云锦抱到床上,吩咐妻子去村头请大夫过来。

不一会儿,大夫来了。大夫把了把脉,又看了看气色,便给云锦开了些药,吩咐按时服用,便走了。

这时,刚才救了云锦的邻居进来问道:"鼎元,云锦的情况怎样了?"

"大夫给开药了,应该没什么事了。"

"刚才真是吓死人了!我刚从你家屋外经过,看到云锦一个趔趄就倒下,跑过来一看,已是昏迷不醒了。赶紧抱起来,向你屋里喊话。没事就好。"

"幸亏你发现及时,真是太感谢你了。"

"自己人不见外。"邻居似乎又想到什么,说,"鼎元,我有句,可能不太中听,但为了云锦,我还是要说。"

"但说无妨。"

"云锦这一身病,我看都是你这个做父亲的每天要他儒衣习文造成的。他每天安坐偃卧,未尝劳力,是以筋骨懈散,血气不行。你不如让他练练拳脚、棍棒,每天出出汗,不但不再生病,还能让身体健壮起来。"

蓝鼎元点点头说:"等锦儿痊愈,我就让他试试看吧。"

三日后,云锦病稍好转,蓝鼎元便让他习练武艺。时间一长,云锦果然健壮起来。云锦也以飞枪走马弯弓为乐,蓝鼎元见如此,也只好听之任之。

8

这年冬天,蓝理在天津蓝田庄里病逝,享年七十四岁。

康熙下诏蓝理妻儿护送灵柩回原籍安葬,诰封蓝理"光禄大夫提督军门统辖水陆等处各镇",并除其旗籍,恢复原籍,恢复因军功而授予的"昂帮章京内大臣兼摄左都督,世袭骑都尉,一等伯"等封号,并赐予御联:

> 铜柱海疆曾著绩,
> 铁衣戎略夙知名。

蓝理一生参与平藩、平台、平疆战役,以"拖肠血战,功在首先"而名著于世,他在兴修水利、发展农业、铺路筑桥、抑制豪强、建寺修庙、安定民生等方面也有很大功绩,入传《清史稿》。

漳州浦头地方百姓也感念蓝理在世恩德,为他雕塑神像,入祀浦头关帝庙。现庙里主祀关圣帝君,附祀大禹帝、送子娘娘、周仓、伽蓝爷、蓝理。庙中正殿至今悬挂蓝理题写"江汉以濯"匾额。

蓝廷珍、蓝鼎元知悉蓝理病逝,大为悲恸。蓝鼎元撰文《叔祖福建提督义山公家传》以志哀悼,文中叙述蓝理生平,末了论曰:

> 公一代虎将也,起草茅,建奇勋,生平举动,种种异人,可不谓非常之杰乎!公有奇气,急流勇进,终不可没,拖肠血战,功在社稷,堪称简易洁清之操,国家干城之彦,千载犹将慨慕之哉!

【第十三章】
官逼民反

1

台湾收复后,清朝虽及时设置府县,但还是疏于管理和开发,到了康熙后期这种现象更加明显,大小官吏贪婪成风,无不利用手中权势,搜括民膏民脂,中饱私囊。

康熙五十五年(1716),山西长治人王珍调任台湾府知府。他巧立名目,横征暴敛。为掩盖暴政,他派出不少爪牙暗探,到民间窃听百姓对官府的议论。凡听到有对官府抨击、责骂,便公开或秘密逮捕,施以严刑拷打,或馘耳砍头。一时间,哀声载道,积怨成河。

康熙六十年(1721)初,凤山县知县出缺,王珍委派儿子王宝充任。王宝在凤山的横征暴敛比其父更甚百倍。凤山民生凄凉,山民愤懑,四处串联,反抗怒火一触即发。

在王珍父子治下,台湾的情势越来越严峻。

2

朱一贵,康熙二十八年(1689)生,漳州长泰陈巷人,从小家贫,没读过什么书,但处事灵活。为谋生,他从家乡跑到厦门,又渡海到台湾,娶台女为妻。康熙五十二年(1713),他在台厦道衙内当差,因得罪官吏被革职,夫妻俩流落到台南罗汉门山母顶草地,以饲鸭为生。朱一贵养鸭上千只,他将所养鸭群编队成伍,朝出暮归。放养时,他以一支长竿挂一红幡为号,鸭群或聚或散,或东或西,悉听号令。

当地山民从未见过此等场面,皆视其为异人,称之为"鸭母王"。朱一贵性亦任侠,结交之士多明朝遗民、草泽壮士、奇僧剑客。他待人慷慨,常常宰鸭煮酒,与友痛谈明朝亡国之事,每至悲伤感叹不已。当下,朱一贵见台湾情势有机可乘,更加有意结交一些可以帮助自己起事的人才。

是日,朱一贵约了王玉全、黄殿、吴外到酒铺里喝酒。王玉全素有智多星之称,黄殿是一位仗义疏财的员外,吴外也是一位狭义之士。

酒埔里人很多,朱一贵四人找了一个靠里侧的桌子坐下,叫了酒和几个菜吃起来。边上有一个桌子,坐了七个人,一边喝酒一边说话。他们说的都是闽南话,有的带着漳州腔,有的带着泉州调,有的带着潮汕音。

"昨晚知府王珍又叫他宝贝儿子县令王宝抓人,我们白天谢神演戏,入山砍竹有什么错,他们动不动就抓人捞钱,还好我们几个跑得快,不然就落入魔掌了。"

"台湾孤悬海外,真是山高皇帝远了。朝廷疏忽台湾,台湾官府腐败,政乱刑繁,民生不宁,干脆我们反了算了,官逼民反,民不得不反。"

"对,谋起兵,诛贪吏,大不了鱼死网破,总比受贪吏的窝囊气强!"

正说着间,店外忽然拥入一群县衙差役,直扑他们,带头的衙役喊道:"抓住这些贼人,看今天你们往哪逃!"

七人一看情势不妙,三人跪地求饶,两人怒目而视,一人脱身逃跑,唯有一人抢起板凳与衙役斯杀起来。朱一贵四人出手相助,杀退衙役。一问之下,才知道那个抢长板凳的汉子名叫李勇。

五人离开酒铺,朱一贵问道:"李勇兄弟,你怎么会使漳州开元拳?"

李勇说:"我是从漳州过来的。"

王玉全说:"漳州是武术之乡,难怪李勇兄弟的拳脚了得。"

3

暮春三月,料峭的阿里山寒风已渐转暖和。在凤山县治东面,即罗汉门山中黄家庄,一座青瓦青砖的大宅院十分引人注目,这宅院便是黄殿家。一个雨天的午时,朱一贵、黄殿、王玉全、吴外、李勇、郑定瑞等一干从大陆来的密友,密集于宅院里的一间内室,轻声细语,促膝聚谋。他们分析台湾官吏文婪武嬉,政乱刑繁,民心大变的形势,决定首举义旗,起兵推翻台湾官府,进而再渡海推翻清朝统治,恢复大明江山。众人共推朱一贵为首领。

会议最后,朱一贵神采奕奕地说:"我姓朱,托为明室后裔,光复故国,用此号召乡里,归附的人一定很多。"

他吩咐王玉全到台湾北部走一遭,一是观察台湾北部动静,二是联络台湾北部同志者。其他人也一一领命，分头着手准备举义事宜。

4

王玉全只身一人，从台湾凤山向北，一路走来，看到百姓过的日子都异常艰难痛苦，而衙门豪宅却是一派升平景象，那些文武官吏漠视民生，大都沉醉于文恬武嬉之中，全然不顾百姓疾苦。他联络一些同志后，准备返回凤山，不意途中生病，身上的盘缠也用尽了，而朱一贵交代的事情急迫，得赶紧回去复命。

他咬咬牙，坚持徒步朝凤山的方向走去。走了几个时辰，饥病交迫，撑不住，倒卧道旁。

这时，恰有一个年逾半百的潮州商贩高永寿经过此地。他看到王玉全奄奄一息的，顿起怜悯心，雇人将他弄到就近客店，然后请医生诊治服药。病愈后，还赠与衣服、盘缠。

隔了十余天，高永寿到南路经商，巧的是又遇上王玉全。

高永寿认不出王玉全，可王玉全却记得高永寿。王玉全纳头便拜："恩公在上，请受我一拜！"

高永寿端详了一会儿，方认出是王玉全，急忙扶他起来，笑道："你是王玉全，看来恢复得不错，我差点都认不出来了。你现在做何营生？"

王玉全笑而不答，只是热情邀高永寿到他住处。

高永寿见盛情难却，跟王玉全到了罗汉门山区。

王玉全带高永寿见了朱一贵："大哥，这位就是前些日子救过小弟性命的恩公高永寿先生。"然后向高永寿介绍说，"恩公，这位就是我当家大哥朱一贵，当地人都叫他朱员外。"

朱一贵见了高永寿，十分高兴，吩咐备下酒宴。高永寿见朱一贵豪爽，不好谦让，遂欣然入席。

喝酒间，厅里厅外刀枪剑戟熠熠闪光，高永寿心中顿生疑惑。

朱一贵看出高永寿心思，向他敬完三巡酒后，开宗明义地说："兄弟看高先生也是我大明子孙，想我延平郡王高举反清复明大旗，纵横闽粤大地，后又挥师入台，驱逐红毛番，使台湾民众免受异族统治。讵料国姓爷子孙不肖，引清兵入台，使我等又落入满人手中。我等不忘旧主皇恩，招兵买马，广纳四方义士，决定揭竿举事，推翻台湾官府，赶走满奴清吏，还我大明江山。"尔后，离座举杯，"高先生为人高义，尚请先生能共襄复明大业，担任我后勤财饷重任，高先生如同意，请干此杯。"

高永寿一听，心中异常惊惧，却不露声色地干了杯中酒，说："反清复明我赞同,只是家中还有一些生意账务,欠人的,人欠的都有,我回去处理一下。事毕之后,再来听候调遣,不知朱员外意下如何?"

朱一贵见高永寿说的合乎情理,点头答应。

5

高永寿离开后,一路思前想后,决定还是报告官府。

他赶到南路营举报,不想南路营参将苗景龙听了,哈哈大笑:"你这老头,人家好酒好菜款待你,你酒醉未醒,恩将仇报,在此胡说八道。太平盛世,哪来的蟊贼敢造反!滚回去,死老头,要不是看你年过半百,定叫你吃棍子!"

高永寿又到府衙告变,王珍、吴观域等一帮官吏更是不相信高永寿所言,大骂他无事生非,蛊惑人心。

最后,高永寿来到台湾镇署。总兵加左都督欧阳凯听罢,冷笑道:"你这个老东西,是不是犯了疯病,到处胡言乱语。你可知军无戏言,你这可是动摇军心,扰乱社稷的言行!"

高永寿急得满脸通红,心想这个状怎么告得这般艰难,就没好气地说:"你们这些当官的怎么这等糊涂,我冒险将谋反大逆之事告诉给你们,你们却说我是白天说梦话患了疯病,我的一片忠心叫狗给咬去了!"

欧阳凯勃然大怒:"你这可恶的老家伙,妖言惑众,来人,把这老家伙捆起来,听候处理!"

两名卫士立即上前将高永寿五花大绑。

欧阳凯请来台厦道梁文煊、台湾府守王珍、同知王礼,会审高永寿。可怜高永寿被打得死去活来,最后屈打成招,承认是无中生有。会审完毕,高永寿被定为妖言惑众罪,本拟斩首,还是梁文煊说了句话,说将其送回原籍广东潮州算了,高永寿方保住性命。

一桩糊涂案就这样了结了,庆幸的是高永寿没人头落地。

台湾军政大员依然高枕无忧,终日沉醉于温柔乡里。

6

康熙六十年(1721)四月十九日,朱一贵等五十二人得知高永寿告密,决定事不宜迟,就在这一天起事。是日,黄家庄杀牛宰猪,设酒席百余桌。黄殿一面派庄丁到山外隘口站岗放哨,一面令人在庄中广场设立香案。良时一到,焚香点烛,众好汉义士列队案前，焚表结盟，正式奉朱一贵为主，树红色大旗，旗上写"大元帅朱"。朱一贵登上帅位，接受众人朝拜，宣布黄殿任朱军钱粮总管，王玉全为军师，另五十位首领各统领军士一千名，并选出武功高强出众者为把总、标目、财粮、伙夫等。

夜里三更，朱一贵出兵攻打冈山清兵。清兵毫无防备，在梦乡中就身首分离。冈山把总张文举只身逃脱。

次日，警报传至总兵府，总兵欧阳凯闻报，大吃一惊，急忙召集众将弁研究对策。梁文煊、王珍等地方长官也心急火燎般赶来。在场的文官武将，谁也没想到台湾竟然有人敢在此时揭竿造反，血洗官军哨所。

欧阳凯压住怒气说："冈山距离台湾府治不上百里，现在应乘贼势未炽，羽毛未丰，迅速围剿，一举歼灭。"

中营游击刘得紫离座应道："卑职不才，愿带兵前往歼贼，为冈山牺牲的兄弟报仇。"

欧阳凯见刘得紫身长体瘦，一脸书生气，虽说是漳浦同乡，但还是摇头未允。

复有一人离座高声道："禀总镇大人，区区草寇蟊贼，何足挂齿。卑职愿前往冈山，提朱一贵首级回来献与总镇大人。"

欧阳凯见这人虎背熊腰，身材魁梧，此人正是右营游击周应龙，点头问道："周大人，你有何平贼良策？"

周应龙回道："兵来将挡，水来土掩。一伙蟊贼，乌合之众，毋须什么计策，就能将其一网打尽。"

周应龙这话颇有气势，欧阳凯立即下令道："本镇任命右营游击周应龙率军四百，围剿反贼朱一贵。胜利归来，本镇当奏明圣上为周大人及有功将士加官进禄。"说毕，他又对梁文煊、王珍说："梁大人，王大人，请两位大人通知台湾知县吴观域大人及诸罗知县朱夔大人，抽调新港、目加溜湾、萧垄、麻豆四番社的丁勇配合进剿。此际，贼立足未定，当可一击歼灭之。"

新港、目加溜湾、萧垄、麻豆四番社均在台南，是台湾少数民族基本汉化的熟番聚居地。台湾少数民族统称高山族，多居于中、东部山脉。从元朝起，一部分高山族人与大陆移民开始通商、通婚，受汉族影响甚大，语言、风俗习惯等与汉族移民所差无几，这一族群称为熟番或平埔人。而居住在台湾中部、东部深山内的高山族人，由于没与汉人接触，语言、风俗、生产、生活、心态等方面都保留原民族特点，被称为生番或野番。不论是熟番，还是生番，由于长期居住在深山密林中，时刻与飞禽猛兽，与严酷的大自然作斗争，民性因而剽悍、好斗、暴戾，清朝官府利用其这一特点，招募他们之中的青壮年，将他们训练成番勇。

进剿的这一天，暴雨倾盆。周应龙率领四百清兵及四社丁勇几百人，向冈山哨所进发。山路泥泞，他们半天才走了五里路。到了半路店，军士个个像落汤鸡。伍长头目纷纷找民房躲雨，周应龙只好传令队伍在此驻营。

次日,雨仍未停,山路更加难行,清军勉强再走十五里。周应龙只得挑选精干士兵组成先锋,令冈山把总张文举率领,直奔冈山。天雨路滑,张文举率部走到角带围,早已疲惫不堪,士气低落。为鼓舞士气,张文举放纵士兵闯入村中民宅,奸淫妇女,滥杀良民,抢劫钱财。

这样一来,周边乡镇村庄的百姓纷纷投靠朱军。

朱一贵率领斗志正旺的朱军,在当地村民的支持下,冒雨抄近路,在夜幕中的掩护下包围了角带围,潜伏下来。三更刚到,苦雨骤停。一阵炮声、螺号声、冲杀声响成一片,朱军似旋风般冲入村中,把张文举先头部队杀得丢盔弃甲,落荒而逃。周应龙主力部队在溪对岸,听到对岸杀声四起,却因为溪水暴涨,不敢渡水救援。天亮后,朱一贵又率军迂回袭击了大湖汛所清兵,缴获无数战利品,朱军士气大振。

朱一贵令朱军筑寨麒麟山,自己率大队人马进驻冈山,途中与清军千总陈元、把总吴益率领的清军遭遇。双方一番恶战,清军不济,望冈山方向退却。周应龙率部驰援,传令阵前:凡杀贼一名者赏银三两,杀贼头目一名者赏银五两。清军番勇有此号令,奋不顾身,直扑朱军。朱军渐渐支撑不住,只得退离冈山。朱一贵飞令麒麟山朱军接应。麒麟山大股朱军接令,下山接应。周应龙见漫山遍野都是朱军,怕再有闪失,急令鸣金收兵,驻兵于二滥。

这时,杜君英在淡水,郭国正、翁义在观音山草潭,戴穆、江国论在下埤头,林曹、林骞、林琏在新园,王忠在小琉球都树帜抗清。朱一贵获悉杜君英及南路不少豪杰也起兵反清,便密书一信,请杜君英出兵支援。杜君英接到密信,立即派遣亲信杨来、颜子京率领五百余人来支援朱一贵。

不日,朱一贵移驻冈山之麓。周应龙率清军攻来,两军激战,朱一贵退驻袁交友庄,周应龙也收兵二滥。周应龙也像张文举一样,放纵士兵大肆劫掠焚杀,各乡民众,无论是大陆移民,还是土著民,纷纷投靠朱一贵,朱军声势浩大,人数一下子发展到三十万。

待杜君英援军赶一,朱、杜两军于诸罗赤山合击周应龙军,清军大败,周应龙被生擒,把总陈元被杀。

赤山一战,台湾南路清营几乎全军覆没。全台清军一听朱军杀到,无不闻风丧胆。朱一贵、杜君英乘势率部迫近府治(今台南市)。

府城大震,一些文武官员尽携家室登舟逃窜。凤山县代县令王宝在父亲王珍授意下,早已陪着母亲及家眷渡海经由澎湖、厦门逃回山西长治县了。

7

四月二十三日,总兵欧阳凯及台湾水师协镇副将许云、游击刘得紫领兵一千

五百人向义军杀来。朱一贵退军驻于芋榛林,清军扎营固守春牛铺。营地四周安上鹿砦、栅栏。

梁文煊、王珍、王礼、吴观域、朱夔等驻台主要官员早已将家眷送回大陆,自己留下来看看风向再说。

欧阳凯将这一干人请到春牛埔后,对他们说:"当前贼党人多势众,我军将寡兵弱,虽据守春牛埔,无奈士兵已草木皆兵,心无斗志。为鼓舞官兵斗志,望诸公能倾力援之。"

许云接过欧阳凯话茬说:"我们与诸位大人现在是一条绳子上的蚂蚱,你们家眷虽然可以逃出台湾回到大陆,但你们如果擅离职守,等待你们的将是什么处罚,你们心里最清楚。"

刘得紫平时就对这些作威作福、吸民脂民膏的官吏颇为不满,而今台湾的乱象就是因他们而起,他忍住满腔怒气说:"重赏之下,必有勇夫,诸位大人捐出金银犒赏士卒,士卒肯拼命杀敌,保疆守土就有希望。"

这些台湾官员大吏的资产都转移得差不多了,可看到面前这些武将一脸寒霜,不得不答应分头筹集。到了第三天,梁文煊等人筹得白银五千两,率领差丁扛了酒肉银两,来春牛埔劳军。

热闹之际,忽报汀州镇标把总石琳从汀州带兵渡海来台换防。欧阳凯闻报大喜:"雪中送炭,正当其时,天佑我大清,有请。"

四月末,台湾进入酷暑天气,时雷雨倾盆,时闷热如焚。清军与朱军一守一攻,各有伤亡,战局僵持不下。

战争间歇,欧阳凯对许云说:"许将军,看来我们固守在春牛埔并非上策。现在贼党人多势众,层层包围我军据点。我军粮秣只能维持一天多,与其在此坐以待毙,不如突出重围,退守鹿耳门,水陆协同,进可以保卫府治、镇署,退可以下海转移澎湖。未知许将军意下如何?"

许云点头应道:"如今我军与反贼众寡悬殊。看来只有按照总镇大人高见,突出重围,退守海滨,以待援军。"

欧阳凯令游击刘得紫、守备张诚率五百名清兵从中路突围,自己与许云各率弁尉士兵从左右两路突围。欧阳凯兵马刚出寨门约一箭之地,就被冲来的朱军团团围住。欧阳凯左冲右突,连战两个时辰,冲杀不出。

疲惫之际,忽见镇标百总杨泰,欧阳凯急呼:"杨百总帮我杀贼!"

不想杨泰上前突然从欧阳凯背后猛刺一枪,欧阳凯惨叫一声,翻身坠马,十余名朱军冲上来一阵乱刀,欧阳凯顿时一命呜呼,杨泰拔出腰刀,砍下欧阳凯首级,向朱一贵报功去了。原来杨泰与朱一贵早就有秘密来往,朱一贵命他留在清军营内当内应。

许云带领的另一路人马,也被朱军团团围住。许云虽然武艺高强,手刃朱军数十人,但自黎明战至晌午,血透盔甲,遍体重创,左右弁兵俱已战死。他对随征次子许方度说:"现在贼势猖獗,我不能临阵脱逃。身为朝廷将官,捐躯报国是我的本分。你突围到安平鹿耳门,将各炮位封钉,免为反贼所用。然后用我印札,赴澎湖提督府乞师复仇。"

许方度不愿从命,许云怒道:"自古忠孝难两全,你应以国事为重,怎能做儿女态!"许方度只得泣别父亲,飞身而走。许云战马创伤蹶倒,犹步战杀敌十余人,无奈势孤无援,左臂被砍断,仍骂不绝口。数十名朱军趋前,一阵乱刀,许云血尽气绝。北路营参将罗万仓欲救许云,也被朱军杀害。

已突围至半路店的刘得紫、张成,听到后军突围失利的消息,急忙率兵回援,企图救出欧阳凯、许云、罗万仓等人。不想一入重围,乘骑便被砍倒,双双被擒。

至此,清军在春牛埔全线溃败,清军被击毙的将官还有守备胡忠义、千总蒋子龙,把总林彦、石琳等。台厦巡道梁文煊、知府王珍、同知王礼及县丞、知县、典吏等大小官员闻知清军大败,仓皇逃往澎湖。

8

朱一贵占领台湾道署后,出榜安民,禁杀掠。

七日后,各路义军平定全台,共推朱一贵为"中兴王"。

但势力较大的杜君英本想立其子杜会三为王,但众人反对。杜君英慑于众望,不得不表态拥护朱一贵。

朱一贵选了一个黄道吉日,筑台受贺,祭天地列祖列宗及延平郡王郑成功;建元"永和",并发布讨清复明的檄文,表示要横渡大海,会师北伐;下令军民蓄发,恢复汉俗;又大封部下诸将几十人。事毕,他派勇将郑定瑞、苏天威领兵三千前往鹿耳门,镇守陆地建堡,港中筑寨,水陆布防,伺机进攻澎湖。

台湾被朱一贵占领后,澎湖人心惶惶。

澎湖将校也以孤岛难守,建议议撤回厦门,唯澎湖协右营守备林亮反对撤退。他力排众议,按剑厉声喝道:"朝廷封疆,尺寸不可弃,我等享升平食禄廪,捐躯报国,正在今日焉。岂有锋刃未血而相率委去之理,丈夫死忠义耳,宁能骈首市曹为法吏所辱耶?请整兵配船,守御要害,贼至决一死战,战不捷而亮死,公等归未迟。"

众将校见林亮英勇,皆从其议。林亮先遣探马飞报福建水师提督施世骠,而后带人驰出江干,申主将号令,驱官民家属各登岸,敢言退厦门者斩,众心始固。

考虑到澎湖粮食紧缺,林亮捐家财买谷碾米给清军,制造战攻器械及诸军需,以俟大军进剿,共图克复。朱军见澎湖把守严密,一时也不敢轻举妄动。

9

这一日,福建水师提督施世骠在厦门提督府后面射圃,忽有亲兵急报:"禀军门,水师提标中营守备黄有仁大人有万分火急军情,要求晋见。"

施世骠十六岁随父施琅和蓝理出征台澎,后随康熙征朔漠,涉瀚海,逐北至四十三台,先后升临清副将、定海总兵官、福建水师提督。

施世骠忙说:"请守备大人到幕厅稍候,本军门即刻便到。"

施世骠一入幕厅,黄有仁就上前禀报:"禀军门,台湾土贼朱一贵叛乱,竖旗反清复明,自封中兴王,全台一府三县俱已落入贼手。台澎官船、民船数十只满载眷属乘潮入港。全城官民闻知台变,人心波动,惶惶不安。"

施世骠一听,脸色骤变:"土贼造反,全台陷落,看来应有一两月时间了,台澎方面为何没有军情告急?"

黄有仁说:"乱民举事,据说迅雷不及掩耳,势如破竹,台府陷落后,鹿耳门旋即被封锁。这些眷属多是从澎湖逃出来的,今天入港的还是第一批次。"

施世骠令黄有仁找几个从台澎来厦的商人、官眷到府中,了解详情。这时林亮探马亦至。施世骠见台湾局势严重,一边派飞骑赶往福州密报总督满保,一边召集游击、守备、千总立即到将裨厅召开紧急会议,并宣布即时起实行戒严,进入战备状态。

第十四章

请乘长风破千里浪

却说朱一贵在台湾起事前的一个月,蓝鼎元收到蓝廷珍寄来的书信。蓝廷珍在信中提到,自己带兵巡哨南洋,舟中起雷,桅杆着火,兵士一死一伤,心里甚是不快,不知是何兆头。

蓝鼎元读完信,提笔回复蓝廷珍,文曰"与荆璞家兄论舟中起雷书":

　　读来札,知吾兄巡哨南洋,舟中起雷,从大桅焚烧而上,毙兵一人,伤一人,心甚不怿,疑以为非吉兆。具见吾兄谨天灾、重民命之意。舟中起雷,本非灾异,乃此舟竖桅时,桅井不净所致耳。凡造成战舰,诹日竖桅,桅井须拂拭干净,不容毫发他物。若其中有竹头、木屑、蚊蝇、虫蚁之类,皆主起雷,此常事也。但君子遇灾而惧,百凡修省,无事常如有事之防,不可以为常也而忽之。

　　鄙意雷者震也,震,东方也。震动震叠,皆非安静,恐东方有兵事,将劳吾兄。是故舟中起雷,乃威震东方,声闻四海之象,兄其建勋业于台湾乎?台帅独当一面,专制水陆数千里,必于内地慎选威望镇臣,弹压海疆,或兄今岁调台,即此是矣。

　　台地承平日久,在位懈散,风俗奢嚣,兼之山深海阔,狼子野心,恐不能百年无事。吾兄到彼,须整饬武备,未雨绸缪,以防乱遏萌,慎固苞桑,为海疆第一急务,倘有宵匪啸聚,不妨稍示兵威,立时清廓,海外鬼蜮离奇,不可以常法处之。但得有益地方,可以一劳永逸,免九重南顾之忧,即太平将帅勋业也。拘牵文义,姑息养奸,谅吾兄断不出此。弟意想所及,凭臆妄谈,兄且秘而勿

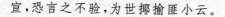

宣,恐言之不验,为世揶揄匪小云。

蓝廷珍收到蓝鼎元书信,心中更加疑惑:舟中起雷奇事,解释为东方有兵,建勋台湾,这未免牵强附会吧。可鼎元熟识天象,他这样说,自有他的道理,我就静观其变吧。

2

一个月后,蓝鼎元到县城买纸墨,见有人在窃窃私语,说台湾局势有变,一个叫朱一贵的漳州府长泰人集聚大陆赴台人率众起兵造反,声势浩大,几天之内就攻城克郡,占据台湾。蓝鼎元一听到这个消息,赶紧回家,吩咐妻子许荣丽备好纸墨。

许荣丽看丈夫急匆匆的样子,本想问发生了什么事,再一看他一脸凝重的样子,就打消了这个念头,专心准备纸墨。

蓝鼎元展开纸张,提笔写下"与荆璞家兄论台变书":

> 荆璞家兄,晨兴出门,闻市人偶语台湾有变。贼首姓朱名一贵,已戕命官,踞台郡,此异事也。早料海疆宜急绸缪,兄前月舟中起雷,弟已闲谈及之。曾几何时,东方果有兵事,不幸言之偶中,实兄建功立业之秋也。屈指浙闽诸将帅,可属大事无如兄者,羽书征调,当在旦晚,宜亟整甲帐,具脯米备锻戈矛,选兵配舰,以待出师。大丈夫得提三尺为国家诛乱讨贼,莫安桑梓,何其壮也!

> 制府满公,智深勇沉,可与共事,但省会隔远,鞭长不及,兄宜指陈事势,请其移驻厦门,就近督师,面商调度。内有制府弹压指挥,兄可一意前驱,无呼应不灵之患;外有吾兄统兵杀贼,制府可高枕无忧,缮飞报大捷之疏矣。弟虽不才,将鼓棹而观之。

蓝鼎元方将笔搁下,就听到门外一片喧闹。

不一会儿,一前一后进来了两人:前者是南澳总兵蓝廷珍,后者是漳浦知县汪绅文。蓝廷珍来意他估摸能猜出来,可汪绅文的来意是什么呢。

汪绅文抢先将来意说明:"本县刚得悉台湾情势有变,想训练乡勇以护家园,正缺一谋士,思前思后,惟玉霖先生最合适,今欲效仿刘玄德三请诸葛孔明,特来拜请玉霖先生。不意到了玉霖先生家门口,遇上蓝大人也想请玉霖先生出任幕宾,本县只好忍痛割爱了。"

蓝廷珍说："今早本镇获悉台情骤变，正拟向总督制府大人请缨出战，忽然记起玉霖一个月前就在信中告知东方有兵，我将建勋台湾。此前台郡毫无机陧渗漏，玉霖就能遽筹及之，忧深虑远，坐照如神，颇感惊奇。本镇此次带兵入台作战，还请玉霖随军谋划军机。既蒙汪大人抬爱相让，本镇在此只有谢过了。"

汪绅文说："下官理应如此。"

蓝廷珍说："玉霖，为兄希望你不辞辛劳，与为兄一同请缨出征台湾。"

蓝鼎元还是婉言谢绝，说自己位卑，未取功名，便无资格与身份出仕从军，所言亦为纸上谈兵者多，仅供参考耳。

蓝廷珍见蓝鼎元顾虑多，极力劝道："贤弟饱读诗书，应该记得张载的座右铭吧，为天地立心，为生民立命，为往圣继绝学，为万世开太平！"

经蓝廷珍这么一激，想到眼下正是为国效力之机，位卑未敢忘国忧，便慨然答应随军入台平乱。

蓝鼎元时年四十二岁，方开始步入军政生涯。

蓝廷珍见蓝鼎元答应下来，甚是高兴："这就对了。为兄希望贤弟能不畏风浪干戈，共同平服台湾反贼，光复我大清疆土。"

蓝鼎元说："小弟只是顾虑出身，所以刚才不敢贸然答应。"

"君子不戚戚于贫贱，不汲汲于富贵。"汪绅文微笑道："玉霖先生，你就不要再犹豫了，借用刘玄德对诸葛孔明说的一句话，先生不出，如苍生何？"

蓝廷珍说："汪大人这话借得好。这行军打仗，如果单讲出身、资格、身份，那仗肯定没得打。台湾近在咫尺，你我是兄弟，居住在台湾的也都是我们大陆过去的兄弟，现在台湾因朱一贵叛乱到了这种境地，你有经天纬地之才，我有镇海戍边之责，岂能袖手旁观！玉霖，你就替为兄向总督满保大人写封请缨书吧！"

蓝鼎元应下来了。题目叫什么好呢？直接叫"请缨书"，好像不是太好，那就换个叫法吧。对，就叫"上满制府论台湾寇变书"，他以蓝廷珍的名义写道：

> 台海僻处海外，狃于治安久矣。朱一贵突尔跳梁，戕害官兵，窃据郡县，虽曰猖狂之极，其实不难平也。
>
> 无赖子弟，偶尔乌合，尚未知战守纪律为何事，当即命将出师，星夜进讨，如救焚拯溺，勿容稍缓。彼不意官军猝至，必将手足忙乱，仓皇散走。渠魁大憝，自可聚而歼旃，此迅雷不及掩耳之道也。若俟奏报请旨而后发兵，动逾数月，贼胆必大，规模渐立，谋士渐出，羽翮渐成，则燎原之火，正须大费扑灭耳。
>
> 控制台湾，惟厦门最为扼吭，形胜所在，便于指挥。执事在省隔远，莫如疾驰南下，驻扎厦门，督师进剿，筹划粮饷。诸凡机宜，呼应便捷。且内地莠民，不无乘虚鼓煽，或谋啸聚，摇惑人心。若荣戟一临，则群疑自息。
>
> 执事旷世鸿才，必有奇谋上计，灭此朝食，非鄙人所能窥测。惟是养军千

日,用在一朝,国家不吝爵禄,施及下材,未有毫毛小效,补报万一。敢以此疆彼界之殊,非在职守之内,袖手缩颈,晏坐而旁观哉?愿执事假某水陆万军、舻舳三四百艘,请乘长风破千里浪,为执事一鼓平之。

蓝廷珍看过,连声称好,汪绅文也赞道:"一闻警报,便已成竹在胸,破敌机缄了如指掌。笔下斩截高老,大有说定三秦气象。"

蓝廷珍立即差人快马送往福州。

这时,蓝廷珍看云锦年已十九,便笑着对云锦说:"养兵千日,用在一时。你病了三年,却因此成为健壮之人,大概就是为了今朝一用吧。"

蓝鼎元对儿子说:"你伯父欲带你立功于台海,你有此志吗?"

云锦欣然回答:"孩儿听伯父和父亲的。当年在台海战役中,曾叔公蓝理勇壮简易,所向无前,我也要像他一样。"

蓝廷珍说:"有志向。伯父愿与你们父子一道乘长风破万里浪,直抵台湾,扫平贼寇。"

蓝鼎元父子遂随蓝廷珍到南澳岛营地。临出门,许荣丽特别记得将那把折扇塞到丈夫的包裹里。

3

总督满保接到施世骠飞人密报,得知朱一贵起义仅七日就全陷台湾,不禁又气又慌。考虑到厦门是控制台湾的咽喉,是关系闽南粤东的根本,他必须亲自去厦门坐镇指挥。满保飞檄福建、浙江、广东三省,命各省共同出兵会剿。

可派谁带兵入台作战呢?满保将属内战将都过了一遍,最好的人选就是福建水师提督施世骠与南澳总兵蓝廷珍。两人相较,又以蓝廷珍为佳。

主意已定,满保快马飞书,将台湾军情秘密呈报朝廷,并召见福建巡抚吕犹龙等一干地方军政要员。

满保对吕犹龙道:"事情急迫,本制已派快马驰往厦门,令水师提督施世骠克期挥师渡海进台,并飞书檄召南澳总兵蓝廷珍带兵赶往厦门,面商赴台军务。朝廷那边,本制已遣人呈奏圣上,请圣上宽期一月,定当歼灭反贼,收复台郡。厦门为控制全台咽喉,位置十分重要。本制明天往厦门,坐镇指挥平台战事。福建政务就托付吕大人了。"

吕犹龙应道:"但凭制府大人安排。"

满保说:"当前必须做好两件大事:一是加强福建治安,尤其是闽南治安;二是立即筹备粮秣军饷,这两件事刻不容缓。"

吕犹龙领首称是。

满保又对布政使沙木哈说:"厦门是一个偏僻地区,但人口甚多,大军云集,米价必然暴涨。本制已发函广东、浙江两省布政使,要他们先调十万石白米到厦门平粜。现在请沙大人即往闽中督办粮米运抵厦门,以待急用。"

"是,下官立刻去办。"沙木哈受命出衙。

满保又对粮驿道韩熠说:"本制任命你为后勤总督办,平叛大军的粮饷军需调拨、雇募船只等各项重务均由你负责。"

"下官明白。"韩熠领令应道。

"王大人、边大人,"满保对福州左营参将王万化、抚标左营游击边士伟说道,"本制令你们与韩大人连夜赶往厦门、金门,宣谕百姓不必惊慌,并持本制印札,抽调福建各地水陆标营参将、游击、守备、千总,各带精兵千名,从水道坐船到厦门听候调遣。"

韩熠、王万化、边士伟齐声答应。

次日,满保带领十余名亲兵,冒着绵绵阴雨驰往厦门。

马到惠安县涂岭,满保接到蓝廷珍送来的书札。途中小憩时,满保展开书札,匆匆一瞥,不觉大喜道:"蓝廷珍所见,事事与吾吻合,吾调此君平台,可谓得人矣。此君为帅,必能成功!"

满保忽觉还应该再派一支奇兵从闽安直插淡水,以配合大军从厦门经由澎湖进发台湾。他派人传令巡抚吕犹龙拨兵赁船从闽安直向淡水,然后继续兼程疾趋厦门。

到了厦门提督府,满保立即令金门守备李燕、北路营守备刘锡带兵士五百名,船十艘,驰援从闽安进发淡水的清军,然后召集厦台道要员会商大军进取台湾之计。此时,水师提督施世骠已率领水师主力四千人,将弁四百人,舵工水手两千人,扬帆出港前往澎湖。

满保下令招募丁壮,籍束游手,皆隶军中;所征各镇协标营兵,接到总督之令,多从海舟赴厦,陆行至者亦处舟中;各镇协标营严令肃伍,船只许一人登岸买办所需,悉依民价。

是故,大军虽云集厦门,而街巷寂然,不见兵革。

备战之际,施世骠遣澎协右营游击张骏与淡水营队目郑明、蔡武率部从澎湖到厦门。满保传令召见。

郑明说:"淡水营守备陈策闻台郡陷没,恐贼人将至,督兵坚守,并招集乡壮,分布要害。有奸细范景文潜踪入境,欲煽惑番民为叛,陈策擒而斩之,并派吾等赴福州请救。不意,吾等所坐船只遇风漂入澎湖,拜见提督施大人。施大人得知淡水情况,说制府大人已在厦门督战,遂分兵让张骏与吾等一块到厦门禀明情况,由制府大人下令定夺。"

满保闻报,传令千总李郡会同诸路开往淡水的官兵星赴应援,共计一千七百余人。

4

满保开始考虑寻求一位熟识台湾地理、人文风情的智谋之士。

到厦门的第四天,满保召集漳州、泉州二府官员及厦门、金门、同安几位宿学,在提督府开会。

满保神情凝重说:"台湾局势诸位都清楚,本制来厦这几天,已布置具体应对措施。现在,漳、泉、厦沿海防御部署已安排妥当,平台主帅已定,平台部队已迅速集结,军需粮秣也有专人负责筹备。当前,最紧要的是请在座诸位荐贤举能,选出一位既熟识台湾概况,又有军事韬略之人士。"

众人一致推荐陈梦林。当年陈梦林受周钟瑄之请,到台湾诸罗修志,他白天遍访全县各村庄,请当地老人讲往事轶闻,查看前人留下来的路桥匾牌,夜间研读搜集到手的方志、笔记、游记、文书,再进行分目编写,历时两年,终于完成十二卷本十六万字的《诸罗县志》。未几,养父浙江人林雄家中连逢哀丧,遗孙乏养,陈梦林闻讯后,变卖部分田产,赴浙江探视、资助养父家人,一住就是几年。最近刚由浙回闽,寓居厦门凤凰山庄。

满保一听大喜,问清名字,连忙叫总管备好一份礼品,自己也换上便服,亲临陈梦林寓所。

到了凤凰山庄,方知陈梦林在漱玉峰舞剑,满保正欲登峰造访,主人脚快,已派人将陈梦林找回。

陈梦林一到厅堂,疾步上前行礼:"制府大人登门垂访,山野小民陈梦林未能下山迎接,还请恕罪。"

满保开门见山:"台湾土贼朱一贵自封中兴王,伪号永和,七日陷我一府三县,气焰极为嚣张。台湾是我大清疆土,岂容反贼颠覆。朝廷授命本制保民守土,现正组织平叛大军前往台澎。闻先生曾因编纂《诸罗县志》而博览周咨于台岛,汉港之出入险易,战舰民船之大小坚脆,一切了如指掌,且文韬武略一应俱全。本制殷切期盼先生为朝廷效力,担任平台军师。望先生以国家社稷为重,解台民于水火之中。"

"大人为国为民,降尊礼士,令人佩服。只是草民才疏学浅,诚难当此重任。若误军国大事,万死难赦,望制府大人三思。"

"本制早闻先生之名,先生身怀卧龙之智、子房之谋,若能出山襄助朝廷,救民于倒悬之中,先生当名彪青史。"

陈梦林见满保诚心相邀,非常感动:"制府大人这般垂爱小民,士为知已者死,小民悉从大人号令便是。"

满保十分高兴:"本制已令提督施世骠大人挥师先往澎湖,再令南澳总兵蓝廷珍将军赶来厦门,本制将率水陆大军前往澎湖与施提督大人汇合后,一起入台。先生若能代老夫披风踏浪,随军襄助施、蓝二将军筹谋划策,必能旗开得胜,马到成功。"

陈梦林问道:"此次大军入台,施、蓝两将军何人为主?"

满保不假思索地说:"施大人为八闽水师提督,入台平乱,责无旁贷。蓝大人受命为平台总戎,军机事务应以他为主,施大人副之。"

"如此安排,施大人会接受吗?"

"非常之时,当行非常之人事。施大人不接受也得接受。台湾军务为其统辖,却发生如此大的事态,作为八闽水师提督,能不负责任吗!南澳镇是一个独立军事建制,直辖于朝,归制于我,本制有权先任命之,后奏朝廷报备。"

"制府大人调度有方,赏罚分明,小民愿为制府大人效犬马之劳。不过,小民也想举荐一人。他的才华在小民之上,若能请他一同出征,真的就能够如制府大人所言的旗开得胜,马到成功了。"

"谁?"

"蓝鼎元。"

"先生说的蓝鼎元,可是那位被聘去鳌峰书院讲学修书的八闽才子吗?"

"正是。"

"那他现人在何处?"

"在漳浦家中。"

满保想,陈梦林推荐之人一定不会错,便说:"好,改日派人到漳浦去请蓝鼎元先生来厦门。"说毕,便告辞回提督府。

5

五月二十七日,蓝廷珍接令,带蓝鼎元及两名武艺极好的亲兵蔡奕、陈祥取道陆路来到厦门,南澳水师则取道水路向厦门进发。到了厦门,蓝廷珍让蓝鼎元、蔡奕、陈祥先在提督府外候着,自己只身进入提督府晋见总督。

满保闻知蓝廷珍已到,出阶相迎,引入幕厅。

蓝廷珍说:"卑职接制府大人命令,立即起点本部人马听候差遣。"

满保说:"好,兵贵神速。对了,本制来厦途中接到你的《上满制府论台湾寇变书》,甚合吾心。"

待蓝廷珍禀报完毕，满保授命说："本制任命南澳总兵官蓝廷珍将军为平台三军总戎。"

"末将遵命。"

满保扶起蓝廷珍："蓝总戎率大军到澎湖与施军门会师后一起进台，本制已聘请一位奇士为总戎与施军门的军师。"

蓝廷珍正欲问军师何人，忽见从内堂走出一位儒生，原来是旧识陈梦林。蓝廷珍、陈梦林四手相握，无限喜悦。

满保说："本制请少林先生为平台大军军师，蓝总戎与施军门在平台军政事务上可与少林军师共同研究。"然后，特地叮嘱蓝廷珍道，"荆璞你可将本制意见转告施军门，老夫静候你们的佳音。"接着，吩咐左右摊开桌上地图，对蓝廷珍、陈梦林说，"吾意全军分南北中三路进入台岛，南北夹击，中间开花，不知你们意见如何？"

蓝廷珍说："制府大人所提进岛路线，北、中两路可以，唯独南路不宜。我军宜聚兵中路，直攻鹿耳门。鹿耳一收，安平便唾手可得。再北、中夹击，我军不过三五日间，即可翦灭土贼耳。"

陈梦林表示赞同："荆璞兄所言极是。"

满保问："南部为何不宜？"

陈梦林说："南路海道险恶，礁多浪大，舟不能泊，且多狂涛，万一遇上飓风，船队则一去不能复还。在下赞成蓝元戎意见，即我军主力以中路入鹿耳门，从安平登陆，再派另一支劲旅由北转西港绕贼背后，与中路形成两路夹攻。安平一路取胜，贼心自乱。北路进军扩大威慑，安定岛内民心，民心归向朝廷，贼则成为水上浮萍矣。"

满保哈哈大笑："好，你们意见如此一致，本制就静候佳音了。"

蓝廷珍谦虚道："聚兵中路之策，乃卑职族弟蓝鼎元所提，族弟亦为奇才。"

满保说："你刚才说谁？"

"族弟蓝鼎元，字玉霖也。"

"难怪本制听得这么耳熟，原来是少林先生举荐的蓝鼎元。"满保拍了拍脑门儿说，"你看我这记性，那天给少林先生说过，改日派人到漳浦去请蓝鼎元先生来厦，可事情一忙起来就忘了。好，人才难得。"

蓝廷珍取出一道书札："这是玉霖昨夜为卑职拟写的作战方案，卑职认为方案可行，今面呈制府大人，请制府大人示下。"

满保详阅后，微笑点头："文章写得好，当然荆璞总戎襟怀更值得嘉许。大凡建功立业者，多虚圆之士；偾事失机者，必执拗之人。以此言观之，荆璞总戎之襟怀确实足可令世人称道也。"

蓝廷珍谢道："谢制府大人赞誉。"

满保将书札递给陈梦林："军师可阅。"

陈梦林接过书札,细细阅来:

与制府论进兵中路书

伏承宪檄,令某统兵向南路打狗港攻入台湾,当即缮治舟师,克期进发。缘打狗港水浅滩淤,战舰艄艆,概无所用,须尽易舢板、头膨子小船,乃可入也。登岸旱田百余亩,夹道蔗林,处处可容伏兵,非焚烧划平,未便轻进。台民以蔗为生,糖货之利,上资江浙。一旦火烧焦灰,半岁勤动,不得以养其家口,于心窃有未安。况当寇贼蹂躏之余,抚摩噢休,尚恐稍缓,不应复有此一摧残。某非敢以妇女之仁,阻挠军国大计,但军国大计不在于斯,则摧残无益,为可惜也。

鄙见以为,宜聚兵中路,直攻鹿耳门。鹿耳一收,则安平垂手可得。贼失所恃,郡治无城,岂能长守?不过三五日间可翦灭耳。用兵之道,知彼知己,与能军者战,则宜攻其瑕。讨罪捕贼,如逐鸟兽,宜堂堂正正,直捣中坚。譬诸击蛇,先碎厥首,其他复何能为乎?

鹿耳门暗礁天险,昔立六竿标旗,指示途径,南标红旗,北标皂旗,贼已尽收,标旗屯兵炮台,扼守港道,意我军不能飞越。正可于此出奇制胜,仍令善水者以长木投入海中,插标而行,击败炮台屯兵,即可长驱直入。恢复之计,止在瞬息,惟执事急裁度之。苟利国家,勿厌狂瞽,望速示下,以便遵行。

阅罢,陈梦林连连称赞:"玉霖之才,远在少林之上。玉霖此文对进军路线利弊分析深中肯綮,没有熟识台岛之人,是不可能写出如此详细而切合实际的计划。吾与玉霖久未谋面,不知玉霖现于何处,是不是还在漳浦家中?"

蓝廷珍微笑道:"玉霖弟未举科第,一直赋闲在家。此次平台,我已聘他为幕宾兼文书,参谋军政要务,现在在府外听候。"

满保赶紧传令宣蓝鼎元晋见。

陈梦林看到蓝鼎元进来,高兴地说:"我与玉霖老友相逢,今又同舟共济,真是三生有幸啊。"

满保见蓝鼎元身材高大,浓眉大眼,举止儒雅,甚是欢喜:"玉霖先生高才,能入幕蓝总戎的总兵府,亦为我大清幸事也。此次少林先生与玉霖先生齐聚平台大军麾下,可谓珠联璧合,希望你们携手同心,为朝廷建立奇功伟业。"接着,又对蓝廷珍说,"漳州人杰地灵,英才辈出,似少林、玉霖先生虽尚未举科第,却愿以渊博济世之才,不吝为朝廷效力,实属难能可贵。平台之日,本制当奏明圣上,破格重用。"

蓝廷珍对满保说:"玉霖弟对时局非常关心,有先知之明,台变甫起,他就修书给我。"说罢,从袖中去出信札,呈给满保。

满保展书一看,不住赞道:"凡人之智,皆在已然,而非未然。如此观之,玉霖先生真神也,早已料事如神,足可谓赛诸葛欤!"

蓝鼎元拱手谦虚道:"学生不才,制府大人过奖了。"

满保说:"今荆璞有玉霖、少林两位先生辅助,何愁台湾不平,台湾不兴! 本制预祝你们凯旋而归。"

这时,探马来报,说南澳水师顺利抵达厦门。

满保高兴道:"好,我们一同去看看,也算是在为蓝总戎的南澳水师接风洗尘了。"

众人随满保出提督府,直奔军港,但见海面上舟舰相依,军旗猎猎,船上水兵,英姿飒爽。

满保不由赞道:"强将手下无弱兵,蓝总戎果然名不虚传。"

6

五月三十日,满保在厦门水师提督府正厅举行授印仪式。大堂案桌主位上坐着满保,左边坐着陈梦林,右边坐着蓝廷珍、蓝鼎元,两边站着从各地抽调来厦准备入台平叛的将弁。

满保宣布:"台湾草寇朱一贵竖旗反清,蛊惑民心,杀我官军,陷我疆土,猖獗至极。为入台平乱,福建水师提督施世骠大人已率水师先往澎湖。今天,本制任命南澳总兵蓝廷珍将军为平台元戎,负责讨贼平叛。本制目今所抽调的水陆将弁、军士兵丁、舵工水手,及在厦港营汛的战舰、商船及内地运兵来厦之舟船,均归蓝总戎指挥,违者斩。"说罢,起身捧上令旗印剑,"蓝廷珍听令。"

"末将在。"蓝廷珍离座。

满保道:"本制代朝廷授汝令旗印剑,总统水陆大军,率领战船四百余只,将弁八十余员,目兵丁壮八千余名,舵工水手四千余名,明日向澎湖进发,与水师提督施世骠大人会合,合兵之后直取台湾。"

蓝廷珍道:"末将决不辱使命,不负朝廷和制府大人重托。"

满保又宣布道:"本制任命陈梦林先生为平台大军左军师,蓝鼎元先生为平台大军右军师。"

"学生愿竭尽全力,为朝廷效命。"陈梦林、蓝鼎元起身接印。

不经意间,满保发现蓝鼎元这几天一直带着一把折扇,便有些好奇:"玉霖先生,你那把扇子与你形影不离。书生折扇,定有大观。可否借与本制一观?"

蓝鼎元回说:"只是一把普通扇子而已。"

满保微笑道:"别人看普通,自己看肯定不普通。"

蓝鼎元见满保如此说来,便打开折扇,扇面上那"勇壮简易,所向无前"八字就呈现在众人眼前。

满保看了,连声称好:"这可是皇上御赐给蓝理大人的,你把它题写在折扇上了,好,有寓意。"停顿片刻,他转向众将,"明日巳时在乌里山下祭旗誓师,口令'勇壮简易,所向无前'。各路水陆将弁务必清点人马船只,军需器械,做好一切出征准备。凡贻误军务者,一律按军法从事。"

六月初一,厦门港战舰舟船排列整齐,桅樯如林,旗帜飘扬。乌里山下开阔的沙滩上,清军水师排列着整齐的方阵,刀光闪烁,枪矛耀眼。

数十位将官骑马簇拥着总督满保来到誓师台。满保身着红袍,胸挂朝珠,头戴红缨官帽,骑在蒙古大白马上,更显得威风凛凛。

满保左边,蓝廷珍骑着黑色骏马,身穿锦甲,肩披绿色斗篷,帽上红缨映日。满保右边,陈梦林、蓝鼎元皆身穿儒服,气宇昂扬。

时辰一到,司仪高唱:"良时已到,鸣炮奏乐!"

誓师台边响起一阵雄壮激扬的鼓乐声。水师将士们齐声高呼:"勇壮简易,所向无前!"声音荡气回肠。

满保下马,主持祭祀旗仪式。满保上香、奠酒,叩拜天地大海。然后,由司仪读祭文。祭文读毕,满保将一面黄龙旗授予蓝廷珍:"本制代朝廷授命蓝总戎总督统征台大军,祝蓝总戎旗开得胜,马到成功,早日凯旋!"

蓝廷珍接过龙旗,正色道:"制府大人放心,我大军入台之日,便是反贼乱党覆灭之时。"

满保双手朝天一拱,道:"好,本制在此恭候佳音!"

蓝廷珍翻身上马,手持黄龙旗,向大海一挥,号令水陆两军:"各就各位,出发!"

话音甫落,沙滩上的誓师将士立刻分成九个纵队,边高呼"勇壮简易,所向无前",边跑步上船。黄龙旗徐徐升上主舰的桅杆上。各舰上号炮朝天轰鸣,船队井然鱼贯出了厦门港。

7

六月初二,船队抵达青水沟,海天忽然变色,飓风骤起。大海像翻转倒置,掀起的狂涛盖过船桅。军士在船上翻来滚去,在甲板上操纵横具的水手,不少人被掀落海里。军需器械亦损失不少。军官士卒无不胆战心惊,祈求上苍保佑。

蓝廷珍为安定军心,带上亲兵蔡奕、陈祥进入驾驶舱,亲自操舟掌舵。军心稍事安定,但飓风仍不减。

陈梦林、蓝鼎元出仓观察天色海情，随后蓝鼎元到驾驶舱对蓝廷珍说："风大浪大，船队已不可能顶风开往澎湖，回厦门港也不可能了。我军看来只好顺着风势暂往陆岸边缘避风，等风停浪止后再往澎湖。"

蓝廷珍点头同意："只得如此了。"

他让蔡奕、陈祥传令挂起号旗，要求船队保持联系，随风就势贴着大陆边缘航行。船队于是随风过东碇，经漳浦将军澳，整整过了十二时辰，风势尚未减弱。隐约中，船队前面显现一群红色屿礁。

陈梦林指着那红屿礁群说："前面到了礼氏列岛，再过去就是铜山岛了。"

蓝鼎元看了一下说："对，当年郑成功、施琅将军和蓝理叔公带兵征台，就曾驻兵铜山岛。我们船队应绕过礁群转入铜山湾避风。"

船队绕过礼氏列岛，经过古雷半岛，陆续进入了铜山湾的塔屿。清军将士上岸休整，补充军需粮食，修理损坏器具，等待海面平静。

谁知这一耽搁就是七天。

这七天，可把蓝廷珍给急坏了。

六月初八，总算风停云开。这天一早，蓝廷珍吩咐蔡奕、陈祥去请蓝鼎元、陈梦林两位军师，一同到铜山关帝庙参拜。

快到关帝庙时，蔡奕有些不解地问蓝廷珍："军府，这个时候了，为何还要来参拜关帝君呢？"

蓝廷珍笑而不答。

蓝鼎元解释："关帝庙跟台湾有很深的渊源关系。崇祯元年(1628)，郑芝龙受明朝廷招抚，曾招铜山五都饥民到台湾垦荒定居。顺治十八年(1661)，郑成功收复台湾时，铜山有五百多名青壮年随军入台，其后大部分定居台湾。康熙二十二年(1683)，施琅、蓝理发兵东征台湾时，又有一批铜山人入台作战，大部分人后来也定居台湾。随后戍守澎湖的清军中，有铜山营拨去的班兵，名额一百三十五人，三年一换班，一直持续至今。有些退役兵士或留居澎湖，或移居台湾。这一批批铜山子弟兵把家乡信仰崇祀关帝的习俗带到那边，并从铜山关帝庙分去香火，按铜山关帝庙模式建庙。台湾关帝庙几乎都是从铜山关帝庙分香过去的，其信众也都把铜山关帝庙当作祖庙。"

蓝廷珍说："玉霖说的没错，但本镇今天带你们去参拜，还有一个原因，郑成功，还有施琅、蓝理发兵台湾时，都到关帝庙祭拜。既然天意把我们送到铜山岛，我们在出征台湾前，最好也去祭拜一下。等一会儿，我们还要到平海妈祖庙里祭拜。若关帝和天后显灵，我们必能所向无前，旗开得胜。"

说话间，关帝庙到了，蓝鼎元留意起庙门有那副由黄道周写的真迹楹联，不觉读出声来道："数定三分扶蜀汉，平吴削魏，辛苦备尝，未了一生事业；志存一统佐熙明，降魔伏虏，威灵丕振，只完当日精忠。"然后赞道，"吾邑先贤黄道周此联有大观内涵也。"进得庙来,五人一一执香敬拜,尔后又到平海妈祖庙祭拜。

拜毕妈祖庙,蓝廷珍令船队起锚,向一望无际的海面全速前进。

8

六月初十,船队浩浩荡荡抵达澎湖与施世骠的先行部队会师。

蓝廷珍说:"廷珍率领平台大军来迟了,让军门久等了。"

施世骠知道蓝廷珍骁勇善战,今见他谦虚识礼,急忙上前回礼:"荆璞不必行此大礼。你我将要共事讨贼平乱,荆璞善于用兵早已是闻名遐迩,此番入台平乱,运筹帷幄还得依靠荆璞。"他热情拉着蓝廷珍的手进入澎湖水师镇署,边走边说,"澎湖局势已经稳定下来,但台湾情势一天比一天严重。本军在澎湖日夜盼望大军的到来。还好,荆璞神勇,飓风一止,即率水陆大军来到澎湖,这可谓是入台平乱的第一个胜仗啊。"

"谢军门赞誉。"

施世骠见陈梦林、蓝鼎元眼生,便问道:"荆璞,这两位先生怎么称呼?"

蓝廷珍说:"这位是陈梦林,字少林,是制府大人亲自请来担任我平台大军左军师。这位是廷珍的堂弟鼎元,字玉霖,制府大人对其才干也是赞赏有加,此番入台任我平台大军右军师。"

施世骠说:"久闻两位先生高名,只是未能一睹风采,不意在此相会,共事讨贼,真是天赐缘分。"

陈梦林、蓝鼎元连忙回礼致意:"还望军门不吝赐教。"

施世骠、蓝廷珍、陈梦林、蓝鼎元依次走进澎湖镇署大厅,与众将弁分次坐定。施世骠、蓝廷珍各自一一介绍自己率领的将弁职务姓名。待施世骠、蓝廷珍各自介绍完毕,蓝廷珍取出满保文书关防交与施世骠。

施世骠展书细阅,知道总督把平台前线指挥权授予蓝廷珍,聘请陈梦林、蓝鼎元担任军师,参谋决策平台军务,心中有些不快:"我施世骠堂堂的王侯之后、福建水师提督,反受你蓝廷珍一个总兵官节制,于理何通? 蓝廷珍虽骁勇善战,可我施世骠也不是吃干饭的,这总督大人怎能如此安排? 难道台湾朱一贵造反的责任要让自己扛吗?"

施世骠尽管心里还有些嘀咕,但还是以大局为重,不动声色地说:"制府大人慧眼识英雄,委重任于军府与两位军师,实是二百余万台民之大幸,平台大军唯蓝廷珍总戎军府大人是举,世骠愿当军府之助手。"

蓝廷珍连忙离座:"军门言重了,平台大军指挥重任,廷珍独力难挑,还得军门鼎力支持。"

陈梦林似乎看出施世骠心思,解释道:"施军门为八闽水师提督,台澎乃属军门所辖,平台大事理应责无旁贷。总督大人考虑到此次平台动用了八闽水陆人马及闽浙粤三省财力、物力,军府虽身为南澳镇总兵官,但身兼碣石、潮州两镇军务,其军务直属于朝廷,归制于满保总督,因而委任军府为平台大军元戎,以代制府大人出征会剿。"

施世骠说:"理应如此,制府大人安排极当,吾愿从之。"

话音刚落,千总胡广、把总苏荣进殿禀告:"报军门,从台湾逃回和将弁台协水师中营游击张彦贤等十余人现已押到营外,听候处置。"

施世骠用征询语气对蓝廷珍说:"蓝军府,你看如何处理?"

蓝廷珍说;"台澎乃属军门所辖,请军门定夺即可。"

施世骠说:"好,传我命令,将张彦贤等临阵脱逃、擅离职守者押解厦门,听候总督大人处置。"

胡广、苏荣齐声应下,出营去了。

施世骠道:"众将听令,现在由平台大军总戎蓝廷珍大人发话。"

蓝廷珍巡视众将:"本镇承蒙厚爱,代理平台大军帅权,冀望诸位将士戮力同心,征讨反贼,凯旋而归。"

众将士齐声高呼:"唯军府是从。"

蓝廷珍说:"好,现在由平台大军右军师蓝鼎元宣布进军机宜。"

待蓝鼎元宣毕,蓝廷珍说:"吾大军克日进发台湾,尔等回营务须加强警戒。"

待众人散去,蓝廷珍对施世骠说:"军门,今后你叫我名字即可。"

施世骠说:"这哪成,你如今为平台大军主帅,世骠岂敢不遵序制。"

9

满保在厦门得悉蓝廷珍率舟师到澎湖与施世骠会师,心里甚喜,着令军火器械,米盐蔬菜,一切军需皆由厦门准备,靡有欠缺,所用商船,俱发价雇募。复考虑到大兵进剿,澎湖兵力空虚,又檄召金门镇总兵官黄英统领海坛镇标右营游击李殿臣督官兵防守澎湖。

命令刚下达完毕,忽报福建陆路提督穆廷栻晋见。

满保传见,穆廷栻禀告说:"台协右营游击周应龙从台湾附商船逃归泉州,为吾捕获,今押送至军前,听凭制府大人处置。"

说话间,又报澎湖千总胡广、把总苏荣将从台湾逃回澎湖的将弁台协水师中营游击张彦贤等十余人押来,请总督大人处置。

满保对一干由台湾逃回的将弁说:"尔等为朝廷命官,岂可临阵脱逃,陷台郡于贼人手中,休怪本制心狠手辣,依照军法处置。"

周应龙带头,张彦贤、王鼎等响应之,皆请死于敌前,冒矢石立功赎罪。满保许之,令千总游全兴管押至澎湖调遣征台。

这时,蔡世远在上京之前,来厦门拜访满保,说台民皆为大陆渡海子民,一定要告诫将士不得随意杀人;待台湾局势平定后,着有司选用廉洁贤能者,担任台湾府县官职。

满保听罢,立即谕示蓝廷珍、施世骠,入台后要广施朝廷恩惠,严令军士不可滥杀无辜。

【第十五章】
平乱尤不忘施恩于海外赤子

1

澎湖右营把总吴良带了十名兵丁自台湾逃到澎湖,说朱一贵起事时,他组织军士坚持抵抗,后见大势已去,他们只得冒死突围,驾舟回到澎湖。

蓝廷珍、施世骠见吴良他们一个个身上挂彩,伤口用白布包扎严实,便赞扬他们勇敢抗敌,安排他们住在马公镇镇署附近的房子里养伤。

吴良等人离开后,蓝廷珍对施世骠说:"施军门,我看吴良他们有些可疑。"

施世骠笑道:"吴良这个人我知道,他是一个忠诚之士,军府不用担心。"

蓝廷珍说:"但愿如军门所言。"

蓝鼎元一旁说:"禀军门,我也觉得吴良他们颇为可疑,一是他们身上的包带渗血不多,二是朱一贵防守甚严,单靠吴良他们十几人很难突围驾舟来澎。"

施世骠听了蓝鼎元分析,也觉可疑,便派人监视吴良一干人等。

几天后,施世骠果然得到密报,吴良他们不是安心在屋里养伤,而是鬼鬼祟祟地到营地找人喝酒、聊天,出手阔绰。施世骠更觉蹊跷。他与蓝廷珍、陈梦林、蓝鼎元商量后,将亲兵黄熊唤来,附耳低语,黄熊领命而去。

是夜,黄熊派人将吴良手下兵丁黄泽、陈亚迅灌醉,套出了他们此行目的。施、蓝亲兵随即包围吴良他们的住处,将他们从被窝里抓起来,并从他们的包裹里搜出上百张委任状及一大包纹银。

吴良知道事情已经败露,仰天长叹:"朱明气数已尽,中兴无非镜花水月!"

说完,他便将事情一一招供:原来吴良在台变前驻在台湾北港修理舰船,闲暇常到茶馆酒肆。这里三教九流混杂,一些人不满清朝统治,抨击官府漠视民生。久而久之,吴良也深受他们影响。朱军攻陷台郡时,吴良便与朱一贵、黄殿等人取得联系。朱一贵秘密召见他，给他委任状上百张，白银五百两，嘱咐他挑选十几名机智勇敢、武艺高强的兄弟，前往澎湖招贤反清军士，潜伏军中，时机一到，作为内应，一举攻下澎湖。他领了委任状、银两，挑选十名兵丁，冒充突围的伤残清兵来到澎湖。

供完这些，他又将朱一贵与杜君英之间的矛盾，以及朱军军事驻防等情况一一说了出来：原来杜君英因欲推举儿子杜会三为王不成而怀恨在心，事事与朱一贵对抗。朱一贵下令禁止淫掠，杜君英不服禁令，掠妇女七人关在署中。朱一贵派人责备杜君英，杜君英不但不听，反而扣留使者。朱一贵大怒，命李勇、郭国正整兵讨伐杜君英。杜君英大败，率部下几万人败走虎尾溪，一路剽掠，村社多被蹂躏。朱军兵力也大为削弱。

2

得悉朱军出现内讧，蓝廷珍对施世骠说："贼党相攻，百姓不附，正是吾军进发之时。"

施世骠说："对，我们得尽快出兵。"

他们与陈梦林、蓝鼎元等人在澎湖镇署，研究入台作战计划。

商议已定，蓝廷珍说："群盗皆穿窬乌合，畏死胁从，乖离涣散，一攻即靡。但其众至三十万，不可胜诛，且多杀生灵无益。以某愚见，止歼巨魁数人。余反侧概令自新，勿有所问，则人人有生之乐，无死之心，可不血刃平也。"

蓝鼎元也说："台民与我等同是大清子民。他们造反，绝大多数是受贼魁所蒙骗或胁迫。我大军入台，他们必幡然悔悟，甚至会反戈一击。我军入台以后，应以争取人心为主，不得妄杀一人。"

施世骠点头称道："你们所说，也正是总督满保大人的旨意。"

蓝廷珍说："玉霖，你可先写一告台湾民人的檄文。"

不多时，《檄台湾民人书》草成：

檄告台湾民人：土贼朱一贵作乱，伤害官兵，窃据郡邑。汝等托居肘下，坐受摧残，无罪无辜，化为丑类，深可怜悯！本镇总统大兵，会同水师提督施，克期剿灭，为汝等荡涤邪秽，共享太平，非有立意杀戮，苛求于百姓之心，汝其自安无畏。台湾海外穷岛，野番木魅虫蛇鹿豕之所居。往时岛彝海寇踞为窟穴，我皇上登之版图，冠裳而富庶之。四十年来，强教悦安，深仁厚泽，沦洽肌髓，汝等父老子弟，莫不含哺鼓腹，幸生太平。

朱一贵，内地莠民，为乡间所不齿，遁逃海外，钻充隶役。又以犯科责革，流落草地，饲鸭为生。至愚至贱之夫，谓可与图大事乎？附和倡乱之徒，皆椎埋屠狗、盗牛攘鸡等辈，以及堡长、甲头、管事、各衙门吏胥班役，曾有正人、豪杰、才俊与于其间乎？由来乱臣贼子，皆膺显戮，虽强如莽、卓，狡如孙、卢，无不骈首就诛，沉渊灭族。况此小盗贼役，智能不及中人，辄敢公然造孽，欲作夜郎于海外，冀腰领之苟全，无是理也。

浙闽总督觉罗满保躬亲驻厦，督师讨贼，移檄浙江、广东三省会剿，旦暮即至。水师提督施，亲率大兵，见在澎湖，克日进发。本镇统令万军，前驱清港，缚鸡豚于笼中，窬鼠雀于鼎镬，至则屠之，何难之有！惟念汝等贤愚不一，或有抗节草泽，志切同仇，或不得已畏死胁从，非出本愿。若使昆冈炎火，无分玉石，诚恐有乖朝廷好生之德，且非本镇靖乱救民之心。为此不追既往，咸与维新。凡汝士庶番黎，莫非天朝赤子，向风慕义，悔罪归诚，回生良策，刻不容缓。大兵登岸之日，家家户外书"大清良民"者，即为良民，一概不许妄杀。有能纠集乡壮，杀贼来归，即为义民，将旌其功，以示鼓励。废弁旧兵，有立功破贼，率众来迎，并略前愆，叙绩超擢。凡擒朱一贵者受上赏，擒贼目者次之。献郡邑者受上赏，献营垒者次之。惟拒敌者杀无赦。倒戈退避，革面为农皆许之。汝等试思，一隅小丑，万万不能与国家抗衡。前此郑氏盘踞数十年，经历三世，人才众多，兵精粮足，尚且一朝殄灭。今诸草寇，又非郑氏之比，天兵一到，如雷如霆，无得执迷不悟，自取糜躯！此檄。

蓝廷珍、施世骠、陈梦林阅后，交口称赞。

陈梦林建议调动各部书吏笔手将《檄台湾民人书》多抄数十份，待大军入台后广为张贴。蓝廷珍说："不要等大军入台才广为张贴，现在就可以赶写数十份，着人潜入台湾张贴出去。"

3

可派谁任平台先锋官呢？恰在此时，澎湖协右营守备林亮一身戎装、精神抖擞走进来。蓝廷珍和施世骠眼睛一亮——漳浦人林亮智勇双全，武艺高强，胆识超群，还是一个军事器械专家，设计发明鲁公车、子母炮等，这些武器性能先进，在平台中会起到重要作用——这不是最好的先锋人选吗！两人不由相视而笑。见两位大人微笑的表情，林亮知道两位大人定是胸有成竹。

蓝廷珍说："林将军，你来得正好。我和施军门都有意任命你为平台先锋官，不知你意下如何。"

林亮闻罢，立正抱拳道："谢军府、军门的提携与栽培！"

看林亮意气风发的样子,施世骠又对蓝廷珍说:"军府,我们的平台先锋算是定了,那副将由谁担任呢?"

蓝廷珍说:"我看安平协干总董方可担此任。"

施世骠点头道:"好,就这么定了。"说罢,吩咐人将董方请来。

不一会儿,董方来了。

蓝廷珍对林亮、董方道:"林亮、董方听令,本镇与军门现在正式任命林亮为平台先锋官,董方副之,你们务必发扬我军勇壮简易,所向无前的精神,率所部舟师克日进发台湾。"

林亮、董方得令回营准备。

蓝廷珍又招募绰号为"乌贼"、"章鱼"的澎湖洪氏两兄弟洪就、洪选,以及他们的同乡颜得庆、杨彬等十二个善水者,与先锋一同出发。

4

六月十三日夜,林亮、董方率领舟师五百七十人自澎湖向天险鹿耳门进发。先锋部队的舰船刚离岸没多久,月亮就隐去,海上刮起了狂风,整个海面黑漆漆的,舰船无法成队,更辨不出方向。岸边的清军见此情形,急忙在岸上点燃火焰,海中的船只就着火光迅速撤回港内。

第二日风势稍缓,林亮、董方又立即率领先锋部队直奔鹿耳门。蓝廷珍、施世骠率领主力大军,蓝廷珍在前,施世骠在后,也向鹿耳门开去。

林亮命洪就、洪选带上十二个善水者,先行潜入鹿耳门清港插标,标明舟行路径。

六月十六日黎明,清军大部队抵达鹿耳门外,与林亮、董方的先头部队汇合。

蓝廷珍站立在帅舰船楼上,用望远镜朝鹿耳门望去,见舰道两旁隐约有黑白荡缨在摇曳,知道洪氏兄弟等人已顺利完成了探路重任,便下令船队依航道标志全速前进。

把守鹿耳门的苏天威发现清军船队朝鹿耳门港开来,急令朱军从鹿耳门、海蚊港汛炮台发炮轰击清军船队。

林亮、董方率六舰冒死直进。林亮从望远镜中看到朱军炮台火药桶堆积如山,心中窃喜,命军士用子母炮弹瞄准朱军火药桶射击。清军六艘炮舰二十四尊火炮一阵轰击,子母炮弹如漫天火龙扑向岸上火药桶。子母炮弹落地后接连爆炸,引发了朱军的火药桶,一阵阵冲天火焰,一声声震天巨响,朱军死伤不计其数,余者丢弃炮台,落荒而逃。

这时,海潮猛涨,鹿耳门潮高八尺。蓝廷珍大喜,急率督标左营参将王万化、

陆路提标中营参将林政等四百余艘船,连档并进。

林亮、董方乘胜掩杀,长驱直入。年近花甲的把总苏荣冲在前面,待其所乘之艇距岸尚有丈余,只见他右手持刀,左手握盾,飞身上岸,挥刀舞盾,逢人便杀,勇不可挡,杀开一条血路。

蓝廷珍率领的后续清军及时赶到,潮水般涌上码头。朱军不支,苏天威只好率残众撤下鹿耳门,退入安平镇。

清军夺取鹿耳门炮台,焚烧朱军营垒后,蓝廷珍下令清军广贴《檄告台湾民人书》,并在台湾民众中传唱"头戴明朝帽,身穿清朝衣,五月建永和,六月还康熙"的歌谣。

第二天,朱一贵派杨来领兵八千增援,奋战两天,夺回了鹿耳门。这时,施世骠率领的援兵也到,并在四鲲身、二鲲身等处登陆。清军炮火猛烈,朱军不得不再次放弃鹿耳门,退守安平镇。

5

战争间隙,施世骠察看战场,见尸横遍野,其状惨不忍睹。

这时亲兵来报,把总苏荣冲入敌阵,无论敌兵手中有无兵器,逢人便杀,敌兵见我军将领嗜杀如命,一个个不敢投降,拼死抵抗。

施世骠没吱声,只是令亲兵传召苏荣。

苏荣见提督大人传召自己,不知何意。一旁的兵士说:"把爷,你把敌人杀得鬼哭狼嚎,哭爹喊娘的,这当儿肯定是提督大人要奖赏你了!"

苏荣感觉可能不会这么简单,他摇摇头,自嘲道:"不管是福是祸,提督大人传令,肯定要去复命。"

见到苏荣,施世骠劈头盖脸责问道:"苏荣,你可知罪?"

苏荣一下子被问懵了,不由自主地反问道:"军门,卑职不知所犯何罪?"

施世骠厉声道:"制府大人已传令入台戒杀,你为何抗令大开杀戒?"施世骠满脸怒色,命令中军:"撤了他的把总职务,把他关押起来。"

中军听令带走了苏荣。

是夜,施世骠就苏荣一事,令书吏写了一封呈札交给提塘,送往厦门总督行署。提塘,是负责两岸信件往来的收发处。呈札送出,施世骠才到元帅行营通报蓝廷珍。蓝廷珍听罢,甚感不平,碍于面子,他默然不语:戒杀施仁是针对无辜百姓,临阵见敌,冲杀在前,自当别论了。我大军刚入台作战,就处理勇士,必然会影响士气。

待施世骠离开,蓝廷珍命蓝鼎元写一札《论苏荣书》,说明自己对苏荣一事的意见,也交由提塘送往厦门总督行署。

满保接到二人的书札后,也深感施世骠对苏荣的处分有过分之嫌,便提笔批复:"苏荣忠勇可嘉,酌情晋级提升。年老宜加爱护,调管理后勤或负责海峡交通可矣。"

施世骠过后看了满保批文,只得遵办,但已对蓝廷珍心生不满。他一赌气,令所部士兵在战场大开杀戒。

6

清军在鹿耳门休整完毕,蓝廷珍率领清军主力向安平镇发起进攻,施世骠率部留守鹿耳门。

安平镇,又名安平城、赤嵌城,城基入地丈余,雉堞俱钉上铁条,城垣用糖水调灰砌上厚砖,其坚固不亚于石块。城三层,下一层在地下作为仓库。城周二百七十七丈六尺,高三丈余,女墙、更寮联于内城,楼屋曲折高低,栋梁坚巨,瞭亭、螺梯、风洞、机井,鬼工奇绝,城上安置大炮十五门。安平镇是鹿耳门到台湾府的必经关隘,安平镇落入朱军手中,朱一贵派郑定瑞镇守。

郑定瑞获悉清军来攻,与苏天威、杨来合兵一处,率朱军悉众出城迎战。林亮、董方率清军前锋部队与朱军短兵相接,杀得难解难分。蓝廷珍挥动令旗,命参将王万化、林政从两翼包抄过来。郑定瑞一看形势不妙,急令鸣锣收兵入城,只有五成朱军撤入城中。清军乘势将安平城团团围住。

陈梦林向蓝廷珍献计道:"我军包围安平城只包围西南北三面,留下东门供反贼遁逃,免得我军为困守之敌而拖延进军时间。"

蓝廷珍点头称善,令游击魏天赐、边士伟、朱文、谢希贤、郑耀祖、胡璟六人分兵进攻西、南、北三面。清军在城外架起火炮向城上、城内一阵阵猛打。朱军多是没有军事经验的乌合之众,一见炮弹如天雷轰顶,个个胆战心惊。

林亮、董方下令在西门架起云梯,开始攻城。

硝烟箭雨下,清军一个个手持刀盾,冒死爬上城墙。朱军组织强大火力,压住了清军攻城势头。城下督战的林亮,见清军攻城进展缓慢,心里着急,吩咐董方督战,他自己一把取过亲兵手里的刀盾,身先士卒,爬上云梯。

林亮以极快的速度,爬上城垣,左劈右砍,杀退城上的朱军,打开城门,城外清军汹涌入城。

郑定瑞、苏天威见西门已被清军攻破,南北两门清军攻势也十分猛烈,只有东门不见动静,便由苏天威领头带队,郑定瑞断后,从东门撤出,退入台湾府治永康里。

7

安平镇既得,蓝廷珍问计陈梦林、蓝鼎元。

陈梦林说:"军府,反贼已退出安平城,下一步就得进发台湾府治。夺取府治必须占领七鲲身,以保障我军免于腹背受敌。"

蓝廷珍问:"七鲲身在哪里?"

蓝鼎元手拿折扇,指着海边一列山丘说:"那就是七鲲身。山脉向西北绵延十余里,共结七峰,每峰相距里许,山峰皆状若鲲的身子,故名七鲲。七鲲身不但是安平镇的屏障,也是台湾府治的门户,它距凤山县治仅二十余里。少林兄所言甚是,我军占领七鲲身后,应派重兵镇守,以防反贼在此登陆。"

蓝廷珍立即传令:"铜山镇游击郑耀祖、汀州镇标左营游击王绍绪听令:命你二人率领本营人马驻守安平城,迅速将军需弹药武器粮秣准备好,随时准备交军前使用。"

"卑职遵令。"郑耀祖、王绍绪领令而去。

"水师提标后营游击许华听令:命你领水兵五百名,舰艇五十艘,驻守鹿耳门,封锁所有港汊、内外海面,不准任何船只进出港口,违抗者格杀勿论。"

"卑职遵令。"许华领命而去。

"前营游击林秀、左营游击边士伟、提标右营守备康陵、漳浦营守备苏明良听令:命你四人带本部人马即刻进驻七鲲身,封锁山上山下道路,不准任何人从七鲲身下海或从此登陆,违者斩。"

"是。"林秀四人也领本部人马出发。

8

朱一贵得知鹿耳门、安平镇相继失守,急召众将商议。

苏天威心有余悸地说:"入台清军均是精心挑选的,个个武艺高强,勇猛异常,又不怕死。我军多未经训练,一遇强敌,稍战即溃。"

郑定瑞也垂头丧气地说:"清军火炮虽小,却十分灵活,又准又快,一下子把我军炮火打哑了。他们还有子母炮弹,落到我军阵地接连爆炸,轰得弟兄们六神无主,争着弃城而逃。"

朱一贵问:"此番清军入台作战统帅是谁?"

苏天威说:"清军统帅是南澳总兵官蓝廷珍,他是康熙二十二年平台先锋、后官至福建陆路提督蓝理的堂侄孙。此人武艺高强，善使一根乌铁长扁担，颇晓兵法，且善使攻心战。他令清军广贴《檄告台湾民人书》，到处散步谣言，说什么'头戴明朝帽，身穿清朝衣，五月建永和，六月还康熙'，不少台民受其蛊惑。"

军师王玉全问："那军师又是何人？"

郑定瑞说："清军有军师两人。左军师是陈梦林，此人机智过人，曾多次来台湾，主持编写过《诸罗县志》，对台湾地理、民情、经济十分熟悉。右军师是蓝廷珍族弟蓝鼎元，此人也到过台湾，深有谋略，有赛诸葛之称。蓝廷珍有此二人，如虎添翼，吾等当慎之。"

朱一贵听罢，哈哈大笑："汝等不要长敌人威风，灭自己的志气。清军渡海作战，饱受惊风骇浪之苦，疲惫不堪。我军虽暂时失去鹿耳门、安平镇，但胜败乃兵家常事，汝等无须多虑，更无须惧怕。"说罢，问王玉全道，"军师有何高见？"

王玉全说："此番入台清军才一万多人，我军则不下三十万，加之我军人地两熟，以逸待劳，完全可以就地全歼之。"

朱一贵点头道："好，不愧是我军师。"

王玉全见朱一贵赞同自己的看法，信心大增："启奏我王，为稳定军心民心，我军必须夺回安平镇。"

朱一贵下令道："杨来、翁飞虎、颜子京、张阿山听令，你四人各带八千兵马，兵分四路即刻赶到安平镇，乘敌人喘息未定，夺回安平城，不得有误。"

"臣等遵命。"

9

三万多名朱军，分四路向安平镇扑来。

西南二路被据守在七鲲身的清军截住。

清军一阵乱炮齐轰，朱军阵势大乱，互相践踏。炮火刚歇，林秀、边士伟、康陵、苏明良、李祖各带一支人马冲下山，把万余朱军拦成数截。东北两路朱军得知西南二路朱军被截，赶来解围。这时，据守在安平镇的郑耀祖、王绍绪亦从城内杀出。

两军相接，好一番血战。

蓝廷珍接到战报，令同安营守备叶应龙、千总游全兴领兵三千，接应四鲲身至七鲲身的清军，把朱军逼迫至内海岸。再令魏天赐、胡璟、林亮、魏大猷、刘永贵等驾船从内海用船炮猛攻岸上朱军。朱军虽有三万余众，却多未经训练，苦战几个时辰，死伤已超过三分之一，不意又遭受清军水陆夹击，终于抵挡不住，少数朱军沿喜树港北岸退入二赞溪的大小冈山密林中。

进攻安平镇遭到失败，朱一贵十分恼火，复遣李勇、吴外、张阿山、翁飞虎、陈印、杨来、郭国正等率朱军数万人，驾牛车列盾为阵，以乌龙旗为号，再犯安平镇。上千辆牛车排成一列列战车方阵，牛车三面钉上齐胸高的原木板，板上安铁皮。牛车套在健壮的水牛牯后，牛身上也披挂铁甲护罩，牛角上还绑着两把锐利的钢刀。驻守在七鲲身的漳浦营守备苏明良急率清兵拦截。

可上千辆战车直冲过来，车上朱军长矛一挑，清军不死即伤。苏明良身中数枪，幸得左右救护退上七鲲身山上。在六鲲身的康陵，见朱军潮水般冲来，急令发炮。但陈印已率朱军冲上山头，双方短兵相接，众寡悬殊，清军死伤大半。山下的朱军战车，将沿途的清军冲得七零八落。

晌午，朱军战车车队已临城下。

翁飞虎坐在挂有乌龙旗的战车上，指挥朱军攻城。

蓝廷珍、陈梦林、蓝鼎元站在城楼察看敌情。

蓝鼎元指着朱军说："朱军此番来势汹涌，却犯了一个致命错误——他们的牛车一路攻过来，到了城下却没有转换阵势，牛车还为前队，只要我军火炮将其牛车打散，其阵必乱，我军即可反击也。"

陈梦林赞同，蓝廷珍道："好，火炮伺候。"他令旗一挥，大炮齐发，城上的炮群呼啦一下，吐出骤雨般炮弹。第一发便打掉了乌龙旗，翁飞虎急忙跳车后退。中弹的战车立时瘫痪，未中弹的铁甲牛被爆炸声惊吓，掉头乱窜，向朱军冲去，朱军一时死伤无数，顿时乱成一团。

合军聚众，重在寻机。蓝廷珍见时机已到，令朱文、杨成率鲁公车炮队出城追击，齐元辅、金作砺、吕瑞麟率精兵从右翼出击，王万化、林政、范宗勋从左翼出击，林亮、董方率五十艘小炮舰沿七鲲身海域用炮火轰击朱军。

蓝廷珍从侍卫手中接过乌铁扁担，留下陈梦林守城，亲自与蓝鼎元、魏大猷、蔡勇、刘永贵率领三千精兵掩护炮队，追击朱军。

清军水陆五路合击，朱军大败，幸得林曹等驾驶数十艘大船接应，溃败的朱军从喜树港、二赞行溪逃脱。

10

蓝廷珍决定先消灭喜树港及二赞行溪的朱军船队。

他采纳蓝鼎元的火攻计，令守备陈章、把总牛龙带伪装渔民的水兵，驾驶十条渔船，船上满载硫黄、干茅草。

三更时分，当陈章、牛龙带领伪装成渔民的清军水师悄悄接近朱军船队，被朱军哨兵发现，他们喝令停船检查。清军扮成的渔船毫不理会，直冲朱军船队。朱军船舰急起锚扬帆,向上游撤退。

好在朱军船上未荷重,走得快,清军船上满载士兵走得慢,赶不上朱军船只,除四艘大船走不脱被烧掉外,朱军大部分船舰得以逃脱。

此时,乌云遮住月亮,两岸多是竹丛密林,看不到任何东西,陈章怕中埋伏,下令停止追赶,回营复命。

这时,施世骠带领后卫清军恰好赶到,两路清军合兵一处。

施世骠见清军渡海作战以来,节节胜利,强登鹿耳门,炮陷安平镇,捷足七鲲身,火烧喜树港等,遂建议蓝廷珍向总督满保大人呈送捷报。

蓝廷珍回说:"给制府大人报捷的文书,军门你交代人写就行了。"

回到行营,施世骠口授了一份捷报,令亲信施然派员送呈满保。不意,施然背着他将捷报内容偷梁换柱全改了,然后着亲兵戴进飞马直接送往京城。

11

却说朱军固守台湾府治,清军一时找不到破绽,战事一时处于胶着状态。

蓝廷珍回想起入台作战的情况,有喜有忧:喜的是连战连捷,平复台湾指日可待;忧的是清军——尤其是施世骠所部清军,杀戮太重,如果这样下去,台湾平复之日,人口将急剧下降。此时政策应有所改变,从入台初期为了站稳脚跟,以军事进攻为主、招抚为辅阶段转入以招抚为主、军事进攻为辅阶段,除非必要,应当尽量减少双方兵士的伤亡。

于是,他交代蓝鼎元以《与施提军论止杀书》为题,致书施世骠,又召集众将训示:"我平贼大军托圣上洪福,经过将士们的浴血奋战,一路捷报频传,曾经猖獗不可一世的反贼如今只得龟缩在府治内。克日攻克府治及后追穷寇逐败兵时,本镇在此再次强调要尽量少杀戒杀。这样,才有利于贼党改邪归正,也有利于将来朝廷对台湾的治理。本镇过后会将此事照会军门,并通告各地村庄城郭里正董总,请他们通知各家百姓,凡门前挂大清旗帜者,则为大清良民,一律予以保护。个人外出,不论番汉男女老少,凡衣帽缝贴'大清'二字者,均不得伤害。切记,汝等要严格执行此令,违者严惩不贷。"

施世骠接到蓝廷珍着人送来的文书,展信开读:

> 贼众至三十万,此曹可胜诛哉?勿论挺而拒敌,即使安坐僵卧,引颈受戮,我军万六千人,以一人斩二十级,亦不胜其烦也。彼亦天地父母之所生,不幸与贼共处此土耳。畏死胁从,知非本愿,或挂名贼党,以保身家,其心岂不愿见太平,重为朝廷之赤子?一旦大军登岸,涣散归农,箪壶迎师,皆所必

至。惟虑昆冈炎火,不容悔罪归诚,此则出于万不得已者矣。多杀生灵,其实无益,谅亦仁人君子之所不忍闻乎!

以某愚见,只歼巨魁数人,余反侧皆令自新,勿有所问,则人人有生之乐,无死之心,可不血刃平也。某已大书文告,先散其党,惟执事许之勿疑。

施世骠看罢,情知此文定是出自蓝鼎元之手。他对师爷骆平说:"久闻蓝鼎元是位雄才大略之人,可惜时运不济,考场屡试不第,抱负一身才学难以施展。此次跟随蓝廷珍平台,总算可酬一半心愿了。"

骆平没听出话中酸味,附和道:"军门说得是,自古至今,有多少真才实学的干才却不能考场扬名。"

施世骠脸色一转,轻蔑地说:"蓝廷珍如果不是有陈梦林、蓝鼎元两人在身边,凭他一人之勇,哪有如此战果。"

骆平赶紧改口:"军门说得是,蓝廷珍就靠这二人帮他出谋划策。"

施世骠冷笑道:"鹿耳门登陆时,本军门对苏荣的滥杀就给予处理,他却反对,还偷偷写信到总督大人处与本军门作对。如今倒好,他杀了这么多人才想起来戒杀,好人都让他做去了。"

骆平还是不知就里:"军门,大开杀戒不是您亲自下的令吗?"

施世骠眼睛一瞪:"不会说话就不要乱说!"

这当儿,亲兵进来,手里拿了一张文书呈给施世骠。

施世骠一看,是《攻克鹿耳门收复安平露布》,说:"蓝廷珍又让蓝鼎元写文书了。"看完之后,禁不住在骆平的面前赞起蓝鼎元来:"蓝鼎元的文章确实是写得好,此文不愧是一篇安民心、鼓士气、压贼焰的檄文。"然后又问亲兵,"此文可曾张贴出去?"

亲兵说:"军府大人已令书吏抄数十份,四处张贴了。台民看后,震动极大,又见我军纪律严明,秋毫无犯,更是拥护我军平定叛乱。现在有些村庄番社,原来是竖反旗帜,拥护永和,现在根据露布指示,反水倒戈,竖起大清旗帜。至于那些原先就没跟随朱一贵造反的民人,还一直组织乡民竖旗拥清。"

亲兵后面说的话有一个背景:蓝廷珍率平叛大军入台湾前,全岛近七成的台民倒向永和,部分人保持中立,少数地方的台民则仍然竖旗拥清。这些人也多是不久前从大陆来,他们在大陆见清廷精兵悍将上百万,康熙又力行养民生息政策,百姓安居乐业,深得民众拥护。他们不但没有参加反清暴动,还组织乡民保护自己的家园。如凤山万丹、新园等十几座大庄六十几座小社的居民,会合从福建省闽西、闽南,以及广东省镇平、平远、程分、大埔等地来台湾的客家人,共一万二千人,于五月初十在万丹庄结盟,成立民团保护庄民及贮粮十六万石。六月十八日,一股朱军强渡新园时,即被当地民团所阻。

施世骠面露喜色:"好。"

意见归意见,芥蒂归芥蒂,在大是大非的问题上,他觉得还是要与蓝廷珍一道维护平台大局。

12

六月二十日清晨,台湾府治西北处的西港仔村员外程春率十余名士民,具羊酒到安平镇叩迎王师。这时,蓝廷珍、陈梦林、蓝鼎元到台湾府治周边察看地形,只有施世骠在安平城内元帅府。

施世骠对程春表示感谢,设宴款待他们。

席上,程春说:"为使王师早日消灭反贼,小民愿意带王师到西港仔村,消灭北面一股反贼。那股反贼顶多一千人,且多是贼魁家属。"程春怕施世骠不信任自己,离座牵出两位少年,说,"这是小民两个儿子,可以留在大人这里,以表小民至诚效忠大清皇帝。"

施世骠心想:"蓝廷珍入台后,处处占得先机,我堂堂个福建水师提督,老是跟在他后面拾其牙慧。今程春来营,以家属为质,愿引大军从西港仔登岸杀贼,又恰适蓝廷珍三人不在,真是天助我也。"不由笑道,"本军门相信你们是拥护我大清的,你们的建议容我考虑考虑。"

当夜,施世骠密令林亮、魏大猷、洪平、董方率一千二百清军前往西港仔。

二十一日初昏,蓝廷珍回来知晓此事,急忙对施世骠说:"我军入台以来虽然连战连捷,我们万万不可因此轻视敌军。我听说反贼多聚集在萧垅、麻豆之间,西港仔就在两地之间,且距离都不远。如果他们以几千人分别埋伏在要害部位,一待我军进入,即从四面掩击,林亮他们就危险了。"

施世骠毕竟是一员老将,经蓝廷珍这么一说,也不禁觉得自己有点轻率,便问:"那现在该怎么?"

蓝廷珍:"我们应立即派大军前去接应。"

"那谁能担此大任呢?"

蓝廷珍忖度片刻,毅然说:"还是由我与玉霖弟亲率大军前往吧,军门分遣将士在濑口涂墼埕等处尽力攻击。反贼闻我师北来,必弃营逃遁。府治恢复大概也就在这一两天了。安平城就托付给少林了。"

施世骠听了蓝廷珍部署,不由得反省自己:入台以来,自己对蓝廷珍心存芥蒂,故意放纵所部大开杀戒,今天为了争功又犯了冒进的错误,还不知能不能挽回。而蓝廷珍却处处尊重自己,用兵打仗上处处谨慎,文武兼备,非要自己上阵时,更是勇于担当,勇猛异常。

施世骠十分诚恳地说:"施某以前从未与公共过事,见制府大人任命公为平台总戎,自己副之,不免不服。今公之所言,让施某万分敬佩,施某今后尽听公差遣。"然后,按蓝廷珍指令,率一千名军士驰往濑口涂垦埕。

施世骠走后,蓝廷珍留下三分之一清军由陈梦林率领镇守安平,自己与蓝鼎元率舟师五千五百人连夜向西港仔进发。

翌日黎明,他们在竹寮乡小桥港登岸后,蓝廷珍令诸舟悉回安平。

诸将见舟船纷纷扬帆离岸回去,心里不免暗自吃惊。

千总倪鸿范问:"为什么弃舟登岸?"

蓝廷珍说:"你告诉众军士,我们已没有退路,唯一的出路就是与反贼决一死战。如果今日一仗取胜,明日我们就可拿下台湾府治。"

蓝廷珍话还没说完,探马来报,朱军在苏厝甲与林亮、魏大猷、洪平、董方交战,清军形势堪忧。

蓝廷珍立即分兵八队:魏天赐、金作砺、叶应龙、倪鸿范等率兵千人,火速赶往苏厝甲解林亮、魏大猷、洪平、董方之围,而后配合林亮、魏大猷、洪平、董方人马进攻西港仔,林政、李祖领兵千人为左翼,王万化、边士伟令人满意兵千人为右翼,复以胡璟、刘永贵、范国斗、范崇勋令兵千人为左右奇兵,布下鸳鸯阵和小三才阵,苏明良兵四百为后应,吕瑞麟兵七百为游兵。蓝廷珍、蓝鼎元则亲率陈允升、陈章、林君卿、周宣、蓝弘沛、何期有等,领亲丁精锐五百人为中军并进。

林亮、魏大猷、洪平、董方率领的一千二百名清兵,被朱军包围在苏厝甲,虽拼死力战,但朱军人多,双方死伤不少。清军眼看就要抵挡不住,这时魏天赐、金作砺率清兵及时赶到。清军士气大振,两面夹击,朱军大败。

驻扎在西港仔的朱军头领黄殿,听到苏厝甲方向喊杀冲天,对林曹等人说:"清军进犯苏厝甲,定是冲西港仔来的,可苏厝甲是西港仔的屏障,苏厝甲不能丢,我们必须分兵驰援。"

江国论表示赞同:"对,我们人多地熟,我就不信打不过区区几个清兵。"

林骞劝道:"苏厝甲情势固然危急,可是就怕我们一分兵,西港仔就更难守了。我的意见还是固守西港仔,待大王派援军来了再作决定。"

林骞拍拍胸脯说:"怕什么,打赢做官,打输上山。"

于是,黄殿、江国论、林骞等率众离开西港仔驰援苏厝甲朱军,与林亮、魏天赐率领的清军在途中相遇,一时刀光剑影,喊杀声震天。

两军打得难解难分,蓝廷珍、蓝鼎元率领的后援军及时赶到。蓝廷珍左手持乌铁扁担,右手挥剑,令左右两翼奇兵绕敌阵后,首尾夹击,游兵突出竹林,横冲敌阵,中军正面杀进,枪炮震天。朱军大败,溃乱奔窜。

黄殿、江国论、林骞见情势不利,只好率残余朱军退至犁头标的山林中。

蓝廷珍、蓝鼎元率清军乘势占领了西港仔,俘获了上千名朱军家属。

如何处置这些朱军家属,成了众清军将领争论的问题。王万化、边士伟、朱文等建议将他们押回安平城,再行发落。

这时,蓝鼎元说:"小弟认为,不如将这些反贼家属尽行释放,一可减少我行军之累,二可彰显我军为仁义之师,以瓦解贼人之军心。"

蓝廷珍深为赞同,便下令将朱军家属全部释放。这些朱军家属一个个感动得欢呼哭泣,纷纷下跪叩谢蓝廷珍。

13

黄殿、江国论、林骞带着溃败的朱军退到犁头标的山林中,不见清军追来,便布置岗哨,就地休整队伍。黄殿召集江国论、林骞等人一起商议。

江国论说:"清军枪炮火力的确厉害,弟兄们都吃亏在官军的火炮、火枪上。"

林骞说:"没想到蓝廷珍这只老狐狸会用小股精兵采用分割包围、各个击破的战术对付我们。不过,清军人数不多,我们虽然吃了几次败仗,但元气尚在,我们据守府县,占领有利地形,与官军打持久战,他们肯定坚持不了多久。"

黄殿说:"林将军说得好。来,我们大家来商议一下,有何妙计可以立即歼灭蓝廷珍,以保府治,扭转战局。"

大家一时静默。率先打破沉默的还是黄殿:"我们夜袭清军,他们的枪炮发挥不了作用,我们又熟悉地形,必可取胜。我们今夜三更行动,我与江将军各带一路人马偷袭清营,林将军留守驻地。"

诸人依计而行。

薄暮时分,蓝廷珍、蓝鼎元率清军追至犁头标,见朱军深隐山林,便下令在山下安营扎寨。他们料定朱军必定趁夜晚来劫营,密令军士漏初时分偷偷撤出账房,埋伏在营外的芒蔗间。

三更时分,趁着夜色昏暗,黄殿、江国论各带朱军分二路悄悄接近清军营房,却发现营帐内空无一人。

"糟糕,中计了!"黄殿急忙传令,"撤,撤,快撤!"

还没等朱军转身,潜伏的清军,火炮、火枪一起朝朱军猛轰,朱军乱窜一团。轰击之后,清军燃起火把,朝朱军包围过来。朱军落荒而逃,回到营寨的朱军不到一半,与林骞合兵一处,遁入桌猴山内。

翌日拂晓,蓝廷珍、蓝鼎元督军南下,迅速占领了万寿亭。万寿亭紧靠台湾府城小东门,城堞隐约可见。

这时,被俘的台湾中营游击刘得紫策反看守,逃回清营,清兵将他押来见蓝廷珍。刘得紫跪拜于地,悲痛自责:"卑职身为朝廷命官,既不能尽职杀敌,被俘后又不能殉忠尽节,今天逃回,但凭大帅处置。"

蓝廷珍不但不治罪,反而好言相慰,当众嘉其忠义,刘得紫两眼含泪:"谢大帅不杀之恩,卑职愿随大军扫清反贼,以效朝廷。"

蓝廷珍点头赞道:"刘大人有此忠勇,实为可嘉。我军现在急需补充兵源,你是台湾本地军官,能否在最短的时间内招募一批有武艺的壮丁,由你带领,补充到我军中。"

刘得紫说:"卑职遵命。"

两天之内,刘得紫招到新兵一千二百名,有数百人学过拳脚,蓝廷珍非常高兴,立即发给兵器,由刘得紫讲授一些上阵作战的基本知识后,便加入战斗队伍。

14

二十四日早晨,蓝廷珍下令清军从北、西、东三面进攻府治。

施世骠先一日率清军从七鲲身陆路至濑口,从南面进攻府治。

蓝鼎元见府治西南在炮舰攻击范围内,便建议蓝廷珍调派炮舰。

陈梦林接令后,立即派遣安协标左营游击朱文、海坛镇标左营游击谢希贤、水师提标左营守备高德志、烽火营守备蔡勇等驾二十条炮舰,从盐埕、涂墼埕、大井头等内海处炮轰击朱军。

朱一贵令朱军分兵拒敌,欲与清军决一死战:翁飞虎、吴外、刘国基、薛菊领兵一万,迎战南面的清军;李勇、苏天成、张阿山各领兵五千名,迎战北、西、东面的清军;朱一贵自己与王君彩、卓敏、陈国进等率领二万朱军,随时接应。

战斗开始,双方大炮对轰。朱军居高临下,又有民房作掩护,清军前面却是开阔地,无遮无挡。清军虽然死伤不少,却冒死冲入了朱军阵地。双方短兵相接,展开混战。到了午时,清军相继占领大北门、小东门、城守营、总镇署、右营、左营。清军越杀越勇,朱军只得全线败退,退守东安里、赤嵌楼一带。

这时,停泊在内海上的清军炮舰一阵猛烈轰击,守卫涂墼埕的朱军死伤惨重,朱文、谢希贤亲率清军火枪手上岸,攻入南校场。清军火炮队随后也上岸,将大炮运至南校场,向东安里轰击。朱军支撑不住,抱头鼠窜,东安里也落入清军手中。

朱军兵败如山倒,朱一贵带领残部,杀开一条血路,退入老根据地罗汉门山,驻扎于下加冬。这时,朱军有的开始破罐子破摔,烧杀掠淫,无所不为,台民更加苦不堪言。日落时分,蓝廷珍、蓝鼎元与先头部队在台湾东安里会师,百姓欢呼复见天日,家家户户外设香案,拜迎王师。

蓝廷珍派人一一抚慰。他携蓝鼎元及几位将军到赤嵌楼,下令将帅部设于此。安排停当,他遣外委守备陈章飞船至厦门,赴总督满保军前报捷,令蓝鼎元草拟安民告示。

翌日早，施世骠亲抵府治，率部屯于北校场，蓝廷珍仍驻赤嵌楼。随后，蓝廷珍、施世骠组织数支肃清队，依靠当地百姓，到附近各地搜查掉队、失散、匿藏在民间、家里的朱军头目。

15

一日，蓝廷珍、蓝鼎元二人路过北校场，见十几个清兵正在拆老百姓刚建的房子，被拆房的老百姓呼天抢地，两人便过去问是何因。

清兵没有认出身着便装蓝廷珍、蓝鼎元二人，傲慢地回答道："这些房子影响提督行署的进出，施军门下令予以拆除。"

蓝廷珍呵斥停止，清兵傲慢说："大胆，你是何人，竟然管起军爷的闲事来了，信不信军爷连你也一起拆了。"

蓝鼎元最见不得人欺负百姓，气愤地说："告诉你们，这位是平台元戎蓝廷珍军府大人，你们还不立即住手。"

清兵一听，赶紧住手。

蓝廷珍语气缓和下来："房屋是老百姓的庇身之所也。拆老百姓的房子，就是在拆民心呀。将心比心，如果你家的房子被拆了，你是什么感觉？你们帮老百姓把房子重新搭好，军门那由本镇解释。"

百姓听罢，跪地感谢蓝廷珍、蓝鼎元，说他们是活菩萨。

嗣后，蓝廷珍给施世骠说及此事，施世骠心里虽不太痛快，嘴上却答应下来，说那些清兵没领会自己意思，乱办事。

16

满保接到外委守备陈章的飞船报捷，非常高兴，檄令嘉奖以蓝廷珍为首的入台将士。陈章带上总督檄令，快船回台湾复命。

陈章走后，满保方想与巡抚吕犹龙会商上疏事宜，忽闻圣旨已到。满保接旨，方知施世骠已于早些日子派戴进上奏独表己功，淆乱圣听，以致圣谕中施世骠、陈策等皆有赏赐，连戴进也官升把总，独不及蓝廷珍、蓝鼎元、陈梦林诸人。

满保见施世骠绕过自己直接向朝廷报捷，心有不快。然台湾政事繁多，满保也只得压抑不快，檄委兴泉道陶范赍谕旨往台湾安抚百姓，署理台厦道事；又调汀州知府高铎知台湾府，分委建宁通判孙鲁往署理台湾府同知并台湾知县事，海澄知县刘光泗往署凤山,漳浦知县汪绅文往署诸罗,俱随大军安辑流亡,慰抚各庄社民番。

临行前,满保交代陶范到台后,只宣皇上谕台湾众民的圣旨,暂且不宣皇上只给施世骠、陈策等人加封之事,以免影响到入台清军后期进剿军务。

陈章回台复命,将满保嘉奖以蓝廷珍为首的入台将士的檄令交与蓝廷珍。蓝廷珍接令,施世骠、陈梦林、蓝鼎元等人一齐向蓝廷珍表示祝贺。

翌日,陶范也从厦门将圣旨带到。蓝廷珍等人急忙跪接圣旨。圣旨曰:

谕台湾众民:据督臣满保等所奏,台湾百姓似有变动;又奏称满保于五月初十日领兵起程等语。朕思汝等俱系内地之民,非贼寇之比,或因饥寒所迫,或因不肖官员刻剥所致。

一二匪类,唱诱众人,杀害官兵,情知罪不能免,乃妄行强拒,其实与众何涉?今若遽行征匪,朕心大有不忍。故谕总督满保令其暂停进兵,汝等若即就抚,自谅原尔罪。若执迷不悟,则遣大兵围剿,俱成灰烬矣。

台湾止一海岛,本地所产不敷所用,只赖闽省钱粮养生。前海贼占据六十余年,犹且剿服,不遗余孽。今匪类数人,又何能为?谕旨到时,即将困迫情由诉明,改恶归正,仍皆朕之赤子。

朕知此事非汝等本愿,必有不得已苦情,意谓坐以待毙,不如苟且偷生,因而肆行掳掠,原其致此之罪,俱皆不肖官员。汝等俱系朕历年豢养良民,朕不忍剿除,故暂停进兵。若总督提督总兵官统领大兵前往围剿,汝等安能支持,此旨一到,谅必就抚,不得执迷不悟,妄自取死,特谕。

圣旨宣毕,陶范扶起众人:"本道受制府大人之命,专程渡海来台,奉送皇上给全台番汉黎民谕旨。皇上好生之德,欲施恩于海外赤子,对附逆作乱之徒,重在招抚。制府大人授命,对皇上谕旨可多印多贴,以慰台民之心。"

众人齐应:"臣等感激皇上对台民恩泽,谨遵圣命。"

陶范又一一宣读台湾府县新任命官员名单。

17

六月二十九日,蓝廷珍令俸满千总林君卿率外委千总张佛等二十个武功高强之人,先大军二十里前行,一路追杀朱军。

擒贼先擒王,清军接近下加冬时,蓝廷珍飞令林君卿设计擒拿朱一贵。

林君卿得令,吩咐张佛暗地里寻找能接近朱军头目的人选。张佛探到了两个人,一个叫陈尚珍,一个叫杨秀。陈尚珍、杨秀都是本地人,性格豪爽,与朱军几个首领颇有交情,举事前常有来往。林君卿、张佛遂与陈尚珍、杨秀商议如何擒拿朱一贵。

林君卿对陈尚珍、杨秀晓以大义说:"两位兄弟,我知道你们与朱军一些头目交情甚笃,但你们深明大义,忠于朝廷,不肯与他们为伍,这种气节难能可贵。不过,仅仅如此尚不能卫国保民。你们想一想,自朱一贵、杜君英造反以来,台湾一片混乱,百姓不能安居乐业。朱军奸淫掠抢,无所不作。大军入台仅十余日,朱一贵便兵败如山倒,众叛亲离。朱一贵、杜君英之辈已到了穷途末路。你们可以利用过去的交情,说服他们改邪归正,弃暗投明。蓝廷珍大人有令,若能设计擒到朱一贵,必有重赏。"

陈尚珍沉思片刻后说:"大兵压境,说服一些头目暗投明相对容易,但要擒拿朱一贵很难,必须有内应,趁他没防备才可能擒到他。"

林君卿问:"有没有可靠的人作我们的内应?"

杨秀胸有成竹地说:"我知道有二人可策反,一个是护驾大将军张岳,武艺高强,有万夫不当之勇;一个是太师王君彩,台湾县缙绅,富甲一方,在民众中素有威望,朱一贵看中他,软硬兼施,封他为太师。这二人,只要我们对他们晓之以理,动之以情,他们会归顺朝廷的。"

张佛说:"那要何人去联络他们呢?"

陈尚珍、杨秀自告奋勇,愿意潜入下加冬去联络张岳、王君彩。到了下加冬,本来想先找张岳,不巧张岳外出执行任务,陈尚珍、杨秀只好转而先找王君彩。朋友见面,分外热情,王君彩想好好款待一下两人,陈尚珍手一摆说:"不必了,不用见外。"见旁边没人,陈尚珍悄悄说,"我俩此行,是奉蓝廷珍帅爷之命。"

王君彩一听蓝廷珍之名,拔出长剑,指着陈尚珍说:"你们是清廷派来的奸细,休怪王某不念兄弟情分了。来人,将两人拿下。"

门外应声冲进四人,要捉拿陈尚珍、杨秀。

杨秀镇定地说:"王兄,我们本是一番好意,如果王兄不领情,我们也无话可说。"

王君彩屏退左右:"既然如此,那你们说说看,到底何事! 都是老朋友,但说无妨。"

陈尚珍说:"王兄,你是明白人,朝廷大军入台连战连捷,现一府三县都被官军攻克。朱、杜不和,南北两路朱军溃败之日必然不远。"

杨秀说:"王兄,为今之计,你应该当机立断,反戈一击,想法擒拿朱一贵或斩其首级。官军不但既往不咎,还会论功行赏。"

王君彩一直缄口不语,此时有些懊悔:当初看到官府腐败,横征暴敛,肆意欺压百姓,心怀愤懑。再看到拥护朱一贵起义者众,觉得大明真的能中兴,汉人可以扬眉吐气了。过后,朱一贵登门造访,希望出山帮助朱军,为此他毁家纾难,把全部家产献与朱军。没承想,清军入台后,朱军屡屡败北,军纪涣散。反清既然失败,复明更为渺茫,早先的信念早已动摇,可要他反戈一击,出卖朱一贵,他一时难以做到。

他对陈尚珍、杨秀说:"朱军败局已定,反清复明终成泡影,可要擒朱一贵,并非易事。他身边有十数位武林高手,日夜警卫,一般人近身不得,非有一个万全之策不成。容日后图之,送客。"

陈尚珍、杨秀见王君彩优柔寡断,只得离开。

王君彩与陈、杨密谈之事,不想被朱一贵获悉。他派人将王君彩请来。

王君彩一进营帐,两名卫士手起刀落,一颗头颅滚落于地。可叹王君彩重情义,不愿背叛中兴王,却被朱一贵不问是非曲直,一刀了却。

自此,朱一贵猜疑心更重,命令朱军加强戒备,一有不明人员进山入村,非杀即扣,附近居民怨声载道。

18

下加冬有一个员外,名叫王仁和,也是漳浦人。他见朱一贵滥杀无辜,非常气愤,希望官军早日消灭之。

闰六月初一晚,朱一贵秘密从下加冬移兵沟尾庄征粮,王仁和暗地里打听清情况后,在两名庄丁的护送下,乘着夜色,偷偷来到清军大营。蓝廷珍早知其人,见其贪夜来防,必有要事,传令有请。

王仁和叩道:"禀帅爷,朱一贵粮昨日他带千余人,秘密前往沟尾庄征粮,住在庄上大户杨旭的大宅里。沟尾庄是杨姓聚居地,小民与沟尾庄上杨旭、杨雄、杨石等大户甚为熟识,总董杨石还是小民的结拜兄弟。杨旭他们名义上虽说是拥护朱一贵,而私底下跟小民一样,是向着大清。其中杨旭、杨雄颇得朱一贵信任,小民已通过杨石动员杨旭、杨雄等庄上大户,他们愿做官军内应,抓捕朱一贵。"

蓝廷珍听了很高兴:"朱一贵身边有数十名武林高手,还有一队亲兵武功甚好,这些人多是他的生死之交,我们最好能引开他的护卫才下手。"

王仁和说:"小民可让杨旭他们借犒劳之机,将众护卫灌醉。"

蓝廷珍道:"好,杨旭、杨雄得手后,叫他们在屋顶插竹竿,白天挂红蓝白三件衬衫,晚上挂风灯,本镇便率精骑进攻沟尾庄。到时通知庄民闭门在家,免被误伤。"

蓝鼎元说:"要注意保密,知道的人越少越好,行动也要快,越快越好。"他又问王仁和,"伪国公杨来好像也是沟尾庄人吧,他家里还有什么人在庄上?"

王仁和说:"杨来家里现有寡母和未出嫁的妹妹,半个月前母女俩去找亲戚,至今未回。"

蓝廷珍说:"要密切监视反贼家属,不要让他们坏了我们大事。"又对王仁和说,"大功告成后,本镇将上报军功,授你跟杨石为守备之职,杨旭、杨雄为千总之职。凡参加此次擒捕元凶行动者,皆将论功行赏。"

"谢帅爷恩典!"王仁和跪拜叩头。

王仁和走后,蓝鼎元向蓝廷珍提议:"为稳住反贼,不打草惊蛇,我们可把外线巡逻的兵勇全部撤回,停止活动。"

19

闰六月初七晚,天空突然变色,雷声阵阵,俄而暴雨倾盆,庄外站岗的哨兵也躲进庄中。

朱一贵对护驾将军林玉说:"这几天虽然没发现清军的斥候、游动哨,但仍然要警惕。怎么下场雨,哨兵就都进庄了? 你去检查岗哨,哨兵要坚守岗位,不得擅自撤入庄中。"

林玉道声"遵令",便出庄去检查岗哨。

杨旭说:"中兴王,你们连日作战辛苦疲劳,小民我与杨雄兄弟备点薄酒粗菜慰劳众兄弟,我们也请中兴王与民同乐,让我们也尽一点地主之谊。再说这鬼天气,清军是不会出动的。杨石兄弟已带一队壮丁出去放哨巡逻了,请中兴王放心好了。"

朱一贵见杨旭说得在理,也入席了。

杨旭、杨雄左一杯,右一杯,不断敬酒。朱一贵不愧为枭雄,尽管人在喝酒,还是异常警觉,他不时下令护卫传令众人,菜可以多吃,酒不能多饮。只是这些亡命之徒,开了酒坛,你叫他们哪能禁得住嘴瘾酒欲。不到二更时分,个个烂醉如泥,进入梦乡。

杨石遂暗使壮丁潜入各家,用水灌湿朱军的枪炮火药。

三更时分,庄中几处高屋顶上竖起了竹竿,挂起了几盏风灯。

清兵很快赶到。庄中顿时金鼓齐鸣,火炮冲天,庄丁大叫"官兵来了",以壮声势。蒙在鼓里的朱军仓皇惊起,见庄中四处着火,不知所措,也跟着大喊道:"官兵来了,官兵来了。"

朱一贵酒喝得不多,听到异常动静,顺手就要取挂在壁上的宝刀,却找不着,急忙喊道:"林玉,林玉何在!"

护卫亲兵都醒了,但都找不到兵器,室内的火器都湿漉漉。朱一贵与护卫亲兵只好使用随身短剑匕首,在冲天的火光中企图冲出庄外。但庄中的通道全被清军堵死,庄外的清军火炮、火枪猛烈攻击死命向外冲的朱军。

朱一贵见冲不出,只得退回杨旭、杨雄大宅内,要找二杨家人,才发现他们全都跑光了。

火光处,血肉模糊的张岳带了几个同样血肉模糊的护卫冲进来,禀告道:"中兴王,我们遭人暗算了。末将巡庄时发现动静,立马带领弟兄们前来救驾,可被堵住了。弟兄们冒死冲突,死伤无数,现才得以见到中兴王。"

朱一贵恨恨说道:"杨旭、杨雄背信弃义,把我们给出卖了。待抓住他们,不将他们碎尸万段,就难解我心头之恨。今天看来难以冲出包围,我们只有以死相拼,来个鱼死网破了。"

王玉全冷静地说:"现在不能固守庄里宅院,应该集中兵力,从一路杀出,能逃多少算多少。"

朱一贵点头说道:"军师言之有理,飞虎、阿山二兄弟打头阵,吴外、陈印在中军保护军师和众位兄弟的家属,我与张岳、林玉殿后。"

吴外急道:"不成,中兴王居中,我来断后。"

朱一贵手一挥说:"不要争了,其实出了庄必是一场混战,没有什么前后之分。"他拔剑在手,朝阿里山一指,大声喊道:"冲啊,上阿里山,以图东山再起。"

朱军冒着枪林弹雨,朝清军杀来。混战一个多时辰,忽然有人喊了声"朱一贵在此,活捉朱一贵",清军闻声,蜂拥而至,朱一贵顿时被清军团团围住。张岳、林玉等人舍命杀入重围,无奈清军越来越多,张岳、林玉多处受伤,林玉力气不支战死。翁飞虎、张阿山、吴外这时回身驰援,与朱一贵合兵一处,终于杀开一条血路,冲出庄外树林里。

朱一贵正暗自庆幸,不想几张大网罩下来,翁飞虎、张阿山等人被罩在一张网里,冲进林子里的护卫亲兵绝大多数也被罩在一张张网里。翁飞虎、张阿山及护卫亲兵尽管武艺高强,但网绳既坚韧又牢固,一时任你怎么撕割也毫厘无损。

朱一贵反应快,所幸没被网罩住。他正想替众人解开网罩,清军已从四周卷来。朱一贵手臂中了一枪,短剑掉落地上。

冲在前面的清军、庄丁一拥而上,擒住朱一贵、王玉全、翁飞虎、张阿山,以及朱一贵妻妾儿子及部分家眷。

吴外、陈印、张岳等人见大势已去,各率余党四散逃出。

20

天已破晓,杨旭找来十数辆牛车,将朱一贵、王玉全、翁飞虎、张阿山等人缚好,置于牛车,载往八掌溪,交与清军游击林秀。蓝廷珍令解赴施世骠军前,两人会讯。

朱一贵面无惧色,昂然而立。

施世骠十分恼怒,喝道:"反贼,你妄自尊大,也有今日!"

朱一贵傲然冷笑:"自古以来,成者王,败者寇。本王今落在你们手中,要杀要剐悉听尊便。但是本王要告诉你,反清复明的火焰是扑不灭的,死了一个朱一贵,自有后面千千万万的朱一贵,大明永和一定会中兴!"

施世骠大声呵斥道:"反贼,你到这时还在痴心梦想!"

朱一贵哈哈大笑道:"你口口声声骂本王为反贼,你父亲施琅还不是大明朝的叛臣反将吗?他先后跟随黄道周、郑芝龙、郑成功抗清,后为报私仇,泄私愤,贪图富贵,投降满人。要说反贼,你父亲才是忘恩负义的反贼!"

施世骠脸红一阵,白一阵。

这时,蓝廷珍、蓝鼎元、林亮等人赶到。

蓝廷珍命人将朱一贵先行押入大牢,待午后庭审。

午后庭审时,蓝廷珍语气平缓地说:"朝廷深仁厚泽,待你不薄,你为什么还要聚众造反?"

朱一贵早已抱定一死念头,反唇相讥:"我为大明臣子,兴师光复,何言造反?你是我大明子民,却为何甘心事虏!"

蓝廷珍说:"前朝奸臣当道,皇上昏庸,百姓受苦,社稷衰败。我大清顺乎天意,兴于黑山白水间,攻坚克难,入主中原,统领九州,实属民心所向。天下为有德者居之,如今大清入主中原已近八十年,大清国上下国泰民安,四海升平,蓝某食朝廷俸禄,自当为朝廷效力戡乱。"

朱一贵啐了一口唾沫,仰天大笑:"满人入关,扬州十日,惨绝人寰,强迫大明百姓剃发易服,颁令留发不留头,这些都是有德者之所为吗!台湾府县酷吏漠视民生,罔顾民声,暴政如虎,这些叫国泰民安,四海升平吗!朱一贵不敢自比黄道周、史可法,却不期然又遇上洪承畴之流的败类。蓝廷珍,你不用劝降朱某,你就死了这份心吧。"

蓝廷珍见朱一贵刚烈,也不由得敬佩其为人节义。思前思后,他只得将朱一贵槛送厦门,听候总督解送朝廷处置发落。

21

不久,大排竹乡壮斩杨来首级来献。复有吴外、陈印、李勇、陈正达、卢朱、林曹、林骞、林琏、郑惟晃、张看等朱军头目被清军及李必第、杨雄等乡壮擒获,俱先

后解至蓝廷珍军前。朱军头目——落网,台湾南路已尽在清军手中。

蓝廷珍乘胜追击,他下令朱文、谢希贤、吕瑞麟、阎威等出兵收复北路营诸罗县;汀州镇中营游击景慧带领清军收复笨港;林亮、魏大猷、洪平以舟师赴笨港接应,平定沿海,上下而援。

朱文、谢希贤、吕瑞麟、阎威引兵向北路营诸罗县进攻,北路营千总陈征、把总郑高率乡兵来迎。原来陈征等人于六月间起民兵攻复诸罗县,斩朱军头目赖元改,因王师未至,县治复为翁飞虎、江国论所夺,仍率众入山,至是乃出山迎接朱文率领的清军。

两军合二为一攻下诸罗县,擒斩朱军头目万和尚等人,招抚朱军头目曾贤、李德,安抚各庄社民番。谢希贤等复引兵北上,与张骐等会合,北路千余里地方此时尽皆平复。王万化所率诸军至南路,亦擒斩朱军头目郑定瑞、颜子京等,收复凤山县,安抚下淡水各处庄社民番,南路五百里地方悉皆荡平。

1

台湾南北两路复归清军,蓝廷珍非常高兴,蓝鼎元以其名义撰写《擒贼首朱一贵等遂平南北二路露布》。稿子写毕,蓝廷珍、施世骠、陈梦林等看了,都连声称好。蓝廷珍令书吏将此文抄写数十份,在台湾各地广为张贴,另誊写一份送厦门呈报总督满保。文曰:

惟辛丑六月二十有三日,本镇总统官兵,克复台湾,大张文告,与民更新。为殉难将帅讨贼复仇,枭磔元凶,招徕市肆,宥罪恤伤,询问疾苦,乃会同水师提督施,遣兵追剿逸贼,分攻南北二路。以林秀、薄有成、郭祺、齐元辅、范国斗、胡璟、李祖、刘得紫、郑文祥、刘永贵、董方、林君卿、游全兴等带领官兵,穷追朱一贵诸贼。以王万化、林政、边士伟、魏天锡攻取南路营凤山县,以朱文、谢希贤、吕瑞麟、洪平、阎威攻取北路营诸罗县,以景慧收复笨港。林亮、魏大猷率舟师北上,平定沿海一带地方。指挥已定,克日遄征,犀甲熊旗,耀若长虹四出,金戈铁马,闪如怒瀑齐飞。

越五日戊午,林秀诸军遇贼于大穆降,追奔逐北,炎火之爇飞蓬,斩将搴旗,豪鹰之攫爰兔,贼遗车马器械,堆积如山。余党溃散归降,十去其九。朱一贵走湾里溪,我军追至茅港尾、铁线桥,收复盐水港。一贵夜遁下加城,绝食月眉潭,狼狈星散,不及千人。乃有义民王仁和与杨石密受本镇委守备衔札,与杨旭、杨雄倡率沟尾等六庄乡壮,计谋擒贼。闰月七日丙寅,杨旭、杨雄诱贼至沟尾庄。是夜鸡鸣,火炮震天,金鼓动地,六庄乡壮喊杀攻围,遂擒贼首朱一贵及其党王玉全、翁飞虎、张阿山,缚置牛车,驰解军前。五十日,自大夜郎王囚首叩阶除之石，卅万众伪称国公府，拽颈杂羊豕之群。余孽虽奔，天网不漏。枭杨来于大排竹，竿首级于十字街。林曹、林骞、林璡、郑惟晃、张看、张岳等，咸向我军面缚乞降。复擒吴外、李勇、陈印、陈正达、卢朱等，皆系长缨，以为俘馘。渠魁党羽，无不械送就诛。胁从爪牙，一尽烟消靡子。

　　王万化诸军至南路擒斩贼目郑定瑞、颜子京等，收复凤山县，安抚下淡水各处庄社民番，南路五百里地方，悉皆恢复荡平。朱文等诸军至北路擒斩贼目万和尚等，收复诸罗县，安抚哆啰咽、斗六门各处庄社民番。景慧引兵至笨港，林亮、魏大猷以舟师来会，遵海上下，扫除贼薮，招辑流亡。而援淡游击张骥，守备李燕、刘锡，千总李郡，淡水营守备陈策等，引兵南下半线。谢希贤引兵北上，与张骥等会合，北路千余里地方。尽皆恢复荡平。扫逆寇于一朝，根株悉拔，奏肤功于旬日，山海敉宁。从兹鹿耳、鲲身，永巩东南之锁钥，鸡笼、沙马，长固陬澨之藩篱。咸知盗贼不可为，即窃州踞县，终当横分腰领。犯乱不可作，虽道寡称孤，毕竟坐受诛夷。起普天忠爱之心，寒千秋叛逆之胆。桓桓熊虎，厥有微劳，忨忪竭胜，驰闻敢后。

露布贴出，全台震动，台湾民众敲锣打鼓，鸣放鞭炮以庆祝战乱终结。

这一日，蓝廷珍、施世骠、陈梦林、蓝鼎元四人在帅部议事。施世骠笑着对蓝廷珍说："朱一贵等反贼头目一干人被擒，台民欢呼喜庆，我大军也应庆祝一番，让全体将士改善伙食，以犒劳将士们的劳苦功高。"

蓝廷珍点头赞同："军门所提正合我意。"

陈梦林说："我军正可利用庆祝胜利之良机，总结作战情况，部署招抚清剿反贼余党任务。"

陈梦林话音未落，蓝廷珍亲兵呈上一封书信："元戎大人，总督满保大人来信。"

信中，满保一方面祝贺清军擒获贼首朱一贵，一方面又说虽元凶既擒，余党解散，但尚有杜君英、陈福寿、刘国基、江国论、薛菊、王忠、陈成、郑文苑，以及杜君英之子杜会三等首谋渠魁尚未擒获，要求蓝廷珍重悬赏格，并遣弁目外委分途缉捕。

待施世骠、陈梦林、蓝鼎元三人也看完信函后，蓝廷珍说："我们还是按原计划，通知全台各镇协标营的水陆将士，改善伙食三日，但不放假，站岗放哨、追缉余党照旧。"

2

杜氏父子原本与朱一贵有隙，见朱一贵败势已定，不再理会朱一贵。

朱一贵被擒,杜氏父子感觉末日也快到了,率部避开清军锋芒,深藏于高山密林,昼伏夜走。

蓝鼎元献计说:"杜氏父子势力尚强,我军暂不理会,先从陈福寿、刘国基、薛菊、王忠入手。刘国基、薛菊、王忠都藏匿在郎娇,等招抚了他们,我军再清剿藏匿在观音山的陈福寿。清除干净这些外围势力,我们再主攻杜氏父子。"

蓝廷珍深表赞同,他令外委守备陈章追击刘国基、薛菊、王忠、陈福寿等人,若余党俱来投生,则许以不死,倘尚执迷不悟,或擒或诛,则由不得彼也。

陈章受命,遣谍至郎娇访得刘国基、薛菊、王忠等人踪迹。陈章带领亲信林尚、苏庚等乔装打扮后,驾船绕过小流球屿,从沙马机头上陆,翻山越壑,穿林涉水,直抵郎娇。陈章在郎娇庄外遇见刘国基等人。

刘国基问:"诸位兄弟,借问一声,你们从哪里来?"

陈章说:"我们从凤山来。"

薛菊警觉起来:"那你们可看到清军?"

陈章说:"看到了,清军非常多,他们说很快就要来这里啦。"

王忠一听不对劲,急忙抽出身上佩剑,厉声喝问:"你们是什么人!"

陈章哈哈大笑:"诸位不必惊慌,我就是外委守备陈章,专门找你们的。"

刘国基、薛菊、王忠神色大变,王忠持剑挡在前,刘国基、薛菊也拔剑在手。

陈章从容说道:"稍安勿噪,我是专门来招抚你们的。"

见三人冷静下来,他又说:"诸位谅必看过或听说过当今圣上的《谕台湾众民书》吧。蓝总镇大人在各道露布中也一再谕示,对参加造反叛乱的台民,不论首领、头目、兵卒,只要真诚受抚,就可以既往不咎。朱一贵日前已在沟尾庄落网,同时就擒的还有王玉全、翁飞虎、张阿山等,你们大势已去。"

他一边说,一边观察他们的反应:"你们虽尚有数万之众,但衣食不济,生活无着,纵能再捱几个月,可到了冬天,深山密林,天寒地冻,加上官兵围剿,能有活路吗!为今之计,你们只有放下武器,接受朝廷招抚,方是正路。"

林尚趁热打铁说:"诸位如果能把散落在各地的兄弟,动员回来接受招抚,蓝总戎大人还将为你们向上提出立功受赏的奏章。"

苏庚也劝道:"国恩宽大,为今后的出路着想,你们赶紧下决心吧。"

刘国基见陈章三人所言极是,与薛菊、王忠商量完毕,决定三天后率所部朱军接受清军招抚。

3

第四天,陈章与刘国基相约在万丹街临时营帐里商谈招抚事宜,军士入帐忽

报施提督的差官翁声大人驾到。

陈章一愣：这个唯恐天下不乱的翁声，怎么会在这个时候来？他急忙整理衣冠出帐相迎。刘国基却没太多反应，只是站起身子，呆在帐内没挪步。

翁声神气十足，阔步入内。

进得帐来，见刘国基站在帐里没出去迎接自己，翁声心里老大不高兴。陈章赶紧介绍刘国基是朱军首领，此番代表所部来接受招抚。

翁声狗仗人势，恶狠狠地说："施大人得悉陈大人在此招降反贼，特派本官前来察看。"他瞪着刘国基，盛气凌人地说，"你们这些反贼，天生逆骨，死到临头，还如此傲慢无礼，见了本官还不下跪请罪！"

刘国基当面遭受羞辱，因是败军之将，敢怒不敢言，只得低头说："大人教训得好，小的有罪，特来请罪。"

"哼，特来请罪，说得轻巧，按汝等之罪，死有余辜！"翁声训斥一番犹不解恨。

陈章实在看不下去，便不冷不热说："放下屠刀，尚能立地成佛。翁大人，刘将军今听从圣谕，重新归顺大清，他与我们已是一路人了。"

翁声悻悻离开军帐。翁声走毕，陈章好言相劝。

刘国基闷闷不乐地回到郎娇。

王忠以为清军故意刁难朱军："老兄有何苦恼之事？如果不让招抚，我们也不一定就非走绝路不可。江国论、郑元长等将军，近日复聚余部，在阿猴林、傀儡山一带重竖旗帜，我们可投靠他们。即使将来台湾无立足之地，我们还可以潜回大陆老家，天南地北，尽可与满人官府周旋十年八载，怕他怎的。"

刘国基说不是招抚的事，王忠追问之下，他只得将翁声凌辱之事说出来。

王忠一听，拍案而起，怒骂道："士可杀不可辱，翁什么鸟官，让我遇上我一刀宰了他！不招抚了，招什么鸟抚，你们要招抚你们去好啦，反正我不去了。"说完，王忠带上几个亲信，前往阿猴林、傀儡山一带，投靠江国论、郑元长等人，准备与清军周旋到底。刘国基、薛菊阻拦不住。

刘国基、薛菊不知如何办时，陈章来了。他说："翁大人的那番话，还请两位不要往心里去。"知道王忠已走人，又说，"人各有志。此番前来，是想带你们去见蓝廷珍军府大人。"

蓝廷珍知道了翁声羞辱刘国基之事，也好言慰藉，恩礼有加。

七月下旬，蓝廷珍发兵进剿阿猴林、傀儡山朱军，朱军散去，江国论、郑元长等人逃往北路，其党羽陈逸归降差员张腾霄。张腾霄受蓝廷珍之令，偕陈逸前往北路招抚江国论。江国论归顺后，蓝廷珍为他准备锦衣，听其出入遨游，暗地里则派人跟踪。

朱军头目见江国论得到蓝廷珍优待，都欣然自慰："江国论尚且受到优待，我们就更没有什么担心的了！"于是一一就抚。

4

恰在这时,台湾天气越来越热,瘟疫盛行,从征清军风餐露宿,水土不服,亡故者甚多,参将林政、王万化,游击许华先后殁于军中。

八月十三日,怪风暴雨又突袭台湾,一时屋瓦齐飞,风雨中流火条条,海水骤涨,所泊台港大小船击碎殆尽,大树被连根拔起,墙垣倾倒,万姓哀号,无处容身。蓝廷珍、施世骠、陈梦林、蓝鼎元等就终夜露立风雨中,军士蜂拥相携,持不敢动,稍举足则风飏颠仆,或裂肤破面流血。

翌日雨霁,台湾郡无完宅,压溺死者数千人,浮尸蔽江,瓦桷充路。

施世骠在风雨中受伤,卧床不起。署台厦道陶范、府县高铎、孙鲁等,躬历民家,拊循流涕,发仓赈贷,瘗死扶伤,并以风灾飞报上闻朝廷发帑金赐恤,台湾灾民始得更生。

诸罗一县幸免风灾,然朱军余党杨君、李明等却聚众劫掠盐水港,害得诸罗百姓家破人亡。蓝廷珍闻报,派人缉捕,将扰民朱军全部抓获。又有朱军余党林君煽动百姓,竖旗于六加甸,俱被知县汪绅文所获,解至府,会同陶范、高铎、孙鲁等质讯,金议押解内地。

蓝廷珍知悉,说:"甫平思乱,既赦复叛,这些人都不可放过!现在把他们解入内地,不能不牵累无辜,恐怕民间人人自危,且上下审驳奏报,往返动隔经年。海外反侧地,非树威不足弹压。我们对于就抚者加之恩,对于被擒者应当弃诸市,庶奸徒悚息,可净尽根诛耳。亟枭示众,定民心而固疆圉,有罪某自当之。军中义得专杀,无预诸君事也。"

陶范、高铎、孙鲁、汪绅文等地方官皆曰:"诺。"

九月初,清军将杨君、林君等为首四人处斩,余党或被杖毙枷馘,或被押回大陆。复有黄辉、卓敬在旧社红毛寮聚谋为乱,声言罗汉门、阿猴林有王忠等数千人接应,赳日攻打府治。蓝廷珍发兵擒捕,在朱军驻扎之地搜获黄辉、卓敬等人,会审之后,立即处决。

5

这时,康熙早已加封施世骠、陈策的消息,这时传到台湾。

蓝廷珍倒没说什么,可陈梦林、蓝鼎元都为蓝廷珍鸣不平,尤其是陈梦林,火气更大。消息传来不久,圣旨也到了。原来这些都是施世骠在厦门的亲信干的好事。当初,满保为了顾及将帅和,早日擒拿朱一贵,平复台湾,故意将康熙加封施世骠、陈策的圣旨扣而不宣。不意这事被施世骠在厦门的亲信知道,他们偷偷放风出来,满保想压也压不住,好在朱一贵已擒,满保只得先派人到台湾宣示这封谕旨。

卧病在床的施世骠想解释,无奈这种事是越说越糊,越描越黑。

是日,陈梦林到蓝廷珍行营,恰巧蓝鼎元也在。他见了二人,一改平日温儒作风,火气冲天说:"荆璞兄、玉霖,少林是来向二位告辞的,平台大局已定,少林要离台返厦了。"

蓝廷珍、蓝鼎元一听罢,都愣住了。

蓝廷珍说:"虽说朱一贵已擒,台湾局势稍定,但今后清剿招抚反贼余党,还需要军师鼎力相助,军师此刻离台,廷珍手足必然无措矣,望军师留在军中,继续出谋划策。"

陈梦林说:"荆璞兄,今后有关清剿招抚逸贼诸事,有玉霖襄助足矣。少林欲还厦门,禀告制府大人此次平台具体事宜,然后归隐林下,以娱山水之乐也。"

蓝廷珍说:"军师有功于平台,何必归隐林下。入台以来,廷珍虽是发号施令的挂衔主帅,其实出谋划策、运筹帷幄,还不是依靠军师与吾弟玉霖。待此后清剿、招抚反贼,安定台湾社会诸事尘埃落定,廷珍当奏明圣上,为军师请功。"

陈梦林摇摇头说:"荆璞兄一番好意,少林心领了。说实话,少林本来是想待清剿招抚军务全部结束再离开台湾,可是昨天圣旨到,皇上对施大人加官晋爵,赐东珠朝帽、蟒袍、黄带,异数有加,升补淡水营守备陈策为台湾镇总兵官,加左都督,而只字未提平台主帅元戎,少林心里有气。圣上虽然质慧眼聪,但离此万里,断然不可能了解具体情况,而驻厦门的制府大人亲自任命荆璞兄为平台主将,肯定不会犯如此本末倒置之事。那么,此一情况的产生,一定有人越级奏报圣上,蔽蒙圣听。"

蓝廷珍说:"少林兄不必为皇上加封事宜愤愤不平。我们共事,只图把事做好。"回头对蓝鼎元说,"玉霖,你说是吗?"

蓝鼎元说:"吾兄与少林兄一样,是为了大清疆土,为了台湾黎民百姓,才甘愿踏风浪,冒弹矢,率王师入台。"

蓝廷珍说:"玉霖说得是。托圣上洪福,全体将士奋勇,我军终于铲平寇患。至于功劳,实在不是我们在乎的。施军门重病在身,事情也非其所为,我们得饶人处且饶人吧。"

陈梦林说:"荆璞兄高风亮节,令人敬佩,但向制府大人禀报平台实情,也是少林的职责。"说着,又对蓝鼎元说,"少林已经决定明天返回厦门,你们军务繁忙,就不必管我了。"

6

当夜,蓝廷珍备了一桌筵席,为陈梦林饯行。

席间,蓝鼎元特意安排一出戏曲,唱的是陈梦林撰写的《望玉山记》:六名艺人出场,乐器声响起,五名艺人舒展舞姿,余一名女艺人轻启朱唇唱道:

玉山之名,莫知于何始。不接人境,远障诸罗邑治,去治莫知几何里。或曰山之麓有温泉,或曰山北与水沙连内山错。山南之水,达于八掌溪。然自有诸罗以来,未闻有蹑屏登之者。山之见恒于冬日数刻而止。予自秋七月至邑,越半岁矣。问玉山,辄指大武峦山后烟云以对,且曰:"是不可以有意遇之。"腊月既望,彼人奔告"玉山见矣"。时旁午,风静无尘,四宇清澈,日以山射,晶莹耀目,如雪如冰,如飞瀑,如铺练,如截肪。顾昔之命名者,弗取玉韫于石,生而素质,美在其中,而光辉发越于外。台北少石,独萃兹山,山海之精,酝酿而象玉,不欲使人狎而玩之,宜于韬光而自匿也。山庄严瑰伟,三峰并列,大可尽护邑后诸山而高出乎其半,中峰尤耸,旁二峰若翼乎。其左右二峰之凹,微间。以青,注目瞪视,依然纯白。俄而,片云飞坠中峰之顶,下垂及腰,横斜入右。于是,峰之三顿失其二。游丝徐引诸左。自下而上,直与天接,云薄于纸。三峰勾股摩荡,隐隐如纱笼香篆中。微风忽起,影散云流,荡归乌有,皎洁光鲜,轩豁呈露,盖瞬息间而变幻不一,开阖者再焉,过午则尽封不见。以予所见闻,天下名山多矣,嵩、少、衡、华、天台、雁荡、武夷之胜,征奇涉怪,极巍峨穷幽,渺然人迹可到,泰山触石、匡庐山带,皆缘雨生云,黎母五峰,昼见朝隐,不过叠翠排空,幻形朝暮如此地之内山,敛锷乎云端,壮观乎海外而已。岂若兹山之醇精,凝结磨涅不加,耻太璞之雕琢,谢草木之荣华。江上之青,无能方其色相;西山之白,莫得比其坚贞。阻绝乎人力舟车,缥渺乎重溟千岭。同豹隐之远害,择雾以居;类龙德之正中,非时不见大贤君子,欲从之而末由;羽客缁流,徒企瞻而剩羡。是寰海内外,独兹山之玉立乎天表,类有道知几之士,超异乎等伦,不予人以易窥,可望而不可即也。

演罢,全场叫好。

天下没有不散的筵席。次日,陈梦林乘船返回厦门,向满保汇报了平台经过。满保希望陈梦林留在帅府筹划军机。陈梦林说,老了,就不求那虚功虚名了。满保又表示要将把总一职授予陈梦林的儿子。陈梦林也回绝说,自已的儿子无意于官场。

返厦后,陈梦林已经变得冷静多了。当众人皆为他称屈时,他回说:"吾何功哉?控制调遣满公功也。遣将先入鹿耳门,蓝公施公绩也。大战七鲲身,定府治,蓝公力也。入台筹划定治,玉霖之策也。且吾以一书生,提一笔管,掉三寸舌,往来行间,亲睹天子威灵,将士用命,七日而歼巨寇。上纾朝廷南顾之忧,下定乡井扬波之警,吾荣多矣,吾何功哉!"

不久,陈梦林辞别满保,进京访友。满保挽留不成,只得为其备好快马。

康熙六十年(1721)秋天,陈梦林与礼部侍郎蔡世远、刑部侍郎黎抑堂、吏部侍郎沈端恪诸友在京相聚。诸友劝他出山为官,他以年老足疾推辞;诸友又邀他到长安、开封等处壮游,他也婉言谢绝,独自一人回到漳浦。

临别之前,陈梦林单独见了蔡世远:"原本时过境迁,不该牵涉官场是非,但想来想去,我还是要将一些话说明白,希望闻之兄能为平台将士美言几句,尤其是蓝廷珍、蓝鼎元等人的平台功绩。如果你不说,我不说,就没人替平台将士说话了。"

蔡世远问明了详情后,答应找机会一定在皇上面前进言。

得到许诺,陈梦林放心回漳浦老家了。

7

外委守备陈章劝降刘国基、薛菊后,率部继续访缉朱军余党。

陈福寿带领一支朱军潜伏在深山丛林中,东躲几天,西住几宿,没过多久,带的糇粮都吃光了。自古道,无粮不聚兵。陈福寿听到江国论等人接受招抚,受到蓝廷珍礼遇,决定走招抚之路。他得知陈章带兵到观音山,立即带上两名亲兵,走出密林到陈章营地与陈章会面。

两人商谈后,陈福寿答应接受清军招抚。陈章遂带陈福寿到蓝廷珍行营,蓝廷珍大喜,留陈福寿于军中,以家人礼待之。远近朱军余党,闻悉蓝廷珍对陈福寿礼遇有加,也纷纷前往清军营地登记自新。

话说杜君英与朱一贵闹翻,带领大部分广东籍朱军,遁居深山,当起山大王,平日里照样吃喝玩乐,朱一贵派人前来求救,他也置之不理。浙闽总督满保派候选通判何廷凤到台湾招抚,通过熟人给杜君英传话,若杜君英归顺,会授他副将之职。杜君英怕是朝廷设计诓骗自己,故没做理会。

可当朱一贵、王玉全、翁飞虎、张阿山等一一被擒,清军主力转向围剿杜君英的时候,杜君英的日子就不好过了。他只能在崇山峻岭中昼伏夜走地与清军周旋。山中气候无常,白天高温,夜晚湿寒,时雨时晴,粮食无着,饥一顿饱一顿,上下哀怨,人心涣散。

久困山中的杜君英,忽闻好友陈福寿就抚受礼遇,心里颇有动念。

蓝廷珍得知杜君英有归降之意,正待檄令外委守备施恩、陈祥想方设法说降杜君英,蓝鼎元走进来,说以蓝廷珍的名义拟写了一份文书,请他过目。

蓝廷珍接过文书,题目是《檄施恩陈祥谕抚杜君英》:

杜君英久处山中,昼伏夜走,终无了期,寂寂深林,糇粮莫继,茫茫大海,插翅难飞。不旬日间,将为蒿下枯骨矣。本镇哀其愚懵,仰体朝廷好生之德,欲为网开一面,该弁赍斯檄往谕之。自古君臣大义,无所逃于天地之间,是以作乱之贼,咸膏斧锧,苟可改过自新,即为弥天大幸。国家宽仁溥溥,汝等匪类,皆许归正,见奉有若即就抚,谅原汝罪之恩旨。

浙闽总督觉罗满保檄委候选通判何廷凤,来台招抚,有杜君英若降,题授副将之语。君英其亦闻之矣,所以逡巡畏缩,未敢出归正者,惧诛耳。朝廷既许弗诛,总督复不忍诛,马下杀降,本镇又不为也。君英悔悟来归,何诛之可惧?

从来国法所加,必于穷凶怙恶,不在多杀一二无用之人。君英昔日作乱,有党十数万人,不可不杀。今只身亡命,父子流离,穷蹙无所依归,如犬彘蝼蚁,罔关轻重,杀之不足以树威,则不杀亦无不可也。但本镇总统大兵,杀贼安民,是其专责,断不容山贼海盗,尚有窜身草泽,伸头缩颈于光天化日之中,贻地方以去恶未尽之诮。君英一日不出,本镇一事未了,不杀不休。君英既出就抚,则为朝廷之良民。本镇不得擅杀,但靖疆以报,竣事便可班师去矣。

君英静夜自忖,山中能住几时,出则生,不出则死,此理甚明,有何疑义?陈福寿、江国论、刘国基、薛菊等,皆同君英同党,叛逆之人,罪应灭族。先后来归,俱皆不杀,美衣丰食,炫耀街衢,君英宁独异乎?且君英、福寿,誓同生死,福寿今为良民,逍遥自在,君英一出便可同生,何事株守空山,自速其死,以负初盟。君英惧诛疑团未破,独不可向陈福寿一商酌乎?

本镇言出如山,要杀便杀,不杀便是不杀,豁达爽快,可对天日。若诈诱人降而复杀之,以为功,此不肖小夫之所为,而谓本镇为之乎!况即杀君英,亦算不得功绩,日前临阵斩获,不知凡几,俱皆不以为意,复何有于孤穷垂毙之一贼,而欺而杀之,只足为天下笑,何功之可言。

君英静夜三思,山中能住几时,出则生,不出则死,死生惟汝自择,本镇不相强也。该弁赍檄往谕,无得妄动,君英降,则与俱来,不降则听之去,不许擅杀,因檄谕而杀之,仍是诈诱,故智非大公至正之道也。该弁自归,本镇别遣人取其头来,君英勿悔!

蓝廷珍看罢,说:"此篇檄文,谕之以理,晓之以义,堪比十万精兵。"然后传令将檄文一并交给施恩、陈祥。

施恩、陈祥接令,派林生携檄文入罗汉门说服杜君英。杜君英看过文书,还是有些担心,提出欲当面询问陈福寿,与陈福寿会面的地点也由他定。

蓝廷珍听罢回音,笑道:"杜君英还是不相信我们。既然他有此要求,我们就答应他。"

不巧,陈福寿生病,蓝廷珍吩咐兵丁安装了一辆篷牛车,车上铺上被褥软枕,好让陈福寿躺卧;又请了一位中年郎中,带上一些药料以备路上使用。准备停当,施恩、陈祥带上二十名精练兵勇,随牛车慢步紧行赶往约定的地点。杜君英看到病中的陈福寿仍坚持上山,甚是感动。陈福寿将蓝廷珍对自己的种种好处,一一说与他听。他决心归降,同时也给自己留了条后路。他稍事安顿陈福寿一行后,便到后山找儿子杜会三。

杜君英对儿子说:"为父要接受招抚,跟陈福寿到清营见蓝廷珍,虽说蓝廷珍嘴上说真心希望我们投诚,但战争期间,什么事情都有可能发生,为父先去试探情况,你留在山上。为父如果下山后安然无恙,你亦可下山招抚;若为父受骗,你与众兄弟就在深山老林与清兵周旋,留个火种,一是替为父报仇雪恨,二是图谋东山再起。"

杜君英带了一些人,与陈福寿、施恩、陈祥等人一道下山,去见蓝廷珍。蓝廷珍、蓝鼎元与部分将弁出营迎接。

杜君英见了蓝廷珍,连忙跪下叩头道:"罪人杜君英蒙元戎大人不杀,已感恩不尽,何敢受元戎大人如此礼遇。"

蓝廷珍扶起杜君英,微笑道:"圣上有好生之德,一再谕示,除怙恶不悛、负隅顽抗者杀无赦外,对那些弃暗投明、真心归诚者,既往不咎,还量其立功表现,给其相应奖赏。本镇按照圣上谕旨执行,你尽可放心。"看了一下杜君英所部人马,又说,"至于你手下弟兄,本镇自当请台湾府县大人妥善安排其返乡,以安居乐业。"

杜君英再次叩头道:"元戎大人是台湾百姓福星,是我等再生父母。罪人一定洗心革面,世世代代永为大清良民。"

杜君英归降后,蓝廷珍一如陈福寿以恩礼待之。

朱军探子将蓝廷珍礼遇杜君英的情况报告了杜会三。杜会三知道父亲无恙,七上八下的心总算落了地。这时,蓝廷珍趁热打铁派千总何勉前往说降,杜会三于是率众就抚。

8

此时,施世骠因伤卧床已经一个月了,虽经多位良医诊视,无奈药石无效,加上气愤亲信背着自己做出了对不起平台将士的事,自己又解释不清,急火攻心,最后抱恨卒于军中。

205

蓝廷珍奉檄署理提督印务,全权负责台湾军政事务。

当檄文宣毕,朝廷钦差将提督印钤交给蓝廷珍时,蔡奕忍不住问蓝鼎元:"军府不是已被封为平台元戎吗?元戎不是比提督大吗?可这时候却要封个署理提督做什么?"

蓝鼎元说:"元戎只是战时临时担任的最高指挥者,打起仗来,他有权力决断一切,但战争结束,若无另封,他还得官复原职。"

蔡奕说:"那不是白忙活了?"

蓝鼎元不置可否地说:"这世上,有些事白忙活也得忙活。"

蔡奕说:"署理提督印务是何意?"

蓝鼎元说:"署理者,指某官职空缺,由别人暂时代理。署理提督印务,意思是让吾兄暂时代理提督事务。"

陈祥插话说:"朝廷的意思是军府往后能不能当上提督,还得另说吧?"

蔡奕气愤地说:"凭什么只让军府大人做一个暂时代理的提督,提督就提督,还什么署理提督印务,这制府大人是怎么安排人的!"

蔡奕、陈祥都是跟随蓝廷珍出生入死的老部下,难怪会不服气。

蓝廷珍呵斥道:"这不关制府大人的事,你们不得无理。朝廷这样安排,自有道理。"

蔡奕还是嘀咕了一句:"什么事一到了上面,没道理也都有道理了。"

陈祥也嘀咕了一句:"施大人邀功劳也没必要这样要。就算是他手下干的,那他手下胆子也忒大了。要不是平时纵容他们,谁敢这样僭越胆大。"

蓝廷珍说:"人走了就不必再提这档子事了,我相信军门的为人。"

9

九月底,台厦道道台陶范、台湾府知府高铎等官员到蓝廷珍行署拜访,见杜君英等出入自由,生怕又会生出什么事端。

陶范避开杜君英等人,对蓝廷珍说:"军府,杜君英、陈福寿、江国论等贼酋皆系元凶大憝,上所留意。今报获,旦暮必致京师与朱一贵并鞠。而军府宽大至此,倘逸去奈何,那岂不是放虎归山吗?"

蓝廷珍:"道台大人说得极是,但王忠、陈成、郑文苑等余孽未尽,不得不然也。"

见陈福寿、杜君英等所居处,与蓝廷珍卧榻只隔窗棂,高铎担心一说:"军府大人,万一杜君英他们有变,你可就危险了!"

蓝廷珍冲两人一笑:"廷珍感谢两位大人关心。台湾反贼大势已去,杜君英、陈福寿他们再糊涂，也能明白这道理。他们归顺朝廷，希望的只是活命，希望朝廷不杀他们，保住身家性命，本镇又以礼待之，他们不会有什么变故的。"

陶范说："杜君英、陈福寿等人归降，实是迫于形势，一旦再来一个风吹草动，难保他们不再起祸心，与逃逸于山上的反贼再勾结起来作乱。"

蓝廷珍说："陶大人所言不无道理，但正因为如此，我等才应学习诸葛亮擒孟获之法，以威镇乱，以德服人。想必两位大人都知道，居住在台湾的百姓，三教九流，十分复杂，有些山民平埔人，接受王化时间不长，易受内地来的汉人蛊惑蒙蔽。今天我们宽待受抚的贼酋，其他叛众见其首领受朝廷宽大，便能无所顾忌，自然安心踊跃来归。"

高铎说："军府的雄才大略，使我等茅塞顿开，但我以为，杜君英此等贼酋不能滞留在营中太久，万一真如陶大人所说逃脱了，朝廷来要人，事情就麻烦了。"

蓝廷珍说："没关系。再过段时间，我就把他们送到厦门。"

陶范说："他们多半不会答应去厦门的，到时怎么办？"

高铎附和说："陶大人所言甚是。把这些人留下来，要时常担心他们脱身生变；将来把他们送至厦门，恐怕又会说军府言而无信。此当为两难之选，还望军府大人三思。"

蓝廷珍面露难色，随即镇静下来："我自有办法。"

陶范、高铎听罢，皆说："军府大人有妙计，是我们多虑了。"

蓝鼎元来找蓝廷珍，见陶范、高铎在场，作揖致礼罢，对蓝廷珍说："兄长，各里坊里正庄社总董已基本了解掌握归顺或逃逸、失踪的贼军士兵情况，这是名册，请兄过目。"

蓝廷珍说："好。"然后对陶范、高铎说，"正巧两位大人也在，近期我部一些军事行动与计划就请玉霖一并向你们禀报。"

陶范、高铎谦虚说："不敢，不敢。"

蓝鼎元将清军招抚朱军进展的情况一一禀报。原来蓝廷珍、蓝鼎元想利用家属子女来做朱军招抚及稳定工作，并了解朱军士兵在大陆的家庭情况，为今后遣送返乡做准备，同时对逃逸、失踪在大陆的朱军，发令原籍官府在原籍进行追查。陶范、高铎由衷赞道："军府部署滴水不漏，吾等只有钦佩的份了。"

10

十月初，蓝廷珍接到满保急函，令他将杜君英、陈福寿、江国论等人解往厦门，再解京城。蓝廷珍知道朝廷要将他们解往京城正法。他想替他们申诉，但军人以服从命令为天职，他只得狠心，按令办事。是夜，他与蓝鼎元商量明天如何诱使杜君英一干人解往厦门。

蓝鼎元看了函件,对蓝廷珍说:"当初,我们招抚他们,说好不杀他们。此时羁押上京,定是死罪,难道我们不怕他们及后人骂我们言而无信吗?"

蓝廷珍说:"为了大清江山,我蓝廷珍只好失信于他们,将那历史骂名背负起来了。"

蓝鼎元还是觉得不妥,说:"他们既然已经受降,于情于理都不应该杀他们。若真的要杀他们,我们失信于天下事小,可这样对朝廷非常不利。明朝灭亡,从某种意义上说,就是因为辽东总兵李成梁错杀一人。"

蓝廷珍遂不解地问:"玉霖,此话何解?"

蓝鼎元说:"万历十一年(1583)辽东总兵李成梁错杀一个人,此人就是今朝太祖努尔哈赤的父亲塔克世。人可以杀,但不能错杀或误杀。辽东总兵李成梁与蒙古、女真作战,一战斩首上千人,无论无辜与否,抓了就杀,塔克世就在其列。杀塔克世一个人,在李成梁看来不就是杀了一个边塞草民而已。太祖见父亲被杀,找边官说,为何杀我父亲?边官回答很轻慢,说是误杀耳。三个字就答复了,人命没了就没了,这也太不把人当回事了。太祖愤怒了,拉着弟弟、朋友等十三人含恨起兵。他先统一女真,然后进兵沈阳、辽阳,在沈阳建都,他的孙子打到北京,建立大清朝。"

蓝廷珍听罢,笑道:"吾弟说大了,杀几个跳梁反贼,事何以至此!"

蓝鼎元说:"愚弟只是担心,当初我们许诺他们,就抚者加之恩,力擒者弃诸市,情法分明,任其自择。如今陈福寿、杜君英父子前来就抚,我们又将他们送上去法办,于情分上实在是影响不好。我们常说的恩威并重,其前提一定要恩威分明,恩而有信,威而有诺。"

蓝廷珍说:"用兵之法,虚实相间。当初引诱陈福寿、杜君英父子前来就抚,为的是少杀戮。如今送他们回厦门由上面法办是法理所在。如果不送,或我们力保他们留在台湾,这样造成的影响更不好,会让老百姓以为不管犯什么罪,只要我改了就可以了。像这种在台湾纠众造反、杀害朝廷命官、抗击我入台平叛大军,属于十恶不赦的叛乱罪,更不能说我今天造反,明天我就抚就没事了,此非儿戏。台湾属海外反侧之地,非树威不足弹压,奸徒无所畏惮,将何以为定乱之资!退一步说,即使我们想留他们,也是留不住的。"

蓝廷珍决心已下,他唤来几名亲兵,一一吩咐:"明日本镇将杜君英等唤来,尔等看我号令行事,不得有误。"

11

翌日,蓝廷珍一早将杜君英等人招至幕中,对他们说:"昨晚,制府大人来书,欲授你们官职，令你们速赴厦门。今日光霁风和，你们即日登舟吧！"

蓝廷珍话音未净，立刻有人反对："不可！"蓝廷珍寻声一看，见是江国论，脸色黑了下来。江国论话软了下来："即使要到厦门接受官职，也得让我们回家辞别妻儿亲友。"

蓝廷珍大怒，江国论只得灰溜溜地退下。

杜君英、陈福寿见势，只好答应到厦门去。

蓝廷珍大喜，赐金为赆，吩咐左右给他们送行。亲兵一副便装打扮，抬着二顶女轿至幕中，杜君英、陈福寿一人一顶轿子，直奔海岸登舟。

蓝廷珍又唤江国论、郑元长前来，他们度不可免，只得强诺请行。蓝廷珍亦赐赆，依样派人用女轿护送至船上。

继而唤杜会三至，亦如之。

原来蓝廷珍早已预备好三艘船，派弁目在船里等候，准备押解杜君英等朱军首领。他分令亲随丁壮沿途徙倚，密为防备，杜君英一干人若顺从就范，善遣之行；若不从，则于幕内捆手足。

所幸杜君英一干人总算是巽顺以行，船上官兵亦善待之。

经过一昼夜航行，三艘船平安抵达厦门。

满保派人把杜君英一干人接入提督府，稳住他们之后，将杜君英、杜会三及陈福寿安排住在一起，其余另住一处。

不日，福建提刑官向杜君英父子、陈福寿三人宣布刑部文件，即日押送他们三人上京与朱一贵对质。提刑官宣布完毕，立即喊道："来人，把反贼戴上戒具枷锁！"两边拥上十几名衙役把杜君英父子、陈福寿按倒在地，钉上脚镣手铐，押入囚车。

杜君英三人此时方知上当受骗，懊悔不已，扯着嗓门大骂蓝廷珍背信弃义，然后又大骂满保，大骂朝廷，但懊悔已迟，大骂亦无济于事，只好乖乖上路。

从厦门到京城，千里迢迢，杜君英父子、陈福寿装在囚车内的待遇与在台湾蓝廷珍给他们的待遇是天差地别了，白天日晒风刮雨淋，夜里关押在沿途府县监牢，吃的半饥不饱的囚粮。押解军差没收到他们银两好处，对他们更是动辄辱骂鞭打。

12

到了京城，又下了一场大雪，天寒地冻。

天牢里，杜君英父子、陈福寿见到朱一贵、李勇、吴外、陈印、王玉全、翁飞虎、张阿山等一帮朱军首领。

陈福寿见当初一块起义的兄弟个个蓬头垢首,骨瘦如柴,昔日英雄气概荡然无存,忍不住愤愤道:"这朝廷也太狠了,把我们兄弟折磨得如此模样!"

杜会三听陈福寿说到兄弟字眼,火冒三丈,瞪着陈福寿说:"你把我们当兄弟,就不会把我们骗出山来受招抚!什么入京对质,分明就是入京受死。"说完,半是嘟囔,半是揶揄,"早知道如此,当初不如找个地方,借得中兴王旗号,偷偷开一间风味小吃,卖点中兴馅饼、永和豆浆什么的也成。"

杜君英喝住儿子:"陈兄弟不知情,我们就不要再怪他。事已至此,怪他也没用,谁让我们自己不知好歹,反了朝廷又投降朝廷,朝廷能容我们吗。"

李勇冷笑道:"杜老爷子这话说得好,天下哪有只占便宜不吃亏的事。"

王玉全也冷笑道:"朝廷让你们弃暗投明,其实就是让你们飞蛾扑火,他们要的是一网打尽。这下可好了,你们不来,我们还可以多活几天。现在你们来了,大家的活路也就到了尽头。"

朱一贵虽身陷囹圄,但还是豪情干云,他爽朗一笑,安慰众人道:"活到尽头就活到尽头。自古成者王、败者寇。我们造反时间虽然短暂,但也轰轰烈烈,随从者数十万,驱贪官,杀酷吏,为民除害,死何足惜。今天,不管过去怎样,我们众兄弟能够在京师天牢里聚首,纵然是明天就刑,也是快事一桩。"

不日,大限到来。

黎明前,天又下了一场大雪,天牢里点起数十盏明灯。

狱卒端来大盘肉菜,大瓶白酒,有人害怕了。

朱一贵坦然安慰大家:"不要怕!吃吧,赶紧吃吧,吃饱了,我们二十年之后还要重新当兄弟,重整大明江山。"

吴外说:"对,后悔就不要做,做了就不要后悔。十年河东,十年河西。二十年后,我们又跟朱大哥一起打江山。"

大家饭刚吃毕,刑部大员奉旨到天牢,宣读圣谕,验明正身,逐个架到牢外,捆缚停当,打入囚车,插上斩标,在骑步兵列队警戒下,押往刑场。

刑场周围早已人山人海。京城百姓听说是反清复明、杀贪官酷吏的闽南台湾义士,个个都要争睹这伙英雄好汉的风采。

午时三刻,监斩官宣布:"福建省台湾府朱一贵、李勇、吴外、陈印、王玉全、翁飞虎、张阿山俱凌迟处死,亲属同坐;陈福寿、杜君英、杜会三以就抚从宽,斩于市。钦此。"

朱一贵刑前,仍仰天大笑,大叫其国号道:"永和,永和,天佑我朱明永和百姓!"其余首领亦视死如归。关押在厦门的朱军首领,如黄殿、黄日升、郭国正、刘国基、林曹、江国论、林骞、林琏、陈正达、卢朱、张岳、张看、郑惟晃、郑元长等,同日会审后,也被就地正法。

朱一贵等人被杀的消息传到台湾,蓝廷珍、蓝鼎元面向京城,隔海遥祭。

【第十七章】
台变复起，确应深长思之

1

早在十一月间，台湾南路石壁寮的陈成、苏清、杨美、王教、林阿尾、高三等一批人打着朱一贵旗号，又秘密聚众反清。

京城、厦门二地血腥杀戮的消息传到台湾，一些台湾民众义愤填膺，纷纷加入石壁寮朱军队伍，石壁寮朱军也趁势公开竖旗反清，声势日益浩大。

了解台湾情况的内地部分民众也声援台湾起义，有的甚至渡海加入朱军。

蓝廷珍命千总何勉、把总杜雄率精兵三百，乘朱军立足未稳，迅速消灭。

事态越来越严重，蓝廷珍也开始反思：错杀是导火线，台湾府县吏治腐败才是最根本的原因。只有良吏善政，才能赢得民心，才能缓解消弭台湾官府与百姓之间的矛盾。

蓝廷珍对蓝鼎元说："玉霖，你以前劝为兄恩威并重，恩威分明，恩而有信，威而有诺。台湾叛乱根源，就在台湾地方官身上。官员腐败，百姓没了活路，不反才怪。我们要赶紧写篇《论台变文职罪案书》上报制府大人，以惩戒台湾道府厅县原先腐败或失职的文职官吏，推荐起用德才之人。"

蓝鼎元立即动笔，文书一写好，蓝廷珍飞鸽传至厦门。

满保、吕犹龙等福建官员议决不下，只得再飞书报送朝廷。

康熙召集大臣商议："台湾朱一贵打着诛贪吏旗号起兵谋反，今福建将蓝廷珍《论台变文职罪案书》送来，意论罪处治，众位意下如何？"

内阁大臣张德说："台湾孤悬海外，各官穷蹙，利用权势以补养廉之资，实属不得已之事，臣以为时过境迁，可不究其罪。"

李光地等内阁大臣也附和其议。

康熙问礼部侍郎蔡世远:"蔡爱卿来自闽南,熟知台事,卿以为如何?"

蔡世远说:"臣以为要彻底改变台湾乱象,就必须整顿吏治,严惩造成此番台变失事的腐败无能的地方官吏,同时要擢升有德有能者。"

康熙说:"蔡爱卿说得好,诚如《论台变文职罪案书》中所言,天下事惟公惟正,方可使人心服,清宇宙不平之气,徒有庆赏而无刑威,则乱贼接踵。朕准蓝廷珍所奏。"

停顿片刻,康熙又有感而发:"众位卿家,朕主持国事,天地祖宗,付托甚重。朕深感德行不厚,故昼夜惶恐。朕深知,天下极大,政务繁重,并不是朕能独自管理好的,朕希望大清群臣们都要尽忠尽职,洁己爱人,把朝廷德意广布天下;百姓也要体会朕的心意,好好种地,好好务业,共享国泰民安喜庆。果真如此,台海无忧,百姓无忧,朝廷无忧也。"

众位大臣山呼:"臣等谨奉圣谕。"

不久,朝廷下旨厦门,令督臣提臣会审台变逃回内地的道府厅县各级文员,发往台湾正法,已经亡故的台湾知府王珍,亦令剖棺戮尸,枭首示众。

十二月十日,总督满保在厦门亲审诸文员,尔后令海澄营游击安奎将原任台厦道梁文宣、同知王礼,知县吴观域、朱夔,知府王珍尸枢押送赴台,十八日决于市;台湾县丞冯迪、典吏王定、诸罗县典吏张青远俱羁台湾县狱,候部文秋后处决。

台湾百姓知悉,无不欢欣鼓舞。

2

何勉、杜雄各带一百五十名精兵,轻装快步赶往石壁寮。

四更时分,天色昏暗,山中浓雾弥漫。

清军悄悄靠近朱军。朱军伙夫起得早,正在生火做饭。一个伙夫发现清军人影,却以为是自己人,小声叫道:"弟兄们饿了,要吃饭还早呢。刚在起火,再睡一会吧。"话音未净,伙夫脖子早已被闪亮的钢刀一抹,噗得一声倒地。

声音惊动了另一个伙夫,那人连声高喊:"清兵来了! 清兵来了!"喊声未完,也身首分离。朱军纷纷起身,却分不清东西南北,只见四面皆是清兵。

清兵大声喝道:"跪下投降,投降不杀!"

陈成大喊:"弟兄们别听他们的,冲出去!"

一阵混战后,苏清、高三被擒,陈成、杨美、王教、林阿尾等人突出包围,钻入密林,越过观音山,匿藏于下淡水。

凤山知县刘光泗获悉情况后,带了五六十名差役兵丁,连夜赶到下淡水。在乡人的指示下,包围了一所民房,捕获杨美、王教。陈成、林阿尾见势不妙,赶紧招

呼一帮弟兄，拼死杀开一条血路，冲出包围圈，向北遁入三地山区。

石壁寮起义火焰刚一点燃，有生力量就被扑灭了。

3

蓝廷珍又在台湾府署召开铲除残余朱军的军政会议。参加会议者除清军将弁外，还有陶范、高铎、孙鲁、黄英、汪绅文、刘光泗等一批文官。

蓝廷珍说："台湾以朱一贵为首的叛乱已基本消灭，目今棘手的是朱一贵老巢罗汉门地区。那里是台湾中南部山区，山高岭峻，林密路险，又是大母山、卑南主山、傀儡山的门户，素来就是乱民匪类的藏身之所，估计那里还匿藏不少残余叛匪。如果我们不彻底搜查林壑岩洞，铲除余孽，一有风吹草动，他们势必死灰复燃。未知诸位大人、将军有何高见？"

蓝鼎元说："大山深险而藏身之所多，那些乱已匪类们以此为据点，见有机可乘就出山为害百姓，形势不利就躲回据点。这些地方人迹不至，没有人知道具体位置，所以乱民匪类没有什么不敢做的。不把这些藏身之所彻底捣毁，乱民匪类又将滋生。来往阿猴山、下淡水的匪类，他们的老巢都在罗汉门。"

陶范说："军府、玉霖先生所言甚是。本道亦以为，清剿罗汉门残匪十分必要。至于地方上，我们会积极组织民团配合清剿大军，筹足糇粮物资，支援入山剿匪。"

蓝廷珍说："好，我等乘隆冬涧涸、茅干、土燥之机，大举围搜，扫荡罗汉门穴窟。诸将各砺刃裹糇，克日进兵。提标游击王良骏、金门镇标游击薄有成、南澳守备吕瑞麟三人共带领精兵六百，以土番五十名为向导，从角宿、冈山、割兰坡岭一路搜入罗汉门；署南路营守备闫威领南路兵四百、乡壮一百、土番五十，由仁武庄、土地公崎、阿猴林、板臂桥、搭楼一路搜入罗汉门；金门守备李燕、烽火门守备蔡勇领精兵四百、土番五十，由桌猴、木冈社一路搜入罗汉门。你们三路人马于是月十二日午刻，会于内门中埔庄，后至者按以军法。台镇左营把总林三、中营把总陈云奇二人领汛兵二百、乡壮八十、土番五十，前往大武垄，分路堵截，以防贼窜；北路营把总游宽、下加冬把总郑荣才二人亦带汛兵二百，往大武垄堵截搜捕。你们两部人马于十二日午刻大大武垄礁巴哖会合，后至者亦按以军法。翌日黎明，各路人马分兵搜捕。罗汉内门诸将备，分搜银锭山、内门岭、内埔、佳百寮、打鹿埔、霞美林、东方木、小乌山、南马山、龟潭、乌山尾等处，大武垄诸弁目分搜礁巴哖、骆驼庄、望郎、明郎、包米荚、拔埔、大湖、大龟佛、内郎包、乌山内等处，凡有岩谷无不遍寻。倘有悔罪求生，求身归命，仍贷其死。吾师旅所过庄社地方，秋毫无犯，敢有擅动民间蔬菜鸡犬，一草一木，即按军法。领兵官约束不严，飞章参革治罪。本镇令出如山，万万不可转移，各宜抖擞精神，凛遵勿忽。"

蓝廷珍同时还要求说:"民为邦本,本固邦宁,台湾地方各员要千方百计关注民声,改善民生,积极组织和鼓励台民发展生产,堵截乱源。"

蓝鼎元接过话茬说:"夫天下之治安在民,民之治安在吏,亲民莫如守令,则守令者天下治乱之源也,是故我在台文武亦当以守令为要。"

十二月十二日,王良骏、薄有成等率部均于午时在罗汉内门中埔村会师。为做到万无一失,把总林三、陈云奇、郑荣才、游宽等率领五十骑兵,往大武垅堵截捕捉漏网朱军。下午开始,各路清军在中埔村宿营休整,准备长短钩、麻绳、搭镰等攀岩工具,并在五里外设置岗哨,布防戒严,封锁消息。

翌日五更时分,清军摸黑起来吃饭,带足烙饼糇粮及一些金创药、蛇蝎药等药品。王良骏、薄有成等分别率本部人马在向导带领下,从罗汉内门进入银锭山一带搜捕。林三、陈云奇等率部进入礁巴哖一带搜捕。二十七日,诸路人马陆续收兵回中埔村大营。

此次会剿战果丰硕,计擒获陈成、林阿尾等一大批匿藏深山密林、洞穴涧壑的朱军首领、酋目。至此,朱一贵起义队伍大小首领,除王忠、邱宝宣在逃外,余者皆落网。

4

蓝廷珍亲自到罗汉门察看情况。在中埔村清军大营,他一方面嘉许清军战果丰硕,一方面与蓝鼎元及众将商讨下步搜捕事宜。

蓝廷珍叫亲兵展开台湾地图,说:"此次会剿,托圣上洪福,我大清将士取得丰硕成果,真是可喜可贺。但目前尚有王忠、邱宝宣等反贼漏网,我军仍须加紧搜索。"他指着地图,"你们看,此前我们的兵力主要集中在罗汉门诸山搜查,而在罗汉门东、南、北外围诸大山沟尚未展开一次像罗汉门诸山拉网式搜捕。但我军区区数千人马,要在这广袤而错综复杂的山地,进一步搜捕漏网匪徒,无异于大海捞针。纵使调十万大军来搜捕,亦是杯水车薪,无济于事。"

提标游击王良骏性情急,禁不住问道:"军府,那我们该咋办?"

蓝廷珍反倒微笑道:"军师深谙全台地理,入台以来,调遣指挥,并中要害,决胜擒贼,手到功成,他自有妙计,我们听他怎么说即可。"

蓝鼎元也微笑道:"此非鼎元妙计,实乃军府妙计。鼎元就按照军府吩咐,向各位将军一一禀告。军府妙计有两条,一是继续分兵搜捕余孽,二是发动番民抓捕逸贼。"

他停顿一下,看了看诸位将官:"据悉诸罗东偏大山之中,小石门、得宝寮、竹头崎、三层溪等处有奸宄啸聚百人,操械往来其间,昼伏山窝,夜出行劫,此渐不可长也。涓涓不息，将为江河，会兵剿捕，刻不容缓。今约分兵三路，克日并进，山径窄狭，士卒在精不在多。每一路遣精兵百人、乡壮七十、土番三十，操弓夹失为向导。又就中分作三队，渐次而行，俾前后遥相照应。令把总郑高率兵番、乡壮二百名，向赤兰坡进发，从三块埔、深坑仔搜捕而入，直捣竹头崎，会小石门；署守备李郡、把总林时叶各率兵番乡壮如数，时叶从大排竹、土地公崎进发，搜三层溪等处；李郡从畚箕湖、仙草埔进发，搜得宝寮、大石门等处，咸会于小石门。军府有令，务必陟遍岩阿，穷极幽谷，毁山中之草寮，扫贼人之窟穴，果有匪类出没，立即挥兵掩捕，敢拒敌者歼之。又山中有羊肠鸟道，可由十八重溪通大武垅而之罗汉门。今遣把总庄子俊、苏思维率兵二百名前往大武垅，扼其吭，就拔礁巴哗社番一百名，弓失引道前驱，于大湖山路口、小篱路口分兵堵截，以防逸盗，无令逃窜。计诸路并进，围搜设伏截擒，更无奔逸之地。前不敢出，后不敢入，贼在吾掌中矣。但兵贵神速，机在谨密，幸无濡滞漏泄，使贼闻风而先遁，惟诸君慎之慎之。"

庄子俊听到自己的任务是从十八重溪过大武垅，便问道："听说十八重溪山高岭峻，地极险要，军师可否给我们诸位具体示下。"

蓝鼎元手里拿着折扇，指着地图说："十八重溪在哆啰啯之东，去诸罗邑治五十里，乃一溪曲折绕道，跋涉十八重，间有一二支流附入，非十八条溪水横流而过也。其中为大埔庄，土颇宽旷，旁附以溪背、员潭、嵌下、北势、枫树冈等小村落。未乱时，人烟差盛。今居民七十九家，计二百五十七人，多潮籍，无土著，或有漳泉人杂其间，犹未及十分之一也。中有女眷者一人，年六十以上者六人，十六以下者无一人，皆丁壮力农，无妻室，无老耆幼稚。其田共三十二甲，视内地三百六十余亩，亦据报闻，无核实清丈，本哆啰啯社番之业。武举李贞镐代番纳社饷，招客民垦之者也。自诸罗邑治出郭，南行二十五里至枫子林皆坦道，稍迤则为山蹊，十里至番子岭，岭下为一重溪，仄迳迂回，连涉十五重溪则至大埔庄，四面大山环绕，人迹至此止矣。东南有一小路，行二十五里至南寮，可通大武垅，高岭陡绝，由大山峭壁而上，壁间凿小洞，可容足如登梯，然行者以手攀树藤，足踏洞窝，甚险。北路山寇捕急，每从此遁，大武垅通罗汉门、阿猴林，而为南中二路之患。今下加冬署守备李郡奉宪檄塞山蹊，掘去足窝，断藤伐树，道阻不可行也。夫遏奸宄，靖地方，在人不在险，藤生叔长而后保，无有开辟鸟道者亦不可知，似当加之经理，使凡兹人民，皆有室家田宅之系累，即孔道犹重关耳，斯地故通逃薮深僻，宜防范，恐或劳我军过此，诸位将军切记。"

苏思维等人听罢，架不住连声赞道："先生对十八重溪情况了如指掌，令吾等佩服。"

蓝鼎元谦虚道："列位将军过奖了。军府有令，欲发动番民搜捕匿藏在大湖、崇爻、山后逸贼。据供，王忠等有党千人，在内山、大湖、崇爻、山后。贼口诪张，虽未足据为凭信,然不可不防也。其令千总何勉、把总康赐,由罗汉门、大武垅分道并入,直抵大湖,采探有无匪类踪迹,并熟视进兵路径,果有窠巢,即大举扑灭之耳。山后地方有崇爻、卑南觅等社,东跨汪洋大海,高峰插天,岩险林茂,溪谷重叠,道路弗通。苟有贼党啸聚往来,番黎无不知之。其令外委千总郑维嵩,率健丁十数人,驾舟南下,由凤山、郎娇至沙马矶头,转折而东,赍檄往谕卑南觅大土官文结,赏以帽靴补服衣袍等件,令其调遣崇爻七十二社壮番,遍处搜寻,将山后所有盗贼悉数擒解,按名给赏,拒敌者杀死勿论。凡擒解山中汉人一名,该番赏布三十尺、盐五十斤、烟一斤,获剧贼者倍之。有能擒获王忠等贼,当以哆啰呢、哔吱、银两、烟、布、食盐等物大加犒赏。诸番黎尽力搜缉,余孽应无容身之地也。番性嗜杀,我军不得已而用。但山后大湖地方,乃自开疆以来,人迹不到之境。当今并无甲籍居民,所有遁逃总非善类,歼之亦不妨耳。穷深极远,兵不可入,番黎矫捷如飞,靡幽不到,使之甚便,擒缚以来,如市货物。纵有一二漏网,而山中既不可居,待其出而擒之,如笼中之鸟,釜中之鱼,乌有不灭者哉?军府有令,其各努力,以奏尔功。"

众将一一领令而去。当外委千总郑维嵩刚要离开时,蓝廷珍叫住他。

郑维嵩问:"军府还有什么吩咐?"

蓝廷珍说:"你稍等,本镇、玉霖,还有外委郑国佐、林天成,与你一块到傀儡山后卑南觅大山找大土官文结。傀儡山后卑南觅大山是高山族等番黎居住的地方,那地方讲的是高山族话,还得请一位翻译一块去。至于带的东西,本镇都替你准备好了,你现在先跟国佐、天成一块去挑几个兵士,等我们准备停当了,即刻便可出发。"

郑维嵩应下,跟郑国佐、林天成去挑了武艺好的亲兵。

5

郑维嵩三人走后,蓝廷对谓蓝鼎元说:"玉霖,我们要找到这样的翻译,既懂得他们的语言,又与他们很熟悉,尤其是要认识大土官文结。"

陈祥插话说:"军府,我们军营内的山番通事章旺不正是这样一个人选吗?"

蓝廷珍说:"前几天他跟蔡奕回厦门办事,还没回来,可能要过几天才回来。"

蓝鼎元早已有所准备:"回兄长,鼎元倒可举荐一人。"

蓝廷珍喜出望外:"是吗,这人是谁?"

蓝鼎元说:"此人姓吴名凤,平和县大溪壶嗣村人。康熙四十二年(1703),他四岁,跟其父吴珠和母彩氏迁居台湾,住在阿里山下。他从小跟父亲学医,常跟父亲去阿里山社为山胞治病。他与父亲还多次回平和祭祖访友,爬上灵通岩采鸡血藤,熬煮鸡血藤膏,运往阿里山送给山胞服用,颇受阿里山民敬慕。除了行医外,他还与阿里山民做生意,不管是收购土产,还是出售百货,他总是童叟无欺,诚实公平,这方面也深得山胞信任。他熟悉高山族语言、性情和风俗习惯,关系十分融洽。我问过他,他认识傀儡山后卑南觅大山大土官文结。此人若能请来同往,一定能事半功倍。"

"好,玉霖就辛苦你去把他请来吧。"

"是。"

6

待准备停当,蓝廷珍、蓝鼎元一行带了一套官服冠带,十数匹布帛,两尊西洋大炮,直奔傀儡山后卑南觅大山,去找大土官文结。他们跋山涉水,跨越一道道深沟峻壑,前面豁然开朗。放眼望去,一片平谷,虽时令属冬,但满眼翠绿。

蓝鼎元不由动了诗兴,轻摇扇子,信口吟道:

> 高山峻岭畏路断,金戈铁马视等闲。
> 迈越青峰入平川,方道人间胜仙殿。

忽然草丛中杀出一群人,手里持着刀枪剑矛,叽里呱啦吼了起来。

吴凤给蓝廷珍翻译道:"他们在问是何人胆敢侵犯其仙境。"

蓝廷珍说:"告诉他们我们的来意。"

吴凤将来意翻译给那群人听。其中一个长得结实的年轻人,用高山族话说让蓝廷珍一行速速离开。

这时,年轻人身后有一位年长者看认出了翻译吴凤,拉了拉年轻人的手臂,用高山族话说:"护卫长,你看这翻译不是吴凤兄弟吗?"

年轻人仔细看了看,见确实是吴凤,脸上有了笑容,原先的话也转得快,说道:"原来是吴凤兄弟来了,那就有请了。请跟我来,我带你们到文结老爷住所去见他。"

吴凤听罢,用高山族话微笑道:"护卫长,谢了。蓝廷珍大人是我们山胞尊贵的客人,今番蓝大人亲自进山,是因为有重要的事情要与文结老爷商量,真是谢谢你了。"

蓝廷珍见吴凤与护卫长谈得拢,笑着向护卫长致意。护卫长吩咐那群人分成二拨,一拨在原地呆着,一拨随他一块带蓝廷珍他们去见大土官。蓝廷珍一行跟着他们拐过小山弯,到了大土官文结住所。

7

文结的住所是一座大竹木楼，以木为椤架墙，以竹为瓦楞。房屋虽简陋，但甚坚固，并连片成群，加上四周青山碧水，鸟语花香，蜂蝶飞舞，竹木楼与周边景致相辅相成，相映成趣。护卫长到竹木楼底下，跟一位管家模样的人说话。管家模样的人同用高山语同吴凤打了招呼，又用闽南话问谁是蓝廷珍大人。

吴凤把蓝廷珍介绍给管家。

管家说："大人您就是平台兵马大元帅蓝将军！久仰大名了。近有一些山外汉人跑进山来，说外面打仗，朝廷派一个叫蓝廷珍的将军担任平台兵马大元帅，使的兵器是乌铁扁担，很是厉害。又听说您上书惩戒台湾道府厅县原先腐败透顶、严重失职的文武官吏，推荐起用有德有才之人担任官职，使朝廷恩泽广披台民。我们这一带人都知道您的威名。"

蓝廷珍谦虚笑道："管家过誉了。"

管家说："听说蓝大人是漳州府人，我祖上也是漳州府人，我们还是老乡呢。"

蓝廷珍说："原来如此，方才我还在纳闷，心想这大山内怎么会有讲闽南话的管家。敢问管家是漳州府哪里人氏？"

管家说："我家在龙溪县二十五都华安。我这就去给文结老爷通报。"

蓝廷珍说："那就有劳管家，廷珍在此谢过了。"

文结听了管家通报，甚是意外，连忙迎下楼来。

宾主落座，蓝廷珍看文结年纪约在五十岁，一身高山族人打扮，上身穿短袖镶花边图案黑布衫，下身围梅花鹿皮裙，头上戴着插满锦雉尾的银冠，小腿跟下臂着紧束皮筒，身形孔武，气度昂扬。这大土官管辖台湾中南部山区高山族六七个派系的土番，很少与山外汉人来往，更少与官府打交道。他看着吴凤，表情很自然，两人相互寒暄了二句，待看着蓝廷珍时，样子有些拘束，他问道："敢问蓝元帅，不知今日驾到有何赐教？"

吴凤将文结的话翻译给蓝廷珍听。

蓝廷珍笑容可亲说："大土官大人，本镇奉朝廷之命入台平复朱一贵反贼叛乱。反贼叛乱使台湾各族黎民百姓人人自危，不能安居乐业。今拖圣上洪福和众将士努力，朱贼叛军基本已灭，朱贼一干人已在京城、厦门伏法，只是还有一些余孽在逃。今来拜访，备些薄礼，意有其二：一是来看看大土官大人，叙叙话，做朋友；二是来请大土官大人帮帮忙。"然后，指着带来的东西说："这些薄礼不成敬意，还望大土官大人笑纳。"

文结见蓝廷珍和蔼友善，又送那么贵重礼品，笑着叽里咕噜说了一通话。吴凤翻译说："感谢元帅大人赠送礼品，我文结愿意与元帅大人结交朋友，有什么忙尽可吩咐。"

蓝廷珍说："大土官大人快人快语，我蓝廷珍就是喜欢结交这样爽快的朋友。现在尚有残余漏网的零星散匪，潜藏于附近山林。这些人若不及早抓捕归案，将来势必死灰复燃，继续祸害黎明百姓，特别是会殃及我土番山民。为此，本镇恳请大土官大人以朝廷和台湾番民利益为重，帮官兵抓捕他们。"

文结说："本番如何做为妥？"

蓝廷珍点点头，向蓝鼎元示意道："那好，就请我们军师说明一下方案。"

蓝鼎元说："我们想请大土官大人通令崇爻七十余社山民，分片合围，对傀儡山、崇爻山、南面山、关山、秀姑恋山、阿里山等山墺，仔细搜查，凡遇陌生汉人，不管男女，一律拘押送往县城，官府自有重赏。在此，还望大土官大人不辜负军府之重托。"

文结说："感谢元帅对我们山民的信任。听祖上说，我们高山族山民本来就来自大陆，只是来的时间比较久远而已。都是大陆来的子民，不分早晚，我们高山族各部落都应该齐心协力为朝廷搜捕反贼。元帅放心，本番现在派人通知各社首长，遵照元帅命令，组织勇士上山详细搜查，就是掘地三尺也不漏掉一个。"

蓝廷珍见文结表态坚决，高兴道："彻底消灭余孽，靖我大清海疆，本镇自当上奏朝廷，让大土官大人世袭这大土官职位，管理这十万大山的番黎。"接着，他就便提出"就地抚番，鼓励开垦，以番和番，招徕归顺，民番平等，发展民生"的主张。

当吴凤将蓝廷珍的话翻译完毕，文结更是心花怒放，他连忙令人置备筵席。

一会儿，酒桌摆着一盆盆香喷喷的鹿胎、猴脑、獐腿、麂肉、金鲩、龟鳖、龙虾、笋菇等山珍海味。文结见准备停当，请客人入席。他还招来一群裸着上身画得花花绿绿的阿里山姑娘，在席前载歌载舞。

吴凤做翻译，在酒席上成最忙的人，既要为这个翻译，又要替那个说话。

郑国佐酒喝了一些，看歌舞看得高兴，架不住手舞足蹈说："这阿里山姑娘不但勤劳勇敢，更是能歌善舞，风情万种啊！"

吴凤将郑国佐的话翻译给文结，文结哈哈大笑道："郑将军喜欢我们阿里山的姑娘，要不就留在我们阿里山得了。"

当大家听到吴凤的翻译，禁不住哈哈大笑起来。

蓝廷珍看时候不早，便与文结告辞，赶回镇署。吴凤从此也留在军中任事。

8

蓝廷珍遣将出兵进山清剿朱军余部，台湾道、府、县也纷纷派出地方武装丁勇、差役参与清剿行动。清军会剿取得丰硕成果，地方武装战果也不菲。

台湾府同知、台湾知县孙鲁带人抓获躲藏在山里的黄辉、卓敬，凤山知县刘光泗带差丁到下淡水庄，在一寡妇家捕获与寡妇同床并宿的杨美，后又捕获匿藏在一农家牛舍里的王教。诸罗知县汪绅文在六加甸捕获林君、杨君。他们将抓获这些朱军头目的消息报告台湾知府高铎。

台湾府有位师爷姓周名绍，长得酷似唐朝奸相卢杞，半边脸青，半边脸黄，好像庙里的鬼怪。此人原先家境贫寒，鬼点子多，后攀上贵门，与巡抚吕犹龙成了亲戚。高铎从汀州知府转任台湾知府时，吕犹龙让他担任台湾知府师爷。高铎虽贵为知府，但对自己这个有巡抚大人做支撑的师爷也不得不畏惧三分。

当下，周绍待三位县令走后，问道："府台大人，我们对各县关押或在府牢关押的贼目做何处理，是送给蓝廷珍，还是直接送往内地？"

高铎听周绍话里有话，反问道："依先生之见？"

"在下认为，最好将他们直接送内地。"

"为什么？"

"朱一贵叛乱，今已基本平定，此时地方官府也该有所作为了。大人您看，在搜查、清剿残匪逸贼中，地方官府动用了不少物力、人力，但捕获的贼寇全部送交蓝廷珍，这不等于全部功劳都是他的吗，那朝廷要我们这些台湾地方官干什么来着？"

高铎听了，心里原没盘算，此刻也打起了小九九。他点头说："我明白了。战场上斩获的，战绩归蓝廷珍；地方捕获的贼寇，成绩应归我们地方。"

周绍说："不错，应该让制府、抚台大人看到地方的成绩。我们把这批罪犯押送到内地，就说台湾目前尚非十分安全，只好将捕获的贼寇送交内地鞫讯。这样一来，一可以体现我们剿贼有功，二来可以体现蓝廷珍清剿无力。"

高铎没作细想，便赞成周绍这"一石二鸟"的建议，通知三县将关押的朱军头目押到府牢。可过后一想，又觉不妥，复赶紧将此事呈报台厦道道台陶范。陶范问是何人出的主意，高铎说是周绍。

陶范一听，骂开道："府台大人，我说你这个周师爷是仗着抚台吕大人的势唯恐台湾不乱的人，他的话你不要听得太多！"

高铎替周绍争辩说："周师爷那样说，也是为地方好呀。"

陶范说："他这人我看得明白，我们不说他了。如何处理这些反贼头目，我的意见，我们还是找蓝廷珍大人商量一下。他既是平台元戎，又是署提督，台湾大小事还是听他的，尤其是处理这些反贼头目的事。"

高铎说："道台大人既然认为与蓝廷珍大人商量处理之法为妥，下官就依您的吩咐办。"

陶范说："我们还是一同去找蓝廷珍大人，看他如何处理。"

陶范、高铎到元戎镇署,蓝廷珍不在,蓝鼎元接待他们。

陶范问:"军府大人不在镇署吗?"

蓝鼎元说:"回禀,军府到下淡水视察军情去了。"

陶范说:"既然如此,就烦劳玉霖先生转告军府,我等道府县意思是想将黄辉、卓敬、杨美、王教、杨君、林君一干人犯解往厦门或福州,交由督抚大人审决。不知军府意下如何,特来拜会商榷。"

蓝鼎元答道:"诸位大人的意见,鼎元一定转告。"

9

蓝廷珍从下淡水回来,蓝鼎元不待他脱甲换袍,就将陶范、高铎来访的事说了。蓝廷珍沉思了一会儿,说:"有这个必要吗?如果太师、国公、将军、尚书之类的伪职贼酋,应该解往省城归案。如果是一般头目,我们有权决定该如何处理就如何处理。这些人如果解押内地,一经鞫讯,就会像疯犬一样乱咬,这样会牵涉一些无辜,也必然会影响台湾安定。"

蓝鼎元说:"弟也有此看法。"

蓝廷珍吩咐道:"玉霖,你就将我们的看法写封函件给陶大人与高大人。"

蓝鼎元研墨挥毫,拟了函件,蓝廷珍审阅后,就差人送给陶范、高铎。陶范、高铎看了函件,也不得不承认蓝廷珍的意见无可非议,同意将黄辉、卓敬、杨美、王教、杨君、林君等一干人犯交由蓝廷珍处理。

这么一来,周绍十分不痛快,他恼羞成怒,背地里狠狠骂着:"你们这些人真不是东西,你们不听我的话,一定有你们好看的。"

周绍这回不单对蓝廷珍,连陶范、高铎等人也都给骂上了。他左思右想,想找一个法子来密告蓝廷珍。他想到刘得紫是败军之将,却得到蓝廷珍重用,遂写了密信差心腹之人送到福州交与吕犹龙。

几日后,汪绅文来找蓝廷珍,急切里说:"诸罗知县不如漳浦知县好当,麻烦事很多。"

蓝廷珍笑道:"什么麻烦事能让我们的汪知县感到头疼呢。"

汪绅文说:"军府军中人才济济,您当然不觉得头疼喽。"

蓝廷珍说:"那你说说,究竟是何事?"

汪绅文说:"军府指令地方各员要关注民生,积极组织和鼓励台民发展生产,堵截乱源,可本县辖区阿里山汉人与山胞杂居,现在是汉人也多,山胞也多,两方由于语言、风俗、习惯各不相同,常常引起误会争执,甚至刀刃相见。这下可是才平复朱一贵叛军,又起地方事端,这如何是好!"

蓝廷珍一听就明白汪绅文此行目的，但故作严肃地问道："你说的事我明白，你是想招募通晓山胞语言习惯、在山胞中又有威信的人帮你干事，但我又能帮什么忙呢？"

　　汪绅文笑着说："军府，您还记得当初在漳浦我要请玉霖先生出山助我，我虽然先登其门，但您来了，我只好让贤了。如今我想跟您换一换，您将吴凤让给我如何？"

　　蓝廷珍听到这里，忍不住也笑道："我说你此次来就没安好心，敢情你到我营中挖墙脚来了，且挖得还有理由，一个换一个。好，你消息还真快，那我就成全你吧。其实，我正把他推荐给你当通事呢。"

　　汪绅文起身谢道："那我就多谢军府了。"

　　通事是县府官职，主要管理山地赋税、文化教育、市场贸易等，历来视为肥缺。吴凤任通事后，却廉洁奉公，事事皆从老百姓利益出发，闲时还教山胞耕种，为他们看病，排忧解难。那些耕作方法落后、缺医少药的山胞们，都把吴凤看做神农、神医，吴凤在高山族人中的声誉更加响亮了。后来，他为破除山胞秋收祭神一定要杀人祭奠的"出草"恶俗，舍生取义，成为"阿里山神"。

　　蓝廷珍、蓝鼎元一面继续精心组织部队，发动番黎进剿朱军残余，一面与台湾道府县和衷共济，齐心协力治理台湾，发展民生。这一系列举措，深得台湾百姓欢迎。傀儡山后卑南觅大山大土官文结也不负蓝廷珍期望，抓获不少残余朱军小头目，解送清军处理。除了更加罕无人烟的深山野岭，和王忠带领的朱军小股残部零星活动外，台湾全岛总算是大体稳定下来了。

【第十八章】

为民请命，处处风波

1

台湾形势稍缓，朝廷便下令调蓝廷珍回南澳驻防，官职仍为南澳镇总兵，加提督衔，调广东提督姚堂任福建水师提督。

姚堂，龙溪人，康熙五十一年(1712)任台湾镇总兵官。任内严惩贪官，安抚百姓，台湾社会秩序井然，因此荣升广东提督。

任命传到台湾，蓝廷珍周围的人都不服气了。

蓝廷珍说："姚堂大人是位难得人才，他在台湾当总兵时，台湾治下很好。他这回当福建水师提督，直接管理台湾，朝廷选择他是明智的。"

董方说："我们不是说姚大人不行，而是说朝廷这样安排令人心寒。总督是封疆大吏，他的意见非常重要。他既然举荐军府担任平台大元帅，台湾平复了，却把军府晾在一边，这算什么事来着。"

林亮、董方是此番平台先锋的正副二将，对主帅能力与为人深有感受，他们为蓝廷珍打抱不平是天经地义的。而蓝廷珍已经当到总兵官的位上了，台湾起乱又担任平台元戎，在为官上，倒是看得越来越淡了。

蓝廷珍微笑着说："我们这些在台将士，食君禄，分君忧，做好我们该做的事就行了。现在，有了名正言顺的福建水师提督，我手上托管的福建水师提督印钤，就可以物归新主了。这印钤一送出去，我这个署提督的官名就可以摘了，我们可以尅期班师，再回南澳驻防了。再说朝廷对我蓝廷珍也不是没有肯定，官职后面还加封了一个提督衔嘛。"

林亮愤愤地说："那只是一个虚名而已，其实还是一样。我们辛辛苦苦忙来忙去，到头来却真的成白忙了。"

蓝廷珍平静地说:"虚名也罢,实名也罢,能把事情做好最要紧。"

这时,信差忽传周绍到内地任知府。

蓝廷珍听罢,倒没吱声。董方忍不住扔出一句话:"那么快,这有关系的升迁速度就是不一样。"

蓝鼎元原本不想说什么,可听到周绍任职消息,又想到陈梦林的离去,禁不住说道:"平台有功,提升不提升咱们且不说,我倒是担心,过后的伤害会接踵而来。"

林亮一听,愣住了,问:"军师为何如此说呢?"

蓝鼎元说:"原先在温州与兄长共事诸如高君好等这帮人,现在也都在福州为官,他们妒贤嫉能,爱进谗言,如果这周绍时不时煽风点火,难保制府大人、巡抚大人会误信误判。现在,我们只有希望制府大人不要听信谗言,否则他对吾兄是重视有加,伤害亦大。"

蓝廷珍说:"玉霖,不要再说了。若让别有用心的人听去,会落人口实,惹来不必要的麻烦。"

林亮附和蓝鼎元说:"军师说得对。"

董方也应和道:"这些人一看就让人恶心,要不是看在吕大人颜面上,真想狠狠教训周绍一顿。"

蓝廷珍看蓝鼎元、林亮、董方都一肚子不满,也不禁感叹,不怕将士不奋勇,就怕宵小背后耍奸。可是在部属面前,身为主帅,他不能表露出来。

蓝廷珍说:"你们都不要说了,我知道你们好意,我自会处理。"

蓝廷珍遂派遣游击王良骏将福建水师提督印钤送到厦门满保处。

满保收下福建水师提督印钤,交与姚堂。

姚堂说:"制府大人,蓝廷珍才干在我之上,今我是奉旨接任施世骠大人留下来的空缺,照理说这位置是蓝廷珍的。"

满保说:"两位将军才干,老夫有数,都是大清栋梁之材,就不必分个轩轾了。再说这是朝廷意思,吾等不必多虑。老夫意见,台湾地方初定,情况还会反复,蓝廷珍仍以南澳镇总兵官加提督衔统征赴台将士暂留在台弹压,行治理之职。姚军门,意下如何?"

姚堂说:"制府大人说得极是。"

满保吩咐人拟好檄文,令王良骏带回台湾给蓝廷珍。

蓝廷珍接到檄文,只好继续留在台湾。

2

过不了多久,忽传圣旨来到,蓝廷珍、蓝鼎元等人赶紧出府迎接。只见钦差领着八个差役，缓步走来，其中两人抬着一个用黄布遮掩的大牌匾。蓝廷珍、蓝鼎元等人都震住了，心里直纳闷。

钦差见蓝廷珍率众来迎，老远就说："大将军，恭喜你了！"

蓝廷珍听钦差此言，更是愣住了。要知道朝廷里来的钦差，一般不随便称呼人为大将军，称大将军得由皇上御封才行。蓝鼎元似乎明白什么，在蓝廷珍边上说了一句，吾兄应该是时来运转了，这回估计是圣上想到我们平台将士了。

蓝廷珍将钦差迎入大厅，钦差展开圣旨宣读：

> 奉天承运，皇帝诏曰，辛丑年夏台湾朱一贵聚众啸乱，攻克府治，南澳镇总兵官蓝廷珍奉旨入台平乱，克日收复府治，并擒获朱一贵等贼首，黎民欢呼，海疆绥靖，蓝廷珍功勋卓著，特授蓝廷珍为闽台水陆提督，并赐"平台大将军"御匾一块，钦此。

"谢主隆恩。"蓝廷珍跪地接旨。

钦差叫差役将御匾上的黄布打开，上书"平台大将军，康熙辛丑年授闽台水陆提督蓝廷珍"。在场人员皆向蓝廷珍祝贺，场面煞是热闹。

待场面冷静下来，蓝鼎元问道："钦差大人，这圣旨与御匾为何此时才来？"

钦差说："是礼部侍郎蔡世远大人向皇上举荐蓝大将军的功绩，皇上下旨，特令吾等日夜兼程送圣旨和御匾到台湾给蓝大将军。"

林亮听罢，又来气了，替蓝廷珍打抱不平道："军府功劳卓著，怎么才封个闽台水陆提督，为何不直接封为福建水师提督？闽台水陆提督可还得受制于福建水师提督呀。"

蓝廷珍喝道："林亮，休得胡言乱语。圣上御封我为闽台水陆提督和平台大将军，已是莫大恩荣。在此，廷珍希望钦差大人回朝面见圣上时，一定要替我们全体平台将士多多美言。"

3

康熙六十一年(1722)正月，朝廷商议台湾驻军事宜。

廷议认为两次平台，都是先在澎湖驻军，而后进兵台湾，故而建议将总兵官府移驻澎湖，台湾只设陆路副将，裁去水陆两中营，将备弁兵撤归内地另补。

这无异于变相弃台。消息不胫而走，台湾民间忧惶，不安寝食，宵小之徒，讹言复肆。

满保接到快马加急送来的厚厚一叠廷议时，心里也有些着急。他清楚，作为闽浙总督,自己的意见至关重要:如果自己坚持台湾驻军不变,朝廷或许会放弃原先廷议;如果自己也想弱化台湾驻军,朝廷就会让福建不折不扣执行廷议结果。

他想不出好办法,索性将廷议连同内地官员指斥蓝廷珍的信函差人送与蓝廷珍,看看蓝廷珍有什么意见。

是日,刚好是元宵节,蓝廷珍、蓝鼎元与陈祥、王仁和等人在审讯朱军首领韩渊、林良。看罢满保差人送来的信函,蓝廷珍眉头不由皱起来了。

这几天虽也听坊间盛传朝廷要削弱台湾布防,但毕竟是坊间传闻,也未太放在心上。如今总督大人的信函已送至案上,说明朝廷动真格了。

蓝廷珍当下吩咐陈祥、王仁和继续审讯,与蓝鼎元回到元戎行署。

蓝鼎元看完廷议信函说:"台湾实乃我大清国东南沿海封疆之要地,非寻常岛屿可比也。朝中大臣对台湾的重要性看来还是认识不足;有些人还是把台湾看成可有可无,甚至是包袱的岛屿。故而之前,朝廷在台湾实行的一直是为防台而治台,而非长治久安之策。"

蓝廷珍说:"对,朝中大臣不了解台湾、澎湖,不了解台湾的重要性,才作了如此本末倒置的决定。若照此廷议,必误大事。驻台将官级别不能降,兵员不能减,镇署不能迁。玉霖,我们可写一书给制府大人,先把他的思想做通,朝廷上面才好说。"

不时,蓝鼎元写好《论台镇不可移澎湖书》。

蓝廷珍看毕,吩咐亲兵去请陶范、高铎、孙鲁、汪绅文、刘光泗等一帮府县官员到行署商议事情。寒暄完毕,蓝廷珍说:"台湾各地原先纷纷谣传,平台大军要撤回内地,台湾总兵镇署要迁移澎湖,如今这谣言已成廷议了。"

孙鲁先开口说:"此话何解?"

蓝廷珍说:"制府大人刚送来一信函,说确实是廷议结果。"

高铎说:"这对台湾的稳定可是一件十分不利的事呀。"

蓝廷珍说:"没错,不知各位府县大人对此有何高见?"

孙鲁叹了一口气,说:"我们还能有什么高见,台湾府县街头巷尾的议论都说了,说什么台湾是多余赘肉,朝廷削减防务势在必行。"

蓝廷珍态度坚决地说:"若真要削减防务,这正是反贼残余势力所需。我们必须让朝廷改变想法,千万不能放弃台湾,只有这样我们才有能力保护台湾百姓利益。"他语气缓和下来,脸上充满忧虑,说:"廷议并不可怕,可怕的是廷议背后的小人居心。台湾总兵镇署是否移设在澎湖以及台湾留守的问题,早在施琅、蓝理从郑氏手中收回台湾时,就已经有了定论,而他们此时再来说这陈年旧事,居心何在? 各位大人,你们看,最近那些内地官员送给制府大人的信函,或说我们滥杀无辜,凶残至极,或说我们仁慈过度,姑息养奸,甚至连抚台大人对我们这些入台镇乱的将士也有偏见。放弃台湾,无异于我们这些入台将士浴血奋战就等于毫无意义了。再者台湾局势尚未完全稳定下来,班师无期,可他们竟说我蓝某人贪权恋栈,赖在台湾不走。抚台大人还给制府大人说我们重用败军之将、落入反贼手中的刘得紫,等等。他们台湾的事情一点不解,就胡乱说话,这真是天大笑话。"

汪绅文也气愤地说:"我入台将士文吏,冒死平乱治乱,内地大小官员们却打起我们的小报告,让人齿寒。"

陶范说:"依军府之见,该当如何?"

蓝廷珍冷静下来,说:"本镇看了制府大人送来书函,感觉他总体是支持我们,但还有些疑虑,还需要我们据理力争。列位大人,你们先看看制府大人送来的文书。"

陶范、高铎、孙鲁、汪绅文、刘光泗一一看过。

陶范说:"本道看制府大人的疑虑还很深。"

蓝廷珍说:"确实如此,故请列位大人来商议。"

高铎说:"虽说姚堂大人接任福建水师提督之职,但制府大人还是授权军府署理台湾军政要务,军府说怎么办,我们就怎么办。"

蓝廷珍说:"那好。按说打完仗,为帅者就得上表朝廷为将士们得请功论赏,但台湾百废待兴,当务之急,我们要各司其职,携手齐心,想方设法将台湾治理好。之前,我请玉霖起草一文《论台镇不可移澎湖书》,准备派人过海送与制府大人。我想请你们也过目一下,看看有什么地方还需要完善。现在先由玉霖来宣读文书。"

陶范、高铎、孙鲁、汪绅文、刘光泗等皆点头赞许。

蓝鼎元朗声念道:

腊月望后三日,连接宪翰五函,及马守备、安游击口述钧谕,俱令某暂驻台湾,不可遽尔班师。窃维此时台中大定,署镇黄总兵足资弹压,以某越俎久淹,自顾亦觉无谓。况廷议已令台镇移澎,易来副将,是一总兵处此尚嫌其多,而某又为蛇足,独留不去,竟似贪恋鸡肋,殊堪羞惭。

裁营减兵之说,台人闻知,颇有嚣嚣偶语者。某告以部议未足为定,必待督抚提臣遵依具奏,方可施行。兹承宪檄,减兵及裁回将弁名数,某尚秘不宣露,望早晚或有变更。若果台镇移澎,则海疆危若累卵,宪台亦欲确遵部议耶!

部臣不识海外地理情形,凭臆妄断,看得澎湖太重。意以此癸亥平台,止在澎湖战胜,便尔归降;今夏澎湖未失,故台郡七日可复。是以澎湖一区,为可控制全台,乃有此议。不知台之视澎,犹如太仓外一粒耳。澎湖不过水面一撮沙滩,山不能长树木,地不能生米粟,人民不足资捍御,形胜不足为依据。

227

一草一木，皆需台、厦。若一二个月舟楫不通，则不战自毙矣。台湾沃野千里，山海形势皆非寻常。其地亚于福建一省，论理尚当添兵，易总兵而设提督五营，方足以弹压。乃兵不增而反减，又欲调离其师于二三百里之海中，而以副将处之乎！台湾总兵果易以副将，则水陆相去咫尺，两副将岂能相下？南北两路参将止去副将一阶，岂能俯听调遣？各人自大，不相统属，万一有事，呼应莫灵，贻误封疆，谁任其咎？以郭子仪九节度之师，而不立元帅统摄，尚且师徒溃散，况今日耶。澎湖至台，虽不过三二百里，顺风扬帆一日可到。若天时不清，台飓连绵，浃旬累月，莫能飞渡。台中百凡机宜，鞭长不及。以澎湖总兵控制台湾，犹执牛尾一毛，欲制一牛，虽有孟贲、乌获之力，总无所用。今在廷臣工，莫有敢出一言为皇上东南半壁封疆之计，何异欲弃台湾乎？台湾一去，则泉、漳先为糜烂，而闽、浙、江、广四省俱各寝食不宁，山左、辽阳皆有边患。

某庸愚无识，以为此土万万不可委去，特恨位卑人微，处不可言之地。想宪台与中丞吕公、提军姚公必有一番议论，为社稷苍生回天指日，或会疏入告，或密摺婉商，造万世无疆之福，非某敢饶舌也。君若遵部议而行，必误封疆，彼时九卿岂肯平分其咎？某杞人妄忧，中心如焚，非特为桑梓身家之虑，惟望恕其狂瞽，且赐明示解惑焉？

在座文武官员听罢一致同意文书所言。

陶范说："此文危言切论，几同贾生痛哭，缘地方安危所系，不激烈不能动听。一片公忠，为国苦心，令吾等读者听众亦为着忙幸。军府据以入告，遂得转圜如旧，全台治安，斯文之力也。"

满保接到蓝廷珍的信札，与巡抚吕犹龙、提督姚堂商议。

吕犹龙说："制府大人，台镇移到澎湖既然是朝廷决定的事，我想我们就不必多事，可立即檄令蓝廷珍按朝廷命令执行就是了。"

姚堂说："我认为不可率尔从事。蓝廷珍久经战事，其《论台镇不可移澎湖书》说得很有道理，我们不妨多加研究再定。"

满保权衡再三，说："本制也认为蓝廷珍说得有道理，他的意见是对的，那我们就依他所说向朝廷报告吧。"

吕犹龙虽然心里不赞成，但看满保、姚堂意见一致，不好再说什么，嘴上也只得表示同意。满保便以督抚提名义飞书朝廷，力争取消总兵官移驻澎湖的计划，并附上《论台镇不可移澎湖书》。

朝廷经过再次廷议，总算改变了初衷。

康熙下旨说："允蓝廷珍所奏，副将仍设澎湖，总兵官仍驻台湾，水陆两中营悉还旧制，道标守备弁兵裁归台湾镇管辖，安设南北二路适中要害之处。"

4

考虑台湾关押朱军大小头目越来越多,这些朱军头目在狱中久留未决,始终是个问题。蓝廷珍会商道府县后,将朱军头目苏清、林阿尾等人枭斩示众,李吴杖死,陈成、郑文苑等重要头目十数人悉解内地。

军务刚刚处理妥当,朝廷下旨追查台湾原先镇、协、营、汛清兵将弁功过。吕犹龙上回弹劾蓝廷珍重用沦为朱一贵阶下囚的中营游击刘得紫不成,这一次他乘机又借题发挥,老调重弹。福州的一帮官员也一块参劾蓝廷珍,说蓝廷珍在台湾独断专行,纵容部属胡作非为,其部属林秀、林亮、胡广等居功甚大,又因迟迟得不到朝廷提拔而心存不满,等等。众口铄金,满保也有些招架不住。他致函给蓝廷珍,字里行间也透出指责之意。

蓝廷珍收到函,有些无奈。

蓝鼎元接过信函,也摇了摇头。台湾乱象基本平复,内地一些官员为此就认为可以刀枪入库、马放南山,又开始借机中伤人了。

蓝鼎元轻摇折扇,冷静地说:"制府大人只是一时受蒙蔽,只要我们据理力争,把具体的情况告诉他,他会理解我们的。"

蓝廷珍说:"对,我就不信,我们将士既然能打仗,难道连这点口舌之争的事也摆不平吗!我们就先为刘得紫的问题写函给制府大人吧。对了,玉霖,入台以来,所有文章基本上都辛苦你了,这次就由我自己来写吧。"

蓝廷珍、蓝鼎元对满保还是抱有希望。

蓝廷珍静下心来,提起笔,在灯下开始写道:

> 原任台镇中营游击刘得紫,品行端方,性情温雅,本非小就之器。今陷贼不屈,忠贞之操,深可嘉尚。全台士庶既已众口一词,某又确勘真实。所谓从容就义,临大节而不可夺者,殆其人欤。某自入台以来,阅人甚多,所敬且爱,惟此君耳。虽盛怒之下,见其来则欣然以喜。渠虽名节既成,不图仕进。某窃愿执事特疏褒旌,以为千秋志士之劝。更冀题补闻缺,快此邦士民耳目,且使地方收得人心之效,一举而数善备也。在某非有所私,实为世道人心起见。见奸宄不忠,则欲杀欲割;见忠臣义士,则欲泣欲歌。贼性固然,惟执事勿吝成人之美,纲常名教,端有赖焉。

第二天,蓝廷珍将道府县台请来。蓝廷珍开门见山道:"昨天,我收到制府信函,列位大人可以先看一下。玉霖,将制府大人的信函给各位大人过目。"

众人看过后，议论纷纷。

蓝廷珍说："列位都看了信，我想听一下列位大人的意见。"

陶范说："这简直是无稽之谈，这些都是谁搅出来的事。制府大人在信中说，有一些是台湾官员报来的情况，这台湾官员究竟是谁？"

蓝廷珍笑道："是谁告的密，已不重要，重要的是我们如何回复制府大人。"

陶范说："没问题，军府尽管说。台镇中营游击刘得紫、提标前营游击林秀、澎湖协右营守备林亮、千总胡广等人都是军府部下，军府最清楚，最有发言权。"

蓝廷珍说："刘得紫的情况，本镇写了一信函，等下由玉霖读给各位大人听，如果行的话，就这样给制府大人回复。其他人，待会儿请大家说说情况，集思广益，过后再写成信函回复制府大人。"

蓝鼎元将刘得紫情况按照蓝廷珍亲自写的念了一遍。大家同意蓝廷珍对刘得紫的评价。

蓝廷珍说："那其他人呢，列位大人，请谈谈你们的看法。"

陶范说："我知道，平台将士其实多少都有怨言，只是林秀、林亮、胡广三人比较明显。他们功劳大，朝廷迟迟不见犒赏，有些怨言也是正常的。"

蓝廷珍对高铎说："高大人与林秀关系密切，你说林秀这人如何？"

高铎说："军府，其实叫我们这些地方官来评价他们，即使能说个子丑寅卯，也是以偏概全，难以客观。我看还是军府来说说他们，我们洗耳恭听就行了。我跟林秀关系密切，也只是最近在地方布防上与他有联系，要说个全面，很难。"

蓝廷珍说："那他们情况我就先说了。林亮平台先登，论功第一，固人人知之。我要说的是，他保守澎湖的功劳最大。澎湖是台湾天然屏障，占据澎湖，台湾即可轻取。朱一贵作乱之初，台湾报陷，澎湖将弁议弃澎湖，各遣家属登舟。林亮以一夫弁，排除众议，仗剑奋呼，遂固疆圉。胡广虽只是千总末弁，然鹿耳门奋勇夺险，实从林亮先登，乘胜攻克安平，大战鲲身，收府治，劳绩显著，加以身材魁梧，气度亦异，仅处偏裨之任，尚未足称其才。"

陶范说："军府评价得当。等信函写好，我们也在信函末尾签名，证明军府所说皆是实情。"

蓝廷珍说："好，谢谢列位大人支持。有你们支持，我就比较好做事了。玉霖，既然列位大人同意我们说法，你就以为兄名义写一封答复制府大人的信函。"

蓝鼎元拾起毛笔，刷刷写开了。先肯定三人确实有矜功绝望之情，中间陈述三人功劳，末文则强调："三人虽有纯疵之分，俱皆国家良将。林亮、林秀英勇无敌，胡广技能亦属出众。而亮守澎湖，更有巧思，制造鲁公车、子母炮，不推自行，战船精妙弗可思议。又加之以贤德，洵卓卓不可及也。三人所就俱不可量，风闻之语，亦难尽信，惟执事稍加优容焉。"

写毕，地方官一一签上名字，最后蓝廷珍签名飞书发出。

满保接到蓝廷珍的函件，觉得所言有理，便直接上奏朝廷，请皇上对武职严宽相济，既要严惩有过者，又要宽待有功者。朝廷经过廷议，收回成命，令督臣会同提臣严审武职周应龙等对台变负重责者，其余赦免。

5

吕犹龙等人见还是便宜了蓝廷珍，只得另想法子。

这时，他得到周绍的飞鸽传书，说蓝廷珍为收买人心，对窝藏伪国公杨来的沟尾庄人网开一面，恰巧大学士李光地此际回福建省亲，吕犹龙与李光地私交甚好，他私下见了李光地，开门见山："李大人，蓝廷珍对窝藏贼人的庄人网开一面，这是是非不明的表现，朝廷应该查办蓝廷珍。"

李光地不明就里，问道："那该如何办？"

吕犹龙说："李大人可直接上疏皇上。"

李光地想了一下说："京官不宜直接插手地方事，我马上要回京城，这事还是由福建上疏为妥，我可以跟总督满保大人提一下。"

满保不了解这方面的情况，又想保护蓝廷珍，便作了变通，要求蓝廷珍派军队强制迁移沟尾庄全族到内地，以作窝藏伪国公杨来的惩罚。

吕犹龙见虽未直接达到挤兑蓝廷珍的目的，但也可以让蓝廷珍结怨于沟尾庄人，也就暂时将息下来。

蓝廷珍得知这一消息，火就冒起来，"啪"的一声把茶杯摔到地上："这年头怎么会尽出这种事，台湾的反贼残余都还没有彻底剿清，你们就给我们出了这么多莫名其妙的题目！"

他吩咐亲兵，赶紧分头将就近的文武官员请到议事厅。他指着案上的书札，情绪激动地说："这是制府大人转来内地有司诸大人提议的信函，信里要求我们派军队强制迁移沟尾庄全族到内地，以作窝藏杨来的惩罚。"

大家听后一愣。汪绅文道："我等为官者，若能原情按事、审事度理，无一不周，天下岂有冤民乎？"

蓝廷珍情绪稍微平静下来："汪大人说得对，我们不能冤枉人呀，即使是老百姓也不行。沟尾庄的杨石、杨雄、杨旭冒着身家性命危险，生擒了朱一贵等贼魁，为平台立了大功，原本应该好好嘉奖，现在倒成了包庇杨来的罪犯，要毁庄移民，岂不是让亲者痛，仇者快！我们务必据实禀告！"

蓝廷珍吩咐蓝鼎元起草《请宽杨姓株连书》，要求不要讳忌，欲言则言，侃侃而谈，淋漓痛快，以救杨氏一族。蓝鼎元写完，蓝廷珍派人送给满保。

满保不敢做主，飞书报送朝廷。

康熙看了《请宽杨姓株连书》说:"台湾民人、土番均属吾朝赤子,善后之计,尤宜周详,不宜简单归类,草菅人命。蓝廷珍《请宽杨姓株连书》言之有理,着福建督抚提臣宜宽则宽之,宜赏则赏之。另台湾新定,宜于民间细察人才用之,尤应培养、擢用台湾本土人才,以增强台民对朝廷祖地的归属感。"

6

一波刚平,一波又起。

下淡水民众在侯观德、李直三的带领下,竖起拥护朝廷大旗,在淡水溪击退陈福寿、刘国基所部三千朱军。蓝廷珍委任侯观德为千总、李直三为把总,并委托侯、李在淡水十八庄社组织训练民团。

下淡水分东西两里,侯、李是西里人,而东里有一个叫林亨的中年人,看不惯侯、李讨好官府,欺压庄民,飞扬跋扈的作风。他见风传蓝廷珍自身难保,可能撤兵回大陆,就约了颜烟、李咸、陈法、王帅、王禄等一帮密友,到大崑鹿罟寮密谋。

大崑鹿面临淡水溪,背靠郎娇,山高岭峻,古木参天,人迹罕至。

大伙席地而坐,林亨见人齐了,站起来激昂愤慨地说:"朱一贵、杜君英的起义虽然失败了,无数反对暴政、反对贪官污吏的义士流血牺牲了,但他们虽死犹生,虽死犹荣。据说平台元帅蓝廷珍要撤兵回南澳,这正是我们举事的良机。今天请你们来,正是商量这个事情,不知诸位意下如何?"

大伙儿你看看我,我看看你,一时无人吭声。

颜烟说:"官不仁,我不义,我完全赞同林大哥的倡议。"

王帅有些胆怯说:"台湾原先那些官吏欺压百姓,确实该杀,可现在跟随蓝廷珍来的官吏在治理台湾的做法上大有改观,我们再来造反,台湾百姓是否会响应?再说这蓝廷珍很会打仗,我们这时起事,无异于鸡蛋碰石头。"

大家一听王帅说这种话,眼睛直瞪过来,王禄则一挥拳头,挥舞说:"怕什么,造反就是有理。今天我们就推林大哥为大首领,歃血为盟,宣布起义。"

王帅一看这架势,也豁出去了:"你们说咋办就咋办,我跟着你们干!"

林亨说:"好,就这么定了。"

商量具体细节时,颜烟说:"朱一贵在罗汉门黄家庄结盟举事,攻下府县后被众人推为中兴王,如今我们也应该打出一面旗帜,以号召民众反满人抗官府。"

李咸想了想,说:"林大哥就称合心王吧。"

王帅不明白,问道:"合心王何意?"

李咸解释说:"合心王者,凡是志同道合者都来投聚林大哥旗下,共举大事。"

林亨听罢,拊掌笑道:"好,大旗就绣合心王三字,参加者每人发给合心王袖章一个,以作标志,联络信号。"末了,林亨给大家一一分配任务,最后前叮嘱行事要保密。合心王军势力发展迅速,朱军余部部分也加盟其中,然而人数多,势力大,保密工作难免有所松懈。

蓝廷珍此时虽然在不停地与内地大打"笔墨官司",但他仍居安思危,对台湾社会是否安定,还是十分警惕,布下各种特情探子。当合心王势力刚欲起事时,他已经得到各种渠道来的情报。他与蓝鼎元研究后,决定先下手为强,立即部署搜捕行动。

拂晓时分,蓝廷珍升帐点卯,令守备陈一得带队往淡水东里,令北路参将朱文、协防游击林秀出兵铁线桥。

陈一得找到里正带路,包围林亨家,林亨正与老婆洪氏绣制旗帜、袖章,全家大小均被擒缚。随后,陈一得又立即扑向大崑鹿罟寮,围剿合心王总部,但人已脱逃一空,只缴获一批旗帜袖章。

朱文、林秀出兵也迅速,在铁线桥捕获王帅、王禄,紧接着在小石门得宝寮擒获陈法,在大武垅擒获颜烟、李咸。

林亨等骨干一一被抓,群龙无首,合心王这股队伍大部分很快就被消灭了。剩下小部分人马遁入诸罗山后小石门得宝寮等处,夜出行劫。

蓝廷珍密檄北路参将朱文、协防游击林秀发兵搜捕,遣署守备李郡,把总郑高、林时叶,分三路并进。然后复遣把总庄子俊、苏思维率兵往大武垅堵截,绝其窜路。

7

林亨事态基本平复下去,蓝鼎元给蓝廷珍建议说:"绥靖地方,必从吏治民生起见。林亨反叛很大部分起因是由侯观德而起。侯观德仗着我们对他的信任,横行乡里,鱼肉百姓。现在林亨等反贼既然已灭,可将侯观德隆为把总,将李直三升为千总。"

蓝廷珍觉得有道理,就依蓝鼎元所请。

蓝鼎元接着说:"下淡水是漳州人、泉州人、粤东人杂居地。他们中既有拥护朝廷的,也有暗地里反对朝廷的,各地人之间经常械斗。我们要交代李直三要严加防范,谨慎处理。朱一贵反叛以来,虽说大大小小的贼首基本落网,但尚有贼首王忠未抓捕归案。王忠狡猾异常,下淡水情况复杂,若经常这样闹地区械斗,这种情势一旦又被王忠利用,并煽风点火,局势便难控制,望兄台未雨绸缪。"

蓝鼎元话甫落,亲兵来报:下淡水漳州籍台民郑章杀死粤东客家籍台民赖君奏、赖以槐,道府因此逮捕了郑章。漳泉籍台民为郑章鸣不平,与粤东籍台民发生严重对立。

　　原来在官军清剿合心王军时,赖君奏、赖以槐借口郑章的弟媳妇田氏参加合心王军,给予拘禁。田氏年轻漂亮,二赖对她早就垂涎三尺。这次田氏落入他们掌中,他们对其胁迫强暴,田氏哭骂不绝,二赖便先奸后杀。合心王事态结束,郑章伺机杀了二赖报了家仇。杀人者偿命,道府接报,逮捕郑章,判以极刑。漳州籍台民为郑章鸣不平而引发地区间对立。

　　蓝廷珍觉事态严重,便请蓝鼎元写《谕闽粤民人书》,张贴于下淡水,曰:

　　　　郑章殴死赖君奏、赖以槐,按问抵偿。闻汝等漳泉百姓,以郑章兄弟眷属被杀被辱,复仇为义,乡情缱绻,共怜其死。本镇岂非漳人,岂无桑梓之念?道府为民父母,岂忍郑章无辜受屈?但赖君奏、赖以槐果有杀害郑章兄弟家属,应告官究偿,无擅自扑杀之理。乃文武衙门未见郑章片纸告,而赖家两命忽遭凶手,虽欲以复仇之义相宽,不可得已。况赖君奏等建立大清旗号,以拒朱一贵诸贼,乃朝廷义民,非聚众为盗贼比。

　　　　郑章擅杀义民,律以国法,罪在不赦。汝等漳泉百姓但知漳泉是亲,客庄居民又但知客民是亲,自本镇道府视之,则均是台湾百姓,均是治下子民,有善必有赏,有恶必有诛,未尝有轻重厚薄之异。既在汝等客民,与漳泉各处之人,同自内地出来,同属天涯海外、离乡背井之客,为贫所驱,彼此同病。幸得同居一郡,正宜相爱相亲,何苦无故妄生嫌弃,以致相仇相怨,互相戕贼?本镇每念及此,辄为汝等寒心。

　　　　今与汝民约,从前之事,尽付逝流,一概勿论。以后不许再分党羽,再寻仇衅。漳泉海丰之人经过客庄,客民经过漳泉村落,宜各释前怨,共敦新好,为盛世之良民。或有言语争竞,则报明乡保耆老,据理劝息,庶几兴仁兴让之风。敢有攘夺斗殴,负隅肆横,本镇执法创怨,决不一毫假借。其或操戈动众相攻杀者,以谋逆论罪,乡保耆老管事人等,一并从重究处。汝等纵无良心,宁独不畏刑戮?本镇以杀止杀,无非为汝等绥靖地方,使各安生乐业。各宜凛遵,无贻后悔。

　　文告张贴出去,漳泉、粤东籍台民看了文告,议论纷纷。

　　蓝廷珍及时派人下乡,给台民解释条文。有识之士赞道:"分门树党,古今第一祸患。虽在民间,亦然相戕不已,即成叛逆,此必至之势也。杀人偿命,事属寻常,缘两造有闽粤之分,是以晓晓不已,皆由未知理法耳。文告先以情理国法开示,使之晓然明白。中间纯是言情,以动其固有之良心。末后威之以法,以绝其蟠结之妄念。开诚布公,焉得不令人心服。"

　　漳泉、粤东台民感念蓝廷珍的苦心用意,逐渐止了怒火,息了怒气,闽粤台民相安无事。

8

这一日,蓝鼎元边摇着那把折扇,边看台湾地图,忽然将目光定格在台湾北路上。他合起扇子,来到清军镇署,对蓝廷珍说:"兄长,弟有一情况禀告。"

蓝廷珍说:"请讲。"

蓝鼎元说:"下淡水闽粤台民虽已相安无事,但台湾北路地方千里,半线以上汉民少,山胞多。大肚、牛骂、吞肖、竹堑等处山川奥郁,水土苦恶,南嵌、淡水等穷年阴雾,罕见晴日。这些地方早年是郑氏流放罪犯之处,康熙四十九年(1710)始设淡水厅,派人轮番防守,因该地毒气熏蒸,戍卒多染病死亡,每年生还者不上三分之一,且有僻险地区,罕有人巡哨到过。为弟之意,兄台可派得力将校偕同郎中、土番进去巡视,掌握了解情况,一旦有何变化,既便于调控,又可以促进族群融合。"

蓝廷珍说:"玉霖弟说得极是,为兄要亲自前往巡视。"

可他话还没说完,部属立即反对:"军府万万不可,彼处瘴气重易伤人,吾等愿带兵巡视。"

蓝廷珍道:"台湾虽弹丸之小岛,实则关系闽省安危。淡水是南方键钥,该地民番错杂,亡命之徒日众,不亲自熟悉那里情形,何以控制调度?"

蓝鼎元说:"弟愿陪兄一同前往。"

众位将军也表示愿意一同前往。

蓝廷珍高兴道:"好,本镇就点将了。"

蓝廷珍、蓝鼎元点了人马,自带帐篷干粮出发。蓝廷珍吩咐蓝鼎元将所经历的旅程、山溪、风候、土俗等记述下来。遇到有阵亡将士的地方,则著文吊祭。祭文凄怆激烈,闻者无不感动流泪。山区少数民族听说蓝廷珍、蓝鼎元亲自前来巡视,一个个皆备牛羊酒食,夹道欢迎慰劳,但他们一一辞谢。

每至一地,蓝廷珍还召集山民孩童,了解他们读书情况。蓝鼎元也鼓励他们多读圣人之书。他们所到之处,对山民慰勉有加,山民皆倍感喜悦。

在他们大力推动下,台湾先后成立了好几个书院。蓝鼎元还亲自主讲儒理闽学。台湾自此广泛传承儒理闽学,人文风气亦见儒雅鼎炽,诸如朱熹家训之语,妇孺皆能诵之一二。

蓝鼎元以诗为赞:

闽学追鲁邹,东宁昧如障。当为延名儒,来兹开绛帐。

俾知道在迩，尊君与亲上。子孝及父慈，友恭更廉让。
从兹果力行，诱掖端趋向。其次论文章，经史为酝酿。
古作秦汉前，八家当盐酱。制义本儒先，理明气欲王。
洗伐去皮毛，大雅是宗匠。此地文风靡，起衰亦有望。

【第十九章】
为全台百姓呕心沥血

1

战事稍平,蓝廷珍、蓝鼎元就将主要精力转入到台湾的恢复建设中来。

台湾城池少,满保虽同意筑城,但只计划将衙署和仓库围在其中。

蓝廷珍、蓝鼎元接连上了两封信,一封是《复制军论筑城书》,一封是《与制军再论筑城书》,力主扩大城池的范围:设兵本来是用来保护百姓的,士兵被围在城内,百姓却被抛在城外,是何道理。守城的士兵驻扎城市,家室却在城外,以当蹂躏,夜半贼来,往往呼救不及。如此一来,不仅让百姓心寒齿冷,亦让守城兵士心挂家室。所以筑城时,应将民居应包围在内。此事关系台疆安危,关系国家东南沿海治乱,不可苟且涂饰。此乃一时之劳,万世之利也。台湾虽为海外弹丸黑子,似在无足重轻之数,然沃野千里,粮糈足食,舟楫之利通天下。然万一为盗贼所有,或荷兰、日本所据,则沿海六七省皆不得安枕而卧。

满保看完蓝廷珍差人送来的这两封信,不由点头称道,遂批令两司研究实施。但两司研究来研究去,觉得若按护民筑城,花费巨大,未予采用。满保只好将此提议搁置起来。

蓝廷珍、蓝鼎元再次上书满保,满保把持不定,只得将此事上奏朝廷。

朝中大臣也是赞成者有之,反对者有之,双方争执不下。

康熙听取众大臣意见后说:"蓝廷珍未雨绸缪,提出修筑护民城池,分兵驻防,又提醒朝廷重视台湾的重要战略地理位置,防备外夷入侵,以维护台海局势稳定。朕同意蓝廷珍的筑城之法,只是修筑护民城池需要巨款,台湾财政依赖福建,福建财力有限,着户部、工部、兵部筹款运抵福建,由福建统筹支付台湾筑城之需,不足部分由福建、台湾自筹。"

朝廷筑城款目被层层盘剥,到福建已所剩无几,满保也拿不出更多的资金,这时蓝廷珍又飞书来请示修筑砖石城事宜。

　　满保盘算来盘算去,觉得按照蓝廷珍所言之法筑城,碍难进行,砖石之城不行,土木之城也难为。满保只得下令台湾自行想方设法解决筑城事宜。

　　蓝廷珍、蓝鼎元接令后,因地制宜,在重点防御地带,修筑砖石城、土木城,其他地方则修筑价廉工省、牢固实用的竹城。

2

　　十月初,台湾形势渐趋稳定,满保先后又飞书台湾,提出了治理台湾的十二条措施。蓝廷珍、蓝鼎元看后,深觉十二条不切实际。蓝廷珍、蓝鼎元将二人的想法一一条列清楚,然后会商道府县台,皆无异议后,由蓝鼎元执笔给满保复信,这就是后来广为称道的《复制军台疆经理书》:

　　十月既望,接到宪檄,内开台疆经理事宜八条。翼日又奉谕札,再加四条。具见未雨绸缪,为台地苍生谋善后之策。职等自当遵命,次第举行。亦有愚昧无知,胸中未能悉达,不得不略属像奉上之文,而讲师生质疑问难之谊,伏惟宪台少加垂察。

　　台湾海外天险,治乱安危关系国家东南甚钜。其地高山百重,平原万顷,舟楫往来,四通八达。外则日本、琉球、吕宋、噶啰吧、暹罗、安南、西洋、荷兰诸番,一苇可杭;内则福建、广东、浙江、江南、山东、辽阳,不啻同室而居,比邻而处,门户相通,曾无藩篱之限,非若寻常岛屿郡邑介在可有可无间。值兹寇乱风灾之后,民生凋瘵,大异本来富庶面目。然风俗尚多浇恶,奸宄未尽革心,网密则伤,网疏则犯,治安之政,宜严而不宜宽,将安将治之民,宜静而不宜动。

　　伏读宪谕:罗汉门、黄殿庄,朱一贵起事之所,应将房屋尽行烧毁,人民尽行驱逐,不许往来耕种。阿猴林山径四达,大木丛茂,宽长三四十里,抽藤、锯板、烧碳、砍柴、耕种之人甚多,亦应尽数撤回,篷厂尽行烧毁。槟榔林为杜君英起手之处,郎娇为极边藏奸之所,房屋、人民,皆当烧毁、驱逐,不许再种田园,砍柴来往。以上四条,防患拔根,至周至决。职等再四思维,一人谋逆,九族皆诛,乱贼所居之地,虽墟其里可也。惟是起贼非止数处,数处人民不下数百家,则亦微有可虑者。人情安土重迁,既有田畴、庐舍、家室妇子,环聚耕凿,一旦驱逐搬移,不能遍给以资生之藉,则无屋可住,无田可耕,失业流离,必为盗贼,一可虑也。其地既广且饶,宜田宜宅,可以容民畜众,而置之空虚,无人镇压，则是弃为贼巢，使奸宄便于出没，二可虑也。前此台地，何人非贼，国公、将军而外，伪镇不止千余，今诛之不可胜诛，俱仍安居乐业。而独于附近贼里之人，田宅尽倾，驱村众而流离之，邻贼之罪重于作贼，三可虑也。台寇虽起山间，在郡十居其九，若欲因贼弃地，则府治先不可言。况郎娇并无起贼，虽处极边，广饶十倍于罗汉，现在耕凿数百人，番黎相安，已成乐土。今无故欲荡其居，尽绝人迹往来，则官兵断不肯履险涉远，而巡入百余里无人之地，脱有匪类聚众出没，更无他人可以报信，四可虑也。锯板、抽藤，贫民衣食所系，兼以采取木料，修理战船，为军务所必需。而砍柴烧碳，尤人生日用所不可少，暂时清山则可，若欲永永禁绝，则流离失业之众，又将不下千百家，势必违误船工，而全台且有不火食之患，五可虑也。疆土既开，有日辟无日蹙。台地宋元以前，并无人知。至明中叶，太监王三保舟下西洋，遭风至此汲水，始知有此一地。当地亦留下三宝井、三宝姜、三保药。未几，而海寇林道乾据之，颜思齐、郑芝龙与倭据之，荷兰据之，郑成功又据之。国家初设郡县，管辖不过百余里，距今未四十年，而开垦流移之众，延袤二千余里，糖谷之利甲天下，过此再四五十年，连内山山后野番不到之境，皆将为良田美宅，万万不可遏抑。今乃欲令现成村社废为丘墟，厉禁不能，六可虑也。

昔者诸罗县令周钟瑄，有清革流民以大甲溪为界之请，凤山令宋永清有议弃郎娇之详。今北至淡水、鸡笼，南尽砂马矶头，皆欣然乐郊，争趋若鹜，虽欲限之，恶得而限之。职等愚见，以为人无良匪，教化则驯；地无美恶，经理则善。莫如添兵设防，广听开垦。地利尽，人力齐，鸡鸣狗吠，相闻而彻乎山中。虽有盗贼，将无逋逃之薮，何必因噎废食，乃为全身远害哉！

今窃议于罗汉内门中埔庄设汛防兵三百名，以千总一员驻扎其地。郎娇亦设千总一员，兵三百，控扼极边一带，三、六、九期操演之外，准其自备牛种，就地屯田，以为余资，虽险远而弁兵便焉。槟榔林在平原旷土之中，杜君英出没庄屋，久被焚毁，附近村社，人烟稠密，星罗棋布，离下淡水营内埔庄汛防不远，无庸更议。至各处乡民，欲入深山采取树木，或令家甲邻右互结，给与腰牌，毋许胥役需索牌费一分一厘，听从其便。

伏读宪檄：添防之制，宜速议定，以便题复。夫今所宜更议者，惟罗汉门、郎娇而已矣。外此，则移八里岔汛千总驻扎后垅，为半线、淡水适中之地，及添设文员诸事，尚未举行。其余俱经遵照宪檄，于南路添设下淡水营守备，带兵五百，驻扎新园。设冈山守备，带兵五百，驻扎浊水溪埔，扼罗汉门诸山出没窦径。北路添设半线守备一营，带兵五百，居诸罗、淡水之中。上下控扼，联络声援，以诸罗山守备，驻扎笨港，增兵二百名。添设下加冬守备一营，兵五百。郡治添设城守游击一营，兵八百，与镇标三百相埒。再加罗汉门、郎娇各添设汛防兵三百。则全台共计增兵三千六百名，较宪檄前指之数，止多一百。但此三千六百之兵，必须请旨额外添设，就内地各标营分额招募，按班来台。如往例三年一换，然后内地不至空虚，无顾子失母之病。诸罗地方辽阔，鞭长不及，应划虎尾溪以上另设一县，拟名彰化，驻扎半线，管辖六七百里。鹿子港虽口岸扼要，离半线仅十五里，不用再设巡检，将巡检设在淡水八里岔，兼顾鸡笼山后。笨港设巡检一员，驻扎笨港。佳里兴巡检，仍还佳里兴驻扎，带管目加溜湾，移典史归诸罗县治。南路凤山营县虽僻处海边，不如下埤头孔道冲要，然控扼海口、打狗、眉螺诸港，乃匪类出没要区，当仍其旧，不可移易。添设凤山县丞一员，驻扎搭楼，稽察阿猴林、笃佳等处，弹压东南一带山庄。下淡水巡检一员，不许留郡，仍令驻扎下淡水，稽察淡水以南各庄及诸海口。台、凤、诸各县，各练乡壮五百名，在外县丞、巡检，各练乡壮三百名，无事则散之陇亩，有役则修我戈矛。乡自为守，人自为兵，此万全之道也。

伏读宪檄：营伍操练宜勤，虚冒旧弊宜除，塘汛分防宜变通。三者皆极切当时弊。有兵不练，与无兵同。兵不能识将意，将不能识兵情，是谓为乌合。器不与手相习，手不与心相应，是谓生疏。职每诚谕台属标营，定以三、六、九日按期操演，三令五申，如临大敌。又为之捐造仗房、枪炮、火药，以足期用。其分防外汛之兵，大汛每驻一二百人，亦令如期操演，查足器械。塘兵专递公文，急切飞鸽传书，多人无益，每塘止定三人。小汛之兵，不上数十人，分作两班，赴亲近大汛操演，不许懒惰。有操期不至者，大汛记名，逐月造册报查。又不许无故擅离汛防，凡有逃亡事故，立即报移内地调补，不许在台招募一人，以滋弊窦。违者参革其官，务使地皆实兵，兵皆可用。前此虚冒名粮之弊，尽行廓清。

独将弁书识一项，未能尊谕革绝。盖缘武人不学者多，鲜有亲操翰墨，而兵马钱粮文移册籍非可全凭口说。且自古军中字识，名将不废，若用其人而不给其粮，情理亦未甚协。不揣愚懵，妄为酌议，台镇中营游击及各营守备，应各予书识八名；外营游击各六名；千把总虽系微员，亦不可全无一字，应予书识各一名；水师副将十名；南北二路参将各予八名；总兵书办十六名，使粗足备具文书，不至如从前冒滥，将伙粮尽行禁革，可谓节啬至矣。未审宪台以为有当否？

台地少马，无以壮军容而资冲突。今拟镇标三营、城守一营，各设马兵六十名；南路北路二营，各设马兵八十名，共该马四百匹，即在添设三千六百兵额之内，请旨配拨。先自内地带马来台，以后换人不换马，或有倒毙，方就台地孳生买补，时或孳生不足，亦向内地采买以来，则无苦累民番之处。

伏读宪檄：除奸务尽，附和倡乱之徒，非胁从可比，应将党恶创惩，黥其左面，同家属押逐原籍，拘管稽查。复承列单开出名数，深得火烈民畏鲜死之义。台网久漏吞舟,民不知国法为何物?安逸而思为乱阶,甫平又图复起。所以旧岁九月间,旧社、盐水港、六加甸等处奸民,职等不敢不便宜行事,枭斩四五人,杖毙六七人,以定民心而固疆围。时尚未及三月,复有石壁寮、罗汉门一二亡命,布散流言,欲燃死灰,聚党二十八人,遂敢竖旗为孽。可笑可怜!可憎可恨!职等分遣搜捕,立获为首刺瓜成、苏清、高三、杨美、王教五人。现今整众搜山,八面焚烈,务必尽绝根株,不留种类。除刺瓜成一名,系朱一贵国公,应解宪辕,听候题达正法,其余苏清、杨美及续获诸贼,职等又将于军前权行专擅,竿首薰街,使莠民丧胆,东土永宁。其潜通奸匪,附和接济之人,照宪檄处分,押回原籍。惟是黥面虽羞,毕竟一药即去,似不如馘耳之不可复续,较便稽查。其五月间,旧贼已散为民者,非奉宪行及他有所犯,概不问及,所以开更新之路,使安静而不自危也。

伏读宪檄:要口设备,议建鹿耳门炮城,水陆分守。窃谓鹿耳门炮城,止用修筑,不必重新建造。尽其港暗礁浅沙,渺茫纤险,非有显然门户,可以遵道而行。故须设立荡缨标记,指引迷途,毫厘偶差,立见齑粉。虽不炮城,固亦未易入也。前此癸亥(康熙二十二年,1683)平台,海潮骤涨,巨舰连舟并排而入。去夏,六师进剿,潮水亦高数尺,皆赖朝廷洪福,海若效灵,游魂丧魄,夫岂炮城之故哉!且台贼多自内生,鲜由外至,淌贼来自外,则郡治兵将云屯,百万苍黎未易侵扰。若贼起自内,虽隆炮之城至于天,非徒无益,反为漳泉内地之害。职等所见不广,以为因仍补葺,厥功已多,此刻物力困惫,俟他日另议可耳。

台地民番难处,顽良参半。建筑城池,确不可易。前请暂开砖石事例,执事既以为难,而土城木城,又难成而不能经久,则亦未知之何耳?兹承宪檄,栽竹为城,价廉工省,此亦因时制宜,不得不然之势。谨即会同勘度,环万寿亭、春牛埔,将文武衙署,兵民房屋,沿海行埔,俱为包罗,种竹围一周,护以荆棘。竹外留夹道宽三四丈,削刺桐插地编为藩篱,逢春发生,立见苍茂。桐外开凿濠堑,苦台地粉沙无实土,浅则登时壅淤,深则遇雨崩陷,多费无益,止可略存其意。开濠广深六七尺,种山苏木濠内,枝坚刺密,又当一层障蔽。沿海竹桐不周之处,筑灰墙出地五尺,高可蔽肩,为雉堞,便施枪炮。开东西南北四门,建城楼四座,设桥以通来往。量筑窝铺十二座,以当炮台。如物力不敷,城楼未建,植木栅为门两重,亦可暂蔽内外。兹会委署台湾县孙令,量名丈数,择日兴工。每十丈令设竹签一杆,杙于地中,高五尺,广三寸,编千字文为号,即于某字号下写管工某人姓名,照天地青黄次序,不许错杂。统计全城共几号,管工几人,先造一册呈送,以便稽查。每丈需竹几株,桐几柯,濠几工。每种竹一株,需钱几文。插桐十柯,需钱几文。开濠一丈,需钱几文。举一丈而全城价直了然胸中,不可欺诓。工有勤惰,按号稽查,竹有荣枯,按号栽补，可无彼此推卸，含混侵渔。三年之后，丛生茂密，虽未及石城坚好，然亦已牢不可破矣。

郡县既有城池，兵防既已周密，哀鸿安宅，匪类革心，而后可施富教。而台湾之患，又不在富而在教。兴学校，重师儒，自郡邑以至乡村，多设义学。延有品行者为师，朔望宣讲圣谕十六条，多方开导，家喻户晓。以'孝弟忠信礼义廉耻'八字，转移士习民风，斯又今日之急务也。若夫征台将弁，虽效微劳，俱是臣子分内当为之事。台地员缺无几，安能人人升擢？况蒙宪恩格外奖勤，躁进争心，未应不肖至此，此何足烦宪台谆谆远念哉！职等狂言切直，总为地方起见。有怀欲达，烦冗不文，伏惟宪台谅其心而恕其罪，则幸甚！

蓝鼎元写完，蓝廷珍再次请道府县台到府中，让他们一一过目。

陶范赞道："全台形势，利病民情事势，朗豁胸中而出之，以昌明斩截之笔，遂觉沉痛淋漓，不啻迅雷起蛰。此绝大力量，绝大经济，非仅仅安台手段也！"

蓝廷珍说："廷议不可增兵，我看内地一时半会也不可能增兵台湾。即使再增兵，人数也不可能有多少。我意还是立足台湾，就地想些办法。"

蓝鼎元说："吾等可向制府大人建议台湾实行保甲和团练制。"

蓝廷珍说："好，就这么定了。时间不等人，我们可边写书请示制府大人，边立即实行保甲和团练制。"说罢，看着在座的道府县台："列位大人以为如何？"

道府县台皆表示赞同。大家再经具体商量之后，蓝鼎元又补撰二份文书，一份是《请行保甲责成乡长书》，一份是《请权行团练书》。

3

《复制军台疆经理书》、《请行保甲责成乡长书》、《请权行团练书》发出后，尚未收到回音，满保又差人送来公函和迁界檄文。

公函中，满保称由于台湾、诸罗、凤山三县山民难于治理，尤其是山地土番更是难以驯化，故下令划界迁民，把山地列为弃土，禁止出入，具体事宜遵照檄文执行。

蓝廷珍接到满保信函和檄文，颇感意外。他吩咐蓝鼎元着人将陶范、林亮等人请来，共同商议对策。

人来齐了，蓝廷珍说："制府大人原先跟我们一样，要固守台湾，不放弃台湾一寸土地，可不知此时为何要放弃台、凤、诸三县山中居民，尤其是山地土番，且从来信中可以看出，制府大人心意已决。"话锋一转，直截了当表明观点，"我们现在必须想办法让制府大人收回成命,他这成命是错的。"

蓝鼎元说:"弟以为,我们已经多次让总督大人收回成命。如今我们必须改变一下策略,先承认他的想法是对的,然后再将我们的想法讲出来,我们说得有理,就能够再次获得他的理解和支持,双方就都有一个满意的结果。"

蓝廷珍不解:"此话何意?"

陶范说:"玉霖的意思是,承认错误虽然是一件好事,但愿意承认错误的人毕竟很少,人们只会在不关痛痒的事情上无伤大雅地认错。"

蓝鼎元点头道:"制府大人通情达理,此刻对台湾的看法可能另有原因,一时要改变它,只会适得其反。"

蓝廷珍豁然开朗:"玉霖,那我们该如何切题入理,让制府大人一改初衷呢?"

蓝鼎元娓娓道来:"制府大人说台湾譬如一个身染沉疴之人,无论服用何种药剂皆难见效。我们就从其看法切题,先承认其看法是对的,而后顺着其思路阐明治理台湾的想法,他一定能接受。我们知道,人染沉疴,当先用糜粥以饮之,和药以服之。待其腑脏调和,形体渐安,然后用肉食补之,猛药以治之,则病根尽去,人得全生也。今台湾战事刚过,民生凋敝,满目疮痍,确如一个身染沉疴之人。制府大人心里不一定非得放弃台湾,至少不是十分愿意,但为何他会有这种想法呢?鼎元以为,制府大人亦落入急功近利的窠臼中,不想以糜粥和药先调和其腑脏,而是希望直接以猛药来治之,一蹴而就,一劳永逸,台湾从此庇佑在我大清皇恩下,可以歌舞升平,一派繁荣。然今日台湾,猛药其实是下不得。治大国,如烹小鲜。这治国亦如治病,需要休养生息,若不待人静养调理至气脉和缓,便投以猛药厚味,欲求安保,诚为难矣。而温和性柔之药,制府大人又不想下,效果太慢,也太麻烦了,故他只得选择放弃一法,一了百了也。为今之计,我们即以救治沉疴之人的医理,再有针对性地复述之,制府大人一定会认可。"

陶范点头道:"玉霖先生不愧为军师,说得太好了。纵观吾等,坐议立谈,无人可及,而临机应变,则百无一能,诚为天下笑耳。"

蓝鼎元作揖道:"谢府台大人夸奖。"然后,语气平和地说,"在这里,鼎元想起闽越王反叛汉朝史事。汉武帝出兵镇压闽越王叛乱,几经征讨,最终结束闽越割据局面。当时,他考虑到东越狭多阻,闽越悍,数反复,为免除后患,下令闽越国百姓迁往江淮间。未曾随迁的越人则遁逃山谷,深入林莽,自谋生路。随着闽越国消失和闽越宗族部落北迁,福建社会发展进程中断、停滞了,福建地方史由此出现几个世纪的空白,直到西晋永嘉年间才出现衣冠南渡开发福建的新局面。台湾也是反复有事,但千万不能因噎废食,把台湾的百姓就此迁回福建。如果将台湾百姓悉数迁回,台湾也会似福建当时一样,中断社会与历史的发展。"说到这,他加重语气:"为台湾着想,为台湾百姓谋划,同时也为我大清朝廷的江山社稷考虑,当以此为例,力谏朝廷不要将台湾百姓迁回福建。"

众人深以为然,遂由蓝鼎元执笔,起草《复制军迁民划界书》,书中针对满保书信中关于划界迁民檄文的观点,非常中肯地提出"六个考虑",史称蓝氏兄弟治理台民"六筹度":

　　望后二日,连接宪檄台疆经理事宜,已经条分登答,备细复上,想此时尚在舟中,未达记室。兹又承到宪檄:台、凤、诸三县山中居民,尽行驱逐,房舍尽行拆毁,各山口俱用巨木塞断,不许一人出入。山外以十里为界,凡附山十里内民家,俱令迁移他处,田地俱置荒芜。自北路起,至南路止,筑土墙高五六尺,深挖濠堑,永为定界。越界者以盗贼论。如此则奸民无窝顿之处,而野番不能出为害民矣。执事留意海疆,可谓谆谆切挚,议论高明,爽快直截,地方果能如此,文武皆可卧治,何其幸也!

　　惟是台地自北至南,一千五百余里,山中居民,及附山十里以内之民家,未经查名确实,不知其几万户,田园不知几万亩,各山隘口不知几何处?应俟委员勘核,造册报闻。但天下非常之事,必非常人乃能为。某等筹度再四,未得善处之方,理合复请指示,免致临局仓皇,惟执事明以教之。

　　欲迁数万户之民居,必有可容数万家筑室之处。而此数万家又不能不耕而食,必有可容数十万人耕种之田。则度地居民,为此日第一急务矣。今全台山中之地,既欲尽弃,附山平地,又弃十里,即以三十里而计,已去一千五百余里之三十里。截长补短,应得纵横各四百五十里之地,以为被迁之民之田畴、庐舍。不知此地从何拨给?所当筹度者一也。

　　人情安土重迁,非尽恋恋故地,亦苦田舍经营,所费不赀。富家栋梁瓦桷,可以搬赴新居,土匠墙垣,亦费其十之六。贫家土舍茅檐,无可移用。一经迁徙,则当从新建盖。以乱后残生、露肘跣足、饔飧不继之贫民,何以堪此茅绔?土木之繁费,嗟叹之声既不忍闻,势不得不有以资之。每屋一间,给周恤银五钱,计费钱粮五六百万两,不知动支何项?所当筹度者二也。

　　各山隘口,未知几何?即以罗汉门一处而论,已有三四路可入,则此一千五百里之山,其隘口不止百计。每日伐木挽运,百夫亦须三五日,计用人夫不下三五万。不知系官自雇募抑或派之于民?所当筹度者三也。

　　一千五百余里之界墙,一千五百余里之濠堑,大工大役,海外仅闻,计费钱粮不下十万两。将给之自官,则无可动支之项;将派之于民,则怨声四起,必且登时激变,所当筹度者四也。

　　寇乱风灾之后,民已憔悴不堪,百孔千疮,俱待补救。即使安静休养,时和年丰,尚未能遽复元气;况又有弃去田宅,流离转徙之忧!即使有地筑舍,有田开垦,而五钱之惠,能成屋宇几何?剃草披荆,能望西成几何?况又有无资可藉,无地可容之忧!民遂肯餐风宿露,相率迁移于无何有之乡,大荒广莫

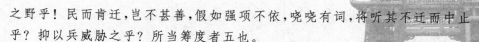

之野乎！民而肯迁，岂不甚善，假如强项不依，哓哓有词，将听其不迁而中止乎？抑以兵威胁之乎？所当筹度者五也。

　　既已三令五申，费尽心力，复听其不迁而中止，则宪令不行，是教民刁悍而开抗官犯上之风，非所以为治也。若以兵慑之使移，则民以为将杀己，抗拒亦死，不抗拒亦死，必制梃与官兵为敌。至于敢敌，亦遂不容不杀矣。无故而歼我良民，于心有所难安！歼不尽则祸不已，歼之尽，则人又不服。既上乖朝廷好生之德，又下失全台数百万之人心。所当筹度者六也。

　　自古以来，有安民，无扰民，有治民，无移民。虽以盘庚之圣，商民有鱼鳖之扰，然而迁殷一役，舌敝唇焦，至今如闻，其咨嗟太息。可见安土重迁，本非易动，况无故而使千五百里之人，轻弃家乡以糊其口于路乎！开疆拓土，臣职当然。蹙国百里，诗人所戒。无故而掷千五百里如带之封疆，为民乎，为国乎，为土番盗贼乎？以为民，则民呼冤；以为国，则国已蹙；以为生番杀人，则划去一尺，彼将出来一尺，界墙可以潜伏，可以捍追，正好射杀民人。以为欲穷盗贼，则千五百里无人之地，有山有田，天生自然之巢穴，此又盗贼呈志之区，不知于数者之外，或他有所取乎！

　　夫事必求其有济，谋必出于万全。循斯檄也以行，能必其有济否？无济而不召乱，犹之可也；残民而有功于国，亦未为不可也。能必其不召乱，不残民，而又能有功于国，则算出万全矣。不然，愿执事之熟思之也！

蓝鼎元写罢，心潮澎湃，提笔赋诗道：

> 东宁大海荒，从古无人至。明末群盗窠，岛夷互窥踞。
> 郑氏奄而有，蔓延为边忌。我皇挞伐张，天威及魑魅。
> 遂使瘴疬乡，文物渐昌识。川原灵秀开，郁勃不可闭。
> 式廓惟日强，蹙缩非长计。所当顺自然，疆理以时议。
> 勿因去岁乱，畏噎却饭饐。

然后，他将《复制军迁民划界书》送与蓝廷珍阅。

蓝廷珍、陶范两人都看完后，陶范说："玉霖此文又是一篇佳作。制府大人是一位以极有谋略幹济定乱之人，忽然有此划界迁民怪檄，殊不可解。岂功成智昏，江淹才尽，抑欲以试地方文武之担当本事欤？好在玉霖先生有《复制军迁民划界书》，前面许多婉转，竟似认真要奉行一样，以后层层剥入，步步逼紧，直令一辞莫措，可谓善于挽回，绝妙好辞啊！"

这时，吕犹龙也差人送函给蓝廷珍，也是关于划界避番事。

蓝廷珍交代蓝鼎元以《复吕抚军论生番书》为题给予答复。信中反对划界避番,提出对待生番,要威之使畏,然后可以施恩;制之有方,然后可以向化。千古驭番之法,无过于化。

翌日,蓝廷珍差人将信函飞送福州。

4

满保接连收到蓝廷珍四封回函。吕犹龙也收到回信,并送满保。满保皆一一细看过,依旧着令两司研究。两司研究后,满保召集督抚提大员商议蓝廷珍回函事宜。大家议论开来,有的说好,有的说不好,有的承认建议不错,但对蓝廷珍这样一味反对福建有司方面的做法不满,认为可搁置不议,待过后再说。

满保经过充分考虑后,决定取消檄文,不实行迁界移民,同时按蓝廷珍书中主张,调整或加强台湾兵力,同意在台湾中路、南路凤山、北路诸罗等地共设大乡总四名,乡长二十六名,建立团练制度等。至于增设县治等事宜,则宜由朝廷定夺,满保着人将这些事项飞书奏明朝廷。

不久,朝廷同意满保所请,依蓝廷珍书中建议,在诸罗辖地,划虎尾溪以北至大甲溪,增设彰化县,而溪北至鸡笼设淡水同知,驻于竹堑,以理民番之事。

彰化乡民闻之,无不欢欣。

蓝廷珍、蓝鼎元两人关于治理经营台湾的建议,大都得到朝廷及福建督抚提府采纳,实际效果也证明这些建议的正确。

满保对吕犹龙、姚堂说道:“蓝廷珍、蓝鼎元论筑城、增戍兵、行保甲、办团练等主张,现在看来是切实可行、符合实际的。”

吕犹龙对蓝廷珍有些意见:“他们有这些主张没错,但也得朝廷采之用之。他们擅自实施;若要追究起来,还要治他们的罪呢!”

姚堂说:“吕大人,我们应该多体谅他们在台湾的难处。”

满保微笑道:“姚大人说得是,我们这些内地大员,要继续支持他们将台湾经营好,以靖我大清海疆。”

吕犹龙只好点头称是。

5

台湾军政建设得到朝廷及满保支持,蓝廷珍、蓝鼎元心里高兴。

蓝廷珍说:“吾等建议总算得到皇上及制府大人的支持,政局安定下来,经济恢复发展,这下可好了。台湾兴乱,制府大人奏请皇上令吾等入台平叛,是对吾等器重,吾等自然铭记在心,可是对照前段时间的制府大人做法真是让吾等不知所措,让吾等想感激他都感激不起来。这下算是回到正路了,制府大人不愧是明白事理的封疆大员。"

蓝鼎元手持折扇,打开扇面,看了"勇壮简易,所向无前"这八字,以一种悠远的语气说:"事情还会变的,并非似我们想像的那样顺。"

蓝廷珍问说:"此话怎讲?"

蓝鼎元说:"制府大人明白事理没错,问题是他身边及朝廷里的人会影响他的决策。"

蓝廷珍说:"不管它了,到是再说。"他看窗外天色,说:",玉霖,你看天气不错,咱们出去走走。"

蓝鼎元说:"好的,我们到北湾去看看。"

蓝廷珍、蓝鼎元俩带几个亲兵到北湾巡视,路过思齐阁。

思齐阁是纪念开台王颜思齐的。当年,颜思齐带领一帮闽南子弟在台拓荒开垦,郑芝龙就是其中一员。后来郑芝龙的儿子郑成功从荷兰人手中收回台湾,为中华民族立了大功。

两人在开台王颜思齐神像前行礼祭拜,见阁宇老化,拨出银两,着人连同将供奉郑成功等先贤及从内地传来的神明的庙宇也一并修缮。

6

过了几天,蓝廷珍、蓝鼎元带着儿孙辈一同到了台南学甲镇慈济宫,向保生大帝吴夲进香礼拜。前来烧香祭拜的人非常多。蓝廷珍的孙子蓝元枚、蓝元桂年纪尚幼,见慈济宫人山人海,感觉稀奇,便向蓝鼎元问起吴夲的事来。在他们眼里,蓝鼎元就是无所不晓的活神仙。

蓝鼎元轻摇折扇,微笑说:"吴夲宋太平天国四年(979)三月十五日出生在龙溪白礁。他医德高尚,医术高超,深受百姓敬重,人们称他是华佗再世、扁鹊重生。去世以后,人们在他的出生地白礁和修真炼丹、采药治病地青礁建了东西二宫,塑像奉祀,尊他为吴真人,又称大道公、保生大帝。"

吴真人神像前,烟雾缭绕,人头攒动。

蓝元枚看着神像,又问:"玉霖叔公,方才您说吴真人生日是三月十五日,可这边的庆典又为什么是三月十一日,还有漳州的吴真人怎么会到台湾来。"

蓝廷珍也问:"玉霖,你看,这里的慈济宫怎么会这么像青礁慈济宫呢?"

蓝鼎元说:"兄长,元枚,你们爷孙俩问的问题其实是一回事。"

蓝元桂不解地问:"怎么会是一回事?"

蓝鼎元说:"这边的庆典日子与慈济宫,都跟郑成功收复台湾有关。白礁慈济宫是青礁慈济宫祖庙,台南学甲镇慈济宫又是青礁慈济宫分庙。顺治十八年(1661),郑成功准备收复台湾,但过海作战需要战舰,制造战舰又需要大批巨木良材,郑军处境艰难,一时难以筹得。郑成功得知海沧青礁慈济宫有五座大殿,都是用上等巨木建造,就亲自到青礁慈济宫来,向保生大帝祷告,商借慈济宫的第一座和第二座大殿的木料,以供军需,并许愿待收复台湾,定来青礁重建这两座大殿。当年郑军将士大都是漳泉闽南人,单角美青礁、马骑社一带就有三百壮士参加郑军,他们都崇祀保生大帝。他们深知此番渡海作战,台湾海峡风浪险恶,红毛炮火厉害。他们知道白礁原先供奉的保生大帝开基祖神共三尊,俗称一大帝、二大帝、三大帝。一大帝、二大帝还供奉在白礁慈济宫,三大帝供奉在青礁慈济宫。为祈保平安,乞求神人庇护,他们选了一个日子,将白礁慈济宫保生大帝二大帝全身法相请上战舰,为郑军压阵助战。当然,他们中也有人连同观音菩萨、关帝圣君、妈祖娘娘、三平祖师、开漳圣王等神灵一块请。果然,在这年二月,郑成功在厦门祭海兴师,先取澎湖,后攻台湾,潮水陡涨,郑水师先锋绕过赤嵌城炮位,三月十一日顺利登岸。揆一王见大势已去,只好乖乖投降了。"

蓝鼎元眼睛望向大海,顿了顿,接着说:"郑成功收复台湾后,海峡西岸的形势发生巨变,他无法亲自履行重建青礁慈济宫所借两殿的诺言,只好在台南郑军先锋登陆的地点学甲镇将军溪畔仿建一座青礁慈济宫,将保生二大帝供奉于此,以答谢大道公借殿助战之恩,并将每年三月十一日定为台南学甲慈济宫大庆之日。郑军漳泉将士在台定居后,也在台湾各地先后仿建慈济宫,更有流寓在东南亚各国的闽南人,也都在集居地建起慈济宫。现在,台湾有二百座大小不一的慈济宫,学甲镇慈济宫自然成为保生大帝台湾开基祖庙。"

"每年三月十一日,台南学甲慈济宫都要举行祭奠,台湾各地信徒数以万计,抬着保生大帝神像到学甲慈济宫进香,举行传统民俗活动。自郑成功收复台湾以来,这种大典活动从不间断。青山一道同云雨,明月何曾是两乡。这谒祖寻根盛典,乃是自古闽台一家人的生动写照。"

蓝廷珍深有感触,说:"闽南与台湾同根同源,即便是打断骨头也连着筋啊。"

蓝日宠指着慈济宫前一块石碑说:"你们看,那石碑上刻着'我台人士祖籍均系中国移来',并有一副对联,上联为'气壮乎天万众同参学甲地',下联是'血浓于水千秋不忘白礁乡'。"

蓝廷珍吩咐蓝日宠准备香烛上礼。片刻工夫,祭祀仪式开始,一行人隔海遥拜,高唱祭歌:

> 巍巍昆仑山,浩浩扬子江。
> 伟哉,中华民族,源远流长。

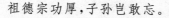

祖德宗功厚,子孙岂敢忘。

蓝廷珍一行刚刚祭拜完毕,便听丝竹声起。寻声望去,便知台湾人喜欢的戏剧开演了。蓝元桂吵着要去看戏。一行人凑近戏台,蓝元枚说:"这演的不是我们漳州锦歌吗。"

蓝鼎元说:"对,是漳州锦歌,但在台湾它不叫锦歌。"

蓝元枚问说:"那它叫什么?"

蓝鼎元说:"叫歌仔戏。"

蓝元桂笑了,说:"怎么同一个东西,到了不同地方就叫不同的名字呢。"

蓝鼎元也喜欢听戏看戏,了解锦歌与歌仔戏的渊源。

他说:"郑成功率部东渡台湾后,也将锦歌带到台湾,以后与当地民间曲艺结合,逐步发展成新戏曲,锦歌是它主要唱腔。台湾的闽南话为何以漳州话为基调,发的音基本上都是漳州腔,就是因为歌仔戏的广为流传。歌仔戏成为台湾民间文化教育的一种最佳方式,在潜移默化的过程中影响台湾百姓的语言文化。"

听蓝鼎元这么一讲,蓝廷珍、蓝日宠、蓝元枚、蓝元桂等人看戏就看得特别亲切了。

7

蓝廷珍对蓝鼎元说:"前些日子,朝廷和福建有司之所以差人送来那么多关于台湾是是非非的函件,为兄以为,问题在于朝廷和福建有司对对台湾的实际情况不了解,所以为兄想邀请制府大人亲临台湾,看看台湾的真实情况。"

蓝鼎元十分赞同:"这个想法好。耳听为虚,眼见为实,制府大人亲临台湾,他看到实际情况,对台湾地方绥靖与发展就更有利了。"

蓝廷珍发信请满保巡视台湾。

满保答应择日即来台湾巡视。

满保抵达台湾那日,蓝廷珍率陶范、林亮、蓝鼎元等到码头迎接。满保见了蓝廷珍一干人,少不得又为平台的事慰劳了众人一番。

蓝廷珍将众官员一一介绍给满保。

介绍到林亮时,蓝廷珍说:"林亮将军为我此次平台先锋,率舟师冒死攻占天险鹿耳门,配合大军乘胜进取安平,鏖战苏厝甲,克复府城,所向无前。"

满保听罢,微笑道:"克复府城,所向无前,一如当年荆璞大将军的叔公蓝理也。看来论功者,林亮先锋亦当为平台首功。"别过头来,他看着蓝廷珍又说:"当然,先锋为平台首功,那军府的功劳就更大了。"

蓝廷珍说:"廷珍不敢贪功。"

满保到了台湾几个县治巡察一遍,对蓝廷珍治下的台湾甚为满意,当面嘉许道:"荆璞大将军不愧为将才与治才兼得之人也。"

蓝廷珍谦虚道:"一切皆有赖于皇上和制府大人的英明决策。"

满保在台湾巡查期间,由蓝廷珍、蓝鼎元作陪,走镇过山,访贫问苦,走得很仔细。他发现所到之处,或以姓氏为地方命名,或以居住者在大陆的祖籍地命名,或以地理位置、地形地貌、气候环境等特征命名。

满保问蓝鼎元说:"玉霖先生是一位饱学之士,定知台湾地名渊源。它们为什么多用姓氏、祖籍地名来命名?"

蓝鼎元说:"学生不才,略知一二。"

满保笑道:"玉霖先生谦虚了,你就替本制说个一二吧。"

"制府大人容禀。"蓝鼎元说,"福建与台湾一水之隔,两地之间的关系实在是太密切了。早在一千多年前,大陆内地就有人移居台湾,其中大多数人是闽南人。那时台湾人烟稀少,几乎还是一个荒岛,但土地肥沃,田地耕作一年,可余七年粮食。从大陆内地移居的闽南人带来了先进的生产技术,他们与当地山地土番胼手胝足开垦荒地,从事农耕,开发矿产和其他资源,逐步建立村庄和城镇。当初,他们来到这座荒无人烟的岛上,往往合族聚众而居。在异地他乡,同姓之人可以互相帮忙,共同扶持,艰苦创业。久之,他们便在一些聚居之地形成一个个宗族群体。他们把荒山野岭开发成村庄或集镇,命名时,自然就取了共同的姓氏作为地名,代代相传。台湾共有百余个姓氏,其中就有四十多个地方用姓氏命名,分布于全岛,共一百多个地方。福建有陈、林半天下之说,台湾受此影响,也是以陈、林两姓居多,仅台北地区叫陈厝、林厝的地方就有九处。中国人大都有着浓厚的乡土观念,虽移居他乡,对故土乡梓仍怀有深厚感情,还保留家乡地名和风俗习惯,台湾用内地祖籍地命名的地方有一百多处,如漳州寮、泉州厝、兴化厝、安溪寮、同安宅、诏安厝、福兴村、德化里等"

满保一行到了台南双溪一带,发现当地村民房子很像漳州长泰一带的风格。满保吩咐当地里正过来问话。

里正京话说得不好,见总督问话,心里紧张说:"回制府大人,小人京话说得不好,在台湾说惯闽南话,虽说小时候在私塾学过京话,可一张嘴还是闽南腔京话,望制府大人恕罪。"

满保说:"不碍事,闽南话是中原河洛话,与京话一脉相承,本制听得明白,但说无妨。"说罢,他转向蓝鼎元,"玉霖先生,这里属你学识好。你说说,这中原、闽南、台湾之间有什么更精当的说法?"

蓝鼎元说:"制府大人妙言,闽南话确实是中原河洛话,在闽南以中原为原乡,在台湾则以闽南为原乡。在台湾时间久了,你会发现说闽南话,抑或说客家话的

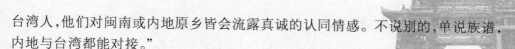

台湾人,他们对闽南或内地原乡皆会流露真诚的认同情感。不说别的,单说族谱,内地与台湾都能对接。"

满保听罢,赞道:"玉霖先生,你这番话说得很有道理。台湾与大陆内地虽有一水之隔,但历史、血脉、文化是永远割不断的。"说着,他对里正道:"里正,你说呢?"

里正说:"小人说不好,但小人谨记祖训,人不能数典忘祖。"

满保点头道:"好,说得好。对了,你接着说你们这一带的房子风格是怎么回事?"

"是。"里正说,"双溪有两个村庄,分别叫石仓、溪州。据代代相传,祖上在宋朝初年从长泰枋洋红都石仓、溪州移居到台南双溪一带,已经五百多年。祖上先民到双溪,随着聚居繁衍的人越来越多,就将这里命名为石仓、溪州,房子风格也与祖籍地一样,风俗习惯就更不用说了。十年前,小人跟族亲一同回长泰祭祖,见到的风俗习惯就是一模一样。"

满保若有所思说:"是吗,难怪玉霖先生会说,福建与台湾一水之隔,两地之间的关系实在是太密切了。方才,玉霖先生又说了那么有见地的一番话。唉,当初,本制想采取划地迁界等一系列的做法,实在是太武断了,几乎铸成大错。"

蓝廷珍说:"感谢制府大人明鉴。"

满保在台湾逗留了三天,返回厦门。返前一天,在台的文武官员都想好好为满保饯行。满保婉言拒绝,让蓝廷珍告诉众人:"为官者,不必繁文缛节。夫子亦道,礼,与其奢也,宁俭。"

翌日,临上船前,满保对前来送行的蓝廷珍、陶范、林亮、蓝鼎元等人郑重其事说:"荆璞兄,还有列位,本督来台这几天,察看了一些地方,你等殚精竭虑,呕心沥血,成效显著,足谓耳听为虚,眼见为实啊。本制当奏明圣上,予以旌表。"

蓝廷珍、蓝鼎元等齐声答道:"谢制府大人抬爱。"

满保又说道:"这个月内,朝廷可能会再次廷议台湾事宜。具体何事,尚不得而知。当然,不管如何,我们都得经得住考验。"说着,他又对林亮微笑道:"平定台湾,平台将士功不可没,本制回去一定为你们请功。林亮将军为我此次平台先锋,劳苦功高,本制昨夜由荆璞兄、玉霖先生忆起蓝理大人平台往事,特书一条幅赠林将军。"

随从将条幅呈上,但见八个苍劲有力的大字赫然入目:"平台先锋,所向无前。"林亮接过满保墨宝,连声称谢。

满保免不了又慰勉一番。

这时,随从催促满保上船,满保只得回挥手告别:"蓝大将军,台湾就先拜托你们了。"说完,满保又转身对蓝鼎元说,"玉霖先生,你是文人,依你之见,台湾今后如何治理好呢?"

蓝鼎元说:"韩愈时任潮州刺史,问计祖师公师父大颠和尚,祖师公答曰'先以定动,后以智拔',韩愈纳之,泽惠潮州百姓万代,潮州百姓亦万代仰之。"

　　满保听毕,没做声,过后却摇了摇头,淡淡地说了一句:"好,你们请回吧。"

　　满保走后,蓝鼎元若有所思,自言自语道:"为国家爱惜人才是制抚第一事。"说罢,他对蓝廷珍说,"兄长,我在台湾再待一段时间,就准备回漳浦了。"

　　蓝廷珍问:"呆到什么时候?"

　　蓝鼎元说:"差不多今年夏天吧。"

　　蓝廷珍听罢,没再说什么。当初总督满保说平台之日,奏明圣上,破格重用,时至今日,时过境迁,却没有什么表示,也难怪蓝鼎元心灰意冷。

【第二十章】

帅 才 与 治 才

1

康熙六十一年(1722)三月底,朝廷果然专门廷议台湾事宜。

当六部大员再次议到台湾为何会出现朱一贵造反问题,礼部侍郎蔡世远道:"台湾与福建仅一水之隔,地理位置十分重要,但在派往的官员方面,我们没有很好斟酌,如王珍、王宝等人,为政不端,不能将朝廷恩泽布施于台民,甚至做出贪赃枉法、祸国殃民的事端。加上因有海峡阻隔,民间疾苦之民声不能及时反映到朝廷上来,得不到及时解决。为改变这种情况,世远建议每年由皇上派满汉两名钦差为巡台御史,赴台湾考核官员,巡视民情,以示朝廷对台湾的关注重视。"

六部大员同意蔡世远提议。尚书房遂派吴达礼、黄叔璥为巡台御史,择日启程。

吴达礼,满州正蓝旗人,顺治年间随征河南、陕西、福建,曾谕降郑芝龙,累官至吏部尚书。黄叔璥,河北大兴人,进士出身,学者,官至江南常镇道。其兄黄叔琳,亦同为进士出身,官至詹事。

启程前,黄叔璥到蔡世远府中请教有关台湾情况。

双方礼毕,黄叔璥道:"蔡大人,叔璥对台湾一无所知,此次受命巡台,有如盲人瞎马,恐有负圣上重托。来之前,家兄有言,蔡大人熟识台澎,嘱叔璥启程前一定要拜访蔡大人,今特来府上,你我同门,敢望蔡大人不吝赐教。"

蔡世远微笑道:"黄大人太过谦虚了。台疆僻处天外,民间疾苦,无由上达,今吴大人、黄大人为满汉御史奉旨巡台,虽然辛苦,而之于台湾百姓,却是一件可喜可贺的盛事。至于说我熟识台澎,只不过我家住在海峡西岸,得地利之便,只是知道一二而已。"

黄叔璥说:"愿闻其详。"

蔡世远说:"既然如此,我就不揣疏漏,以供参详。台湾居海外,在南纪之曲,东倚层峦,西界漳州,南邻粤,北之鸡笼城与福州对峙,地近河沙玑、小琉球,周袤三千余里,孤屿环瀛,土壤沃衍,禾稻不粪而长,物产蕃滋,果饶、赢蛤、硫黄、水藤、糖蔗,无所不有,固东南一大聚落也。自鹭门、金门迤逦以达澎湖,可六百余里。又东至台之鹿耳门,旁夹以七鲲身、北线尾,水浅沙胶,纡折难入。明嘉靖末,海寇林道乾据之。道乾后,颜思齐勾倭人屯聚,郑芝龙附之。未久,荷兰诱倭夺之。郑氏破荷兰为巢穴,传三世。今天子声教四讫,郑氏擒灭,设官置吏,休养孕育垂四十年。去岁,群不逞之徒煽惑莠民,撞搪啸号。赖天子威灵,将帅用命,舟师直入,七日奏克。夫台湾鲜土著之民,耕凿流落,多闽粤无赖子弟,土广而民杂,至难治也。为司牧者不知所以教之,甚或不爱之,而因以为利。夫杂而不教,则日至于侈靡荡逸而不自禁。不爱而利之,则下与上无相维系之情。为将校者,所属之兵平居不能训练,而又骄之。夫不能训练,则万一有事,不能以备御,骄之则瓷睢侵秩于百姓。夫聚数十万无父母妻子之人,使之侈靡荡逸无相维系之情,又视彼不能备御之兵,而有瓷睢侵秩之举,欲其帖然无事也难矣。今天子特注意台海,简监察御史中有敦实廉能、娴猷略知治体,可任以股肱耳目者二人,往按其地。黄君偕吴君膺新命以行,我为台湾庆得人也。今海氛已靖,台地乂安,监司守令皆慎简之员,则所以教而爱之者必周。总戎蓝廷珍、军师蓝鼎元平台著绩,君与吴君从容经理其间,台湾之人行将数百世赖之。我浅人也,乌知事宜然,地近梓桑,不能不关心于胜算。今君将出波涛,航大海,奉天子命,绥辑群黎,君之至,自能不抚而核,不肃而威也。"

黄叔璥说:"说得好,同时也感谢蔡大人对叔璥的鼓励。"想了一下,又说:"听说蓝廷珍、蓝鼎元皆是蔡大人同乡好友。"

"对。"蔡世远说:"蓝廷珍是一位帅才,蓝鼎元是一位治才,台湾有他们两堂兄弟经营,定会政通人和。"

黄叔璥说:"听说蓝鼎元诗文俱佳。"

蔡世远说:"黄大人诗文亦佳,抵台之后,闲暇亦可与之切磋。相信黄大人归来必有大著问世。"

黄叔璥微笑说:"蔡大人怎么知道叔璥巡台归来一定就能著述成书?"

蔡世远也笑了:"黄大人亦官亦学,经理其间,必有思想,只要稍加整理,定可妙笔生花。《左传》有云,太上有立德,其次有立功,再次有立言,虽久不废,此之谓不朽。"

黄叔璥说:"叔璥明白,原来蔡大人是希望叔璥到台湾,除做人做事外,还能记录所见所闻所历所感之事,回朝刻梓成书留与后人。"

蔡世远说:"吾等生逢其时,正当如此。再说,文学即人学,诗文书画皆言志,为官者从之，平时就会更有一种平和之心来打理政务。"

黄叔璥说："好，叔璥此行当不负圣上之所托，也不负台湾百姓之冀盼，更当感谢蔡大人之鼓励。"

2

吴达礼、黄叔璥入台前，闽浙总督满保对台湾地方人事作了调整：他调进士及第的江夏人陈大辇任台厦道，杨毓健任台湾府同知，原代理台湾府同知兼台湾知县孙鲁调任诸罗知县，调靳树畹任凤山知县，调员外郎周钟瑄任台湾知县，彰化暂缺。而一批从内地调台湾参加平乱的官员，多归原任，如漳浦原知县汪绅文，完成安抚缉捕任务后，仍回漳浦任知县，刘光泗回海澄县任知县。

四月初一夜里，林亨余部遁至三林港，蓝廷珍令所部诸军会剿。

林亨残部闻讯，拼死突围，焚烧营汛，杀伤清兵，夺商贩船二只，入海逃生。

蓝廷珍飞遣水师出洋追捕，却闻其众在内地清水墩劫坐商船至铜山洋面，又夺坐小渔船，朝潮州遁逸。

蓝鼎元说："这伙贼人向潮州逃遁，料潮人居多，必于樟林、东陇、鸿沟、澄海等处登岸散伙。这伙贼人在三林突围时，多有带伤，其中大多数人从朱一贵作乱时皆割截发辫，易于稽查，星夜飞请制府大人、巡抚大人移檄粤东，令潮州镇道府县密行查缉，并差千总一员赴潮催提。"

蓝廷珍依计飞檄至总督、巡抚两府。

不日，尽获刘国华等朱军五十七人，皆解福建审讯。

四月下旬，八堂溪小溪州又有朱军残部百余人在夜里拜旗作乱，行至竹仔脚塘，杀塘兵陈楠等三人，比晓皆散，回家为民。

蓝廷珍飞调将弁，上下堵截搜捕，饬营县广差侦探。

知县汪绅文缉获叶枕等人，供指同谋聚众群贼。蓝廷珍因而遣兵搜捕北埔寮诸山，千总李郡生擒朱军头目李庆，夺朱军旗械及所劫赃物，焚毁窠庐。

参将朱文、知县汪绅文等又先后缉获黄潜、苏齐、张成等朱军骨干四十余人，俱解内地收禁福州府狱候审。

在蓝廷珍的恩威并施下，残余朱军一时间偃旗息鼓，悄无声息了。

3

五月，吴达礼、黄叔璥到了厦门。

蓝廷珍派提标千总陈启俸护送吴达礼、黄叔璥来台。

从厦门出发,一路都很顺利,可船到鹿耳门时,狂风突起。一时间,海天变色,波浪滔天。船队纷纷落碇停船。陈启俸经常出海巡逻,熟识大海习性,他看风速越来越快,海浪越来越高,便果断请众官员进入底仓,令水手砍断碇索,拉起船舵,桅落半帆,船乘风势,穿过重重巨浪,直入鹿耳门。

码头上的水师将弁裨目冒着狂风,抛缆索捆住起伏的船身,船像脱缰的野马一下子被勒住了。

蓝廷珍、蓝鼎元率众亲临码头迎接钦差。

上岸后,吴达礼、黄叔璥略事休养,先后召见蓝廷珍及台厦道、台湾府知府、同知,台湾、凤山、诸罗三县知县。他们代表朝廷对台湾文武官员表示慰问。随后,两人专门召见蓝鼎元。

寒暄毕,吴达礼赞赏道:"久仰先生大名,今天真是缘会。玉霖先生襄助荆璞大将军平台治政,功不可没。"

蓝鼎元谦虚道:"大人过奖。国家兴亡,匹夫有责,襄助平台,自是分内之事。"

黄叔璥说:"先生才学,我在蔡世远大人口中早有所闻。这次我等来台巡察,冀望先生有所赐教。"

蓝鼎元说:"大人客气。不才当把所知禀告大人,以供参考。"

吴达礼说:"玉霖先生,我们真希望你过后能拨冗将你对如何治理台湾的心得想法书写成文,我们就可以好好读之学之。"

蓝鼎元说:"大人折杀不才了。"

回到寓所,蓝鼎元立即动手为文。

蓝廷珍见他写文章辛苦,便吩咐厨房专门为蓝鼎元炖点闽南人常吃的药膳,如用莲子、芡实、茯苓、淮山炖制的四神汤,用党参、甘草、茯苓、白术炖制的四君子汤,用当归、熟地、川芎、白芍炖制的四物汤等,开开胃,进进补。

三天后,蓝鼎元将《与吴观察论治台湾事宜书》写毕,文中首次系统条陈信赏罚、惩讼师、除草窃、崇节俭、禁恶俗、儆吏胥、革规例、正婚嫁、治客民、兴学校、修武备、严守御、教农桑、宽租赋、行垦田、复官庄、恤澎民、抚土番、招生番等治台十九事:

> 台湾当朱一贵作乱之后,干戈蹂躏,哀鸿遍野,继以风灾扫荡,疠疫连绵,民之憔悴极矣。二三年来,文武和衷,余孽拔根,地方宁静,抚摩噢咻,疮痍渐起,然元气犹未复也。继凋敝之余,则培养维艰;消嚣陵之习,则教化宜急。官斯土者,可不百倍留心,以训民型俗,久安长治为己任。今天子眷念海疆,慎简贤能,以明公才高行卓,特命观察是邦,台之民其有厚幸乎!经济内优,纳沟念切,因其势而利导之。如王良使马,庖丁解牛,无足烦措置也。鼎元闽

峤书生，识见浅鲜，明公以其曾赞戎行，略悉台地人情风土，不弃固陋，采及刍荛，敢不具陈所知，以副公殷勤至意。虽未必其言之当否，而区区之心，颇有与台地人民相关切者，苟千虑而一得，亦聊补夫涓埃，惟高明察之。

台民积玩成习，每故挠法令，以试官长浅深。立法之初，必诚必信，凡文告号令，必实在可行者方出之，无朝三而暮四，言必践，禁必伸，万万不可移易，则民知在上之不可犯，而教易从。

台地讼师最多，故民皆健讼，宜严反坐之法。听讼时，平心霁色，使村哑期艾，咸得自达其情。得情时，铁面霜威，使狡猾财势俱无所施其巧。凡平空架害，审系虚诬，不可姑息，务必将原告反坐。登时研究讼师姓名，飞拿严讯，责其过水，递回原籍，取本县收管，回文存案。台俗好动公呈，多武举武进士主之，皆因以为利，非义举也。每有争讼，动辄盈庭，宜遏绝。

台中逆孽虽平，恶棍鼠窃不乏，宽之则行劫，又宽之则啸聚，星星之火，将致燎原，不可以其细而忽之也。宜留心访察，凡白撞窃劫，轻者黥面逐水，重者会同台镇，分别杖毙、馘耳、逐水；啸聚者，便宜行事，与台镇合禀，报知制台，分报抚台、提台，勿用公文，勿详解内地。详解则波累多人，且文移驳诘，往返经年，虽杀而民不畏。

台俗豪奢，平民宴会酒席，每筵必二两五六钱以上，或三两四两不等。每设十筵八筵，则费中人一二家之产矣。游手无赖，绫袄锦袜，摇曳街衢，负贩菜佣，不能具体，亦必以绫罗为下衣。宽长曳地，舆夫多袒裸，而茧绸锦绸裤，不可易也。家无斗米，服值千缗，饘粥弗充，槟榔不离于口，习俗相沿，饿死不变。则夫崇奖节俭，稍示等威，实转风俗之急务也。

鸦片烟不知始自何来，煮以铜锅，烟筒如短棍，无赖恶少，群聚夜饮，逐成风俗。饮时以蜜糖诸品及鲜果十数碟佐之，诱后来者。初赴饮，不用钱，久则不能自己，倾家赴之矣。能通宵不寐，助淫欲，始以为乐，后遂不可复救。一日辍饮，则面皮顿缩，唇齿呲露，脱神欲毙，复饮乃愈。然三年之后，无不死矣。闻此为狡黠岛夷，诳倾唐人财命者（南洋诸番称中国为唐，犹言汉云，今台湾人称内地亦曰唐山）。愚夫不悟，传入中国已有十余年，厦门多有，而台湾特甚，殊可哀也。台湾赌风最盛，兵民皆然，废事失业，捐财召祸，争斗作非，胥由于此。宜知会台镇，实心实力共禁之。然表正者影直，上行则下效，未乱之先皆鸣锣张盖呵道而聚赌，无怪乎禁令不从也。前人覆辙，可为车鉴。

台中胥吏，比内地更炽，一名皂快，数十帮丁；一票之差，索钱六七十贯或百余贯不等。吏胥权势，甚于乡绅，皂快煊赫，甚于风宪，由来久矣。近或稍为敛戢，亦未可知，宜留心访察，惩创一二，以儆其余。至本衙门胥役，善窥伺本官意旨，招摇撞岁，见事风生，尤不可不防也。

商船出入台湾，俱有挂验陋规，此弊宜剔除之。在府则同知家人书办挂号例钱六百,在鹿耳门则巡检挂号例钱六百,而验船之礼不在此数。若舟中有禁物,则需索数十金不等。查六百钱之弊,屡经上宪禁革,阳奉阴违,盖船户畏其留难,不敢不从故也。重洋驾驶,全乘天时,若霁静不行,恐越日即不可行。或半途遭风,至于失事,差之毫厘,谬以千里,敢爱六百钱乎!六百虽微,而六百非止一处,船户履险涉远,以性命易锱铢,似宜加之体恤。台船每岁出入数千,统而计之,金以数千两矣。一念留心为民间舒省数千两,非小事也。商船水手,多空缺数名,所以私载无照,客民而获其利者也。牌照内,大船水手二十五六名,实在止有十七八人。中船水手十七八人,止有十一二人。或遇飓风,不能驾驶,间有误事,出口入口,文武弁员,因以为利。如鹿耳门查验,每空名例银五钱,惟恐其不多耳。无照客民或为盗贼,风大人少,或至覆舟,通同作弊,可为浩叹。

民生各遂家室,则无轻弃走险之思。台俗婚娶论财,三十老女,尚朋待年不嫁者。此等怨旷,最足伤天地之和,召水旱之灾,所当急为严禁。凡民间室女,年二十四五以上者,限三月之内,逐嫁完,违者拿其父兄治罪。

广东饶平、程乡、大埔、平远等县之人,赴台佣雇佃田者,谓之'客子'。每村落聚居千人或数百人,谓之"客庄"。客庄居民,朋比为党,睚眦小故,辄哗然起争,或殴杀人,匿灭其尸。健讼多盗窃,白昼掠人牛,铸铁印重烙,以乱其号(台牛皆烙号以防盗)。凡牛入客庄,莫敢向问,问则缚牛主为盗,易己牛赴官以实之,官莫能辨,多堕其计,此不可不知也。客庄居民,从无眷属,合各府、各县数十万之倾,侧无赖游手,群萃其中。无室家宗族之系累,欲其无逞也难矣。妇女渡台者之禁既严,又不能驱之使去,可为隐忧。鄙意以为宜移文内地,凡民人欲赴台耕种者,必带有眷口,方许给照载渡,编甲安插。台民有家属在内地,愿搬取渡台完聚者,许具呈给照,赴内地搬取。文武汛口,不得留难。凡客民无家眷者,在内地则不许渡台,在台有犯务必革逐过水,递回原籍。有家属者,虽犯,勿轻易逐水,则数年之内,皆立室家,可消乱萌。

台人未知问学,应试多内地生童,然文艺亦鲜佳者。宜广设义学,振兴文教,于府城设书院一所,选取品格端正,文理优通,有志向上者,为上舍生徒。延内地名宿丈行素著者为之师。讲明父子君臣长幼之道,身心性命之理,使知孝弟、忠信,即可以造于圣贤,为文章,必本经史古文先辈大家,无取平庸软靡之习,每月有课,第其高下而奖赏之,朔望亲临,进诸生而谆切教诲之。台邑凤山、诸罗、彰化、淡水,各设义学,凡有志读书者,皆入焉。学行进益者,升之书院,为上舍生,则观感奋兴,人文自必日盛。台民未知教化,口不道忠信之言,耳不闻孝弟之行,宜设立讲约,朔望集绅衿耆庶于公所,宣讲《圣谕广训》万言书及古今善恶故事,以警动颛蒙之知觉。台属四县及淡水等市镇村庄多人之处,多设讲约,着实开导,无徒视为具文,使愚夫愚妇皆知为善之乐,

则风俗自化矣。讲生就本地选取贡监生员，或村庄无有，则就其乡之秀者，声音洪亮，善能讲说，便使为之。官待以优礼，察其勤惰，分别奖励。

台湾地方寥阔，兵防未增，民俗悍骜，好为倾侧，虽太平无事，不可忘事之备也。若收纳拳勇，免其差徭，练为乡壮，教之步伐止齐，岂出官兵下哉。道府四县及淡水司知，各设乡壮三百名，无事则散之农贾，有役则供我指臂，此古者民兵之法也。民兵不能给粮，在用权术驾驭之。台民好近官长以为荣耀，但时召至衙斋，与之谈吐，如家人父子之相亲切，课其武艺，教之战法，则人人自以为官长腹心，无不踊跃从事。但须约束有方，无使藉势陵民，则多多益善，不必限定三百数矣。鄙见如此，恐或畏其烦难，则不如实心举行保甲，联守望相助之规，严窝隐匿类之禁，亦救时急务也。

台地未有城池，缓急无以自固，砖石围筑，费重事繁。钱粮无从出办，惟有种植刺竹为城。而竹城亦需工本，欲以白手空拳，为国家设险守御，不劳民，不伤财，此大难事。然肯以实心行之，亦无难也。先定其规模，量明丈数，不动声色，凡庭审轻罪应责者，每一板，准种竹五株自赎，廿板则百株矣。应枷者，种二百株亦准免，但必于临刑时亲询其有力情愿，然后罚之，不愿勿强也。无求速成，无立意要罚，只是常存此心，顺其自然，守令俱皆如此，不半年城可成也。城门各筑敌楼，如力有未及，植木栅暂蔽内外，亦可守御。若有余力，更于竹外留夹道三五丈，另植刺桐一周，广尺密布，又当一重木城。外挖一濠限之，濠外采山苏木子撒种，当春发生，枝坚刺密，又当一层保障。再于刺桐城边，量筑窝铺数十座，以当炮台，为登陴守御之所。炮台相离，以左右炮力管到之处为准。接连建筑，使敌不得近城，西面人家临海，无地可容竹桐，筑灰墙为雉堞，便施枪炮，不啻金汤之固也。台竹之性，与内地不同。内地竹无根不活，台竹一株，可截三段植之，虽罚多种，不以为病也。刺桐一树，可斫作百十株，插地皆活，尤易易者。惟敌楼土墙，颇费人力。由此扩充，以渐致之可耳，天下事成于有心人，无难为也。

台地不蚕桑，不种绵苎，故其民间多游惰。妇女衣绮罗，妆珠宝翠，好游成俗，则桑麻之政不可缓也。制府满公保抚闽时，尝著蚕桑要法，绘十二图，颁行郡县。台土宽旷，最宜树桑，可仿而行之，漳泉多木棉，俗谓之吉贝，可令民于内地收其核，赴台种之，并令广种麻苎，织纴为冬夏布。妇女有蚕桑纺织之务，则勤俭成风，民可富而俗可美也。

台湾田粮，与内地不同。内地计弓论亩，台湾计戈论甲。每戈长一丈二尺五寸，东西南北各二十五戈为一甲，每甲约比内地十一亩三分有奇。上则每年征粟八石八斗，谷价贱时，每石三钱，是每甲征本色银二两六钱四分，较内地加倍。若谷贵，则不堪矣。或有虐令折色，每石七钱，则又倍之倍矣。但新辟土肥，丈报未必皆实，又或荒埔硗瘠，溪谷冲淹，乍垦乍弃，不登版籍之地,可以截长补短,故其民亦不甚病。然台邑地方窄狭,不比凤、诸、台邑。民亦将不堪重赋矣。切不可轻议丈量,为清亩加赋之举。海外地土肥饶,无常地震水冲,沧桑倏变,恐其后有额无田,为官民之累不少。若有意丈量,则须合台、凤、诸三邑,酌量匀配,勿致偏枯,方为尽善,万万不可加赋。惟募民垦辟,使地无遗利,则赋不期加而自加矣。

台北彰化县,地多荒芜,宜令民开垦为田,勿致闲旷。前此皆以番地禁民侵耕,今已设县治,无仍弃抛荒之理。若云番地,则全台皆取之番,欲还不胜还也。宜先出示,令各土番自行垦辟,限一年之内,尽成田园,不垦者听民垦耕,照依部例即为业主。或令民贴番纳饷,易地开垦,亦两便之道也。

台湾旧有官庄,为文武养廉之具,今归入公家,各官救口不赡矣。夫忠信重禄,所以劝士,况官人于退荒绝域,欲用其身心而冻馁其妻子,使枵腹为国家办事,非情之平也。既不许挈眷之官,而三载任满,又令以升衔。再任三载,六年海外,抛弃室家,谁能无忧内顾。又赏赉捐输,百无所出,不能得人死力,未有不怠乃公事。上焉者闭户茹蔬,为僧为佛,下焉者取偿于百姓之脂膏;为鹰为虎,孰与抚绥吾民哉。朝廷蠲租赈恤,动以百知万计,何爱此微末之刀锥,谓官佃多不法,能为盗贼,则不法岂独官佃?治得其道,盗贼可化为良,况佃乎?陷台诸贼,半属游手,半系衙蠹,岂皆官佃为之与?鄙意以为官庄犹古公田,古藉民力助耕,今官自养佃,较公田更不病民。旧庄虽没新地,可再垦也。查台北有竹堑埔,沃衍百余里,可辟千顷良田,又当孔道冲要,昔以弃置荆棘。故野番敢于出没,截杀行人。垦为田园,番患自息,但地大需人,非民力所能开垦。莫若合全台文武各官,就此分地垦辟,各捐赀本,自备牛种田器,结庐招佃,永为本衙门恒产。此不独一时之利,千万世之利也。台地素腴,随垦随收,一年稻谷,可足本钱,二年三年,食用不竭。以天地自然之利,为臣子养廉之资,又可祛番害,益国赋,足民食,此一举而数善备者也。

澎湖孤立海中,无田地,不生五谷,全赖台米接济。而澎民贫乏,不能预备一二月之粮。载米太多,亦无售处,必须食尽,乃复再籴。若飓风连绵,一二月米船不至,则阖岛嗷嗷待毙矣。切须于澎湖建仓积谷,或行社仓捐输之法,或就台凤诸三县仓粟,估定价值,拨载万余石,积贮澎仓。遇米船不接之时,副将巡检,发籴济急,将价再买补仓,使澎民无饿殍之患,此举确不可易也。

土番顽蠢无知,近亦习为狡伪。新港、目加溜湾、萧垅、麻豆四社近府,习猾健讼,哆啰咽、诸罗山次之。凤山以下,诸罗以上,多愚昧浑噩,有上古遗意。然俱皆供办车辆,策应兵役以及差徭,络绎走递公文,劳苦较台民十倍。向有社商头家,包揽货物,代番纳饷,名曰贌社。番终岁所捕之鹿与畜产布缕,皆为商社所有,朘削不堪。今社商已行禁革,而传译输纳,非通事不办。

县官每岁佥立通事,换牌之时,有花红规礼,自数十金至六七百金不等。重利称贷,夤缘必得,而取偿于番,酷虐较社商更甚。经诸罗令周钟瑄通详禁革,署立汪绅文再行申禁,令各番自举通事,稍予辛劳,而恶棍讼师,或夤缘道府衙门,给牌夺充。又有谋夺不遂,唆番生事,焚劫良民,重赂土官,谋革现在通事,此社棍之害也。通事之剥剥,社棍之唆谋,均当惩创,无虐无纵,使番黎安居循法,乐役趋公,乃大中至正之道。而近时制抚禁饬番车,不许供应兵役,甚至出军搜捕,亦令兵丁自负戴帐房粮草,此法万不可行,使土番渐不安分,莫肯服役,事事与汉人角较,亦欲如中国,所为害将有不可言者矣。

内山生番,好出杀人,然必深林密箐,可以藏身,乃能为害。若田园平埔,无藏身之所,则万万不敢出也。荆棘日辟,番患自消,是莫若听民开垦矣。番闻枪炮之声,则惊逃数日,不敢复至,此可以番和番,招徕归顺。招徕既久,渐化渐多,将生番皆熟,是又为朝廷扩土疆,增户口贡赋也。若画地禁民无入番界,是亦一道,然但能使民不入,不能使番不出。画去一尺,则出来一尺,势必举全台而尽画之,乃不能浮海入内地,而日本、荷兰能浮海入内地者,又将鹊巢鸠居,为边疆之患害,恐生番亦不能保其有也。

蓝廷珍详细读了数遍,情不自禁地赞道:"此文不但是治台良策,也是我大清安邦治国方略。今后,官斯土者若能按吾弟所提诸策去治理,台湾这块海外疆圉必能繁荣昌盛,成为我华夏一大乐土。"

蓝鼎元将文章呈送巡台御史吴达礼、黄叔璥。

吴达礼赞道:"治台有法,立法在人,通篇准王政以立言而归本于一诚,具见蓝鼎元儒者本领。中间不无权宜,然揆时度势,皆经国良模,不同诈术计较,官斯土者果遵而行之,台疆可万年巩也。"

黄叔璥也赞道:"此文堪称一绝,简直就像当年诸葛亮的隆中策!文章条陈守台垦台,发展民生之策说得多好,其不愧有经世之才!台湾若以此经营之,景象定然不一样,吾等道此文为治台之隆中策,道蓝鼎元为筹台宗匠皆不为过也。"

"黄大人说得好。"吴达礼说,"我记得与蓝鼎元一块入台赞划军政的还有一位谋士,姓陈名梦林,字少林,亦为高人。"

黄叔璥说:"对,我在蔡世远大人那里听说此人,他是位性情正直的狷介之士,擒获朱一贵后,他就辞职回乡了。"

吴达礼说:"是嘛,有机会我们一定要举荐他们,要让有功于朝廷者能得以重用,人尽其才。"

吴达礼将蓝鼎元请来:"玉霖先生陈述经理台湾事宜,算来有十九策,策策皆妙。只是我与黄大人皆为初来乍到者,依先生之见,台湾当务之急何为?"

蓝鼎元说:"从来气运之盛,起于人心文物之兴,由乎众志成城,人心专一,莫定千秋积德之基业。业有德，永固也。圣人治天下，亦不外教、养两端。办教兴化，乃利民积德之宜，亦为经理台湾之当务之急。诚于教民而民率其教，民乃得其养，则风可移，俗可易，台湾可定也。"

吴达礼、黄叔璥赞到："然也。"

两位巡台御史采纳蓝鼎元提议，号召台湾府县修建文庙县学。

这期间，朝廷新授台厦道陈大辇、台湾府同知杨毓健、员外郎知台湾县事周钟瑄、知凤山县事靳树腕等人先后抵台视事。周钟瑄一到台湾上任，积极响应蓝鼎元建议，在台湾县率先修起县学，其余各地亦先后兴办县学。

蓝廷珍见县学办得如火如荼，高兴地对蓝鼎元说："兴县学的目耕之事是你们文人职责，为兄是行伍之人，现在兵事渐少，要做的就是身耕之事了。贤弟关于垦复官庄的建议提得很好，你们文人将县学搞得轰轰烈烈，为兄也要带头为百姓开垦这朝廷直辖的田庄了。"

蓝廷珍率领清军，开垦于猫雾棘之野，这片被后人称作"蓝兴"、"蓝兴堡"、"蓝田"，位于台中郡治之地，今属台中县太平、大雅、乌日等乡及台中市区一带地界。在蓝廷珍的带动下，官庄迅速发展至一百二十五所，年征糖谷、牛磨、鱼盐等款三万七百三十九两多，且逐年增多。蓝廷珍率兵开垦的蓝兴堡，更是成为台湾开发史上最早最大规模的开垦地之一。

蓝鼎元见台湾的治理、开发已步入正轨，该是知进退的时候了，便又向蓝廷珍说起回漳浦的事。

蓝廷珍百般挽留。黄叔璥听说此事，也专程到蓝鼎元寓所拜访。

无奈之下，蓝鼎元只得暂且留下。

【第二十一章】

不愧为筹台宗匠

1

台湾局势稳定下来后,蓝廷珍、蓝鼎元组织人员从内地引进农业优良品种和先进技术,大力发展农业及商业贸易。经过一段时间的精心治理、开发,台湾社会民生飞速发展,尤其是治所之地,一时出现了堪比江南的繁荣景致。

蓝廷珍、蓝鼎元还很注意发展台湾的造船业,他们从内地引进大量造船技师,推动了台湾的渔业发展。台湾沿海渔民的作业范围,因此扩大了好几倍。

他们还注意保护出渔的渔民。台湾北部沿海一带的渔民到钓鱼台岛、黄尾屿、赤尾屿等海面从事海上作业,却时常受到倭寇侵袭。

蓝廷珍知悉,当即制订执行派人到此海面巡视护渔的制度。

政事上了轨道,海疆得以绥靖,生产得到发展,原先整天忙来转去的蓝廷珍、蓝鼎元,照理说这日子可以稍微舒缓一下了,可王忠等头目尚未抓捕归案,还有经济社会需要进一步繁荣,都让他们不敢有丝毫的懈怠。

就在台湾各项事业方兴未艾之际,朝廷又在商议台湾驻防事宜。朝中大臣要把蓝廷珍调镇澎湖,把督标中军副将徐左柱调补台湾陆路副将。未几,徐左柱奉旨抵台视事。蓝廷珍接旨后,欲赴澎湖驻扎。

台湾百姓一听说蓝廷珍要调防澎湖,自发以各种方式抗议,商贩罢市,码头船户搬工罢工,不少有身份的缙绅富户纷纷到台厦道署叩见巡台御史,吁呈请留蓝廷珍驻台,请愿人数日不散。

巡台御史吴达礼、黄叔璥在台湾对其重要性已有切身感受,同时也被台湾百姓的所作所为所感动,他们请蓝鼎元到道署一块研究应对措施。

蓝鼎元说:"依学生之见,台湾靖乱尚未彻底平复,以王忠为首的贼兵残部尚未彻底歼灭，此时动议蓝军戍移防不是时候。不才以为，蓝军戍仍驻镇台湾，台湾陆路副将徐左柱将军移驻澎湖为好。且台湾军力只能加强，不能削弱，台湾水陆两中营要全部按原来建制，不作更动，台湾道标守备弁兵悉归台湾镇管辖。"

吴达礼、黄叔璥一边吁请蓝廷珍先留驻台湾，一边飞书朝廷，并及时贴出安民告示，说蓝廷珍驻台情势不变。

没几天，朝廷下了新旨，同意吴达礼、黄叔璥所奏，并在原有基础上，进一步加强台湾防务。原来提督姚堂知道朝廷动议台澎军务，火速行文启奏朝廷，反对台澎改制事宜。朝廷遂又下道圣旨，允提督姚堂所奏，副将仍设澎湖，总兵官仍驻台湾，水陆两中营悉还旧制，道标守备弁兵裁归台湾镇管辖，安设南北二路适中要害之处。

看到布告，听到新旨，百姓欣欣，以手加额，欢声载道，该复市的复市，该复工的复工。吴达礼、黄叔璥在台湾呆了一段时间，朝廷另有急事召用，他们只得回去复命了。

蓝鼎元见台湾乱象已治，社会逐渐安定，遂建议蓝廷珍以退为进，或说急流勇退，主动向总督满保、巡抚吕犹龙申请班师。他还特意提到，内地近来密差不少弁员专司采访打探之能事。

蓝廷珍也有此意，便点头同意道："玉霖所说，正合为兄心意，我们就拟一份呈函，说明班师之必要，以尽快返回南澳。"

蓝鼎元合起手中扇子，当夜挑灯秉笔写了一份《请班师书》，曰：

台湾已经大定，军士久役思归，班师之期再不容缓。腊月十四日，守备叶应龙到台，询知粤省姚提军改调厦门，不胜手额。既有金门黄总兵署理台镇，足资弹压。新提军又庆得人，东南巩于磐石矣。

此时，山际廓清，匪类逃散，湮灭无踪。虽王忠、刘富生二人未获，亦已狼狈颠连，无地逃生，旦暮就缚。此后或有妄报讹言，执事亦不必听之矣。此间莠民固多，而捕风生事、献谀要功之辈更复不少。一纸入报，雷厉霆飞，非贼而加以贼名，无故移人之村落，惊疑四起，家家自危，此召乱之道也。

某在此间，尚不自量，特蒙执事之爱，每封还宪檄，为民请命，皆荷仁恩宽大，终赐曲从，是以地方诸凡相安不觉。若某行后，谁复肯专擅任过，以撄大宪之逆鳞？依丈行文，或至扰动不可收拾，敢期执事将前后密差在台采访弁员，悉为撤回。一切地方事宜，惟台道府县是问。彼职司民社，担负在肩，治乱安危，事关切己，未必皆视隔膜而不如差弁之尽心。且平日读书明理，阅历世务，未必俱皆暗昧而不如差弁之聪明。某不学无术，窃谓密差此类鹰犬止可以猎狐兔，不宜他有所用。勿论此辈把持不定，利欲熏心。所言未必皆实，即使矢念不欺，难保其不为人欺，惟执事加之意焉。新提军岁内可至，某当躬趋至厦交代兵符,不便久留台中,致滋物议,请饬在厦舳舻星速来台,配载班师。曷胜望切! 廷珍顿首。

满保看了《请班师书》后,低头不语。

沉默了一会儿,满保请抚台诸大人过府议事。闽省诸大员阅罢,认为参与平台的内地部队,撤离台湾班师回闽,已是迟早的事。

满保说:"你们说的这些老夫都知道,现在问题是何人可以接替蓝廷珍担负台湾镇总兵的重任呢?"

在座的大员都不说话了。

满保沉思片刻,说:"依老夫之见,还是让蓝廷珍在平台大军中推荐几位智勇双全的将弁,由我等挑选后再上奏朝廷,请圣上御批。"

吕犹龙想一想,也没有更好的法子,点头道:"制府大人高见,蓝廷珍统领平台官兵入台作战,与福建各地将弁朝夕相处,彼此最互为了解,也最有发言权。"

姚堂道:"两位大人所言极是,我初回闽任职,情况不明,乘此机会请蓝廷珍把随征将弁的情况写个简单评语,以便将来可量才录任。"

满保说:"那就这么决定,吕大人可写封密札,派人送去台湾交与蓝廷珍。对诸位将弁最好能全面评议。"

2

蓝廷珍、蓝鼎元接到密札,以《复军前将弁可当大任书》回复。文书刚送出,蓝廷珍又接到福建两司公函,指示将台湾事变前原驻台士兵不能尽守土保民之责者革除花名,撤销粮饷,逐回内地,以示丢失效命守土之责的惩罚。

蓝廷珍看过文件,为士兵深感不平:朱一贵造反声势浩大,台湾兵力不足,节节败退是必然的;战败后,大部分士兵撤往村庄,与拥护朝廷的村民共同伏击朱军,也取得了不少胜利,有力地支持了入台平叛的部队。

为了台湾长治久安,蓝廷珍与蓝鼎元商议要为这部分士兵讨个公道,由蓝鼎元修书一封上奏,文曰《论旧兵停饷撤回内地书》:

旧兵收回效力已经半载有余,搜捕操防并无失伍。忽承宪檄,以二千余去名粮,逐回内地。见今冬饷,即为停止。

某窃思之,此辈从前失地,损威辱国,罪不胜诛。业蒙宪恩宽大,檄令于王师进讨之时,奔投大军,归正效力,是以前后收伍有此二千余人。自闰六月领给粮饷至今,随征南北,入山搜捕,奋勇前驱,已忘其为前此失守之士矣。

今追论前过，在彼自无可辞，但以从前宪檄为欺己，于心亦微不服。

贼丑跳梁，全台俱陷，文武员弁纷纷窜逸，或从贼失节，未闻市曹之上正法一人。独责旧兵以不能效死，恐彼将哓哓有词也。昔日勿为收伍，彼自垂头去矣。收伍之后，依然官兵，月给饷粮，养家赡口。今一旦尽为革除，失其生计，仰事俯育，将何所资？怨望积于中，饥寒迫于外，欲保其不为盗贼，盖戛戛乎难之。

顷奉部檄总兵官移驻澎湖，裁去台湾水陆两中营，减兵二千。士庶嚣嚣，惧乱复作。一二无赖，布散流言，正在安戢释疑，焦心劳思之不服，岂容复益以二千余名之旧兵，革粮怨愤，攘臂一呼，无赖子弟皆起而为盗贼，非绥靖边疆之道也。

某幸荷知己，言听计从，事关国家，不敢因循召变，谨封还宪檄，乞执事再为熟思。可否念其还伍已久，效力半截，仍听在营操防，出自格外鸿恩。倘万不得已欲去其籍，亦须姑迟一两月，檄令内地各营班兵来台换回。彼在此间则有二千余人，及其换回内地，分散八府一州，每营不过二三十人，然后徐飞一纸，裁革名粮，此在执事掌握中耳。何必张皇急遽，惊动海疆之听闻乎。勿为茧茧，其势可畏。束缚穷麾，祸起目前。不知执事以为何如也？

书信送出去后，蓝廷珍、蓝鼎元决定到一些军民联防、抵抗朱军的村庄慰问。在淡水庄，接替侯观德任庄里民团千总的李直三，闻知蓝廷珍、蓝鼎元莅临，与侯观德急忙率领庄中长辈、庄丁出庄迎接。蓝廷珍、蓝鼎元一行被迎入庄中李家大宅厅堂上。

寒暄礼毕，蓝廷珍说："台湾全郡陷落，贼势猖獗之时，下淡水十八庄在你们二位的指挥下，竖起拥清护民的大旗，训练民团，在从凤山县南路营撤退出来的官兵支持下，在淡水溪把陈福寿、刘国基的三千贼兵，杀得落花流水。这种忠勇坚贞的表现，现在回想起来确实是难能可贵。今天本镇与玉霖抽空特来看望你们和原先留在庄里的南路营旧军眷属。"

"谢蓝军府、蓝军师恩典！"李直三、侯观德叩首谢恩。

蓝廷珍扶起两人说："二位在组练民团时，有什么困难需要解决，可到镇署或兵备道或府县找我们，我们都会帮你们解决。"说罢，又对侯观德说："本镇只是有一个要求，就是你们别欺负百姓，更不能打着朝廷旗号欺压百姓，否则官职还会被撤下来。福祸无门，唯人自招。当然，你们做好了，朝廷自然会褒奖你们的，本镇这话要切记。"

侯观德赶紧说："是，军府教训得极是。"

蓝鼎元问说："现在庄中还有未归队的官兵吗？"

李直三答说："大军攻克凤山县与南路营后，他们都归队了。"

蓝鼎元再问:"庄里旧军眷属还有多少人?"

李直三回说:"庄里尚有数百名家眷。"语毕,欲言又止。

蓝廷珍看到,问说:"直三,你有疑问尽管说出来。"

李直三才说:"从内地传来消息说,两司要停旧兵的饷,撤回内地问罪。近日,旧兵家属人心惶惶。小人想问一下,真有这回事吗?"

蓝廷珍说:"只是谣言,我们千万不要相信,并请你们劝慰旧兵军属。"

李直三说:"下官怕好心办坏事,届时两边不讨好。"

蓝廷珍说:"只要是好心,只要是好事,你们可大胆为之,不要怕。只要有利于台湾团结稳定、民生发展,我们都支持。我们决不会让人做事,又给人设限使绊子。"

李直三说:"有蓝军府这句话,我们就放心了。"

3

过了二日,内地有司又来两份公函,一份是关于水师换班的事,另一份是关于征台壮丁停饷归农的事。蓝廷珍想了想,越发觉得内地对台湾指挥思想有问题,搞得自己实在被动。该怎么办呢?他将书信交给蓝鼎元,让蓝鼎元先看看,第二天上午再来商量。

第二天一早,蓝鼎元就到了提督府。

蓝廷珍说:"玉霖,省里诸位大人于平乱后,对台湾采取的一些指示、决策,多以主观臆测或道听途说的密报为依据,简直是瞎指挥。我们若不直言实告,势必贻误台湾安定发展。我们确实不能一味妄从啊,否则我等轻则失职,重则成为历史罪人。"

蓝鼎元说:"我们既然在台湾,就应该根据实际情况,陈述我们的观点、看法。至于采纳与否,那是有司大人的事,吾兄也算尽了为人臣之职责。"他取出一书札交给蓝廷珍,"关于回复水师不宜换班和征台壮丁停饷归农的意见书,弟昨夜已写好,请吾兄审阅。"

蓝廷珍面露喜色道:"吾弟文思就是快。好,为兄先看看。"

蓝鼎元先将《论哨船兵丁换班书》呈给蓝廷珍,文曰:

台澎水师换班之兵,自当悉数遣发,不使私留一人。谕旨当遵,宪令亦不敢违也。但哨船中舵缭斗椗各兵,则有不可更易者。盖阖船生命,关系数人之手。而台澎洋面横截两重,潮流迅急,岛澳丛杂,暗礁浅沙,处处险恶,与内地迥然不同。非二十分熟悉谙练,夫宁易以驾驶哉!内地所来换班之兵,虽晓水务，毕竟礁脉生疏，不可依赖。而习熟可赖之舵工水手，则内地水师各营，俱欲留以自用，谁肯舍己让人？

纵令换班于远，幸得苟安无事，以庶几港道渐熟，瞬息三年，瓜期又至，终不能长有此人。不幸而中流风烈，操纵失宜，顷刻之间不在浙之东、广之南，则扶桑天外，一往不可复返。即使收入台港，礁线相迎，不知趋避，冲礁一声，奋飞无翼。朝廷战舰、官兵断送于换班舵缭之手，此不忍听闻者也。

夫事有经权，法有通变。与其悔之于后，何如慎之于初。执事经济宏深，忠诚为国，不识尚有转环之机，可与此中略为筹划否？上则缮疏入告，次则设法酌留，惟执事留意焉。

蓝廷珍看罢，掉头同意道："写得好，是非利害之故，言之痛切，令阅者神悚心开，不甘轻谈更张事，应该可以保全人性命不少。好，就这样。"

蓝鼎元复取出一札，对蓝廷珍说："这是回呈两司不宜对征台壮丁停饷归农的意见书，请吾兄一并审阅，如同意可一起派专人呈送福州。"

蓝廷珍静下心来，呷了一口香茗，细细看来：

论征台壮丁停饷归农书

伏承宪檄，以征台壮丁千余人，不在经制兵额之内，月糜粮饷，无处开销。今地方事定，可即停止月粮，谕令回籍务农，无许留滞台湾，或致生事。

窃思此曹召募之初，原许给与名粮，造入兵籍，俾出死力，以建功名。上功题荐特用，中功轮补把总，余皆编为经制，如例拔擢队目。是以壮丁感激，奋勇前驱，凡有战阵，所向无敌。今地方事定，正论功行赏之秋，酌酒相庆，颙望功加部扎者，不知凡几。一旦停止月粮，令回农亩，将无视为空中霹雳，可惊可愕之事乎？满腔热血，所望功名，捐躯命，冒锋镝，膏涂原野而弗顾，岂其志在一兵，奈何并一兵而革之？怨愤之气，上干天和，嗟叹之声，心伤行路，如之何其可也！

小人无知，哓哓有词，谓事急欺我以出征，事平束我于高阁。昔许我官今吝我粮，人而无信，不知其可。鸟尽弓藏，复见今日，某惟有哑然怃然，实不知将何以对之。君子不可失信于民，况煌煌宪谕，墨沈未干，岂可遽自食言，授小辈以口实，灰军前将士之心，塞将来得人死力之路！窃谓执事，当必不然耳。

海外反侧之地，人众至千，不可不为提防。使千余人俯首遵命，觅舟配载，亦已骇人耳目。万一掉臂弗依，势难中止。慢以兵威，遂成变乱。此曹昔在内地原皆亡命之徒，所以招致军前，实为潜消伏莽，非仅欲得死力。出征以来，一人当十，十人当百，倘今激变，皆为劲敌，岂能以一鼓尽歼之哉？

某谓此千余人万不可弃,弃此强兵,实为可惜。况负失信之名,自处艰难之地。似不如仍留在伍,汰内地各营老弱以补之。为国家储有用之精卒,为营伍收得人之实效,一举数美,望执事勿吝转圜焉。情词急迫,唐突尊威,伏惟收回原檄,俯赐中止。恕罪,恕罪。

蓝廷珍看完,不无感慨:"事急则藉人死力,事平则束之高阁。玉霖写得在理,这就是古今通病。如果我们按两司檄文执行,一者丧失朝廷信用,二者很可能逼使这千余名征兵哗变,台湾届时又增加反朝廷势力,何其不然乃尔。君子切不可失信于人,更不可如此失信于有功于己者。"说着,他复长叹一声,"两司那些人,说话办事怎么能出尔反尔,言而无信,把军国大事视同儿戏呢?"

4

福建巡抚及两司相继接到蓝廷珍从台湾专程送来的文件。文中提出不可辩驳的相反意见,让这些大人们下不了台,但文章用词谨慎,文脉条分缕析,又让这些人反驳不了。他们将文件转交给满保、姚堂。

满保看完来信,禁不住对姚堂说:"这两兄弟在台湾配合得真是默契,一个武,一个文,一根乌铁扁担,一把书生折扇,武者深具忠智勇的大将风范,文者下笔清刚老辣,高瞻远瞩,淋漓畅快,补益多矣,亦有万夫不当之勇也。着令两司,研究采纳蓝氏兄弟的意见。"

姚堂本想说几句的,可终究还是没说。近段时间,他人似乎有些变了,变得有些患得患失。蓝廷珍虽说还是南澳镇总兵,但在台湾已是功成名就了,加封提督衔、闽台水陆提督、平台大将军,怎么会甘居于自己下面。功高震主,蓝廷珍与自己这个提督其实已经不差上下,再稍不留神就有可能被他取而代之。

这下里,姚堂不说话,是因为满保都那样说了,他作为一个提督也不好再说什么了,免得瓜田李下的招人嫌。在上司面前,这点政治智慧还是要有的。

满保见姚堂没接话茬,将蓝廷珍差人送来的《复军前将弁可当大任书》拿起来重新看一遍,说道:"蓝廷珍、蓝鼎元对将弁个人品德、战场表现,都作十分中肯的评论,对社会现象亦作十分辨证的阐述。此文褒贬精严,征台将弁甚多,独评论此二十人,并使诸人神气跃然纸上,写生妙手也。人才难得,人才要用,着令两司上奏朝廷,量才使用蓝氏两兄弟推荐的人选。"

蓝廷珍、蓝鼎元推荐的将弁总算得以重用,旧兵停饷撤回内、哨船兵丁换班、征台壮丁停饷归农等事项也被取消。

消息传到台湾,在台官兵皆欢呼雀跃,稳定下来。蓝廷珍也算是可以安心去想方设法早日将王忠等人抓捕归案，及处理日常军政要务。

5

康熙六十一年(1722)，爱新觉罗氏胤禛即位。次年改年号雍正，是为雍正元年(1723)。

正月十九日，诸罗县竹仔脚逸盗杨合闻清圣祖康熙升遐，未知有新天子即位，乘间思逞，散扎招邀匪类，谋犯郡邑。

蓝廷珍、高铎与蓝鼎元商议进兵。高铎问蓝廷珍说："何人可率部进剿？"

蓝廷珍说："外委千总陈栩可也。"

蓝鼎元说："兵贵神速，可急令陈栩率部直奔杨合老巢。"陈栩奉令率部进剿杨合，双方厮杀不到两个时辰，陈栩擒获杨合，余者悉散。

二月，雍正登极恩诏到台湾，万姓舞蹈，欢呼共庆太平。士农商旅安心乐业，无窝匪接济之人了。清军在接下来的时日里，基本清剿朱军残部，只是王忠等人还是逃逸。

四月十二日，蓝廷珍、蓝鼎元得悉王忠等人逃到南路凤山林，便对蓝廷珍说："据悉王忠是台湾小琉球人，长得一表人才，兼有渔民的坚强意志和山民的机智灵性，故被朱一贵封为国公，是一个很难对付的反贼头目。反贼叛乱之初，他结识一个山番女子敏娘。敏娘美丽温柔，能说闽南话，两人情投意合，结为夫妇，行军作战形影不离。朱军在我大军入台后节节败退，王忠几次脱险，都是靠敏娘在山区与山番问路、借宿、讨粮索食，一次次躲过官兵剿捕。要想擒住王忠，必先擒拿敏娘。"

蓝廷珍令千总何勉率部前往打探、围剿，特别要注意敏娘行踪。何勉到了凤山林后，立即将所有关隘布控起来。

躲在凤山林的王忠、敏娘等人，此时深受无粮无宿的苦楚——粮食没人接济，睡觉不得安宁。四月十五日这天，敏娘忽觉身体不适，吃东西老想吐，便对王忠说："相公，我怕是有了身孕。一个月来白天老是穿山钻洞，夜里也不敢好好休息，老觉得精神恍惚，四肢无力。能否下山找一人家好好休息几天？"

王忠疼惜妻子，想了一会，说："这怕是营养缺乏所致。娘子下山休息一段时间也好，但未知山下情况如何，还是我先下去看看，平安无事，娘子再下山。"

敏娘摇摇头说："相公是朱军国公，官军一直在抓你，目标太大了。还是我先下山，一个妇道人家，不会引人注意，平安无事后再上山通知你们。"

王忠觉得敏娘说得有理，同意她下山，只是在临行前交代要特别注意官军举动。敏娘下山到一平埔村，就遇上清军便衣侦查队的盘诘。

巧的是这支便衣侦查队由何勉率领,何勉当下就想:"蓝廷珍蓝军府交代,王忠有一个颇有姿色的番婆跟在身边,看此妇娇艳绰约,风韵柔媚,会不会是王忠老婆。再说番婆外出从不一人单行,眼前的女子行踪十分可疑。不管如何,先将她扣下来。"

　　敏娘大声说到:"你们凭什么无故扣一个民妇?"

　　无论敏娘怎么喊叫,她还是被何勉请进哨所。

　　天黑了,王忠见敏娘还没回来,有些不放心。同伙刘富生、陈郡劝他转移。王忠说:"我们能在山中与官兵周旋,主要靠的是敏娘。现在她生死未明,我们怎能一走了之。这样吧,今夜我下山去探听敏娘下落,你们在山上等我。如天亮我仍未能上山,你们各自逃生去吧。"

　　刘富生说:"我们是生死与共的兄弟,有难同当,岂能让你一人下山冒险。"

　　陈郡说:"对,我们应该三人一起同去寻找敏娘,好歹也有一个照应。"

　　王忠十分感动,三人便结伴下山。哪知清军对敏娘软硬兼施,敏娘已招认自己是王忠老婆,山上现在只有三人,并答应明天带官兵上山招降。

　　当夜,何勉估计王忠会下山来找敏娘,便令清兵布下天罗地网。果然,未到三更,王忠、刘富生、陈郡一下山,就在路口撞网,全部落入清军手里。

　　蓝廷珍见何勉擒获王忠等人,当场为何勉记功,升游击,然后把王忠三人,连同杨合等人一块押送往福州。至此,朱一贵反清复明的朱军大小首领,除战死外,全部俘获投案。台湾彻底平复。

　　蓝鼎元有诗赞曰:

　　　　去岁群丑张,揭竿三十万。我旅一东征,倒戈云见睍。
　　　　七日复全台,壶箪匦地献。可知帝德深,望云争革面。
　　　　余孽虽时有,死灰谋欲燃。旋起即扑除,夫谁与为叛。
　　　　当兹振遵铎,教化不容缓。民心原犹水,东西流乍变。
　　　　弃之铤而走,理之忠以劝。

第二十二章

是急流勇退,还是官场无奈

1

台湾彻底平定下来,蓝鼎元却变得话少了。

蓝廷珍问道:"玉霖,怎么啦? 台湾彻底安定,你应该高兴才对呀。"

蓝鼎元说:"兄长不必担心愚弟,弟自有分寸。愚弟觉得使命完成,这回真的要回漳浦老家了。兄长责任重大,还是请兄长勿担心愚弟的事情。"

蓝廷珍见蓝鼎元如此道来,心里也就放心,说:"对,我们的使命完成,这下该彻底班师了。为兄来给督抚提大人提出班师之请,我想这下他们会答应。"

蓝鼎元却说:"估计没那么快答应。"见蓝廷珍神色不解,又笑道,"一时要说个子丑寅卯,愚弟也说不好,届时答案自明。"

蓝廷珍将请求班师的信件送到福州。

满保看后,对巡抚吕犹龙、按察使董永芰说:"台湾初定,民心未稳,荆璞大将军又提出班师。老夫认为,内地兵马可以分期分批调回,但荆璞大将军责任重大,朝廷需要他在台湾再经略一段时间。老夫拟上报朝廷,让他担任福建与台湾军务。"

吕犹龙没吱声,只有董永芰问:"那提督姚堂大人怎么办?"

满保说:"暂时先不要告诉他,本制另举荐任用。"

蓝廷珍接到满保檄文,只得再在台湾待下去。不是他不想呆在台湾,只是在台事事受制于人,他才想干脆回兵南澳算了。毕竟在台湾他付出了心血,征战台湾,经略台湾,他对台湾已有了深厚的感情。

不久,满保给蓝廷珍一封密信,嘱咐他安心呆在台湾一段时间,与其族弟蓝鼎元一道尽量将台湾治理好,有什么好措施、想法,可以直接提给自己。自己能定的，可以立即实施。自己定不了的，自己会上奏朝廷，由皇上定夺。

得到满保的进一步信任，蓝廷珍遂与蓝鼎元心无旁骛地经营台湾了。

台湾此时米贵兵单，各官穷蹙，政务懈散，加上此时内地又有人主张移镇澎湖，这四种现象合称"台湾四乱象"。尤其是大米，一斗米卖钱三百，百姓根本吃不起。情势危机，蓝廷珍等不及报告满保，便移檄道府，借动仓谷三万石，减价平粜，继续鼓励民众开垦官庄，台湾民情稍慰。他又增设庄丁护卫险要，激发官员发愤图强，勤于政务。这期间，满保又来函提出划界避番之要求，说是廷议结果，自己也奈何不了。蓝廷珍顶住压力，未予理会。

在蓝廷珍的努力下，台湾局面才逐渐好转起来，蓝廷珍这才吩咐蓝鼎元拟写《论台中时事书》上呈给满保，说明了台湾前阵子的状态，以及对满保重提划界避番之事的看法：

> 台中时事有大可虑者三：米贵、兵单、各官穷蹙而政务懈散，而又将有移镇澎湖之举，是合之而四矣。

> 近日斗米卖钱三百，某不自度量，移檄道府，借动仓谷三万石，减价平粜，当事者难之。某以民心皇皇，不可迟缓，倘上台督责，则某一人独偿。于是道府发奋，共肩责任，已经举行，民情稍慰。并檄诸罗令开仓，劝庄民出陈易新，严禁囤积及商船透越诸弊。

> 北路讹言未息，诸罗营县请兵协防，随遣把总林时叶、陈云奇、张天宝领兵三百，于是月初三日协防去矣。北路地方千里，深山旷野，处处贼窠，即再添设一营，尚苦鞭长不及。今一兵不增，又欲调离其镇于数百里海外之澎湖。是直委而去之，岂但如累卵之危乎！此时移镇未行，又有协防兵二千足资调遣，然外九庄笨港以上，盗贼频闻，皆距汛防窎远，巡察不及。加以野番出没，亦须防闲。秋成尚早，人心易动，种种情形，已如抱火，复虑协防之兵，尚非长久之计。恐议者谓台平无事，可以撤回，则焦头烂额，将有大不可言者。

> 迩者台地各官，多以五日京兆，不肯尽心竭力，任地方安危之寄，高守不敢思归。又以战船赔累，惟无米之炊是急，心灰气颓，以脱然废弃为幸，何能得余力，整顿地方？台道各县，强忍不敢言贫，九营将弁，人人有救口不瞻之叹。此真孤掌难鸣，一事不可为之秋也。夫官人于退荒异域，而绝其养廉之资，使枵腹为国家办事，幸时际隆平，不过空乏其身。脱有一方草动，呼应莫灵，惟有坐以待毙而已矣。

> 鄙意前人官庄，宜酌量大小衙门，留还少许，俾足养廉之用。略加饶裕，以备不虞。今悉数归公，使各官穷蹙至此，岂所谓地方之福乎？国家四海之富，不在区区增益数万之银钱，一旦有误封疆，即费百万之钱粮而不足。及今檄令开垦，如北路林翼埔、竹堑埔，可辟良田十数万亩。即于此内再创官庄，

尚可补救。将来免生番杀人之患。而执事又有划界避番之说,则亦未如之何矣!

凤山令不肯植栅为城,亦以巧炊藉口。某于道府之前,痛切言之,已许可矣。此虽小事,但营县无遮拦,如人家无门户,行道皆得胠箧而去。折柳樊圃,足御狂夫,未可以为微而忽之也。

某小才任重,时事关心,苦无将伯之助,非孜孜为地方各官谋口腹身家之计,又未知移澎一节,虽经提军入告,可得挽回与否。目前艰巨,虽黾勉不敢告劳,移澎之后。天各一方,此间治乱情形,非某所能逆料矣。言词絮聒,繁冗无绪,惟执事之急为维持之也。

满保接到《论台中时事书》,深为叹服,更加觉得自己当初起用蓝廷珍是正确的。只是自己也有些无奈,他虽然统制闽浙,但台湾日常事务直接归属福建,而福建抚提与蓝廷珍意见经常相左,他只能在两者做好协调。朝中大臣又不时喜欢对台湾的问题说三道四,他只得上下斡旋。好在皇上英明,多能同意台湾地方所请。自己现在也该为平台将士做点实事了。

恰在此时,蓝廷珍着人送来书函,请求督抚提府允许所有的入台将士家属到台湾探亲。

满保将巡抚吕犹龙请来商议:"荆璞大将军与诸位将弁入台平叛,时已经年,绝大多数将士皆不得与家属相会,这是我等考虑欠周之果。自古道,英雄气短,儿女情长。如今,入台将士与家眷肯定多有旷夫怨女之苦。当初,由于军务紧张,不宜携带眷属,现在社会日趋稳定,本制有意让内地将弁所有家属前往台湾探亲。荆璞大将军刚巧亦差人送书函来说此事。吕大人,你意下如何?"

吕犹龙说:"班师期限很快就到,现在去不是多此一举吗?"

满保意味深长说:"班师也须数月之后才行,仗打完了,夫妇不先团聚团聚,双方能受得了吗? 此乃人之大伦也。我看,还是让内地眷属去吧。眷属去台湾之后,是与丈夫同时班师回内地,还是住一二个月先回,悉听尊便。来往船费盘缠,皆由当地官府报销。这可算是我们为驻台将士多一虑也。"

吕犹龙只得拊掌笑道:"还是制府大人心细致,能考虑到部属的情感生活。"

2

在台湾时间久了,蓝廷珍、蓝鼎元深切意识到一个事实——社会动乱往往与家庭组织不完善有密切关联。社会稳定首先在于家庭稳定,而保持男女正常比例是保证家庭稳定的必要条件。

于是,他们针对当年妇女入台禁令,过后又专送文书《奏为台湾民庶日增宜加善后筹画事》,奏请开放妇女入台之禁,说台湾人口数百万,妇女比例极低,当有潜移默化之术,解其靡室靡家之民,必先使其有室有家之愿,才可羁縻,使其顾及妻子,不轻易铤而走险,故奏请准许先在台湾垦田编甲之民,有妻子在内地者俱听搬取渡台完聚,凡民人欲赴台耕种者,务必带有眷属,同时还陈请严革逐过水之条,防止被逐出台湾的不法之徒再去台湾。

满保、吕犹龙看了奏折后,又将奏折上奏朝廷。

朝廷廷议,同意蓝廷珍、蓝鼎元所请,两司随即行文地方,通知各地入台平叛将士家眷,由官府出资往台探亲,同时榜文告知百姓开放妇女入台事宜。

蓝廷珍、蓝鼎元看台湾山民生活困苦,有计划地将山民迁到富庶之地,改善他们的生活条件,并实行优惠政策,吸引内地闽南人和客家人移民台湾。这些移民台湾的大陆移民,带来了先进的农业技术,台湾大量未开发的地区得到开发。蓝廷珍、蓝鼎元还重视发展工商业,开禁南洋,听民贸易,通济有无,以海外之有补台湾之不足。

这一系列举措,受到了台湾民众的热烈拥护。台湾各地民众搭起戏班,唱起了闽南乡土大戏,以表达内心的喜悦。满保也差人送来手谕,嘉奖蓝廷珍、蓝鼎元为"武功文治号双杰"。

看到台湾形势大好,蓝廷珍接下来要考虑的是人事问题:"论功劳,玉霖是首选,可他是一个无军籍的文职人员,又尚未获取功名,一时不好举荐。自己又只是军事官员,也无权过问。再说玉霖是满保直接聘任的军师,满保一直没有明确表态,自己一时也不好多说什么。"

蓝鼎元知道蓝廷珍的难处,请他不要多虑自己的事。

蓝廷珍只得将蓝鼎元的事暂且放下,另寻机会。他想到蔡奕、陈祥两人跟随自己多年,勤恳有加,屡立战功,虽已升至外委把总,累加至守备职衔,但以战功而言,职位与功劳不相称,自己有权利,也应该替他们向朝廷反映。蓝廷珍,还是写了一封举荐书,差蔡奕、陈祥持书往福州晋见提督姚堂。

蓝鼎元知道后,说:"吾兄此意甚佳,但恐使不得。"

"此话何意?"

"人是会变的,姚提督已非昔日之人,气量大不如从前了。蔡奕、陈祥此番前去,必被羞辱。"

"尚不至于如此吧,何况他与我们还是漳州府同乡,不念及战功,也得念及同乡情分。"

"但愿蔡奕、陈祥此去,非弟所料也。"

事情果如蓝鼎元所预料,姚堂将蓝廷珍的举荐书驳回,说正值西藏用兵之际,无暇顾及其他,并且责令蔡奕、陈祥回南澳。

蓝廷珍气怒之下,操起乌铁扁担,猛击桌案,桌案裂成两半。

3

蓝鼎元知道,自己早就该离开台湾了,只是族兄一再挽留,自己才淹延至今,现在该离开了。

蓝廷珍本想竭力挽留蓝鼎元,可一来蓝鼎元这次是去意已定,二来自己一直不能为蓝鼎元谋个出身,一味强留蓝鼎元在身边,只会耽误蓝鼎元的前程,遂忍痛答应。蓝廷珍想做些什么,来弥补自己的内疚:"玉霖,我们出军以来,诸凡笔墨、公檄、书禀、条陈、杂著,皆是我们两兄弟心血所在,不妨择其可存者百篇,付之剞劂,如何?"

蓝鼎元其实也早有此想法,只是想将此事带回内地去完成,现在既然兄长都这么说了,自己也只有同意的份,便应道:"吾兄既有此吩咐,弟自然效力。弟这几天已在整理在台期间拟写的公檄、书禀、条陈、告谕等,正想回乡将它们辑成一本书,书名就叫《东征集》。"

十九天后,《东征集》完稿,凡六卷,对经理台湾提出诸多很有见地的主张。蓝鼎元请蓝廷珍为其作序。

蓝廷珍思前想后,有了思路:

台湾居东南大海之外,盘古以来版图弗载。皇帝八荒为宇,日月所照,罔不率俾。癸亥,削平逋寇,建置一郡三邑,魑魅荒陬,蛮瘴绝域,遂为衣冠文物富庶乐郊。四十年来,噢咻生息,童耆妇女含鼓嬉游,宴安无事。辛丑夏四月,小丑朱一贵等倡乱,伤害官兵,窃踞全郡。浙闽总制觉罗满公檄予总统水陆大军一万五千人,偕水师提督施公剿之。

予以菲才受国厚恩,方思尽瘁图报,幸得备员讨贼,实所上愿。捧檄之日,与家人诀,誓不灭贼不生还。倍道疾趋,乘风破浪,赖皇上威灵,将士效力,一战拔鹿耳,再战复安平,三战、四战定鲲身、扫濑口,复大战于西港仔、竿寮乡、苏厝甲,遂收府治。七日之内复我台疆。追奔逐北,捷于大穆降,分兵南北二路,巨魁就缚,胁从以次剿抚。乃地广萑繁,余党屡叛,复有阿猴林江国论等,六加甸林君,盐水港杨君等,旧社红毛寮黄辉、卓敬等,石壁寮陈成等,三林刘国华,竹仔脚苏齐、黄潜等,后先继起,疲敝师徒,岁余乃靖。加以风灾疾疫,遍野哀鸿,截首饰金,生番四出。

予焦心劳思,与幕友陈君少林及予弟玉霖日夜筹谋,安抚整顿至忘寝食,不敢惮烦。盖破贼仅在七日,而殄孽绵延两载,定乱保疆若斯之难也。前此

276

陈君修志诸罗,忧深虑远,于台事若预见其未然者。厥后满公罗之幕府,旋参与戎务。陈君深沉多智略,为予计擒数巨魁。南北路稍平,倦游归里,自是军中谋画独予弟玉霖一人。

今余孽绝根,地方宁静,玉霖亦鼓棹西归。予寂寞无聊,偶检出军以来诸凡笔墨、公檄、书禀、条陈、杂著,皆予与玉霖两载心血所在,不忍弃置,嘱玉霖择其可存者百篇,付之剞劂。

玉霖少孤,力学食贫,自命不可一世。十岁通五经,三十穷诸史,理学经济,韬钤行阵,靡不研究精微。方成童时,即自厦泛舟观海,溯全闽岛屿,历浙洋舟山而归,南至南澳、澄海、海门,往返波海,熟悉沿海形胜。予久任浙东,相见日少,惟闻其黉序冠军,为学使、观察、刺史、县令延礼衡文,中丞仪封张公聘修先儒诸书,讲明正学,以为恂恂儒者尔。及予迁南澳,便道家乡,与论镇澳事宜,洞若观火,乃大奇之。予巡哨南洋舟中,起雷,甚不怿。玉霖为余解曰:"威震东方,声闻四海之象,兄其建勋业于台湾乎?"越月,闻台警,始壮其言,亦未料其经济韬钤果皆可用,运筹参赞若此也。

予胸中每有算画,玉霖奋笔疾书,能达吾意,又深谙全台地理情形,调遣指挥并中要害,决胜擒贼,手到成功。当羽檄交驰,案牍山积,裁决如流,倚马立办,犹且篝火连宵不寐,而筹民瘼。海外军中,风沙腥秽,兄弟相对,竟日念念地方,不自知其苦也。予忧台北空虚,玉霖议于半线以上设县添兵,与陈君少林修志时所见吻合。而玉霖尤大声疾呼,不啻舌敝颖秃,更欲于竹堑、罗汉门、郎娇增置兵防。盖于地方利病无所不用其心如此。昔范文正公作秀才,以天下为己任。予弟玉霖其庶几乎?读《东征》一集,可以观弟之苦心,亦见予之劳瘁,未知果有小补于台湾否也。

这下,蓝鼎元真的要走了。

蓝廷珍率一帮将弁在鹿耳门码头为蓝鼎元设宴送行。蓝廷珍、蓝鼎元兄弟俩依依惜别。

4

蓝鼎元以布衣之身在台湾建立了卓越功勋,却仍以一介布衣之身回到漳浦苌坑,周围说什么话的都有,蓝鼎元只是一笑了之。

从台湾回来,正赶上新增设的恩科。蓝鼎元本不想去,可一些同道好友劝他还是考一考,说读书人取个功名也不坏,有一个正途出身,不敢说兼济天下,至少家人高兴。蓝鼎元被他们这么一说,也来了思想,便去福州应试。可结果还是下第。

在福州与李成、余友、颜如玉、顾玉秋等人小聚后，蓝鼎元便又回到了漳浦。

他前脚刚到，陈梦林后脚就登门拜访。

陈梦林说："玉霖回来我都不知道，拖到今日才得晓，便立即赶来苌坑晤面，真是罪过。"

蓝鼎元说："小弟回来，没及时上门拜访老兄，才是罪过。"

陈梦林笑道："你回来时间短，我的住所又搬来搬去，你要找也难啊。"

蓝鼎元笑道："房子是搬了，但名字却不改，他斋是也。"

陈梦林一听，愣住了："你怎么知道我房子的名号？"

原来康熙六十年(1721)冬天，陈梦林从京城返回家乡时，将自己住的地方取名"他斋"，人们因此称他为"他斋先生"。

蓝鼎元解释说："我打听过你的情况，本想等段时间再去找你，不想你来了，真是太好了。"想了想，又说："我还知道，蔡世远闻之兄上次回乡省亲时，就住在你的他斋。你们俩共用两碟菜姜瓜芥和稀饭，乐享三餐，同榻共被，纵谈通宵。闻之兄返京时，还专为你这个房子名号作文《他斋记》，对吧？"

陈梦林说："敢情你在台湾没做成地方大员，却成情报大员了。"

蓝鼎元笑了，说："什么大员小员，我们不掺和，我只知道闻之兄的《他斋记》写得好。"说着，他将《他斋记》背诵道：

> 他斋者，吾友陈君少林之书室也，属记于余，余问之曰：吾子之以他名斋何也？曰：此他人之室也，余赁而葺之而居之，故他之云尔。余曰：然也，少林之意念深矣。君子食无求饱，居无求安，君子之所志者大，食与居皆倘来之物也。少林岂仅为居室谋者哉，其他之也固宜抑。又闻之陈仲举云：大丈夫当扫除天下，安用一室为。少林学识宏裕，达于治体，正而不迂，通而不随。使其得立朝班，必能献可替否，垂勋竹帛。使其居一室，处一邑，亦能补救一方，泽及生民。余交天下士多矣，得此于人盖寡。今之以他名斋也，少林其犹有四方之志乎？惜乎吾力微而少林已将老也。虽然，君子之用舍不关于一人，而关乎天下。关于一人者，荣身保家之士也；关于天下者，用之则为世欣，不用则为世戚，是有用之学也。安必斯世之果我用哉，安必斯世之终我舍哉。

陈梦林很感动，说："你的记性太好了，去博取功名一定能行。"

陈梦林这真是哪壶不开提哪壶。蓝鼎元调门儿回落下来说："这功名的事，咱们还是别提了。"

陈梦林听蓝鼎元这么说，意识自己犯俗了，但他还是觉得奇怪，蓝鼎元调门儿怎么这么低落，是不是从台湾回来因为还是布衣一个而懊恼呢，遂问道："玉霖，怎么啦？"

蓝鼎元说："我回漳浦时正赶上会试，想想就去省城应试了，没想到依旧榜上无名。"

陈梦林听罢，说："原来如此，我说怎么回事呢，无妨，无妨。"然后，半自嘲半戏谑地说，"我们两个落第书生可是同病相怜啊，有伴，有伴。"说罢，又鼓励蓝鼎元，"你还年轻，还有机会。即使真与那功名无缘，你还可以将平台情况写下来，供后人参考，也是件功德无量的事。"

陈梦林走后，蓝鼎元定下心来，将平定朱一贵起义的情况如实记录下来，这就是《平台纪略》。《平台纪略》凡一卷，是一部平定朱一贵起义的纪实文章，是为补充《东征集》之不足和纠正当时的一些错误传闻而作。

《东征集》与《平台纪略》两书系统全面了论述了治理台湾的策略，这就是世人盛赞的经略台湾十九策：信赏罚，惩讼师，除草窃，治客民，禁恶俗，儆吏胥，革规例，崇节俭，正婚嫁，兴学校，修武备，严守御，教树畜，宽租赋，行垦田，复官庄，恤澎民，抚土番，招生番。蓝鼎元因此也被赞誉为"筹台宗匠"、"治台宗匠"。

【第二十三章】
举贤不避亲，雍正动容

1

雍正元年(1723)十月，雍正御览了闽浙总督觉罗满保的奏章，又听取内阁学士、礼部侍郎蔡世远的陈奏，龙心大悦，立即下旨擢升蓝廷珍为福建水师提督，官居从一品，赐孔雀翎，世袭三等哈哈番轻车都尉，而原福建巡抚吕犹龙、福建水师提督姚堂另有任用。在他的治下，福建水师面貌焕然一新。

蓝鼎元得悉蓝廷珍擢升为福建水师提督，甚是高兴，写了篇《福建全省总图说》赠给蓝廷珍，供参考。文曰：

> 宇内东南诸省，皆滨海形势之雄。以闽为最，上撑江浙，下控百粤，西踞万山，东拊诸彝，固中原一大屏翰也。
>
> 自浙入闽，以仙霞为孔道，由浦城泛舟，下建宁，过延平，抵福州水口，皆崇山狭流，乱石布水面，急滩险绝，篙师失手，铁船亦碎。自浙东海岸温州入闽，有福宁州、宁德、罗源、连江至省城，皆羊肠鸟道，盘纡陟峻，日行高岭云雾中，登天入渊，上下循环，古称蜀道无以过也。自江西入闽，一由河口逾崇安，过武彝山下，泛建阳，会于建宁；一由五虎杉关逾光泽，下邵武，过顺昌，会于延平；一由瑞金逾汀州，泛清流，下九龙滩，如高屋建瓴，从山巅跌船下幽谷，奇险甲于天下。其欲避九龙滩，则走将乐，与建、邵两溪相类，皆会于延平。由汀州陆路至漳州，必经上杭、永定，岭高径危，与福宁道上相仿佛。可由漳州、同安、泉州、兴化抵省城。自广东入闽，由分水关，过诏安、漳浦，从漳、泉、兴化一路，直达省城。虽不通河棹，又有坡岭弗利轮辕，然闽地坦夷，仅此途千里而已。

其广东又有小路，由三河大埔，逾石上，入上杭，水浅舟小，满载不过三四人，鞠躬桎足，行者苦之。然经连城，逾小淘，顺流下延平，径达省城，住宦商旅多由焉。自海入闽，则上起烽火门，下讫南澳，中间闽安、海坛、金门、厦门、铜山，无处不可入也。

全闽九郡一州，以福州为省城，兴、泉、漳在其南，为下四府。福宁州在其东北，皆滨于海。汀州在西。延、建、邵在其北，为上四府，皆处深山。台湾一府，又在大海千里中，全省东南之保障也。

山则高峰万叠，俯泰岱若培塿溪则自辟源泉，不肯受邻省涓滴，而汀州余流，尚以分润潮粤，是以其人亦刚方倔强，好大喜功，盖山川之气然耳。大海汪洋，万里无际，江浙、登莱、关东、天津，视若门庭；琉球、吕宋、苏禄、噶啰吧、暹罗、安南诸番，若儿孙环绕膝下，气象雄壮，非他省所可比伦。

山多田少，农圃不足于供，则造物难平之缺憾也。所赖舟航及远，逐末者众，迩日南洋禁开，海外诸岛，稍资内地，倘台湾岁岁丰熟，则泉、漳民食亦可无虞。是台湾一郡，不但为海邦之藩篱，且为边民之廒仓，经理莫安，使民番长有乐利，九州郡咸蒙其福矣！沿海要地，防维周密，提镇协营，重兵匝布，但人人皆实心为国，亦不必更为区画也。

蓝廷珍看完，非常欣赏，还传给别人看，说："《福建全省总图说》对全闽形势如指诸掌，浙广江西入闽来路，水陆险夷，无一处不清清楚楚，明晰透亮。更妙者，末段归到经理，重点突出台湾，乃是仁人心胸，大有关系之文也。"

待福建水师稳定了，蓝廷珍就把工作重点放在台湾的经略上。他利用以往在台湾积累起来的丰富经验，从军队建设服务和促进地方建设的角度，采取了诸多措施来进一步推动台湾发展，如以番和番，以熟番开化生番，鼓励台民兴修水利，开垦荒地，组织民团，建立健全保甲和巡防制度，加强两岸人员往来，促进两岸人文交流，等等。这些措施取得了显著的成效，也得到闽台军民的热烈欢迎和衷心拥护，为台湾经济社会的全面发展奠定了坚实的基础。蓝廷珍也因此被称为"治台名将"。

2

是年底，蓝鼎元以优贡入京师，得辟雍，入太和殿，校书内廷。校书内廷是朝廷品级比较低的文员，蓝鼎元倒没计较什么。除大儿子云锦在台湾外，蓝鼎元妻小也一并入京。

雍正二年(1724)春天，蓝鼎元回漳浦，与陈梦林一块到台湾拜访蓝廷珍，恰逢当初蓝鼎元建议设立的台湾县学完工。更巧的是,巡台御史黄叔璥也在这个时间二度来台。台湾知县周钟瑄本想请蓝鼎元撰写碑记,蓝鼎元婉言拒绝,说巡台御史黄叔璥写碑记,分量才足。黄叔璥见是蓝鼎元推荐,答应下来。碑文中对蓝鼎元教民养民思想作了充分肯定,说"维学校之设,所以长育人才、一道德、同风俗、教孝教忠也"。

蓝鼎元、陈梦林、黄叔璥再度到台湾,蓝廷珍、周钟瑄等人分外高兴,经常在一起讨论商议台湾军政要务。在台湾待了几天,蓝鼎元就直接返京。陈梦林在周钟瑄的盛情邀请下,继续留在台湾。

离台前,蓝鼎元与黄叔璥叙话,从随身包袱中取出一卷宣纸说:"昨晚,我与荆璞兄彻夜长谈,谈最多的还是台湾形势问题,遂有感而发写诗一首,今送与黄大人雅正。"

黄叔璥展开宣纸一看,只见诗文随墨香跃入眼帘:

台湾虽绝岛,半壁为藩篱。沿海六七省,口岸密相依。
台安一方乐,台动天下疑。未雨不绸缪,悔予适噬脐。
或云海外地,无令人民滋。有土此有人,气运不可羁。
民弱盗将踞,盗起番亦悲。荷兰与日本,眈眈共朵颐。
王者大无外,何畏此繁岂。政教消颇辟,千年共京师。

黄叔璥看完诗文,明白蓝鼎元对台湾寄予的深情。黄叔璥也取出一书,说:"此书是我前番在台诗文汇编,玉霖先生文章好,还望指正一二。"

蓝鼎元一看书名,《台湾槎使录》,再翻阅几章,喜形于色,赞道:"黄大人的文章才叫好。黄大人前番巡台,关心民疾,整肃吏治,成绩斐然,业之余又有此佳作,诚属可贵可敬也。"

黄叔璥说:"玉霖先生过奖了。不过说起来,还得感谢蔡世远大人,是他鼓励我到台湾之后,多记录台海事,才有了这本《台海槎使录》。"

蓝鼎元说:"蔡大人与黄大人皆是高情好文之人啊!"

两人互道珍重而别。

黄叔璥此番来台,还带了一道圣旨,着令蓝廷珍回乡建造提督府,以显皇上恩荣,待工程竣工,再上京见驾。蓝廷珍遂将台湾事情打理一番,也奉旨回到漳浦湖西建造提督府。启程回漳浦前,蓝廷珍将福建军务托付给林亮。

3

回到家乡,蓝廷珍想起黄员外在落难的时候收留了自己,无论如何都得好好感谢他一番。以前在外,分身乏术。即使有回漳浦,也是来去匆忙,无暇顾及其他。今次回乡一定得登门造访。于是,蓝廷珍在回家的第一天,就去拜访这位昔日的主家。

黄员外知道蓝廷珍要来,他让女儿黄韵先回避,然后诚惶诚恐迎接这位当年的长工,而如今已是平台大将军,官居从一品的提督大人蓝廷珍。

寒暄之后,黄员外歉疚地说:"老朽过去对大人多有对不住的地方,特别是辞退大人,让大人离开黄家,还望大人海涵。"

蓝廷珍见黄员外拘谨,便笑笑说:"论理,我应该感谢员外您了。如果当时不是员外辞了我的工,我哪有离乡从军的决心,不离乡从军就没有今天。"

黄员外见蓝廷珍话说得率直,心也放宽了,禁不住频频点头说:"大人说得极是,只是功劳不应该挂在老朽身上。"

蓝廷珍说:"员外谦虚了。"言讫,忆起三十年前的往事,又说,"不过,我不明白的是,当时员外一直对我不错,为何后来要辞我的工呢?"

黄员外略沉思了一下,说:"老朽当时想招大人为婿,但后来……"这后面的话,到了黄员外的唇边好像又缩回去了。

蓝廷珍问:"后来为何呢?"只见黄员外忽然起身,扑通跪在地上,向蓝廷珍请罪道:"老朽当时想试试大人的为人,几次在大人舂的米里放银子,但都没听到大人关于银子行踪的一字半语,于是老朽就认为大人……"

"我明白了。"蓝廷珍扶起黄员外道:"当时,我每次都是将米挑到粮仓前就走了,至于如何过秤,如何进仓,我就不了解了。您当时好像也就吩咐我管好这些就成了。"

黄员外一拍脑门,自责地说:"哎呀,这些都是老朽的不对,老朽怎么就忘了当时这吩咐呢。老朽错怪大人了,真是罪该万死。"

蓝廷珍安慰道:"这些都是过去的事,疙瘩解了就好。"

黄员外也自嘲笑道:"老朽女儿其实当时看中了大人,可却被她这位自以为聪明的爹给试坏了。唉,这人是不能试的道理,我怎么就糊涂了。"

蓝廷珍说:"这不能怪您,只能怪我的福气不够。"

黄员外说:"说到福气,只能说老朽的差。"

蓝廷珍又笑了,说:"行,我们不争这福气的不够与差的问题,我希望我们福气今后都够都好。"

黄员外听蓝廷珍这么一说,也微笑道:"对,对。"说话当儿,想到什么又说,"大人此次衣锦还乡,光宗耀祖,对家乡多有贡献,大人您打算如何热闹一番?"

蓝廷珍说:"我多年在外,家里的至亲之人也都不在了,对家乡的情况知之甚少,更谈不上有什么贡献。此次返乡,皇上御赐建造府第,这样也好,在家乡建一府第,将来解甲归田时,有个住处也好饴弄孙了。"

黄员外说:"大人想得很周全,身荣想退,位极思归,这是好事,叶落归根也是人之常情。大人若有需要用老朽之处,老朽义不容辞。"

蓝廷珍见黄员外真心实意,遂又道:"建造府第之事,可以说是万事俱备,只欠东风,这东风便是地。按设计需用二十亩地,在来的路上,我有稍事问了问,村子里一时没有合适的地块,这是个难题啊。"

黄员外一听,二话没说,便一口应道:"我在顶坛西边有一片小平原,约六十亩左右。大人若适用,老朽乐意赠送与大人。"

蓝廷珍大喜道:"那就谢谢员外了。只是不要您赠送,我按价付钱才行,否则我不能要这些田地。"

黄员外膝下就一个女儿,家产也多,不在乎这些田地,加上当初有愧于蓝廷珍,此时非常想为蓝廷珍做点什么,以弥补内心的愧疚。黄员外见蓝廷珍说得果决,只好说:"钱不钱暂且不谈,先看地再说吧。"

次日,蓝廷珍带上几位堪舆先生到黄员外的地上察看一番,大家都称赞这是建造府第的好地方。堪舆师摆了庚字,钉了坐标,余下就是准备材料,择日奠基。

蓝廷珍封了一千两银子要送黄员外,黄员外坚辞不收。

黄员外将女儿黄韵的情况告诉了蓝廷珍:原来蓝廷珍走后,黄韵心里一直忘不了蓝廷珍,黄员外也不知给她介绍了多少个,可黄韵就是不答应,到现在还待字闺中。

蓝廷珍听后,很是感动。

黄员外趁热打铁,索性将女儿许配给蓝廷珍做妾的想法也说了。

蓝廷珍起先婉转拒绝,说家中已有一妻二妾了,后想一想,是自己误了人家姑娘家的青春,而她对自己却有如此情分,天下难寻,夫复何求,遂答应了。唐如琴等妻妾亦无异议。

三个月后,提督府竣工了,蓝廷珍与黄员外女儿黄韵也完婚了。

竣工完婚那天,四乡八里的乡亲都来参观祝贺。

蓝廷珍吩咐家人拿出茶果酒水,热情招待客人。

完婚当夜,洞房里,黄韵看到乌铁扁担,想起蓝廷珍当年在自家做事的情景,她心里情不自禁泛起往日深情甜蜜的涟漪。

乌铁扁担从此成为蓝廷珍子孙的传家宝。

提督府占地五千多平方米,建筑面宽四十七米,纵深一百零八米。大门朝东,门前是大石埕。府第呈四合院,沿中轴线两边建筑对称。纵向五进,依次为门厅、正堂、后堂、主楼与厢廊,房间共有一百八十间。其中,厅房一百零八间,左右设厢房护厝,连同后厢共七十二间。厢房环拱四用,左右厢房与门厅、正堂、后堂设廊相连,形成七开间,正堂前有檐廊,后有屏风与天井。后堂是奉神佛祀祖宗牌位的场所,前有天井,后有后廊,两侧设敞廊,连成一体。主楼有二层结构土楼,正中设

大门,门楣上青石刻着由蓝廷珍亲笔题写的阴文楷书"日接楼"。府第大门的门联写道:

> 复鹿耳于崇朝韬略奚似管乐,
> 定东都以七日戎机可比孙吴。

4

是年初秋,蓝廷珍离开漳浦到福州,然后从福州直接上京见驾。

路过漳州、泉州时,蓝廷珍备上"漳州三宝"——水仙花、八宝印泥、片仔癀,还有铁观音,准备献给雍正。

在漳州,他专程到岳口街看蓝理牌坊,牌坊上那八个字——"勇壮简易,所向无前"依旧熠熠生辉。牌坊下的街景一点也不输公爷街,街上戏曲杂耍,吆喝叫卖,甚是热闹。蓝廷珍看见有人在出售蓝理牌坊工艺品,材质是九龙璧,高十六厘米,宽九厘米,正反两面匾额上仿真拓刻康熙御赐蓝理牌坊"勇壮简易,所向无前"八字,做工精美,尺寸得当。蓝廷珍买了三个,包好带走。

待蓝廷珍到京城,已是夜里。他先与蓝鼎元、蔡世远见面,吩咐蓝鼎元准备一份《平台纪略》与他。

蓝鼎元将《平台纪略》送给蓝廷珍时,蓝廷珍则送一个蓝理牌坊工艺品给蓝鼎元。

翌日,雍正在马兰峪景陵召见蓝廷珍。

蓝廷珍跪拜觐见雍正,说:"臣蓝廷珍叩见皇上,祝吾皇万岁,万万岁。"

雍正说:"蓝爱卿,平身。卿名廷珍,字荆璞,这名字皆取得好。廷珍者,乃我朝廷之珍宝也;荆璞者,荆棘载途,亦璞玉浑金,甚有佳意。"

蓝廷珍忙跪谢:"谢皇上赞誉。"然后转入正题,禀报福建、台湾情况。

雍正说:"朕久闻卿忠贞为国,在平定台乱,经略台湾,智勇超群,真不愧为治台名将也。又闻卿知人善用,爱兵如子,关心民瘼,一心为公,不顾个人得失,敢与上司论曲直,勇往直前,真是我大清之贤才良将也。朕加封卿为左都督,一等伯,官阶一品,并赐朝珠、黄马褂、黄金百两、丝绸百匹。"

蓝廷珍再次跪拜谢恩。

雍正赐座,复勉励道:"卿责任干系重大,望卿戒骄戒躁,练好水师,巩固福建海疆。当然,更要经营好台澎,以确保我东南海疆的安宁。"

蓝廷珍答道:"皇恩浩荡,臣虽肝脑涂地,定不负皇上之重托。"

雍正问蓝廷珍还有何事启奏。

蓝廷珍想了想，离座奏曰："臣族弟蓝鼎元，字玉霖，博学广闻，才智过人，尤其对闽浙粤沿海及台澎地理民情甚为熟识。朱一贵起乱，其与陈梦林同任平台大军军师，陈梦林年老先返乡，玉霖一直协助为臣参赞军务，运筹帷幄，起草檄文，经略台湾，功绩巨大。玉霖有经世之才，奈何十次乡试皆榜上无名。去年奉命参加贡试，总算以优贡被选入京，但也只是内廷小书吏而已。臣闻朝廷正准备编纂《大清一统志》，臣举贤不避亲，推荐玉霖参加修志，未知皇上恩准否？"

雍正点头道："朕亦听蔡世远讲过，蓝鼎元有经世之才，奈几试不第。又闻其撰有《平台纪略》，其从治官、治军、治民、治番、治疆、治学等方面阐述其治台思想，反响甚好，只是朕尚未读过。其有如此经世之才，不一定非要那科举功名正途出身。今卿既然提起蓝鼎元，可否将《平台纪略》让朕一阅？"

蓝廷珍心头一喜，便将准备好的《平台纪略》呈上，说："回皇上，臣正好带有此书，请皇上过目。"

雍正笑道："原来卿早有预谋也。好，呈过来。"

雍正展开书札，一一看过，待看到蓝鼎元的述评时，停了下来，频频点头，复对身边近臣年羹尧说："蓝鼎元这述评说得很有意义，要让在场的大臣们听一听，年爱卿，你声音亮，你念出来给大家听听。"

年羹尧接过《平台纪略》，清清嗓音，朗声念道：

台湾治乱之局，迥出人情意计之外。其地方数千里，其民几数百万，其守土之官，则文有道、有府、有县令，大小佐贰杂职若干员，武有总兵、副将、参将、游击、守备，大小弁目若干员，其额兵七千有奇，粮储、器甲、舟车足备。又当国家全盛，金瓯靡缺。而朱一贵以喂鸭小夫，欻然倡乱，不旬日间，全郡陷没，此岂智能所及料钦！太平日久，文恬武嬉，兵有名而无实，民逸居而无教，官吏孳孳以为利薮，沉湎樗蒲，连宵达曙。本实先拨，贼未至而众心已离，虽欲无败，弗可得已。然鹿耳、鲲身，夙称天险，郑氏一踞其间，遂历三世。国家图之数十年，费钱粮几百千万，而后能收之。今不动声色，七日恢复，巨魁就擒，孽从授首，即使孙吴复生，亦未敢望功成若斯之速也。良由圣祖仁皇帝大德如天，神威远震。将卒用命，海若效灵，是以摧陷廓清，不劳而边疆底定。谕旨遥颂，白叟黄童无不感激流涕，盖至仁厚泽，沦浃人心者深也。诸臣或运筹帷幄，出力疆场，克敌致果，功在社稷。欲以鼓励将来，收千秋百岁用人之效，则不得以其为日无几少之矣。乱不久，祸不深，削平者之绩不大，此非君子之言也。赏罚明，则民易使，今日之酬勋，他年之龟鉴。知此说者，其知未雨绸缪之道乎？

雍正插话说："蓝鼎元随蓝爱卿前往台湾平复朱一贵起乱，赞划军政，起草文

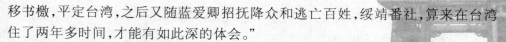

移书檄,平定台湾,之后又随蓝爱卿招抚降众和逃亡百姓,绥靖番社,算来在台湾住了两年多时间,才能有如此深的体会。"

年羹尧接着念道:

　　台湾海外天险,较内地更不可缓。而此日之台湾,较十年、二十年以前,又更不可缓。前此台湾,止府治百余里,凤山、诸罗皆毒恶瘴地,令其邑者尚不敢至,今则南尽郎娇,北穷淡水,鸡笼以上千五百里,人民趋若骛矣。前此大山之麓,人莫敢近,以为野番嗜杀,今则群入深山,杂耕番地,虽杀不畏,甚至傀偶内山、台湾山后、哈仔难、崇爻、卑南觅等社,亦有汉人敢至其地,与之贸易。生聚日繁,渐廓渐远,虽厉'禁不能使止也。地大民稠,则绸缪不可不密。今郡治有水陆兵五千余人,足供调遣。凤山南路一营,以四五百里山海奥区,民番错杂之所,下淡水、郎娇盗贼出没之地,而委之一营八百九十名之兵,固已难矣。诸罗地方千余里,淡水营守备僻处天末,自八里岔以下尚八九百里,下加冬、笨港、斗六门、半线皆奸宄纵横之区,沿海口岸,皆当防汛戍守。近山一带,又有野番出没,以八九里险阻岩杂之边地,而委之北路一营八百九十名之兵,聚不足以及远,散不足以树威,此杞人所终夜忧思而不能寝者也。

年羹尧看雍正听得专注,换了一口气,继续念道:

　　台民好为盗贼,不因饥寒,方庆削平,又图复起。去岁平台大定之后,尚有布散流言,啸聚岩谷,复谋作乱者数次,屡经扑灭,岁余始殄。而王忠一贼,伏匿深山,至我皇上即位,乃克就缚。可见地方广大,搜捕弗周,虽平台仅在七日,而拔尽根柢,东擒西剿,亦有两载艰难。欲为谋善后之策,非添兵设官、经营措置不可也。以愚管见,划诸罗县地而两之,于半线以上,另设一县,名彰化,管辖六百里。虽钱粮无多,而合之番饷,岁征银八九千两,草莱一辟,贡赋日增,数年间巍然大邑也。半线县治,设守备一营,兵五百。淡水、八里岔设巡检一员,佐半线县令之所不及。罗汉门素为贼薮,于内门设千总一员,兵三百。下淡水新园设守备一营,兵五百。郎娇极南僻远,为逸盗窜伏之区,亦设千总一员,兵三百,驻扎其地,使千余里幅员声息相通。又择实心任事之员,为台民培元气。寇乱、风灾、大兵、大疫而后,民之憔悴极矣。然土沃而出产多,但勿加之刻剥,二三年可复其故。惟化导整齐之,均赋役、平狱讼、设义学、兴教化,奖孝弟力田之彦、行保甲民兵之法、听开垦以尽地力、建城池以资守御,此亦寻常设施耳,而以实心行实政,自觉月异而岁不同。一年而民气可静,二年而疆圉可固,三年而礼让可兴,而生番化为熟番,熟番化为人民,而全台不久安长治,吾不信也。

雍正想了片刻，又插话道："好一个地大民稠，则绸缪不可不密。诚如蓝鼎元所虑，台湾北路地方辽阔，半线上下，六百余里，自昔空虚，他建议划诸罗县地为两部分，于半线以上另设一个县，管六百里，名彰化，驻扎半线。如今县治已设，且证明十分有效，可见蓝鼎元远见卓然也。还有鉴于淡水形势重要，置淡水厅，设淡水同知，驻于竹堑，以理民番之事，亦正确也。"

年羹尧再往下念道：

> 顾或谓台湾海外，不宜辟地聚民，是亦有说。但今民人已数百万，不能尽驱回籍，必当因其势而利导约束之，使归善良，则多多益善。从来疆境既开，有日辟，无日蹙，气运使然。即欲委而弃之，必有从而取之。如澎湖、南澳皆为海外荒陬，明初江夏侯周德兴皆尝迁其民而墟其地，其后皆为贼窠，闽广罢敝。及设兵戍守，迄今皆为重镇。台湾古无人知，明中叶乃知之，而岛彝盗贼，先后窃据，至为边患。比设郡县，遂成乐郊。由此观之，可见有地不可无人，经营疆理，则为户口贡赋之区；废置空虚，则为盗贼祸乱之所。台湾山高土肥，最利垦辟。利之所在，人必趋之。不归之民，则归之番，归之贼。即使内贼不生，野番不作，又恐寇自外来，将有日本、荷兰之患，不可不早为绸缪者也。闲居无事，燕雀处堂，一旦事来，噬脐何及！前辙未远，可不为寒心哉！殉难诸臣，虽功过不一，然大节炳然，足以增光宇宙，褒其后而略其先，崇奖义烈，用慰忠魂，亦因以为鉴可也。

年羹尧读罢，雍正由衷赞道："好文章，台自奸民起衅，以及平定安集，中间事迹繁多，千头万绪，欲以一篇文字，网罗而条贯之，非有浩然刚大之气，排山倒海之力，钻犀断蛟之笔，未有不如理乱丝，或附赘悬疣，顾此失彼者也。兹《平台纪略》一气呵成，绝大神力，叙乱之所由生，至纤至细，止在守土恬熙，便开出无穷祸变。可见凡有地方责任之君子，皆当兢兢业业，无事常如有事之防，不可以未雨绸缪为迂也。"

言罢，顿了一下，雍正又说："去年巡台御史吴达礼、黄叔璥回京时，给朕呈送《论治台湾事宜书》，如果朕没记错的话，这书也是出自蓝鼎元之手吧。"

蓝廷珍答道："是，皇上。在常人眼里，玉霖只是谋士而已，只会出出点子，写写文章而已，不能做什么，其实非也。一旦有一个独立施展才干的机会，他一定会干得很好的。"

雍正说："好，蓝鼎元既随卿平台立功，且有如此之文韬武略，不愧为筹台宗匠、治台宗匠者也，朕准卿所荐，先令其参加编纂《大清一统志》，俸银按八品官衔由礼部支付。编纂中若成绩显著，朕另当提擢重用。蓝鼎元治台湾十九事，信赏罚、惩讼师、除草窃、崇节俭、禁恶俗、儆吏胥、革规例、正婚嫁、治客民、兴学校、修武备、严守御、教农桑、宽租赋、行垦田、复官庄、恤澎民、抚土番、招生番,实为良策,今后治台,皆应多加借鉴。"

蓝廷珍再次叩头谢恩。临走时,将水仙花、八宝印泥、片仔癀、铁观音、蓝理牌坊工艺品献给雍正。

蓝鼎元经略台湾的一系列理念,也得以逐步实施。自此,闽粤两省又有大批人员向台湾移民,掀起台湾开垦高潮,内地迁台乡村与新垦田地在雍正年间迅速发展,遍布全岛。史家评说,蓝廷珍、蓝鼎元的治台方略与兴台措施,为台湾日后于光绪十一年(1885)从福建一个府升格为清朝一个省奠定了扎实的经济社会基础。

5

过了两日,蓝廷珍军务在身,赶回福建。

蓝鼎元到修史馆报到,参加《大清一统志》的编纂。蓝鼎元所撰《论北直水利书》、《论江南应分州县书》、《贵州全省总论》、《贵阳府总论》、《漳州府图说》、《粤彝论》、《琼州府图说》、《潮州府图说》、《论边省苗蛮事宜书》、《论潮普割地事宜书》、《与友人论浙尼书》等文,充分显示了他的博学多识,识见超群,他也因此被同僚誉为"治史之才"。

一次内廷同僚聚会,大家齐夸蓝鼎元文章写得好。

蔡世远说:"列位大人说得好,但我更佩服的是玉霖兄在对我国东南沿海的熟悉与关注,其程度之深是无人能及的。"

同僚问说:"此话何以为凭?"

蔡世远说:"玉霖兄在他《论台湾事宜书》、《福建全省图说》、《粤夷论》、《潮州海防图说》、《南洋事宜论》等篇章中,多方面论述东南沿海海疆形势与民情。在《南洋事宜论》中,他对康熙五十六年(1717)所颁布的禁海令,作具体分析和尖锐批评。如,禁令中第一条理由是出洋商人将船卖在海外,玉霖兄批驳说,商人一船造起,便为致富之业,迫不得已又有谁肯卖船,顶嘛桅杆一条,在番地不过值一二百金,在内地则值千金,以我送彼,尚非所尔,况令出重金以买耶? 禁海令第二条理由是商人偷运粮食出海贩卖,玉霖兄指出,番地出米最饶,原不待仰食中国,且商船载米出洋,一石之米,所值几何? 舍其利犯法,虽愚者不为也。他还进一步分析海禁之大弊说,闽、广人稠地狭,田园不足于耕,望海谋生,广居五六;南洋未禁之先,闽、广家给人足,游手无赖亦为欲官所驱,尽入番岛,鲜有在家饥寒窃掠为非之患;禁海之后,百货不通,民生日蹙,使沿海居民,富者贫,贫者困,驱工商为游手,驱游手为则贼耳。康熙六十年(1721)台湾之变,其明验正效也,玉霖兄因此也成为我大清国提出对外开放的第一人了。"

同僚赞道:"听蔡大人这么一讲,玉霖兄答对康熙帝禁海政策的评论确实是非常中肯,真不愧为我大清的有识之士啊。"

蓝鼎元摇头,谦虚说:"列位大人过奖,那些都是陈年旧事,不足挂齿。"

这时,清廷平定青海,西师大捷。为庆祝胜利,蓝鼎元献上《青海平定雅》三篇,《临雍颂》、《日月合璧五星连珠颂》、《清河颂》各一篇。蓝鼎元的华丽文章受到称赞,巨公宗匠,共推良才。蓝鼎元一时声噪辇下,洛阳纸贵,卿贰慕之者,多躬身造访,或内臣出膺封疆,辄诣蓝府。为条陈地方情形利病,天下师游京师者,皆争一见快之。

雍正闻悉,令人将上述文章取来阅读.。他在感念文采的同时,对文中提出的"王者建国君民,教学为先","敬五事,协五行,既曰貌、曰言、曰视、曰听、曰思之并懋而不忒,亦为仁、为义、为礼、为智、为信之交修而无间","天降瑞应,河水先清","天下吏治,咸激浊扬清,以澄肃相崇尚,天下士习民风,咸洁己自好,以同流合污为愧耻,则礼乐可兴,风俗可淳,长流庆泽,垂美无疆","人不爱其情,与天不爱道,地不爱宝,同为大顺大化之宝也"等观点,更是大为赞赏。

6

雍正五年(1727),经太傅、文华殿大学士兼吏部尚书朱轼推荐,雍正召见蓝鼎元。雍正吩咐看茶完毕,蓝鼎元条奏经理台湾、台湾水陆兵防、漕粮兼资海运、凤阳民俗、黔蜀封疆、教育教化等六事,重点是台湾问题。

蓝鼎元极力主张朝廷大开禁纲,听民贸易;他主张改土归流,对待少数民族应与汉民一例轸恤教化;他认为台湾之患,不在于富,而在于教,只有着力开导,使人民皆知为善之乐,则风俗自化矣;他还指出,台湾海外天险,日本、荷兰素所朵颐之地。东南风顺利,十余日可至关东,此齿唇密迩之区,未可以遐荒海岛目之,盛平之时不应疏于武备,宜增防水陆要区。

关于农田水利问题,蓝鼎元认为,天下无不可为之事,唯心坚力勤,仰体皇上爱民利民之至意,置身家性命于度外。精诚所感,可以动天地,役鬼神,何农田水利之不可成乎;关于边省设置问题,他建议将四川省遵义府划给贵州管辖,等等。

雍正龙颜大悦,一一嘉纳。末了,雍正还饶有兴致询问蓝鼎元家乡漳州府事。

雍正问:"蓝爱卿留心地图,志在经纶,朕未到过卿家乡漳州府,听说漳州府是一个很有特点的州府,卿能给朕介绍其地理形胜吗?"

蓝鼎元曰:"回皇上,臣能给皇上介绍家乡地理风貌,既是家乡的荣耀,更是臣的殊荣。以前,臣有写过《漳州府图说》,收录于《大清一统志》,今臣正巧有将其单行本带在身上，请皇上御览指正。"

雍正说："好，朕先睹为快。"

侍臣将《漳州府图说》呈给雍正，雍正展开一览，漂亮的小楷写道：

漳于闽地为极南，负山临海，介闽广之冲，控引番禺，襟喉岭表。唐总章间，玉钤卫将军陈元光，平崖山寇及诸蛮，开屯漳水之北，疏请建州，漳州之名自此始。

开元四年，光子珦，以此多瘴疠，徙州治于李澳川，即今漳浦县治。德宗中，徙龙溪，乃为今漳州府。南界潮州，北接延平，延袤八百里。西距汀州地，东连泉州入海，亦五百余里，在海者倍焉。属邑有十，附郭曰龙溪。直南百里，屏梁山九十九峰，环鹿溪九十九曲者，为漳浦。东南五十里，扼溪海之吭者为海澄。西四十里，当郡右翼者，为南靖。东北三十七里，当郡城左辅者，为长泰。又西三百一十里为龙岩。西北三百二十里为漳平。西南二百有五里为平和。极北四百里，介岩平之间者，为宁洋。四邑皆在万山中，极南二百五十里为诏安，则境连百粤矣。

其山则有九龙、天宝、梁山、灶山、太武、大帽、欧寮、良冈、天官、天柱、九仙、碧灵、大峰、九牙、九侯、金凤之属，不可悉数。其川之入海者十有一，附郡曰西溪、北溪。西溪自平和、南靖，合流蜿蜒，绕郡治，出镇门，为福河，与北溪会。北溪源出延、汀界，合宁洋、龙岩、漳平之水，下华峰，注漫潭，并长泰。南出柳江营，与西溪合，为三叉河，遂东为锦江，中浮二洲间之支为三港。其洲曰许茂、曰乌礁。其夹以许茂、乌礁者为中港。乌礁之南，夹以石码、海澄者为南港。许茂之北，夹以玉洲者为北港。经白石、青礁、石美，东与中南二港合，纳南溪浮宫之水，入于海。南溪在郡南四十里，合漳浦岩前溪，南靖马坪之水，出横口，过龙井至浮宫入于海，是三溪合流，其出皆厦门也。漳浦鹿溪，合平和五寨。南靖龙岭崎溪之水，绕邑城而东，过旧镇，入于海，其出则陆鳌也。自西林出者为西林溪，合平和河上之流，南过云霄镇，纳梁山以南诸水，入于海，即古所谓漳江，其出则铜山也。浦邑之东，有江曰鸿儒，纳台山佛潭桥之水，出井尾白石入于海。其出则镇海也。平和之水，其自西出者，曰河头溪，南流合芦溪，由赤石岩出三河坝，从潮州入海。其自南出者曰徐坑溪、双溪，会于大溪。过诏安，为东溪入海。诏安走马溪，出五都，由铜山大京门入海。大陂溪，绕梅州，经渐山由悬钟北港门入海。港头溪经平寨，至象头入海。

其海中岛屿可名者四十有奇，在海澄者曰浯屿、曰丹霞、曰荆、曰梁、曰嵩、曰长、曰圭，在漳浦者曰竹屿、曰鱼肠、曰石城、曰将军、曰大桑、小桑，曰大澈、小澈，曰鸿儒、曰连集，曰东镇、南镇，曰横、曰莱、曰双洲门，曰乌石、平山、大甘山、小甘山,曰东门屿、曰铁钉屿、曰鸡心、曰五屿。在诏安者,曰虎仔、曰南村、曰犬眠,曰崎、曰内外屿,曰七洲屿。七洲者:蛤洲、猎洲、敏洲、红洲、卧岗洲、陈洲、蛇洲也。又有黄芒山、青屿、猎屿、洋屿,则在诏属南澳者也。其屹然于大海之间,为东南巨镇者。自厦门而下,则有镇海、陆鳌、古雷、铜山、悬钟,下迄南澳,周环罗列,而藩篱固焉。

大抵漳州之地,大山大海,幅员雄壮,士敦气节,女尚贞烈,被服于礼教信义,为天南第一名州。苟或驭失其道,则鹿挺登山,蜂腾入海,强悍好胜,未易安集,富而教之,斯其时矣。统计十邑陆地,为山者十之七,为田园、城郭、庐舍者十之三。人多地狭,丰年犹苦不赡,故每仰给吴、越、惠、潮、台湾之米资,海运以无忧,抚摩噢咻,盖其难也。漳平、龙岩之间,深山密箐数百里,人迹罕到,奸民往往啸聚。迩者陈首魁、陈五显,前后招纳亡命,皆在此间,非得重兵镇之,未易永绝根苗尔。平和、南靖亦多深山,民剽悍乐斗,睚眦相加,即操戈动众,以敢杀为荣。又每穿窬攘夺,奸宄成风,离县既远,吏亦难治。前议者欲于山中设捕盗,同知兼戢数县,良亦甚当第,其议未行,俗难猝革。

漳浦盗贼,多出南靖之车田,平和之三角径。车田去靖邑最远,往返四日,不服靖。距浦邑不过十五里,又以非在疆域之内,不得而治。是以一方之民,家屠牛畜,户抗官租,专为盗贼,毒流远近。前靖令刘君守业,议割车田十五保归浦,以清盗源,浦令恶其为藏垢纳污之所,未免畏盗案参罚,有狃于便安之见,坚意不纳,坐失事机。今不幸刘君捐馆,车田终无宁静之日也。三角径距平和,往返亦须四日,离浦邑仅三十里,近者既非其属,无所顾忌,远者鞭长莫及。杀越人于货,瞖不畏死,非其天性习俗之固然,亦未闻法令之过也。诚得留心民瘼之君子,割远就近,不过数年,盗源永清,三邑皆受其利。诏安乌山九侯之东,有豪林山焉,广远深险,陇陡盘礴,多石屋,可为巢穴,俗称十八洞者。明末为患数矣,今奸慝遁居,作逋逃薮,实为南诏要害。设守备弹压之,亦不可少,此全漳形胜之大概也。

一州之地,以龙溪为元首,长泰、南靖、漳平其肩背也;漳浦、海澄其腹心肺腑也;平和、诏安、龙岩、宁洋其四肢手足也。方今海晏河清,无伏莽乘塘之患,如人安坐于家中,大疾不作,肢体便利。惟有时其饮食,无致饥渴;时其衣服,无伤寒暑;时其沐浴,无俾垢秽。将不久而自肥,何必借重于参苓药石哉。浑身皆是肉,无处可容锥刀,是所望于调养者。

雍正看罢,对蓝鼎元说:"卿果然是经世大才,对全郡形势了然,要害经理亦俱周到,而车田、三角径尤为地方第一要紧,后必有举而行之者,责成司牧,噢咻调养,自是仁人之言。"

蓝鼎元跪谢:"谢皇上赞誉。"

这时袖中的折扇不慎落,雍正说:"蓝爱卿,朕觉得卿手中的折扇不太一样,可否打开给朕看看。"

蓝鼎元将扇子呈给雍正御览。

雍正看了大喜道:"勇壮简易,所向无前,这是先皇赐给蓝理将军的牌坊字,卿以此为扇文,寓意深刻。蓝廷珍晋京,也进献朕蓝理牌坊工艺品,看来这八个字所体现的精神已深入吾大清国的人心,相信随着时间推移会更加熠熠生辉,永放光芒。"

不久,雍正授蓝鼎元为广东普宁知县,并下旨将原属四川省的遵义府划给贵州管辖。离京前,临行前,蓝鼎元上朝觐见雍正,雍正大加慰勉一番。

嗣后,雍正对朱轼赞蓝鼎元说:"朕观此人,便用做道府,亦绰然有余。"

朱轼说:"秀才谈兵防,秀才谈经济,安能有此详密,使天下地方长吏,人人有如此留心,如此措置,又何患国防不实,民生不厚,教化不行也哉。"

雍正说:"朱爱卿说得好。朕以为,秀才不能以天下为己任,纵文采绝世,未免浪费笔墨耳。海内文人,采访山川,风土华藻,极文章之钜观,然于民生吏治,国势人心,有何所补也。三都两京,雕肝琢肾,真读书人,何暇及此。大经济才有大文章,似蓝鼎元这般周览大势,人心筹谋,乃不愧为明体达用经济之士也。"

【第二十四章】

古懋深醇,直与西汉人一鼻孔出气

1

雍正五年(1727)冬,蓝鼎元离开京城到广东普宁赴任。

蓝鼎元一行先到广州,然后轻装直接赶往普宁上任。

从广州往普宁,有好几天的路程。这天快到普宁县境,蓝鼎元跟书童知了骑马走了一天路,看看天色已晚,准备就地找个客栈住了,等明天再上路。夜里,起了一场寒霜,远山近树变得白蒙蒙的。曦光未露,蓝鼎元跟知了起身赶路了。走了半天,青影森森的普宁城门在阳光的映照下,已经耸立在眼前。

知了欢快地叫起来:"老爷,我们总算到了普宁。"

蓝鼎元似乎也被知了的神情感染,习惯性地举起扇子,也笑道:"对,到了普宁,这一路来的辛苦总算可以告一个段落了。"

普宁城里人声鼎沸,蓝鼎元徘徊在热闹的大街上,南国初冬,花木依旧郁郁葱葱,姹紫嫣红,煞是喜人。忽然,有人高声喊道:"快跑,快跑,马鸣山来了!"几分钟之后,繁华的大街上骤然阒寂下来。

蓝鼎元正在惊讶间,却见十几匹快马飞奔过来。其中一匹马经过蓝鼎元身边,马鞭朝蓝鼎元耳边空甩,喝道:"你站在街上想找死啊,滚一边去!"

蓝鼎元跟知了赶紧退到一边,望着这伙人来去匆匆的身影。

这伙马帮走后,街上的人又多起来。蓝鼎元想问问,究竟是咋回事。这时从斜巷里走来一个老者,好奇地打量蓝鼎元和知了:都冬天了,还拿着折扇。

蓝鼎元作揖道:"敢问老先生,方才那马帮是怎么回事?"

老者看左右没人注意自己,悄声说:"方才那马帮是马鸣山派来的,不知又要到哪里作孽了。"

蓝鼎元问:"马鸣山是什么人?"

老者不说话,转身欲走。

蓝鼎元拦住他说:"老先生,我是外乡人,并无恶意,老先生但说无妨。对了,前面有个茶铺又开张了,我们就到那聊聊吧。"

老者见蓝鼎元不像坏人,加上又是外乡人,便放心下来,答应了。

三人到了茶铺,蓝鼎元吩咐茶铺伙计看茶。

老者开口说:"提起马鸣山,普宁、潮阳、揭阳附近几县,几乎是无人不知。马鸣山是潮阳县仙村人。普宁、潮阳、揭阳等地,连年饥荒,盗贼白昼杀人抢劫,民不聊生。马鸣山乘机结交各路匪徒,明里暗里与他们联络。一时间四方无赖之徒,也纷纷到仙村投靠,马鸣山遂成了匪首,凶残无比,害得乡亲们见了他如见虎狼,背地里骂他马鳖子。"

知了听了忍不住插话说:"马鸣山无恶不作,乡民为何不去报官?"

老者愤愤地说:"报官?报官有啥用,他本身就是官!"

蓝鼎元问:"何以匪也成官了?"

老者说:"康熙四十三年(1704),马鸣山使钱买了个监生头衔,当起总约长,从那以后,改为读书人打扮,穿起团花缎子大褂,托起鸟笼子,一步三摇,人五人六,匪徒们不再叫他大哥,改称他马老爷。从此,马老爷的名字声震潮阳,并由潮阳延伸到普宁、揭阳等临近几县,几个县的官哪个也不敢动他一根汗毛。他时不时派马帮骚扰我们,方才那马帮就是他的。他们是官匪一家,有道是官而不匪,哪有乍富邪财,匪而不官,何能逍遥法外!"

知了说:"县里不敢动他马鸣山,难道潮州府也不敢动他吗?"

老者摇摇头,气愤地说:"潮州府里也有他的人,谁敢动他,根本没用!"

蓝鼎元说:"以前就听说普宁、潮阳、揭阳多匪盗,原来这些匪盗是这么来的,此谓匪由官生,官由盗做也。"

蓝鼎元是普宁县令,管不到朝阳事。此时虽一时也奈何不得马鸣山,但他民经暗下决心,有机会一定要好好治治这些匪盗。

蓝鼎元向老者拱拱手,说:"谢谢老先生了。"说完,就与知了走了。

2

潮阳出了一个匪首马鸣山没人治,普宁也是匪盗成群,民风不善。

蓝鼎元在普宁一到任,便严为教约乡民,组织力量治盗,整顿社会秩序。

蓝鼎元上任月余,有潮阳人王士毅以人毒杀其弟命来告:"弟阿雄,随母嫁普宁人陈天万为妾,天万嫡妻许氏用鸩毒杀阿雄,阿雄尸首十指勾曲,齿唇皆青,请大人为小人做主。"

蓝鼎元前往墓地验尸，墓地却空旷无尸。王士毅利口喋喋，直指陈天万移尸灭迹。陈天万听到王士毅指控，全家面面相觑，骇愕得不能出一语。蓝鼎元仔细询问情况，得知阿雄病痢两个月，不治而亡。唤当日医生来问讯，回说情况属实。蓝鼎元审视许氏，肚大如牛，起居皆须三四人扶掖，一问才知患有蛊病九年，整个人一副含悲凄婉样，不像是个妒悍鸩毒之人。蓝鼎元再叫人遍问可疑者十几人，都不知尸体置于何处。

蓝鼎元分析案中细节，估计是王士毅贼喊捉贼，便避开人，私下问阿雄母亲林氏："阿雄夭殇是何日？"

林氏说："二十七日。"

蓝鼎元问："那天王士毅有没有来？"

林氏说："我们请过，可他没来。"

蓝鼎元又问："第二天来了吗？"

林氏说："来了，只是没进我家门，直接到他表姐家去了。"

蓝鼎元问："他表姐有儿子吗？"

林氏说："有，叫廖阿喜，年纪有十五六岁。"

蓝鼎元即派人唤廖阿喜来，问："二十八日王士毅到你家何事？"

廖阿喜说："他没进我家门，只是在路上遇到。"

蓝鼎元问："他说了什么？"

廖阿喜说："他说阿雄死了，现在埋了没有？我回答说埋了。他又问，埋在什么地方？我说后边岭。他听罢，二话没说就走了。"

蓝鼎元拍案厉声喝："偷尸者王士毅也。"

一用刑，王士毅果然招供了：是他雇乞人乘夜将尸体盗走的，并称他是受陈天万的哥哥陈伟度的指使，陈伟度要陷害陈天万，霸占家产，便通过熟人王爵亭请王士毅作案，再以阿雄之兄名义报案。

蓝鼎元下令，将陈伟度、王爵亭抓捕归案，两人俱供认不讳。

蓝鼎元将王士毅、陈伟度、王爵亭等三凶决杖三十，各予满枷，制木牌一方，大书其事，命乡民传擎偕行，枷号四乡，周游示众。

陈天万一家及乡里牵连人等，概行释放。

当场观者数千人，皆欢呼震天，罗拜匝地。

3

过了一个月，蓝鼎元又受命兼任潮阳县令。

296

一到潮阳,蓝鼎元感受到马鸣山在潮阳官匪势力更加无处不在。

关于马鸣山的歌谣,在潮阳更是传遍大街小巷:"总约长,马鸣山,招揽土匪一两千。抢骡马,架肉蛋,挖窟翻墙都敢干;断山截径赛虎狼,夜黑风高劫商船。头戴监生帽,身穿团花衫,不知是匪还是官。"

蓝鼎元早就有心惩治这帮匪人,现在时机到了,是该彻底治治马鸣山这伙人了。

治盗先治官,蓝鼎元责成豪绅率先完税,同时严禁吏役作奸侵蚀。按照通例,每纳赋谷一石要加耗粮一斗,蓝鼎元给予宽减。当地有船四百条,按旧例新县令到任,每条船要交银四两换取新照,蓝鼎元严令予以废除,还将这些新规定刻在码头岸石上。

恰在这时,潮阳又发生了五营兵食案:原来潮阳一县,岁征民米军屯一万一千余石,配给海门、达濠、潮阳、惠来、潮州城守五营兵食,可就在半年前,潮阳豪绅役吏与马鸣山相互勾结,抗交、拖欠、侵吞赋税,以致五营兵丁半年没发粮饷。

蓝鼎元借此事件,严令缉拿马鸣山。

起初,马鸣山想着法子威胁蓝鼎元,可蓝鼎元不为所惧。马鸣山又请一个与蓝鼎元私交甚笃的官员做说客,劝蓝鼎元放他一条生路,日后定有厚报。

蓝鼎元说:"皇恩浩荡,皇上对我蓝鼎元有知遇之恩,我岂能辜负皇上,徇私枉法!我放马鸣山一条生路,那谁来放百姓的生路呢!"

来人说:"皇恩浩荡非也,依蓝大人之才干,岂止一个小小的七品县令!"

蓝鼎元说:"县令虽小,然亦为一方父母官也,责任干系重大。皇上将普宁、潮阳两县治权予我,我就得将它们治理好,上对得起皇上,下对得起百姓。汝无须多言了!"

来人见蓝鼎元将话都说到这个份上了,也不再多言。

蓝鼎元最终将马鸣山一伙匪徒一网打尽。官盗一治,潮阳县从此士民争赴纳税,营兵粮饷解决,潮阳、普宁、揭阳等地社会治安也得到强化。一些截道抢劫的小匪帮和零星行盗者,稍有活动即被破获,因而多数逃到外地。

4

普宁、潮阳匪盗平息下来,讼师唆使乡民打官司从中渔利的案件却层出不穷。他们的词讼中好牵告多人,相磨累以示武或捏造花名,居奇利,或行贿蠹吏改匿,移向他人。讼师蠹吏,乐此为利。

蓝鼎元决心要治一治讼师。他知道,普宁、潮阳等地民俗健讼,要治讼师得讲究方法策略:对少数为害大的讼师及罪犯严加惩治,不稍宽贷;对那些"小犯"讼师和罪行轻微者,就采取反复开导的办法,教育他们改过自新,有时还释放他们回去,极力做到严而不残。

雍正六年(1728)春天,蓝鼎元经常带着知了及几个贴心衙役,巡视境内。他边劝告百姓抓紧时令从事农业生产,边了解各地乡村的讼师情况。他召集父老,询问疾苦,关注民生,共商生产大计,并从谈话中了解当地乡村讼师情况。

他嘱咐当地有威望乡民转告那些无事生非的讼师:只要他们改过,可以既往不咎,对于不听劝告的讼师,他决不宽恕,尤其是讼师蠹吏勾结在一起的案件,更要严惩重罚。这些措施,果然很有效果。

一日,蓝鼎元发现村保正郑候秩曾纵盗殃民,正准备组织衙役将郑候秩抓捕归案,衙门外忽有一妇举状鸣冤。蓝鼎元差人唤入衙门,一问方知告状者为郑候秩妻子,她认定一具溺水尸体是其丈夫,控告萧邦武等五人是凶犯。

蓝鼎元问尸体何在,妇人说就摆放在家附近的草棚里。

蓝鼎元带人来到现场,郑候秩的儿子郑阿雄正抚尸痛苦。

蓝鼎元叫随从检查尸体,可尸体已经高度腐烂,难以辨认。他不顾众人的惊愕,勒令郑氏母子俩收殓腐尸,然后传问萧邦武等五人说:"你们知道郑候秩真的死了,还是假死?"

他们都回答说不知。

蓝鼎元说:"你们甘愿偿命吗?"

萧邦武等人哭说冤枉。

蓝鼎元说:"郑候秩先前当过保正,纵盗殃民,现在见我来了,才畏罪潜逃,但他不可能逃得很远。你们只要在邻近的惠来、海丰等地寻找,是不难捕获的。"

萧邦武等人到这一带寻觅,只用了五天时间,就在惠来境内把郑候秩捕获归案,同时也捕到出谋的讼师黄边及通风报信的衙门兵书林集贤。

原来林集贤得悉蓝鼎元要治罪郑候秩,暗地里告诉郑候秩,郑候秩再急切找黄边想法子。林集贤、黄边向来得过郑候秩好处,三人凑在一块,就想出一个由黄边代书状告萧邦武等五人的案子。

蓝鼎元对郑候秩一干人犯说:"弄法蒙蔽,非常大恶,我方为普潮两邑除奸弊,此事断不可宽,郑候秩、林集贤、黄边三人各杖责四十板,荷校于市,林集贤并革退兵书。重责严惩三人,使我民知法纪可也。"

蓝鼎元乘势严禁代书不许牵告五名以上。

蓝鼎元担任普宁、潮阳两县县令,转眼过了大半年,季节此时也已进入夏天。粤东气候一到这季节,最让人溽热心烦。好在蓝鼎元是闽南人,对粤东这种气候还算习惯。

是日中午,蓝鼎元在县衙看书看累了,便与知了下起了围棋。

酣战间,衙役来报,一个名叫蔡阿尾的乡民来普宁县衙告状,说其兄蔡阿灶因

298

卖地争价，被买主陈兴觐打死。

蓝鼎元升堂审案，觉得案情疑点颇多，便亲自下乡调查。

原来蔡阿灶、蔡阿尾、蔡阿完、蔡阿辰兄弟四人皆以行乞为生，后蔡阿灶病死。讼师陈兴泰为与陈兴觐争买蔡阿灶的屋地，趁蔡阿灶病死之机，收养并煽动蔡阿尾控告陈兴觐。

蓝鼎元令人传唤讼师陈兴泰，可陈兴泰却狡辩说，他没有收养蔡阿尾，倒是陈兴觐收养了蔡阿完、蔡阿辰，所以他们帮陈兴觐说话。

蓝鼎元说："这不难分辨，他们兄弟一同行乞，蔡阿完、蔡阿辰面色青黄，是饥饿所致，独有蔡阿尾面色红润，是经常饱食的表现，若不是你陈兴泰诱养又是什么？"

蓝鼎元这一分析惊动了左右的人，陈兴泰再也不敢狡辩，只得低头认罪。

5

潮州一带讲的话属于闽南语系，加之与闽南相邻，闽南有很多人在潮州各地做些小生意，得知蓝鼎元是闽南老乡，出了事都来找他帮忙。还有一些在台湾时就认识的熟人，除了闽南人，还有潮州等地的人，他们从台湾回来，在普宁、潮阳做生意什么的，有事也来找蓝鼎元解决。

蓝鼎元对来访者都热情接待。他知道，人不到万不得已，谁也不爱去求人。对于合理的诉求，蓝鼎元尽量予以支持；对于那些不合理的诉求，则婉言拒绝；有一些人还带上礼数手续来见，蓝鼎元更是坚决辞退。

有一天，周绍来找蓝鼎元。蓝鼎元颇觉奇怪："周师爷，你不是在台湾府当师爷吗？对了，后来好像还说你要回内地当知府。"

周绍一副一言难尽的表情："唉，别提了，你看我今天这落魄样，就知道怎么回事了。"

蓝鼎元听他这么讲来，似乎明白什么，但他故意问道："福建巡抚吕犹龙吕大人不是你亲戚吗，难不保他不认你这位亲戚了？"

周绍被蓝鼎元这么一说，脸似红纸，说得很可怜："甭提了，吕犹龙调离福建，原本让我回内地当知府的事也黄了，台湾那些人也就狗眼看人低了，甚至把平时受吕犹龙的窝心气也都撒到我的身上来了。在台湾，我实在呆不下去了，就自己出来做生意。也不知道这生意怎么做的，做来做去就做到潮阳来。钱没赚钱到，本却亏了个精光。听说你在这当县令，就赶来找你救济则个。唉，怪来怪去都怪我那亲戚，什么福建巡抚，我看他只会做官，不会做人，我好好的前程，都被他毁了。"

当初在台湾，这个周绍仗着是吕犹龙亲戚，害得蓝鼎元跟蓝廷珍差点儿吃大亏。蓝鼎元本不打算理会周绍，可见他落难，还是给了几两银子与周绍做盘缠。

6

转眼到了秋天，这天蓝鼎元见仪门外有一人长跪其间，手展一纸，置于头顶。

蓝鼎元遣衙役招呼他进来，说："你要告状，应该到大堂前来，为什么跪得那么远？"

那人说："小民从未告过状，今天是第一次到县衙，不知道该跪在哪里。"

蓝鼎元吩咐书吏接过状纸。书吏接过一看，说："白纸一张。"

蓝鼎元说："乡民不知状式，白纸亦不妨。"

书吏强调说："纸上没字也，只是空纸而已。"

蓝鼎元说："知道了，亦收之。"展开一看，果然空无一字，便问，"若有冤欲白，当据事直书，何取空纸来也？"

这种事少见，书吏在旁也忍不住数落乡民："你好大的胆子，居然敢取没字词的白纸来戏弄我们老爷！"

上状者急忙解释说："小民不识字，又没钱请人代写状纸，急切之下，抓了一张白纸就赶来县衙请老爷做主了。"

蓝鼎元见上状者说得可怜，即将白纸给书吏，令书吏书写。书吏说："可小人不知案情呀。"

蓝鼎元说："你就用这张白纸写供词吧。"

持没字词状子者姓刘名平，家住普宁县郊。县郊有一名女子，名叫三梅，年轻貌美，姿色绝佳，是周围一带年轻后生朝思暮想的美人。刘平虽然不识字，但很有经营头脑，将生意做得红红火火，颇有家产。待到三梅出嫁年龄，刘平不惜重金，倾己家资，娶得三梅为妻。从此刘平独占花魁，不思生意，朝夕与三梅厮守在一起，卿卿我我，缠绵不已。

新婚燕尔，半年过去。一日，刘平打开银柜，却发现里面已空空如也。他这才意识到，本来为娶三梅就已花掉了大部分积蓄，新婚半年又每天坐吃山空，结果到现在连生意本钱都吃完了。再这么下去，自己跟三梅如何生计呢？

当晚，两人极尽缠绵后，刘平说："娘子，家中已无银两，生活日见拮据。我明日想去外地做些生意，赚些银两回来。只是我已无银做本钱，去外地只能做介绍生意的活计，这样一年半载可能就回不来了，娘子你……"

刘平欲言复止：一来他担心自己长期外出，三梅一娇弱女子能否照料好自己，二来三梅年轻貌美，新婚不久，能否耐得寂寞，守住空房。

三梅看出丈夫心思，安慰道："相公尽管放心去，多攒些银子回来。我可以在家做些女红，维持生活不成问题。相公攒够银子就早些回家，我等相公回来。"

刘平见妻子如此说来，心便放下许多。

翌日一早，刘平就带些盘缠上路。

7

三年后，刘平积攒百余两银子，再也无心生意，兴冲冲踏上了归乡之途。走到离家十五里的水心桥时，天色已暗，又下起雨，四周旷无一人。刘平不由地害怕起来，暗忖身带这些银子，又黑夜独自行走，如果遇到强盗，这三年的辛苦就算白费了。刘平左思右想，看了看四周无人，就把银子包藏在水心桥的第三个桥洞内，然后继续赶路。

刘平到家门口已是深夜，敲了半天门，三梅方打着呵欠来开门。

刘平见朝思暮想的娇妻只一人在家，这下又为他忙前忙后，欣慰不已，便妻子说："娘子，我这次外出三年，挣了一百多两银子。我们有了这些银子，足够在一起过上一段好日子。"

三梅没看到银子，以为刘平是骗他的，便没好气地说："你两手空空回家，银子在哪里？"

刘平手一摇，说："你莫急。我因怕强盗打劫，故将银子和行李全部藏在水心桥下第三个桥洞内，待明日天亮我去取来给你。"

第二天，刘平起了个大早，依旧是兴冲冲来到桥下，却发现桥洞内已空无一物。再搜寻四周，也不见有任何线索，刘平顿时跌坐在地，心里懊恼无比。有谁会知道这桥内藏有银两呢？莫非这世上真有鬼怪不成！刘平百思不得其解，只得回家将此蹊跷事说给三梅听。

谁知三梅根本不信，反而怨丈夫说："你明明没有银两，空手回家，何必又设个圈套来瞒我呢。"

刘平见自己辛苦三年挣来的银子不翼而飞，心中本来就烦恼，又听妻子怨他骗人，激愤不过，便投状县衙，告雨夜失银，请县衙缉查窃贼。临出门，刘平自己不识字，想找人写个状词，可一想到写状词要钱，讼师也不太好对付，索性就罢了，随便抓了一张白纸就朝县衙来了。

蓝鼎元问过情况，也觉奇怪，问刘平说："你回家后，是否对众兄弟说起藏银之事？"

刘平说："小民没有兄弟。"

蓝鼎元问："你和谁住在一起，家中都有何人？"

刘平说:"小民独家居住,家中只有妻子一人。"

蓝鼎元再问:"你是否对妻子说过?"

刘平说:"是,小民只对妻子三梅说过。"

蓝鼎元问罢,心中已有几分明白,即令差役将三梅传来。三梅一进衙门,蓝鼎元一看,果然天生丽质。只见蓝鼎元将脸一虎,忽然劈头盖脸喝道:"大胆贼妇,你丈夫在外三年,你竟敢在家招引奸夫,快从实招来!"

三梅猛然一听,虽然心中害怕,但还是矢口否认,坚决不招。

蓝鼎元欲动大刑,刘平心疼妻子,连忙跪下,求饶道:"小民情愿不要银子,只求大人放了小民妻子。"

蓝鼎元作色道:"你这刁民,本无银两失窃,为何捏造虚词来报假案! 你欺骗本官,连累妻子,实属罪不容赦! 来人呐,将刘平囚禁入监,三梅释放回家。"

8

三梅回家,正不知如何是好,忽见一乞丐要饭要到门下,心里烦躁,挥手斥去。这时,一个男子悄悄溜进房内,对她好声道:"三梅你受惊了。告诉你,桥洞里的银子是我拿的。这下可好了,刘平蹲了大狱,这回他不死也得脱层皮,而我们得了银子,又能永做夫妻,真是三全其美。"

三梅和这男子正得意间,忽见大门洞开,冲进几名差役,当场将两人捆绑上,押往县衙。

原来蓝鼎元料定三梅有奸夫,见她不招,便假意关押刘平,放回三梅。又知三梅回家,奸夫必定会来看望,即令一差役化装成乞丐,潜入刘宅窃听,果然探出真情。

蓝鼎元见差役将三梅、张福押到,立即升堂审讯,方弄清案情真相:自从刘平走后,三梅开始倒也本分,每日里只作些绣活补贴家用,一到晚上便早早关上大门,独守孤灯。但天长日久,冷清难熬。刘平左邻又住着一个年轻后生,名叫张福。张福早就对三梅思慕不已,只是平时刘平对她寸步不离,故而无缘接近。等到刘平外出做生意,张福心中暗喜,觉得这是天赐良机,便不断向三梅大献殷勤,用言语撩拨其心。三梅见张福长得一表人才,家中颇有些资产,更加上活寡难守,就将对丈夫的许诺抛至脑后,与张福眉来眼去。一来二去,两人就行起了那苟且之事。刘平到家那日,三梅正和张福行那风流之事,忽听有人敲门,细听之下,像是丈夫刘平的声音,不由大惊失色,连忙低声对张福说:"你快藏起来,可能是我家官人回来了!"

张福也慌了手脚,急忙穿衣下床,藏到夹壁之中。刘平和三梅的谈话,张福尽收耳底。等到刘平夫妇熟睡后,张福抽身从夹壁中走出,蹑手蹑脚地打开后门,直奔水心桥,将刘平藏在桥洞内的银两和行李全部拿走。

蓝鼎元最后判张福徒刑三年,三梅卖给官府作奴婢,刘平无罪释放。

蓝鼎元政声在当地流传开了,乡风民俗亦为之一变矣。

后来,蓝鼎元根据自己在潮阳、普宁的治狱实践,写成《鹿洲公案》,凡上下二册。

9

潮州一带风俗尚鬼,好言神言佛。士大夫以大颠为祖师,而世家闺阁,结群入庙烧香拜佛,不绝于途。于是,邪诞妖妄之说竟起,而所谓后天教者,就在此背景下盛行起来。

蓝鼎元到任普宁、潮阳两地县令不久,即开始密切关注后天教的活动情况。主事者林妙贵,自称仙姑,诡言能呼风唤雨,役鬼驱神,亦称后天教主。其奸夫胡阿秋辅之,自号笔锋仙公。两人相与书符咒水,为人治病求嗣,又能使寡妇夜会其夫。潮人笃信其术,举邑若狂,男女数百辈皆拜以为师。澄海、揭阳、海阳、惠来、海丰之人,无不自远跋涉,举赀奉束,牲酒香花叩其门,称弟子者如市。

一日,潮阳县衙役来报,林妙贵与胡阿秋合伙建造广厦于县邑之北关,大开教堂,会众数百,召梨园子弟,鼓歌宴庆两日矣。

蓝鼎元觉得该是处置后天教邪教惑民的时候了,急遣吏卒捕之。然吏卒皆畏得罪神仙,恐阴兵摄己,不敢捉拿,而势豪宦属,又从中左袒庇护,林妙贵、胡阿秋乘风兔脱,吏卒竟不能勾获一人。

蓝鼎元闻报,亲自撰写布告,告诫乡民曰:

> 仙者何奇?不过曰长生耳。而其所谓长生者,又不能留块肉以行行于世,必称尸解。夫尸解,则非生矣。佛者何奇?不过曰空耳,无耳。夫既空且无矣,又安有所谓佛乎?山泽之民,奉公守法,终身不犯刑辟之条,期颐耄耋皆仙也。存善心,行善事,一生无欲害人,皆佛也。伦常之地自有仙佛,何必从事于幽眇不可知之途?彼所谓仙与释,吾恶乎知之?不知而谬为牵引则妄也,吾恶乎敢?斯志也,非敢黜仙释也,阙疑也。

随后,蓝鼎元亲造其居,排闼直入,擒获林妙贵。

为穷究其党羽,蓝鼎元着人进入其卧房之内,发现重重间隔。里内,小巷密室,屈曲玲珑,白昼持火炬以入,人对面动辄相撞遇。稍微侧身一转,则不知其所

303

之,宣藏奸之薮也。蓝鼎元不敢惮烦,直穷底里,于林妙贵卧榻之上,暗阁幽密之中,擒获姚阿三、杨光勤、彭士章等十余人。复于胡阿秋卧房楼上,搜出"娥女娘娘"木印、妖经、闷香、发髻、衣饰等物。

胡阿秋逃逸,被一些势豪暗暗藏起来。

蓝鼎元加大追捕力度,势豪只得将胡阿秋送审。

庭鞫得知,胡阿秋并无其他技能,唯恃闷香衣饰,迷人耳目而已。盖愚夫愚妇,闻神仙之名,先已惶悚慑服,又见林妙贵女流,无所顾畏,而胡阿秋发髻脂粉,衣裙翩翩,亦且左右仙姑,共作妖狐妖媚,遂以为真娥女娘娘,不复疑其为男子。追入卧房,登遍阁,拜弥勒佛,诵宝花经咒,燃起闷香,则在座者皆昏迷睡倒,恣所欲为。其闷香亦名迷魂香,闻之则困倦欲卧,有顷,书符饮以冷水,则迷者复醒。所谓求嗣见夫,皆得之梦魂惝恍之际。

考虑到林、胡一案牵涉人员太多,蓝鼎元仅将林妙贵、胡阿秋处死,将同恶姚阿三等十余徒枷杖创惩,其余党一概不问。

10

蓝鼎元没收林妙贵、胡阿秋房屋,籍于官府,更其门墙,为棉阳书院。书院为屋有三,中祀濂洛关闽,即周程张朱五先生,前为诸生出入行礼之所,后为闲存堂,凡学舍十有八。

棉阳书院开办之后,蓝鼎元又亲自为书院写了碑记。每逢朔望暇日,蓝鼎元必与阖邑人士,讲学会文其际。他常强调,教育出人物,人物为一郡之柱础,乡帮之光耀,多多益善;教育要提倡兼容开放思想,如海纳百川,有容乃大。不仅如此,他还出文会张陂官租谷二百余石,为春秋丁祭,师生膏火之资,从而亦解决办学的后顾之忧。

在书院授课期间,他根据自己的思想心得,完成《棉阳学准》五卷,书中分同人规约、讲学规仪、丁祭礼仪、书田志、闲存录、道学流派、太极要义、西铭要义等部分。世人赞其"得濂洛真传,四子、六经、近思录、小学而后所未见者",又说"邑侯蓝夫子,闽漳大儒,人品学问,经济才华,海内称殊绝焉",与李光地、蔡世远并称"闽学复兴者。

这期间,蓝鼎元的吏治思想也日臻成熟完善。他提出吏治首务为廉政,曰居官以廉为称首;吏治核心为爱民,曰民为君之民,为天之民,敬民乃敬君,敬民乃敬天;吏治基础为教养,曰圣人治天下,不外教养两端;吏治保证为用贤,曰治天下以得贤才为本;吏治最忌为沽名,曰居官者最患在沽名。其经济思想在对外开放、水利建设、货币管理、固本安民等方面也颇有建树。

潮阳兴正学,普宁亦随之。两邑在蓝鼎元的精心治理下,正学盛,异端息,促民生，人心风俗，蒸然一变。

雍正六年(1728)底，朝廷为考核地方官员为政之绩，着令各地县令上奏履历条陈。蓝鼎元提笔写下《履历条陈奏疏》：

臣蓝鼎元，福建漳州府漳浦县人，年四十八岁，雍正元年拔贡，经族兄廷珍举荐，充内阁一统志馆纂修效力。雍正五年三月初四日，礼部钦奉特旨，带领引见。奉旨著记名，遇有要紧知县缺出，奏闻。钦惟皇上学传精，一道备中和，赏罚肖天地之无私，仁慈若父母之均爱。善政至教，卓越古今，上瑞嘉符，骈臻寰宇，固已廷多夔契，犹勤若渴之求。吏尽龚黄，尚思循良之彦。

臣诵法先儒，心殷报国，久困诸生，效忠无路。幸以雍正元年，应诏选拔入京。三年四月，在馆修书效力。盖藉此趋跄阙廷，表忠爱瞻依之愿。十科乡试，一第无缘，自分此生终老韦布，忽闻特旨宣召，得以仰瞻天颜，复蒙格外隆恩，畀以民社要职，感激涕颐，夜思达旦。臣不由科甲，又无偏途，起田间而膺组绶，是皇上以唐虞三代之士待臣，臣若不以唐虞三代之良臣自勉，只是循分供职，已辜皇上特用之恩。况敢一毫不肖欺罔，此心不可以对天日，当为天地鬼神所不宥。

臣自幼孤苦，能甘淡泊，居官持廉，乃分内寻常之事。但恐才有所不逮，识有所不周。力小任重，惧滋陨越，然思人臣效职，不外公忠，诚至可以生明，勤至可以补拙。臣惟有矢竭愚忱，时时以图报皇恩四字常悬于心目之前，以矫激沽名为大戒，以党援偏私为大耻。苟可有裨益吏治民生，关系世道人心之要，任劳任怨，臣皆所不恤也。

知县一官，有父母斯民之责，当有至诚实意，与小民痛痒相关，所谓爱百姓如子，处民事如家事者。臣必先正己，率属使丞蔚共勉为不贪，使绅矜皆范于名教，使民人知尊君亲上，孝弟忠信为美。为除其豪强盗贼讼师衙蠹之害，导养其农桑畜牧山林川泽之利，制节其风俗奢俭，积贮贸迁之宜，寓军政于保甲之中，行催科于抚字之内，庶邑民安生乐业，咸沐朝廷爱养教化之仁恩，此臣所龟勉，自期以报皇上者。若夫重耗加派，亏空滥刑以及徇私干誉，谄媚上司，钻营求荐诸陋习，臣虽不肖，亦断不敢为。此圣明远瞩，难逃洞鉴，兹当拜献之初，遵缮履历条陈。伏祈皇上睿鉴，臣不胜惶恐战越之至，谨奏。

雍正看到蓝鼎元奏疏，写下批语：

蓝鼎元古懋深醇，直与西汉人一鼻孔出气，至其语语从肺腑流出，俱系第一等见识。骎骎乎《豳风》、《无逸》之遗，西汉诸家恐未见到也。蓝鼎元此等知县可谓名副其实，而知县者当如蓝鼎元俱知县事，至诚实意而为之。

第二十五章

山河呜咽大星沉

1

　　雍正七年(1729)冬,蓝廷珍因病卒于任所,时年六十六岁。在生病期间,雍正特派太医为他诊治。太医行至福州,蓝廷珍已经亡故。朝廷赐给帑金两千两为他治丧,赠太子少保,灵柩送原籍全礼祭葬,谥号"襄毅"。

　　噩耗传至台湾,山河呜咽,台民悲泣。

　　蓝鼎元听到噩耗,不胜欷歔,静下心来,为蓝廷珍撰《先兄福建水师提督襄毅公家传》,文末赞曰:

> 　　公一生忠勤,好捕贼,勇敢善战,常为士卒先,他事恂恂如不及。虚心自下,功成名立,令终有俶,非偶然也。夫谗嫉之于人甚矣。哨海称戈,可云在家观剧,含沙之口,何所不至。所恃当权勿轻以耳为目而已,使其时无提督吴公之保全,大盗孙森之急救,则良将已失,谁复为国家建勋业,垂不朽乎?征台大役,所关甚伟,满氏实式凭之,虽骨肉手足,未足喻其相需之殷,得无自叹。前此几为小人所误否,妒贤害能,小人常态,非聪明仁智,公忠为国者,所向无前,其孰能知之?

2

　　蓝鼎元在普宁、潮阳两地察民情、恤民生、严断狱、慎吏治、除腐恶、办学堂、兴文化,采取一系列措施综合整治社会秩序,安保民生,发展经济,殚精竭虑为民办事,赢得百姓赞誉的同时,却得罪了豪强污吏。他们视蓝鼎元为眼中钉,必置之死地而后快。加上蓝鼎元秉性耿直,刚正不阿,办案公正,使不少人畏惧,也忤逆了上司。这些人上下串通,伺机而动。

这时,潮属地方数年饥荒,朝廷同意惠潮道楼俨的请求,用公款就地籴粮备赈,而运官和船户却依靠楼俨的权势,沿途盗卖官粮,掺杂糠秕或水充数,各县忍气吞声,蓝鼎元却将不法船户拘捕入狱。楼俨派人说情,蓝鼎元不为所动,因此楼俨怀恨在心,瞒着朝廷,串通省布政司和按察司,诬告蓝鼎元六条罪状,其中第一条竟然是因为豁免渔船例金,亏空公款千余两。当地渔民听此消息,扛着勒刻豁免渔船例金的岸石,为他呼屈鸣冤,百姓争着为他偿还"官债",但蓝鼎元最后还是被革职回乡了。

3

陈梦林自雍正二年(1724)春回漳浦后,就一直在漳浦讲学著述。今见蓝鼎元从广东回来,故友相见,分外高兴。

了解了蓝鼎元被解职的详情,陈梦林笑着打趣他:"盖天厚圣贤乃在穷厄,使孔孟得志大行,为开万古之聋聩而大道至今昌明哉!"

蓝鼎元自嘲道:"圣贤不敢为,学无止境,权当善士耳。古训云,取法于上,得乎其中。故而吾等学圣不成,犹可以为贤人,学贤不成,犹可以为善士。或曰,以实心行实政不得,亦可以实心做实人也。"

陈梦林看蓝鼎元整天读书著述,闭门不出,怕他劳累过度,弄坏身子,便选了一晴日来约蓝鼎元同游高旻洞。

高旻洞,在漳浦县邑东郊五十里。有人说因晋仙人葛洪栖隐此处而名之,有人说是宋高东溪读书于此而唤之。洞处万山之麓,三面峻峭,独开其南为门户。门内两山拳然,从大峰迤逦而下,似双鹅形。雌鹅曲项在田际,雄鹅昂首,若向天鸣者。山巅坦平,洞广且深。

两人到了洞外,蓝鼎元对陈梦林说:"宦海风波,孤忠靡骋,今处涧峦,如在天上,故思移家入空谷,结茅数椽,名曰可堂。"

陈梦林听罢,笑道:"看来玉霖身处此境,对官场还是难以释怀呀。"

蓝鼎元说:"看来这官场真是无处不在,如此脱俗不凡的仙境,我还是难免提到宦海。官场宦海其实质就是名利。"

陈梦林说:"我知道玉霖的心志,要的是正解之名利,欲身处神仙之境,耕山而食,誉天地之大,褒日月之明,以守先圣君子居何陋之有之训也,此才为真正的人之大名大利耳。"

蓝鼎元环视山野，用扇子指着洞口说："心志不敢说，大名大利更不敢说，我只想以洞为家，长居此境，就似吾邑太史公林偕春筑室云山之麓，洗耳漳水之滨，钻研学问耳。你看，洞虽小山则大，地虽狭天则多，田虽少冈可稼，木虽濯根可劚，是造物者藏富之区也。"

林偕春，云霄葭洲人，明嘉靖四十四年(1565)登进士，受翰林院检讨、编修、掌诰敕，参加修编《穆宗庄皇帝实录》。后因获罪于权相张居正，外放为湖广按察副使，未赴任，愤而归田，筑室做学问。张居正故，林偕春于万历十二年(1584)复职，督两浙学政，不久又被诬参解职归里。至后再起任南赣兵备道副使、湖广右参政，多有政绩。万历十四年(1586)，林偕春愤于官场倾轧，再次归里，从此不再出仕。他在云霄筑小书斋，悬"读书谈道"匾。远近后生求学，他一概欢迎，教诲不倦，著作甚丰，并关心桑梓，惠及乡里，深得百姓景仰，史称一代名贤，百姓号称"太史公"。

两人边走边说，不知不觉间到了东西两涧，见鹅嘴合流，甘棠白石间，涧畔松阴，淙淙然大有佳趣。两人聊发童心，相与登危峦，穷叠巘，居高远眺。

蓝鼎元说："老子说，人法地，地法天，天法道，道法自然。吾等若以清客之怀隐居于此，读书、著述、藏之名山，或集子弟亲友，讲经史小学近思录数章，同声共吟夫子之曰，我非生而知之者，好古，敏以求之者也，噫，天地之乐，复有过于斯者乎！如此亦能做己喜欢之事，行己喜欢之为，人生何憾哉！"

陈梦林说："玉霖高风亮节，以人世之精神行出世之为也，真是好心情好心态。"

这时，樵夫有歌从深山传来：

终日奔波只为饥，方才一饱便思衣。
衣食两般皆俱足，又想娇容美貌妻。
娶得美妻生下子，恨无田地少根基。
买到田园多广阔，出入无船少马骑。
槽头扣了骡和马，叹无官职被人欺。
县丞主簿还嫌小，又要朝中挂紫衣。
作了皇帝求仙术，更想登天跨鹤飞。
若要世人心里足，除是南柯一梦西。

蓝鼎元听罢，不由得赞道："樵夫才真是好心情好心态呀，吾辈不如也。"

陈梦林说："生活如潮水，有起有落，看来其一切皆得随缘。"

游罢高叟洞归来，蓝鼎拟文《高叟洞可堂记》一章。文中，他先描述高叟洞优美景致及可以为堂之由，说明其是一个充满生活情趣，可修身养性、读书做学问之

胜地,文章最后,他还是禁不住发出"世途险阻,官场为甚"的感慨:

> 世途险阻,官场为甚。欺君父则不可以对天日,顾君父则不可以对上司。安所得适可之地而居之?惟此堂名可乃真可尔!拂袖还山,将坐卧于此堂,寻濂洛关闽之统绪,修宋元二史,改陈寿三国志,纵读生平未见书,随笔撰述,为世道人心之助,更推求民生利病经济设施,使后生小子,皆可出为世用,无处士虚声之诮,庶几不负此堂焉。古人躬耕畎亩,隐居以求其志,岂仅坐茂树以终日,濯清泉而自洁。而茂树清泉其当前受用者也,则以此高叟洞为李愿盘谷也可,南阳卧龙冈也可,紫阳白鹿洞也可,何必深辨东溪之果否来学,及沈沦神仙荒渺之说,以滋人世之惑哉!

"春有百花秋有月,夏有凉风冬有雪。若无闲事挂心头,便是人间好时节。"蓝鼎元在漳浦的日子过得倒也自在,颇有古人用之则行,舍之则藏之风。

4

　　蓝鼎元被革职回乡后,普宁、潮阳等县士民无不为蓝鼎元上下奔走。广东总督郝玉麟了解事情真相后,便致书巡抚为蓝鼎元昭雪。

　　雍正十年(1732)春,鄂尔达任两广总督,深知蓝鼎元才识,便函请蓝鼎元去广州。蓝鼎元本想回函拒绝,但陈梦林劝他还是去广州一趟,说他毕竟年轻,还可以为百姓做很多事。蓝鼎元听罢,又轻装上路了。

　　蓝鼎元行前,张先跻来访。张先跻,漳浦旧镇人,雍正八年(1730)进士,钦赐翰林院庶吉士。登第逾年,荣归故里,人称其张翰林。他自制一种绿豆糕,名叫"自然发",以绿豆粉为主,配以饴糖、鸡蛋、砂糖、糯米粉为佐,再和香油加工而成。这种糕点入口即化,清凉滑嫩,香甜爽口,余味无穷,且有醒胃沁脾之功用,可称糕点之冠,很受乡人欢迎。张先跻来访蓝鼎元时,带了一些自然发绿豆糕来,说要让蓝鼎元带到路上吃。

　　蓝鼎元到广州,与鄂尔达、郝玉麟见后面,表达了自己的感谢之情。鄂尔达留他在幕府任事,两人相处极欢。是年夏天,郝玉麟调福建任总督,而此际台湾诸番方作祟,福建海疆不平。蓝鼎元感郝玉麟意厚,为其条陈台湾十事。

　　是年冬天,鄂尔达上京具奏折,申明蓝鼎元被诬告的始末,说:

　　"普宁、潮阳两邑连年受灾,社会动荡不安,百姓生活窘迫,迫于生计会作出违法不义之事,但不能因此便赦免之。蓝鼎元上任两邑后,因有平台、治台、筹台的经历,深知台湾乱象起源,故而对两邑案子,他能洞察形势,情法并用,以法治之,以情教之,使案子不留负面影响。如破获一般民事案件后,他常不忍心上报,不为自己表功,惟恐民众受到连累监禁之苦,影响正常的生产生活秩序。普宁、潮阳两邑在蓝鼎元的治理下,地方宁静,忠信之风盛行,百姓生产生活秩序井然,百姓称之为清官,一个善于治狱、善办民事的清官。当了清官,赢得民心,自然就得罪豪强蠹吏,他们便千方百计排挤算计蓝鼎元。蓝鼎元之操守,日月可鉴,民心可证也。"

雍正读罢,下特旨征召蓝鼎元进京面奏。

5

雍正十一年(1733)三月,蓝鼎元进京面圣。雍正见到蓝鼎元,想起朱轼引见时的往事,龙心大悦,与蓝鼎元作了长时间谈话。

话说一半,宫女来报,皇太后胃口不适,百看不知其味,怏怏不乐。雍正心里急,对宫女说:"吩咐太医赶紧诊视,朕待会过去探视。"

蓝鼎元听皇太后只是胃口不适,向雍正禀报:"臣有带家乡的绿豆糕来,有健脾固胃,益气补充之功效,皇上若允许,可请皇太后尝之养体。"

雍正听是绿豆糕,而绿豆本是清热解毒之药,遂没细想就问说:"绿豆糕在哪里?"

蓝鼎元说:"臣正好带在身上,饥饿时当点心。"说着,蓝鼎元从随身包袱里拿出来三盒绿豆糕。原来,蓝鼎元觉得张先跻送来自然发绿豆糕确实好吃,便让来广州的浦漳同乡现再带了些来。这次上京见驾,他随身带了些绿豆糕,以便肚空时充饥。

雍正当下即吩咐宫女将绿豆糕带去给太后尝尝。

过了一会儿,宫女来报:"皇太后吃了绿豆糕,顿觉舌润生津,神清气爽,胃口大增。皇太后说,请皇上勿虑。"

雍正闻罢,大喜问说:"蓝爱卿,你还有绿豆糕吗?"

蓝鼎元说:"还有。"

雍正说:"那快拿出来当茶点,朕也要尝尝,究竟是何等神奇。"雍正尝过绿豆糕,果然味美好吃,便问蓝鼎元,"蓝爱卿,此糕何名,何人配制?"

蓝鼎元说:"其名自然发,是臣邑人张先跻配制。"然后介绍了张先跻的情况。

雍正下诏:"命张先跻上京进贡自然发绿豆糕。朕赐此糕为翰林糕,封为贡品,年年选奉入京。"

6

一段小插曲之后，两人转入正题。雍正说："圣人执一，从善如流，以为天下牧。一为天地之道，和谐之道也，蓝爱卿为儒理之家，当明之。"

蓝鼎元说："回皇上，臣明白，为政者不仅需要守令实政，德绩两全，且还需要时常反思自己，还有哪些方面做得不够好。天下本无事，皆是人为之，这人既包括别人，亦包括自己。"

"爱卿言之有理。不过，从另外一个角度说，为政者还需要有善于沟通的能力和坚韧不拔的毅力。若具备这种能力和毅力，那么在日常事务中，哪怕是遇上不是太好的人，倘能挽救，亦引之导之，使其择善而从之。一如古曰，责人者，原无过于有过之中，则情平；责己者，求有过于无过之内，则德进。"

"臣谨记圣谕，只是臣以为使人择善而从之要看对象，有的可以引之导之，有的不然也，尤其是遇上诸如债事执拗，祸害百姓之恶者，更得另当别论了。对于他们，臣还会一以贯之，以守令行实政也。"

"卿此言其是。为民请命，爱憎分明，朕亦深以为然。蓝理、蓝廷珍、卿三人，皆有勇壮简易、所向无前之精神、气魄，吾朝为官者亦当如此。"

谈毕，雍正下旨任命蓝鼎元为广州知府，正五品，还赐御书谕训诗文、貂皮、紫金锭、香珠等珍贵物品。

出宫后，蓝鼎元，便到蔡府拜访蔡世远，两人相见，相谈甚欢。

7

蓝鼎元离开京城后，先回漳浦，再携家人到广州赴任，到广州时已是四月底了。到任后，蓝鼎元仍一如既往地工作，昧爽而起，夜分而息。

这时蓝云锦已升任福建水师提标，从台湾移驻内地，顺便到广州探视父母。他见父亲身体不太好，便劝父亲注意身体，多休息。蓝鼎元身体一向强健，抵任后偶感疲惫，以为长途奔劳所致，不甚为意。

当时广州是旗人、汉人和洋人混居之所，洋人出入频繁，而外国人又在香山、澳门等地构筑炮台，居然天险，对清朝海防甚为不利。

蓝鼎元正思整顿海防之务，以上报国恩，复酬鄂尔达、郝玉麟知己时，忽患痰喘。时为雍正十一年（1733）六月。刚开始，他不以为然，不意病情越来越重。他自知去日无多，便把几个子女都召到床前说："我无以报皇上，汝等当勉励，为国家有用之人才，继我未竟之志。"

妻子问以家事，蓝鼎元不答，而是吩咐儿子云锦将那把跟自己走南闯北的折扇拿过来，默默不语。他突然眼睛放光，对家人说："你们往后无论做何事，处何境，都应当有'勇壮简易，所向无前'的精神！叔公蓝理在漳州的牌坊，你们也一定要保护好！"

妻子及儿女都含泪答道："是！"

8

雍正十一年(1733)六月二十二日蓝鼎元遽然病故，享年五十有四。

蓝鼎元殁后，鄂尔达及蓝鼎元生前同僚皆到蓝府吊唁。

在同僚资助下，蓝鼎元的灵柩方得回运家乡漳浦湖西安葬。

雍正闻悉，长叹一声，特下旨授御匾与蓝鼎元，上书"公正廉明"，落款"授广州府正堂蓝鹿洲"。太傅、文华殿大学士兼吏部尚书朱轼过后为蓝鼎元立传。

陈梦林在漳浦惊闻挚友逝世，来到苌坑山母顶蓝鼎元家，在遗像前暗自垂泪，含悲写下祭文称赞蓝鼎元：

> 蓝公鼎元，忠厚诚笃，宽和淡定。才华横溢，诵法先儒，名震闽粤，学人宗之；治政有方，敬民如天，诚于教养，百姓敬之。

噩耗传到台湾，全岛哀悼，彰化乡民设庙配祀蓝鼎元。道光八年(1828)，台湾北路理番同知邓传安在彰化鹿港倡建文开书院，祀奉宋代朱子以次八人，清代唯有蓝鼎元一人。

蓝鼎元生前勤于著述，计有《鹿洲初集》二十卷、《女学》六卷、《东征集》六卷、《平台纪略》一卷、《棉阳学准》五卷、《鹿洲公案》二卷、《修史试笔》六卷。后人将其《鹿洲奏疏》一卷，与上述七种著作合编成《鹿洲全集》，共四十二卷，风靡于世。其著作中"多关台事"、"多关台之民生民声"，提出一系列经理台湾的措施，为台湾的开发和建设更是作出了不可磨灭的巨大贡献。世人称"鼎元著书多关台事，关乎民生民声，其后官台者多取资焉"。蓝鼎元在台业绩深得台民推崇，被誉之为台湾先贤。《清史稿》亦因此为他列传。

【终　章】

1

　　雍正十三年(1735),雍正暴病而崩,清高宗爱新觉罗氏弘历即位,改元乾隆元年。

　　当时台湾政治又趋腐败,官吏贪赃枉法,漠视民生,士兵敲诈勒索,无所不为,台湾百业凋敝。台湾移民来自各地,为削弱百姓反抗力量,台湾道府县衙便利用其乡土姓族之间的成见,挑动、纵容乡民间的械斗。

　　清朝初年,明末义士为反清复明,组织一些名目不一的秘密会党,其中影响较大的天地会,创始人提喜。提喜(1719—1779),僧人,俗名郑开,乳名洪,排行第二,故又名洪二和尚,云霄高溪观音亭人。出家前,他到四川谋生,后因境况不佳,于乾隆二十六年(1761)在广东惠州出家,以结盟拜会形式,发动下层劳苦民众,秘密组织天地会。天地会取"拜天为父,拜地为母"之义,以反清复明(汉)为会旨。翌年,他回到云霄结会传徒,天地会在漳州府属各县获得重大发展。乾隆四十八年(1783),平和县天地会党人严烟来到台湾,以开布店为名在彰化传会。严烟将天地会的会旨稍作发挥,即"有善相劝,有过相规;缓急相济,患难相扶"。林爽文遂与林泮、林领、林水返、张回、何有志等盟誓入会。林爽文,漳州平和人。因家庭贫穷,生活难度,在乾隆三十八年(1773)全家迁往台湾,定居于彰化县大里杙,林爽文时年十七岁,从事垦殖耕作。稍大些,他开始赶车经营运输业,此后家境较为富裕。

　　天地会人数颇多,远至台湾南端的凤山也有许多人参加,成为台湾一支不能轻视的政治势力。乾隆五十一年(1786)七月,台湾道永福、知府孙景燧下令搜捕天地会党人。不久,石榴班汛把总陈和捕获党人张烈,在押解至斗六门时,众会友杀了把总陈和,劫出张烈。于是总兵柴大纪派兵进剿。进剿清军不管是否党人,大肆搜捕，一时竟抓了八十九人，三十八人论斩，其余流放云贵。林泮、林领等逃脱的党人纷纷来到大里杙。同年十一月二十七日，知府孙景燧进驻彰化，命知县俞峻和游击耿世文、副将赫生额进至大墩，放火烧民房，胁迫大里杙社民交出在逃余党。

大里杙距大墩仅七里，形势紧迫，林爽文毅然率众起义，当夜带人袭击大墩清军，杀了俞峻、耿世文、赫生额。翌日晚，攻陷彰化，杀了知府孙景燧、同知长庚等，声威大震。众人推林爽文为盟主，建元"顺天"，并封刘怀清为知县，王作为征北大元帅，王芬为平海大将军等。十二月初六，林爽文发兵诸罗，城陷，杀同知童启挺、游击李中扬等。初七，占领淡水，护淡水同知程峻自杀。

2

林爽文起义后，消息传到凤山，众人推举庄大田为首领，归制于顺天军。庄大田，生于漳州平和，于乾隆七年(1742)随父迁往台湾，定居诸罗台斗坑庄，后迁往凤山笃家港，种田度日。庄大田自称为"洪号辅国大元帅"，以简添德为军师，许光来为副元帅，决定首先攻取凤山。

总兵柴大纪得知南路顺天军动向，派参将瑚图里带兵驻守凤山。清军拥有枪炮，庄大田和众伙伴商议之后决定智取。十二月十二日，进攻凤山，一交锋，顺天军即佯败后退，瑚图里引兵追击，顺天军乘虚由龟山北门一举攻入城内，杀掉知县汤大奎、典史史谦等。瑚图里回师又受到包围，只落得单骑南逃。

北路林爽文连克三城之后，决定乘胜进军府城，约南路庄大田率兵配合。清军柴大纪率兵于盐埕拒战，海防同知杨廷理率守备王天植、千总沈瑞迎战于大湾。十二月二十八日，顺天军与清军在距府城二十多里的大湾展开一场恶战。由于顺天军连克数城，人数众多，士气大振，一举包围了清军，击杀了千总沈瑞。杨廷理、王天植来回冲杀，最后只带着十几个残兵突围逃脱。于是，南北会师包围了府城。

顺天军十分重视军纪，一再声明"剿除贪污，拯救万民"的宗旨，并提出"如吾军不是，失一赔二，焚茅赔瓦，仍究治强暴"的保证。如此一来，顺天军更得群众拥护，声势盛大，震动全台。

3

福建总督常青驻守福州，接二连三接到告急文书，就转奏清廷增兵，并拟调水陆两提督进台。当时，乾隆对顺天军力量还是估计不足，以为仅是奸民纠众滋事，无须水陆两提督远渡重洋办一两个匪类。但事实的严重最后迫使乾隆不得不同意调两提督进台。

乾隆五十二年(1787)正月初,水师提督黄仕简、陆路提督任承恩各率所部赴台增援。黄仕简登陆后直扑府城,府城解围。他还命海坛镇总兵郝壮猷率两千多人马往南路以期收复凤山。柴大纪也率两千多人马进攻北路企图收复诸罗、彰化。任承恩在鹿港登陆后亦分兵数路进剿顺天军。清军的兵员、武器弹药能源源不断得到补充,又利用地主豪绅组织反顺天军的武装"义民"协助进攻。北路清军于正月二十三日收复诸罗。

顺天军退出诸罗后,在城外莉仔尾竹林中设伏,清军海亮部企图乘胜追击,遭到伏击,千总叶荣、吴聊贵被击毙,清军损失惨重。南路清军郝壮猷离府城二十里受到顺天军阻击,前后花了五十天才进入凤山,但凤山此时已是一座空城。郝壮猷既克凤山,便招民复业,顺天军趁机混入城中。

三月初四,庄大田在屏东与高雄之间的山猪毛处截击出剿清军,乘势进攻凤山,于初八日和早已混入的顺天军内应外合,又收复凤山。郝壮猷三千人马只剩下六七百名逃回府城。

4

乾隆为挽回败局,于三月中旬责令福建总督常青往台指挥,以福州将军恒瑞和蓝廷珍的孙子、时任江南提督的蓝元枚为参赞大臣,蓝元枚同时任福建水陆提督。乾隆还调李侍尧代常青为福建总督驻福建照应。常青除带福建兵丁外,又调广东兵四千,浙兵三千,驻防满兵千人,共万人进台。

四月二十四日,林爽文与庄大田再次进攻府城。

二十七日,双方激战于城下,常青、蓝元枚亲自出城督战。顺天军号称十万,南北两路夹击清军,清军枪炮并发,顺天军退而复进。清军副将蔡攀龙出击,中顺天军埋伏,溃败而逃,但顺天军还是无法攻陷府城。据此,庄大田提出"不与官兵接仗,而官兵已为所困"的策略,切断府城南北两路补给线。

林爽文顺天军又分兵围诸罗。诸罗是台湾粮赋之区,府城的右臂,所以是两军必争之地。

林爽文对诸将领说:"诸罗在南北两路当中,若能得到诸罗,就可以南攻府城,北攻鹿港。"于是,决心拿下诸罗。

林爽文根据清军拥有枪炮和列队进攻的特点,令部下放水灌田,发动群众削窄田埂,使清军不能结队前进,发挥排枪排炮的威力。接着,顺天军又于诸罗进出的要道遍插竹签,发兵攻盐水港、鹿仔港,断绝清军从陆路、海上补给诸罗的饷道。

常青前后三次派兵增援也未能解围。守卫诸罗的清军处境十分困难:粮食吃尽,只得掘草根、煮豆粕充饥;屡战不利,士气低落,将领抗命不前。

参赞恒瑞也害怕顺天军步步进迫,于是夸饰事态,奏请增兵六万。

蓝元枚反对,建议改变策略,发动台民,激发士气,釜底抽薪。

恒瑞不听,依旧我行我素,上奏增兵。

乾隆接报,责怪将领不力,下诏解总督常青、参赞恒瑞职务,调陕甘总督福康安为闽浙总督,侍卫内大臣海兰察为参赞大臣,蓝元枚留任,选领久经战阵的巴图鲁、侍卫、章京一百二十多人及屯练兵丁近万人进台,其中四川降番两千名,湖南、湖北各两千,贵州两千。

5

十月二十九日,福康安带兵从鹿港登陆,抵彰化。

十一月初四,清军与顺天军会战于距大里杙三十里的八卦山,从凌晨至晚,杀声震地。增援清军训练有素,且拥有大量枪炮,至晚八卦山遂为清军占领。虽然顺天军于通往诸罗的仑仔顶、牛稠山等伏击截堵,但都不能抑制清军,诸罗县城被围近六月终于得到解围。

乾隆为嘉奖诸罗将士艰苦经营固守到底的行为,诏改诸罗为嘉义。

原先顺天军策略是重点进攻,分兵袭击,清军对策是分兵堵截,因而地广兵少,奔走不暇,处处被动挨打。福康安和海兰察军事才能较常青高出一筹,加上蓝元枚任过台湾总兵,熟悉台湾情况,他们一改常青用兵方针,首先切断顺天军南北联系,集中兵力对付北路顺天军。他们攻克诸罗之后,直攻斗六门直扑大里杙。

大里杙东倚大山,南绕溪河。林爽文早已砌筑土城,城外沟砌重垒、内立两重竹栅,密设大炮,防守森严。

十一月二十四日,蓝元枚按福康安指令,命闽安水师营都司罗光炤为先锋,率清军渡溪,顺天军放炮轰击,随后出兵万人三面围堵强渡的清军。清军弹药充足,顺天军不能阻止强渡清军。入夜,顺天军偷袭清军,但又没奏效,次日大里杙沦陷。

林爽文败走集集埔。集集埔面临溪流,周围高山重叠,是进山的重要隘口。顺天军临溪设卡,在陡崖上垒砌石墙,又在通路横塞木石。林爽文告诫部属:"要拼命打好这一仗,若再不能支持,就只有退进内山一条路了。"

6

十二月初五,清军主力发起进攻,排枪前进,兼用大炮轰击,顺天军也以枪炮还击,拼死抵抗。清军副帅海兰察亲率巴鲁图乘马渡溪,屯练兵丁强行泅渡。另一路由蓝元枚率领的清军,亦攻克顺天军重镇草岭隘。集集埔失守后,顺天军退至小半天,之后向内山进发。福康安也率清军进山,并下令:"林爽文一日不获,一日不能撤军。"他把部队分成数路尾追围截,并选精干兵丁化装为百姓和义民一起进山追捕。

乾隆五十三年(1788)正月初四,由淡水义民首王松、高振、叶培英引导蓝元枚所部官军,终于围困林爽文及何有志等人。林爽文自知不免,乃投于所善高振家曰:"吾使若富且贵。"高振绑着林爽文送到蓝元枚所部。

7

在福康安进攻北路时,庄大田和林勇部聚集于凤山水底寮、大目降等地,经常出击骚扰府城以牵制北路清军。蓝元枚建议福康安封锁林文爽被擒的消息,并切断义军的南北联系。福康安采纳,南路顺天军因而近半个月才得知林爽文早已被捕的消息。

正月十四日,福康安、蓝元枚挥师南下,分三路进攻大武垅。大武垅系庄大田根据地,四面大山围绕,溪深岭峻,中有四十余庄,山麓四通八达。福康安按既定方针,直捣大武垅。顺天军主动出击府城,企图截断北路清军和府城的通道,并分兵袭击湾里溪等地,以期分散清军的兵力,于是在湾里溪发生一场激战,顺天军终因寡不敌众,牺牲了苏魁,退至大武垅山口。

大武垅失守后,庄大田鉴于北路顺天军进至内山,受清军和番民夹击的教训,改向海边撤退。虽然沿途也设伏堵击,但终不敌,只得退至台湾最南端的郎娇,随后又退至柴城。

在柴城,顺天军被围。福康安为能生擒庄大田,分兵数路,自山梁挨次排下,直抵海岸,并令乌什哈达、蓝元枚带领水师密布海上,然后各路并进,缩小包围圈。二月初五自凌晨至午后,双方展开恶战。是夜,庄大田哮喘病发,在树林内坠马被捕。义民首高振还亲擒林跃兴。同时被捕的还有庄大韭、庄大麦、许光来、简添德、许尚等顺天军首领。

林爽文被解至北京,于乾隆五十三年(1788)三月初十日就义,时三十二岁。庄大田被俘后,病势严重,常青以为不便任其因病而毙,于三月十四日将其杀害于府城。

朱一贵、林爽文、庄大田领导的起义虽然一一失败,却给为政者以莫大的警醒鞭策,由此亦足见其起义影响之大。世人在总结清廷统治经验教训时,不得不提出:"今日治台之势与昔时异,其防在山而不专在海,其政更是重在关乎民生民声。"

8

　　乾隆五十三年(1788)四月初,乾隆接到平台报捷,特下旨嘉奖蓝元枚:"参赞蓝元枚,自抵鹿港以来,指挥有方,捕获林爽文、庄大田,能继其先人蓝理、蓝廷珍、蓝鼎元'勇壮简易,所向无前'之家风,实为可嘉,着赏戴双眼花翎,以示优眷。"不久,乾隆又赏给蓝元枚革丝蟒袍、御用大小荷包,以示奖励。然蓝元枚不幸于是年因病卒于军中,乾隆赠其太子太保,赐祭葬,谥襄毅,子蓝诚袭职。

　　台湾局势底定,乾隆吩咐太监找来蓝鼎元的《鹿洲全集》。乾隆翻到《东征集》,看得高兴,提笔御批:"朕批阅蓝鼎元所著《东征集》,在其治台政论中,事发于沉思,切乎人情物理,明心具性,不假外求,见识卓然,其言大有可采,着常青、李侍尧购取详阅,于办理善后时,将该处情形,细加查核。如其书内所论,有与见在事宜确中利弊者,不妨参酌采择,俾经理海疆,事事悉归民生,事事悉归尽善。朕知道,漳州府漳浦县在明朝出现一位今古完人黄道周,如今在吾朝又出现一位旷世奇才蓝鼎元。蓝鼎元不愧为世人所言之筹台宗匠、治台宗匠也!"

　　第二天廷议,乾隆问:"漳浦苌坑蓝氏祠堂的堂号好像是种玉堂吧。"

　　蔡新回说:"回皇上,其堂号是种玉堂。"蔡新,漳浦下布人,登进士第,乾隆年间文华殿大学士,曾任过五部尚书、四库全书馆正总裁,与堂叔蔡世远并称为"两帝师"。

　　乾隆说:"这就对了。蓝田是陕西一县名,以盛产美玉著称,古人以蓝田生玉,或蓝田种玉比喻名门出贤子。可以看出,漳浦苌坑蓝氏族人取其祠堂名号的寓意,希望为朝廷多出栋梁,为社会多出人才。今观苌坑蓝氏种玉堂,从蓝理开始,接连出了三十几位蓝氏将军名臣,尤其是蓝理、蓝廷珍、蓝鼎元,堪称蓝田生玉,真不虚也。"

　　纪晓岚说:"蓝理、蓝廷珍、蓝鼎元三人堪称闽南蓝氏三杰。"

　　乾隆说:"依朕看,他们乃我大清蓝氏三杰。他们平台、治台、兴台,对台湾的影响和贡献,历史上确实无人能及。蓝鼎元《复制军迁民划界书》一文说,天下非常之事,必非常人乃能为,此言不谬也。"

　　蔡新说:"臣记得《大戴礼记》云,仁者莫大于爱人,知者莫大于知贤,政者莫大于官贤,有土之君修此三者,则四海之内拱而俟,然后可以征。"

　　乾隆道:"此言甚是。蓝鼎元《鹿洲全集》一书,勇壮简易,所向无前,更足以写尽天下之春秋矣!"

　　纪晓岚、蔡新、和珅等大臣连忙山呼道:"皇上英明,皇上万岁,万万岁!"

乾隆说:"朕记得厦门南普陀寺是施琅、蓝理从台湾班师回来重建并改名的,着令福建在南普陀寺修建御碑亭,以纪念大清盛世平台、治台、筹台、兴台之功绩。同时,要保护好我大清国御赐给蓝理,上有御书'勇壮简易,所向无前'之漳州牌坊。"

　　福建接旨,在厦门南普陀寺建立御碑亭。亭里放着四只大石龟底座,上驮八块大石碑。碑用汉、满两种文字,记载康乾时期平台、治台、筹台、兴台的历史功绩。漳州的蓝理牌坊,上面携有先帝御书的"勇壮简易,所向无前",着令福建地方修缮保护。

9

　　乾隆六十年(1795),乾隆宣布退位,爱新觉罗氏颙琰即位,改元嘉庆。嘉庆登基,中国在清王朝统治下从此由兴盛转为衰,直至一九四九年十月一日中华人民共和国成立,中华民族才重新走向复兴之路。漳州蓝理牌坊,也于1996年列为第四批国家重点文物保护单位。

　　风云际会,不言放弃,勇壮简易,所向无前,历史潮流不可阻挡。天晴了,台湾海峡,无论是海峡西岸,还是海峡东岸,又是一片炎黄子孙、华夏儿女守护共同梦想而春风弥漫的喜人景致,但见梦想在春风中翱翔,春风在梦想里驰骋,梦想与春风同在而和谐永恒。

《清史稿》,上海古籍出版社、上海书店,1986 年版。

《鹿洲全集》,[清]蓝鼎元著,蒋炳钊、王钿点校,厦门大学出版社,1995 年版。

《漳州历代名人传略》,漳州建州 1300 周年纪念活动筹委会编印,1986 年版。

《漳浦历代名人传略》,张兆基、黄以结、黄亚惠编,厦门大学出版社,1989 年版。

《漳州简史》,陈再成主编,漳州建州 1300 周年纪念活动筹委会编印,1986 年版。

《漳浦石椅种玉堂蓝氏族谱》,1991 年版。

《石椅种玉堂·浯洲金门城蓝氏族谱》,浯洲金门城蓝氏宗亲会编。

《漳浦姓氏丛谈》,漳浦县政协《漳浦姓氏丛谈》编委会,2004 年版。

《闽南掌故》,经纬、杨荔编著,华艺出版社,1991 年版。

《祖籍漳州的台湾名人》,周跃红主编,华艺出版社,2001 年版。

《漳州文化丛书》,漳州市政协编,海风出版社,2005 年版。

《漳州与台湾关系史稿》,陈易洲主编,漳州市台办编印,1996 年版。

《中国民间故事集成·福建漳浦分卷》,漳浦县民间文学集成编委会编,1991 年版。

《漳州掌故》,陈侨森、李林昌著,福建人民出版社,2003 年版。

《荆璞平台》,高聿占编著,漳州市图书馆、漳浦县图书馆编印,2002 年版。

《梁鹿故事》,高聿占编著,漳浦县文化局、漳浦县图书馆编印,2002 年版。

《蓝鼎元研究》,林奕斌主编,厦门大学出版社,1994 年版。

《漳浦文史资料》第 21、24 辑,漳浦县政协文史委编,2002 年、2005 年版。

《四书译注》,乌恩溥著,吉林文史出版社,1990 年版。

《发现长泰》,何强主编,海峡文艺出版社,2007 年版。

《闽国史话》,漳州王氏宗亲会编,2000年版。

《漳州掌故大观》,王雄铮编撰,漳州市图书馆编印,1988年版。

《漳州民间故事》,卢奕醒、王雄铮编,漳州市政协文史委编印,2001年版。

《漳州与台湾同根神祇》,周跃红主编,广角镜出版有限公司,2004年版。

《寻根揽胜漳州府》,刘子民著,华艺出版社,1990年版。

《漳州过台湾》,刘子民著,海风出版社,1995年版。

《漳州民间故事》,王雄铮著,2006年版。

《水仙花故乡儿女》,郑惠聪著,海峡文艺出版社,1998年版。

《漳州民族乡村与寺观教堂》,周肖峰主编,漳州市民宗局编印,2005年版。

《黄漳浦文集》,[明]黄道周著,王文径主编、点校,国际华文出版社,2006年版。

《谈古说今话漳州》,王作民著,海峡文艺出版社,2001年版。

《大埔县姓氏录》,黄志环编,大埔县地方志丛书,2001年版。

《蓝鼎元——中国的福尔摩斯》,了了村童、铜沛行人著,中国文联出版公司,1998年版。

《普陀山志》,方长生主编,上海书店出版社,1995年版。

《话说漳州》丛书,中共漳州市委宣传部编,海潮摄影艺术出版社,2003年版。

《康熙传》,蒋兆成、王日根著,人民出版社,1998年版。

《宝岛归清记——清廷降伏台湾郑氏政权演义》,任敢民著,军事科学出版社,2000年版。

《台湾人的漳州祖祠》,周跃红主编,国际华文出版社,2002年版。

《漳州历史与文化论集》,漳州市地方志编纂委员会主编,1989年版。

《正说清朝十二帝》,阎崇年著,中华书局,2004年版。

《漳州今古》,漳州市方志委、漳州市地方志学会主办。

《南怀瑾历史人生纵横谈》,练性乾编,华文出版社,1993年版。

《中外历史问题八人谈》,国家教委高校社会科学发展研究中心组织编写,中共中央党校出版社,1998年版。

《漳州姓氏》,林殿阁主编,中国文史出版社,2007年版。

《王景弘与郑和下西洋》,福建省国际文化经济交流中心、漳平市王景弘研究会编写,朱明元主编,香港天马图书有限公司出版,2004年版。

《漳州事迹古今谈》,张胡山著,漳州市图书馆编印,2003年版。

蓝理：

1. 清顺治四年(1647)丁亥初夏,蓝理生于福建省漳州府漳浦县赤岭乡苌坑石椅畲家山寨。

2. 顺治十三年(1656),蓝理进宗族私塾读书。

3. 顺治十七年(1660),蓝理因家贫中断私塾的读书生涯,开始专意练武。

4. 顺治十八年(1661)夏,苌坑畲家山寨举办分龙节(盘诗会),蓝理触犯族规,被绑在蓝氏祠堂种玉堂,后逃脱至漳州。

5. 康熙十二年(1673),蓝理为官府抓海盗却被县衙当作海盗入狱。

6. 康熙十三年(1674)三月,靖南王耿精忠作乱,蓝理获释。七月,蓝理北上投军康亲王,作战英勇,先后升任绿营把总(正六品)、千总(正五品)、守备(正五品)。

7. 康熙十五年(1676),蓝理先后升任绿营都司(正四品)、建宁游击(从三品)。

8. 康熙十八年(1679),蓝理升任灌口营参将(正三品),后因得罪总督姚启圣入狱。

9. 康熙二十年(1681)七月,福建水师提督施琅举荐蓝理为平台先锋。

10. 康熙二十二年(1683)六月,施琅、蓝理发兵东征台湾郑军。蓝理在台海血战中二次救帅,身负重伤,肚破肠流,仍冲锋在前,所向披靡,并奉命上岛招降,赢得"破肚将军"、"平台首功"美名。战后。蓝理以军功授昂帮章京内大臣兼摄左都督,世袭骑都尉,封一等伯。

11. 康熙二十三年(1684)三月,施琅、蓝理等联名上奏,请朝廷及早在台湾设立政治,便于管理发展台湾民生。七月,施琅、蓝理与第一任福建台湾总兵官杨文魁交割台湾、澎湖军政要务,上奏朝廷加封天妃娘娘为天后娘娘。从台湾启程回厦门,施琅、蓝理修建南普陀寺。过后,蓝理以双亲年迈为由回乡省亲,康熙赐"平台首功"、"所向无前"匾文各一块。

12. 康熙二十七年(1688),康熙催促蓝理上京赴任,先后授神木副将(从二品)、宣化府总兵官(正二品),并在漳州城东郊赐蓝理封地,后称"蓝田"。

13. 康熙二十九年(1690),蓝理调任浙江省定海总兵官,兼掌提督权。在定海期间,蓝理注重发展海防、民生、教育,重修普陀山。

14. 康熙四十二年(1703)冬,蓝理调任京东重地天津总兵官,康熙赐匾文"勇壮简易"。蓝理注重开垦农田,成为清"寓兵于农"的军屯典范,并成为清朝将南方水稻成功引种北方京畿地区的第一人。天津由蓝理开垦的农田亦称为"蓝田"。

15. 康熙四十五年(1706)六月,蓝理升任福建陆路提督(从一品),康熙感念蓝理所向无前精神可嘉,再次御书匾文"所向无前"赐之。

16. 康熙四十六年(1707)四月,康熙南巡,专旨蓝理到扬州迎驾,赐"勇壮简易,所向无前"御书牌坊一座、提督府一座。

17. 康熙五十年(1711)秋,蓝理再次蒙冤入狱,先是关押在漳州监狱,后送往京师会审。

18. 康熙五十四年(1715),清军镇压准噶尔部犯乱失利,康熙重新起用蓝理随军出征,平定藩乱,先赐总兵衔,后赐提督衔,加封左都督,禄享官阶一品。

19. 康熙五十九年(1720)冬,蓝理病逝天津蓝田庄里,康熙下旨恢复蓝理"昂邦章京内大臣兼摄左都督,世袭骑都尉,一等伯"等封号,并赐联赞曰:"铜柱海疆曾著绩,铁衣戎略凤知名。"

20. 公元1996年,康熙赐予蓝理"勇壮简易,所向无前"御书牌坊被列为第四批国家重点文物保护单位。

蓝廷珍:

1. 康熙二年(1663)癸卯十月,蓝廷珍生于福建省漳州府漳浦县湖西乡官塘顶坛畲家山寨,家贫,自幼开始给富贵人家放牧做工,武艺高强。

2. 康熙三十一年(1692),蓝廷珍到浙江省定海投靠蓝理参军。

3. 康熙三十四年(1695),蓝廷珍升任定海营把总(正六品)。

4. 康熙三十八年(1699),蓝廷珍升任磐石守备(正五品)。

5. 康熙四十四年(1705),蓝廷珍升任温州镇标中营游击(从三品)。

6. 康熙五十三年(1714),蓝廷珍从官山外洋追捕贼船到青山大洋,夺得两艘巨舰,斩首二十一级,擒获六十四人。从此,海贼闻风破胆,相互告诫要"谨避老蓝",蓝廷珍威名日盛,被誉为"闽浙第一良将"。

7. 康熙五十八年(1719)春,蓝廷珍升任澎湖副将(从二品),夏秋间改任南澳总兵官(正二品),不久又兼管碣石、潮州二镇军务。

8. 康熙六十年(1721)夏,蓝廷珍奉命入台平定朱一贵。战功显赫,蓝廷珍被康熙授予"平台大将军",兼任闽台水陆提督。平定台湾后,蓝廷珍奉旨署理台湾,为台湾经济社会的发展做出巨大贡献。

9. 雍正元年(1723)十月,雍正赞赏蓝廷珍平台功绩及经略台湾才干,擢升蓝廷珍为福建水师提督(从一品)。

10. 雍正二年(1724)春,雍正赐蓝廷珍在家乡建提督府。秋,蓝廷珍上京晋见雍正,上奏福建、台湾情况,并举荐蓝鼎元。雍正闻罢,誉蓝廷珍为"治台名将",加封其为左都督,一等伯,官阶一品。

11. 雍正七年(1729)冬,蓝廷珍因病卒于任所,雍正赞曰:"大清定策经理台湾之功臣"。

蓝鼎元:

1. 康熙十九年(1680)庚申八月,蓝鼎元生于福建省漳州府漳浦县赤岭乡苌坑山母顶畲家山寨,其家旧居漳浦县湖西乡官塘湖土乾里畲家山寨。蓝鼎元生于书香世家,五六岁获得"神童"之誉。

2. 康熙二十八年(1689),蓝鼎元父亲蓝斌病逝,家境转寒。

3. 康熙二十九年(1690),蓝鼎元顺利考入漳浦灶山学堂读书。

4. 康熙三十六年(1697),蓝鼎元开始第一次游学生涯,从厦门港出海,足迹遍布金门、澎湖、台湾、平潭、马祖、舟山、普陀山、南京等地,并在浙江定海拜访蓝理、蓝廷珍。

5. 康熙四十年(1701)秋,蓝鼎元参加县学生子(秀才)考试,以五经考取第一名,受翰林出身的漳浦县令陈汝咸赏识,收为门生。

6. 康熙四十二年(1703),蓝鼎元在陈汝咸引荐下,受知于宫坊督学、理学大师沈心斋门下,以复拔第一名入使院学习,并随沈心斋乘辒车于江湖,开始第二次游学生涯,游历大江南北,颇有心得见识,沈心斋赞之曰:"国士无双,人伦冰鉴。"

7. 康熙四十四年(1705),蓝鼎元参加乡试未中,回漳浦到丹霞书馆授课。

8. 康熙四十六年(1707)春,蓝鼎元开始第三次游学生涯,越发博学多才,其才干名气逐渐在八闽内外流传开。秋,沈心斋向福建巡抚张伯行举荐蓝鼎元。张伯行在漳浦见了蓝鼎元,看了蓝鼎元文章,称赞蓝鼎元是"经世之良才"。

9. 康熙四十七年(1708),蓝鼎元以学行兼优受聘张伯行在福州创建的鳌峰书院。

10. 康熙四十九年(1710)夏,蓝鼎元向张伯行写辞呈,回漳浦侍奉母亲以尽孝心。

11. 康熙五十年(1711),蓝鼎元第一部著作《女学》完稿,凡六卷,为女学之专著。

12. 康熙五十一年(1712)春,蓝鼎元到漳州监狱看望蓝理。

13. 康熙五十八年(1719),蓝鼎元为蓝廷珍撰写治军之策《论镇守南澳事宜》。

14. 康熙五十九年(1720)秋,蓝鼎元参加第九次乡试未第。

15. 康熙六十年(1721)夏,蓝鼎元随蓝廷珍入台平定朱一贵,在协助蓝廷珍平定、治理、筹划台湾方面颇有建树,包括上奏合理设置台湾府县、开禁妇女赴台、开禁海外贸易、融洽族群关系、重视教养台民等。

16. 康熙六十一年(1722)五月,蓝鼎元应巡台御史吴达礼之请,撰写《与吴观察论治台湾事宜书》,率先提出"治台十九策",即:信赏罚,惩讼师,除草窃,崇节俭,禁恶欲,儆吏胥,革规例,正婚嫁,治客民,兴学校,修武备,严守御,教农桑,宽租赋,行垦田,复官庄,恤澎民,抚土番,招生番。秋,蓝鼎元从台湾返回漳浦参加第十次乡试,仍未第。从台返乡前后,蓝鼎元完成二部关于治理台湾的重要著作《东征集》《平台纪略》,时人称之为"筹台宗匠"、"治台宗匠"。

17. 雍正元年(1723)冬,蓝鼎元奉命选拔,以优贡入京师,得辟雍,入太和殿,校书内廷。

18. 雍正二年(1724)秋,蓝鼎元经蓝廷珍向雍正举荐,入修史馆,参与《大清一统志》编纂。雍正亦赞其为"筹台宗匠"、"治台宗匠"。

19. 雍正五年(1727),蓝鼎元经大学士朱轼推荐,晋见雍正,系统条奏经理台湾、台湾水陆布防、漕粮兼资海运、凤阳民俗、黔蜀封疆、教育教化等六事。雍正一一嘉纳其言,并授其为广东省普宁知县。过后,蓝鼎元又兼任潮阳县令。

20. 雍正七年(1729)冬,蓝鼎元得罪权贵,革职回乡。

21. 雍正十年(1732)春,两广总督鄂尔达知道蓝鼎元蒙冤,函请蓝鼎元到广州幕府任事。夏,台湾诸番作祟,蓝鼎元为福建总督条陈台湾十事,平复台番之乱。冬,鄂尔达上京具奏折,申明蓝鼎元蒙冤始末。

22. 雍正十一年(1733)春,雍正召见蓝鼎元,授广州府知府。夏,蓝鼎元病逝于广州任上。蓝鼎元赍志以殁的消息传到京城,雍正闻悉,长叹道:"蓝鼎元才干不止为一广州知府,其才干可为大清国为之更广。今失蓝鼎元,为吾大清国一大损失也。"并下旨授御匾,上书"公正廉明"。噩耗传到台湾,全岛哀悼,彰化等地乡民还自动设庙配祀蓝鼎元。

23. 乾隆五十三年(1788)四月,清军平定台湾林爽文、庄大田起义,乾隆翻阅《东征集》,赞蓝鼎元曰"不愧为筹台宗匠、治台宗匠",并提笔下道手谕说:"朕批阅蓝鼎元所著《东征集》,在其治台政论中,事发于沉思,切乎人情物理,明心具性,不假外求,见识卓然,其言大有可采,着常青、李侍尧购取详阅,于办理台湾善后时,将该处情形,细加查核。如其书内所论,有与见在事宜确中利弊者,不妨参酌采择,俾经理海疆,事事悉归民生,事事悉归尽善。"

完成长篇历史小说《所向无前》的创作，既有偶然性，又有必然性。

偶然性，是没想到自己会与"蓝氏三杰"蓝理、蓝廷珍、蓝鼎元三位闽南汉子结下这么深的缘分。2004年春，我完成长篇小说《稻粱谋》的创作，时任漳州市政协主席的林殿阁先生问及创作计划，建议多关注、研究蓝理。过后，我查阅相关史料，发现蓝理，还有蓝廷珍、蓝鼎元，他们三人的人生命运、历史功业是连在一起、融成一体的。翌年春，到"蓝氏三杰"故里漳浦县赤岭、湖西畲族乡采风，期间幸会时任赤岭畲族乡乡长蓝文华先生，并应其邀请，确定选题，开始动笔。差不多用了四年的业余时间，总算将散落在史书、民间传说中与蓝氏三杰相关的记载缀合成文，并以康熙御赐给蓝理的"勇壮简易，所向无前"牌坊题字中的后四字为书名，这座牌坊经历三百多年的风雨，至今依旧完好无损地屹立于漳州市区，并于1996年列入第四批国家重点文物保护单位名录。

必然性，纵观历史，"蓝氏三杰"在海峡两岸，纵横百余年风云，铸就万世英名，他们对台湾的影响、建树、贡献，是巨大而卓越的。他们的英名功绩，我们今天不写，将来也必定有人写。我们要让这段尘封久远的历史，通过自己手中的笔，走进现代人的心灵。

创作本书的过程中，笔者深深体会到，不管是现实，还是历史，人们常常忽略和遗忘细节。恰恰相反，细节是最不能忽略，最不容遗忘的。事物皆有因果联系，看事物，科学判断事物，既要看其结果，更要看其过程中的细节。"治大国，若烹小鲜"，细节往往会影响，甚至会决定事物的发展、成败。

"蓝氏三杰"在统一、平复、治理、筹划、开发台湾过程中的所思所想、所作所为，都展示了"勇壮简易，所向无前"的精神胆识，他们永不放弃，敢于面对成功，敢于面对失败，敢于面对任何困难，敢于从失败与困难中走向新的成功，吾辈后人当记之、扬之。

尤其是蓝鼎元留存于世关注民生、民声的华文锦章，足谓"铁肩担道义，妙手著文章",值得今人研究、借鉴。

再读历史,是为了创造明天。《所向无前》创作的初衷,即在于恢复历史原貌,展现历史风云,为今天两岸的关系发展提供借鉴。

历史已经不止一次证明,而且也将继续证明,海峡两岸应以史为鉴,继往开来,同心同德,和衷共济,共创中华儿女和谐美好的明天。

《所向无前》书中所展现的史实观点,仅为一家之言,旨在抛砖引玉,若有不当之处,则敬请方家批评指正。

创作中给予我莫大关心、鼓励和支持的,还有传主所在省、市、县、乡等地的许多领导、同仁、朋友以及与传主有关的两岸畲族蓝氏族人。福建省文化经济交流中心、福建省作家协会、漳州市委农办、漳州市民族与宗教局、漳州市台办、漳州市工商联、漳州市闽南文化研究会,漳浦县委、县政府,漳浦县赤岭、湖西畲族乡,龙海市隆教畲族乡,上海古籍出版社、上海则金投资咨询有限公司、漳州片仔癀药业等,对本书的最后出版,出力尤多,笔者皆感铭于心,在此一并致以诚挚的谢意和无上的敬意。

西　月

丁亥年冬至记于漳州芗城竹月轩